ロス・クラシコス
Los Clásicos
1

別荘

Casa de campo

ホ セ・ド ノ ソ
José Donoso

寺尾隆吉＝訳

現代企画室

別荘

ホセ・ドノソ

寺尾隆吉＝訳

ロス・クラシコス 1

企画・監修＝寺尾隆吉

協力＝セルバンテス文化センター（東京）

本書は、スペイン文化省書籍図書館総局の助成金を得て出版されるものです。

Casa de campo

José Donoso

Traducido por TERAO Ryukichi

Instituto Cervantes

GOBIERNO DE ESPAÑA

MINISTERIO DE EDUCACIÓN, CULTURA Y DEPORTE

SECRETARÍA DE ESTADO DE CULTURA

目次

マリア・ピラールに

ベントゥーラ一族	配偶者	いとこたち	年齢
1. アデライダ♀（57歳）	セサレオン・デル・レアル・イ・ベントゥーラ♂（死亡）	1) メラニア♀	16歳
		2) イヒニオ♂	15歳
		3) アグラエー♀	13歳
		4) ルペルト♂	10歳
		5) シリロ♂	8歳
2. エルモヘネス♂（55歳）	リディア・フリアス・イ・ベントゥーラ♀	1) カシルダ♀	16歳
		2) コロンバ♀	16歳
		3) コスメ♂	15歳
		4) フスティニアノ♂	15歳
		5) クラリサ♀	12歳
		6) カシミロ♂	12歳
		7) アマデオ♂	5歳
3. シルベストレ♂（53歳）	ベレニセ・ガラス・イ・デル・レアル♀	1) マウロ♂	16歳
		2) バレリオ♂	15歳
		3) アラミロ♂	13歳
		4) クレメンテ♂	6歳
4. セレステ♀（52歳）	オレガリオ・ベントゥーラ・イ・デ・ラ・モラ♂	1) フベナル♂	17歳
		2) アベラルド♂	15歳
		3) モルガナ♀	12歳
		4) イポリト♂	10歳
		5) アベリノ♂	7歳
5. テレンシオ♂（50歳）	ルドミラ・デ・ラ・モラ・イ・フリアス♀	1) ファビオ♂	16歳
		2) アラベラ♀	13歳
		3) ロサムンダ♀	12歳
		4) シプリアノ♂	10歳
		5) オリンピア♀	8歳
6. アンセルモ♂（50歳）	エウラリア・バジェ・イ・ガラス♀	1) コルデリア♀	16歳
		2) マルビナ♀	15歳
		3) エスメラルダ♀	13歳
		4) クレリア♀	12歳
		5) テオドラ♀	10歳
		6) ソエ♀	7歳
7. バルビナ♀（47歳）	アドリアノ・ゴマラ♂	1) アイーダ（死亡）♀	8歳
		2) ミニョン（死亡）♀	6歳
		3) ウェンセスラオ♂	9歳

第一部　出発

第一章　ハイキング

1

ちょうどいい時間に目的地へ到着するためには、朝早く、ほとんど夜明けと同時に出発することが絶対条件だ、大人たちは何度もこう繰り返していたが、それを聞いても子供たちは、夏中延々と続きそうなベジーグやチェスの対戦から目を離すこともなく、ただウィンクと微笑を交わし合うばかりだった。

私がこの小説の中心に据えようと思っているハイキングの前日のこと、ウェンセスラオは、コップの水に浸して泡立たせた薬を飲んですぐ鼾をかき始めた母を後に残し、自分のベッドを抜け出してメラニアの横に体を丸めた。すでに消灯時間を過ぎていたので、話し声を召使たちに聞きつけられぬよう声を潜めて彼は喋りかけ、何かにつけて事をややこしくする両親たちのこと、仮に出発できたとしても、午前十一時より前ということはあるまい、あれほど息巻いていたのに、明日になってみれば、いつものしつこいほど仰々しい言葉で予定通り出発できなかった言い訳を並べ立てるにちがいない、コロナ金貨を賭けてもいい、と呟いた。この不遜な予言を聞いたメラニアは、罰として彼の巻き毛を引っ張ってやった。せっかくシーツの下に二人きりでいるのだから、彼を泣かせてしまえば、青い目から流れ落ちる涙を口づけで拭ってやれるし、陶器の人形のような頬に黒い三つ編みを滑らせてやることもできる。

しかし、ウェンセスラオはひるみもしなければ泣きもせず、翌朝すべてが彼の予言どおりになったのを見ても、彼女は賭け金の半分すら払ってやろうとはしなかった。中庭には食料の保管所があり、裸の原住民たちが、あるいは頭に果物籠を揺らし、あるいはホロホロ鳥を紐に吊るし、あるいは金箔を束ね、あるいは荒野で仕留めた鹿や猪を二人掛かりで竿に吊るして肩に担ぎながら現れると、そこでカシルダとコロンバとティオ・エルモヘネスが応対するのだが、ようやく大人たちがその中庭に面した小窓に鍵を掛け、敷地を囲う柵の古びた門扉を閉ざす頃には、すでに十二時の鐘が鳴っていた。

閉ざされた格子の内側から子供たちは、ティオ・エルモヘネスが門の掛け忘れはないか確かめたうえであちこちのポケットに鍵をしまう様子をじっと眺めていた。そして、指を高く掲げた母親たちが念を押すように子供たちを諭し、お利口にしているよう、小さい子供たちの面倒をしっかり見ているよう言いつけ終わると、女たちは旅行用スカートの眩いプリーツを手に取り、男たちはブーツのエナメル革を輝かせながら馬車に乗り込んで、次々と出発していったが、その後にいっそうけたたましい一団が続いたのは、木陰で休むためのクッションや絨毯、主人たちの暇潰しに供する道具類、さらには、トリュフや香辛料の匂いを蒸し返す湯気の間で料理人たちが数週間にわたり汗水垂らして準備した食事まで持たされた召使たちが随行を命じられていたからだった。

敷地内に閉じ込められた三十三人のいとこたちのなかには、木に登ったりバルコニーへ出たりして別れの挨拶にハンカチを振る者もあったが、まだ幼い子供たちは柵の間から涙ぐんだ顔を覗かせ、遥か地平線の彼方まで揺れ続けるグラミネアの荒野に飲まれて馬車の一団が消えゆく様子をしばらくじっと眺めていた。

「よし！」馬車が遠景に消えたのを確認すると、メラニアの膝から下りて溜め息をつきながらウェンセスラオが叫んだ。

「よかったわね、暗くなるまで帰ってこないでしょう」あの約束の言葉を絶対確実なものにしようとしてメラニアはこう唱え、出発の光景を眺めながら寝そべっていたバルコニーのハンモックから体を起こした。

同じハンモックで両脚を伸ばしながらマウロは、メラニアがウェンセスラオの体を起こして籐細工のテーブルに座らせ、ちょうど目の高さにきた巻き毛を、ティア・バルビナの指示通りイギリス風《ア・ラングレーズ》に梳かす様子を眺めていた。母たちと同じように人差し指を立てながら、メラニアは従弟に言い聞かせていた。

「じっとしていなさい……」そして中へ入り、髪をカールさせるための鏝を温め始めた。

すると、まだ生え始めたばかりの髭の毛穴にできた面皰を掻きながらあどけない少年を気取るマウロのムードをぶち壊しにしてやろうと思って、ウェンセスラオは彼に質問を向けた。

「今日の別れの儀式は、オペラのラストシーンのように怪しげで、何だか取ってつけたみたいだったな。そう思わないか？」

「ここでの僕たちの生活自体がいつもオペラみたいなものじゃないか。今さら何がおかしいというんだい？」

「きっと、もう帰ってこないつもりで出発したんだ」

「一体何ということを言い出すんだい、君なんて小悪魔《プペ・ディアボリク》にすぎないというのに！」

「君の永遠の愛人に訊いてみるといい」努めて冷静を装いながらも明らかに動揺している従兄を見て、今日こそ化けの皮を剥いでやろうとウェンセスラオは挑発した。「僕の性器については彼女がよくご存知だからね」

「嘘ばかりだね、ウェンセスラオ。もう君の話なんて誰も信じやしないさ。僕にわかっているのは、君は愚かな母に女装させられて、僕たちまでそれに調子を合わせてやっている、それだけだ」

「それでは見せてあげよう」彼はスカートを捲り上げながらレースの下着を下ろし、九歳にしては随分立派な性器を振りかざした。「どうだい？」

「まあ、汚らわしい！　早くしまいなさい！」熱くなった鏝を紙片にあて、焦げた臭いとともにカールするのを確かめながら戻ってきたメラニアが叫んだ。「私たちはベントゥーラ一族なのよ、ウェンセスラオ、唯一確かなのは外見だけ、よく覚えておきなさい」

それでもウェンセスラオが言うことを聞かないので、彼女は下着を穿かせるついでに尻をつねり、またテーブルの上にじっとさせたうえで、その髪を梳かし始めた。メラニアはお説教を続けた。

「あなた本当に馬鹿ね、ウェンセスラオ。お父様たちが親の務めを忘れて、人食い人種に囲まれたこんな場所で、子供たちに不安な夜を迎えさせるとでも思っているの？」

「愛しいメラニア」彼女に巻き毛を整えてもらいながらウェンセスラオは答えた。「僕が馬鹿かどうかは大いに議論の余地があるとして、間違いなく確かなのは、君は本当にお人好しだね。あるいは、そう人に見られたいだけなのかな。このマルランダで、相変わらず「侯爵夫人は五時に出発した」の決まり事を真実と混同し続ける残り少ないいとこたちと同じだね。最も幼い善良な領主アマデオですら、あの遊びで君が永遠の愛人に、そしてマウロが若き伯爵になるときしか、献身的に子供に尽くす親などいないことくらいわかっているというのに」

「君の言うことには賛成できない」マウロは答えたが、敷地の周りに巡らされた柵をじっと見つめる彼の表情は曇り、その一方でウェンセスラオは、髪を従姉の手に任せながら預言者のような調子で続けていた。

「いや、戻ってはこないよ。ハイキングの目的地が本当にそれほど素晴らしいところなら、今日も明日も、ずっと戻ってなんかこないさ。暇潰し用のカードゲームやマンドリンはもちろん、虫取り網や釣り竿まで持っていったんだ、帰ってくるわけがない。いい風が吹けば、房飾りのついたモスリンの凧まで上げられる。家にある武器も馬車も馬も、みんな持ち去ってしまったじゃないか。召使まで皆連れ出して、たった午後一日のハイキングでさえ、いつもの快適さがなくては過ごせないとでもいうのかい？いや、違うね、戻ってはこないさ。何度でも言ってあげるよ、本当は人食い人種の襲撃が怖くて逃げ出したんだよ」

これを聞いたメラニアは、人食い人種について嘘八百を並べ、不愉快なことばかり言う悪童の従弟を、手に持った鏝で懲らしめてやろうかと思ったが、すでに冷えていたので恨めしく思った……　たまに夜自分のベッドをほったらかしにして他の従姉妹のもとへ行くようなことがあると、彼の髪を梳かしながら、お仕置きに熱い鏝を頭に押しつけてやる。ウェンセスラオは彼女のものなのだから、いつも望みどおり動いてくれなければ許せない。永遠の愛人と結婚することを運命づけられた若き伯爵マウロも、言葉の意味は違うが自分のものだ。そして、作り話の邪悪な侯爵夫人、彼女がお行儀のいい声で揺るがぬ意志を笑窪に込めて何か望みを伝えればいそいそと駆けつけてくるフベナルも、同じく自分のもの。大人たちが出掛けてしまった今、見ないですませるほうが上品なものに分厚いベールを掛ける手伝いをしてくれる人もいないし、いつも彼女のベッドに呼ばれてあのたわいもない遊戯に耽るという話をウェンセスラオがマウロにばらしてしまうかもしれない、そして、ベールの外れた今日という異常な日なら、マウロも従弟の話を真に受けてしまうかもしれない……　いえ、大丈夫、マウロとはともかく、ウェンセスラオとは別に疚しいことをしているわけではない。ティア・バルビナの気紛れで女物の服を着せられた彼など、所詮は玩具、遊び相手以外の役には立たない愉快な着せ替え人形でしかない。メラニアは、従弟の頭の左側に空色のリボンを付けて巻き毛の束をまとめたが、その間も彼は御託を並べ続けていた。

「……もう大人たちは帰ってこないから、そのうち食料は底を尽くし、蝋燭もなくなって、僕たちは途方に暮れるのさ……　そうしたら人食い人種たちは、グラミネアの茎を編んで作った梯子で敷地の柵を乗り越え、呻き声を上げながら屋敷に侵入して僕たちを食べてしまうんだ……」

別荘の周りに出没するという人食い人種については、毎年マルランダへ避暑にやってくると、大人たちが不機嫌な顔で触れることがあるぐらいだったが、ハイキングの数日前から、不気味な焔ですべてを照らす篝火のようになったウェンセスラオが不吉なことばかり口走るせいで、俄かにその存在が現実味を帯びてきたのだった。小さないとこたち——目下のところ敷地の石段で孔雀を追い回している——は彼の言うことを何でも鵜呑みにし、おそらく今あの鳥を追い回しているのも、ウェンセスラオの予言する非常事態に備えて肉を確保しておきたいという無邪気な願いの現れだろう。夜、消灯時間になると容赦なく声と光は消し去られ、恐怖の予感が漂い始める。その頃になると、槍を組んだ柵の向こうに広がる無限の荒野では、背の高いグラミネアが揺れて茎を擦り合わせ、絶えず響いているせいで昼間はほとんど気にならないそのささめきが、航海者を囲む大海の荒波のように、夜になるとベントゥーラ一家の眠りへひたひたと迫ってくる。静まり返った寝室の沈黙のなか、グラミネアの奏でるこのモノディが正体不明の声を掘り起こすようで、安眠のため付けられた天蓋の下、子供たちは大きく目を開けてささめきに耳を澄まし、今もいるのか単なる昔話なのか、事実なのか作り話なのか、どこかで人食い人種の気配がしないかとびくびくしている。

ウェンセスラオはこんな宣告で話を終えた。

「真っ先に食べられるのは、メラニア、君さ！　その胸、その見事な尻……　人食い人種たちに犯され、大切なものを奪われた挙げ句、生きたまま食べられるのさ……」

そしてウェンセスラオは恐ろしい形相で噛む真似をした。

「ひっぱたいてやって！」メラニアはマウロに命じた。

永遠の愛人を守る若き伯爵という役回りが身に染みついていたマウロは、素早くウェンセスラオを追い詰め、足をばたつかせて金切り声を上げながら「もうしないよ」と泣き叫ぶ従弟を両膝の上に押さえつけると、メラニアの助けを借りてそのスカートを捲り上げ、パンツを下ろすや否や、腫れ上がるまでその無様な尻を叩き続けた。

ベントゥーラ一家のハイキングが実施されたのは夏の前半を過ぎたある日のことであり、その頃になると、ずっと屋敷と敷地内に閉じ籠ったまま窒息しそうになっていた三十三人のいとこたちとその両親は、クロッケーやハンモックでの昼寝、そして、美しい夕暮れと贅沢な食事ばかりが続く単調な日々にも嫌気がさし、もはやすることも話すこともなくなって、すっかり意気消沈しているのだった。ちょうど、淀んで腐臭を放つ水から生命が湧き起ってくるように、どこからともなく不吉な噂話が聞こえてくる時期であり、例えば数年前など、地平線を青く染める山並みの鉱山で働く原住民たちが、地区全体を席巻するほどの勢いで広まった伝染病にばたばたと倒れている、その結果、ベントゥーラ一族の繁栄を支える金の生産は壊滅的打撃を受ける、そんなことが話題に上ったりした。蓋を開けてみれば完全なデマであり、確かに、金を叩いて金箔に加工する——これを一家は輸出し、世界中の豪華な祭壇や劇場の飾り付けに一役買っていた——仕事を請け負っていたある村で、数名の原住民が黒い嘔吐とともに死ぬという事態があったのだが、それは青い山並みから相当離れた場所での話だった。我らが友ウェンセスラオの父、医師アドリアノ・ゴマラがその村を訪ねて住民たちを診察し、治療可能な者にしかるべく処置を施した後に別荘へ戻って、パニックになりかかっていた一家を冷静な言葉で落ち着かせた。夏の半ばに差し掛かるとこうした根拠のない噂が流れ始めるのは、別荘での隔離生活が耐えがたいほど長引いてくると、あらゆる娯楽が退屈になり、あらゆる人付き合いも面倒になって、いつグラミネアが実るとか、いつその尊大なプラチナ色の穂が持ち上がって乾いた鞘から綿毛が飛び始めることか、などと話しながら過ぎゆく日々を指折り数えるぐらいしかすることがなくなってしまうからだろう。荒野が様変わりを始めると、それは、子供たちや召使、そして金箔とともに首都へ戻るべく、荷物と馬車の準備を始めるための合図であり、それ以降、有無を言わさず帰り支度が絶好の時間潰しとなるのだった。

あの夏――我々がこの物語の出発点として想像した夏――、一家がマルランダに腰を落ち着けるや否や、大人たちは、愛する子供たちが何か悪巧みを張り巡らせていることに感づいた。子供たちがほとんど物音を立てないのも不思議だったし、いつものように大人の休息を邪魔したりしないのも妙だった。ようやく両親への思いやりを身につけたとでもいうのだろうか？　いや、そんなはずはない。きっと何か示し合せているのだろう。例年に較べて遊び方が大人しいばかりか、どこかよそよそしく、しかも、謎めいていた。南側のテラスに陣取っていた大人たちは、ふとした瞬間に、そういえば午後中ずっと子供たちの姿が見えもしなければその声すら聞こえないことに気づき、驚いて神経を集中させてみると、屋根裏部屋から話し声が耳に届き、敷地の端にある楡の木立を走り回る集団に目が止まる。相変わらず大人たちは、茶を飲み、針仕事をし、煙草を吸い、ソリティアに耽り、通俗小説を読みながら毎日を過ごすのだが、誰かが気になって息子の名前を呼んだりすると、息子は即座に、しかも、箱から飛び出す機械仕掛けの人形よろしくあまりに即座に姿を現すのだった。いかなる解釈も寄せ付けぬこの状況は次第に耐えがたいものになっていった。だが、一体何が耐えがたいというのだ？　子供たちの沈黙か？　それとも、すべてを甘んじて受け入れたようなその微笑か？　時には夕食後に喫煙室で葉巻やコーヒー、マジパンを共にする、大きくなった子供たちだけに許されるそんな特権を彼らが次第に喜びもしなくなっているからか？　そう、こうした幾つもの些事が重なって次第に一家の雰囲気は重苦しくなり、大人たちは恐怖と背中合わせになっていた。だが、一体何を恐れているのだ？　まだ飛んでもいない綿毛に喉を詰まらせ、首を切られたりナイフで一突きされたりする悪夢から目覚める大人たちは、真夜中に水を飲みながらこの質問を何度も繰り返していた。そう、確かに不条理だ。悪夢の原因は美味しいものの食べ過ぎ、そんなことは皆わかっている。もう少し気をつけて、大食いの悪魔の囁きに耳を貸さないことだ。行儀もいい、親を尊敬している、そんな子供たちを恐れることなどない。だが……　もし本当は尊敬していなかったとしたら？　自分たちは心を砕いているつもりでも、子供たちの憎念を掻き立てるだけかもしれないし、仮病を見破ろうとすればそれが薄情と取られ、他の子供たちとうまくやっていけるよう厳しく躾ければそれが個性の剥奪と取られてしまうこともありうる。いや、そんなことはない、それはあまりに馬鹿馬鹿しい話だ。子供らしく彼らは両親を信頼しているし、自分の子供に恐怖心や憎念を抱く大人などいるはずもない。それどころか、いつも子供たちを宝石のように大切に扱い、細かく心を配っているではないか。かわいいテオドラ、蝋燭の火に気をつけなさい、丸焦げになって死んじゃうよ、天使のようなアベリノ、手摺に登ると危ないよ、石の上にでも落っこちたら頭が割れちゃうよ、ソエお嬢ちゃん、膝の傷口を誰かにちゃんと洗ってもらわないと化膿するよ、ひどくなると足を切断しなきゃならなくなるよ……　だが、邪な子供たちは頑なに何度も何度も悪さを繰り返し、後で罰という名の愛情によって親に痛い目に遭わされるとわかっていても直しはしない。

この物語で進行中の、どこか遠くにある甘い景勝地へピクニックに出かけるという計画が、虹色に輝く魅惑の泡のように、どこからともなく降って湧いてきたのは、余りの不安に苛まれていたベントゥーラ一家が完全に言葉を失いかけていたちょうどその時だった。

「「シテール島への船出」……」黄色い絹張りの壁に掛けられた絵を指差しながらセレステが言った。

子供たちが何を企んでいるにせよ、そこから逃れるのにこれほどいい口実はない。ピクニックの日取りを決めるというだけでも、この願ってもない企画の細部をあれこれ議論しているうちに気分が晴れ、得体の知れぬ恐怖の正体を突き止めるために交わしていた会話のことを忘れることができる。こうした心地よい怠慢が続くかぎり、いつもの秩序、とりわけ、彼らの揺るぎない権威はその絶対的地位を保っていることができる。

当然ながら、ピクニックの計画がどこから持ち上がってきたのか、誰も考えてみようとはしなかった。我らがベントゥーラ一族のような者たちは当惑という概念とは無縁だった。とはいえ、何かのきっかけで少年時代を思い出し、広大な領地のどこかに隠れた秘境がある——あるいは、単にあって欲しいという願望だったのだろうか？——と祖父の話に聞いたことがある、そんなことを言い出す者ぐらいはいたかもしれない。また別の者が、幼少時代の実体験や記憶の底に眠っていた思い出を掘り起こして補足し、このあやふやな楽園に現実味を与えることもあったかもしれない。そうこうするうちに、このハイキングが何とも言えず魅力的な企画に思われてきたのだった。図書室に閉じ籠っていたアラベラはそわそわし始め、腰に付けたホルダーから鍵を選んで、木の匂いのきつい大箱やクローゼットを開けてみずにはいられなかった。すると、一体いつからそこに忘れられていたのか、蜘蛛の巣とキクイムシの残した塵の下から、色褪せて染みだらけのせいで判読しにくくなった地図や年代記、書簡などが出てきた。小さな眼鏡の焦点を定めながらアラベラはこの神秘の文字を解読し始め、このところずっと話題に上っている楽園について、その存在を決定的に裏付けると思われる情報を引き出したのだった。

そこで一家の男たちは、菩提樹の木陰に吊ったハンモックに寝そべったまま、原住民の代表者に出頭させて話を聞いてみることにした。尊敬と畏怖の念で頭を下げて背を丸めた数名の老人たちは、たどたどしいオノマトペを通じて、今や熱望の対象となりつつあった景勝地が確かに存在することを一族に伝えた。どうやら、夏の退屈凌ぎに思い描いた理想郷とそれほど遠く隔たっているわけではないらしい。それなら行ってみない手はない。このマルランダにも馬と馬車の大部隊で到着したのだし、同じ馬車で探険に繰り出せば楽しくないわけがない。当初、快適な暮らしに慣れた女たちは参加を拒み、楽園が実在するかどうかはさておき、人食い人種の危険に身を晒すのは嫌だと言い張った。慎重論もあったものの、男たちは原住民部隊を四方八方へ派遣して情報を集めた。すると、熟練の案内人たちが、蜜の香りのする花や宝石の頭を持つ鳥、砂銀の詰まった椀や見たこともない甲殻類の紫色の鋏などを携えて戻ってきた。これに欲望を刺激された女性たちは、夏中ずっと子供たちの面倒を見て一番辛い思いをしている自分たちこそ、たまの息抜きを存分に楽しむ権利があると言い立てて、ピクニックの企画を熱烈に支持し始めた。

そして別荘暮らしのリズムが変わった。屋敷内は熱狂と歓喜に包まれ、不愉快なことなど考えている暇があるのならピクニックの計画でも立てようということになった。他方、出発の日が近づくにつれて子供たちはますます眠りを妨げられるようになり、大人たちが自分たちを見捨てて安全地帯へ逃れるや否や、肉に飢えた人食い人種が襲撃に来るにちがいないと考えて怯えていた。旅の準備がせわしなさを増すにつれて、子供たちは着実に忍び寄る大虐殺の影に怯え、逃げ出そうと思えばいつでも逃げ出せる大人たちの特権を恨めしく思うのだった。もちろん女性たちは、こうした厄介な問題など気に留めることもなく、それどころか、ピクニックに何を着ていこうかと思いを巡らすばかりだった。透き通るように白い額を日差しから守るため、無表情な木彫りマネキンの頭に乗せて帽子を整え、南部に生息する派手な鳥の羽を飾りにあしらった。使用人部隊も、この時ばかりは形ばかりの間諜という不名誉な仕事から解放されて旅の準備に狩り出され、男たちは、馬の調教、馬車の点検、鐙、鞍、面懸の艶出し、車輪の油差しに余念がなかったのはもちろん、何百人という料理人と庭師を運ぶことになるボロ馬車と荷車までぬかりなく整備した。その一方、恨めしき親族たちによって塔に幽閉されていたアドリアノ・ゴマラは、自分も屋敷内のお祭り騒ぎに参加させろと言わんばかり、助けてくれ、殺してくれ、早く苦しみを終わらせてくれ、と叫び続けた。気狂いの叫び声にベントゥーラ家の気晴らしを邪魔されてはかなわないということで、監視役のフロイランとベルトランは、とうとう彼に再び狭窄衣を着せて猿轡を噛ませることにした。

だが、アドリアノ・ゴマラはもう何年にもわたって塔から叫び声を上げ続けていたから、実際のところベントゥーラ家の者たちは、彼の呪詛や警告などすでに気にも留めなくなっていた。

一行が出発した少し後、ウェンセスラオは、朝からずっと聞こえ続けていた父の叫び声が止んでいるのに気がついた。

「卑怯者どもめ！」異変に気づいた彼は、傷めつけられた尻を母専用のバラ色のビデで冷やしながら呟いた。「鎮痛剤で眠らせたにちがいない」

彼はフリル付きのスカートを丸めてパンツを上げた。そして、普段バルビナが息子の顔に化粧を施してかわいらしい人形に仕立てるときに使うスツールへよじ登ってみた。出発のドタバタのせいで今日は母もそんなことにかまってはいられなかった。ウェンセスラオは自分の顔を鏡に映し、版画に描かれた少女のように、頭を左肩のほうへ傾けて愛嬌のある膨れ面を試してみたが、すぐに肩をいからせて眉をしかめた。小瓶の間を掻き分け、ひっくり返ったガラス瓶や頬紅のスティックが散乱するなかからようやく鋏を見つけ出すと、金色の巻き毛を額の上に集め、ほとんど根元から次々と切り落としていった。髪束が洗面台の底でローションや軟膏と混ざり合ってどろどろの液体と化していくなか、再び顔を上げて鏡を見つめると、水銀の向こうから見つめ返してくる少年の目は、陶磁器のような輝きを失っていた。ようやく巻き毛の縁取りを逃れた顎が、繊細ながらも力強くせせり出している。ケルビムのような病的輪郭は崩れ落ち、大胆に切り取ったようにはっきりした唇が、目の前に自分の姿を認めて愚弄の笑みを浮かべている。彼は鏡のほうへ手を伸ばし、反対側から差し出された相手の手を握ろうとした。

「やあ！」彼は叫んだ。「僕はウェンセスラオ・ゴマラ・デ・ベントゥーラだ……」

時間を無駄にしている暇はないし、その他堅苦しい紹介の儀式は省略することにした。そして駆け出した。大人たちは確かにもう二度と戻ってこないのかもしれないが、といってすぐに帰ってくる可能性もないではない。スカートを捲り上げて廊下を駆け抜け、寝室や大部屋、書斎や居間、衣裳部屋や玩具部屋を次々にやり過ごすと、口々に「何だ、そのシラミ持ちのような顔は？」などと訊いてくるいとこたちには目もくれず、打ち捨てられた大邸宅の寝室や通路を突き進み、楕円形の玄関ホールの壁を伝って、蛇のように広がる銅と大理石の派手な階段の上へ辿り着いた。ウェンセスラオがカンテラの前で一瞬躊躇したのは、そこから滑り台のように下へ伸びていく銅の手摺の周りには、普段なら、艶出しという名目のもと、アマランスと金の制服を着た従僕が四人、子供たちがその上を滑り降りる夢を妨げるためだけに飽きもせずじっと目を光らせているのだが、その日は、すでに何人ものいとこがキャッキャと笑い声を上げながらその磨き抜かれた表面へ殺到していたからであり、これを見て彼は普通に階段を降りていくことにした。階下へ至ると、玄関ホールの床にあしらわれたコンパスローズを全速力で横切り、喫煙室、ティオ・アンセルモがボーヴェの絨毯の上に仮設のボクシング・リングを備え付けた小部屋、さらに、孔雀石のテーブルを配した展示室をやり過ごした後、息を切らせて図書室の前で立ち止まった。そして、ノックの音で到着を知らせると、ドアが開くのを待ちもせず中へ踏み込んだ。

「アラベラ?」彼は訊ねた。

「今、下りていくわ」四段に積み重なった本棚の一番高い段から従姉は答えた。「もうみんな行っちゃったの?」

「ああ。でも、フロイランとベルトランにしてやられた。これじゃ会うこともできない……」

「少し待てば大丈夫よ」

「もう五年も待っているよ」

アラベラが降りてくる間、慎み深い従姉への気遣いから――偽りの気取り以上のものを備えていれば、他の従姉たちの前でも同じことをしていただろう――彼は屏風の裏に隠れ、女物の服を脱ぎ捨てて、青ズボンに白シャツ、履き心地のいい靴という出で立ちになった。そして声を掛けた。

「もういいよ」

男物の服を着て髪を短く切ったウェンセスラオを見ても、アラベラは黙ったまま驚きの表情すら見せなかった。それでも、頭を後ろへやることで、小さな鼻の上を滑り落ちていた眼鏡の焦点を合わせながら、四倍に強化された視力で彼の姿を見つめた。アラベラが相手であれば、大げさな反応をされるのではないかという心配は無用だった。ほとんど図書室から出ることもないまま十三歳になっていた彼女にとって、もはや目新しいことなどまったく何もなかった。初めてのズボンと巻き毛を隠すための帽子を買ったときから、ウェンセスラオにはそれがよくわかっていた。最初にアラベラを選んだのは、彼女の協力があれば、家族の誰一人として立ち入ることのない図書室に、自分本来の姿を取り戻すための衣裳を隠しておけるからだった。夜、使用人たちの監視の目を盗んで寝室を抜け出し、図書室へ下りてじっと息を潜めて心を落ち着けた後、何時間も男物の服に身を包んでいることで、ウェンセスラオは女装によって偽装された時間を取り返すのだった。彼の前で鷹揚な微笑を浮かべたアラベラは、スカートの上で両手を丸めたまま、何かしなければ、何か自分の存在意義を見つけなければ、そんな身を引き裂かれるような思いに煩わされることもなく、窓脇のコンサート椅子にじっと座って、内に秘めた怨念を静かに噛みしめていた。そして今、従弟の姿を見ると彼女は言った。

「塔へ行くの？」

「一緒に来て」

「嫌よ」

「なぜ？」

「声が震えているじゃない」

「当たり前じゃないか」

「希望と呼ばれるもののせいなの？」

「もちろん」

「希望のせいでそんなにびくびくするのなら、私は希望なんかいらないわ」

「アラベラ、もし希望がなければ人は生涯一人ぼっちになって、誰かに、何かに身を捧げるべき歳になっても、何もできなくなってしまう」

「私だって大人たちを遠ざけることに身を捧げてきたけど、あなたみたいにびくびくしたことは一度もなかったわ」

「君のようにやむにやまれぬ事情で怨念を背負い込んでしまった人間は、希望など感じなくなるのかもしれない」

アラベラは何の迷いもなく答えた。

「そんなことはないわ、怨念の力で大人たちをピクニックに追い出し、その幻に包んでやった今、あなたの計画に賛成ではなくとも、あなたには希望を感じるわ」

「幼い僕には父に頼る以外の計画は思いつかない」

「危険な賭けね」

マルランダを律する多くのしきたりの一つに「溺愛の時間」というのがあり、この時間になると、他の女の前で母たちが自分の優しさを見せつけるためだけに子供たちを集め、情熱的にキスと愛撫を捧げながら、あなたたちに何かあったら私は死んでしまう、など戯言を口にするのだった。そうした愛情競争が起こっていたある時、当時まだ小さかったアラベラが失神して倒れたことがあった。母ルドミラは、言いようのない苦しみに囚われてストッキングで首を吊ろうとしたが、そのせいで医師と家族の注目の的になった。母子ともども一時は危険な状態に陥ったが、その後二人とも無事回復し、この一件によって愛情競争の勝者となったルドミラは、母親の模範、母性愛の象徴として、夫テレンシオはもちろん、家族全員から絶対的崇拝を受けることになった。他方、以後アラベラの成長は止まり、彼女は巧みに自分の気配を消す術を身に着けた。両親から身を守ろうとでもするように彼女は人の意識から消え、本に挟まった脆い押し花のように、腐るのではなくばらばらに崩れ落ちて死ぬ虫のように、次第に生気を失っていった。怨念だけが支えというのは彼女が作り上げた嘘であり、本当は、腰から下げた重い鍵束のせいではなく、立派な両親、テレンシオとルドミラに喜びを提供することのできない苦しみのせいで、彼女のすべてが縮んでいったのだ。その意味では、アラベラの運命も他のいとこたちの運命と何ら変わるところがなかったが、それが彼女には耐えられず、縮みゆくうちに、苦しみの旗印となった怨念にすがりつくようになった。大人たちが彼女に対して感じていたもの、あるいは感じなかったものの必然的結果だったのかどうかはともかく、アラベラは大人たちがいなくなればいいのにと思い始め、殺すのではなく、どこかへ遠出させるという形で彼らの存在を消し去ろうと目論み始めた。私としても、ピクニックの発案者が、生真面目で、いつも人目を忍ぶこの風変わりな娘だったと読者にお伝えしたいところなのだが、残念ながら事実はそうではなかった。実のところ、彼女にもウェンセスラオにも、そしてアドリアノ・ゴマラも含め、別荘の住人の誰にも、その正確な出所がどこなのかはわからないのだった。だが、大人たちの陳腐な想像力によって思い描かれた理想郷に的確な情報を補足し、彼らの注意をそちらへ惹きつけたのはアラベラだった。彼女は言葉巧みに使用人たちを騙し、屋根裏部屋に置かれていた書類満載のトランクを図書室へ下ろさせた。そして、トランクの底から埃にまみれた古地図の束を掘り起しながら、大人たちを追い出すための偽装工作を練り上げ、ウェンセスラオの手を借りて、黴の染みが山脈に見えるよう、白蟻の食った穴が確かな道程を示す偶然の手掛りに見えるよう、入念に細工を施した。まるで判別不能な暗号で書かれた古代語のような地図を鮮やかに読み解いていくアラベラの能力に、大人たちは舌を巻いた。それでいて、一歩図書室を離れると、すぐに大人たちの頭からアラベラの姿が消えるのだが、何か説明が必要になると、またすぐに彼らはアラベラのことを思い出した。この繰り返しが彼女には耐えられなかった。いい加減にしてちょうだい！　さっさと行ってしまえばいいのに。そして、本当に大人たちがいなくなった今、もうすぐウェンセスラオが自分の計画を実行に移せば、ずっとこの窓脇の椅子に座ったまま、朝から晩まで、この別荘のあやふやな敷地内を移動する光の様子を頭に思い描く以外に何もすることのない、自分本来の姿を取り戻すことができる。アラベラはウェンセスラオの額にキスしながら、この別れの儀式が終われば平和な毎日が訪れるのだと思った。

「お父様によろしくね」彼女は言った。

「連れてくるよ」

「お願いだからそんな真似はやめて」

「会いたいんだろう。父さんだって会いたがるさ」

「私には迷惑よ」

「君が必要なんだ、アラベラ」

「もう大人たちは追い払ったじゃない。これで私の役目はおしまい。お願いだから、あとはそっとしておいて」

別れ際にウェンセスラオは、しばらく自分の手の中に、植物のように体温のない彼女の手を留めておいた。そしてドアへ向かいながら確信を深めていた。父ならばきっと、従姉の苦痛をさらに練り上げ、その潜在能力をもっと刺々しい、それでいて、もっと近づきやすく、皮肉すら優しく受け入れる何かに変質させてくれることだろう。もし苦痛だけが唯一の可能性ではなく、単に数ある可能性の一つにすぎないということになれば、一体アラベラはどんな娘になるのだろう？　当惑したような彼女は、怯えた顔から立ち昇る軽い湿気に眼鏡が曇っていたせいで、本棚へ続く螺旋階段に差し掛かったところで躓いていた。背中を軽く一突きしてやるだけで、怨念と本に閉じ籠った生活から抜け出すことができるはずだ。

「そんなに本ばかり読んで一体何になるんだい、アラベラ？　だって……」

彼女は本棚の一番高い段の手摺に寄りかかっていた。自分に向けられた嘲りの気持ちとともにアラベラの顔が大人びていくのを感じながら、ウェンセスラオは考えていた。やがて家族を包む分厚いベールが不要になれば、皮肉なことに、この従姉が率先してその一枚一枚を引き裂いていくことになるのだろう、そして、周りは黙ってこれを受け入れるしかないのだろう。アラベラが上から問いただす声が聞こえてきた。

「何の本のこと？」

「ここにあるすべての本だよ」ベントゥーラ一族の誇りを込めて彼は答えた。「曽祖父の代から受け継がれたこの名高い図書室の蔵書じゃないか。印刷黎明期の本まであるんだろう？」

アラベラは余裕の笑みを見せた。

「見てみたい？」

この反応を見てウェンセスラオは、アラベラには優越感というものがまったくないことに気がついた……無理もない、これだけ毎日本の世界に閉じ籠っていれば……

「あのね」彼は答えた。「今時間がないことくらいわかっているよね」

「いいじゃない。お父さんなら睡眠薬を飲まされているから、まだ当分目を覚ますことはないわ。一緒に昔の本でも見ながら過ごさない？」

「だから、今すぐ顔だけでも見たいんだよ……」ドアを開けながら彼は呟いた。

それでも、部屋を出る前にちらっとアラベラのほうを見やると、サイズごとに整理された本棚の一角を押しやる彼女の手を跳ね返すような具合に、棚の上に黒く並んだ背表紙の厚紙が蓋のように飛び出し、ページも文字もない空っぽの中身を剥き出しにする様子が目に入った。

2

ウェンセスラオはその時初めてこの秘密を知ったのだが、他にも彼の知らない秘密はまだたくさんあった。大人たちは、子供たちが一つ上の階級、つまり自分たちと同じ大人になるまで真実を打ち明けないことにしていたのだ。だが、この物語の発案者たる私には、何をいつ語り、説明するか決める権利があることだし、父が幽閉されていた塔へ向かってすでに足を踏み出していたウェンセスラオを唖然とさせたこの秘密について、ここで種を明かしてしまうことにしよう。この時、ウェンセスラオは考えてみずにはいられなかった。図書室が空っぽなのに、アラベラはどうやってあれほどの情報を入手していたのだろう？　なぜあんなに物知りなのだろう？　そう自問自答した途端、すぐに頭は他の質問で一杯になった。本当に彼女は物知りなのだろうか？　無知な自分の思い込み、さらには、博識の相談相手がいると好都合な大人たちの、単なる思い違いではないのだろうか？

ベントゥーラ一族の図書室は誰の勉学意欲を掻き立てることもなかったし、また、本に対する大人たちの発言――「本など読んでも目が悪くなるだけ」「本なんて革命家や思い上がった教師くずれが読むもの」「本から得られる文化など、立派な家柄には遠く及ばない」――もまったく同様だった。子供たちは、紫檀飾りの手摺に守られた四段の本棚に圧迫されたようなこの大きな部屋への出入りを禁じられていたが、これも大人たちが子供たちを抑えつけておくための形骸化した規則の一つにすぎなかった。何千と並んだ豪華な背表紙の裏側に活字一つ存在しないことは、大人たちの誰もが知っていた。祖父がこの部屋を作らせたのは、上院の議論で、見かけ倒しの自由党員に「いかにもエリートらしい無知な人物」と評されたことがきっかけだった。仕返しとばかり、祖父は首都の賢者――その多くは自由派――を呼び集め、人類の叡智すべてを総括するような書籍と著者の目録を作らせた。祖父が勉強に目覚めたという噂がまことしやかに流れたものの、実際には、賢者たちに勧められた本を読むどころか、世に聞こえたフランス、イタリア、スペインのモデルを参考に、最高級の革をふんだんに費やして本の背表紙だけを作らせ、鉱山で採れた金でそこにタイトルと作者名の金文字を彫らせた後、そのためだけにマルランダの別荘に図書室を用意してすべてを収容しただけだった。そして祖父が、中傷の言葉を放った自由党員に偽りの友情と反省を示して別荘へ招待すると、この待遇にすっかり気をよくした彼は、自らの文化的教養をひけらかそうとして詩的感情を高ぶらせ、しつこいほど賞賛の言葉を並べながら図書室を見渡した。語り伝えられているところによると、最も高い位置にあった本棚の一つから本を引き出そうとした彼は、いくら頑張っても本が出てこないのはなぜか理解できぬまま力任せに背表紙を引っ張ったのはいいが、その時躓いた拍子に手摺が折れて真っ逆さまに世界地図の上へ墜落し、その中心を支えていた銅製ポールに脳天を貫かれたという。一族以外の者で、ベントゥーラ一族に別荘へ招待される栄誉に与ったのはこの男が最後だった。人食い人種の話を筆頭に、マルランダの別荘にまつわる他の多くの噂と同様、この話もまた単なる作り話ではないことの証しとして、手摺は壊れたままにしておかれた。ウェンセスラオは、人食い人種の話など、恐怖で子供たちを縛りつけるための作り話でしかないと完全に決めつけ、その対策に莫大な費用をかけてまで自らの嘘を信じ込もうと躍起になっていた大人たちのことなど、はなから信用していなかった。人食い人種については、もはや記憶も及ばぬ遥か昔から受け継がれた伝説として、その存在が何代にもわたって信じられてきたのは確かであり、それが実在しないとなれば、一家は結束を、ひいては権力を失ってしまうことになるかもしれなかった。マルランダの地へ踏み入った最初の祖先が掲げた文明化計画のなかで、神秘のベールに包まれた食人習慣の撲滅は最重要課題とされ、集団行為のなかで最悪、最も忌まわしい野蛮の象徴とされたこの犯罪を一掃することこそ彼らの使命となっていた。蛮人の首を切り、集落を焼き払うことでこの十字軍的遠征に成功を収めた最初の勇者たちは、ベントゥーラ一族に文明の伝道者という栄誉をもたらしたのみならず、原住民から奪った土地と鉱山の恩恵を受けることとなった。世代を重ねるにつれて原住民たちは、かつての血なまぐさい風習を完全に忘れて肉食まで放棄し、かつて没収された武器のことなど覚えてすらいないようだった。確かに狩りは続けていたが、それは、巧妙な罠を仕掛けておいて、叫び声を上げながら地平線の向こうまで際限なく広がるグラミネアの荒野を駆け巡ることで獲物を追い込む、という形式だった。多様な獲物を捕えることができたが、随分前から肉の味など忘れていた彼らがこれを食することはなく、毎年マルランダで三か月を過ごすベントゥーラ一族に、こんな僻地でも許される数少ない享楽の一つとして提供され、滋養に富む美味な料理として食卓に並べられることになった。

　そんな折に原住民を見ると、彼らがかつては高貴な、そしてもちろん残忍な種族を成していたことなど想像もできなかった。恵まれた領主のなかには、領内に住むもう少し文明化した原住民を避暑時の召使として雇い入れることのできた者もいるようだが、ベントゥーラ一族はそのような幸運に恵まれず、毎年首都で新たな使用人を募集せねばならなかった。これには確かに煩雑な作業が伴う反面、それなりの利点もあり、最も大きかったのは、別荘内で誰も原住民と顔を合わせずにすむことだった。とはいえ、灰色の肌に大きすぎる頭をした彼らが、眉を顰めて俯いたまま、棍棒で金を叩きすぎたせいで太くなった腕を振るって敷地内の菜園で働いていることは誰もが知っていたし、家の高い塔へ上れば遠方に見える荒野の茸のような集落では、乾いたグラミネアの茎を撚り合わせて作った貧相な小屋に住む彼らが、いつも物臭に薄汚い子供や家畜を育てていることもよくわかっていた。

ハイキングの前日、消灯時間後の寝室では、幼いいとこたちが熱に浮かされたようにひそひそ話を続け、別荘を襲撃した野蛮人たちが、ボッカート・ディ・カルディナーレと呼ばれていた一番の肥満児、しかも最も色白で柔らかそうなシプリアノの体をどう煮込んで美味しい料理に仕上げるか、あれこれ憶測を巡らせていた。恐怖のあまり前後不覚になっていたシプリアノは、父の声さえ聞けば、幽霊など入り込む余地のない厳しい大人の世界を前に、子供じみた囁き声など崩れ落ちるものと期待して、部屋を飛び出した。そして、裸足のまま爪先立ちで、洞窟のような闇に包まれた階段とがらんどうの部屋を通り抜け、一家の男たちが就寝前の最後の葉巻を吸っている小部屋のドアへ辿り着いた。彼の父、傑物のテレンシオの声が聞こえ、ほんの十年ほど前までは、厳しい監視にもかかわらず、食人習慣の形跡があちこちに残っていた、そんな話をしている最中だった。何を意味するのか明らかな舞踊、人の体を象った野菜類を貪る饗宴、出所の怪しい骨を組み合わせた打楽器……　いや、イデオロギーじゃない、テレンシオは続けていた、確かにベントゥーラ一家の生活様式はある種のイデオロギーだと言えるだろう、だが、原住民のそれは、血に流れる憎念から発生する毒、天罰を受けてでも生き延びるために発揮する残忍な本能、今のまま生き延び続けることだけを願う部族の非人間的本性、そんなものにすぎない、だから、野蛮人に対する十字軍は、単に防御の意味のみならず、これからも続けるべきなのだ。これを聞いて涙が込み上げてきたシプリアノは、白檀のドアに彫り込まれた花冠の上に、悲嘆に暮れた頭をもたせ掛けた。つまり、人食い人種は本当に存在するのだ、父たちは明日のハイキングでも奴らから身を守るべく万全の備えをしているのだ……　もしハイキングの列を襲うのではなく、直接別荘へ襲撃をかけてきたら、子供たちが食べられてしまう、しかも、最初の犠牲者は一番の肥満児である彼自身……

突如暗闇から白手袋をした手が現れ、シプリアノの耳を掴んだ。

「こいつめ！　こんな時間に何をしている？　就寝時間を破ったらどういう目に遭うか、わかっているな？」

執事の巨体がシルエットとなって浮かび上がり、その地位を示す記章と制服を縁取る金モールが光ったが、上のほうでは顔が闇に隠れていた。

「どうなんだ？」彼は容赦なくシプリアノの体を揺すりながら言った。「どうなんだ、小僧？」

暴力の予兆となるこんな脅し文句に答えても何の意味もなかった。就寝時間を過ぎれば、何が違反行為で、どんな罰に値するのか、決めるのは召使部隊を率いる執事なのだ。三回目の銅鑼が鳴った後の出来事については、執事も召使たちもベントゥーラ一家に詳細を報告する義務を負っていなかったから、判決――こんな言葉の使用を読者にお許し願いたい――はこの男の匙加減一つで決まる。別荘の秩序を保ちさえすれば高額の報酬が保証されている……　そう、そして秩序の維持に不可欠なのは、子供たちが両親に対して、優しく落ち着きのある人物というイメージを抱き続けることだ。例えば、見回り中の召使が、就寝中の子供の手の動きが怪しい、手を繋いで眠ってはならないという原則――食人習慣に由来する忌まわしき行為――に反する、と判断を下せば、その子供は地下室で鞭打ちの刑に処され、野蛮人との関係について尋問を受けることになる。だが、体に痕が残ると、後で子供たちが両親に訴えることがあるから、年ごと拷問技術に磨きをかけてきた召使たちは、先端をフェルトで偽装した恐ろしい鞭や、柔らかい絹でできた手錠を準備し、拘束した子供の背中で手首と踵を束ねて縛り上げては、痛々しく反り返った体に向かって尋問を繰り返すのだった。時に召使を糾弾する子供もいたが、両親の返事はいつも同じだった。

「夢でも見たのだろう、そんなひどい拷問を受けたのなら体に痕が残るはずだ。どこにある？　どれ、見せてごらん……　何も見えないぞ。証拠がなくてはそんな話は信じられない。いいか、嘘をつくものではないぞ、お前にもわかっているはずだろう、そんなのは心を悪習に蝕まれた原住民たちのすることだ。一族に人食い人種の魔の手が及ばぬよう、よく見張っているのが召使たちの務めだ」

ベントゥーラ一家の最年長者エルモヘネスの妻リディアは、使用人、料理人、召使、馬丁、倉庫の管理人、大工、仕立屋、庭師、洗濯担当、アイロン担当から成る大部隊の全権を掌握していた。家族の誰もが認めていたとおり、こんな重責を預かることができるのはリディアだけだった。夏の間この大部隊を最大限に活用することがその任務であり、そのために彼女は、怨恨、盗み、いさかい、怠慢、義務の不履行、食人習慣根絶への懐疑といった背信行為に厳しく目を光らせていた。食人習慣撲滅に与する点で部隊は十字軍のような使命を帯びていたが、彼らに言い渡されていた第二の指令は、厳格に主従関係を守ることであり、静かなバカンスを過ごすベントゥーラ一家の生活空間に、彼らのような不完全な人間は誰一人入り込んではならないのだった。すべては立居振舞《トニユ》の問題であり、非の打ちどころのない完璧な所作を見せつけることが重要なのだ。立居振舞《トニユ》さえ完璧であれば、身なり――及びその意味する地位――

という身分証に頼るまでもなく、人格などあってなきがごとくの下級人間と袖触れ合う必要はなくなる。ベントゥーラ一家の別荘に勤める三か月が終われば彼らなど存在しないも同然なのだから、リディアはこの期間彼らをしっかり働かせることだけを考えればいいのだった。毎年首都へ戻れば、安堵の溜め息とともに、備品のすべてを返還させた後、部隊を解散する。再びマルランダで夏の休暇を過ごしたいと願い出る者は一人もいなかった。町への帰還とともに一括して支払われる給料は、リディアの機械的な計算法に則って、規律違反による罰金や、支給品以外の消費物資に対する天引き分を差し引いても、まだ相当な額に上った。召使の制服、庭師の青いダスターコート、馬丁の黒シャツ、料理人の白エプロンのなかで人格を消して過ごすのは屈辱的体験であり、厳しい監視を受ける生活は辛かった。仕事を終えた彼らには、どことなくぎこちない仕草と卑屈な性格が生涯体に染みつき、何十年経った後でも互いを容易に識別できるほど――どうでもいいことだが――明確な人間集団を形成することになった。

毎年リディアは、マルランダ出発を目前に控え、一新された使用人部隊の教育を終えると、演壇の高みから彼らに語りかけ、子供たちをいかに扱うべきか、長広舌をぶった。破壊者たる子供たちは諸君の敵であり、彼らは規則に異議を唱えて秩序を破壊することしか考えていない。まだ大人たるに必要な叡智を備えていない子供は、極めて残忍な生き物であり、批判や疑問にかこつけて何かと難癖をつけ、反抗し、汚染し、要求し、破壊し、攻撃し、平和と秩序を掻き乱し、やがては、いかなる批判も寄せつけぬこの偉大な文明という秩序の監視者たる諸君を打ちのめすに至る、この点をよく肝に銘じておいてほしい。これに勝る脅威といえば人食い人種の存在だけであり、下手をすると子供たちは、無知なまま何の悪気もなく、いや、まったく気づくこともないまま、彼らの手先となってしまうかもしれない。確かに、諸君はあくまで子供たちに仕える身分であり、表面上彼らに絶対的服従を装う義務を怠ってはならないが、実務においては、どれほど厳しくしてもしすぎるということはない。ベントゥーラ一族を代表してこのリディアが、諸君にスパイ網及び懲罰組織創設の権限を委譲するので、諸君の総司令官たる執事に授けるこの規則集をもとに詳細な検討を重ね、執事の指示に従って二十四時間体制で厳しい監視網を敷いてもらいたい。特に就寝時間以降、執事の命令は絶対であり、完全服従を旨とし、異議を挟むことなく迅速に従うことで、子供たちが大人の手を煩わすような事態を避けること。夏の間諸君のこなす重要な役割のうち、首都への帰路、鉱山から採掘された金の運搬に際し、武器を持って仮想敵から隊列を守ることと並んで、いや、それ以上に重要なのは、子供たちの振舞に厳しく目を光らせることであり、子供の悪事によって我ら大人たちのせっかくのバカンスが邪魔されることのないよう十分気を配っていることだ。子供たちは何でも鵜呑みにしてしまう。大人たちの完成された心と違って、子供の心は天使のように純真無垢だから、夢物語でも簡単に信じ込んでしまうし、家族の教え以外に耳を傾けてはいけないといくら言って聞かせても、口にするのも憚られるような出所の怪しい噂話にまで影響されてしまう。

最後に——リディアは続けた——二つだけ。遥か昔から、ベントゥーラ家の使用人となることはこの上ない栄誉だった。かつては、汽車でマルランダへの旅路に着くべく、首都の通りを行進していくと、使用人部隊の立居振舞《トニュ》に象徴される我が一族の威風を一目見ようと、人々がバルコニーへ顔を覗かせたものだ。その名声に恥じぬ振舞をするように、そしてそのためには、時として攻撃は最大の防御となる、この二点をよく覚えておくように。こう言ってリディアは演説を締めくくるのだった。

　リディアが毎年直面する最大の難問は、前年度の執事の代わりを見つけることだった。ベントゥーラ家と同格の家族、それももちろん、使用人の躾が行き届いた家族に紹介を求めるのが一番手っ取り早い方法であり、毎年候補者には事欠かなかった。大家族に仕えて複雑な暮らしを取り仕切った経験のある者であれば、女中と問題を起こしたりする可能性は低いし、余計な想像力に煩わされることもないから、何年にも及ぶ規律一筋の生活で抱え込んだ怨念を如何なく発揮し、ご奉公、あるいは、勇気という名のもと、残虐性という至上の花冠でベントゥーラ一家に忠実に別荘の生活を切り盛りしてくれるばかりか、大抵の場合、少年時代からの長い使用人生活を通して培った服従の精神に磨きをかけて仕事に精を出すことになる。

　ベントゥーラ家に仕えた執事は数多いが、皆まったく同じだった。誰もが長い使用人経験で鍛えられた完璧な執事であり、ほとんど機械的に職務をこなしていくだけだったから、その一人ひとりについて、名前や個人的特徴などを覚えている者など一家には誰もいなかった。だが、誰にも忘れることのできないもの、子供たちの悪夢と大人たちの妄想に繰り返し現れるのは、金の刺繍を施したあの名高い制服であり、バッジと記章に飾られ、金モールと飾りボタンと星印を輝かせたあの重く固く厳めしい伝統の衣装は、毎年変わるせいで区別のつかない執事自体よりはるかに持続性のある生命体となり、別荘の秩序の象徴として一家の想像力に不気味な光を投げかけ続けている。しかも、巨大な制服だったから、実際のところ、これをだぶつかせることなく着こなすことのできる巨漢の執事候補を見つけるのが難しかったとすら言えるほどだろう。条件を満たす候補者が見つかって、しかるべき訓示を授ければ、あとは誰が執事になっても同じこと、一家の儀礼を刷新する意志もなければ、職務に伴う栄誉以外何ら望むこともなく、つつがなく任務をこなし終えた暁に、首都へ戻って報酬として用意されているのは、主人たちが住んでいるのと同様ではありながらも庶民的な地区に建てられた慎ましい一軒家であり、ベントゥーラ一族のような貴族階級の住む棕櫚並木に立ち並ぶ豪邸を真似ただけで平凡な外観の建物を、彼らは恭しく受け取るのだった。

子供たちは召使一人ひとりのことを知りつくしていたから、想像力に乏しい彼らの張り巡らす陰謀のレベルなどたかが知れていることもよくわかっていた。ちょっとしたお世辞や微笑だけで簡単に買収できるのはもちろん、彼らが一枚岩で団結しているどころか、内部には血なまぐさいいさかいが絶えず、とりわけ、厳しい上下関係に支配されていることまで、子供たちにはお見通しだった。無知な召使たちは、昼間は大抵黙って恭しく仕えている相手に対し、夜いきなり権力を持たされても、すっかり舞い上がってどうしたものかわからず、いざ子供たちを処罰する段になるといつも不安にとりつかれるため、やたらと仰々しい振舞に陥ってしまう。この物語の語り手たる私は、執事がシプリアノを叱りつける場面をすでに描いたが、その時の執事もまったく同じ状態に置かれていたのであり、この説明を終えたところで、再び私の語る物語の現在へ戻ることにしよう。

平手打ちを食らった目と引っ張られた耳が痛んだものの、執事が説教をぶっている間にシプリアノは暗闇で椅子を蹴飛ばし、飾り棚と甲冑に紛れて階段へ達すると、相手に自分の正体を突き止めさせる隙も与えず二階へ逃げ去った。寝室の偽りの沈黙に再び溶け込むや否や彼は、まだ寝ついていなかったいとこたちに秘密の伝言を回し、白檀のドア越しに得た情報を詳細に語って恐ろしい噂を裏打ちしたばかりか、かつては自分が最大の犠牲者だった恐怖を自ら煽り立てるような口ぶりをひけらかした。最年少のソエとオリンピアは同じベッドのなかに丸まって震え上がり、カーテンの後ろに誰かいるのではないか、鼻息や軋み、囁きに聞き耳を立てているのではないか、と感じて怯え始めた。復讐の風が荒野を駆け抜け、辺りが植物のささめきに埋め尽くされると同時に、哀れなコルデリア――昼間は結核を患ったヒロインのような馬鹿馬鹿しい咳をしないよう厳命されている――が喉を引き裂かれたような咳を一つして、完全に子供たち全員の目を覚まさせた。絨毯を敷き詰めた廊下に酔ったような足音を響かせていたフベナルは、曙光が荒野を静めるまで、誰に打ち明ければこの恐怖が収まるのかわからぬままずっと歩き回っていた。

フベナルはハイキングへの参加を拒んでいた。いとこのなかで最年長の十七歳であり、すでに悪癖を克服した「大人」と見なされていた彼には、時にこうした特権も認められたのだが、それでも彼は別荘に残りたがった。両親たちや使用人たちの監視の目が解ければ、「侯爵夫人は五時に出発した」を通して、すべて、敷地も建物も銅像も、いとこたち自身も、服も娯楽も食事も、ありとあらゆるものを変質させ、好き勝手に因襲を打ち立てることができるかもしれない。子供たちの交わす噂話には真実もあるかもしれないが、それについてあれこれ考えても仕方がない。どれほど真に迫った噂話でも、耳を塞いでいれば何でもない。それにひきかえハイキングに出てしまえば、乗馬が下手で猟銃もろくに撃てない男として馬鹿にされてしまうだけだろう。

儀礼上の引き留め以上の言葉を費やしてハイキングへ行くようフベナルに説得する者は誰一人いなかった。大人たちにとっても、自分たちの思想と特権を代表する者が一人ぐらい残ってくれるほうが好都合だった。今やフベナルは「一人前の大人」であり、留守中もしっかり父親代わりになってくれることだろう。

当初大人たちは、留守の間子供たちの面倒を見るよう使用人の一部を別荘に残していく予定だった。そしてリディアもそのように手筈を整えていた。ところが、事の始まりから、恐ろしい噂話と並行して目的地について流れていた様々な憶測がその足枷となった。虹に飾られた沼に細い滝が流れ落ち、エナメル塗りの島のように大きな睡蓮の葉が水面に広がって、その上でのんびりカードゲームや魚釣りでもしたらどれほど楽しいことだろう。青い葉の蔓草を絡ませた木の周りにオパール色の胸をした鳥が飛び交い、えもいわれぬ美しい蝶や、優しい羽虫が姿を見せる辺りには、果実や蜜、その香りが感じられる。リディアが居残りとなる使用人の名前を発表した瞬間から、次々と問題が生じ始めた。別荘の地下に掘られた黴臭い地下室に折り重なるようにして日々を過ごしていた下級使用人たちは、たとえ制服を着せられた召使としてであれ、主人たちとハイキングに繰り出す恩恵に与りたいと渇望し、激しい小競り合いや騙し合い、復讐や密告を繰り広げながら互いの弱みを探り合ったばかりか、幸運のエースを巡って様々な買収劇や駆け引きを展開したのだった。事態を憂慮したリディアが家族会議を招集すると、一刀両断に万事を解決すべく、一家は使用人全員をハイキングに同行させることを決め、子供たちについては、お目付け役としてフベナルが別荘に残ることでもあり、敷地を取り囲む槍の柵があるかぎり外敵から襲われる心配はない、という結論に至った。

この決定によって子供たちより一ランク上の階級に昇進したと思い込んだ使用人たちは、陽気に旅の準備に取り掛かり、金色のブーツを磨く、レースのジャボにアイロンをかける、制服の一部として自分たちの手を白く覆う手袋を何百回となく煮沸消毒する、ボンネットに糊を利かせる、料理人や見習いのエプロンの縁を広げる、その他、様々な作業で大わらわとなる一方、庭師や馬丁たちは、普段召使や料理人たちに蔑まれている汚名返上とばかり、必要もないのに頻りに主人たちにあれこれ相談を持ちかけて、自分が偉くなったような幻想を味わっていた。

子供たちのなかには、ハイキングに連れていってもらえない不平を述べる者もいたが、そんな場合大人たちは、お伽噺のような場所と言われてはいても、どんな危険や不慮の事態があるかわからないし、また、実際に行ってみればそれほどの場所ではないかもしれないのだから、まず自分たちが確認して、問題がなければ翌年にはみんな連れていく、こう言って聞かせた。

「連れていってくれやしないさ」耳を傾ける者さえあればウェンセスラオは誰彼かまわず言っていた。「仮にハイキングから戻ってくればの話だけどね。帰ってくるかどうかすら怪しいものさ」

先ほど触れたとおり、図書室にアラベラを残して立ち去ったウェンセスラオは、従姉の言葉を噛みしめながら、そうだ、確かに、何を急ぐことがある、そう思い始めていた。無邪気な見張り番たちは、どうせ一日で戻ってくるものと考えていたようだが、それでも、一日中塔で眠らせておくのに十分な量の鎮痛剤を打っているはずだ。明日でも明後日でも、いや、おそらく、今後はいつでも大丈夫、堂々と穿いていられることになった男物のズボンをひけらかし、孔雀石の陳列台を並べた展示室の間を歩き回りながら、歓喜を胸に湛えてウェンセスラオは考えた。折り重なるガラスのショーケース越しに、南側のテラスに少しずつ集まり始めていたいとこたちの姿を見ていると、彼らが精神障害者の集団のように思われた。全員障害者なのか？　いや、全員ではない。おそらく一人か二人は回復可能だろう。だが、いずれにしても――彼は思った――、誰もがこの見かけ倒しの景色、その階段と壺、見渡すかぎりしっかりと刈り込まれた芝生や祭壇、雷紋の花壇に閉ざされた花々の世界から逃れられるわけではない。彼らの命運など、狩りの女神ディアナの頭上に避難した孔雀も同然、お転婆で頭の悪いソエは、その尻尾に手を伸ばして引きずり下ろそうとしていたが、真ん丸とした中国人風の顔からどれほど高笑いを響かせても、孔雀はピクリとも動かなかった。麗しき憂い顔のコルデリア、青白い顔のコルデリアが、中世のヒロインと見まがうほど長い金髪の三つ編みを梳かす姿は、誰にも信じてもらえぬ病の牢獄から逃れるすべを求めているようにも見えた。マウロに尻を追い回されていたメラニアは、ベントゥーラ家の子女の大半と同じくまったく無能で何もできずにいたが、両親が別荘を留守にするこの機会に、飢えた犬に肉片を与えるようにしてマウロに自分の体を差し出せば、事の最後まで至らずとも、互いに愛の味見ぐらいはできるかもしれないと考えて、心を許す気になっているようだ。退屈を持て余したフベナルは、両腕を上げて髪を撫でつけながら欠伸を漏らし、父親には寝室以外での着用を禁じられていたシルクのガウンの幅広い袖でガーネット色の蕾を作って、その中に頭を包んでいる。そしてバラ園へ向かって下りていく中央の石段では、秩序ある世界を背景に、まるで画家の前でポーズでも取るようにしてコスメとロサムンダとアベリノがチェスに興じ、ボードに乗った駒たちの行く末を案じている。彼らの仲間に加わって、みんなと同じように、今日もいつもとまったく変わらぬ夏の昼間、面白くもない些末な暇潰しに溢れた一日だと思い込んでいればいいのだろうか？　平静を装ってはいても、誰もが同じことを気にしている。変化を望み、未来を変えようと意気込んでいるのは彼だけだ。まだ寝ていてもかまわないから、父のところへ行ってみよう。堂々と内側の階段を上っても、今日は召使たちの探るような眼差しを気にする必要もないし、もっと上、屋根裏部屋を超えて屋上へ出てみれば、陶器の鱗に覆われて捩れた指とも見まがうばかりの塔が、目の眩みそうな空を背景に胴を捩じらせながら高い雲をさして伸びているのが見える。だが昨夜は、まるで屋敷中に非常線が張り巡らされたかのように、密告者の目が、そして、闇を切り裂いて金属的輝きを放つ制服がそこら中にちらつき、獲物を待ち構えた白手袋の手が四方八方から伸びてくるような気がしてならなかった。だからウェンセスラオは、満杯の袋を手にメラニアのベッドを出ると、いつも以上に執事の手下の気配に注意しながら計画を実行に移した。息を殺して家具の間を這い進んだ後、割れた窓ガラスの後に出来た抜け穴をくぐって、なんとか南側のテラスへ出ることができた。そこからバラ園へ下り、奇妙な形の植木の間に迷宮のような姿を隠した黄楊の生け垣を越えると、厩舎へ忍び込んで、馬の嘶きと、明日の出発に備えてピカピカに磨かれた馬車や馬具の間に紛れ込んだ。父の護送専用の、片側に格子をはめ込んだ馬車が準備されていないところを見ると、すったもんだの末、父をハイキングに連れていくのはやめにしたらしい。間違いない、馬車の車輪は錆びついたままで、油も差されていないから、これでは出発のしようがない。父は別荘に残り、これで一緒に計画を実行できるだろう。そして今度は全速力で反対方向へ敷地を横切り、安全圏に達したと見て屋敷内の階段を駆け上った後、もはや錯綜した暗闇のなかに密告者が潜んではいないかと気にすることもなく、父の塔へ至った。アドリアノが幽閉されていた穴蔵の前に立つと、ウェンセスラオは扉をノックした。

「フロイラン？」

「ああ」

「ベルトラン？」

「ああ。ウェンセスラオか？」

「そう。父さんは寝てるの？」

「いや」

「お金を持ってきた。開けて」

「だめだ。出発の前にお前をドン・アドリアノに引き合わせるわけにはいかない、わかっているだろう」

「でも、開けてくれないとお金が渡せないから、出発できなくなるよ」

この脅し文句に屈して鍵の音が聞こえ、錠前と鎖の外れる音が沈黙のなかで響き渡った。扉が開いて出来た空白を二人の巨体が埋めていた。フロイランが、四角い体の脇に長い毛むくじゃらの両腕を垂らし、鍬のような鼻から勇敢に後退した額に汗を光らせる一方、ベルトランは、刺々しい胸毛に覆われた裸の胸に末端肥大のような顎を乗せている。両者の顔に浮かぶ優しい、ほとんど哀愁に満ちた微笑は、すぐ近くで偉大な悲劇が展開していたとしても、それを理解することもなければ心を動かされることもない者たちに特有のものだった。ウェンセスラオは金の準備をしながら、二人の見張り番に訊ねた。

「万事手筈どおり？」

「ああ。あれだけの数の使用人を引き連れていれば、俺たちが隊列の後ろにくっついていても誰も気づきはしない。この金をファン・ペレスに渡せば、あとは何とか俺たちのために場所を作ってくれる手筈になっている」

「ファン・ペレス？」ウェンセスラオは訊いた。「小さい頃、父さんからその名前を聞いたことがある」

「同じファン・ペレスじゃないよ」フロイランが答えた。「年ごとに違うファン・ペレスがいるからな。毎年変わるんだ。フロイランと違って、ありふれた名前だし」

「鍵をくれるかい？」コロナ金貨で膨れ上がった袋を動かしながらウェンセスラオは訊ねた。

「後でな。出発の時、この壁龕の、聖母の足の後ろに隠しておく」

翌日ウェンセスラオは、すでに見たとおり、図書室でアラベラと別れると、息せき切って全速力で階段を駆け上って塔へ辿り着き、壁龕の鍵に手を伸ばそうとして爪先立った。一瞬だけ、あの臆病な単細胞どもが、職務を投げ打ってまで主人たちの空威張りについていく危険に恐れをなし、父を眠らせるばかりか、鍵まで持ち去るような裏切り行為を働いたのではないかと思ってぎくりとしたが、ちゃんと鍵はそこに隠してあった。そして彼は、まるで何度も見てきたかのように易々と錠前と閂を外した。

父の部屋は広い割に梁が低く、上方の空間を放物線状に高く覆うドームには鳩が巣を作っていた。見張り番たちも、頭を屈めなければここを移動することはできないだろう。余りの人気のなさに最初ウェンセスラオは、監視なしで置いていくのを恐れた彼らが父を連れ去ったのだと思い込み、大人も使用人もいなくなったこの別荘で、生活を取り仕切る指導者もなしに、子供一人で不安な未来に立ち向かうのかと心配になった。そして、また元の厳格な規律が戻ってくればいいのにと一瞬願わずにはいられなかった。だが、すぐに気づいたとおり、他に採光のないこの部屋で、床と同じ高さに開けられた二つの窓から射し込む光のせいで目が眩み、まるで監獄のように頑丈な黒い鉄柵に閉ざされたベッドが見えなかっただけのことだった。それでは、哀れな父は、窓越しに叫び声を上げ、気狂いの戯言として、すっかり誰の耳にも入らなくなっていた暗号によって伝言や指令を発するたびに、小さく丸まった動物のような屈辱的ポーズを取って、四つん這いでここを移動していたということか？　ベッドには大きな塊が横たわっていた。呼び掛けてみたが、答えはなかった。それでもウェンセスラオは繰り返した。

「ウェンセスラオだよ」

この名前を聞いて父は起き上がり、四年ぶりの再会を祝して両腕を広げてくれるのではないかと思って、彼は一瞬だけ期待に胸を膨らませた。だが、もう少しベッドへ近づいてみると、そこに横たわった父は、形の悪い蛹のように狭窄衣にくるまれ、口は猿轡で、そして目は包帯で覆われていた。血と涎に汚れ、嘔吐の臭いの染みついたマントの上に横たわる男、それが彼の父なのだ。ウェンセスラオは濡れた猿轡の上に身を屈めて呟いた。

「鎮痛剤だ。ハイキングから帰ってくるまで僕と口が利けないようにしていったんだな。だがもう戻ってはこない」やがて父は目を覚まし、途方もない怒りに駆られることだろう。

彼には何の躊躇いもなかった。ナイフを取り出し、顎から足の爪先まで一気に狭窄衣を引き裂くと、莢のように二つに割れた布の間から、死衣の上に横たわった死体も同然となっていた白い裸体が浮かび上がった。続いて猿轡と目の包帯も切り裂いたが、そこに現れた父の美しい顔に、彼はほとんど見覚えがなかった。それでも、すぐに感動が胸から溢れ出し、痩せすぎて落ち込んだ口に、半透明になった鼻の骨格に、アヘンに閉ざされた青っぽい瞼に、かつての父の面影を認めた。髭は胸まで達し、髪は肩まで伸びていた。

「父さん」鎮痛剤で眠らされていた以上、当分起きてこないことはわかっていたし、返事がないことぐらいわかってはいたが、その薄汚れた前髪を撫でながら父に囁きかけずにはいられなかった。

そして枕元の床に腰掛け、父のほうを気にしながら、窓の高みから外の様子を眺めてみると、荒野の真っただ中に嵌め込まれたエメラルドのような別荘の敷地で、芝生を転げ回って遊ぶ子供たちは小人そのものだった。大人たちは、自分たちの型に嵌めることができない人間にこんな仕打ちをするのだ。自分たちと少しでも違った生物を前にすると、こんな目に遭わせてやらねば気が済まないのだ。自分だって父と同じ歳になれば、こんなことをされるわけだ。不信感や冷淡な心に毒された彼らは、使用人を使って監視の目を張り巡らすのみならず、自分たちで勝手にこしらえた恣意的な決まり事を自然の掟に祀り上げ、子供たちにも同じことをしているのだ。こんな話をアラベラと一緒にすることができれば少しは絶望も和らぐかもしれない。それなのに彼女は問題に首を突っ込みたがらず、相変わらず空っぽの図書室に籠っている。もっと食い下がっていれば、今にも事切れそうな父の喘ぎに二人して耳を傾けることができたのかもしれない。だが、彼は一人ぼっちだった。少なくとも、今のところ一人きりだ。根気よく待つしかあるまい。

そしてウェンセスラオは随分長い間待ち続け、その間、折々階下でいとこたちに混ざって状況を見極め、その都度すぐ父のもとへ舞い戻っては、固まった前髪を解き、黒く汚れた顔をハンカチで拭い、乾いた唇に水を滴らせていたが、やがて、まだ焦点の定まらぬアドリアノの目に少しずつ光が戻り、ついには、枕元に付き添っているのがフロイランでもベルトランでもなく、ウェンセスラオであることがわかってきたのだった。

そしてアドリアノ・ゴマラは弱々しく息子のほうへ手を伸ばし、唇を開いてその長い名前を発音しようとしたが、力なく崩れ落ちた口元から聞こえたのは、もっと短い言葉だけだった。

「息子……」

アドリアノが体力を取り戻し、ようやく微笑を回復するのは、まだまだ様々な紆余曲折を経た後のことになるが、そうしたいきさつはできるかぎりこの小説の第一部で語り尽くそうと思っている。

第二章　原住民

1

私の物語もここまでくると、こうして作者が頻繁に読者の袖を引っ張って自分の存在を知らせ、時の経過や場面転換といった些細な情報を文面に残していくのは、文学作品として「悪趣味」ではないかとお考えの方も多いことだろう。

この場を借りて取り急ぎ釈明させていただくと、私がこうしたことをするのは、この文章があくまで作り物にすぎないことを読者に示すというささやかな目的のためだ。こうして時折私が口を挟むことで、読者とこの小説の間に距離を保ち、そこに開示される内容が単なる作り事にすぎないことを明記しておけば、読者が実体験とこの小説を混同することもなくなるだろう。こうした作者の意図的操作を受け入れる読者は、絶えずこの距離感を意識することになるばかりか、今や非難を浴びることの多いこんな古めかしい語りが、実は目立たぬところで様々なトリックを繰り出し、「趣味のいい」文学の体裁を取り繕った文学に勝るとも劣らぬ豊かな成果を上げる事実に気づかされることだろう。この物語を読む際に起こる融合――私が言いたいのは、読者の想像力と作者の想像力を一つにする瞬間のことだ――は、本物の現実を装うところからではなく、現実の「装い」が常に「装いとして」受け入れられるところから生じるはずであり、その意味でこの小説は、本当らしさを通して別の現実、現実世界と併存し、それによって、いつでも接触可能なもう一つの現実を構築しようとする小説とは、根本的に違う方向を目指している。他の小説によって打ち立てられた一連の規則を追随しながらであれ、あらゆる言語的因襲を因襲としてではなく「現実」として受け入れさせるための手法的刷新を模索しながらであれ、フィクションでありながらフィクションでないように見せかけるような偽善は、私に言わせれば唾棄すべき純潔主義の名残であり、私の書くものとはまったく無縁であると確信している。

小説のこの章で私は、時間を逆戻りさせてこの架空の一族の所作を分析し――話を組み立てながらその説明をつけることもできるだろう――、ベントゥーラ一家がハイキングに出発した当日に起こった出来事と、それに続く恐怖体験について、新たな角度から検討してみることにする。ここで「恐怖」と書いてしまっては、意図する効果を先走って口にすることになってしまうので、多少手が震えないでもないのだが、とりあえずはこのままにしておこう。変装のしすぎで偽の姿でいるほうが自由に振舞えるようになった男のように、私も、自分を曝け出した文章より、こんな調子で語っているほうが自然に言葉が出てくる。

ベントゥーラ一家には誰も、マルランダで三か月の夏休暇を過ごすのが快適かどうかなどと問うてみる者はいなかった、こう書けば出だしとしては十分だろうか。これは、祖父や曾祖父はもちろん、遥か昔から毎年寸分変わることなく繰り返されてきた行事であり、誰にも異論を挟む余地などない。近くに町も村もなく、荒野に揺らめくグラミネアの絹のような毛並みで周りから隔離されたこの場所では、誰か交友相手となる農園主はいないものかと所望するぐらいしかすることはない。

毎年これほど長期にわたって退屈で苦痛な時を過ごすのには実務的理由がなかったわけではない。地平線のごく一部を青色に染める山並みに彼らの所有する金山があり、現地へ赴かなければその生産を管理することができないのだ。男たちの仕事といえば、全速力で辺りを視察し、息を切らせながら鉱山へ降り立ってその様子を確認し、山間部の寒村を抜き打ち調査することだった。そこでは、肩幅の広い男たちが、金の薄板の上に別の薄板を何枚も重ねた上から木槌を打ちつけて、蝶の羽のように薄い金箔の冊子を作り上げており、その後、先祖代々伝わる特別な方法でこれをしっかり束ねると、束の内側でも冊子の内側でも十分な圧力が保たれ、金箔が傷つくことなく保管できるようになる。

時折エルモヘネスが持ってくる書類にサインできるのはベントゥーラ一族の者だけだった。南側のテラスに聳える菩提樹の木陰で、ジュースをたくさん乗せた籐細工のテーブル脇に置かれた揺り椅子から立ち上がることもなく、彼らは書類に目を通す。残る仕事は金箔の包みを馬車に積み込むだけであり、バカンスの終わりとともに――宝物を奪おうと待ち構えているとされる人食い人種の攻撃から隊列を守るため、使用人たちは完全武装して警護にあたるが、これもまた彼らの重要任務の一つとされている――これを首都まで輸送すれば、あとは、赤いもみあげと涙ぐんだ瞳の目立つ外国の商人たちが、世界中の消費者に売りさばいてくれる。手作業で作った高品質の金箔を出荷できるのは今やベントゥーラ一族だけであり、世に聞こえたこの独占を思うたび、彼らは何度でも誇りを新たにした。妥協なく最高のものだけを追い求める者は必ず成功する、そして、ベントゥーラ一族の金は、同じく妥協のない人々をうならせるために存在する。

遥か昔から――大人たちが、そして、大人たちの両親が子供だった頃からずっと――、首都でオペラとダンスのシーズンが終わり、同じような地位にある人々の馬車が海岸沿いの棕櫚並木からまばらになってくると、あるいは、微かな羽音を立てて窓から蚊が入り、毒気を帯びた片隅から艶のある甲羅と毛深い脚を見せてゴキブリが姿を見せ始めると、マルランダへの旅行に取り掛かるべく、男たちはいそいそと幾両にも及ぶ汽車を貸し切る手配を始め、妻子や使用人部隊はもちろん、妊娠中の妻や乳飲み子も含め、全員揃って旅立つために、トランクや鞄に、食料はもちろん、三か月の隔離生活を過ごすのに必要な無数の小物を準備するのだった。鉄道は、潮の香りを離れて低地が終わる辺りまで伸びている。一行は駅の周りにテントを張って一夜を明かし、翌日、すでにそこで待ち構えていたありとあらゆる種類の馬車――サージの幌をつけた荷車を引っ張る牛の動きは鈍く、どれほど尻尾を振り回しても黒い蠅の群れを追い払うことができなかった――に乗り込んで、避暑地へ向けて坂道を上がっていった。最初はほとんど登り坂とわからないほどだが、山脈の麓に差し掛かるにつれて次第に勾配はきつくなり、かつて鉱山労働者が掘り起こした跡の残る山肌に沿って道が続く。川を越え、谷へ降り、荒野や草原地帯を抜けて何日も過ごした後、気候の穏やかな台地にある集落で一夜を明かすと、グラミネアに覆われた絶望の荒野で、由緒ある鐘楼を備えた礼拝堂の庇護のもと、また一晩過ごすことになるが、もうそこは一家の領地内であり、境界は地平線の彼方に消えている。気候がいいという以外、特に理由もなく先祖はこの地を選び、別荘を建てたのだ。

　場所自体には様々な異論もあったが、建物とその装飾は完璧の域に達していたと言っていいだろう。敷地内では、栗、菩提樹、楡の生い茂る下に広大な芝生が広がって孔雀たちを受け入れるかと思えば、パピルスと睡蓮に水面を覆われたラゲットにはロカイユ風の小島が浮かび、他にも、黄楊の迷路、バラ園、ベルガマスクの人物を配した野菜劇場、石段、大理石のニンフ、ギリシア風の壺などが上品さを競ってひしめき合いながら、地方色をとどめるものすべてを払拭しようとしていた。視界を遮る木など一本もない荒野に現れる緑の敷地はまさにエメラルドであり、周りの景色よりはるかに強固な材質でできた魅惑の庭がその深みを際立てている。とはいえ、不遜な角を立てて素早く動き回る動物たち――子供たちは柵越しにその姿を見ることがあった――を追い立てるようにして風が吹き渡る荒野にあっては、せっかくの宝石もさほど目立つ存在ではなかった。動物たちは時にこの途轍もない宝石の周りに姿を見せながら、太古の昔から続く時間、つまり、別荘が作られる以前から存在し、仮にこれが取り壊されたとしても同じように続く時間のなかで、いつも変わらぬこの荒野を取り仕切るように歩き回っている。

　ここで一つ読者にお断りしておくが、実は、荒野が遥か昔から同じ姿だったというのは正確な情報ではない。自然の姿を変える、その力を示すということも、ベントゥーラ一家の栄光の一つに数えられていた。何世代か前までは、マルランダは美しい肥沃な地だったのであり、木や家畜や牧草地はもちろん、農耕に従事する原住民の耕す野菜畑すら随所に見られたのだ。だが、何世代か前の先祖が旅先でとある外国人と知り合い、この地へ連れてきたのが運の尽きだった。この外国人は、マルランダの荒野で農業を始めれば間違いなく金山より儲かると先祖を唆し、何十にも及ぶ軽い袋に詰めて、ある植物の種を送ってきた。それがグラミネアであり、その男によれば、ほとんど手を掛けることなく簡単に栽培できるこの植物は、食料にも飼料にもなれば、種から油も採れるうえ、茎が籠細工や紐製品の原料となるため、まったく無駄がなく、極めて収益率が高い、というのだ。袋を開けてみると、その時吹いた突風に煽られて綿毛が人の手を逃れ、ほとんど目に見えぬ小さな種があちこちへ飛び散った。そして、数年後には、見渡すかぎり辺り一面がグラミネアに覆い尽くされてしまった。確かに手のかからない作物ではあったが、この地域の土壌がよほど性に合ったのか、異常なまでの繁殖力を示し、貪欲に発芽と成長と成熟を繰り返して次から次へと土地を侵食した結果、十年も経たないうちに、畑や雑木林を食い尽くしたばかりか、樹齢百年は下らなかった木々や、薬草類も含め、ありとあらゆる植物を絶滅に追いやってしまったため、辺りの景色や動物相が一変し、蓋を開けてみれば何の役にも立たないこの植物の飽くなき貪欲さに恐れをなした原住民たちは、相次いでこの地を去っていった。とはいえ、青い山並みへ逃げ込んだ彼らが、金職人の隊列に加わって金箔生産を飛躍的に増大させてくれたおかげで、その成果は、邪悪な植物の蔓延によって人を寄せつけなくなった土地の損失を補って余りあるほどだった。毎年夏、ベントゥーラ一家がマルランダを訪れる頃には、グラミネアの穂はまだ緑色で、重くなりつつある頭を優雅に下げ始めたような状態だったが、夏の終わり、彼らが首都への帰路に着く頃になると、辺りは一面背の高いプラチナ色の密林となり、何の実りももたらすことのない羽根飾りを被った穂が絶えず揺れ動いていた。一家が立ち去った後には、秋風の訪れとともに穂の先から綿毛が飛び散って息苦しいほどの渦を巻き起こし、人や動物を完全に寄せつけなくなる。ようやくこれが収まるのは、冬の寒さとともに茎が萎れ始める頃であり、やがて大地は、生命誕生以前の凍てついた状態へと戻っていく。

だが、辛い旅路をこなしてまで領地へ毎年帰るベントゥーラ一族を駆り立てていたのは単に経済的要因ばかりではなく、そこにはもっと崇高な動機もあった。つまり、道徳、政治、社会組織、そして、あらゆる意味における一族の絆こそ繁栄の基盤であるという信念を子供たちに植え付けることだった。三か月もの間、槍に囲まれた敷地の内側で、香りのいい高価な木材をふんだんに使った寝室や、無数に増殖する居間、そして誰も探険したことのない倉庫の迷宮の間に閉じ込められて過ごすうち、いとこたちは次第に均一化され、密かな愛憎と共通の罪悪感、喜び、怨恨といった絆で結びつけられていく。成長とともに傷口は瘡蓋となり、黙っていても互いのことが手に取るようにわかるほど結束を強めた彼らの間には、同じ信条を繰り返す以外のコミュニケーションは不要になる。少年時代にすべての秘密を葬り、この年中行事を共有することで世代ごとに共犯者のような連帯感を育むうちに、彼らの心には議論を挟む余地のない不文律が植えつけられる。この儀式が中断されれば、一家の離散を食い止める術はなくなるだろう。やがて、忘却という密かな陰謀によって少年時代の仮面の下に葬り去られていたはずの秘密が表面化し、大人の顔を震え上がらせるのみならず、部族の語彙に通じた者にとって沈黙は雄弁の印になりうることがわからぬ者には、それが怪物か恥辱のようなものとなって立ち現れてくることだろう。

日々の心配事を忘れて景勝地へハイキングに繰り出す計画に誰もが夢中になっていたこの夏、彼らを突き動かしていた密かな誘因の一つには、おそらく近いうちにアドリアノ・ゴマラの診察を受けることはできなくなる、彼の狂気は――家族の置かれた状況についていつも公式見解をまとめる一家の年長者アデライダは異論を唱えていたが――もはや完全な狂気であり、ある日突如消えてなくなる一時的な悲嘆ではない、この事実と早急に向き合う必要に迫られていたことが挙げられるだろう。一族でただ一人の医師とともに快適な夏を過ごすことに慣れていた彼らにとって、それがもはや叶わぬ夢となれば、慣習を破棄してバカンスを中止することも視野に入れねばならず、そんな事情もあって、マルランダへ赴く際の熱狂は年ごとに減退していた。アドリアノに完治の見込みがないとなれば、一家の離散は俄かに現実味を帯びてくる。ハイキングの数日前、午後になると肥大するように見えるバラが、強い匂いを漂わせながらまるで造花のように奇抜な色に輝くなか、日傘を片手にバラ園を散歩していたルドミラ、セレステ、エウラリアの三人がこんなことを話し合っていた。

「いきなり悪に染まったのは原住民との接触がきっかけよ。昔のことか、単なる儀礼かは知らないけれど、ともかく、食人なんて習慣と関係のある人間に近づいたりすれば、誰でも同じ道を辿ることになるわ」

「もっと他のことで気晴らしをすればよかったのにね、かわいそうなバルビナみたいにウェンセスラオに愛情を注ぐとか」

「あの子は食べてしまいたいぐらいかわいいわ！」

「小さい子って本当に無邪気でかわいいわよね、キスで舐めまわしてあげたくなるわ」

「本でも読んでじっとしているとか」

「本なんか読んだらもっと頭がおかしくなるわよ」

「私たちがいつ恐ろしい病気に罹るかわからないというのに、何一つ不自由はないはずのあの塔に一日中籠って、だらだらと文句ばかり言っているなんて、一体どういうつもりかしら」

「首都から下手な医者なんか連れてくるのはまっぴらよね、いちいち家族の問題に口を出して、偉そうな口を利かれたらたまったものじゃないし」

「でも医者は必要よね」

「身分をわきまえさせないとね」

「もちろんそうよ！」

「早くアドリアノが良くなってくれないと不安だわ」

「そうよ、もう私たちも若くはないんだから」

「リューマチを抱えているし」

「それに息切れがひどくて」

「悪戯っ子たちはしょっちゅう木から落ちるし、手を怪我すればジフテリアにでもなりかねないわ……私たちにうつされてはかなわない」

「幸い私たちは大丈夫でも、使用人たちはいつも汚いものに触っているから、いつ何の病気を拾うかわかったものじゃないし」

「ああ！　そんなことになったら、首都への帰り道、誰が金を守るの？」

「わからない、わからないわ。その話には分厚いベールを掛けておきましょう」

三人は溜め息をついた。腕を取り合ったまま散歩を続け、台に乗った壺のところで踵を返すと、同じ道を辿って南側のテラスへ戻った。まあ、昨夜アドリアノは二度しか叫ばなかったわね。いいえ、三度よ。それはさておき、お茶にしましょう。

マルランダへの道中、汽車を降りて駅の外へ出るとそこには、いつもの豪華な馬車の他に、剥げ落ちたペンキでサーカス団の名前が入った箱を乗せた奇妙な乗り物があり、その片側は格子で閉ざされていた。それがアドリアノ用の馬車だった。赤い星でピエロを模った四輪の檻に閉じ込められた彼を、しばらくは多くの者が甘んじて家族の一員と認めていたが、それでも平穏な旅路を掻き乱されぬよう、隊列のしんがりへ追いやっていた。以来、毎年駅を出ると同じ檻が一行を出迎えるようになり、時が経っても病を克服できなかったアドリアノ・ゴマラを乗せて出発することになった。ベントゥーラ一族の血を受け継いでいない家族の例にたがわず、彼も神経の高ぶりをコントロールできぬばかりか、我儘で、社会に溶け込む努力すらしない男と目されていた。

そう、もし家族が離散するようなことがあれば、それは様々な意味でアドリアノのせいだろう。毎日のようにアドリアノ・ゴマラの無責任ぶりが話題に上っていたが、バルビナは、その優雅な物腰によって家族に一目置かれていたこともあり、そんな話にまったく取り合わずにすんだ。彼女をかわいがっていた両親や兄姉も含め、誰も知らなかったのは、バルビナ・ベントゥーラがまったくの白痴女だったことだ。彼女の楽しみといえば、白い室内犬を眺めていることぐらいで、何か始めたかと思えば、その毛並みにブラシをかけて羊毛のようにふんわりとさせるだけだった。そのうえ、服装の趣味は信じがたいほど悪く、せっかくのすらりとした白い体と金髪の巻き毛にリボンや絹レース、チュールやチェーンをごてごてくっつけてめかし込む癖があった。そんな彼女に母親はよく言っていた。

「あなた、そんな格好で外出するの？　ショーケースじゃあるまいし」

「派手なのはわかっているわ。でも、これがいいの」

批判や助言にまったく耳を貸すこともなく、昼近くになれば待ち合わせの人たちで溢れかえる棕櫚の並木道を勝ち誇ったような澄まし顔で歩く彼女は、眩い二輪馬車を操って近寄ってくる若者にも、栗毛の馬に跨ったまま声を掛けてくる洒落者の騎手にもまったく取り合わず、何を見ても蝋燭の火ほど小さな光しか感じないようだった。期待に胸を膨らませた兄弟たちに、今の紳士は誰なのだと訊かれても、バルビナはその姓すら覚えてはいなかった。頭は幼稚でもすでに一人前の女となっていた彼女を前に、一家は彼女の未来を案じ始めたが、母はこう言って彼らを宥めた。

「好きなようにさせておけばいいわ。死んだ魚のように冷たい子だから。一生独身でいてくれれば、私にもずっと話し相手がいてありがたいし。でも、恋を知らない娘なら、結構いい母親になるかもね」

だが、アドリアノ・ゴマラという、彼女より年上で、医者ではあっても上流階級とは縁遠い男が現れると、無感覚なバルビナの体内で小さな蝋燭が焚火となってめらめら燃え上がったらしく、彼女は疲れを知らぬまま踊り、笑い、そして泣き続けた。身なりではなく、せっかくの立派な肉体を主人公にしてやるほうがいいとようやく気づいたバルビナは、衣装からバロック的装飾をすべて取り去った。首都で最も傑出した医者の一人であるとはいえ、一族とまったく血縁関係がなく、育ちも違えば暗黙の不文律もわきまえぬ余所者を前に、家族は声を揃えて用心するよう呼びかけ、どんな夫になるか知れたものではないと繰り返したが、彼女はまったく聞く耳を持っていなかった。アドリアノはベントゥーラ一族にとってまったくの新種であり、どんな提案をしても、受け入れる前に必ずその表と裏を天秤にかける妙な癖がある。また、一家の儀式に臨む際には、かろうじて目にだけ微笑を浮かべている。自由派だと噂されても気にする様子はないが、かといってそんなおぞましい事実を証し立てる証拠は何もない。よくわからない理由で他人を評価したりけなしたりする……　あんな新参者に好き勝手に振舞われたら家族にどんな不幸が起こるかわからない、兄姉たちは彼女にこう何度も言って聞かせた。だが、バルビナはいつも同じ答えを繰り返した。

「彼のせいじゃないわ」

何事にも無関心だったせいで、未知の刺激に逆らおうともしなかった彼女は、いつも教えられてきたとおり、自分のような娘は躊躇なく快楽を受け入れるのが当然と考えて、心からの忠告を気に留めることもなく、行くところまで行ってしまった。もはや他に術はなくなって、バルビナと金髪の口髭の医師が海のほとりの大聖堂で結婚すると、馬術が巧みなうえ、頭も切れるアドリアノ・ゴマラのことを、大きな領地を持っていないという理由だけで忌み嫌うべき存在と見なす者はいなくなった。そこでベントゥーラ一族は、大枚をはたいて類を見ないほど盛大な結婚披露宴を催し、腕利きの医師アドリアノ・

ゴマラの資質に疑問を呈する不届き者たちを黙らせてしまった。

2

あまりに自分と素性の違う一家に入ったアドリアノは、程なくして、少なくとも表面上はベントゥーラ一族にすっかり溶け込んだ。裕福で道徳心を欠いたこの単純な人々と同じ装いを身に纏って、その格式ばった生活形態に合わせてさえいれば、隠れ蓑の裏側でこれまでどおりの自分でいることができたのだ。確かに、結婚後初めて一家のバカンスに同行したときには、別荘に程近い集落で原住民の治療に従事するのが医者として当然の責務だと主張して、一族の眉を顰めさせたのは事実だが、それでも、そこに叱責の意図を読み取るぐらいの感受性は持ち合わせていた。それどころか、自分の行動を誰にも悟られぬよう、夜明けの二時間前から起き出して集落へ赴き、帰宅後も気を遣ってその話は一切口にしないよう配慮した。念には念を入れて、誰かが不審に思い始める前に別荘へ帰宅し、素早く医者の身なりを紳士の装いと取り換えた後、涼しい顔で親戚に合流すると、これから始まる腹黒いクロッケーの試合を待ちかねてでもいるように両手を擦り合わせた。

だが、バルビナは不審を抱いていた。夏の長い朝の数時間、どれほどベッドで彼と戯れていたかったことか！　年を重ねるごとに夫が得体の知れない存在となり、いや、彼女にそんなことを考える能力はないから、どうしたらもっと夫を快楽に巻き込むことができるのかわからなくなった、とでも言うべきだろうか。やがてバルビナは、すべては忌まわしい原住民の悪影響だと思い込むようになったが、それをどう夫に伝えればいいものかわからず、黙って口をつぐんでいた。ある日の午後、栗の木陰を歩いているうちに槍を並べた柵まで至り、そこで足を止めて荒野を見渡したバルビナは、原住民の集落を見つめながら呟いた。

「たまらない臭いらしいわね」

「家族の誰も彼らに近づいたことはないのに、どうしてそんなことがわかるんだい？」

「こちらから近づいていくわけはないじゃない。でも、敷地へ入ってくることがあるわ。売り物を持って中庭の食料庫へ入ってくると、兄のエルモへネスが窓越しに相手をするでしょう」

「興味あるの？」

「嫌よ、汚らわしい！　裸でぶらぶら歩いているんでしょう！」

「裸体が汚らわしいなんてことはないさ、前にも言っただろう」

「裸で歩いているなんて私たちへの侮辱だわ！」

「侮辱じゃないよ、バルビナ、むしろ抵抗と言うべきだ」

「何の抵抗なの？　ここで商売ができるだけでもありがたいと思ってくれなきゃ。私たちの施しがなければもっと貧乏な生活をしているはずでしょう。男たちが体の前にぶら下げている肉の尻尾とか、女たちが胸の前で剥き出しにしている膨らみとか、そんなのは破廉恥とか不道徳とかを通り越しているわ。牛や犬の裸と同じ、もう侮辱とすら思えなくなってきたもの。汚らわしい……」

「原住民ほど清潔な人たちは他にいないよ」

家族の信条をこのように覆されて、バルビナは戸惑いを隠せなかった。アドリアノの話では、マルランダへ着いた当初の原住民は、確かに動物も子供も一緒に悪臭のたちこめる小屋に住む不潔な人種にすぎなかった。体は垢まみれ、髪はぼさぼさ、目脂と涎に蠅が群がり、病気になるのは自然の摂理と考えて、誰もが完全に諦めきっているようだったという。

「それなら、彼らが清潔だとなぜ言えるわけ?」

「いいかい、彼らはすっかり変わったんだよ」

アドリアノによれば、初めてマルランダでバカンスを過ごしたとき、原住民の売りにくる物がどんどん少なくなっているとエルモヘネスがこぼすのを聞いて、調査してみたところ、集落が正体不明の病気に襲われていることがわかった。エルモヘネスは、義弟を食人種上がりの原住民の悪影響に晒すことをためらったが、その後もこっそり情報を提供し続け、アドリアノが集落を訪ねていく計画を練り始めてからも、別荘にパニックが起こらぬよう、この件を一切口外しないことを約束した。そしてある朝アドリアノは、鹿毛の馬に跨って集落を訪れた。

「それが私を置き去りにしていった最初の時ね?」バルビナは訊いた。

「そう」

「それなら、なおさら原住民のことが憎らしく思えてくるわ」

「いいから話を聞いて……」

騎手の到着を前に原住民たちは、わずかな食料と大量の病を携えてやってきたデミウルゴスでも見たかのように怯えて逃げ出した。吐き気を催すような悪臭が小屋を取り巻いていた。垢で鉛色になった子供たちの膨らんだ腹、その紫色の瞼、死人のように肉の落ちた顔、彼らの様子を見てアドリアノは、即座に病気の正体を見破った。水場を見せるよう要請すると、小屋の間を通って案内されたのは、人間の排泄物で溢れかえった小川であり、病原性の雑菌から有毒ガスが立ち昇っていることは一目瞭然だった。

彼は訊ねた。

「水源はどこですか?」

彼らは別荘を指差した。そこには作られたばかりの下水施設があり、ベントゥーラ一家の廃棄物が小川に垂れ流しになっていた。水の流れを辿っていくと下流には原住民の集落があって、自分たちの優雅な生活と引き換えに、彼らの健康や菜園に被害を与えることになろうとは誰も思い及ばなかったものらしい。病人の手当てをしたのはもちろんだが、アドリアノは何よりもまず集落を別の位置に移すよう命じた。二日掛かりで各家族は、乾いたグラミネアの茎を撚り合わせて茸型の小屋を建て、別荘からの汚水が合流する地点よりも上流の小川沿いに移り住んだ。

「次の年、ここへ戻ってきた最初の晩」アドリアノは続けた。「集落がどうなったか調べに行こうと思って、夜明け前に出発できるよう着替えを準備していると、グラミネアのささめきとまったく同じような何百という声で自分の名前が呼ばれているのを感じた。ファン・ペレスが準備しておいてくれた鹿毛の馬で敷地を出ると、柵の外で僕を待っていた原住民たちが、グラミネアのささめきを真似た囁き声ながらも、熱のこもった調子で僕を呼んでいるのに気がついた。そのまま彼らに導かれていくと、透明な水の流れるほとりに新しい小屋の並ぶ集落が見え、白い砂地が広がっていた。住民たちは老若男女皆水に入っており、愛の儀式でもこなすようにお互い助け合って体を洗っているばかりか、髪まで梳かし合っている……　きれいな水を取り戻し、健康を回復するとともに、共同沐浴の儀式も復活したらしい……体を洗いながら歌まで歌っていた……」

「美しい歌だった？」

「『ミニョン』の歌のように美しいか、という意味かい？」

「ええ、あの『君よ、知るや、オレンジの咲き乱れる国……』と同じくらい美しいのか、ってこと。ねえ、もうすぐ生まれてくる娘の名前は、大好きなオペラに因んでアイーダにしようと思うの」

アドリアノは、原住民の話に興味を失ったバルビナが、話題を変えようとしていることに気がついた。

「女の子じゃなかったら？」彼は訊ねた。

「男の子はイヤ」

「なぜ？」

「男はみんな変だもの、あなたみたいに原住民の作り話をしたりするし。女の子なら話し相手にもなるし、一緒に買い物をしたり、洋服を仕立てたりできるじゃない」

数年後、毎朝夫がいなくなるのに業を煮やしたバルビナは、白い室内犬を四匹買ったが、ピンク色の鼻をして甲高い声で鳴くこの動物たちは、姿が間抜けなばかりか、短気で気性が荒く、小さな鋭い歯で噛みついたり、前足で引っ掻いたりして、人形やらアルバムやら靴下やらを手当たり次第にボロボロにするので、いとこたちの嫌われ者だった。犬の味方をするのはミニョンとアイーダだけだったが、それはおそらく、二人がいつも菓子箱のように派手に着飾っているわりに不細工なうえ、大人たちに告げ口ばかりするので、犬たちに負けず劣らず嫌われていたせいもあっただろう。カシミロとルペルトは、テオドラに素足を差し出させて犬たちを焚き付け、盛りのついた犬たちがヒステリックに震えながらテオドラにじゃれつくようになると、カシミロが元神学生のティオ・アンセルモのもとへ駆け寄って、悪さを止めさせてくれと言ってせがむのだった。

「ねえ、叔父さん、犬たちはどうしたの？」

「お腹の下に見えている赤いものは何、叔父さん？」

「なんで濡れているの？」

アンセルモは十字を切りながら、子供たちにロザリオのお祈りをするよう言いつけ、犬たちは重病にかかっているからさっさと始末すべきだと断言してその場を取り繕った。毎日のように同じ騒動を繰り返していたテオドラは、性的興奮を引き起こす特殊な香りの持ち主としていとこたちに持て囃され、大きくなったら母親のエウラリアと同じように男を惑わせるにちがいないとすら言われた。アンセルモは、ボクシングを伝授していた年長のいとこを呼び出し、生命誕生に関する恥ずべき真実を打ち明けた後――実はカーテンの後ろで十人ほどのいとこたちが笑い転げながらこの話を聞いていた。聞き終えるとテオドラは、大人たちはセックスのことを何も知らないのね、どうりでお母さんも浮気するわけだわ、かわいそうに、と言って溜め息をついた――、犬の始末を命じた。いとこたちはすぐさま出陣して犬たちを包囲し、槍を組み合わせた柵の隙間から敷地の外へ追放した。荒野にはもっとまともな猛獣がさまよっているから、こんなちっぽけな愛玩動物など跡形もなく消し去ってくれることだろう。アイーダとミニョンに犬のことを訊かれると、いとこたちは、人食い人種がオードブルとして食べたと答えたうえ、母にこのことをしゃべったりしたら、次に食われるのはお前たち二人だと言って脅した。

直後にバルビナは三人目の子供を身ごもり、おかげですっかり室内犬のことを忘れてしまった。肉体を利用するだけでさっさと姿を消すアドリアノとの満たされぬ愛の成果として生まれたのは男の子であり、彼女はその顔を見ようともしなければ、名前すら考えようともしなかった。同じ年の冬に首都で大成功を収めたオペラに因んでリゴレットという名前にしよう、などと妻が言い出すのを恐れたアドリアノは、さっさと自分の父親の名前を取ってウェンセスラオと名付けることにした。バルビナはそのままひと月ほども自分が子供を生んだことすら忘れたような様子だったが、ある日、姉の腕に抱かれて笑っているウェンセスラオを見ると、白いレースの波に揺られながら、いかにもベントゥーラ一族らしい金髪と青い瞳を輝かせたその姿に目を奪われた。人食い人種を怖がって母のスカートから離れなくなっていたアイーダとミニョンに向かって、生まれたばかりの男の子を見せつけながら、彼女はこんなことを言った。

「ご覧なさい、あなたたちよりずっとかわいいわ」

ミニョンとアイーダは俯いた。するとバルビナは癇癪を起こし、そんな仕草をすると原住民みたいに見えるからやめなさい、もう六歳と三歳、すっかり大きくなったのだから、振舞に気をつけなさい、とまくし立てた。どういう遺伝子の悪戯なのか誰にも説明はつかなかったが、バルビナとアドリアノというまったくの白人を両親に持ちながら、色黒で醜い娘に生まれた二人には、どうあがいても自分たちは両親の愛を受けられない運命にあることがよくわかっていた。もちろん、日傘を差した一家の女たちが敷地内の小道を散歩しながら内輪話でもすることがあれば、アドリアノの祖父や曾祖父がどんな人だったのか知れたものではないし、ましてや、嫁入りした女性にどんな人種が紛れ込んでいたかもわからない、そんな噂話には事欠かなかった。母が臨終の床に着いたとき、バルビナは娘二人を近づけて祖母に祝福の言葉をかけてもらおうとしたが、老婆が一瞬だけ正気を取り戻したのは、こんな最期の言葉を呟くためだけだった。

「こんな醜い娘二人を前にして、バルビナに賢母になれと言っても無理な話よね。かわいそうに！　ただでさえ愚かな女なのに！　愛せない子供の母親になるほど悲しいことがこの世にあるかしら！」

そして獰猛なおくびを一つ漏らしてそのまま息を引き取った。

娘たちははっきりとこの言葉を聞いていたし、バルビナもその場を取り繕うようなことは一切しなかったから、今や二人の姉妹は、親族の表面的な同情が何を意味していたのか思い知らずにはいられなかった。二人は誰からも、両親からすらも愛されることのない運命にあり、どれほど甘い顔を見せられようとも、それは哀れな二人を丸め込むための嘘にすぎないのだ。人目があれば二人は、母性愛を注ぐようなふりをして弟の世話を焼き、一緒に遊んでやっていたが、周りに誰もいないと見るや姉妹は、幼い弟の尻をつねったり椅子から突き落したりするばかりか、這い這いで近づいてくるよう促した挙げ句、暖炉の残り火に手を突っ込ませるようなことまでした。

美はあらゆる限界を超え、現実に縛られることのない想像力を掻き立てる、こんな意見に読者は賛同してくださるだろうか。そんな感情に引きずられて、わけもわからぬまま痛手を負ったことのある読者がいればなおいいのだが。そんな読者なら、バルビナはウェンセスラオが男であることを忘れ、勝手な妄想に引きずられて息子に女物の服を着せると、そのバラ色の肌と光り輝く目に心を奪われて、醜い二人の娘のことなどすっかり忘れてしまった、とここで私が書いても信じてくださるだろう。

ウェンセスラオは、成長とともに驚くほど早く言葉を覚えたばかりか、やがては機知とユーモアの片鱗まで示し始め、そんな彼にすっかり魅了されたアイーダは、次第にミニョンと距離を置くようになった。ベッドに入るといつもミニョンに両脚を挟まれ、やりたくもなければ約束したくもないことを強要されていたアイーダが、そんな骨ばった膝より、赤みのあるかわいらしい脚に惹かれていくのは当然の結果だった。人食い人種の真似をして解剖学上最も柔らかい部分に歯を立てながらミニョンは彼女を尋問し、骨が軋むほど相手の体を締めつけながら話しかけた。

「あいつから取ってこいって命令したあのお菓子、なくしたって本当なの？」

「そうよ」

「どこにあるの？」

「知らない」

「馬鹿じゃないの」

「食べちゃったのよ」


ミニョンは、ナイトテーブルのランプを点け、枕に頭を乗せて休む姉の頭に光を当てながら言った。

「本当のことを言いなさい。外で人食い人種があなたの名前を唱えているのが聞こえないの？　どうやらあなたを食べにくるらしいわよ」


屋敷の周りはグラミネアのささめきに溢れていた。ミニョンが姉に光を近づけて白状しろと迫り、本当のことを言わないと殺すぞと脅しをかけると、顔のすぐ横で熱く輝くランプに怯えたアイーダは、あれはウェンセスラオと一緒に食べてしまった、体を触らせて、似たような女物の服を着ていても、男と女では体の作りが違うことを確かめ合っているうちに、つい全部食べてしまった、と思わず白状した。怒り狂ったミニョンは、アイーダの髪——妹の薄い髪に較べて非常に豊かなこの髪は彼女の自慢であり、妹ですら、よくこの髪を梳かしながら、世界で一番美しい髪だと言って褒めていた——に掴みかかり、ランプの焔で燃やし始めた。火が髪からパジャマへ、シーツへと燃え移る間、ミニョンは、姉の喉を締めつけて声が出ないようにして、このまま真っ黒焦げにしてやると何度も繰り返した。ようやくアイーダが叫び声を上げると、バルビナとアドリアノを引き連れるようにして現れたウェンセスラオが苦情を言った。

「この騒ぎは一体何だい？　僕みたいな四歳児は少なくとも十二時間は寝なきゃならないというのに」

一同は慌ててシーツの火を消したが、アイーダとミニョンは両親の質問に何も答えられぬまま啜り泣いていた。バルビナは、化粧台の鏡の前にアイーダを座らせて叫んだ。

「なんてことを！　最悪だわ！　明後日にはアドリアノの誕生日を家族で盛大に祝うことになっているのよ。あなたにはこの髪ぐらいしか褒めてもらうところがないのに。ご覧なさい、ひどいわね。こうなったら丸刈りにしてしまうしかないわ」

3

ここで先回りして読者にお伝えしておきたいのは、今話している事件から五年後、一家がハイキングに出かける日の黄昏時、立派な衣装を着込んだ者たちから成る大部隊が敷地内に潜んでいることをウェンセスラオが直感したまさにその瞬間、彼の頭にひらめきが走り、これから私が語る五年前の出来事が、夢で見たばらばらの断片などでなく、父の強権によって抑圧されていた現実の一部にほかならないと確信したことだ。

いずれにせよ、また始めに戻ると、誕生日の当日もアドリアノは、いつもどおり夜明け前に出掛けるべく身支度を始めたが、この日ばかりはバルビナも彼を引き留め、せっかくまず自分のこの体で、そして、午後には家族みんながプレゼントを用意してお祝いしようとしているのだから、どこへも行かないでほしい、とすがりついた。しかも、アイーダの髪の件でまだ心穏やかではないのに、こんな時に自分を置いていくなんて、男のすることではない。彼女は裸のままシーツの上を転げ回るようにして堂々と思わせぶりな仕草を取り、男によっては豊満すぎると言うかもしれないが、夫の好みには合ったその体を見せつけた。知らぬ間に濡れ始めたその体にひとたび手を触れれば、すでに知り尽くした体に新たな驚きを探してみずにはいられなくなるはず…… だが、アドリアノは欲望を振り切った。無駄な努力はやめたほうがいい。バルビナには、夫であれ、髪の焦げた娘であれ、自分の貧弱な想像力の限界を超えた世界に生きる真人間のことは受け入れられないのだ。結婚生活も七年を過ぎると、バルビナに残された唯一の神秘はその体だけとなり、アドリアノにとって、彼女という人間自体はもはや何の神秘もなくなった利己心の塊にすぎず、たとえ多少の魅力を体に残してはいても、驚くほど冷え切った女にしか見えないのだった。だが、着替えを済ませながらアドリアノは、微かに寝室に漂う妻の汗の匂いを感じて、最後のカードを切ってみずにはいられなかった。

「わかった。出掛けるのをやめてもいい。だけど一つ条件がある」

「何?」

「今日は僕の誕生日なんだし、午前中ぐらいこの屋敷と他の家族から解放されて、君と僕と子供たちの水入らずで過ごそうじゃないか。今日は一緒に来てくれないか？　そしたら、明日は出掛けるのをやめるよ」

バルビナはためらった。アドリアノは出ていくふりをしながら言った。

「まあ、嫌ならいいよ……」

彼女は引き留めた。

「これから朝は出掛けないと約束してくれる？」

「ああ」

身に着けた装備をすべてまた外さねばならず、豊満な太腿の間に飛び込んですべてを吐き出そうと焦る気持ちに急き立てられて妻の体に身を任せた彼は、自分のした約束がどれほど深刻な事態を引き起こすことになるのかよくわかっていなかった。そして、愛の営みを終えた後、体にまとわりつくような薄闇のなかで体を休め、口にくわえた葉巻を時々バルビナに渡しながら、アドリアノは彼女の質問に答えた。

夫の提案を聞いてバルビナは、家の外で誕生日を祝うのは決して気持ちのいいことではないが、それと引き換えにひと夏ずっと朝夫と添い寝できるのであれば、一日ぐらい不愉快な思いをするのも仕方がないという結論に至った。そして子供たちに白のセーラー服を着せると、夜明け前に地下へ降りていった。

別荘の敷地は、荒野という巨体の上では溜め息同然にしか感じられないほどわずかに盛り上がった台地であり、建物の下には、深さの様々な空っぽの部屋や回廊が無数に張り巡らされ、蜂の巣のように複雑な構造を作り上げていた。出入りに便利な地表近くには、食料庫や調理室——使われている部屋もすでに放棄されている部屋もあった――があるほか、ワインセラーがあって、名家に仕えたワイン管理者たちが鋭い目を光らせていた。その周りで迷宮のように入り組む廊下を歩いていると、左右に次々と蜂の巣のような部屋や洞穴、壁龕や空洞に似た小部屋が現れ、その多くに蜘蛛の巣のシーツが掛かっていたり、ほとんど動くことのない粘着質の無害な小動物が巣食っていたりする。ここが最低ランクの使用人の宿泊場所であり、誰が誰かもわからない烏合の衆の一人ひとりが、仮の寝床として藁布団を据えた部屋で、味気ない生活を送りながらなんとか最低限の個性を保っていた。子供と大差ないほど若い馬丁が、セレステの古スカートから針金の枠を取り出して作った鳥籠で我儘な梟を飼うかと思えば、カンテラの明かりのもと、料理人の助手が、一体いつ履くのかもわからない派手なストライプの靴下の綻びを繕い、また、カード遊びに興じる不穏な一団が、エウラリアの腕に抱かれて過ごす一夜、シルベストレの見事な葦毛馬、食器運びに使う銀製の盆など、手に入るはずもないものを賭けの対象にしている。もっと奥へ行くと、屋根裏部屋で見つけたマンドリンを爪弾きながら、故郷の音楽を奏でようと懸命に無駄な努力を重ねる陰気な青年がいる。すぐ近くにマッシュルームの栽培所もあり、蛙の腹のように真ん丸とした青白い茸の世話を任されていた男は、地下生活を始めてすぐに活力も血の気も失い始め、やがて、主人たちの大好物だったこの日の当たらぬ植物と同じように、ほとんど目まで見えなくなった。カンテラを手に、前年度使われた穴蔵が朽ち果てているあたりから少し向こうへ踏み出してみれば、そこにはまた別の蜂の巣状組織が広がっており、日課を終えて制服やブーツ、エプロンを外した新顔の使用人たちが、疲労や絶望に打ちのめされでもしないかぎり、そこで私生活の真似事を続けている。染み出した水とコケ類に覆われたトンネルを通ってもっと寒いほうへ進み、癌細胞のように不気味な変種を次々と増殖させているかつての葺園を抜けて、古い石造りの廊下や、ところどころ光る水滴に岩盤が侵食されて自然の洞窟が出来上がっている辺りへ出ると、そこに広がる光景は不快感を催さずにはいない。だが、ベントゥーラ一家の誰一人として地下へ降りていく者はなかった。ただ一人の例外はリディアであり、調理場や食料庫の見張りをするほか、年に一度、新たな使用人部隊が到着すると、どこにねぐらを構えるべきか指でいちいち指示するのも彼女だった。

この小説の展開を大きく左右する事件が幾つも起こったあの誕生日の朝、片手にランプ、もう一方の手にウェンセスラオの手を握ったアドリアノは、ミニョンとアイーダの手を引いたバルビナを後ろに従え、入り組んだ地下道へと歩みを進めた。どんどん人の気配から遠ざかっていくと、やがて彼らは人間生活の痕跡などまったく見当たらぬ深みへ到達した。ある地点から、さらなる深みへと続く螺旋階段をほぼ垂直に降下した後、水平に走る糸のように細い通路が現れたところで、道なりに進んでいくことにした。ここまでくると、気温も湿気も感じさせぬ空気は静かで、太古の昔からそこに留まっていたように感じられる。こんなところには何も芽生えようがないし、腐りようがないから、すべてはいつも同じ状態に保たれていることだろう。高いドームの下に広がる洞穴に差し掛かると、ランプの光を受けて、剥き出しの星座のように天井のガラスが反射し、じっと静止した地下水もきらきら輝いていた。アドリアノは扉の前で立ち止まり、家族に向かって言った。

「ここで見たことはすべて忘れるんだ。中の物に手を触れてはいけないぞ」

そして、先ほど述べたとおり、父の言うことを忠実に守るウェンセスラオは、すべてを忘れてしまったのだった。アドリアノは足で扉を開けた。中へ入ると、ランプを高く掲げて豪華絢爛の品々、その色と形と材質を浮かび上がらせた。バルビナは思わず声を上げた。

「こんな素晴らしい衣装になぜ手を触れてはいけないの？」

「君のものではないからだ」

「家の地下にあるのに？」

「それでも君のものではない」

壁に掛かった野性味溢れる服、今や絶滅した動物のものと思しき斑点模様の毛皮、燃えるような色のマントや絨毯やタペストリー、棚に並ぶ螺鈿を散りばめた陶器、そんなものにバルビナが手を伸ばして探ることもなければ、鳥の羽をあしらった冠、入念な細工を施した金糸の装飾品、光り輝く胸飾り、仮面、ブレスレット、鎖、数字の入ったプレートといった品々を何一つくすねようとしなかったのは、ランプを持ったアドリアノにこのままこんな迷路に置き去りにされては大変だと思ったからだった。

部屋の外へ出ると、そこに現れた廊下に、燃え盛る松明を手に掲げた裸の原住民が待っていた。アドリアノは扉を閉ざし、ウェンセスラオの記憶も封印した。このすべてが夢ではなかったとわかるのは数年後のことであり、木立の薄闇から松明を掲げて現れた原住民たちの存在に気づいたその瞬間、ウェンセスラオはすべてを直感したのだった。

あまりの宝物を見たせいでバルビナの舌は軽くなり、残りの地下道が短く感じられたほどだった。

「話したことはあるの？」彼女は夫に訊いた。

「誰に？」

「兄たちに」

「ないよ。なぜ？」

「横取りされたら嫌だもの」

「君のものじゃないと言っているだろう。盗られる心配はないよ、宝の存在すら誰も知らないんだから。家のどの目録にも記載されていないし。遥か昔からここに隠されていたものだから、君の祖父の時代にはもう誰も知らなかったようだね。だから誰にも気づかれなかったんだ」

「あなたは家族の新入りなのに、なぜそれほど色々なことを知っているの？」

「それは僕がベントゥーラ家の一員じゃないからさ」

「馬鹿なこと言うものじゃないわ。ちゃんとわかっているのよ、あなたは原住民に神のように崇められていて、それが嬉しくて仕方がないのよ。色々嘘を吹き込まれて、ただ彼らを抑えつけるためだけに信じたふりをしているんでしょう。あの宝物は私のものだわ。あなたが神なら、私は神の妻、だから私にも権利があるはずよ」

アドリアノは少し考え、あの埋もれた財宝を見た瞬間にバルビナが上げた叫び声は、実は強欲を取り繕う偽りの声にすぎなかったことに気がついた。ベントゥーラ一族の者が何かを称賛するとすれば、それは、その対象を手に入れる可能性があるときだけだ。ということは、この腕に抱かれながらバルビナが上げる喘ぎ声も、実は利己心から出た偽りの声であり、彼を自分のものにするための手段でしかないのだろうか？　いずれにせよ、蔑まれてきた部族が儀礼に用いるあの象徴的衣装も、彼女にとっては、今や落ちぶれてはいてもかつては一時代を築いた文明の栄華を伝える遺品などではなく、様々な衣装を集めた劇場のクロークにすぎないのだ。ミニョン、アイーダ。そう、そうだ！　憎むのは簡単だ！　この女のような者たちが、戦用の装束や儀礼用の装飾品を取り上げ、かつての塩山の奥深くに葬り去った挙げ句、その上に豪華な別荘と立派な庭園まで築いて、すべてを忘却、隠蔽したのだ。服を盗られてからというもの、原住民は抗議の意味を込めてずっと裸で過ごしている。ベントゥーラ家の先祖は彼らに恥部を隠すよう命じたが、彼らはこれを拒否し、着衣を命じるのなら、それと引き換えに服を返せと迫ったばかりか、もし武力に訴えてくるようなことがあれば、この地を捨てて他の土地へ移り、青い山並みでの金の生産を止めるのはもちろん、夏場の食料供給も完全に停止する、そんなことになれば、別荘は無用の長物となり、グラミネアに飲まれてやがてもとの荒野に戻ることだろう、そう言って脅しをかけた。原住民に装飾品を返してしまえば、すでに長年続いていた彼らの支配が脅かされるのはもちろん、儀礼品の返還とともに、かつての食人習慣へ逆戻りする恐れもあると考えたベントゥーラ一族の祖先は、対象の品々をすべて地下深くに葬り、善かれ悪しかれ、原住民の裸については以後不問にすることとした。やがて、汗に光る彼らの裸体も自然なものとして受け止められるようになり、何世代にもわたって執拗に沈黙が守られた結果、宝物の存在は完全に忘れ去られたのだ。バルビナに間抜けな質問を浴びせられたアドリアノは、どうやら、ここで語り手たる私が読者に提供したのと同じ情報に基づいて返答したらしく、この父の説明を微かに覚えていたウェンセスラオは、五年後、装飾品を身に纏った原住民たちが別荘を取り巻いていることに他のいとこたちよりずっと早く気づいたあの日、頭のなかで滝のように激しくその記憶が甦ってくるのを感じたのだった。

だが、同じ日のことでも、地下通路を抜けた後、川べりに広がる白い砂地の脇に突き出た岩の上に、両親、姉妹とともに腰を下ろして辺りを眺め渡した瞬間以降に起こった出来事については、ウェンセスラオは細部まではっきりと覚えていた。砂地の向こう側には、乾いたグラミネアの茎を編み合わせて作った小屋が半円形に並んでいる。水から上がった裸の原住民たちは、老若男女、円形鎌を二つ組み合わせたような形に整列し、縁飾りのように両腕を掲げて手を揺り動かしながら、グラミネアのささめきと区別のつかない囁きを発していたかと思えば、やがて辺りに響き渡るほど大きな声を上げ始めた。これもある程度までアドリアノから得た知識のおかげだが、原住民たちは健康的な逞しい肉体を見せつけ、息の詰まるような綿毛の霧を吹き晴らす寒風の到来を感謝するときと同じく、飾り気のない仕草で彼の誕生日を祝った。隊列が解消されると、後には両腕を高く掲げた男たちの円陣だけが残った。老婆が土製のドーム型竈で火を起こす一方、乙女たちは粗削りな木製テーブルを拭いている。夜明けの赤っぽい空気のなか、風に煽られてでもいるように体をしなわせた男たちは、裸体を恥じることもなく、次第に囲みを狭めながら、竈のほうへ、テーブルのほうへ、アドリアノ一家が鎮座する岩のほうへと近寄ってきた。そして砂地の上で裸体の列がさっと二つに分かれると、そこに現れたのは途方もなく大きな白豚であり、当惑しながらも大人しくしたこの家畜は、円形の人垣に囲まれたまま地面に鼻をつけ、テーブルの足で背中をかき始めた。家族の者が止める間もなく、ウェンセスラオは岩から砂地へ飛び降りた。

「やめなさい！」バルビナが叫んだ。

「いいから」アドリアノが制した。「大丈夫だよ」

「本当に大丈夫？」アイーダとミニョンが声を揃えて訊いた。

「大丈夫」アドリアノはこう言いながら、バルビナの抗議を無視した。

「行ってみよう」姉妹は言った。

「汚れるわ」バルビナが文句を言った。「青のセーラー服を着せればよかった。少し厚いけど、汚れが付きにくいから」

白い服を着た三姉妹のように見える子供たち――一人は巻き毛をイギリス風《ア・ラングレーズ》に梳かし、もう一人は丸刈りの頭、そして、最後の一人はモグラ色の薄髪を風の下でぼさぼさにしていた――が豚と戯れ始め、ウェンセスラオはその上に跨った。

「もうすぐ殺されるぞ！」彼は脅しの声を上げた。「もうすぐ殺されるぞ！」

アイーダは豚の尻尾を伸ばそうとし、ミニョンは金切り声を上げながらその耳を引っ張った。そして二人は叫んだ。

「あと数分の命よ！」

「私たち人食い人種がもうすぐ食べちゃうから！」

燃え盛る竈の近くで、円形鎌の底にあたる位置にいた巨漢の原住民が、突き錐を手にテーブルの背後へ回り、これに恐れをなした子供たちは、岩によじ登って両親のもとへ戻った。広げた掌で大男が一度だけテーブルを叩くと、原住民たちはその指示を仰ぐように動きを止めて黙りこくった。大男は錐を天に掲げた。これが合図だった。四方から一人ずつ、四人の男が唸り声を上げて登場し、狩りを模した踊りで豚を追い込んだ。追い詰められた豚は、錐を掲げた男に取り仕切られたテーブルの横で、狩人の男たちに屈するよりほかなかった。四人それぞれ一本ずつ脚を掴みながら豚を持ち上げ、テーブルの上にひっくり返して仰向けにすると、束の間だけ主役を演じた彼らは、すぐに仲間たちの円陣に紛れ込んだ。太陽の光を受けて一瞬の輝きを放った後、錐は豚の大動脈に突き刺さり、理解の及ばぬ痛みに満ちた甲高い野獣の叫び声が響き渡ったが、それも次第に原住民たちの詠唱に吸収されていった。彼らは豚の死喘鳴を真似た声を出していたのだ。首から血が流れ出し、土器のどんぶりを持った裸の女性たちがこれを受け止めたが、飛沫が跳ね返って胸を汚した。そして体を赤黒く染めたまま、湯気の立つどんぶりを手に一列に並んで砂地を横切る女たちは、やがてどこへともなく姿を消した。豚の死喘鳴が止むと、火のついた枝を持った老人たちがその毛と皮を焙り、さらに大男が表面をこすって、卑猥な形に脚を開いた肥満体のつるつるした赤っぽい皮膚を剥き出しにした。すぐにナイフや鋸を手にした原住民たちが殺到し、まだ温かい腹を切り裂いて内臓を取り出し始めると、その手に掲げられてぬるぬると動く臓器や血まみれの腸がまるで生き物のように見える。内臓が高く掲げられるたびに男たちは喝采し、女たちはきれいに洗ったどんぶりでこれを受け取っている。やがて喝采が止み、彼らの体に落ち着きが戻ると、大男は斧を空へ突き上げ、素早い一振りで豚の頭を見事に切り落とした。女たちは頭を盆に乗せ、口を開けて林檎を詰めた後、全体に漬け汁や香草、塩を塗り込んで竈に入れた。テーブルに乗っていた豚肉の断片は瞬く間に洗われ、乾かされ、保存所へ運ばれて跡形もなくなっていた。あの錐、犠牲として血まみれにされた豚は本物だったのだろうか、それとも、ただの幻だったのだろうか?

食欲をそそる匂いを放ち始めた竈の周りで、原住民たちはまた詠唱を始めていた。

「もう帰りましょう」バルビナは言った。

「もう少しだけ」アドリアノは答えた。「もうファン・ペレスが馬を連れて到着している頃だけど、もう少し待ってくれ。君が来てくれて彼らは喜んでいるんだ! 君の名前を歌っているのがわからなかったの? ハムや腸詰を準備して、後で贈り物として屋敷まで届けてくれるはずだ。頭は生き物の最も尊い部分とされているから、これからそれを頂くんだよ。普段彼らは肉をまったく口にしないんだけど、今日だけは、僕たちへの敬意を込めて肉を食べることになっている……」

「嫌だ! 頭なんて私はイヤ!」バルビナは叫んだ。「気持ち悪い! 自分があいつらの神でいるためだけにあんな変なものを食べるわけ? 冗談じゃないわ、アドリアノ。あなたなら、権力を維持するために、人肉でも食べかねないわね。ひょっとして人肉も出てくるんじゃないの」

アドリアノは手に持っていた鞭を握り締め、この底意地の悪い軽薄女への怒りを抑え込んだ。豚の腹を切り裂いて見せつけ、彼のメシア的野望の臓腑を明るみに出した原住民と同じく、バルビナも、そうとは知らぬまま——本当に知らなかったのだろうか?——、この愚かな言葉によって、内に秘めた傲慢な気持ちを露呈してしまった。だが彼は、自分がすでに虚栄心の罠にはまり始めているのに対して、バルビナはまだヒュブリスの概念には無縁だったことを思い出し、何とか心を落ち着かせた。当面は、冷静な言葉で彼女を権力から遠ざけておくのが一番いいだろう。

「君は嫌なら参加しなくてもいい。ウェンセスラオと僕、男二人だけ食べればいいことだからね」

「私のかわいい子供にあんなものを食べさせるのはイヤ」

「それを決めるのは彼と僕だ。君は関係ない。ウェンセスラオ、お父さんと一緒に豚の頭を食べるかい？」

「豚じゃないかもしれないとちゃんと説明なさいよ」

「それでもいいよ、お母さん、お父さんが食べるなら、僕も食べる」

「私たちは女だけど、それでも食べたいわ、お父さん」アイーダとミニョンが泣き声で言った。

バルビナは岩から下りた。もうたくさん、そろそろ暑くなってきたし、あなたが子供たちを人食い人種の習慣に染めるところなんか見たくもないわ、そんなことをぶつぶつ言いながら、女官たちに付き添われて、集落の外に止まっていた馬車へと歩き始めた。

その間、アドリアノと三人の子供は竈へ近づいていった。誰かが取り出し口を開けると、焔の輝きと美味しそうな香りとともにそこに現れたのは、口に林檎をくわえ、頭に香草の冠を被って盆の上に載った豚の微笑だった。ミニョンはそれを見て甲高い叫び声を上げながら全速力で馬車のほうへ逃げ出し、啜り泣きにむせびながら母の両腕にすがりつくと、貪り食うようにその首に歯を立てていたかと思えば、すぐに姉を呼んだ。アイーダもすぐ二人のもとへ駆け寄った。娘たちが神経を高ぶらせているのを見たバルビナは、日傘の先でファン・ペレスの背中をつつき、すでに御者台で待っていた彼に出発を命じた。彼は即座に馬に鞭を入れて発車させ、集落から別荘までのわずかな距離ではあったが、荒野を速足で駆け抜けた。

すでに昼近く、アドリアノとウェンセスラオが馬に乗って別荘へ戻り、寝室へ上がっていくと、待ち伏せでもしていたようにミニョンが二人の前に現れた。唇の上に人差し指を立て、黙っているよう合図していた。

「お父さん、ちょっと来て……」彼女は囁いた。

「どこへ?」

「プレゼントがあるの」

「どこへ連れていこうというんだい?」

「シィッ」

ウェンセスラオは父の手にすがりついて離れようとはしなかった。灰色の顔で肩を持ち上げたミニョンは、小さな新米修道女のように両手を胸に当てたまま、アドリアノすら行ったことのない地下通路の一角へ二人を導き、天井が低くだだっ広い台所へ入っていった。ドーム型の天井と石のアーチを見るかぎり、何世紀も前に作られた場所らしいが、もはや単なる薪置場にしか使われていないようだ。寺院の内部に広がる香のように、香草をたっぷり使った甘く食欲をそそる匂いが辺り一面に漂っている。満足げな微笑を顔に浮かべながらもアドリアノは、ウェンセスラオの手をしっかりと握りしめ、何の愛情も感じない薄髪の娘に問いを向けながら、直接手を伸ばす気にはなれなかったのか、鞭の先端で頬を撫でてやった。

「お父さんの誕生日に何か特別な料理でも作ってくれたのか？」

鞭の感触にミニョンは飛び上がり、少し後ずさりしたが、その時ようやく顔に微笑が浮かんだ。太い柱の間にできた空間を進むと、寺院であれば主祭壇が安置されるであろう中央部があり、そこに据えられた黒い竈から熱が出ているのがわかった。近づくにつれてミミョンの微笑はますます秘密めいた色を帯び、セーラー服の胸当てのところで組んだ両手の間に、すべてを解き明かす魔法の鍵でも握っているようだった。だが、そのぼさぼさの髪は、慎ましい修道女の雰囲気とは何ともちぐはぐに見える。アドリアノの顔を見つめながら彼女は訊いた。

「お父さん、お腹空いてる？　原住民たちの準備したものは、男たち専用で、私は食べさせてもらえなかったから、お父さんと私、二人だけのために特別な食事を準備したの」

この瞬間のミニョンは何とも不思議な白熱を放っており、夏用セーラー服に身を包んだ鼠のようなこの娘には似つかわしからぬその輝きのおかげで、アドリアノはほとんど愛情が湧き上がってくるのを感じたほどだった。

「いいね、ミニョン、お前が準備したものを食べてみたいな」彼は言った。

ドームに守られた聖域を通り抜け、三人が竈へ近づいていくと、ミニョンがまた父の顔をじっと見ながら言った。

「本当、お父さん？　別に食べなくても気にしないわよ、ただの遊びだから」

彼女は、父が無理強いしてくるのを待ち構え、この後起こることすべてが自己責任、避けようと思えば避けられたのに、自由な選択の結果引き受けざるをえなくなった運命となるよう仕向けた。アドリアノは笑顔で答えた。

「涎が出てきたぞ」

ミニョンは出し抜けに竈の蓋を開けた。内側の地獄に見えたのは、口に無理やり林檎を詰め込まれて笑顔を浮かべ、カーニバル用の冠のようにパセリやローレル、ニンジンやレモンの輪切りで額を飾られたアイーダの顔だった。食指をそそられたと思ったのも束の間、すぐにそれは忌まわしいイメージに変わり、世界全体が恐ろしい地獄となって崩れ落ちた……　荒々しく足を突き上げてアドリアノは竈の蓋を閉め、手に持っていた鞭でミニョンの顔を打ちつけた。彼の悲痛な叫び声がミニョンの叫び声に混ざり合い、恐怖に目が眩んで出口を見失った娘は呻き声を上げながら薪の山へ逃げたものの、ウェンセスラオの制止も振り切って同じく呻き声を上げながら追ってきた父に再び鞭打たれた。その間も竈からは、しっかりと下味を着けられたアイーダが、焼き上がりを知らせるように辺りに祝祭と背信の香りを放ち続けていた。ミニョンを隅に追い詰めたアドリアノは、今度は鞭の金の柄で殴りつけた。顔からの流血で目の眩んだ娘は、目の眩んだ父から薪の山を這って逃れ、わずかに残る意識はもはや体を逃亡へと駆り立てる恐怖ばかり、膝はがくがく震え、父のブーツに踏まれた両手は動かず、泣き声、もはやセーラー服はずたずた、暗殺者となった娘を罰しようと追いすがるアドリアノは、必死で身を守ろうと意味もなく突き出された両手の向こう側に、薪の殴打でとどめを刺そうとあがき、ウェンセスラオが父の破れた服を引っ張って、なんとかこれ以上薪が流血の殴打を喰らわせるのを防ごうと試みたが、アドリアノは何度も何度もごつごつした薪を振り降ろし、ついに娘の罪深く穢れない体がぺしゃんこになってまったく動かなくなり、血と汚い粘液と髪と骨だけのどろどろした物体と化す一方、地下からの奇妙な叫び声を聞きつけて降りてきた者たちがアドリアノを取り押さえようとしたが、彼の目は焦点を失い、顔は汗と涙に濡れ、叫び声で唇は切れ、逃げようとはしながらも、使用人、義兄弟、子供、近寄ってくる者に誰彼かまわず殴打を浴びせ、気をつけろ、気が狂ってる、危ないぞ、正気じゃない、ようやく両脚を捕え、もっと人を呼んでこい、助けてくれ、だが、アドリアノは散乱する薪の間で相変わらず仁王立ちになったまま、すっかりずたずたになった服の間から、自分の血と娘の血に染まった逞しい胸を見せつけ、皮の剥けた手で闇雲に薪を振り回しながら、家族だろうが使用人だろうがお構いなしに殴りつけてきた。数十人の使用人部隊がようやく彼を押さえつけると、その手足を縛ったうえで、声を出せぬよう猿轡を噛ませた。無数にある塔の一つに押し込まれたアドリアノは、何日、何晩も意識を取り戻すことなくそこで過ごしたが、目を閉じるのが辛いとでもいうように、その間ずっと目を大きく見開いていた。

女たちは南側のテラスに固まり、編み物や刺繍やベジーグに耽る者もあれば、肘を欄干に乗せたままミューズよろしく顎に拳をあてた姿勢で庭の孔雀を眺める者もあり、また、子供たちの遊びに目を光らせている――子供たちにしてみれば、見張られていてもかまわない遊びなのだ――者もいた。会話の主導権を握るのは、ベントゥーラ家に生まれたアデライダ、セレステ、バルビナの三人であり、余所から嫁いできたリディア、ベレニセ、エウラリア、ルドミラの四人はそれに調子を合わせているだけだった。先に語った一連の出来事があった後、女たちとの同席を嫌がるバルビナが寝室にこもって寝椅子《シェズロング》で横になることが多くなり、そうなると話題はいつもアイーダとミニョンの死に行き着かざるをえず、すでに公式見解が定まっていた以上、すべては単なる修辞にすぎなかったのだが、それでもおのおのが自分の意見を述べた。人食い人種たちの悪影響かしら？　そう、そうよ。公式見解によれば、この悲劇は原住民が巧みな策略で有害物質を撒き散らしてきた事実の明らかな証拠だった。そのため一族は、彼らへの恐怖心を新たにしていた。哀れなアイーダの頭を「丸焼き」にするなんて、そうとでも考えなければ説明がつかないわ。確かにアドリアノが娘を竈に放り込んだわけではないけれど、それでも、まっとうな頭の人間には一目瞭然――そう、そう、どんな場合でも、たとえこじつけに見えたとしても、公式見解に従えばすべては一目瞭然だ――、ミニョンがあんなことをしでかしたのは、あの不吉な朝、人食い人種の儀式を見ていたからよ。恐いわ、奴らの悪影響が他の子供たちにまで及んだらどうなることかしら？　アドリアノを塔へ閉じ込めて、感染を防ぐだけで大丈夫かしら？　話の終わりには必ず分厚いベールを掛けて不可解なものを覆うのが常だが、このテーマになるといつも議論は白熱し、いつまで経っても衝撃が薄れなかった。

「でも、最悪の場合、父親を止めようと勇敢に立ち向かった幼いウェンセスラオまで殺されてもおかしくはなかったのに、そこまではいかなかった。やっぱり、子を愛する父の本能までは完全に失われていなかったのじゃないかしら」

「違うわよ」アデライダが断言した。「ウェンセスラオが助かったのは神のおかげよ！」

「そうじゃないわ、アデライダ、神が偉大なのはそのとおり、誰も異議を挟む者はいないけれど、そんなふうに神を崇めることはない」紅茶に口をつけながらセレステが言った。「あの時点ですでにアドリアノは気が狂っていたけど、それでも、哀れなバルビナが生きていくための支えを必要としていることぐらいはわかっていたのよ。結局のところ、三人の子供のうち、本当にベントゥーラ家の血を引いているのは、美しくて決断力のあるウェンセスラオだけじゃない？　アイーダだって、それに、ミニョンだって、どんな姿をしていたか思い出してごらんなさいよ。あんなに醜くては、天国へ行っても天使同士の競争にとても勝てっこないでしょう」

「でも、かわいそうなバルビナは、ちゃんとかわいい服を着せて、立派に母親の務めを果たしていたわ。大した母ね！」女の鏡ルドミラが叫んだ。そして、女たちに囲まれた小テーブルの上でソリティアのカードを動かしながら小声で付け加えた。「愛情に溢れた女……　ああ、かわいそうなバルビナ！」

「血だらけの体を見つけたのは夫のアンセルモよ」エウラリアが話を締めくくりにかかった。「それに、薪の山に埋まっていた斧や鋸やナイフも。何日も経って、哀れなアイーダの埋葬もしなければいけないと気がついてから、ようやく捜索が始まったのよ。残念ながらとうとう頭だけは出てこなかった」

「人食い人種かその代理人が持ち去ったのよ。つまり、いつ何時も油断は禁物ってことだわ」アデライダは言った。「とにかく、一家の一人が頭もなしに埋葬されるなんて、本当に残念だし、あってはならないことだわ。もうこの話にも分厚いベールを掛けることにしましょう……」

バルビナは事件のことなどすっかり忘れているようだった。娘二人の死について、頼んでもいない細部まで克明に知らされた彼女は、確かに泣くことは泣いたが、さほどの落ち込み方でもなく、やがて、娘の話はもちろん、食人種のレッテルを貼られて幽閉されたアドリアノのことも当人の前では誰も持ち出さなくなると、本当にすべてを忘れてしまったのだった。母の慰め役はウェンセスラオ一人で十分だった。すくすくと彼は成長したが、バルビナは、息子が成長しているという事実はもちろん、相変わらず彼が男であることすら受け入れようとはせず、リボンやバラの花冠、そして、刺繍やギャザーで派手に飾り立てたスカートを穿かせていたばかりか、相変わらず巻き毛を丸めてイギリス風《ア・ラングレーズ》の髪型をさせていた。今やアドリアノに気兼ねすることなく生活を送れるようになった彼女は、すべての義務を忘れて楽しく無邪気な幼年期へ退行し、生身の人形をあやす少女さながら、ウェンセスラオの世話、特にその衣装と髪の手入ればかりに専念するようになった。香水を振りかけられ、顔に化粧を塗りたくられた彼は、わずかに繋ぎ止められた母の正気を壊してしまわぬため、ひたすらいとこたちの愚弄に耐えるよりほかはなかった。

バルビナはウェンセスラオを決して離そうとはしなかった。息子のことを心配していたわけではなく——彼女の頭から危険という概念はすっかりなくなっており、こっそり周りがその動向に目を光らせていないと、どんな不始末をしでかすか知れたものではなかった——、自分の作り上げた嘘に惚れ込むあまり、彼がいなくなれば人生は空白でしかなくなってしまうからだった。時々、鏡台のスツールに息子を乗せ、その美しさを引き立てるべく化粧を施しているときなどに、塔からアドリアノの叫び声が耳へ届くことがあった。バルビナは白鳥型の白粉箱を取り落して聞き耳を立てた。

「誰かしら？」独り言のように彼女は言った。

「何のこと、お母さん？」

「あの叫び声」

「叫び声なんか聞こえないよ、お母さん」

「そう？」

「僕には何も聞こえない」

「庭で遊ぶ子供たちかしら」

「孔雀かもね」

「そうかもね」

バルビナは涙ぐむ。

「どうしたの、お母さん？」

「あなたをハイキングに連れていってはだめだって」

「なぜ？」

「みんな冷たいからよ」

「でも、なぜ僕を連れていっちゃだめなの？」

「例外は誰にも認められないって。規則は平等に適用すれば辛くないって言うのよ。もし私があなたを連れていけば、アデライダはシリロを、リディアはアマデオを、ベレニセはクレメンテを、セレステはアベリノを、ルドミラはオリンピアを、エウラリアはソエを連れていくことになるでしょう。だからきりがないんですって。あなたたち、三十五人のいとこはここに残ることになるのよ……」

「三十何人？」

「三十五人よ。どうして？」

「ややこしくて。僕はまだ幼いから数えられないんだ」

「虫捕りの網を貸してくれる？」

「そんなもの持ってないよ」

「どうして持っていないの？」

「虫捕りになんか興味ないもん」

「変ね…… まるで……」

「まるで何、お母さん？」

「何？」

ウェンセスラオは一瞬ためらってから慎重に答えを選んだ。

「虫捕り網は持ってないよ」

「残念ね！　虹色の羽をしたきれいな蝶を捕まえようと思っていたのに。ガラスの蓋のついた箱に入れて乾かしておけば、あなたのお誕生日に髪飾りにすることだってできたのにね。あなたと一緒に出掛けられれば、一緒に蝶を捕まえて、生きたままその巻き毛につけようと思っていたの。力尽きるまで羽ばたいて、きっと綺麗だったでしょうに。でも、あの人たちは冷たいから、だめだって」

ウェンセスラオの両目が輝いた。バルビナの身に起こった「悲劇」に鑑みて、最後の最後に彼女にだけ例外が認められるのではないかと恐れていたが、結局妥協はなかったらしい。個別のケースを考慮することなく、純粋に原則として、常に一律に適用される規則こそ組織の安定に繋がる、彼らはいつも言っていた。塔からアドリアノの叫び声が聞こえてきた。寝椅子《シェズロング》のクッションの上で、流行りの飾り人形のような格好で母に支えられながらウェンセスラオは、何日も前から知りたいと思っていたこと、アマデオとその配下のスパイたちが、灌木の茂みやテーブルクロスの下に隠れて大人たちの会話に聞き耳を立てていたにもかかわらず、決して調べ上げることのできなかった事実について、思い切って訊いてみることにした。

「一緒に出掛けるの、お母さん？」

「誰が？」

どう訊ねればいいのだろう？　母の前であの名前をどう発音すればいいのだろう？　彼は後悔した。

「アマデオだよ」彼は答えた。

「食べちゃいたいほどかわいいわよね、あの子……　本当にいい子」

小さな子供については、女たちはいつも同じ情熱を込めてまったく同じことを言うのだった。その時、また塔からアドリアノの呻き声が聞こえてきたが、ウェンセスラオには何と言っているのかわからなかった。母が顔に白粉をつける間、ウェンセスラオは沈黙にじっと耳を傾け、明日実行する予定の計画について、父から何か指示があるのではないかと待ち構えた。だが、そのまま何も聞こえなかったので、バルビナに問いを向けた。

「誰の叫び声かな、お母さん？」

「なぜ同じことばかり訊くの？」

「だって……」

「誰も叫んでなんかいないわよ、言ったでしょう。孔雀よ」

「ああ」

第三章　槍

1

　大人たちが出発し、テラスの手摺をところどころ支える男像柱の視線以外何の防御もなく子供たちだけが屋敷に取り残されると、彼らは、慣習上定められた境界を越えたりすれば災厄を招かずにはすまされないという思いを強めていった。敵意に満ちたただならぬ空気が敷地内に漂うなか、俄かに人気のなくなった屋敷は巨大生物のようであり、例えば、廊下や金張りの居間や絨毯を何でも消化する内臓に、聳え立つ何本もの塔を空に散った雲を追いかける触手に見立てれば、全体が龍のように見えなくもない。神経を逆撫でするような緊迫感に耐えるため、いとこたちは朝の心地よい眠気にすがり続け、昼近くになっても起き出そうとはしなかった。そして、夜中に口笛を吹いて恐怖を吹き飛ばそうとする者のごとく、いまだ正体不明の危険から一致団結して身を守るため、体を寄せ合うようにして南側のテラスへ皆集まってきた。

　もちろん、普段通りの活動を始めることで、いつもと変わらぬ朝の到来を取り繕おうとする者もいるにはいた。だが、前日のチェスを続けようとしただけで、ビショップの位置をめぐって、コスメがいつになく激しい口調でアベリノに食ってかかった。コロンバは何人かの従妹――彼女と同じく、家事能力を見せつけようといつもうずうずしている娘たち――に呼び掛けて、食事の準備をしようと提案したが、絶えず娘たちはたわいもない遊びに巻き込まれ、いつまで経っても他のいとこたちのいるテラスを離れられなかった。大人たちの目がなくなって、揺り椅子に座ったまま思う存分咳ができるようになったコルデリア――「馬鹿ね、コルデリア、その咳はやめなさい、メロドラマに出てくる結核持ちのヒロインなんか真似して」――は、胸を引き裂くような発作に襲われながらも、何とかギターを奏でようと頑張ってみたが、出てくるのは調子外れのまばらな音ばかりだった。体力が自慢の男たちは、何かスポーツをしようと考えて、ボールやらバットやらオールやらを手に取ってみたものの、芝生へ下りたものか、ラゲットへ向かったものか、いつまでも決めかねていた。

この日の朝、他にふさわしい言葉が見つからないのでとりあえず私が「アクション」と呼ぶものの中心にいたのは、いつもみんなの視線を集めずにはいなかった小さなエリート的集団であり、常に羨望の的となっていることを十分自覚していた彼らは、それを武器に無視、仲間外れ、ごほうび、懲罰、軽蔑といった陰謀に明け暮れていたのだった。すなわち、いつも小姓や乙女や紳士に傅かれたメラニア、枢機卿風の絹のチュニックに身を包んだフベナル、さらにコルデリア、フスティニアノ、テオドラ、そして一際目立つのが、若き伯爵マウロだった。豊富なお伽噺の蓄えをもとに子供たちの空想を支配するこの一団は、「侯爵夫人は五時に出発した」の挿話を次々と繰り出してマルランダ生活の一局面を紡ぎ出し、これを隠れ蓑に使うことで、親たちの押しつけてくる規則に不満を抱くこともなく、また、反抗する必要もなく日々を過ごすことができたのだった。主人公たちのみならず、エキストラとして参加する者も、この遊びのおかげで日常生活と異なる次元に避難し、まだ未成熟の自分たちが大人たちの独断についてとやかく言う立場にはない、やがて成長して「大人」という特権階級に昇格すれば、幼い子供に特有の疑念を乗り越え、自分たちが好き勝手に判断を下せるようになる、そんな安心感に浸ることができるのだった。

セレステの衣装箪笥からフベナルが盗み出した霧色ガーゼの化粧ケープに身を包んだメラニアは、三つ編みにした長い髪の房をオリンピアの手に委ねつつ、美容術に長けたクレリアが、フベナルの指示に従って髪を梳かすのに身を任せていた。家族の誰もが、いとこのなかで最も美しいのはメラニア、真っ先に嫁に行くのもメラニア、こう考えていた。それが唯一とは言わぬまでも、女の最大の務めは美しくなることだったから、彼女はあらゆる特権を享受することができた。金髪の三つ編みと細身の体、熱を帯びた一途な目と突き出た頰を持つコルデリアは、美という点に関してだけならばメラニアに勝っていたかもしれない。だが、読者もお気づきだろうが、純粋な美というものは、その孕む神秘の作用で恐ろしく見えるものであり、また、美のように抽象的で捉えにくい概念は、当人の知性に関わる問題ともされているせいか、ベントゥーラ一族の間でコルデリアの美しさは、一目で人を虜にする思春期の魅力に劣るものとされていた。コルデリアはメラニアの崇拝者たちに密着し、彼女の野性味に少しでもあやかりたいと思っていた。咳を押しとどめ、ギターを爪弾きながら彼女は歌い出した。

愛の喜びは

一瞬のこと
愛の悲しみは
一生のこと

「やめろ！」両手をポケットに突っ込んで歩き回っていたマウロが叫んだ。そしてコルデリアの前に立ち止まって続けた。「君にも僕にも、いとこの誰にも、いや、それどころか、きっと大人たちにもわからない悲しみにいつまで浸っているつもりだ？」

「何を偉そうに」驚いたふりをしてメラニアは言った。「あなたのせいで嫌というほど愛の悲しみを味わっているのに」

「僕たちが愛し合っているのは「侯爵夫人は五時に出発した」のときだけだ」マウロは答えた。「遊びの規則に縛られていないときの僕たちには何の感情もない」

「それ以外に愛なんてないわ」メラニアは溜め息をついた。「縛りもなしに愛せる人なんているのかしら？」

自分や他人の感情にこっそり思いをめぐらし、打ち明け話を引き出しては情緒の安定を覆す（あるいは取り戻す）能力を生まれつき備えたメラニアには、願ってもない話の展開になってきた。フベナルは彼女の足元に跪いてその切れ長の目にエジプト風の色をつけ、その間テオドラは、三つ編みと同じくらい濃い紫色のスミレの花冠で頭を飾っていた。

「君を愛することができればいいのだけれど、メラニア」マウロは呟いた。「話の文脈が変化して、使い慣れた言葉の意味が変わらないかぎり、君と僕には何の未来もありえない。今日は違う、侯爵夫人ごっこだけでは十分ではない」

「今日、今日！」フベナルが叫びながら立ち上がると、化粧道具が辺りに飛び散った。「もうたくさん！なぜ今日が他の日と違うんだ？　ここでは僕が見張り役、大人の代表なんだ。大人たちに代わって僕が、何が真実で、何がそうでないかを決めるんだ。今日も他の日と変わりはしない。今日が他の日と違う日になるよう仕向けるあらゆる企みは背信行為と見なされ、子供を愛する大人たちの帰還とともに、しかるべき罰を与えられることになるだろう。マウロ、君もウェンセスラオと同じように、秩序を乱す思想を吹き込もうとしているのか？　そんなことは許さない、みんなで、いいかい、みんなで「侯爵夫人は五時に出発した」をやるんだ。点呼を取るぞ。我々の頭を危険な疑念から守るための共同作業において、きちんと自分の役目を果たさぬ者は、しかるべく処罰を受ける。メラニア、君は永遠の愛人、マウロ、逃げるんじゃないぞ、君はいつものとおり若き伯爵、そして僕は邪悪な侯爵夫人……」

「僕は遊びには参加しない」マウロは挑発した。「今日は何か違ったことが起こるはずだ」

「今日もこれからも、ここでは何も起こらない」フベナルは食い下がった。

コルデリアの弱々しい声が聞こえた。

「今日は規則に縛られない日だから、きっと何かが起こるわ」

怒りに燃えたフベナルが振り向いた。

「愚かな結核もどきめ、君まで妙なデマを流す気か？　黙っていろ。人食い人種ですら蛆に食われた君の体は避けて通るというのに、知ったような口を利くのはよせ」

その間マウロはじっとメラニアの顔を見つめていたが、侮辱とも取れるほど剥き出しの優しさを込めて彼女に言った。

「君が恐いよ、メラニア。僕はうわべだけの愛しか知らないから愛に怯えるんだ。でも、今日わかったけれど、僕たちの育んできた見せかけの愛だけではだめなんだ」

霧色ガーゼの長衣に身を包んだメラニアは、立ち上がって前進し、マウロのすぐ目の前に立って相手の意志を挫こうとした。真昼の日差しから彼らを守る藤が風に揺れながら陰を作る下でメラニアは、遊びの手を止めて感動的な場面に見入っていたいとこたちの視線を一手に集め、ぼんやりした姿で浮かび上がっていた。それに較べ、その顔に浮かんだ微笑、そして、メドゥーサの蛇のように三つ編みを巻きつけた頭は、あまりの寓意的存在感でマウロに身震いを起こさせた。肌にメラニアの生温い息を感じてしまえば、そして、もし彼女の微笑がすぐに消えなければ、そう、今すぐ消えてくれなければ、今日すべてが変わるという確信は吹き飛んで、「侯爵夫人は五時に出発した」を支配するエメラルドグリーンの宇宙に飲み込まれてしまう。

突如マウロは、メラニアの微笑が恐るべき顰め面に変わり、さらに、彼には見えなかったが他の子供たちには見えた何かのせいで、いとこたちの顔が不動のまま表情を変えていくのに気づいた。

「小悪魔《プベ・ディアボリク》だ！」かつて金髪の巻き毛でレースのスカートを穿いていたお人形が、髪を乱暴に切って青いズボンを穿いた少年に姿を変えたのを見て、彼は思わず叫び声を上げた。

他の子供たちも口々に叫び声を上げてウェンセスラオの周りに集まり、懲らしめてやろうと彼に手を伸ばしながら、どうした、一体いつ、なぜだ、何を考えているんだ、お母さんが見たら卒倒するぞ、大人たちが何と言うかわかっているのか、と矢継ぎ早に質問を浴びせた。変化だ、変化、マウロは思った、表向きは否定しながらも、実は誰もが口にしているじゃないか、自分と同じく――内心彼は羨望に囚われていた――、みんなウェンセスラオが変化の口火を切ったことを認めているじゃないか。マウロだけは、叫び声を上げることもなく、他のいとこたちがウェンセスラオの様変わりした姿に興奮して彼を質問攻めにしていても、その輪の中心へ入っていこうとはしなかった。手摺に寄り掛かったまま距離を置いて従弟の姿を眺め、そこから溢れ出る強い光を感じながら彼はますます確信を深めていた。つい一時間前、荒々しく尻を引っ叩いてやったのは確かだが、彼とウェンセスラオは、違った仕方でこそあれ、今日という日に同じ期待を寄せていたのだ。外見を一新した従弟のように、自らを変えるため、そして、すべてを変えるために破壊する、この明白な意志と強い自信を胸に秘めたままパニックを引き起こすようなことは、自分にはとてもできまい。当面は情勢を傍観しながらじっくり知恵を絞り、やがて結論が出れば、それに向けて有り余る活力を注ぎ込めばいい。今は謎ばかりで混沌としているが、状況をじっくり吟味していけば、今日中――あるいは、大人たちの権力から解き放たれた今日始まる未来――に答えが見つかりそうな気がするし、もはや恐れることは何もない。ウェンセスラオの青ズボンと乱暴に切った髪、この姿に垣間見えた新時代を前に、なぜいとこたちは自分と同じような熱狂を感じないのだろうか。メラニアまでフベナルを集団の外へ連れ出し、お付きの者たちとともに泣き声を上げながら家の中へ逃げ込んで、小さな従弟を見るまいとして目を覆っているばかりか、安全な自分だけの王国にピリオドを打つやもしれぬ言葉を聞くまいとして耳を塞いでいる。すぐにマウロは、二階の中華サロンへ逃げ込んだフベナルが、一番大きなバルコニーに向けて開かれていた窓を閉じる姿を認め、即座に事態を飲み込んだ。彼らはこれからあの部屋を塹壕にして、誰に、何に抵抗しているのかも知らぬまま、自分たちの拒絶と恐怖だけで作り上げた敵から身を守るために立てこもるつもりなのだろう。

マウロは辺りに視線を走らせ、三人の弟、バレリオ、アラミロ、クレメンテの姿を探した。ウェンセスラオの発散する恐怖で金縛りにでもなったのか、三人は従弟の周りにひしめく集団から離れられなくなっていたが、無理にでも彼らをあそこから引きずり出さねばなるまい。彼らの助けが必要なのだ。ウェンセスラオに対抗して、今すぐ自分の立場を明確にせねばならない。やがてウェンセスラオが囲みから逃げ出すと、ある者は確かに今日の展開はいつもと違うという思いを深めながら、またある者はまだ半信半疑の状態のまま、パニック状態に陥っていた集団が次第に解散し始めたが、その間マウロは弟たちを引き連れて手摺を飛び越え、芝生から庭を抜けた後、敷地内の最も奥まった隅へ向かった。

兄の合図を見たバレリオは、すぐにオールを置いて後を追った。アラミロとクレメンテも、集団から離れたことに気づかれぬよう、白とオレンジ色のヘルメットで作ったボールを蹴飛ばしながらその場を後にし、石段を駆け降りていった。バレリオもすぐにサッカーに加わり、マウロがラゲットの縁に生い茂るパピルスの後ろへ走り去ったのを確認して、弟二人とともに後に続いた。追いついた三人は、兄の興奮した顔に驚いたが、それでもボールを蹴るのは止めなかった。

「よこせ」マウロは叫んだ。

「嫌だ」最年少のクレメンテが答えた。「これは僕のだ」

マウロがボールを奪い取ってラゲットに放り投げると、しばらく白鳥がその周りを回っていたが、やがて苔むしたロカイユ風小島の洞穴に消えた。

「僕のボール……！」クレメンテは泣き声になり、しばらくしてから言った。「一体何の権利があってそんな真似をするんだ？」

マウロは弟を抱きしめ、今度時間があれば、そして、その権利とやらを理解できた暁には、必ずやボールを取りにいってやる、と約束した。

「今取ってきてよ」クレメンテは食い下がった。

「そんなことをしている場合じゃない」

「何をそんなに急いでいるんだ？」バレリオが訊いた。「もし本当に大人たちが帰ってこないのなら、時間なんかいくらでもあるじゃないか」

「帰ってくるかどうかはわからない」マウロは答えた。「ともかく、これからの展開は今までとは違う。いいか？」

彼は再び敷地の奥へ向かって走り出そうとしたが、バレリオが引き止めた。

「待てよ」彼は言った。

「どうした?」マウロが訊いた。

「何を急いでいるのかちゃんと説明しろよ。結局のところ、僕たちの秘密には意味も損得もないんだ。ならば突然そんなに急いで一体何になるんだ?」

四兄弟はラゲットのほとりに立っていた。議論が続く間マウロは、ジャケット、糊の利いた襟、黒い結び目のネクタイ、ストライプのシャツを次々と脱いで芝生の上に放り投げ、力仕事にでも取り掛かるように見えた。全身が筋肉質で、睫毛や頭髪と同じく黒玉色に映える眉の下に深い色を湛えた透明な瞳も含め、体全体が琥珀色に輝いて見える。彼の背後に生い茂る睡蓮の間で、白鳥たちが満足げに何度も同じ軌道を繰り返している。バレリオは即答を求めていたが、一体何と答えれば事態を収束できるのだろう? 自分自身にも納得のいく答えがあるのだろうか? まだ自分でも十分状況が把握できていないというのに。真に自分が求めているものが何なのか、十分突き詰めて考えてみなければ、この場違いなバレリオの問いへの答えは出てこないだろう。彼はこう言っただけだった。

「来いよ」

バレリオが刃向ってきた。

「説明がなければ行かない」

「僕たちのすることに説明はいらない」

「つまり、急ぐ必要はないということだな。それなら家へ戻ってまたみんなと合流することにする」

「そして僕たちを密告するわけか」

バレリオは一瞬考えてから言った。

「それがみんなのためになるのなら、当然のことだ」

怖れも疑念も知らぬ情熱家のバレリオが、密告もやむなしと考えているのか？　四兄弟の絆、そして、何年もかけて一緒に築き上げてきたものが、この特殊な状況下で脆くも崩れ去ろうとしていた。マウロは目に涙が溢れてくるのを感じたが、何とかそれを押しとどめた。そして訊いた。

「それじゃ、これまでの僕たちは一体何だったんだ？」

「いいか、マウロ」いらいらとバレリオは言った。「ウェンセスラオの変身は、これから次々と起こる重大な出来事の前触れなんだ。今ここで僕たちの秘密について、くどくど議論をしている暇はない。今は外に向かって、事件に向かって全力を尽くすべき時だ。内輪の話なんか僕にはどうでもいい。僕たちのしてきたことなんて、抒情的な意味以外何もない無邪気な暇潰し、うわべだけの遊びにすぎないじゃないか。君も言っていたとおり、遊んでいる場合じゃないんだ」

自分がこれほど迷っているときに、何ということを言う奴だろう、マウロは思った。これまで積み上げてきた秘密の仕事にさえ今では自信が持てないというのに。あれほど活発な想像力があるのに、まだぼんやりとしか感じられないものをなぜ事実として受け入れてしまうのだろう？

「遊びとはかぎらない」彼は口ごもった。

「見ろ。まったく新しい状況なんだ。事態が変われば考え方も改めるべきじゃないか。僕たちはただ、禁じられていること、両親の意志の及ばない、一家と無縁な何か、僕たちだけの秘密を持とうとしたのだが、その結果別に何も生まれはしなかった。コルデリアが言っていたとおり、今やここには規則もなければ権力もなく、すでに僕たちのやってきたことの意味は失われたのだから、君にはクレメンテからボールを取り上げる権利すらないんだよ。それでも僕たちのしてきたことにこだわり続けるのなら、君は単なる臆病者だ」

「すべてがそれほど明白な結果になるとなぜ言い切れる？　ある時点では意味不明に見える些細な行為が、後になってまったく意外な形で全体と繋がることもあるだろう」

「今日にかぎってそれはあり得ない」バレリオは答えた。

「思い過ごしだよ」

「君は弱虫だ」

「君は想像力不足だ。いずれきっと、親たちの教義よりもっと不寛容な教義を作り出すにちがいない。いや、僕は弱虫なんかじゃない。でも、殉教者や英雄の素質があるわけでもない。この言葉の意味がわかるかな」

「言葉の意味なんて考えている場合じゃないんだよ」

「そうとは限らない」アラミロとクレメンテが反論した。

「いいだろう」バレリオが締めくくった。「君たちは迷っていればいい。僕は行く」

そして彼は家のほうへ全速力で走り去った。

2

おそらく読者は、この四兄弟が仲違いする原因となった秘密は一体何なのかと疑問に思っておられるだろうし、取るに足らない小手先の技法を駆使して情報を操作し、読者の興味を惹きつけておこうとする作者に憤慨している方もおいでかもしれない。実を言うと、こうしてここまで読者を引っ張ってきたのは、これから一気にこの象徴的事件の全貌を明らかにし、私の物語の中心に据えておきたかったからだ。

読者の好奇心を満足させるためには、ピクニックの日から数年の歳月を遡り、ラゲットのほとりで交わされた口論で話題に上ったカバラの出発点を明かしておかねばなるまい。シルベストレとベレニセの間に生まれた四兄弟は、数年間、この秘密を共有していたおかげで強い絆を保っていたが、といって、表面上家族生活がそのために掻き乱されることもなく、誰もが忠実に自分の役割を果たしながら、決して変わることのないいつもの時間を過ごしていた。疑いようもなく、シルベストレとベレニセ、そして、マウロ、バレリオ、アラミロ、クレメンテの四兄弟から成る一家は世間の模範であり、首都の社会生活においてのみならず、槍の柵に囲まれた敷地内で過ごすバカンスにおいても、常に時代の流れに合わせつつ、全員が常に実直かつ適確な振舞を保っていた。

槍の柵は、別荘の特筆すべき部分の一つだった。十歳の時マウロは、ひと夏かけて槍の本数を数えたことがあった。黄色く光る金属で先端を尖らせ、下の部分は、腐葉土を支える花崗岩の層に勝るとも劣らぬほど古く固いモルタルにしっかりと埋め込まれた、高く黒く細く、それでいて決して曲がることのない頑丈な鋼鉄の棒が、全部で一万八千六百三十三本。その夏、首都へ戻ったマウロの両親は——長男がしばしば子供たちの遊びから抜け出して槍勘定に精を出していたことにはまったく気づいていなかった——、弟たちやいとこたちの手本となる立派な振舞でバカンスを過ごしたというので、誕生日に特別なご褒美を与えることにした。馬一頭プレゼントしてもいいつもりで、何が欲しいか息子に訊いてみると、驚いたことに、鉄の槍が欲しいという。しかもマウロは、両親がどんな反応をするか見るため、なぜそんなものが欲しいのか敢えて詳しく説明しなかった。シルベストレとベレニセは、首都で最も名の知れた鍛冶屋に命じ、マルランダの柵に使われたのと同じような槍を作らせたが、所詮玩具ということもあり、危険があっては困るということで、サイズは小さめに、先端部は丸めにさせた。だが、せっかくのプレゼントは、外国人街に新築した屋敷の立派な庭の奥に打ち捨てられて錆びゆくばかりとなっていたので、失望した夫婦は、息子を問いただささずにはいられなかった。

「だって、マルランダの槍とは違うもの」マウロは答えた。

「そんなものをプレゼントできるわけがないでしょう」ベレニセは鳥のような声で言った。「マルランダの槍は一族の特権で、神聖なものなのよ」

「何でも好きなものを頼んでいいと言ったじゃないか」

「物には限度があるわ」

「それならそうと先に言ってくれないと。それに、僕たちベントゥーラ一族は、何事も自由に決められるから限度など考えることはない、そういつも教えてくれたのはお父さんやお母さんじゃないか」

「そうはいっても、分別をわきまえないと」シルベストレが反論した。「何でもかんでも許されるというわけではない」

「何の役にも立たない槍と分別と何の関係があるの？　この槍はマルランダのとは違う……」

「そりゃそうさ」

「なぜ？」

「別荘の槍が作られた時代とは製法も材料も違うんだから」

「でも技術は進歩するんでしょう、今のほうが優れた製法で作るのなら、古い時代のものを再現できないはずはないじゃないか。それとも、進歩なんて忘却か喪失でしかないの？　この槍の先端は仕事が雑だし、しかも銅だよ、お母さん！」

「何ならいいの？」

「金だよ」

「何ですって！」

「マルランダの槍の先端は金だよ」

「おかしなことを言う子ね」

「本当だよ。だから錆びないんだ。あの輝きは召使たちが磨いているから出るんじゃない、金だから光るんだ。何でもプレゼントしてくれると言ったのに、約束を守ってくれなかった」

「先端を金にするなんて話、あなたはしなかったわ」

「ただ約束するだけじゃなくて、僕へのご褒美というのだったら、それぐらい予め訊いてくれてもよかったじゃないか」

シルベストレとベレニセは顔を見合わせた。父は言った。

「そんなに横柄な態度じゃ、もうこれからはプレゼントなんかやれないな。それに、いい加減に目を覚ましなさい。お前はもう子供じゃないんだから、善いことと悪いことの区別くらいできなきゃだめじゃないか。今後、槍の先端が金だなんて話を持ち出したら、どうなるかわかっているな」

「どういうこと?」

「槍のことは忘れなさい、マウロ。召使たちにお前のことをよく見張っているよう言いつけておくから、今後、またお前が怪しげなホラ話を繰り返していることが私の耳に入ったら、罰として来年の夏休み前にお前を外国へ留学させることにする。私たちの金を買ってくれる外国の優秀な人々に良識を叩き込んでもらうまで、お前がマルランダへ戻ることは許さないぞ」

ベントゥーラ一族の例に違わず、マウロも表面上大人しくしているのは得意だった。他方、彼の両親は不快なことに分厚いベールを掛けるのが得意だったから、以降息子への懲罰をすべて召使の手に委ねたシルベストレとベレニセは、やがてこの会話を思い出すことすらなくなった。マウロは表面上素知らぬ顔をしていたが、両親に禁止されたおかげで、わけもわからぬままこの秘密を掘り下げてみることを決意し、やってはならぬことを行う楽しみに全身全霊を傾けるようになった。巧みに機を見計らう術を覚えた彼は、誰も自分のことを気にしていないとみるや、召使や庭師の監視の目をかいくぐって柵を調べ始め、見る目がなければすべて同じに見える槍を一本一本手に取ってみた。やがて、細かな違いまで見分けられるようになったマウロは想像力を膨らませ、その一本一本に特別な感情を抱くようになった。鉄棒がつるつるすぎるもの、太さの一定でないもの、歪みがあるものには軽蔑心を抱いたが、細いもの、表面が黒く輝くもの、肌理の細かいものには愛情を感じた。そして、じっくり比較と熟慮を重ねた結果、マルランダのせわしない空を背景に黄金の先端を輝かせた、最も完璧な槍を一本だけ選び出し、これにメラニアと名づけて愛を注ぐことにした。

その間、従姉のメラニアはマウロよりも早く成熟していった。女っぽくなるにつれて体も顔も柔らかみを増し、その視線は、マウロがお伽噺でしか読んだことのない色合いを帯びるようになった。メラニアが顰め面をすれば知らぬ間に家族の意志は簡単に挫かれ、周りからちやほやされているうちに彼女の存在感は高まっていった。他方、彼女と同い年でありながらもマウロは、相変わらず同じ年頃のいとこたちに紛れて区別のつかぬ一人という地位に甘んじていた。お世辞という鏡に映る自分の顔に満足しきっていたメラニアには、マウロのことなどもちろん眼中になかった。もう数年して十七になれば、大人たちの仲間入りができる。マウロはなんとしてもこれを阻止したかったのだが、何を言ってもメラニアの顔に浮かぶのは、いつも変わることのない甘美な微笑であり、唯一彼女が目を輝かせて聞き耳を立てることといえば、「侯爵夫人は五時に出発した」の新たな挿話だけ、真実は何一つ起こらないこの遊びにだけは彼女も情熱を注ぎ込んでいた。ある年の夏、メラニアと名付けた槍を土台から掘り起こして自分だけのものにしようとしたのは、そんな彼女の自信に満ちた姿をぐらつかせるためだった。掘り起こす作業を進めながらマウロは、「自分のものにする」とは一体どういう意味なのか、考えてみずにはいられなかった。自分のような子供にとって、メラニアを「自分のものにする」とはどういうことだろう？手に入れた後、一体どうすればいいのだろう？

槍のメラニアは、敷地の奥にある格子塀から数えて四番目であり、柵のその辺りの部分は、鋸型に切り揃えられたキンバイカの花壇に隠れて人目につかないようになっていた。そこなら、こんな奇妙な作業をしていてもほとんど人目を気にする必要はない。最初はただこの秘密でスリルを味わうためだけにおずおずと根元を掘り返すだけで、土台の周りに生える草を注意深く引き抜いては、そこだけ枯れてしまうことのないよう後でまた元へ戻し、こんな奥まった場所も含め、敷地内の隅々に目を光らせていた庭師たちに気づかれないよう気を配っていた。だが、そのうち次第に気が大きくなり、錐や金槌を使い始めると、モルタルのかなり奥まで掘り下げることができた。メラニアを「自分のものにする」ための破壊と掘り起こしの作業をひと夏かけて進めることにしたマウロは、枕を布団の下に忍ばせて寝たふりを装うトリックがばれる危険も顧みずに夜部屋を抜け出し、朝、一家と合流する前、何も異状はないか四人の息子を身体検査する母親に、傷だらけの指について問い詰められたりすると、突飛な言い訳をでっち上げてその場を取り繕った。これこそ思春期の人格形成に不可欠な心地よい嘘であり、たとえその価値を誰にも認めてもらえなくとも、人知れぬ秘密に酔いしれていれば、いとこたちのなかで自分が唯一無二の存在であることを実感できたのだろう。そしてとうとうある日の午後、槍のメラニアは土台から外れた。手に込めた力強い優しさのおかげなのか、槍が彼の思いに反応して動物のような生命を持ち始めたことがありありと感じられ、とうとうこれを整然たる柵の列から引き離した達成感とともに、疲労と幸福の入り混じった状態で槍を抱いたままマウロは芝生に横になった。柵から一本槍が欠けたことで、そこだけ微妙に広い空白が生まれ、規則的な槍の配置が乱されていた。不調和の風穴を開けたことでマウロは、まるで無限への窓でもこじ開けたように、見渡すかぎりの荒野が敷地内でひっくり返るような気分を味わった。以来、来る日も来る日も花壇に隠れたこの一角へ足を運んでは、メラニアという名の槍を引き抜くようになった彼は、両腕に彼女を抱きしめて横になったまま、メラニアが開けた穴から無限の空間へ突き進んでいくような感覚を楽しんだ。

「午後中ずっとどこへ行っていたの？　姿が見えなかったようだけど」戻ってきたマウロを見て従姉のメラニアは訊ねた。

「勉強だよ」マウロは答えた。「将来僕はエンジニアになりたいんだ」

メラニアは笑いながら言った。

「そんなに頑張る必要はないわよ。昨日あなたのお父さんから聞いたけど、その気があるのなら、金輪出の顧客を頼ってあなたを外国へやって、赤いもみあげと水っぽい目の外国人と一緒に勉強できるよう手配するつもりなんだって。そういう分野で、我が一族の名にふさわしい教育組織はこの国にはないからね。どう思う?」

「僕は嫌だな」

「どうして?」

不意を突かれたマウロは、笑ってその場をごまかした。

「赤毛の女に惚れて、マルランダに戻ってこられなくなったら大変だからね」

首都でマウロは、しきりにティア・アデライダの家を訪ねて従姉のメラニアにすり寄ったが、果たして、槍のメラニアの感触を取り戻すためにそうしているのか、あるいは逆に、従姉のメラニアとのいつも変わらぬ付き合いを乗り越えるために別荘で槍のメラニアを抱いて横たわっているのか、自分でもよくわからなくなっていた。首都のティア・アデライダの家では、ランプのもとで絵葉書のアルバムをめくりながら従姉のメラニアが頭を傾けたりすると、椅子の背に黒く重い三つ編みが落ちかかる様子に目を留め、また、一緒にカードゲームをしているときには、テーブルの下で膝と膝が触れ合うのを感じたが、そんな瞬間には、ベントゥーラ家の築いた槍の柵、その容赦ない規則性に自分の手でこじ開けた魅惑の空白へ再び近づいていくような気がするのだった。成長とともにマウロは、マルランダへ行くたびにメラニアのエスコート役を務めるようになった。家族公認のカップルとなった二人は、時に目配せやプレゼントを交わしながら自然な愛情を育み、やがては、二人が結婚することがあっても不思議はないと誰からも思われるような仲になった。唯一の例外はティオ・オレガリオで、ある日、スイカズラの園亭で内緒話をする二人を目撃した彼は、妻とともにメラニアの代父・代母を引き受けた身として——しかもこの夫婦は、家族内はもちろん、首都の上流階級においてさえ、物腰こそ柔らかいものの、暴君として通っていた——、こんな振舞はとても許せないと言い張った。メラニアの父、哀れなセサレオンが無残な死を遂げて、アデライダが寡婦の悲しみに暮れているというのに、もう節度を忘れてしまったのか！　背が高くがっしりした体で、エナメル塗りのブーツのように黒い口髭と眉を輝かせながら、嵐のような声で長男フベナルを呼びつけたオレガリオは、二人の見張りを命じるとともに、従妹の純潔はお前の手に掛かっているとまで言い渡した。「侯爵夫人は五時に出発した」の遊びですら、彼にとっては疑惑の的だった。気をつけろ！……　何事にも限度というものがある。こうして見張りをつけたことで、結果的には三人がもっと親しくなったのだが、それは、ティオ・オレガリオの言う節度をしっかりわきまえたマウロが、聞き分けのいい模範的な青年に成長し、従姉のメラニアと傍目にも気持ちのいい「恋人関係」を築き上げていったからだった。

表面上完璧な青年となったマウロを見て、ベントゥーラ家の者たちは幸運なシルベストレとベレニセを称賛し、他の三人の息子たちも同じく立派に育っていくにつれて、その気持ちはますます深まっていった。とはいえ、これは個人の功績ではなく家柄のおかげであり、ある意味当然の帰結なのだという点に落ち着くと、称賛の言葉は少しずつ収まっていった。

ベントゥーラ家から金を買って世界中に売りさばく外国人——赤いもみあげ、そばかすの多い鼻、水っぽい目——と直接付き合いがあるのは、一族でシルベストレとベレニセだけだった。外国人たちは、カラフルなチョッキの上に派手な鎖を光らせた姿でカフェ・デ・ラ・パロキアの入り口に近い席に固まり、酒が回ってくると大声を張り上げて、目の前の波止場でカモメの間にマストを揺らしながら停泊する船でこの国の何を次に持ち帰るかあれこれ議論していた。ベントゥーラ一族にとって、こうしたしがない商売人たちはあまりに卑俗で、家の食事へ招待するには値しない人種だと考えられていたが、それでも、金を掘る原住民の作業と同じく、この外国人たちの仕事ぶりに自分たちの命運がかかっているという事実には、死ぬほどの不快感を味わいながらも、目をつぶるわけにいかなかった。

「古き良き時代」には、こうした外国人はほとんどカフェ・デ・ラ・パロキアから出ることがなかったし、仮に出ることがあっても、ほとんど人目につくことがなかったから、彼らを単なる行商人として片付けておくことは容易だった。だが、次第に彼らは文明の伝道師を気取り始め、シルベストレにはよく理解できない動機に駆られて、人食い人種の危険について強い口調でまくし立て始めたばかりか、自分たちが十字軍戦士としての役割を果たさないかぎりこの国の平和を保つことはできない、とまで熱弁を振るうようになった。いずれにせよ、事態はどうあれ、これまでのように、外国人たちがエルモへネスの冷たいオフィスに現れてサインと支払いを済ませ、契約を交わす、それだけの接触では済まされなくなってきた。つまり、これまで自らの血で国の政治的・社会的・経済的歴史を支えてきた由緒あるベントゥーラ一族に対して、商売上の利害関係のみならず、家族ぐるみの付き合いを求めてきたのだ。といっても、実際のところ、故国を遠く離れた単細胞の外国人にとって重要だったのは単に楽しく過ごすことだけであり、それなりの人々に受け入れられて退屈凌ぎができればそれで十分だったのだろう。

シルベストレは、ベントゥーラ家のなかで最も無頓着な性格だった。禿げ頭で肥満体、楽観的で気さくな彼には、外国人たちを自分のもとに引き止め、一族への実害を食い止めるための防波堤になるという、家族から託されていた使命も苦にならなかった。軽口を叩いて彼らの心を掴み、持ち前のユーモアに磨きをかけることで、そうとは悟られぬよう、呑気な外国人たちを適当にあしらっておけばいい。シルベストレは、下品な冗談を聞いて黙り込むこともなければ、飲みすぎないよう自制することもなかったし、それが両者にとって満足いく形で自らの目論みを達成することに繋がるのであれば、トランシルバニアの女を擁する新装開店の売春宿へ同行することすら辞さなかった。おかげで彼は、エルモヘネスから密かに相当な金額の謝礼を受け取っていたばかりか、彼の歓心を買おうとする外国人たちからも、様々な招待状や口約束、時にはこっそり袖の下を現金で貰うことがあり、やがて、舶来品が次々と贈られてくるのに慣れてしまうと、紅毛人の国で作られたものには国産品にはない魔力があると信じ込むようになり、もはやそれなしには生活できないほどになった。服装ばかりか生活習慣まで彼らに合わせ、十八も格変化のある彼らの悪魔的言語を苦労して習得すると、これこそ話すに値する唯一の言葉だと主張し始めた。

だが、たとえ周縁に追いやられてはいても確たる地位を与えられていた夫たちと較べ、社会から完全に爪弾きにされていると感じていた外国人の妻たちは、いつも物憂げな暮らしを送っていた。カフェ・デ・ラ・パロキアで、くすんだ金属製の棒にブーツを寄せかけながら四方山話に興じることができるのも男たちだけだった。やがてシルベストレは、対処の面倒な圧力を感じるようになった。例えば、ある時アデライダが、自らを大人物と勘違いした外国人女性の一人が家の前に車を止めるのを見て、愚かにも居留守を使ったことがあったが、すると即座に金の取引価格が半ポイント下がった。この事件の直後から、すげなくされた女性の夫が、カフェ・デ・ラ・パロキアでの団欒において、マルランダで人食い人種の反乱が起こり、ベントゥーラ一族への投資が危険になったという噂を流し始めた。しかも、ベントゥーラ一族は原住民を手懐けるどころか、彼らを手先として使っている、そんなことまで小声で触れ回った。馬鹿げた噂ではあったが、それでも一家にダメージを与えずにはおかないこんな噂が広がっていくのを前に、エルモヘネスもシルベストレもどうにも手の打ちようがなかった。やむなくシルベストレはアデライダを問い詰め、一家の生活がいかに外国人に依存しているか論じたてたが、彼女は頑としてこの事実を受け入れず、ベントゥーラ一族が誰かに頭を下げる云われはないと言い張ったばかりか、「時代は変わった」というお決まりの論法を盾に卑屈な態度に走る弟たちを悪趣味と言って罵倒した。あんな行商人たちに尻尾を振ってついていくことはないわ、子供たちまで外国にかぶれてしまって、嫌だわ！　長男のマウロは、エンジニアになるために「勉強」したいとか言っている。ベントゥーラ家の一員たる者が、何かになるために「勉強」しなければならないなんて、一体誰にそんなことを吹き込まれたのかしら？　反対の意思表明にアデライダは、メラニアを訪ねてくるマウロを出入り禁止にしたため、二人は時々バルコニーで話すことしかできなくなり、マルランダへ戻るまで気儘にお喋りを交わすこともできなくなった。

シルベストレは、一家の名前と食人種を結びつける噂を即刻打ち消さなければとんでもない事態になると思った。それには、外国人の妻にアデライダが働いた無礼の埋め合わせをせねばならない。仕方なく彼はベレニセに泣きつき、自分から外国人の妻を誘って、人通りの多い時間帯に棕櫚並木の通りをランドー馬車でドライブしてほしい、二人が仲良くお喋りしているところを見せびらかしてほしい、こう頼み込んだ。ベレニセがこの些細な依頼を引き受けてくれたおかげで、ベントゥーラ家が領地で食人習慣を奨励しているという噂は単なるデマとして忘れ去られ、金の値段は再び、半ポイントどころか、一ポイントも上昇した。エルモヘネスは、シルベストレにかなりの報酬を渡したのみならず、ベレニセに対しては、神秘の国との友好関係の証にと外国人たちから贈られたシャープカと、シベリア貂の毛皮製マフを直々にプレゼントした。

首都ではベレニセをめぐって様々な噂が飛び交った。外国人の言葉をぎこちなく発音するときの貴婦人気取りが仰々しすぎるとか、わざと二重に意味が取れるような言い間違いをして紅毛人のご機嫌を取っているとか、そんなことまで言われることがあった。だが、子供たちに学校を変わらせ、外国生まれのそばかすだらけの息子たちと並んで授業を受けさせるようになってからというもの、ひそひそ話はスキャンダルとなって爆発した。マウロ、バレリオ、アラミロ、それに幼いクレメンテまで程なく独特の立居振舞を身に着け、これが「モダン」という言葉で人々の評判を勝ち得ると、彼らは精霊降臨を照らす焔のようなオーラに包まれ始めた。四人の子供たちを羨むあまり、自分の息子たちにも同じような服装と仕草を叩き込もうとする親まで現れるようになった。「モダン」とはこの様式を徹底することだと思い込んだ上流階級の母たちは、伝統はあるが陰気臭い修道院学校から息子たちを引き上げ、シルベストレ夫妻の息子たちの通う学校へ転校させたが、実際、妻のベレニセはそれほどまでに魅力的な物腰を体得していたのだった。そして首都のエリート階級は、この一家を通して、外国人たちは卑俗どころか「モダン」であることに思い至った。特権的な地位を勝ち得た四人の兄弟は、その鷹揚な性格のおかげであちこちの良家に招かれ、かつては粗野だとされていた習慣が広まるのにも一役買うことになった。

だが、マウロは外国人の子供たちと表面的な友情以上の関係を結ぶことを決してしなかった。いつも生真面目な彼は、ベントゥーラ一族の大多数と同じく、臆病な性格の下に、マルランダで過ごすバカンスへの執着心を内に秘めて日々を過ごしていた。シルベストレとベレニセは、誰か外国人の学友を別荘でのバカンスに誘ってはどうかと息子を焚き付け、そうすれば言葉の練習にもなるし、一生続く固い友情を結ぶことができるかもしれないと言って聞かせたが、マウロは、内気な性格を盾に巧みに話をはぐらかした。実のところ彼は、別荘で着手した作業の妨げとなるものは、人でも仕事でも、何でも毛嫌いしていたのだ。長男への説得が無理だとみるや、両親は次男に目をつけ、陽気で気さくなバレリオに、紅毛人の子息をマルランダへ誘ってみるよう呼びかけた。何にでもすぐ乗り気になるバレリオは、最初こそ応じる姿勢を見せたものの、兄マウロに、もし両親の圧力に屈しなければ、それと引き換えに誰も知らない重大な秘密を教えてやるとこっそり言われ、「わかった」と答えてこれを受け入れた。

すでに三年続けてマウロは、バカンスになると敷地の奥へ足を忍ばせるようになっており、単に槍のメラニアと戯れるばかりでなく、そこにできた隙間から見える無限を味わって楽しんでいた。秘密の場所へバレリオを連れていくと、弟は無限を垣間見るだけでは飽き足らず、荒野へ出てみたいと言い出した。だが、そのためにはメラニアの穴だけでは小さすぎるので、二人は隣の槍の根元も掘り起こして隙間を広げることにした。二本目の槍を外した後、二人は短時間だけ荒野を歩き回ったが、今度は兄のマウロが、隙間を大きくしたぐらいでは満足できないと言い始めた。もう一本外してみたらどうだろう？バレリオにもこの提案が気に入って、早速二人は作業に取り掛かった。それにしても——とマウロは自分に問いかけた——わけもわからぬまま隙間を広げることが、幽閉生活を抜け出すことよりも大事なのだろうか？

その夏、二人は九本の槍を抜いた。一本抜き終えるたび、すぐに元へ戻して慎重に根元の草を整え、そこが掘り返されたこと、さらには、実は槍が抜けるようになっていることが誰の目にもわからぬよう偽装した。マウロにとって、自分と弟の尽力で広がっていく隙間から何が「見える」のかなどもはやどうでもよく、隙間の存在自体が重要性を持ち始めていた。すべては盲目的な作業であり、バレリオも彼も、秘密を育みたい、そして、たとえ外見上何も変わらずとも、一家の堅固な柵を打ち倒したい、この猛烈な欲求にひたすら従っているだけだった。確かに槍の数は無限で、終わりの見える作業ではない。終わりがないからこそ、そして、わけもわからずひたすら続けているからこそ、この意味不明の単純作業が美しく見えて、来る夏も来る夏も、大人たちに見つかる危険を顧みることのない二人の兄弟を捕えて離さなかったのだ。

目前に残るあまりに膨大な作業の量——二人の子供に一万八千六百三十三本の槍はあまりに多すぎる

――に志気を挫かれ、弟二人の助けを求めたのは、ハイキングの前年のことだった。四人それぞれに受け止め方は違ったが、全員がこの果てしなく大きな課題に魅了され、誰も及び知ることのない陰謀に加担する喜びを噛みしめた。四人は一族のエリートであり、ベントゥーラ家の利益と無縁な、そしておそらくそれに反する作業を遂行している。

ごく稀ではあったが、四人揃って夜ベッドを抜け出し、キンバイカの花壇に隠れた作業場へ駆けつけることもあった。その時間には空が銀色のアンフォラとなり、その下で打ちつけられる金槌の音は、共犯者となって荒野に揺れるグラミネアのささめきに掻き消されて聞こえず、やがて彼らのしていることが、万人を捕えて離さぬ夢の帳を引き上げる最も確実な方法となる。槍を引き抜き、すぐに元の場所へ戻す、その解放感が知的・論理的レベルを出ないことぐらいわかっていたが、当面はそれで十分だった。あるいは、この作業が完了すれば、完全な解放感が得られるのだろうか。槍を自分のものにしたいとは誰も思わなかったし、槍を手にしたまま月夜に照らされた荒野を駆け回り、猪の脇腹に突き刺してやりたいと思う者もいなかった。隙間はどんどん広がっていたが、もはや外へ出ることなどどうでもよくなっていたし、槍の起源がどこにあるのか、いつ、どんな理由でこの奇妙な柵が作られたのか、そんなこともまったく考えなくなっていた。それがそこに存在するというだけで、槍を抜き、引き上げ、元に戻しているというだけで、彼らの想像力は激しく刺激された。その美しさ、その数、そして、一本一本区別する目を持った四人以外にはまったくわかるはずもないその個性。槍のすべてを土台から引き抜いた暁には――どうやって？　いつ？――、その一本一本がかけがえのない一要素、一単位に戻り、それでいて、何千という目的に従って、何万通りにも組み合わせることのできる集合体になるかもしれない。今のところ柵という形に繋ぎ止められているため、それ相応の象徴的機能しか果たしていないが、その足枷を逃れてしまえば、この情熱的作業に凝縮された無限の意味が開花し、新たな象徴へと変貌を遂げるかもしれない。

様々な意味が複雑に入り組むなか、一つだけマウロが確信していたのは、この作業が完了して柵が崩れ落ちれば、従姉のメラニアに対する感情が明らかになり、その単純な結末を二人とも跪いて受け入れることになるだろう、ということだった。いつの日かこの作業を人目に晒さねばならぬ日が来るのだろうか？　槍を次々と抜いて、ついにはキンバイカに隠れて作業できる部分が終わり、ぶしつけな視線に晒されることなく作業を続けることができなくなったら、一体どうすればいいのだろう？　弁解などする余地もなかった。厳重に処罰され、すべて禁止されるだろう。そうなれば大失敗だ。だが、まだそんな先のことを考える必要はない。

3

マウロは悲しい気持ちで数えていた。ハイキングの日までに、わずか三十三本しか槍を抜けなかったのだ。抜けた三十三本は相変わらず元の位置に聳えている。マウロは現在十六歳。いつまでも子供でいられるわけではない。もうすぐ大人なのだ。十七歳になっていれば、「大人」としてハイキングに連れていかれるところだった。マウロは大人になってもこの作業を続けようと心に誓った。だが、血の滲んだ手を見つめていると、心がその血を眺め、来年の夏にはもはや、子供たちを対象とした恐ろしい取り調べとも縁がなくなるのだと痛感した。槍抜きの作業は何としても今年中に終えねばならない。バレリオが去った今、どうすればそれができるだろうか？　小さい子供や、決して親の言いつけに背こうとはしない者たちも含め、いとこ全員に秘密をばらして手伝ってもらうことにしようか？　ウェンセスラオに頼めば、今日はすべてを取り仕切っているようだし、強力な援助が得られるだろうか？　いや、まだやめておこう、これはあくまで自分一人の個人的問題だ。ひょっとしたら両親たちは永遠に戻ってこないかもしれないというし、ずっと一人でこのまま作業を続けていれば何とかなるだろうか？　だが、もちろん帰ってくる可能性も高い。残念ながら、来年正式に「大人」として一家に認められれば、相変わらず不健全で幼稚な暇潰しに精を出す弟たちを罰する側に自分も回ってしまうことだろう。決して自分が共犯だったことを認めることもあるまい。召使たちに鞭の準備を命じる大人たちの権威を頼みに、何年もかけて積み上げた成果が崩れ落ちていく様子を軽蔑の目で眺めながら、無関心にすべてを忘れ去ることでノスタルジーを掻き消すことになるのだろう。いや、そんなことは嫌だ。マウロが小川の水で両手と顔を洗っていると、クレメンテが呟いた。

「僕たちは三十三人……」

マウロが体の動きを止める一方で、クレメンテは続けていた。

「……三十三、槍と同じだ……」

兄弟は顔を見合わせた。三十三番目の槍を抜き終わり、肩は汗に濡れていた。糊の利いた袖に高価なカフスボタンを光らせたシャツが一山に積まれていた。暑かったので、両足を小川のせせらぎに任せていると気持ちがよかった。まさに今日この日、大人たちがハイキングに出て別荘が無法地帯と化したこの日に、抜いた槍の数と槍の柵に閉じ込められたいとこの数がともに三十三となった、この偶然をクレメンテが強調したのはなぜだろう？　その時マウロは、理性を取り戻さねばと思いついた。いずれはエンジニアになる身だ。魔術、占星術、数字占い、そんな唾棄すべき迷信に生活を縛られるのは、教養のない使用人たちやティア・バルビナのように愚かな女だけだ。だが、弟の指摘した偶然は、いなくなった父親たちに定められた規則に代わって、これまで解読されぬまま別荘の奥に眠っていた新規則が表面化し始めた事実を予告しているのかもしれなかった。小川のせせらぎ以外に何も聞こえぬ沈黙のなか、あらゆる予兆、あらゆる囁きが声を揃えているようだった。今頃、屋敷へ戻ったバレリオは何をしているのだろう？　ウェンセスラオの変身によって恐怖が広がった後、屋敷内では何が起こっているのだろう？　だが――とマウロは気がついた――、一歩を踏み出したのはウェンセスラオだけではない、自分も同じだ。いとこが三十三人、槍が三十三本、ハイキングの日に起こった偶然の一致……驚き、困惑、並外れた出来事、確かにそう認めねばなるまい。だが、数分前テラスにウェンセスラオが現れたときは確かにその姿に驚いたが、だからといってなぜそれほど彼の前にひれ伏す必要があるだろう？　ウェンセスラオなんて小悪魔《プペ・ディアボリク》にすぎないじゃないか。去年首都にいるとき、ティア・バルビナは、何を思ったのか、日本製の屏風と金のおまるを買った。そして、もうズボンを穿く歳のウェンセスラオに女物の服を着せたまま、召使の一人に屏風とおまるを持たせて散歩へ出掛けた。上品な人々が大勢いると見るや、ティア・バルビナは召使に屏風を広げさせ、その陰におまるを置かせて簡易トイレを作ると、ウェンセスラオに中で用足しをさせながら、街ゆく知り合いや友人に声を掛けたり、立ち話をしたりしていた。これを「シック」な作法だと考えた母親のなかには、即座に真似をする者まであった。こんな屈辱に耐えていた子供の前にひれ伏すなんてとんでもない。

「さあ、三十四本目に取り掛かろう」小川の水で胸を冷やし終わると、アラミロが急かした。

草の上に寝転んだマウロは、黒い眉毛の下に囚われたような両目をアラミロの両目に向けた。

「僕は騙されないぞ」

「何のこと?」

「なぜそんなに次の槍を急ぐのか、僕にはちゃんとわかっている」

「なぜなんだい?」

「恐いからさ」

「何が?」

「大人たちがいなくなった今、その数時間後に槍の数といとこの数が三十三で一致したことさ。早く三十四本目を抜いて、偶然というこの魔物から逃れたいんだろう。普段は気にしないふりをしているが、実は迷信が恐いのだろう」

アラミロは反論した。

「君はまったく気にしないというのかい？」

「もちろん」マウロは胸をへこませながら答えた。

「君はどうだい、クレメンテ？」

「六歳の僕にはあらゆる迷信が気になる」

クレメンテがすべてを言い終わる前から、二人の兄は三十四番目の槍の根元に跪き、幼い弟も、誰か来たらすぐに知らせることができるよう小石を握って、見張りの位置に着いた。三十四番目の槍の両側から、マウロがその上部、アラミロが下部を掴んで拳を握りしめ、二人は作業の準備に取り掛かった。まずは少しでも動くか確かめ、棒を左右に揺らしながら、引き抜くのがどれほど大変かを見極める。マウロが言った。

「いくぞ！」

二人が力を合わせて槍を引っ張ると、何の抵抗もなく抜き去ることができた。モルタルにしっかり嵌まっておらず、最初から外れた状態になっていたのだ。土台もほとんど動かなかった。兄弟は槍を灌木に立てかけ、ゆっくり手を離した。マウロは呟いた。

「何かの間違いだろうな」

小川のせせらぎとともにこの言葉が流れていった。

「数え違いだろう」アラミロが言った。

「数え直してみよう」

格子塀との境にある一本目から順に数えていったが、やはり三十四番目は今抜いたばかりの状態でそこに置かれていた。アラミロが言った。

「簡単なことさ」

「君の説明なんか聞きたくはない」マウロは叫んだ。「何かを説明しようとした途端に、疑問が湧き起って恐怖が芽生えてくる」

「多分、そんなに心配するようなことじゃない」アラミロは兄を宥めようとした。「きっと最初から間違っていたんだよ、あまり熱心に取り組むあまり、知らぬ間に一本多く抜いていたんだ。いいじゃないか、これで残りは一万八千五百九十九本、それだけのことさ」

「それじゃ三十五番目へいこう」

今度は位置を入れ替えて、次の槍の根元に二人は跪いた。そして同じように拳を握りしめて引っ張り上げると、またもや簡単に外れ、前の一本と交差するように滑り落ちた。すでに解決済みと思っていた謎にもう一つ謎が重なり、マウロとアラミロはゆっくりと両手を下ろした。不可解な事実が立ち現れ、己の存在を認めよと乱暴に脅していた。

「一体……?」アラミロは訊こうとしたが、マウロがこれを制した。

「何も訊くな」

「そんな言い方はないだろう」

小川のせせらぎさえ消えたように感じられた完全な沈黙の一瞬が流れ、マウロが決然と言った。

「試してみるしかないな、次の槍も外れているのかどうか」

アラミロは嫌がってマウロを止めようとした。やめろ、やめよう、まず落ち着いて話そう。バレリオが何と言うだろう？　だが、今日のバレリオは、もう遊びではなくなったこの遊びとは関係のない問題に首を突っ込んでいる。二人はクレメンテを呼び、この密談の仲間を少なくとももう一人増やすことにした。少し考えた後でマウロは続けた。

「槍の数がこれだけ多いことを考えれば、一つや二つ外れたものがあったとしても別に不思議ではない……と僕は思うのだが……どうやら二人とも納得していないようだね」

「そのとおり……」二人は言った。

クレメンテが追い打ちをかけた。

「しかも、そんなことを言っている君自身が納得していない」

「そのとおり」

次から次へと疑問が湧き起って、周りから脅しをかけてくるようだった。一体誰が？　どうやって？　いつ？　何のために？　どこまで……？　最近か、それとも、ずっと前からか？　どんな手、どんな顔、どんな道具……？　努力の結果なのか、それとも、目的も可能性ももはやこれで失われたのか？　もし次の槍も外れていたら、一体どうしたらいいのだ？　ひょっとしたら大人たちも、子供の頃は柵の槍抜きに精を出していて、それでこんなにたくさんの槍が外れているのだろうか？　それなら、とマウロは考えた、これまで自分が情熱を注いできた作業は一体何だったのだ？　こんなに必死で取り組んできたのに、おかげで反抗に必要な言葉を手にして個性を確立するどころか、何代も前から運命づけられていた行為を繰り返していたにすぎないのか？　何たる失望！　草の上に脚を組んで両手の間に顔を隠したマウロは、涙を見せることなく肩だけ震わせて泣いていたが、クレメンテは近寄って、真っ黒い髪に覆われた頭を撫でてやった。涙声でマウロは話し続けた。

「前にも同じことをやった人がいるのなら、僕たちの作業に意味はない。必死で謎を解いてみれば、自分たちのしてきたことが遊びですらなかったなんて、何という時間の浪費だ！」

マウロは涙を拭いて立ち上がった。三十六番目の槍に手を掛けると、これも簡単に抜けて草の上に落ちた。そして、一本、また一本と槍を抜いては、地面へ、茂みへと放り投げていくうちに、隙間はどんどん広がって、そこから激流のように荒野が敷地内へ流れ込んできたが、それでもマウロは力を込める必要もなく次々と槍を抜き続け、なぜ、何のためにこの作業をしているのか今ようやくわかったとでもいうようにそのスピードを上げていったので、弟たちはただただ唖然とするばかりだった。そう、そうだ、槍はすべて土台から外れていたのだ、すでに以前からこの作業に精を出していた者がいたらしく、簡単に抜けるようになっていたのだ。そして、荒野から彼らを守っていたはずの鉄と金の広大な帯から、次々と槍が抜け落ちていった。

冒涜とすら言える兄の振舞に最初は呆然としていたアラミロとクレメンテも、すぐに同じ熱狂にとりつかれて作業に加わった。どれが美しいか確かめてみることもなく、ただ引き抜くというその行為だけのために、二人は歓声を上げながら本数も数えることなく次々と槍を抜き続け、ようやく垣間見えたゴールへまっしぐらに進むことで敷地の境界を消していった。不可能が可能になったのだ。だが、熱狂にとりつかれてはいても、あまりに大きく広がった隙間から、まるで敷地を支配下に置きそうな勢いでグラミネアが大挙して押し寄せてくる光景から目を背けていることはできず、彼らの内側には相矛盾する様々な情念が渦巻いた。それは感情や思考と呼べるようなものではなかった。ただひたすら行動に駆り立てられていた三兄弟は、敷地の周囲を辿りながら汗水垂らして槍を引き抜く偉業に我を忘れ、体をぶつけ合い、叫び声をあげて柵を破壊していくうちに、とうとうキンバイカの花壇という衝立を超えて砂利道へなだれ込んだ。広い芝生、さらに菩提樹の木立の間を縫って南側のテラスやバラ園へと続くこの小道は、敷地の端で柵と荒野の一部を完全に剥き出しにしていたから、三人の姿が衆目に晒されることになった。小道を縁取るクンシランの間に設置されたベンチに座ったまま、チェスの進行以外は眼中にもなかったロサムンダ、アベリノ、コスメの三人は、千ゲーム目ぐらいに差し掛かった緊張感に溢れる沈黙の一瞬をやり過ごした後、最初こそ視線を上げることすらしなかったものの、やがてぼんやりと従兄弟たちの姿を認めると、思わず声を漏らした。

「やあ……」

だが、すでにまったく警戒心を解いていた三兄弟の姿を見てすぐに歓声の意味を悟った彼らは、ボードと駒をひっくり返し、なぜとも何のためともどうしたとも問うことなく、奇声を発して三人のもとへ駆けつけたかと思えば、不条理な眩暈にとりつかれでもしたように次から次へと槍を抜き始め、境界の破壊と敷地の解放に加担することで、無限に広がる荒野に残された魔法のエメラルドとも言うべき別荘を瓦解させていった。熱に浮かされたような六人が柵を食い尽くして進むうちに敷地の中心部が近づき、楡や栗の木陰から、南側のテラスから、ラゲットから、そして、黄楊の迷路から、あちこちから彼らの姿を認めた他のいとこたちは、人形も通俗小説も家事も投げ捨て、声を掛け合いながら槍抜き遊びへ向かって一斉に殺到し、狂喜乱舞してひしめき合った。コロンバ、モルガナ、アグラエー、アベラルド、オリンピア、ソエ、そして、この遊びの意外な展開にわけもわからぬまま自分の役割を取り戻そうとするバレリオ、コルデリア……　ほとんど全員が、互いに大声で名前を呼び合い、一斉に石段を駆け下り、孔雀や鳩を蹴散らし、面白いから来てみろよ——一緒にやろうよと言わなかったのは、目前の光景が個人の意志をはるかに超えたごく自然な現象のように思われたからだ——と声を掛け、できるだけ迅速に行動へ移れるよう助け合い——来いよ、アマデオ、カシルダはどこだ？　ファビオを呼べ、フベナルとメラニアとフスティニアノがまだ中華サロンにいるぞ——、時に躓き、大胆に次から次へと槍を引き抜く年長者たちはその手際の良さをひけらかし、巻き毛を振り乱し、セーラー服の襟とストライプの靴下を汚し、日除けの麦わら帽子や日傘を放り出し、このすべてが終わればどんなことになるのかまったく考えることもなく、男子も女子も、疲れてもなお、次から次へと槍を草の上に放り投げる楽しみのためだけに作業を続けた。誰もがすでに感づいていたとおり、この槍抜きこそ、「侯爵夫人は五時に出発した」の予期せぬ魅惑の一章であり、誰もがそのつもりで、いかに短時間にいかにたくさんの槍を抜くか、誰が最も大きな空白を作るか、抜いた槍を誰が一番遠くへ飛ばすか、等々を競っているのだった。いとこ総出で別荘の正面から見える範囲の柵をすべて破壊し終える間に、コロンバと助手たちが準備した昼食はすっかり冷めてしまった。今や境界を失って途切れることなく広がった芝生は、霧の一吹きで空と溶け合う永遠の地平線と一つになっていた。

だが、すぐに小さな子供たちが退屈と疲労の色を見せ始め、人形へ、ボールへと戻っていった。別の一団は草の上に腰を下ろし、兵隊か山賊を真似て槍で小競り合いを始めていた。最年長の従姉妹、コルデリア、コロンバ、アグラエー、エスメラルダは、乱れたショールと巻き毛を互いに直し合っていたが、その時スカートの脇から小さな声が聞こえてきた。

「だれがやりをもどしゅの？」

手を止めることなく見下ろすと、そこにいたのはべそをかいたアマデオだった。といってもアマデオがべそをかくのはいつものことだ。生まれてすぐ双子の兄弟を失って不完全になった彼は、唾だらけのパンでいつもポケットをいっぱいにしていたが、それでも、明るすぎる色の睫毛の下で、空腹のためいつも瞳を涙ぐませ、誰かの手へ、少なくとも指へすり寄ってくるのだった。なかなか歩けるようにならなかったうえ、六歳になった今でもまだまともに喋ることができなかった。家族の女たちは、食べてしまいたいほどかわいいと言って甘やかしていたが、今私が語っている場面では、この子がどうしようもない馬鹿にすぎないことを四人の従姉妹は痛感した。

「原住民がやってくれるわよ」多少は槍の相伴に与ろうとして図書室から出てきたものの、遊びに今一つ没頭できぬまま女たちの一団に加わっていたアラベラが言った。「頼みさえすればね」

女たちは彼女を見た。この埃だらけのさえない女は一体誰だろう？　一体何の権利があって口出ししているのだろう？　今こんな時に原住民の話を持ち出すなんて意地が悪すぎるし、すべては単なる遊びにすぎないのに、そこへわざわざ楔を打ち込んでばらばらにしようとでもいうのかしら？　アグラエーは涙ぐみ、姉のメラニアに声を掛けた。

「泣いたりしたら」アラベラが注意した。「パニックが広がって、まっとうな振舞ができなくなるわよ」

一致団結して身を守る必要があるかもしれないと考えた少女たちは身を寄せ合い、小さな子供たちによく目を配っていなさいと母親たちに言われたことを思い出して、彼らがどこにいるのか辺りを見回した。すると彼らは、皆槍を肩に担いで、かつて境界があった地点を越えて荒野へ行進していた。だが、女たちは誰も後を追いかけようとはせず、アグラエーのもとに留まっていた。彼女の泣き声につられてどんどん集まってくる子供たちは、今すぐにでも青ざめた顔でどうしたのだと訊ね、ウェンセスラオやメラニアやフベナルはどこへ行ったんだ、早く答えろと言って迫ってくるだろうし、輪の外にいる者は、年長の従姉妹たちが肩を寄せ合う中心へ向かってすでに肘で人波を掻き分けている。アラベラを囲むようにしてその言葉を聞きながら従姉妹たちは、訝しげな目で地平線を眺め、風に梳かされてばらばらになった毛房のような雲を見つめていた。

アマデオがウェンセスラオと合流したのは、何かと便利なディアメロの木の根元であり、いつも彼はその枝の間に隠れて南側のテラスで起こる出来事をこっそり観察していた。湿ったパンを齧っても気分は晴れず、相変わらず涙ぐんでいた。

「どうしたんだよ」ウェンセスラオが言った。「お前も恐いのか？」

「いや……　そうじゃないけど、エスメラルダの間抜けに、食べちゃいたいとか言われてベタベタつきまとわれたもんだから。なあ、ウェンセスラオ、本当の人食い人種は、原住民じゃなくて従姉たちだよ、絶対」

ウェンセスラオの前へ出ると、アマデオは正しい大人の言葉を喋った。小さいうちからウェンセスラオに、歩きも喋りも遅れているようなふりをするよう叩き込まれた彼は、今やすっかり従兄のスパイ兼小間使いとなっていたが、叔母たちや従姉妹たちの大げさな感情表現が食人習慣とは何の関係もないことをまだ納得できずにいるのだった。ウェンセスラオは彼に槍を与え、ついてくるよう言った。

「他のいとこたちは？」彼は訊いた。

アマデオは幼いいとこたちを一人ひとり指差した。ウェンセスラオは指笛を鳴らし、集合の合図を出した。そして、アグラエーの取り仕切るメロドラマが満潮の海のように盛り上がり、石段の下へ流れ出していくのを横目で見ながら、集まってきた全員に槍を与えた。部隊を従えてウェンセスラオは芝生を横切り、グラミネアの荒野へ分け入っていくと、波打つ茎に彼らの頭はすっぽり隠れ、槍の先についた金だけが見えていた。兵隊ごっこのようにしばらく彼らを行進させた後、ウェンセスラオはいとこたちを自分の周りに座らせた。

「恐怖を捨てよう」彼は言った。「人食い人種など存在しないのだから、何も恐れることはない。そんなものは、秩序という名のもと、僕たちに恐怖を吹き込み、言うことを聞かせようとする大人たちの作り出したホラ話にすぎない。原住民たちは、僕や父さんとは仲良くしているし、君たちとも仲良くしてくれることだろう」

ウェンセスラオが槍の柵の話をし始めると、改宗者のようないとこたちは、驚くべき伝説にでも耳を傾けるように聞き入った。原住民たちはもう何年も前から槍を外していたのであり、友好の印としていとこの数に対応する三十三本だけを残しておいた。自分たちもその共同作業に参加すべきところだったが、マウロ、バレリオ、アラミロ、クレメンテの四兄弟がすべて肩代わりしてくれた。原住民たちが――とウェンセスラオは続けた――あの槍を作ったのはもう何世代も前のことであり、あれこそ大陸全体に聞こえた名戦士たちの武器だった。だが、ベントゥーラ家の祖先が彼らを打ち負かし、その武器を奪って、別荘の防護柵に使ったのだ。

ウェンセスラオは突如黙った。幼いいとこたちが彼の説明に熱心に耳を傾ける隙に乗じて、グラミネアの間に隠れていた年長の従兄たちが彼らを取り囲もうとしていたのだ。ウェンセスラオは叫んだ。

「後に続け、者ども！　今最も危険なのは、親たちの使いとして僕たちを抑えつけようとする年長の従兄たちだ！　僕の周りに円陣を作って跪き、敵に向かって槍を構えよ！」

見つかった従兄たちは立ち上がり、槍を持っていなかったので、権威だけを頼みに慎重な足取りで近寄ってきた。

「アベリノ！」幽閉生活を抜け出してメロドラマに出演する誘惑に屈したフベナルが弟に声を掛けた。

「オリンピア！」ロサムンダが呼んだ。

「クレメンテ！」マウロが呼んだ。「すぐにこっちへ来い！」

クレメンテは兄の腕へ駆け寄っていった。他の者たちも、年長の兄姉に呼ばれると、臆病者、裏切り者と金切り声を上げるウェンセスラオには目もくれずに槍を放り出したが、ウェンセスラオだけは、一歩でも近づいたらこの槍で突き刺してやるぞと脅しをかけ、流血沙汰も辞さない構えを崩さなかった。日焼けした彼の顔は汗に輝き、青い目がぎらついていた。幼い子供たちの放り出した槍で武装した年長の従兄たちが彼を取り押さえた。アベラルドの手で腕を背中に捩り上げられ、バレリオに地面に押さえつけられたウェンセスラオは、必死でもがきながら、何をするつもりだと叫び声を上げた。

「まず」フベナルが言った。「一体誰に断って髪の毛を切った？　ひどい格好じゃないか」

「このズボンは？」モルガナが訊いた。

マウロは後方でじっとしたまま、黙ってその光景を眺めていた。確かに、槍の起源に関するウェンセスラオの説明には説得力があり、どう考えても真実に違いなかった。どこでそんな話を仕入れたのだろう？　マウロの自尊心は崩れ落ち、もはや謎ではなくなった槍の謎をもっと突き詰めて、さらなる飛躍を可能にする何かに、あるいは誰かの手に、すべてを任せたい気持ちに駆られた。それにしても、バレリオがウェンセスラオの喉を足で踏みつけ、胸に槍を突きつけて大人しくさせているとは、一体どういう事態なのだ。マウロと同じように後方に控えたアラベラは、一番いいのは、どうせ午後親たちが戻ってくれば、恐ろしい話ばかり吹聴するこの悪餓鬼はしかるべく罰を受けるのだから、今のところは放してやるよう説得することだ、と考えていた。

「いいや、アラベラ」地面に押しつぶされて窒息しそうになりながらウェンセスラオは言った。「戻ってなんかこないよ。何年も前から計画されてきた遠足なんだ、一日で終わるはずがないよ」

「作り話はやめろ」フベナルが反論した。「遠足の話が決まったのは最近のことだ。僕には何でも話してくれる母さんから聞いたんだ、間違いない」

「今年の夏になって」ウェンセスラオは答えた。「父さんがみんなの頭にハイキングの話を吹き込むことに決めたんだよ」

突風のようなざわめきがいとこたちの体を揺すり、彼らはへたへたと地面へ座り込んだ。志気を挫かれたバレリオが従弟の体から足と槍を外すと、ウェンセスラオは立ち上がり、やがて、黙ったまま全員が彼を囲むようにして座った。誰かが何とか声を上げた。

「ティオ・アドリアノのことか?」

「そうだ。僕を手先に使ったんだ。見張りたちは、父さんの鎮痛剤をくすねていつも簡単に寝てしまうから、夜の間僕はずっとドア越しに父さんと話をしていた。何年か前、父さんに言われて、景色の素晴らしい場所の話を母さんに吹き込み、あたかも有名な楽園でもあるかのように思い込ませたのさ。そしたら母さんは、バラ園やモーロ風リビングで、僕から毎日のように聞かされていた楽園の話を披露し、何年も前から知っていたような口ぶりで周りの気を惹いたんだ。母さんが何度も繰り返すうちに、この楽園の話は「自明の」こととして受け入れられるようになり、何を聞いても驚かない、意外なことなど認めない、これが一家の暗黙の取り決めだから、叔父叔母たちが会話を重ねるにつれて、この「自明の」楽園が完全に家族の一部となった。実は細部の完成には君たちも知らぬ間に一役買っていたんだ。君たちに何か質問されるたびに大人たちは、驚きを隠してその場で適当な答えをでっち上げなくてはならなかったからね。それが単なる作り話だと認める勇気は誰にもなかった。楽園が現実のものとして定着してしまうと、この一家の人間にとって「現実」ほど重い言葉はないから、知らぬうちに彼らは、何の根拠もなく勝手に自分たちが作り上げた仮想世界にのめり込み、ありもしない鏡の向こう側へ突き抜けて、そこから出られなくなったんだ。僕と母さんを使って父さんは情報を操作し、僕とアラベラに命じて図書室で地図や記録文書まで作らせた……」

いとこたちの輪は静まり返っていた。当惑を通り越して呆気にとられていたせいで思うように声も出なくなっていたマウロが、後ろのほうから声を上げて質問した。

「でも楽園は存在するんだろう……？」

「知らないよ」再び幼児に戻ったような恐怖を感じてウェンセスラオは眉を顰めた。

誰も槍を手にしてはいなかった。

数分前にウェンセスラオによって明かされた真実がどうしようもなく重くのしかかってきた。アグラエーの泣き声を中心に、啜り泣きの一団を作りながら子供たちは前進し、最後に残された頼みの綱にすがるようにしてメラニアの姿を探し始めた。髪を振り乱して目を引ん剥いたクラリサは、アグラエーのクリノリンをしっかり握って離そうとしなかったため、その枠を引き裂いてしまったが、それでもオリンピアを導くもう一方の手は離さず、他方、オリンピアはオリンピアでシリロとクレメンテの手を引き、この四人が織りなす狂気の核を中心に、子供たちがひしめき合って異様な黒雲の塊を形成していた。何かの力に駆り立てられるようにして彼らは、不確かな、それでいて間違いなく残忍な結末へと歩みを進めていた。

彼らを待ち受けるのはいかなる結末だろうか？　マウロやバレリオ、アベラルドやフスティニアノ、アラベラやコロンバといった年長のいとこたちは、幼い子供たちの気持ちを静めようと虚しい努力を続けていたが、この先何が起こるのかはまったく予想できなかった。ウェンセスラオ――この騒ぎを起こした張本人のあの悪童は一体どこへいったのだ？――も言っていただろう――彼らは繰り返していた――、人食い人種なんてまったくのでたらめ、だから何も恐がることはないんだ。何を言っても効果がないと見るや、意気消沈した年長者たちは、泣くなと言って年少者を殴りつけたが、幼い子供たちはもっと激しく泣きじゃくるばかりだった。もう食事の時間だ、年長者たちは叫んだ。顔も手も汚れているから洗ってこい、服もぼろぼろだから、テーブルに着く前にきちんと着替えて、二十分後に食事にしよう、もう数時間、そうだよ、あとわずか数時間で大人たちは戻ってくるのだから、その時に乞食みたいな格好で出迎えるつもりか……　だが、アグラエーを囲む身なりの悪い子供たちには何を言ってもまるで効果がなく、グラミネアの鋭い穂に顔や脚を痛めつけられながら、転んでは起きることを繰り返し続けた挙げ句、ようやく敷地へ入って広い芝生の斜面に差し掛かった彼らは、相変わらず動揺したまま、涙と日差しと埃で充血した目を伏せ、バラ園を越えたところで、手摺越しに子供たちの帰還を見下ろしていた孔雀を追い払った。そして、広い石段を上って南側のテラスへ至ると、泣いていた幼い子たちはもちろん、彼らの子守りに堪忍袋の緒が切れかかっていた年長者たちも、声を合わせて呼び始めた。メラニア……　メラニア……

彼女は中華サロンの窓を閉め切って中に閉じ籠り、槍を抜いたり、巻き毛をばさばさ切り落としたりする悪童たちから身を守っていた。父親たちの掟に背いて別荘の秩序を乱す犯罪者集団、そう、あんな無責任なごろつきたちとの付き合いは一切御免だった。生まれつき集団行動に向いていなかった彼女は、個人的満足や快楽の喜び以外の体験は自分に必要ないと思っていた。だが、バルコニーの下から彼女を呼ぶ叫び声——なぜ私なの、と彼女は問うてみずにはいられなかった、「侯爵夫人は五時に出発した」で主役を務めたからなの？——を耳にすると、一連の展開によって自分が、空想の物語ばかりでなく、史実に基づく物語——とりあえずこう呼んでおこう——にまで否応なく巻き込まれ、そのせいで、苦労して手に入れた今の状態、怠惰と空想に耽る甘美な状態を永久に捨てるよう強いられているのみならず、現実世界においてまで重いスター級の役回りを演じるよう求められていることに気がついた。いずれにせよ、フベナルが助けてくれるだろう。荒野での陰謀が結末を迎える前に集団を抜け出した彼は、すぐにメラニアのもとへ駆けつけ、ウェンセスラオの影響力を押し止めるべく、こっそり策略を練っていた。二人は中華サロンで子供たちの叫び声が近づいてくるのを聞いていた。おそらく人食い人種に触発されてのことだろうが、アドリアノがウェンセスラオをけしかけて怪しげな説を触れ回っている今、最悪の事態を避けるために必要なのは、親たちの権威を自分たち二人で受け継ぎ、毅然とした態度で立ち向かうことだ、こうフベナルは考えた。メラニアの前ではその名を口にするのも憚られる——哀れな彼女をパニックに陥れてはいけない——あの男に立ち向かうというのではなく、あの説に対抗して別荘の秩序を守るために闘い、親たちの帰りを大人しく待たねばならない。何よりもまず、ウェンセスラオが反証した人食い人種の危険を今一度いとこたちに説き伏せねばなるまい。人食い人種の脅威がまだ続いているのならば、二人の指揮のもと、みんなで一致団結して防御を固めねばならない。だが、もし人食い人種が存在せず、すべてが単なるデマだったならば、相矛盾する意見と立場、そして様々な対処法が噴出し、即席のボスが彼らから権力を奪い取った後、制御不能な異端児や反逆者が跋扈することになるのかもしれない。だが、当面新たな計画を練っている暇はなかった。藤に飾られたバルコニーの下から、恐怖の嵐が近づいていたのだ。午後にでも親たちが帰還し、鞭を手にこの忌まわしい幼稚な無秩序を終わらせてくれる可能性はゼロではなかったが、そんな安心感にすがりつきたい気持ちとは裏腹に、内心はそれが難しいと二人にはわかっていた。落ち着いてぬかりなく対処するためには、物語の進行へ戻る前に、いとこたちを一旦どこかで足止めして時間を稼ぐことが必要であり、そこで彼らの期待感を高めておいた後に登場すれば、事態をいつもの平穏な日常へ戻すことは容易だろう。フベナルとメラニア、二人はいつも注目の的なのだから、いとこたちの気持ちを掴むことぐらいできないはずはない。この計画を実行するのに、「侯爵夫人は五時に出発した」のクライマックスとして、いつものごとくメラニアとフベナルとマウロを主人公に考案された挿話ほど適した策略が他にあるだろうか？　いとこたちの嵐が荒波のように中華サロンへ打ち寄せてきた。行動に移らねばならない。詳細に計画について考えている時間はなかったが、フベナルとメラニアは、互いに相手の即興能力を信頼し、躊躇なく窓辺へ向かった。

窓は閉まっていたが、半分だけ開いていた覗き窓から薄青の絨毯に光の線が注ぎ込み、そこでコスメとロサムンダとアベリノが、この部屋のガラスケースに飾られた装飾品のなかで最も高価な中国製の象牙のチェスを取り出して、まるで時間が止まったようにその勝負に耽っていた。その姿を見るとフベナルとメラニアは、槍の話にすっかり退屈した三人がかなり前から同じ部屋に籠っていたことも忘れてその場に立ちつくした。

「一体誰に断って……？」メラニアが訊ねた。

「貴重品だぞ、触るなと言われているだろうが」フベナルが注意した。

「ガラスケースを壊して取り出したんだ……」

怒りに囚われたメラニアはチェスボードを蹴り上げ、ロサムンダの髪を掴んだ。フベナルとコスメが彼女を押さえつけて宥めたが、二人の腕に捕われたまま、メラニアは続けていた。

「馬鹿ね！　壊れたガラスケースをどうするつもりなのよ……　なぜもっと別の方法を考えなかったの？　そんなことをしているととんでもないことになるわよ。親たちが戻ってくる前にガラスを直せるとでも思っているの？　槍の話はどうなったのよ？　本当に馬鹿ね！」

フベナルは彼女を落ち着かせようとして平手打ちを喰らわせた。それまで愛撫以外で顔を触られたことが一度もなかったメラニアは、呆気にとられて黙り込んだ。

「いいかい」絨毯の上に散らばった白のキングや他の駒を拾い集めながらフベナルは言った。「きっと今日は誰もが取り返しのつかないことをするんだ。でも、大事なのは、ここで秘密を分かち合う僕たち二人と君たち三人が行う取り返しのつかないことを、他のいとこたちに悟られないことだ。落ち着くんだ、メラニア。この明白な事態を正面から受け入れて、落ち着いた対応ができれば、僕たちは思いのままに恐怖を操って主導権を握ることができる。さあ、君はもう一人前の女のはずじゃないか、しっかり演技するんだ。さあ」

そしてフベナルは窓を開け放った。

第四章　侯爵夫人

1

前日の夜、一日の最後を飾る夕食を終えた大人たちは、食堂へ通じるドアの向こうで銀食器を片づける召使たちの立てていた金属音が次第に小さくなっていくのを聞きながら、モーロ風リビングの肘掛椅子に身を沈め、ピクニックの準備が順調に進んでいるというのでご満悦の様子だった。今日ばかりは、コーヒーの時間に話すことがいくらでもある。大きな睡蓮の池に映る遺跡の間には、少女の肌のような色と触感を湛えた慎ましやかな花があり、手を触れると赤みが差す花びらから甘い液体が滲み出てくる、と話す者がいる。きっと道中は揺れるから、ヴィンテージもののシャンパンが傷んでしまうかもしれない、誰かがこう言うと、異議を唱える者があり、賛同する者もいる。馬や馬車、隊列についてあれこれ考えている者もいる。オレガリオとテレンシオは、凝った銃身の猟銃を点検し、少し歪んでいるように見えるのを確認して、他にこの家にはどんな銃があったか思い出している。銃をすべて持っていくというのはいい思いつきだね、二人は言った。そうよ、女性たちも言った。下手に子供たちが持ち出したりしたら、悪魔の武器に様変わりして大変なことになるわ！

いつもどおり、年長の子供たちが手に盆を乗せて歩き回り、大人たちに菓子やコーヒーを勧めている。丁寧に髪を整えて香水を振りかけ、女子は三つ編み、男子は襟元を締めつけた服をひけらかすようにして優雅に立ち振舞う子供たちは、ベントゥーラ家の母たちの誇りだった。この期に及んで――とリディアは考えた――、盆の置き場となっていたコンソールテーブルの脇で鉢合わせしたファビオとカシルダが随分長くひそひそ話をしているのはなぜか、そんなことを考えても仕方があるまい。滅多に母の元を離れることのないフベナルが、今日に限って二度も隣のサロンへ出向き――シルベストレはその様子を眺めていた――、暖炉の上で玉髄のスフィンクス二頭に支えられた時計を確認しているのはなぜだろう？　まだ幼いのにバルビナの苦悩に鑑みてこうした集まりに顔を出すことを許されていたウェンセスラオは、わざとらしく膨れ面を見せて、どうやらさっさと引き下がる自分のことを誰にも不審に思われないよう取り繕っているらしい。去年は、この感動的な家族団欒のひと時に出入りを認められる子供の数が多すぎるとオレガリオは思ったが、今年は――輝きはあるが透明ではない瞳の目で彼は人数を数えた――、今ここにいる七人以外の子供をこの場で見かけることは稀だった。そういえば、どうしてメラニアがいないのだろう？　今日ぐらい、哀れな寡婦となった母のもとで、そして、代父である自分やセレステのもとで、出発前の最後のひと時を過ごすのが普通ではないか？　彼は大きな声で訊ねた。

「それで、モルガナはどうしたんだ？」メラニアの代わりにこの名前を言ってしまったはずみに余計な力が入って、手に持っていた銃身が折れてしまった。「おいおい、この銃は新品同然だというのに、テレンシオ」

オレガリオは銃身を元へ戻し、床尾を肩に乗せて片目で照準器を見ながら、まずセレステに、続けて、黄金の衣装を纏って台座に反り返ったモーロ人に狙いを定めた後、対になったシャンデリアへ、最後にフベナルの心臓へと的を移して発射した。フベナルは音のない射撃に一瞬飛び上がったものの、セレステの横に座ったまま、裁縫籠から絹糸を選んで彼女の刺繍《プチ・ポアン》を手伝っているだけで、モルガナがその場にいないことなど気にも留めず周りを見渡した。

「確かに、あの暗い目のジプシー娘が今日は下りてこないわね」セレステは言うと、彼女の姿を探しでもするように、半円形の襟から茎のように自然に突き出た首の上で弱々しい頭を回した。

オレガリオは妻の首を見た。その視線を捕えたフベナルは、父に賛同して明日出発し、二度と戻ってこないかもしれない母親のことを考えながら、実はこれまで聞かされてきた母の打ち明け話はすべて中途半端な告白でしかなかったのではないか、はかりごとに付き物の裏切りという要素を孕んでいたのではないか、と思い始めていた。これまでは父より自分のほうが母に対して影響力を持っていると思っていたのに、それは両親によって巧みに仕組まれた偽装にすぎなかったのだろうか？　いずれにせよ、自分と違って、母はこの屈辱的仕打ちの仕掛け人であり、犠牲者ではない。息子を正しい愛の道へ導くと称して、経験豊富な女友達の手に預けられたあの日、豊満な女を差し向けて自分に従わせようとした父への腹いせに、あの女を鞭打ってやったが、あの茶番にも母が加担していたのだろうか？　もし二人がこのまま帰ってこないとすれば、忌々しい絆で結びついたこの夫婦について、もはや何も確かめることができなくなってしまう。自分の手から雪花石膏のように白い母の手へと渡ってゆく色鮮やかな絹糸が、実は愚弄の色に染まっているのだろうか？

「あなたは模範的な息子だわ！」コーヒーを最後にひとすすりすると、セレステは歌うような調子で言った。「ねえ、揺らぐ庭へと開け放たれた大窓からカンショウの香りが漂ってくるこんな暖かい夜には、リストの「超絶技巧練習曲」が似合うと思わない？」

「そうだ、フベナル」他の大人たちも声を合わせた。「何か弾いてくれよ……」

フベナルは承諾したが、母が針を動かしていると気が散るので仕事の手を止めてほしいと言った。刺繍をタフタに包んで、麻布の上に絹糸で縫い付けた落書きを隠すと――読者には先回りしてお伝えしておくが、夜の間に実はモルガナがこれをすべて解き、翌朝までに完全に縫い直したうえで、それを母の洗練された針仕事として家族の前で披露するのだ――、スカートの上に両手を伸ばし、目を閉じて音楽だけに集中する姿勢を取った。

目を閉じて刺繍《プチ・ポアン》の手を止め、息子の奏でるリストに耳を傾ける。小さな頭をぐっと後ろへ反らせ、蛇のように注意を集中する。首を刺すようなオレガリオの視線は見えないけれど、何年もこんなふうに盲目を試してきた後では、目に込められた貪欲な思いを感じるだけでその熱さが想像できる。メラニアはどこへ行ったの？　なぜ今日は下りてこないの？　メラニアがいてくれれば、少しは彼女のほうに気が惹かれて、オレガリオの欲情も静まるのに。あの娘、せっかくオレガリオの心を掴めるよう私が手ほどきしているのに、まったく秘技を身につけようとしない。私はあの人の心なんか掴んでいてもまったく嬉しくない。メラニアは積極的だし、情熱的だから、甘えているだけでは自分の望み――オレガリオが病気のふりをしてハイキングへ行かず、家に残ること――が叶わないとみるや、このモーロ風リビングに来ないというささやかな抵抗で復讐しているつもりなんだわ。まだ若いからわかっていないのね、自由自在に状況を操ることができないかぎり、植物状態からは抜け出せない。私から懐疑と緩和の掟を学んでいれば、今頃もうオレガリオは彼女の蜜に溺れていただろうし、そうなれば私は、長いハイキングの間ずっと彼の肉欲に閉じ込められることになるのだろうかと心配をする必要もなかったはずなのに。オレガリオの愛し方はあまりに一途で、他のもっと微妙な感情など入る余地もないから、もう軽蔑以外何も感じることはない。あの人の体にメラニアの心が入り込んでくれば、三人とももっと満足できるはずなのに。オレガリオはリストが嫌いだから、別のサロンへ移って、壊れた猟銃を調べている。

四六時中セレステが自分の周りに陰謀の糸を細かく張り巡らせていた――彼女にとって家族とは、自分の身体的欠陥を偽装するための備品であり、その欠点から目を背けているための道具だった――のは、自分の盲目を人に知られないためだった。オレガリオは彼女より二歳年上の従兄であり、広い部屋と揺れる敷地の別荘で毎年一緒にバカンスを過ごしているうちに、二人の間には罪深き親密な関係が出来上がっていった。そのため、この古い嘘は善悪の判断がつく前から彼らの心に根付いており、彼らにとってそれはもはや嘘ですらなかったのだ。マルランダでは、花瓶も豊穣の角も家族行事における仕草も、何もかも寸分違わぬまま継承されていたので、セレステは見てもいない世界の茶番劇を完全に記憶に留めておくことができた。バラ園――いつもまったく同じバラが同じ位置に植えられていたから、セレステもその色を「目で」楽しむことができた――へ散歩に出るときなど、一人で出ていくことも多かった。正確に道を辿ることができたのは少女時代の記憶のおかげだったが、彼女の少女時代は歓喜の思い出とは無縁で、それどころか、網膜を焼き尽くし、決定的に修復不能にした恐怖体験といつも結びついていた。ある日、サボテンの茂みに彼女を連れ込んだ十四歳の従兄が、事を始めようとしていきり立った一物を見せたのだ。その猥雑な物体の強烈なイメージを目の裏に焼き付けられてしまったせいで、世界のありとあらゆるものの像が彼女の網膜から消えてしまった。だが、目の見えなくなった少女の記憶は貪欲で、それまでに蓄えていた情報をもとに、ライラックの微妙な色合いや、水槽のガラスに反射する太陽の光、しかも特定の日、特定の時間に鋭く目を刺す光の加減まで含めて、頭の中で世界全体を完璧に再現することができた。セレステは、この綺麗な水槽の位置を変えないと光が眩しいわ、などと言い出すほどだったが、当然ながらベントゥーラ一族の者たちは水槽を動かすこともなく、毎年、特定の日の特定の時間になると、真実でも嘘でもあるこの些細な現象が彼女の「目に」留まるようにしておいた。

モーロ風リビングで、意味もなく目を閉じたままリストを聞く。「意味もなく」というのは、たとえ目を閉じても、膨れ上がったイメージがそこから消えることはないからだ。私の声には押し殺したような囀り、呻きのようなものがあるらしく、それが首都の貴婦人を真似たような話し方だと言われる。これは単に恐怖が染みついてそんな話し方になっただけで、この声を出してさえいれば、恐怖がいつまでも私の内側に留まって痛めつけてくるような事態は避けられる。メラニアはどこへ行ったの？　私の体にぴったり嵌まるような、猫のようにしなやかなあの体はどこ？　いつも私の胸に顔を埋め、涙交じりにオレガリオへの愛を嘆いているから、髪を撫でているうちに三つ編みの黒さまで感じられるようになった。オレガリオもさっさとメラニアの甘い体をものにすればいいのに、私の体に不思議な魅惑の味を感じていて、その虜になっているらしい。フベナルが「超絶技巧練習曲」を弾き終われば、またオレガリオがモーロ風リビングへ戻って私の首を焼きつけてくるだろうから、その前にメラニアがここへ来て、私を守ってくれればいいのに。いいのよ、メラニア、オレガリオの気を惹くことができなかったからといって、あなたを責めるつもりはないわ、いつか永遠にあなたは私を助けてくれるはず。よく言われているとおり、何事にも終わりがある。終わりがないのは私の地獄、どれほど懸命に努力して引き止めようとしても、様々な色と形の記憶が少しずつ消えていくこの地獄だけ。

　セレステが盲目だという秘密を知ると、アドリアノ・ゴマラは少し愚弄されたような気分を味わった。セレステは一家の美的権威であり、新たに絵やクローディオンのプットが手に入ると、皆揃って彼女の意見を求める。アドリアノが愛想よく差し出した腕にすがりながら、芸術作品の前に案内されると彼女は、しばらくじっくり「眺めた」後、否定的見解を口にする。良きベントゥーラの例に違わず彼女も、否定こそ箔をつけるのに最良の手段であり、相手の及び知らぬ領域で話を進めていれば自分が優位に立てることがわかっていたのだ。小さなブロンズ像の前で、まだ判断を保留したアドリアノが、自分でも気づかぬうちになんとかその良さを伝えようとして詳しい描写を始めると、最初じっと聞いていたセレステは、やがて相手の伝える情報から細部を察知し、実に的を射た批評的判断を下す。だがある時、真珠色の絹の壁掛けを前にして、セレステがこれをリンゴ色と評したことで、アドリアノは彼女が本当に盲人だったことを理解した。あまりに歴然とした間違いに呆然としたアドリアノは、反論する気にもなれなかった。だが、反論しなかったことで彼は、セレステの美的趣味をめぐって茶番を繰り広げる家族の陰謀、その権力と世界観に取り込まれていくことになった。そしてこの時アドリアノは、首都の自宅の新しい内装——物臭なバルビナに代わってセレステが取り仕切っていた——は、盲人が作り出した抽象的、理論的調和の産物にほかならず、想像力や絶望的記憶、そしておそらくは純粋知性といった能力を頼りに選ばれたその色と形が、実は知覚上の快楽とは何の繋がりもなかったのだと思い知った。驚いたアドリアノは、因襲に満ちた世界に如才なく嘘をはめ込んでいくセレステの能力に、深い畏怖のようなものを感じずにはいられなかった。

永遠に続くかもしれない退屈なピクニックという地獄で、オレガリオにこれまでと同じ屈辱を味わわせ、盲目というこの特徴よりもっと私を私らしくするような品のいい服を選ばせ続けることはできるのだろうか？　私の服を選び、準備し、その日の衣装を決めること、私の生活を補足するこの役割を夫が忠実に果たしているかぎり、この体は彼のものとなる。おそらく明日から始まる長い孤立とともにこの儀式が失われてしまえば、皆揃って野蛮状態へ逆戻りし、こんな文明的生活のすべてが消え去るばかりか、初日から変わることなく乱暴な襲撃が永遠に繰り返される日々を覚悟せねばならないのだろうか？　もし今、フベナルの奏でる「メフィスト・ワルツ」が響き渡っておらず、私の言う揺らぐ庭へ向けて大窓が開け放たれたこの部屋で、秩序と沈黙のひと時が流れていなければ、こんな恐ろしい未来の展望を前に、大声で叫び出さずにはいられなかったことだろう。私にはバラの茎を編んだ小物入れ《シフォニエ》があって、様々な淡い色合いの、何千という手袋がそこに収められている。今日の午後オレガリオは私の横で、色ごとに一つひとつ入念に手袋を調べ、何をどこに、どの引出しに仕舞うべきか、注意深く指示を聞きながらすべてを整理し直してくれたから、小物入れ《シフォニエ》の中身は完璧に把握している。小物入れ《シフォニエ》を持っていくことにしよう。そうすれば、いつものように襲われても、手袋を整理してほしいとさえ言えば、二人の間に障壁ができる。メラニアはどこへ行ったのかしら？　あの子の失敗なんて、私の失敗に較べればたいしたことではないのだから、恥ずかしがる必要なんかないのに。せっかく少しずつあの子に色々吹き込んで、オレガリオにサボテンの茂みへ彼女を連れ込むよう仕向けさせようと思っていたのに。あそこであの人に奪われたのは、純真などというどうでもいいものではなくて――最初からそんなものは私にはなかった――、視覚だった。私にはわかる、オレガリオさえその気になれば、二人は互いを貪り合うことだろう。それが私の望み。そうなればようやく私にも平和が訪れる。

「それじゃ、どうやって服を選ぶんだい？」アドリアノは、セレステが首都でも評判のお洒落な女性だったことを思い出して妻に訊いた。

「オレガリオよ」

「オレガリオ?」

「そう」

「でも、オレガリオなんて、女のことと蹄の軽い馬のことしかわからない間抜け男じゃないか!」

「それがどうしたの?」

「……オレガリオが流行を追って、チュールを選んだり、絹飾りを組み合わせたりしていると言うのかい?」

「あの恥知らずの女たちを連れて、棕櫚並木のみならずそこらじゅう歩き回っているのはそれが目的なのよ、姉はそれで心を痛めているけどね、みんなデザイナーとか帽子屋とかレースの輸入関係者とか、そんな人たちよ…… 何かおかしい?……」

「いや…… だってね、バルビナ、セレステがシックに帽子を傾けるあの角度、誰にも真似できないガーゼのマフラーの巻き方、目に深みを与える微妙なアイシャドーの描き方…… すべて計算し尽くされたお洒落じゃないか……」

アドリアノは、枕の下で両手を組み、天井に目をやったまま、マルランダの夜の心地よい温もりが裸の体を包み込むのを感じていた。微笑を浮かべていた筋肉質の口から思わず笑い声が漏れたが、それがすぐに音量を増し、横で同じように裸で寝ていたバルビナを起こしてしまうほどの高笑いになった。

「何笑っているのよ、馬鹿ね」

ようやく笑いが収まると、アドリアノは言った。

「あんなモーロ人のような太い眉をして、指輪をたくさんはめた毛深い手のオレガリオが、チュールや花柄の衣装を選ぶ姿を想像すると、どうしようもなくおかしいじゃないか……　それで、並木道へ繰り出せば、街の俗悪女をたぶらかすヒモのように、エナメル塗りの靴でいきり立つ馬を押さえつけているんだろう……　まあいい……　でも、おかしいじゃないか。そのうち発狂するぞ」

だが、発狂したのはオレガリオではなく、彼のほうだった。

何も動かすことのない悪魔的空気がモーロ風リビングに漂っている。出発を目前に控えた私たちの間でメフィストが踊る。子供も大人も、今日は誰も眠りにつけぬまま、明日に迫る新たな時間、暴力と復讐を匂わせた異常な時の始まりについて考え続けることだろう。あの人は、自分が準備した身づくろい《トワレット》が大成功を収めると、これでまた私の体をものにできると考える。幸い、拍手喝采を浴びるほどの成功はこれまで五回しかなかった。優雅な私の衣装について噂を聞きつけた作家たちが、凍りついたような屋根裏部屋で、ボンネットやソックスに詩を捧げたりすると、私は自分の体をいそいそと彼の手に委ねる。そうして五人の子供ができた。そう、いつも宣言してきたとおり、ベントゥーラ一族が信頼を寄せるに値する規則を作り出せるのは詩人、それも栄誉とまったく無縁の詩人だけ。子供たちは、ハイキングが一日どころか、一週間、一か月、一年、あるいはもっと続く、大人たちは緑豊かなシテール島に永久に閉じこもることになる、と噂しているらしい。所詮子供の考えることなど一貫性に欠けるし、新たな展開の可能性など、人間が事態を受け入れる能力によって予め決まっていることが彼らにはわかっていない。私だって、もはや滅多にオレガリオを憎む気持ちになれなくなっているという事実を受け入れずにはいられない。情熱に突き動かされる場面などこの頭――髪はあの人に整えてもらっている――ではもはや想像もできないし、それどころか、ほとんど情熱的に私以外の女を拒んできたあの人に、今や私は憐みのようなものさえ覚えるようになった。他方、この落ち着きのない男に衣装選びという女性的任務さえ与えておけば、また私をものにできるという思いに目が眩み、私はこれまでどおり彼をいたぶって楽しむことができる。エナメル塗りのブーツと同じように髪を黒く輝かせ、湿った大きな歯を見せて笑う口の上に髭を光らせながら、あの人は相変わらず一家の武器を入念に調べている。彼の周りに使用人たちが集まり、万が一攻撃を受けた場合にどう対応すればいいか説明を受けている。昨夜は、軍隊と化した使用人たちと明け方まで飲んでいた。騒ぎ声や口論が家族の耳まで届かなかったのは、あの人が節度をわきまえているからだ。一族の安定も、視力を失った私の目が捉える仮想世界の安定も、こうした上流階級の節度によって守られている。メラニアは私に叱られるのを恐れて下りてこないのだろう。彼女がオレガリオを引き止めておけないせいで――これは私の失敗でもある――、私は一つ余計な苦悩を背負い込まねばならない。オレガリオは私と一緒にハイキングへ出掛け、もしかすると私はずっと彼と一緒にいなければならないかもしれないのだ。

ある時、マルランダでのバカンスに退屈したオレガリオとセレステは、アデライダとセサレオンに頼み込んで、生まれたばかりの娘の代父と代母にさせてもらった。やがてメラニアは代母から片時も離れなくなったが、それは彼女が、幼くしてすでに、誰にも教わることなくセレステの辛い弱点を心得ていたからで、叔母の尻を追いかけるというより、その手を引いているというのが実態だった。ませていたメラニアは、閨房《ブドワール》で長い間セレステの膝に乗って遊んでいたが、この優しい叔母の豪華な衣装を身に纏って「大人」ぶってみたくなると、今度は代父の膝へすり寄って頼み込んだ。彼女にとってこの代父ほど楽しい遊び相手はおらず、どこか体の面白い部分を心地よくくすぐってもらったり、ゆっくり優しく愛撫してもらったりするのが大好きだった……　わずか八歳の時に父を無残な事故で失ったのだが、その死が彼女に傷跡を残すことはなく、代父の慰めの手、快楽の手、慰めの口づけ、快楽の口づけであやされるメラニアの姿を、セレステはいつも微笑ましく「見つめ」ていた。幼い頃からメラニアは、歯を立てれば口にいい香りが残る果実のような雰囲気を漂わせていたが、その実、なかなか精神的には成熟できなかった。愛という脆いものは自分の内側に見出す喜びによって相手を繋ぎ止めてこそ堅固なものとなる、こう何度もセレステは彼女に言い聞かせたが、まったく無駄な努力だった。それにひきかえメラニアは、いとこたちの心と想像力を操る術はしっかりと叔母から習得し、選ばれし者たちの中心に君臨し始めたばかりか、彼らのうちで最も傑出した僕たる騎士《カヴァリエ・サルヴァン》フベナルを相談役として、「侯爵夫人は五時に出発した」を仮面劇にかぶせる仮面に仕立て上げた。セレステにとって息子の生活に秘密などなく、彼女は自ら二人のために、永遠の愛人と若き伯爵の愛にまつわる挿話を準備した。もう一人の色男マウロについては、価値ある人物や事物に向けられるべき称賛を抱いてはいたものの、純真すぎる少年であることがよくわかっていたので、メラニアに愛されることなく度を越した振舞に出ることはなさそうだった。そして、メラニアが愛していたのはオレガリオであり、セレステは彼のためにかわいい姪を生娘としてとっておきたかったのだ。だが、すべてはセレステの策略であることがわかっていたオレガリオは、螺鈿のボタンと白い浮き出し彫りをあしらった見事な夏物ベストや鳩色の山高帽、ステッキやゲートルといった衣装をマウロに貸し与え、すっかり自分に成り代わった甥が、臆病を振り払ってメラニアの心を掴んでくれればいいと考えていた。そうなれば自分はメラニアの手を逃れ、セレステだけを相手にしていられるだろう。オレガリオにはわかっていたが、彼の格好をしたマウロは、「侯爵夫人は五時に出発した」の別の挿話で気恥ずかしい愛の真似事を演じながら、メラニアの体の上に横たわることがある。その同じベッドの下から、裸の子供たちが一斉に金切り声を上げて飛び出し、何人もの赤ん坊が一度に生まれる場面を模るのだ。

かわいそうなフベナル、きっと不満だろうけれど、ダンテの朗読とともに延々と「超絶技巧練習曲」を弾き続けてくれるし、私の望みなら何でも聞いてくれる。オレガリオが隣の部屋から戻ってくれば、またこの首に熱い視線を投げかけてくることも、そして私がそれを嫌がっていることも、フベナルにはお見通しのようだし、それに、あの人がリストを嫌っていることも、また、愛は純粋な修辞となって初めて真の深みを持つという事実が理解できないから嫌っているのだということも、どちらもわかっているようだ。してもいいはずのことを、私が気に入らないという理由だけで何度も拒否され続けてきたせいで、フベナルは私に腹を立てている。例えばあの子は、私の身支度《トワレット》に協力したいと言ってきたことがあり、確かに才能豊かなあの子のこと、きっと垢抜けた服を選んでくれるのだろうが、それでも私は彼の求めを撥ねつけた。そのせいで彼は、ほとんど危険なほど私を恨んでいる。私とオレガリオの絆――こんな言葉で呼んでもいいだろう――に綻びを引き起こす喜びだけのために、この羽とこのリボンがミスマッチだとか言ってくることもある。もちろんそこには、私の身支度《トワレット》があまりに大きな成功を収めてしまえば、またこの体がオレガリオの手に落ちることになるわけだから、それを避けたいという思惑もあるのだろう。すると彼は父を挑発の目で見つめるが、オレガリオのほうでは、すれ違いざまに彼の頭を撫でるだけで、完全に優位に立つ者のゆとりなのか、挑発に答えることすらしない。私とあの人とメラニア、この三人を痛ましいほど複雑に結びつける情事において、フベナルは所詮脇役にしかなれないのだ。フベナルが明日私たちとハイキングに行くのを拒んだのは、溜まりに溜まった怨念のせいだろう。ああ、私はどうなるのだろう、ひ弱な息子の庇護すら受けられないというのに！

そうだ――「超絶技巧練習曲」を弾き終わり、まだモーロ風リビングに残っていた四、五名の拍手を受けながらフベナルは考えていた――、僕のほうが母さんより狡猾なんだ、母さんは、あたかも外から気づかれぬ間に中心から果物を腐らせていく蛆虫のように、この僕が従姉のベッドにウェンセスラオを連れ込み、こんな小悪魔《プベ・ディアボリク》に何も悪いことなんかできはしない、と言って聞かせたことを知らなかった。今望むことといえば、しばらく両親の目を逃れて、この別荘で起こることのすべてを「侯爵夫人は五時に出発した」の作り話に変え、まだなりたくもない大人に仕立てようと迫りくる現実を避けることだけだ。フベナルは椅子を回して座ったまま拍手に応えると、一、二度頭を下げた後、セレステにキスし、意味ありげな険しい表情を見せながらも息子への賞賛と誇りを顔に湛えたオレガリオからキスを受けた。フベナルは、頭痛がするからと言って——彼の健康を気遣う人たちにそれ以上何の説明もしなかった——、おやすみ、また明日、出発の前に、と呟いてその場を辞去した。セレステは、あなたは本当に病弱だから、と彼に声を掛けた——周りの者たちには、そよ風に揺れるイグサのようにいつもふらついているの、と説明した——後、明日のハイキングのために空を完全に透明にしておこうとでもいうのか、今日は夜風が冷たいから、ちゃんと暖かくして眠ってね、と付け加えた。

2

フベナルがモーロ風リビングのドアを押してホールへ出ようとしていたまさにその瞬間、白い手袋をした手が同じドアを反対側から開けた。それが、まるで彼の行動を正確に見透かしているかのごとく、いつも計ったようなタイミングで道を譲る執事だとわかっていたので、彼はためらうことなくそのまま歩いていった。すれ違いざまにわざと眠そうな声で「おやすみ」と呟いたフベナルに対し、きらびやかな衣装で卑屈な巨体を覆った執事は、一家のしきたりに倣って、少し頭を下げたまましばらくじっとしていた。やがて金ぴかの制服を纏った体を起こすと、身に着けた無数の品々がきらきら輝いたが、フベナルはそんなものに目をくれることもなく、螺旋階段のほうへ進んでいった。

階段をゆっくり上りながら彼は、自分に対する裏切り行為がどんな結果をもたらしたのか、本当のことを聞き出すまで母の出発を許すまいと心を決めていた。仮に、明日、そして永久に、彼らが景勝地に閉じ込められ、あの大女との忌まわしい接触をめぐる醜悪な逸話について、他の大人たちと声を合わせて笑い飛ばすようなことがあったらどうしよう？　何としても母の出発を妨げることだ。今夜なら召使たちは、見張りについて固まってしまう前に、凍った湖のような下のホールで細々とした作業を強いられることになるし、厳めしい執事といえども邪魔に入ることはできまい。仰々しく主人たちに仕え、享楽のおこぼれに与るとはいえ、彼らの使命は一族を守ることだ。そう、この家に隠してあるあらゆる武器を取り出して、大人たちを守ることだ。別荘内の使用人たちは、豪華な制服を身に纏ってはいても、所詮飾りでしかない単調な任務にすぐ退屈し、何もすることのない屈辱的状態を意識し始める。使用人たちに名ばかりの任務を負わせるのは一つの策略であり、同じことの繰り返しと倦怠と脱力感に繋ぎ止められていれば、彼らは次第に英雄的行為を夢見始め、権力者の配下で他人の影にしかなれない色褪せた自分たちの姿を何とか輝かせるべく、危険な状況、腕試しのできる機会を窺うようになる。そう――フベナルは階段を上りながら考えていた――、このハイキングが企画されたのは、使用人たちの間に不満が広がっており、それを静めるためだったのかもしれない。大人たちは、権力を持ちすぎた使用人たちを恐れているのかもしれないし、一見豪華な家族旅行を装ったこのハイキングにも、実は使用人たちのご機嫌取りという側面があったのかもしれない。今頃――彼は考えを続けた――、少なくとも、あとわずか数分後に消灯の鐘が鳴り渡って、すべてが暗闇のなかで石のように固まれば、彼らは、ついに自分の手に渡った猟銃と薬莢のことで頭をパンクさせながらも、かつて夏の喧騒を掻き分けるようにしてオレガリオから伝授された訓示を思い返し、派手な色に顔を塗った人食い人種についてあれこれ想像を巡らせることになるだろう、そう、まったく何も起こらぬまま、何十年もの間歴代の使用人たちの頭に叩き込まれてきた英雄的戦いの火蓋が、筏で川を下って巨大な睡蓮の池へ降り立つ人食い人種の到来とともに、今まさに切って落とされようとしている。

まだ消灯の鐘は聞こえない。仮に聞こえたとしても、すでに一族によって「大人」と見なされているフベナルに、「子供たち」のために作られた規則に従う必要はない。道先案内人の必要もなく、罪に問われる心配もなく、彼は夜の地獄へと入り込んでいった。今日にかぎって円また円また円が続くように感じられる階段を上り、フベナルは陶器のタイルでできた最も高い櫓にある自分の勉強部屋へ向かった。だが、部屋へ引き下がる前に、階下の凍った湖に目をやらずにはいられなかった彼は、金バッジをごてごてとつけた制服に身を包んだ召使たちの僻みっぽい影を認め、その犯罪者のような視線が自分の足取りに注がれていることに気がついた。フベナルは喘いでいたが、乱れた息で呟いた。

邪悪な裏切り者よ、お前の真の姿を持ち帰り、お前の恥辱としてやろう。

ようやく勉強部屋の近くまで来て、爪先立ちで足音を潜め、いきなりドアを開けると、内部の暗闇から二人の喘ぎ声が聞こえてきた。一気にカーテンを引くと、グラミネアの海に反射して白くなった月夜が部屋へ流れ込み、ベッドの縁に座った二人の姿が浮かび上がったが、そのまま白を切るには息が乱れすぎていた。しかも、二人の動きはどう見ても不自然だった。罪深いボタンをかけようとした素早い手つきを、いつになく丁重な「やあ」の仕草でごまかして一体何の意味があるというのだ？　なぜわざわざ立ち上がって体を離すのだ？　フベナルは二人に質問を向けた。

「キスでもしていたのか？」

「何もしてないよ」イヒニオが答えた。

「嘘だろう」呟きながらフベナルは二人に近づき、同時に二人の性器に触れた。「ズボンが破れそうじゃないか」

従兄を撥ねつけることこそしなかったが、フスティニアノは弁解した。

「君が遅かったから、だんだん二人で興奮してきちゃって……」

尊大に胸を張りながらフベナルは言った。

「べたべたするんじゃない！　お前たちはオカマじゃないんだ。わかるか？　ここでオカマは俺だけだ」

イヒニオはフスティニアノの弁解を続けようとした。

「二人ともそこに異議を唱えるつもりはない。それに、思春期の従兄弟が二人揃えば、撫で合ってみたくなることだってあるさ」

「もう思春期は過ぎているはずだ」フベナルは言った。「お前はな、イヒニオ、もうあとわずか二年で「大人」だ。だから気をつけろ。そんなオカマの真似事をしていると、そのうち僕みたいな本物になって、侯爵夫人の衣装を着けたり、目を半分閉じてピアノを弾いたりするようになるぞ」

「説教口調はやめてくれ」フスティニアノは言った。

「説教じゃない」彼は答えた。「別のことだ。やるなら必ず僕のいるところでやってくれと言っているんだ。僕だけが本物で、君たち二人は違う、その条件さえ守ってくれれば、何でも君たちの望みどおりにする。君たちが本物になってしまえば、僕は簡単に代わりを探すことができる。ともかく、二人の間に入れてくれ」

二人の従兄弟はフベナルを間に座らせ、今度は性器を出したまま、彼に撫でてもらった。フスティニアノは急かした。

「おい、何か飲み物をくれよ……」

フベナルは立ち上がって石油ランプを点けた。壁の上方からフィリップ・ド・シャンパーニュ作のリシュリュー宰相が、特権者の鷹揚さを顔に浮かべて部屋を見下ろしていたが、かつてその絵にフベナルは、同情を込めた恐るべき冷徹な目で、孔雀のように緑がかった刺々しい自分の容貌を重ねてみたことがある。彼はグラスを満たした。再び二人の従弟の間に座ってその性器を弄び始めると、すぐにぐんぐん膨れ上がってきた。

「君は底無しだが、フスティニアノ」フベナルは言った。「それは酒だけだね。イヒニオのようにいつもやる気満々というわけじゃない。ほら、鉄みたいに硬い。馬鹿だな、君たちは！　こんなことのために僕が今夜君たちを呼び出したとでも思っているのかい？」

フベナルの爪が硬い性器の肉に食い込み、イヒニオは叫び声を上げてフベナルを殴った。イヒニオの竿は萎れ、血を流していた。フスティニアノが血を拭って消毒するのを手伝う間、フベナルは再びグラスを満たし、すぐに二人はそれに口をつけたが、相変わらずイヒニオはぶつぶつ言っていた。金髪の天使のように平凡な顔の上で、いつもなら相手かまわず誰にでも振りまく微笑――唯一の例外は、意地の悪いソエに追い回されているときであり、この小太りで中国人風の娘は、他の幼いいとこたちをけしかけ、「イヒニオにはパトスがない……　イヒニオにはパトスがない……」という恐ろしい断罪を唱和させながら彼を追い回すのだった――が卑しい口元から消えた。フベナルにはその威力がわかっているはずなのに、その彼に性器を痛めつけられた屈辱で、イヒニオはまだ怒り心頭だった。三人は陰鬱な表情で飲み続けたが、前をはだけたままになっていたズボンの上で性器は萎み、不安感から性欲もすっかり失せていた。あっという間に酒が効いて呂律の回らなくなっていたフスティニアノが訊いた。

「こんなことのために僕たちを呼び出したのか？」

「いや」

「それじゃ、何のためだ？」イヒニオが訊いた。

フベナルはポケットから鍵を取り出した。

「ティア・エウラリアが」彼は説明を始めた。「僕たちを集めてガボットを教えるあのダンスホールには、天井や壁面に騙し絵《トロンプ・ルイユ》が描かれているだろう。人やグレーハウンドが顔を出しているように見えるドアもある……」

二人が頷くのを見てフベナルは訊いた。

「偽のドアは全部開いているか？」

「いや……　閉まっているのも多い」

「そのとおり」フベナルは強調した。「だが、ここで一つ、僕らの気づいていなかったことがある。閉まっているドアや窓のすべてが騙し絵《トロンプ・ルイユ》というわけではなく、その多くが本物で、開閉可能なんだ」

「その鍵でか？」

「そのとおり。これは、騙し絵《トロンプ・ルイユ》ではない騙し絵《トロンプ・ルイユ》のドアの一つを開けるための鍵なんだ」

「開けてどうする？」

「大人たちは明日武器をすべて持って出掛けてしまうから、僕たちは身を守る術もなくここに残されることになる。そうだろう？　恐くないか？」

「恐くなんかないよ、みんな夕方には戻ってくるんだから」イヒニオはきっぱりと言った。

「君は両親の言うことを鵜呑みにしているんだね。だけど、ウェンセスラオの言っていることはまんざらデマではないかもしれないんだよ」

「恐怖を煽って僕たちを思いのままに操るつもりだな」性器を痛めつけられたせいで、反逆とまではいかずとも、反抗の感情をとどめていたイヒニオが言った。「その鍵をどこで、何のために手に入れたのか、まずそれを言ってくれ」

「簡単なことさ。愛人の従僕を買収して、酒をやったら、みんな話してくれたよ。実は、ハイキングへ持っていく予定の武器は、ダンスホールの、絵ではない本物のドアの後ろに隠してあるんだ。それで、そいつにもっと酒を飲ませたら、今のフスティニアノよりもっとへべれけになった。それでまんまと鍵を盗み出したわけさ」

「何をするつもりだ？」

イヒニオの質問を聞いてフベナルは崩れ落ちた。

「僕は恐いんだ……　このまま永久に大人たちが戻ってこないような気がして……　それに、僕が恐がっていることを知られたら……　メラニアや、他のいとこたちに気づかれたら……　それに、母さんがこのまま永久に父さんと出ていってしまわないように、何か手を打たなくちゃならない。だから恐いんだ……」

酔って目をつぶったままフスティニアノは言った。

「殺しちまえばいいさ……」

「それもありだ」フベナルは答えた。「今夜殺してしまえばいい。父さんも一緒に。だから隠してある武器を盗みたいんだ、大人たちがいない間、いるかいないかもわからない人食い人種から身を守るためじゃなくて、何か手を打つために盗みたいんだ」

「僕は下りる……」立ち上がりながらイヒニオが叫んだ。

「哀れな不幸者め！」

「禁止を破るのとは違う……　君のやろうとしていることは遊びの域を超えている……　僕は下りるよ……」

引き留めようとしてフベナルは、傷ついた性器を再び掴んで引っ掻いた。叫び声を上げてイヒニオは勉強部屋から走り去った。

泣きながらフベナルは、フスティニアノの顔にワインをかけて目を覚まさせた。コンパスローズの玄関ホールで巨大な銅鑼が鳴り響いて消灯時間を知らせ、その振動が家全体に伝わった。十分後には――フベナルは考えた――、二回目の銅鑼が鳴り、さらに十分後には三回目、最後の銅鑼が鳴って、彼のような大人以外は別荘内を歩き回ることができなくなる。フスティニアノはこのまま寝かせておいたほうがいいだろう。だが、何とか武器を手に入れるという妄想だけを頼みに、身を守るためにせよ、攻撃のためにせよ、たった一人でライフルや拳銃、猟銃やマスケット銃を盗み出すことなどとてもできそうにない。やはりフスティニアノを起こさねばなるまい。二回目の銅鑼が鳴る前に、フベナルは彼の手を引っ張り、転げ落ちるように二人で階段を降りていった。部屋を出る前からボトルの首を握っていたフスティニアノは、降りながらラッパ飲みでワインを呷りつづけていた。

長いホールの反対側――オーケストラの演壇の反対側――に、庭へ向かって開く本物の窓が見えた。壁に沿って並んだ金色の椅子、金色のハープ、そして、金色のチェンバロが、夜の深淵から射し込む白い光のせいで銀色に輝いていた。この時間になると、偽物のマントと鎧の影も、偽物のドアの間に描かれた人々に従う偽物のグレーハウンドも、二次元の騙し絵《トロンプ・ルイユ》を逃れて部屋へ飛び出してきそうなほど真に迫っていた。衣擦れの音や、ルネサンス風のコーラスまで、グラミネアの植物的囁きが途絶えた途端に、その豪勢な音を響かせてきそうだった。

というより、二人の従兄弟がダンスホールへ入る直前に声が止んだかのようだった。チェンバロの椅子に座ったフスティニアノは、「トルコ行進曲」を弾こうとして鍵盤を叩きかけたが、そんなことになれば怒り狂った召使たちが集まってくることは目に見えていたから、フベナルが慌ててやめさせると、すでに酩酊状態だった従弟はその拍子に楽器の下へ倒れ込み、そのまま横になって鼾をかき始めた。

「馬鹿な奴だ」フベナルは考えた。「こんな身の丈に合わない偉業を僕一人に任せるなんて……」

フベナルもかなり酔いが回っていた。彼の長い影が白黒の床を縦に伸びて壁まで届き、アーチの下で騙し絵《トロンプ・ルイユ》の背景と混ざり合っていたので、彼の体が種子と化して、そこから黒い木が大きく伸びているように見えた。急がねばならない。少しでもぐずぐずしていると、恐怖で体が動かなくなってしまうだろう。あまりにたくさんある偽物のドアに戸惑いながらも、フベナルは壁に指を滑らせ、絵でしかない扉板、真に迫りすぎた顔、さらには、人肌の温もりが感じられそうなスタッコをやり過ごしながら、本物の鍵穴を探したが、最初に指が捉えたものといえば、ベルベットの手触り、手袋をはめた手、月明かりの下、とても騙し絵《トロンプ・ルイユ》とは思えない白光を冷たく放つ指輪、そして、疑似ドームの雲から女神たちが降らせる花の雨に飾られた壁で宙に浮いたように見える柔らかいチューリップの花だけだった。

ついに鍵穴がフベナルの鍵を受け入れた。鍵は外れ、あとは、レバーを回してドアを開け、猟銃を盗み出すだけだ。自分は犯罪者でも反逆者でもない。母親を暗殺したいわけでもなければ、権力が欲しいわけでもない。この哀れな身を守るために銃が欲しいだけだ。人食い人種は火器など見たこともないはずだから、この魔法の閃光を見ただけで恐れをなして逃げていくことだろう。フベナルがレバーを回すと、突如ドアが開いて滝のように猛烈な勢いで武器が流れ出し、音を立てて彼を床に薙ぎ倒した。

「しまった！」彼は叫んだ。

ライフルやマスケット銃、ラッパ銃や火縄銃やカービン銃の間で床にうずくまったまま、彼はすべての武器が落下し終わるまでじっと待った。あまりの混乱に、誰かが来る前にとにかく銃を一つ手に取ってその場を離れることすら思いつかなかった。立ち上がろうとすると、騙し絵《トロンプ・ルイユ》から人間たちが離れ、彼を取り囲んでくるような気がした。人影が揺れているのを見て、最初はアルコールに浮かされた想像力のせいかと思ったが、彼の周りに人垣が狭まってくる――ためらう刃の光、帽子の上で揺れる羽飾り、はためくマントの縁、男の耳についた真珠の光沢、黒いグレーハウンドの口から零れる銀色の唾液――のを見て、三回目の銅鑼を待つまでもなく、今すぐ自分は罰されるのだと覚悟した。手袋をはめた荒々しい手が彼の腕を捩り上げた。

「離せ！」フベナルは叫んだ。

もう一つの手が同じように荒々しくもう一方の腕を捕えたかと思えば、さらにもう一つ手が伸びて彼の首を掴んだ。

「離せ！」彼を囲む人間たちが、犬をけしかけるような仕草で鞭やステッキやフルーレを振り回しているのを見て、フベナルはもう一度叫んだ。「お前たちに僕を捕まえる権限はない、制服を着た卑しい召使、さもしい下僕にすぎないじゃないか……　触るな。もう僕は十七歳なんだ、もう子供じゃない、大人だ……」

この最後の言葉が響くと、辛辣な笑い声が上がった。しかもそれが、果物籠と鳩に覆われた欄干の近くで肘を突き合う女たち——実際には女装癖のある最年少の召使たちだった——の上げる忌々しい笑い声のように聞こえてきた。

「男か、女か、どっちだ……」声が返ってきた。

「オカマだな」

「殴ってやろう」

「そうだとも」フベナルは言った。「好きでオカマをやってるんだ、お前たちのように金のためにオカマになる奴らとは違う」

ダンスホールにけたたましい笑い声が響き渡った。相変わらず呪詛の言葉を浴びせる「大人」に向かって、豪華な衣装で膨らんだ影、そして、怨念と淫乱で歪んだ顔が、カーニバルのフィナーレから飛び出してきた仮面のように近寄ってきた。ブタ……　ゲス……　金の亡者……　フベナルは悪態を続けたが、復讐に燃える庶民の手が彼の服を剥いだ。シャツとズボンがぼろきれのように床へ落ちた。派手な衣装を身に纏った一団の間で裸にされ、恐怖と快感を同時に味わいながら月明りに白い体を晒していたフベナルは、一物をいきり立たせた黒い影の命ずるままに、動物のように床に四つん這いになった。最も大きく、最も色黒で、最も不気味で、最も大きな一物を備えた男が、復讐心にその先端を滴らせながらフベナルに馬乗りになろうとした。だが、そこで三回目の銅鑼が鳴った。

本物のドアが開き、制服に身を包んだ執事がゆっくり重々しい足取りでダンスホールへ入ってきた。召使たちは服装を整え、まるで騙し絵《トロンプ・ルイユ》に描かれた人間が今まさに現実空間へ飛び出してきたとでもいった風情で二次元に凍りついた。忌まわしい執事は、床の上で泣き暮れて横たわっていたフベナルに近づいた。月明りを浴びた執事の姿が銀色の巨大建造物のように聳える一方、他の召使たちはすごすごと騙し絵《トロンプ・ルイユ》へ溶け込んでいった。今に執事は――フベナルは思った――、自分の性器を出すのだろう、最も巨大で残忍な性器で僕を罰するのだろう。だが執事は、一家の流儀に従って、頭を軽く、それでいて長々と傾けながらこう言っただけだった。

「旦那様……」

フベナルは喘いでいた。執事は続けた。

「こんな時間にこんな場所で、一体何をしていらっしゃるのですか?」

フベナルの喘ぎは収まっていったが、それでもまだ何も答えることはできなかった。執事が手下たちに合図すると、即座に指示を理解した彼らは、数分前の淫らな一団とは打って変わって整然とした動きで床に散乱した武器を瞬く間に片付け、偽物に偽装したドアの後ろへ押し込んで鍵を掛けた。鍵を受け取ると執事は、制服の幅広の縁に無数についたポケットの一つにそれをしまった。そしてフベナルに手を貸して立ち上がらせると、こう言った。

「そんな格好ではお風邪を召します」散らばっていた服を着る手伝いをしながら執事は、どんな悪態の言葉より辛辣な優しさを込めた不吉な間を置いて続けた。「旦那様はすでに大人でございますし、普段から月夜によくなさっているとおり、好きな時間に何度でもここでチェンバロをお弾きになって差し支えありませんが、今夜だけは特別でございます」

「なぜ特別なんだ？」

「明日は特別な日だからでございます。いずれにせよ、モーロ風リビングでお母上が、暖かくして休むよう旦那様に仰せになったではございませんか。いかに旦那様がすでに大人で、規則を破るのも自由とはいえ、お母上の指図どおりになさるのが賢明かと考える次第でございます。もし私の到着がもう少し遅れましたならば」これは執事の嘘で、彼の登場が計算済みのタイミングだったことはフベナルにもわかっていた。「単細胞なこの間抜けどもが……　奴らは旦那様に一体何をしようとしていたのですか？」

　かつてからフベナルは執事が憎くてたまらなかった——幼少の頃から毎年交代する執事はいずれも皆裏切り者であり、彼の性癖を見つけては幽閉や殴打の罰を与えた——が、今自分の身に与えられるはずだった罰から救われてみると、その憎しみが信じられないほど激しく募ってきた。裏切り者《トラディトーレ》。だが、この男こそ一家の秩序の象徴だった。形式上の不備が何よりも重視されることがわかっていたフベナルは、自信に満ちた顔で答えた。

「無礼な口の利き方をしてきた……」

唸り声のようなもの上げて体を膨らませた執事は、ただでさえ高い身長をもっと伸ばすようにして、それまでは絹のように柔らかかった声を怒号に変えてダンスホール中に響き渡らせた。

「無礼な口の利き方ですと?」

「そう、無礼な口の利き方」

「厳重に罰しておきます」部下の規律の乱れに憤慨して執事は言い放った。「何でもございません。この恥ずべき出来事に分厚いベールを掛けることにいたしましょう。とはいえ、フスティニアノ様はまだ十七歳になっておられませんので、消灯時間違反、これは問題でございます。こんな姿を誰にも見せぬようそっとベッドへお返しし、愛するご両親の目に触れぬようにいたしましょう。お前たち二人……赤い羽のお前とバックル靴のお前、お坊ちゃまをお運びして、別荘での最終日たる今夜、何事も起こらぬようよく気をつけておれ。せっかく明日は旦那様方の気晴らしの日なのだから、心配事などを残してはならん。午後我々が到着した後、フスティニアノ様の消灯時間違反に対し、しかるべき処罰を下すこととする」

赤い羽の男とバックル靴の男はチェンバロの下からフスティニアノを担ぎ出し、寝室へ連れ去った。他の召使たちは指示を待っていた。焦燥感に駆られて縮み上がった声でフベナルが訊ねた。

「午後誰が帰ってくるんだ?」

「ご両親たちご一行ではありませんか、当然でございましょう。我々も滞りなくお仕えいたします。そろそろ旦那様も寝室でお休みになったほうがよろしいかと存じます。お母上の仰せのとおり、暖かくしてお休みくださいませ」

明るい窓から空と庭と荒野がダンスホールへ入り込み、偽の景色と溶け合うなか、召使たちは二列になって――一体いつの間に、とフベナルは疑問に思った、あの派手な衣装を放り出して制服に着替えたのだろう？――進み、白黒チェックの床に長い影を投げかけていた。その後垂直に壁を這い上がった影は、偽アーチの下に広がる偽の背景と重なり、その存在感で今や完全に現実空間と芸術空間を分離していた。偽の扉から覗く人々の視線は今やしっかりと固定されてフベナルの後を追ってはおらず、執事のお墨付きを得て尊大に構えた彼は、本物のドアをくぐり、二列に分かれて彼の前で軽く頭を下げる召使の間を通り抜けた。このお墨付きのおかげで何を犯しても罪にならないというのは、何ともたまらない特権だった。だが、幸い明日からそんな特権には何の意味もなくなるのだ。もう一度母を抱擁しておこう。

主人公たちは去った。その後、召使の列も去ってドアが閉められると、騙し絵《トロンプ・ルイユ》に描かれた人間たちが歓声やウィンクを交わしながらお祭り騒ぎを繰り広げ、そのおかげですべてはまた二次元の世界へと戻っていった。

第五章　金箔

1

この物語で中心的役割を果たすエルモヘネスとリディアには七人の子供がいるが、まだ私はアマデオについてしか詳しい話をしていない。次女のコロンバは、家事に長けた母、一族の鏡とされていたリディアの生き写しとすら言える娘だったにもかかわらず、彼女についてもその名を話のついでに挙げたことがあるにすぎない。前章までに語ってきた事件はまだ完結していないが、ここで我々は別荘の他の場所へ目を移し、コロンバの双子の姉カシルダが自己救済のために謀り巡らせていた、柵の槍抜きにも劣らぬ荒唐無稽な計画について語ることにしよう。

柵の撤去で大騒ぎが持ち上がっていたときカシルダは、取引用の中庭に向かって窓を開け放った父の執務室でファビオと一緒だった。中庭というのは、土を踏み固めた漏斗状の広い空間であり、側面を高い壁に閉ざされていたが、一方は荒野と地平線に向かって開け、それを受け止めるようにして反対側に設けられた二つの窓越しに、エルモヘネスと娘たちが原住民の相手をするのだった。子供たちの騒ぎ声の残響が微かに執務室まで届き、両親たちが予定を早めて出し抜けに帰ってくるのではないかと恐れたカシルダは、何が起こっているのか自分の目で確かめようとした。ファビオは彼女に向かって言った。

「どうせ事の進展を遅らせるような話に決まっているさ。見にいってもいいけど、すぐ戻ってこいよ。僕はここで作業を続ける」

そしてカシルダは駆け寄って子供たちの集団に混ざった。

柵が崩れ落ちたのを見て彼女は、こんなものはまやかしの自由にすぎないと判断を下し、いとこたちの注意がこのまま逸れていれば自分たちの作業に気づかれずにすむと考えた。ウェンセスラオが高らかに掲げる信念も、彼女に言わせれば、両親たちの幼稚な物の見方と大差がなかった。日が暮れる前に大人たちはきっと帰ってくる、彼女にはわかっていた。そうでなければなぜマルランダに金を置いていくというのだ？　黄色く輝く金箔を灰色がかった包みで隠し、目から色の楽しみを奪ってまでそれを際限なく幾つも倉庫に積み重ねているのはなぜだ？　カシルダは、神秘的金属の魔法に無頓着ないとこたちを軽蔑し、槍の一件を些細な逸話と片付けた。金より自分たちの気晴らしが大事だと考えて子供たちを放り出したまま出掛けていく、そんなことがあるはずはない。小さい頃から父に叩き込まれてきたとおり、ベントゥーラ家が自分たちの金を蔑むような企てに手をつけることはありえないのだ。それでは家族の基本的信条を曲げることになってしまう。そう、きっと数時間以内に大人たちは戻ってくる。

だから、彼女もファビオも失笑を禁じ得なかった。だが、ティオ・アドリアノが下りてくるという知らせだけは、本当の危機を意味していた。それはカシルダが狂人を恐れていたからではなく、たとえ気狂いであれ、大人であるからには、何はともあれエルモヘネスの執務室へ顔を出して金を押さえにかかるにきまっていたからだ。ティオ・アドリアノが下りてくるという噂を聞いて、二人は作業の手を一層早めることになった。

　カシルダは、顔の表情を動かして自分と一緒に来るようイヒニオに指示したが、すでに永遠の愛人の長兄役を引き受ける気になっていた彼は難色を示した。やむなくカシルダはソエに耳打ちすると、お菓子で口を一杯にしていた彼女は、口こそ開けなかったが黙って頷き、フベナルに話しかけていたイヒニオのもとへ近寄っていった。革の外套にシャープカなんて、シベリアにでも住んでいるつもりかよ？　そんな言葉を意に介することもなく、ソエはイヒニオのジャケットを引っ張った。アジア風の顔で丸々と太ったこの知恵遅れの怪物、容赦なく東方の御神託を告げるこの少女は、けたたましい声で彼に嘲笑を浴びせた。こうなると後に続くのは、永遠の愛人の兄役なんてとても無理、神秘的な異邦人の役なんて無理、だってこの人は……　やめろ！　聞きたくないその言葉、何度も繰り返し言われたせいでもはや彼以外の誰にも聞こえなくなっていたその言葉を浴びせてくる偏平足の怪物に付きまとわれ、イヒニオはたじろいだ。

「来なさい」カシルダが彼に声を掛けた。

　二人は厩舎のほうへ駆けていった。

　そう、まだ獣臭いけど、この厩舎にはもう誰もいない、カシルダは思った。出発の時立ち昇った塵もすでに、道具類や、蹄と轍の跡が残る馬糞だらけの柔らかい土の上に落ち着いているようだった。馬車はもちろんのこと、馬、ラバ、牛、すべてが連れ去られ、老齢、怪我、病気、衰弱等の理由で役に立たないと判断された動物は、出発前に銃で処分されていた。泥の上に散らばった死体に穴となって残る銃痕、口元から滴る涎、そして、瞼を覆う蝋のような目脂には、蠅が執拗に次から次へとたかっている。そう――カシルダは考えた――、私たちは荒野に取り残された遭難者、勇猛果敢な原住民でなければ誰も歩いて横断することのできない荒野の遭難者。残されているのは、ティオ・アドリアノの幌馬車、がらくたとして厩舎の隅に打ち捨てられたあの奇妙なおんぼろ馬車だけだ。

「なんてこと!」カシルダは叫んだ。「足の悪いラバ一頭いないじゃない!」

泥と糞を踏みしめ、馬や牛の死体を避けながら、二人は馬車へ近寄った。実に大きくて重そうな馬車で、これを牽くとなれば、数頭の馬が必要だろう。轅を掴んで引っ張ってみたが、古い車輪が少し軋んだだけで、まったく動かなかった。カシルダの顔は歪んだ。油もさしていない。彼女が轅に座ると、イヒニオは隣に腰掛けてキスしようとしたが、蠅でも追い払うようにあっさり拒絶された。中華サロンに籠っていたメラニアも、危険なはかりごとを巡らすウェンセスラオも、集団的解放の真似事を広めるマウロも、みんなの心の機微を掴もうとするフベナルも、所詮子供にすぎないのだ。イヒニオも子供だが、それは仕方がない。昨晩彼とこっそり会ったことは誰にも知られていない。カシルダは最初、イヒニオがフベナルに打ち明けるのではないかと恐れていたが、そんなことも起こらなかった。フベナルが嗅ぎつけていれば、彼のことだから、もはやいとこ全員が自明のこととして受け入れるようになっていたファビオと彼女の結婚同然の関係に何があったのか、一体どんな心境の変化があったのか、根掘り葉掘り訊かずにはいられなかったことだろう。

だが、カシルダは決して情に流されないことを誇りにしていた。昨夜、ファビオの作業がどのくらい進んだか確かめようと父の執務室へ足を向けた彼女は、モーロ風リビングで子供じみた未来像――今と同じだが、少し良くなっている――を描く大人たちを尻目に、執事の手下たちの見張りを巧みにかいくぐって庭を横切り、屋敷の反対側へ到達した。その時不意に目の前に現れたイヒニオは、月明かりのもと、すでに前章で見た事情によって、フベナルの爪に引っ掻かれて傷んだ性器を調べている最中であり、彼本人は、蛇行するコノテガシワの小道を飾るルリマツリの茂みから見つめる大理石のニンフ以外、誰にも見られていないと思い込んでいた。カシルダは、まるで自分の性器をある種の犠牲に捧げてでもいるような従弟とニンフ像との関係を即座に理解した。だが、彼女の目を惹いたのはそんなことではなく、彼の力強い露わな太腿、そして、いかつい肩と腕だった。頭のなかでジャケットとシャツを剥ぎ取って裸にしてみると、従弟の姿がニンフとお似合いの立派な銅像になるような気がしてきた。

「強く美しい」カシルダは独り言を言った。「パトスなんかなくてもいい。そのほうが余計な問題を抱え込むこともなく、自分の好みに合った道具に仕立てることができる」

芝生の上で彼女を押し倒すイヒニオの力を感じられれば、自分の醜さで大理石の美しいニンフを圧倒できるばかりか、この純真なスポーツ青年――ボクシングのリングでマウロと張り合う姿はティオ・アンセルモの誇りだった――を思いのままに操ることができるようになるだろう。もし気に入らなければさっさとお払い箱にすればいい。だが、イヒニオは恐がってべそをかき、迫りくる彼女から逃げ出そうとした。涙ぐんだ目でカシルダを見つめながら彼は、その気がないわけではないが未経験であり、何の面白みもないこの自分に従姉妹が快楽の共有を持ちかけてくるのは初めてのことだ、と告白したうえで、今日は性器が傷むので勘弁してほしい、と伝えた。

「聞くところによると」カシルダは従弟の耳元に囁いた。「戦争中、敗北の泥と雪に塗れた状態では、ひどい傷を負った兵隊ほど、痛みにもかかわらず、従軍する慰安婦たちを激しく抱いたそうよ。初めてでも大丈夫、私が教えてあげるから」

イヒニオは性器を手で隠した。カシルダは彼の前に跪いて手を払いのけ、性器の傷をじっくり調べたが、人の心を掴むためには恥ずかしい話題に触れるべきではないことがよくわかっていた彼女は、傷については何も訊かず、その代わりこんな質問をした。

「今日だめなら、明日のほうがいい?」

「明日には治っているかな?」

「傷は浅いわ。ただのひっかき傷よ。明日には治るわ」

南側のテラスで従姉から合図を受けたイヒニオは、前夜の約束を思い出して、心臓が張り裂けるほど喜んだ。確かに美女ではなかったが、フベナルが発揮するのと同じくらい刺激的な支配力を秘めている。厩舎でサーカスのような馬車の轅に腰を下ろすと、男なら力で女を捻じ伏せろという教えに従って、力を込めてカシルダを引き寄せようとした。彼の舌が従姉の冷たい口を探る間、彼女は、いいわ、これでこの子は私のもの、と考えていた。そして彼女は言った。

「待って」

「今日は君がだめなの？」

「この馬車はきっとウェンセスラオの企みと関わっているはずだから、そのうちあいつがここへ現れるかもしれない。どこか他へ行きましょう」

集中力を高めてほとんど目が見えなくなるほど眉を顰めたカシルダは、内側から舵に導かれてでもいるように歩みを進め、屋敷の低層部に張り巡らされた迷宮のような通路を抜けると、もっと奥へ、いとこたちの喧騒から遠いところへとイヒニオを引っ張り、揚げ物と玉ねぎの臭いが立ちこめる使用人食堂を過ぎた後、いつコロンバと鉢合わせすることかとびくびくしながら、果てしなく連なる食料庫をやりすごしたかと思えば、複雑に絡まり合った廊下の一つへ紛れ込んで、あるドアの前で立ち止まった。そしてイヒニオの唇に軽くキスして彼の意志を封じ、父の執務室のドアを開けた。

目に映る光景を理解して、イヒニオの心臓は慄いた。書き物机、秤、二組の斜面机とスツールからなる何の変哲もない空間が、床から天井までほとんど壁全体を覆う黒い鉄扉に支配され、その向こう側に倉庫があるらしい。つまり、これが一家の富を蓄える聖櫃であり、少数者だけに出入りを許された――そもそも近づきたがる者も少なかった――聖域、鉄格子と南京錠に守られた窓越しに原住民と取引する中庭を介して直接荒野と繋った唯一の場所なのだ。鉄格子を開けたエルモヘネスが、外にいる原住民から金の包みを受け取ると、秤で値段を決定し、しかるべき値引き交渉を経た後、隣の部屋でコロンバが管理する雑貨店においてのみ使用可能な金券の形で報酬が支払われるので、原住民たちは、似たような窓越しに、早速砂糖や蝋燭、煙草やマント、その他首都から運ばれてきた嗜好品を購入して帰っていく。

斜面机に向かって高いスツールに腰掛けたまま、庇で目を、ダスターコートで服を守ったコロンバとカシルダは、幼い頃からエルモヘネスに叩き込まれてきたとおり、途方もなく大きな帳簿の上に身を屈めて数字を記録し、紙の上に走らせるペンの音で一緒に執務室の沈黙を破るのだった。長男の妻として、一家の古いしきたりに則って「家を取りまとめる」役を任されていたリディアにとっては、娘二人の行き届いた仕事のおかげで、針一本帳簿から漏れることなく記録されるのが何よりの誇りだった。どなたでも——毎年夏の初めに彼女は、贅沢な一族を挑発するような調子でこう宣告するのだった——、お調べくださって結構ですわ。だが、リディアと二人の娘は「一家の宝」であり、彼女たちがすべてを完璧に切り盛りしているのだから、もとよりそんな必要などなかった。

陰気な鉄扉の印象があまりに強烈だったため、イヒニオは一瞬気づかなかったが、実は部屋の床にはファビオが脚を組んで職人のような姿勢で座っており、懸命に鍵に鑢をかけていた。何をしているのかはわからなかったが、一目見ただけでイヒニオにはそれが冒涜的行為だとわかった。イヒニオがいようがカシルダがいようが、そして、いとこたちが槍遊びに熱狂していようが、彼はお構いなしに作業を続けている。決して「侯爵夫人は五時に出発した」に加わることのないファビオは、一際異彩を放つタフな男であり、冷徹なまでに一つのことに没頭できた。カシルダの誘惑は愛などではなく、二人の企画する正体不明の恐ろしい企てに自分を巻き込むためだったのだと悟って、イヒニオは一瞬反対の声を上げようかと思ったが、二人のいとこを見ていると、愛の行為についてまったく初心な自分の感じる恐怖こそ、実は確実な愛の喜びの前兆にちがいないと思われてきた。従姉の冷たい体に刺激されて、姉メラニアの熱い体が引き起こすのと同じ焦燥感に囚われた今、愛の喜びを得るため、自分の存在意義を見出すため、そして、ファビオのようになるためには、恐怖に身を任せ、決然と恐怖に立ち向かい、冴えた頭でこれを受け入れねばならないのだろう。

「ファビオ……」入りながらカシルダが呼びかけた。

鍵の散乱するなかに座ったファビオは、作業を止めて顔を上げた。汚れた指は鑢に削られた金属のギザギザで血だらけだった。縞模様の陽光が筋肉質の細い胸に落ちかかっていたが、汗が肌の上ではなく皮を剥がれた人体模型の上で光っているようにしか見えないほど、その力は弱かった。

「イヒニオを連れてきたわ」カシルダは言った。

「よし」ファビオは笑みすら見せることなく答えた。「ほら、多分これだ」

鍵を差し出しながらカシルダに向かうファビオの目を見てイヒニオは、目鼻立ちのはっきりした従兄の顔から逆光で浮かび上がってくる骸骨の上で、両目がまったく従姉のほうを向いていないことに気づいた。それでは、これがカシルダの「夫」なる男が彼女に捧げることのできる愛のすべてなのか……？　彼女より鍵のほうが大事だというのか？　共犯者のように結びついていた二人にとって、快楽の源泉はすでに尽きたのだろうか？　この二人には祝祭などなく、また、それを求めて行動様式を変えることもないのだ、形ばかりで中身はなく、ただひたすら自分たちの目論みを追求しているだけなのだ、イヒニオはその時こう確信した。この人物のことをすでに見てきた読者には蛇足かもしれないが、セサレオンと心を一つにして過ごした遠い昔の幸せな日々の、譬えようもないほど繊細な男の優しさをいつも懐かしく思い返していた母の影響下で愛の理念を育んだイヒニオには、この二人の間に愛など見出すことはできなかった。だがイヒニオは、一瞬だけファビオとカシルダの手を結びつけた冒涜の鍵が掻き立てる勇気を目の当たりにして、いつも偉大な事件の周縁に追いやられる運命にある人間の憂鬱を噛みしめながら、鍵を介して二人の間に走る電流を何と形容したものやらわからず、実はこれが母アデライダの乏しい語彙ではとても表現できないものである事実を思い知った。

ファビオは立ち上がり、カシルダは鉄扉へ近づいた。ダイヤルとレバーを操作し、数字の付いたボタンを押した後、ネジを動かすと蓋が外れて鍵穴が見えた。この冒涜を前に両拳を握りしめたイヒニオは、この敷居を越えなければいかなる発見もできないことを再び自分に言い聞かせた。ファビオはカシルダに鍵を試すよう促した。彼女は鍵穴に鍵を突っ込み、最初は注意深く、後に次第に荒っぽく動かしたが、これでも秘密の仕組みが崩れ落ちないと見るや、怒りで顔を真っ赤にした。イヒニオの足元に鍵を投げつけながらカシルダは叫んだ。

「くそ！　こんな鍵、くそだわ、どれもこれもまったくダメじゃないの。午後大人たちが帰ってくる前に開けることなんかできやしないわ」

怒りで握りしめた拳と同じように顔を強張らせて悪態をつくカシルダに対し、表情も変えぬまま鍵を拾い上げたファビオは、鍵穴を試しながら扉に耳を当てて音を確かめ、再び引き抜いた鍵をもう一度調べた。そしてもう一度鍵穴を覗きながら、彼は言った。

「待って。もう少しだ」

「もう待てないわ。ティオ・アドリアノが下りてきたら一巻の終わりよ……」

「待てないのならどこへでも行けばいいさ」こう答えながらファビオは床に腰を下ろし、また前と同じ作業を続けた。「南側のテラスへ行って、「侯爵夫人は五時に出発した」に加わればいい」

同じ大人たちの躾を受けたはずの、自分と歳の変わらぬ子供が、カシルダの怒りにも動じることなく冷静に指を動かし続けていられるほど肝が据わっているとは、一体どういうことなのだろう？　彼はどんな矛盾でも平気で処理できるようだ。この瞬間のイヒニオには、フベナルとの恥ずべきいきさつも、カシルダを抱くという期待感も、もはやまったくどうでもよくなって、死ぬまでファビオについていきたいと思えてきたほどだった。だが、彼はカシルダを追って窓辺へ至り、彼女の横で同じように肘を格子にもたせ掛けて外を眺めながら、鑢で耳をつんざくような音を立て続けているファビオに背を向けた。

傾きかけた太陽の光に焼かれた取引用の中庭が、城壁に囲まれた荒れ地のように見えた。今日の中庭では、荷物を背負った裸の老若男女が、出会いの挨拶も別れの言葉も鼻歌も発することなく、ただ黙って顔を突き合わせている、そんな光景も見られなかった。取引がある日には、円になって座った原住民たちが、エルモへネスに応対してもらう順番を待ちながら、赤い鯉を焼くために誰かが起こした燃えさしの山を掻き回していたり、グラミネアの茎を組み合わせた即席テントの下で気怠そうに何か話したりしているのだが、カシルダの目には、その夏にかぎって彼らが妙に意気消沈しているように見えた。カシルダに急き立てられてここまで来たのに、今やじっと物思いに耽るばかりとなってすっかり当惑したイヒニオは、何を提案したものか考え始めた。もう随分長い間、こうして鑢の軋む音に聞き入りながら、漏斗状の中庭を超えて自分たちのほうへ迫りくるような距離感にぼんやりと見入っているだけだった。鑢の音が止んだ。カシルダがいきなり身を起こして素早くファビオのほうへ歩いていったので、それまでじっとしていたのは力を蓄えるためだったのかと思われた。彼女は言った。

「ちょうだい」

鍵穴に鍵を差し込むと、秘密の仕組みが崩れ落ちた。

「さあ、イヒニオ、助けて」彼女は叫んだ。

血相を変えたイヒニオは、数歩後ろでじっと立ちつくしていた。

「何を？」ようやくこれだけ訊くことができた。

薄い皮膚の下でふつふつと沸き上がっていたカシルダの怒りが爆発した。

「馬鹿ね！　何のためにここまで連れてきたと思っているの？　そんなありふれた顔が美しいから呼ばれたとでも思っているの？　金髪の巻き毛や、高い鼻が何だっていうの？　馬鹿ね、頭を使いなさい、でくの坊じゃあるまいし、さっさとその力でこの扉を開けてちょうだい」

三人で大きな鉄扉を引っ張ると、象のように重々しくゆっくり動き始め、闇のなかに倉庫の姿が浮かび上がってきた。三人は入り口のところに立ったまま、獰猛な口から身を守ろうとでもするように体を寄せ合っていた。カシルダはカンテラに明かりを灯した。

「ついてきて」彼女は囁いた。

中へ入ると、原住民が金を運ぶのに使う干しグラミネアの臭いがたちこめていた。三人の子供は、礼拝堂の聖人像を掻き分けるようにして、包みの間をゆっくりと進んでいった。次々と広がる小部屋には、紫のインクで番号を付された包みが整然と並べられていた。カシルダは、カンテラを持っていないほうの手を下ろし、ざらついた包みの表面に指先を滑らせていった。これを見て、中身が何千、おそらく何百万にのぼる上質の金箔だと考える者は皆無だろう。これこそ大人を大人足らしめている物質なのであり、所有者は子供ではなく大人なのだ。カシルダは、そこに何を見出すことになるか前もって十分承知していたにもかかわらず、バルドルブドゥール王女の宝石に溢れた棺がやはりなかったのを確認して、失望を覚えずにはいられなかった。だが、まったくぶれることのない番号を追って小部屋の一つへ入り、一番奥の隅まで進むと、４８７７９／ＴＡ６４と番号の付いた包みを発見した。数年前、その包みを運んできた原住民がその後姿をくらませたのは、中身の金の質が悪く、すぐにひび割れるか、ぼろぼろになってしまう金箔ばかりであり、こんな価値のないものを押しつけられたと知った主人が猛烈に怒っていることを伝え聞いたからだった。こんながらくたと引き換えに、その盗人はまんまと酢や小麦粉、それにマントをせしめたのだ。

立ち止まったカシルダは、灯りを下げて番号を確認し、カンテラをファビオに渡した。そして、奉納品でも前にしたように包みの脇に突如膝をつくと、埃だらけの床にスカートのフリルが舞い降りた。二年、おそらく三年が過ぎる間に、４８７７９／ＴＡ６４の包みを縛っていた植物性の結び目が中からの圧力で弾けてほどけていたが、それでも六面体の形は保たれていた。血を見たいとでもいうように、カシルダの爪が残酷に包みの表面を引っ掻き、中身が露わになると、貪欲な手が金の動脈を探った。金粉が舞い上がり、腕を、手を、関節を、光沢のある爪を、金属質の顔を、そして、髪を、黄色い血のような金の羽毛で染めた。血に飢えた手に押されて飛び散った金属の粒子が、睫毛や眉毛を金色に変え、あどけない微笑を浮かべた顰め面を果てしない怨恨の仮面に変えた。さらに金粉は、剥き出しになったファビオの胸やイヒニオの前腕にも金メッキを施した。すると二人も同じように身を屈めて金粉を舞い上げ、この神秘的物質のシャワーを浴びたが、やがてカシルダに止められた。

カシルダは立ち上がった。ついに触れることができた。この目で見ることができた。父は真の所有者として金のことを知り尽くしているが、その父を除けば、ベントゥーラ家の誰よりも彼女が最も恩恵を受けてきたこの重要な物質に、ついに体全体で接することができた。そう、今は確かに父が所有者だが、やがて怨念の力によって、父に劣らぬバランス感覚の持ち主として一家に君臨できるようになれば、事態は自ずと変わるだろう。そのためには目前の誘惑に屈しているようではだめだ。

「もういいわ」立ち上がりながら彼女は言った。「行こう」

「なぜ?」イヒニオが不満の声を上げた。「もっと包みを開いて金で遊ぼうよ。大人たちは戻ってこないってウェンセスラオも言っているじゃないか……」

「いいから言うことを聞け、イヒニオ」ファビオが言った。

「一緒に来ないのなら、このままずっとここにいなさい」彼女は脅した。

「なぜ金で遊んじゃいけないの?」

「そんなことをしている場合じゃないんだよ、イヒニオ」ファビオが辛抱強く説明した。「出発の準備をしなければならないんだ……」

イヒニオは金色になった眉を顰めた。

「出発？」

「そうよ」挑発するようにカシルダが言った。「逃げるのよ」

この言葉を聞いてイヒニオは心を掻き乱された。

「別荘から逃げるの？　一体何の話なんだい？」

カシルダは黙ったまま一瞬じっと待ち、カンテラの光のもと、宙を舞う金粉と二人の従兄弟が落ち着いた頃合いを見計らって、冷静な口調で言った。

「金よ、イヒニオ。金を持って逃げるのよ、三人で」

じっと固まったイヒニオは、もう何も聞きたくはないがそれでも最後まで聞きたい、そんな気持ちでますます熱心にカシルダとファビオの話に耳を傾けた。逃れたくもなければもはや逃れられもしないこの不吉な陰謀は、遊びによって大人たちの抑圧を逃れようとする子供の悪戯の域を超えて、完全に犯罪行為だった。ファビオとカシルダ、そして自分は一体どうなるのだろう？　逃亡者、盗人となって、両親たちの繰り出す軍隊や猟犬部隊に町や荒野を追い回されることだろう。出世なのか没落なのか、ともかく別の人間となって、母アデライダを、メラニアのしなやかな体を、そして、若くして悲劇的な死を遂げた父の思い出に捧げられたような家、首都のあの温かい家を捨てることになるのだ。これまでと違った生活が始まるのだ。隠れる。そして自分の痕跡を消して別の人間に成り代わる……　そう、そうだ、ソエに追い回されることもない、パトスを備えた人間になるのだ。出口へ足を進めながらカシルダは説明を続けていた。

「……この金は私のもの。これまでの仕事でいろいろ学んで、こっそり機会を窺ってきた。今までこの目で見たことはなかったけれど、包みごとの量、重さ、値段はすべて完璧に覚え込んでいるわ。大人たちの繁栄を支える金について、理論上はすべてを知っていながら、その恩恵に与ることもなく、郷愁と羨望だけにすがって私は生き延びてきた……　扉を閉めるのを手伝って、イヒニオ……」

外へ出た三人は、扉を閉めて鍵を掛けた。微塵も動揺のないカシルダの体で、その両目だけは湿気を帯びて焦点がずれているように見えた。状況が違えばこれも感動の刻印に見えたのかもしれないが、この状況ではそれが、今まで影でしかなかったイヒニオに対して一歩踏み出すよう呼びかける刺激にほかならなかった。わけもわからぬまま彼は叫んでいた。

「ティオ・アドリアノの馬車……」

カシルダの目に見えていた湿気が一瞬にして乾き、ファビオの引き締まった胴体から緊張が解けた後、二人の顔が微笑と歓喜で綻んだ。

「わかったか、イヒニオ、説明しなくてもわかってくれたか！」

二人はイヒニオに抱擁とキスを与え、ようやく高い敷居を乗り越えて生まれた接触に幸福感を漲らせながら、三つの体を一つにしようとでもいうようにしっかりと彼を抱きしめたが、そんな状態が続いたのはほんの一瞬だった。カシルダはさっさと体を離し、再び冷静さを取り戻すと、あたかも音律でも調べるように、イヒニオの放った短い言葉を高飛車な態度で受け止めた。

「馬を調達しないと」

彼女は答えた。

「無理よ。みんな殺されたのだから」

「それじゃ、どうするんだい？」

「なぜあなたを呼び出したと思っているの？　扉を開けるだけで自分の役目が終わったとでも思っているの？　片足だろうが片目だろうが病気だろうが、痩せたラバの一頭でもここに残っていれば、私一人で鞭を手に容赦なく引っぱたいてこの荒野へ乗り出していくところなのよ。金の分け前が欲しいのなら、ちゃんと馬車を牽くのを手伝ってくれなきゃね」

「気でも狂ったのか！」

「そうかもね」

「一レグアも進めやしない！」

「幽閉の身」初めて落胆の色を見せながらカシルダが呟いた。「こんな荒野の真ん中に幽閉されていては、どんな計画も頓挫するしかないのね。残酷すぎるわ。復讐の一つでもできれば、大人たちを憎む気持ちも収まるはずなのに！」

だが、彼女はすぐに気持ちを切り換えた。

「馬車が動くか試してみてよ」カシルダは二人の従兄弟に言った。「でも、ちょっと待って。庭へ出る前に、廊下の洗面所にある洗面器で顔を洗ってちょうだい、金粉に気づかれたら大変だわ」

2

カシルダとコロンバは双子だった。背格好はまったく同じ、絹のように艶やかな黒髪、アクアマリンの瞳、それを囲む濃い睫毛、少しかすれた声、二人はまったく同じ特徴を備えていたが、コロンバが魅力的な美少女だったのに対して、組み合わせの問題なのか、同じ要素が同じ割合で配合され、不注意な者の目には妹と区別がつかないほど瓜二つの少女でありながら、カシルダはお世辞にも美しいとは呼べなかった。当然ながら少年時代のファビオが最初に惚れたのはカシルダでなくコロンバであり、彼女とお菓子やゲーム、子供らしい秘密を共有し、幼い頃からいとこ同士で作られていくカップルの一つと見なされるようになっていた。だが、やがて思春期なるものが訪れる。すると、それまで体の中心にうずくまっていた性の眩惑が立ち現れ、次第に個別の情熱を越えて心まで分かち合うことを求めるようになる。ついには彼らも、愛の絶頂とは、身も心も一つになる煌めきの瞬間、それまで——そしてその後も——別々だったものが儚く、そして荒々しく溶け合うこの瞬間であることを理解したのだった。

だが、思春期の訪れとともに、美しいコロンバには月経の血も到来した。まだ心の準備ができていなかったファビオは、これを見て何も理解できぬまま不快感を覚えた。彼のように理知的な人間には、何よりも理解こそが必要だったのだ。一体誰に訊けばいいのだろう？　非の打ちどころのない両親テレンシオとルドミラにとって、体とは心の鏡にほかならず、あらゆる人生の源となるこの大前提を反証するような機能はまったく容認不可能だった。確かに、この大前提の付属品として第二義的に、体が祭壇のように装飾や手入れの対象となり、家族の品位を高める道具になることもある。小さくて細身のファビオは、いつもおどおどと人の顔色を窺うばかりだった。少年時代にすでに容姿が完成していたせいで、その子供のような、それでいて、大人にも老人にも見えるその顔が、歳月を経ても変わりようがないのは明らかだったし、その表情を調節する腱と皮膚と筋肉の後ろにいつも同じ骸骨が控えていることすら窺えた。小さな秘密を管理することにおいても、他人との関係においても、幼い頃からファビオは見事に自分の役割を果たしてきた。彼がすぐに気づいたとおり、ベントゥーラ家第一の掟は、物事に直接向き合わないこと、生活のすべてを暗示、儀礼、象徴として理解することであり、そうしていれば、いとこ同士の間ですら質問や返答をしなくてすむようになる。物事に直接言及することなくすべてを受け入れているかぎり、何をしても、感じても、望んでもかまわない。だから、コロンバの不思議な流血にも、その不思議な香りにも、そんな折に彼女を包む濃い空気にも、誰も決して触れることがなかったのだ。

ある時、腹痛を抱えていたコロンバが、ファビオのいる前で、母に無言の助けを求めたことがあった。瞬時に事態を察したリディアは、娘との接触を嫌い、唇を震わせながら言った。

「あっちへ行きなさい。そんな汚らしい体で私に近づいたり、同じ部屋へ入ってきたりしないで」

この反応を見て最も心を動かされたのは、コロンバではなくファビオだった。あの謎に直面するといつも、ティア・リディアの唇にくっきり浮かび上がっていた不快感と似た感覚に囚われるファビオは、以後露骨に従妹を避けるようになった。彼の態度に傷ついたコロンバは、カシルダに事情を打ち明けた。コロンバの血にファビオが怖気づいていたこの時期ほど、二人の姉妹が甘く親密な情愛で結ばれ、双子であることが際立ったことはなかっただろう。二人がしっかり抱き合ったままベッドへ入ると、一卵性の枠から他の体が容赦なく徹底的に排除され、二人の少女が一つになってしっかりと絡まり合うのだった。エルモヘネスの執務室で、帳簿の前に身を屈めて高いスツールに座ったまま、明るすぎる色の目を保護する緑色の庇とグレーのダスターコートを身に着けて、「借方」と「貸方」に分かれた用紙の上で似たようなペンを滑らせているときでさえ、その音が調和を讃える儀式のように響くことがあった。

ある日、この耐えがたい謎を秘めた邪悪な女ときっぱり手を切ろうと思い立ったファビオは、次のようにコロンバに告げた。今夜執事の手下の監視を欺いて、マットレスのある屋根裏部屋へ逢引に来てくれなければ、今回ほど完璧なチャンスは二度とないだろうし、もう金輪際会うつもりはない、血に汚れていない従妹たちのなかには、自分に身を任せたいと思う者が他にいくらでもいるのだから。当時二人は十三歳だった。コロンバがカシルダのもとへ助けを求めて泣きつくと、よくわからない理由でこの家では泣くことが禁じられていて、召使に見つかりでもしたら大変なことになるため、彼女は双子の妹を別の部屋へ引っ張り込み、リディアがコロンバに任せてシーツ類を整理させていた――ティア・ルドミラのシーツにはラベンダー、ティア・セレステのシーツにはレモン、ティア・アデライダのシーツには季節のマルメロ、ティア・エウラリアのシーツには魔法のハーブ。これは、原住民たちが小さな束にして中庭の脇まで持ってくる品々であり、コロンバは、十二束につき蝋燭一本という値で買い取って、ティア・エウラリアへの勘定書にきちんとつけていた――クローゼットのなかに姿を隠した。外の廊下ではいとこや召使が往来していたが、周知のとおり、マーガレットのドライフラワーを壁紙にあしらったこの部屋へ立ち入る者はいなかった。部屋へ入るためには、コロンバがエプロンの前ポケットに入れて持ち歩いていた鍵が必要だったのだ。妹を抱き寄せながら、カシルダは鉄のように硬い何かをお腹に感じた。

「何をそんなに泣いているの？」

「ファビオに嫌われたの」

「どうして？」

「血が出るから」

「馬鹿げているわ！」

「血で汚れていない従妹のほうがいいって」

カシルダは一瞬考えた。

「何時に来いと言ってきたの？」

「夜更け前」

「私が行くわ」

コロンバは一瞬ためらってから訊いた。

「騙せると思う?」

自分のことを見下して遠ざけるようなこの場違いな質問に屈辱を受けたカシルダは、一瞬真っ青になったが、すぐに復讐心で姉妹愛を打ち消すことに決めた。そんな心情はおくびにも出さず、彼女は言った。

「大丈夫よ。暗闇ならファビオだって違いには気づかないわ。あなたと同じ滑らかな肌に、この艶やかな髪があるから、明かりを消してしまえば、相手が少しぐらい醜くても気づかないはずよ。夜更け前だったり、窓が開いていたり、蝋燭でも灯っていたりすれば、どうなるかわからないでしょうけど。ファビオのところへ行って、必ず行くから明かりを消しておいて、と返事をしておくのよ」

コロンバは黙り込んだ。カシルダは本気で言っているのだろうか、それとも、日頃の妬みから何か企んでいるのだろうか? 父エルモヘネスは、執務室でカシルダを右腕として使っていたが、実のところお気に入りはコロンバのほうで、時には彼女を膝の上に乗せて軽騎兵時代の戦争歌を歌ってやることもあった。妬みのことは当面問題ではなかったが、これでファビオと自分の関係がこじれたりしたら大変だ。このままなら、やがて大人となって二人は結婚し、生まれてくる子供は今の自分たちと同じように振舞うことになるのかもしれないが、そんなことは気にする必要もないし、両親に代わってひとたび牧歌的家族の中心に居座ってしまえば、あとはいつもの忘却サイクルに守ってもらえるだろう。だが、今ファビオは自分を見離そうとしている。このままでは、同じ過去を繰り返すはずだった未来が脅かされてしまう。そうだ、今夜だけのことなら、生意気で醜いカシルダが暗闇に紛れて美しい私のご相伴に与ってもかまわないわ。ベントゥーラ家の一員なら、何事にも代償が付いてくることぐらいわかっているはずじゃない。ただ一つ気になったのは、技術的とでも言うべき問題だけだった。

「あなたの言うとおり」コロンバは呟いた。「でも一つ小さな問題があるわ」

「何なの？」

「私は処女じゃないの。あなたはそうでしょう。ファビオが気づくかもしれない」

カシルダはゆっくりと笑い声を上げ、鋭い視線で目の前に掛かった布を一枚一枚破ってでもいくように、コロンバの瞳の奥を見透かした。レモンの香りが漂うクローゼットまで後ずさったコロンバは、両目をつぶってシーツに頭をもたせかけるようにした。カシルダは双子の妹をしっかりと抱き寄せながら、確かにこんな幼稚な頭では人を騙すことなどできない、と思っておかしくなった。外見は瓜二つなのに、自分と違ってこの子は、そんな薄い膜一枚のことで、ファビオの腕に抱かれて美女になりすます楽しみを放棄すると本気で思っているのだろうか？　ファビオのことなどどうでもいいが、自分だって美しくなりたい。彼女はコロンバの腰から手を離すと、自分のスカートを捲り上げて下着を下ろし、妹の手を取って、毛が生え始めたばかりの恥部に触れさせた。まるで瞼の後ろに閃光でも走ったようにコロンバは目を大きく開けた。カシルダは呟いた。

「恐がらなくていいわ。白糸の小さなハンカチをちょうだい、フリルがついているのは痛そうだから嫌よ……」

コロンバがハンカチを選び、カシルダに渡すと、彼女はそれで薬指を縛った。何が起こっているのかわからぬままじっと見つめる妹の前でカシルダは、目を閉じて顔を歪めたまま、最初は弱々しく覚束ない手つきで、少しずつハンカチを巻いた指を性器の内側へ挿入し、次第に力を込めてさらに奥を探った。最初呆気にとられていたコロンバは、床に跪いて姉の顔を見つめ、その腰あたりを手で押さえた。カシルダの呻き声が漏れた。

「助けて……」

コロンバは立ち上がって姉の痛々しい頭を肩に乗せ、執拗な封印を指でこじ開けようとする彼女を支えた。姉を優しく撫でながら耳元へ囁きかけたが、その言葉自体より声の抑揚が癒しとなるようだった。

「お姉さん……　痛いのね、かわいそうに……」

オルガスムへの到達とともに、カシルダの顔は緩んだ。たちまち快楽の調和によって妹と一心同体となった彼女は、怒り狂ったように両脚を締めつけながら叫んでいた。

「いいわ……　そう、いいわ、指をまだ抜かないでね、最後までいかせて……」

やがて夢のような状態から抜け出した二人は、赤く染まったハンカチにくるまれたカシルダの指を注意深く引き抜いた。彼女の顔には汗が流れていたが、そこには愛の営みを終えた者のオーラがあり、疲れた目にも光が輝いていたばかりか、弛緩した手足に快楽の蜜が行き渡っているようだった。ぬるま湯の盥を手にして戻ってきたコロンバは、姉がスカートを捲り上げたままそれに跨るようにしてしゃがむと、自分の身代わりとなるはずの性器を優しく洗ってやった。次第に気分が落ち着いてくるにつれてカシルダは、朱色に染まった盥の水に映る自分の顔から美女の仮面が消えていく様子に目を留め、その下からまぎれもない自分の顔が満潮のように押し寄せてくるのを感じた。姉の性器を拭って香水を振りかけたコロンバは、うなだれた相手の頭を撫でながら、絹のような声で、あの年首都で人の集まりがあると誰もが口ずさんでいた不思議な歌を歌い始めた。

……優しくしてあげて
それが私だから
私の生涯の幸せな愛について
話してあげて
頭に花輪を掛けてあげて
私のものだから……

妹の撓んだ美しい項、そして、柔らかい頬に綺麗な影を落とす睫毛を見つめていたカシルダは、今夜は暗闇でファビオに抱かれながらこのすべてを手にするのだと考えて、かつて味わったことのない感動を覚えていた。

だが、ファビオとの愛を終えると、カシルダはすぐにベッドから飛び起きて明かりを点け、自分の正体を明かした。コロンバではなくカシルダ。この点を明らかにしておかなければ、自分がコロンバより劣っているとみすみす認めることになってしまう。そこで彼女がファビオに見せつけてやろうとしたのは、ただの完璧な肉体より、あらゆる探求へと誘う体を相手にするほうがはるかに大きな満足感を得られるという事実だった。彼に対しても自分に対してもこれを決定的に証拠立てるため、彼女は部屋の隅へ追いやられていた金縁の鏡を近くへ持ってこさせ、眩しい光のもと、埃と蜘蛛の巣と雨漏りのせいでくすんだその表面に姿を映しながら再び体を一つにすると、ありもしない偽物の美と首尾よく得られた快楽、その勝ち誇ったような実体が目の前で倍増した。だが、コロンバの魔法のような美しさを懐かしむどころか、小さな子供のように快楽に溺れる従兄の姿を見て、カシルダはファビオに密かな軽蔑を覚えていた。少し後になって確信したことだが、実は妹のコロンバにそんな美を備える資格などなかったのだ。月経という誇るべき現象に頭を悩ませていたコロンバは、これで自分も「女」になれたことを確信し、同時に、大人の女たちが守ってきた伝統が実は正しかったことに気づいていた。すなわち、男とは、出産という現象においても、家計のやりくりにおいても、あくまで付属品にすぎないという考え方……そう、そうよ、テーブルセットや白い服が完璧で、ふんだんに食べ物があって、美しい銅食器が揃っていればそれでいいのよ……　だが、ファビオにはこんなことは理解できないだろうし、女性が生まれつき備えているこの世界を共有することもできないだろう。拳のようにしっかり閉ざされたファビオの強い力が今やカシルダの一部となり、他方、これまで妹と自分を結びつけていた卵から脱した彼女もまた、同じような拳となり、両者とも、退屈な夏休みの間、大人たちの言う「英気を養うための休息」によっては得ることのできない何かを自分の外側に実現したい、そんな思いに急き立てられていた。

「リディアとコロンバは完璧な親子ね」悪意のこもった小さな歯を雉の腿肉に突き立てながらエウラリアが言った。

「リディアとコロンバは完璧な親子だ」こう叫びながらシルベストレは、白いピケの夏用チョッキが一点の抜かりもなくきちんと洗濯され、アイロンがけ、糊付けされているのを確認し、これなら、赤いもみあげと水っぽい目の外国人たちも、いつものように自分たちの国のほうが上だと言って非難がましいことを言ってくることもあるまい、と考えていた。

「リディアとコロンバは完璧な親子よ」ルドミラとともに、義妹の刺繍について話すついでにアデライダが宣言した。「亡くなった夫のセサレオンがよく言っていたけど、あの優秀な母子が頑張って家を支えていなければ、ベントゥーラ一族はどうなることでしょうね」

3

リディアが頑張って家事や日常の雑事を神聖化する一方、エルモヘネスは精力旺盛に働いて、家族の誰の手も煩わすことなく、一家の財政を切り盛りしていた。すでにこの物語に記しておいたとおり、マルランダでの彼は、几帳面に金を受け取り、量り、計算し、そしてこれを小部屋に運び込んだうえで、一家が首都への危険な帰路に着くまで、自分だけにしか動かすことのできない重い鉄扉を閉めて厳重に保管した。首都での商売相手だった赤ら顔の外国人たちは、世界中で今やベントゥーラ一族にしか生産できなくなっていた手作りの金箔——確かに大量の備蓄があったが、日々増大する需要を考えればやはりその量は不十分だった——を一手に操るエルモヘネスを恐れていた。騒々しいカフェ・デ・ラ・パロキアの入り口に近い席で、尻軽女の居場所を訊ねながらシルベストレとともに酒を飲み交わしていた外国人たちは、タールの臭い、そして、塩水で腐った綱や網から立ち昇る蒸気に曇る港の近くを千鳥足で横切り、膨らんだ腹と訴えるような目をした物乞いの子供たち、魚のフライと熟れた果物を大声で触れ歩く売り子たち、どこで捕まえたのかもわからない鳥を肩に乗せて安食堂の敷居から悪態を浴びせてくる人相の悪い船乗り、そんな人々の間を掻き分けるようにして、ベントゥーラ家の長男の事務室へ向かうのだった。港の喧騒も届かぬその暗い箱のような部屋で、エルモヘネスは彼らに応対した。すでにシルベストレから額を言い渡され、しかも、金を取り逃したくなければ文句ひとつ言わず支払いをするよう脅されていた外国人たちは、金の所有者たる男の尊大な態度と完全な無関心に圧倒され、エルモヘネスが家族のために定めた国際価格に従って取引を済ませた。ベントゥーラ一族の誰もが、彼の辣腕にすべてを任せておけば大丈夫という見解で一致していた。謹厳実直なこの長男は、六か月ごと兄弟全員に利益を平等に分配してあとは好きにさせていたが、その前に、色々と準備の面倒な夏のバカンスにかかる諸費用を差し引く作業がリディアに託されていた。これほど煩雑で責任の重い役割を任されれば、並大抵の人間なら神経をすり減らしてしまうところだろうが、エルモヘネス・ベントゥーラは実に神経の図太い男だった。

　この仕事には果てしなく様々な難題がついてまわるが、カシルダが助手になって以来、随分と作業が楽になった。リディアの子供は皆双子であり、この特殊な出産能力は彼女の誇りだった。まずカシルダとコロンバ、次にコスメとフスティニアノ、さらにクラリサとカシミロ、最後にアマデオとその弟（生まれてすぐに死んだ）であり、皆型通り同じ躾を受けた。一族の娘は皆修道女学校へ送られて、陽気で行儀のいい少女に育っていたが、カシルダだけは例外だった。エルモヘネスのもとに引き止められて、熱心な父の教育をずっと受けていた彼女は、十二歳にして完璧な会計士兼帳簿係となった。斜面机の上に広げた帳簿を前に、高いスツールに腰掛けた彼女は、指をインクで汚しながらペンを走らせ、父の連れてくる原住民と交わす金取引の内容をそこに転記していった。暇を見つけてはカシルダに簿記を教わっていたコロンバは、姉の横で別の帳簿――姉の帳簿より記入法は煩雑だったかもしれないが、大して重視されるものではなかった――に別荘での支出を事細かく記入した。コロンバには金のことはまったくわからなかったが、カシルダは、最初は味方として尊敬していたもののやがて敵対心を燃やすようになった父を除けば、家族の富を支えるこの金属について、量、重さ、価値、生産量、貯蓄量を正確に把握している唯一の人物だった。

　カシルダにはよくわかっていたが、滅多に人に好意を寄せることもなければ、たとえ好意を抱いたとしてもおくびにも出さないエルモヘネスが、仮に誰かに愛情を感じることがあるとすれば、それは美しく不誠実なコロンバに対してであり、事実、彼女の前では時にこっそり厳格な父の殻を破ることがあるらしく、どうやらリディアに内緒で破廉恥な軍歌を教えては二人で高笑いしているようなのだった。父のわずかな愛情がコロンバにばかり注がれてもカシルダが気にしなかったのは、ちやほやしてはもらえない代わりに、醜い彼女の前だと父が何でも隠し立てなく話してくれるからだった。ある時など、寝室に隠した裏帳簿を見せてもらい、日々彼がどれほどの金をベントゥーラ家から着服しているかその目で確かめることができた。彼によれば、これこそ自分の偉大さの証しであり、たとえ外見は似ていても、自分こそが一族のなかで最も優秀であることを示す証拠なのだという。まさに習慣の力で神聖化し、芸術の域にまで高められた詐欺、言い換えれば、伝道、司教特有の任務、騙された者たちの劣等性を裏付けるもの、誇り、聖職としての盗み、その名で呼ばれないかぎりは生業となりうる行為としての「盗み」なのだ。エルモヘネスは、何よりも夫婦の絆からリディアに対してはこの事実を完全に封印していた――といっても、読者に隠し立てする必要はないだろうから、ここで言っておこう。夫すら知らなかったのは、妻が別荘で使用人や子供にかかる費用をごまかし、それを首都の銀行の隠し口座に預金していたことだ――が、その秘密を破ってカシルダを共犯者に仕立てたのだった。こうした父の特別な計らいがあったにもかかわらず、彼女の内側には怨念が膨らんでいった。金とは会計や取引の帳簿にのみ存在する概念にすぎず、売却され、輸出され、貯蓄となった後、国債や株券、貸し付けや抵当に回されて初めて価値が出るのであって、それ自体に彼女の及び知らぬ神聖な魔力があるわけではない、こんな説明をされてもカシルダは納得しなかった。歯の治療をする外国人たちが必要としなければ金の価値はなくなる、こうエルモヘネスが言って聞かせても、カシルダはこれぞ父の最大の嘘だと決めつけて意に介さず、真実のごく一部分を自分に見せてくれているからといって、それで父の言うことを鵜呑みにしようとはしなかった。カシルダが恐れていたのは、このまま聖なる物質に見ることも触れることもなく生涯を終えることだった。斜面机で勘定をつけながら彼女は、いつも目の端で裸の原住民たちの様子を窺い、窓越しに渡される干しグラミネアに覆われた包みをこっそり観察した。そして、エルモヘネスが紫色のインクに浸した筆で番号を付けた後、目盛入りのダイヤルを押してレバーを動かし、いつもポケットに入れて持ち歩いていた鍵でカバーを外したうえで、彼の言うことしか聞きそうにない蝶番を回しながら謎めいた鉄扉を開ける、その一連の動作にじっと神経を集中した。包みを持ったまま倉庫へ入る父は、しばらく中にとどまり、重さと番号にしたがって分類を決定した後、また出てきて扉を閉める。斜面机の角度は、彼女がこの一連の操作に背を向けて座らねばならないよう調整されていたが、歳月を重ねるうちに習慣で聴覚を研ぎ澄ませたカシルダは、ダイヤルの音と間を聞き分けてその魔法の数字を割り出し、しっかりと記憶した。いろいろ重要なことを教えてくれたにもかかわらず、父が娘を連れて倉庫へ入ることは一度もなく、金の包みを覆う灰色の植物性カバーを外すことすら許さなかった。そのためカシルダは、何としても合鍵を手に入れようとして、いつも目を光らせていた。たまにエルモヘネスが白紙の上に鍵を置きっぱなしにしたまま包みを持って倉庫へ入るようなことがあると、その隙にカシルダは慌ててその輪郭を鉛筆で写し取った。また、鍵を落とすことがあれば、素早くそれを拾い上げ、父に渡す前に、常時その目的で掌に隠し持っていた蝋の塊に強く押しつけて型を取った。

だが、ある日エルモヘネスはカシルダを倉庫へ呼び入れた。原住民が色々な物を持ってくるので、コロンバがその応対に大わらわで雑貨店を離れられなくなっていた朝のことだ。鐘一つなら肉、二つなら野菜と果物、三つなら特別な品と決められているが、これとは別に、金の包みを持った原住民がいつもあたふたと取引用の中庭へ駈け込んでくる。彼らがやってくるときには、遠くから紛れもない彼らの遠吠えが聞こえてくるから、荒野の奥にその微かな響きを聞きつけると、エルモヘネスは窓際の肘掛け椅子に深々と座って、食事でもするように書き物机に向かい、眼鏡を拭いて心の準備を整える。

これから話す朝、エルモヘネスは、ちょうど最初の原住民を首尾よく処理、早い話が通常の半値で包みを受け取った後、その一部だけをベントゥーラ家の公式帳簿に記載したところだった。そして重さを量り、精算を済ませ、包みを肩に担いで倉庫のなかへ入ったのだが、数分後にカシルダは、中から父の叫び声を聞きつけ、しかも、それが怒りに震えていることに気づいた。その声は中へ入れと命じていたが、それでも彼女は一瞬躊躇した。

「どうしたの、お父さん？」

背の高いエルモヘネスの体は倉庫の暗闇に隠れていたが、床に置かれたカンテラの光を受けてよく磨かれたブーツが光り、その先が包みの一つをさしていた。

「恥知らずの泥棒め。こんなことをするのは人食い人種だけだ。見ろ、このひどい包みを」

「さっき受け取った包み？」

「馬鹿なことを言うんじゃない！　一目で傷物とわかるような包みを私が受け取るものか！　少しずつ

崩れてきたんだよ。金箔への圧力のかけ方にはコツがあるのだが、そのバランスが悪かったせいで、湿気で腐った結び目がほどけて中身が外へ出てしまったんだ。ちゃんと圧力がかかっていないと繊細な金箔はばらばらになってしまう。大損だ！　これでは金の重さ分の価値しかない！　番号は48779／TA64だ、帳簿を確認して、どの原住民がいつ持ってきたのか、何と交換したのか、調べるんだ。確かに大した量ではないし、包み一つで我々が破産するわけではないが、これはまずい変化の兆候だ。こんな手で我々を騙すとは、裏で人食い人種が糸を引いているにちがいない。その盗人がまた現れたら、もう金は受け取るまい。その家族が持ってくる金も同じだ。本来ならもっと過激な報復をしたいところだが、そんなことをすると、他の原住民たちが一致団結して金の供給を止める恐れがある。あいつらを剣と鉄砲で抑えつけることのできた長い戦争時代が懐かしいよ！　もう何世代にもわたって、紐を編み、ハンマーで金を叩き、包みを作ることしかしてこなかったはずなのに、相変わらずこんなヘマをする。いや、これはヘマじゃない、意図的な操作であって、偶然なんかじゃない……」

エルモヘネスが靴の先で包みをつつくと、結び目がほどけて中身が出てきた。カシルダの目の前で父は体を屈めてほどけた包みを覗き込み、大きな背中で金箔が見えないようにしていた。父の暗い影に視界を遮られて、彼女の飢えた目はまたもやその神秘の物質を拝むことができず、彼女にできたことといえば、父から聞いた説明を手掛かりに、いつもの郷愁を込めて、それがどんなものなのか思い描いてみることだけだった。

「この金箔を扱うことができるのは奴らだけなんだ。粘着性の茎でできた鉗子を使うのだが、その作り方は奴らしか知らない。手先は我々のほうが器用なはず――フベナルの弾くスカルラッティを見ろ――なのに、残念ながら我々が扱うと壊れてしまう。だから否が応でも奴らに頼るしかないんだ。おそらく、青い山並みの向こう――あちら側の斜面までは我々の目が行き届いていないから、大陸の内側からどんな魔の手が伸びてくるかわからない――から来た反逆児が、事態を変えようとして、変なことを吹き込んでいるのだろう。あらゆる変化は人食い人種到来の前触れだ。だから危険なんだ」

エルモヘネスはカンテラを消し、まだ怒りにとりつかれたまま娘を従えて倉庫を出ると、いつもより大儀そうに鉄扉を閉めた。スツールへ戻ったカシルダは、庇を被ってペンを握り、それまで毎日一家の財政状況を書きつけてきた帳簿の上に身を傾けていたが、その日ばかりは金の聖なる本質とそのページの間に何の関係も見出せなかった。何も書く気になれなかった。貪欲な気持ちにとりつかれて心臓は砕けていた。いつか願いは叶うだろう。待っていればいい。ようやく気が晴れて心臓が陽気に一歩前へ踏み出すと、カシルダはもう何も考えるまいと決めて、再び紙の上にペンを滑らせ始めた。しばらくすると、彼女と話すためではなく、自分自身を相手に話したいときに父がよくやるように、カシルダ、と名前を呼ぶ声が聞こえて彼女はペンを止めた。額に乗せた眼鏡のガラスで中庭から射し込む光を受け止めながら、両目を拭った後に彼は目を閉じ、肘掛け椅子の背にもたれかかって話し始めた。

「傷物の包みか。今年は一族が満足に暮らしていけるだけの金を集められるのだろうか。原住民の働きぶりがよくない。しかも、不幸にして今年はそれほどの量を輸出に回すことができない。首都で大司教と夕食を共にしたときに言われたのだが、自由派の反宗教攻勢に対抗するため、今年の冬には教区の祭壇と聖歌隊席すべての金箔を張り替える予定なのだそうだ。料金を下げなければ、異端扱いされるにちがいない。このベントゥーラ一族が異端とは！」

外では、取引用の中庭の柵が投げかけていた影が輪郭を失い始めていた。最後まで残っていた原住民の一団もそろそろ荒野へ引き上げ始め、先端に水筒代わりの瓢箪を吊るした長い杖を手に去っていく彼らの露わな背中が見えていた。執務室にもそろそろ夕闇が迫っていたが、父をじっと見つめるカシルダのアクアマリンの目には微塵も影が差してはいなかった。エルモヘネスの額に乗った眼鏡は、フラシ天を被った金の目のように、辺りの景色をミニチュアにして映し出していた。もうすぐ日課が終わるこの時間になるとカシルダは、なぜ自分がこんな厳しい仕事をしなければいけないのかしら、と思うことがしばしばあった。だが今日は違う。これこそ自分の仕事なのだ。彼女はそのまま父の話に耳を傾けていた。

「昔とは訳が違う。あの原住民は傷物の包みを持ち込んで私を騙した。名前は何といった？　ペドロ・クリソロゴ？　それは、フアン・ネポムセノとリタ・デ・カシアの息子ではないか？　フアン・ボスコの兄か？　この罪をただでは済まさんぞ。邪悪な連中だ。これまで眠っていたはずの血なまぐさい本能が目覚めて、我々に襲い掛かろうとしている」

「そんなことないでしょう、お父さん」

エルモヘネスが目を開け、素早く眼鏡を掛け直してカシルダのほうを見ると、彼女はその視線に驚いて緑の庇を下げ、半回転して再び帳簿の上に頭を屈めた。父親のガラスの目からも娘のアクアマリンの目からも光が消えて、執務室は闇に包まれた。

「なぜお前にそんなことがわかる？」

カシルダは俯いたままためらいがちに答えた。

「だって……　あんなに大人しいのに……」

部屋を歩き回っていたエルモヘネスは娘の背後で立ち止まり、仕事ぶりを背中越しに見つめながら叫んだ。

「大人しいだと？　大人しい人間などいない。お前だって……」

「私？」

「そう、お前だって……」

「何？」

丸めた背中にほとんど触れんばかりに近寄った巨体から流れ出る力に、カシルダは窒息しそうになった。エルモヘネスの荒々しい手がプライヤーのようにカシルダの首に振り降ろされ、そのまま頭を引きちぎってしまいそうな勢いだったが、それもわずか一瞬のこと、彼女には痛みを感じる暇すらなかった。だが、父の手が犯罪行為を遂行せぬまま首から離れると、縮み上がっていた心臓が一気に膨張し、体中に火がついたようになった。言葉などなくとも、彼女の表情を見ればその動揺は明らかだった。相変わらず父に背を向けたまま、恐怖で逃げ出すまいとして自分を抑えながらカシルダは言った。

「なんて力、お父さん！」

「あいつらほどじゃない」

「あいつら」が誰なのか説明する必要もなければ、娘のほうで訊きもしなかったのは、それほど執務室には「あいつら」の気配が色濃く残り、父と娘の行動と会話を支配していたからだった。「あいつら」の引き起こした暴力がこの瞬間に亀裂となり、二人はその亀裂を通して対話していたから、互いのことが手に取るようにわかったのだ。

「違う」エルモヘネスは続けた。「大人しくなんかない。この前、青い山並みの金鉱を訪れたとき、あいつらの目に浮かんでいた憎しみは忘れることができない。歓迎は表面上だけだった。しかも、悪いことに、アドリアノ・ゴマラについてあれこれ訊いてきた。女性たちは何もしないし、怠惰な子供たちは両親の仕事を学ぼうともしない。若者のなかには、海岸沿いの町へ出稼ぎに出て、後に親戚を呼び寄せる者までいるらしい。悪癖に染まっているようだし、なかでもタチが悪いのは、わかりもしない権利の意識に目覚めることだ」

「お父さん……」立ち上がったカシルダは、父の近視の目をじっと見つめながら口ごもった。

父は娘が何を口ごもっているのかよくわかっていた。午後の振舞、言葉のすべてはこの熱望の一点に収斂するのだ。カシルダの顔に浮かんだ郷愁、人食い人種のようにあからさまな貪欲に恐れをなしたエルモヘネスは、ポケットのなかで鉄扉の鍵を握り締めながら一歩後ずさった。

「だめだ」カシルダはまだ自分の願いを言葉にしたわけではなかったが、突如焦点の定まった弱々しい目に浮かんだ表情を見ただけですべてを悟って彼は答えた。

「なぜ、お父さん?」

「決して許さん」

「見るだけよ……」

「だめだ」

「傷物の包みの中身を覗くだけ」

「だめだ、あれは我々のものだ」

「我々って誰?」

「私と私のきょうだいだ。お前たちはまだ何もわからない子供だから、下手に手を出すと話がこじれるだけだ。使用人たちと同じくらい無知で、雑で、間抜けで、無秩序なうえに、原住民と同じくらい怠け者だから、大人になる前に金を見たりしたら、すべてを台無しにしてしまいかねない。だめだ、決して許さない。次に同じことを言い出したら何か罰を与えるからな」

「お父さん、まだ私は何も言っていないわ」

「そうか?」

「そうよ。何も言ってないわ」

「それならいい」

「私はお父さんを助けて働くだけよ」

「では、私の勘違いか。いずれにせよ、欲に駆られて妙な気を起こさないことだぞ、いいな。行くぞ」

エルモヘネスは、娘の表情を窺おうとして数分前に灯した蝋燭を消した。でも——カシルダは思った

――、プレートとダイヤルに守られた黒い扉の向こうでは、真っ暗闇に包まれた倉庫に眠る干しグラミネアに覆われた包みの内側で、しっかりと束ねられたベントゥーラ一族の金が光り輝いているのだわ。誰の目に見つめられていなくても暗闇で輝くというのは本当かしら？　それとも、私みたいな者の視線に晒されていなければ光らない魔法の金属なのかしら？

第六章　逃亡

1

ファビオとイヒニオはエルモヘネスの執務室から姿を消していたが、カシルダはそこにいるのが自分一人ではないような気がして、何か物音が聞こえてこないか耳を澄ませた。窓際に立ったまま、最初は慎重に部屋の隅々を眺め回し、すぐに取引用の中庭全体を見渡した。金粉に体を覆われて変身した彼女は、結論を急ぐこともなく、豪華なキルティングのように厳かな姿でその場に立ちつくし、金属の輝きを纏った顔や服はもちろん、瞼や唇の動きまで止めて、今や体の一部と化して彼女の価値を高めるような黄色い鱗が剥がれ落ちないよう注意していた。

すでに読者にはおわかりのとおり、カシルダは決して辛抱強いほうではなかったが、それでも従兄弟たちを信じてじっと待つことにした。とはいえ、金の包みをどうやって運ぶのか、彼らに解決策が見つけられるはずはなかったし、二人の従兄弟を完全に信用するわけにもいかなかった。どこかに魔法の解決策があればいいが、そううまくいくものではない。確かに最初から大人たちは運搬用の動物「すべて」を連れ出すと言っていたが、そこはベントゥーラ一族の常であり、「すべて」と言いながら、結局は良質のものだけを選ぶことになるだろうから、選考に漏れた不完全な家畜が相当数別荘に残るはずだと彼らは踏んでいた。だが、その日の朝イヒニオと厩舎で確かめたとおり、今回ばかりは、大人たちの「すべて」は文字通りすべてだった。つまり大人たちは、すでに子供たちの襲撃によって機能を失った柵や南京錠で彼らをここに閉じ込めていったばかりか、仮に子供たちが何とか広大なグラミネアの荒野へ乗り出していこうとしても、その術がないようにして出ていったわけだ。偽りの勝利で体を金色に輝かせたカシルダが二人の従兄弟を待つその姿に見えるのは落胆の色ばかりで、彼らに馬車を動かす力などないのは始めから明らかだった。数分後二人が戻ってきて、あの邪悪な乗り物はどうやっても動かないと宣告すれば、それですべては終わりだ。三人揃って南側のテラスへ戻り、またあの地獄のような「侯爵夫人は五時に出発した」に加わって、あらゆる差異を消し去るぬるま湯に浸かっていなければならない。一人残されたカシルダは、明白な事実を受け入れぬわけにはいかなかった。たとえ二人の従兄弟を昼夜鞭打ち続けたとしても、金を満載した馬車を引っ張って、馬や驢馬を調達できる場所まで辿り着くことは不可能だろう。

このまま執務室にいても無力感に苛まれ続けるだけだ。それぐらいならファビオとイヒニオのところへ行って、たとえか弱い女の力であれ、二人に手を貸したほうがいいのではないだろうか。窓枠越しに再び取引用の中庭を眺め渡すと、すでに夕闇が迫りつつあった。壁に陽を遮られて中庭は白黒二つの部分に分かれ、まだかなり明るい日向の部分が執務室の内側までわずかに光を射し込んでいたが、日陰の部分はますます深みを増していた。カシルダは薄闇のなかで黒い影が動いているのに気がついた。

「一体」彼女は思った。「こんな時間にあの原住民は何をしているのだろう？　今日はお父さんがいないから、取引がないことぐらいわかっているはずなのに」

周りより黒い影が壁の影から飛び出し、明らかに人目を意識しながら日向へ踏み込んでその真ん中に立ち止まった。頑丈な裸を見せつけた若い原住民であり、先端に黄色い光を輝かせた長い槍に寄り掛かりながら、――カシルダから見れば――無理に偉ぶったような姿勢でこちらとの距離を測っているようだった。思わずカシルダは執務室の奥へ引っ込んで身構えた。

「ペドロ・クリソロゴだ……」彼女は思った。

そしてカシルダは、中庭のほうを振り返ることもなく暗い廊下へ逃げ出し、ペドロ・クリソロゴの槍が体内に打ち込まれでもしたかのようにマッチ箱を胸に押し当てたまま、先端部の金が疼くような感覚に身を屈めて前進するうちに、洗面台、燭台、鏡、櫛、そして盥を備えた鏡台までようやく到達した。そこは、父とコロンバと彼女が、毎日原住民への応対を終えた後で身を清める場所であり、専用のハンガーにダスターコートを掛けた後、彼らは上の階《ピアノ・ノビーレ》へ上っていくのだった。

カシルダが近づくにつれて、鏡台の鏡は生き物のような存在感を帯び始めた。足元を照らそうとしてマッチを点けると、薄闇に金色の偶像が浮かび上がり、鏡の中でその像が両側の蝋燭に火を灯している。開いたばかりのその深みに、カシルダは自分自身の姿を認めた。そう、そうだ、これこそ自然な姿だ、金を纏ったこの姿こそ本当の私なのだ。金粉を払い落とすことも、衣装を変えることもすまい。イグサや柳や鷺を飾りにあしらった洗面台に水が張ってあった。大人たちはこういう人工的な水辺の景色を見ながら優雅に一日を過ごしていることだろう。もうすぐ戻ってきて、父によれば罪人だというあの原住民ペドロ・クリソロゴから私を守ってくれるにちがいない。だが、守ってほしいと切に願う思いの硬い殻を破るようにして幼稚な熱望が顔を出し、鏡の前でこうして腕を組んだ自分にも決然と敵に立ち向かう力ぐらいあることを確かめたくなったりもする。どうせここまできたのなら、水と石鹸で体を洗って服にブラシをかける代わりに、金ぴかの姿でいとこたちの前に登場すれば、自分が女王様のようになれるのではないだろうか？　だが、女王様を気取りたいなどという思いは彼女にはなかった。親たちが求めるものの影にすぎないいとこたちなど彼女にはどうでもよかった。彼女の望むことはただひとつ、父親の世界をばらばらに分解することであり、そうすれば、対象を失って行き場のなくなった憎念に傷めつけられることもなくなるはずだ。そしてどこか別のところで、別の人格を手に入れられれば、ようやく本当の自分になることができる。カシルダは胸の上に手を押し当てて頭を下げた。

「そんな醜い仕草はやめなさい」母は頻りにこう言ってすべてを無に帰そうとでもしているようだった。「そうやって老婆みたいに頭を下げるのも、口を引っ込めるのも、頬をすぼめるのも、みっともないわよ」

今わざとこの禁じられた表情をしてみたのは、目の前に映る金の女神——胸に槍を打ち込まれた女神——以外、誰の指図も受けつけないことを自分に示すためだった。あの罪人ペドロ・クリソロゴは何をしていたのだろう？　こちらの姿を見られただろうか？　なぜ屋敷を窺っていたのだろう？　どうやら執務室から彼女に見られていることはわかっていたようだから、わざと光の下に姿を晒して、脅かしてやろうとでもしたのだろうか？　いくら考えても答えは得られず、カシルダは両腕を下ろした。違う。

自分は偶像でもなければ女神でもなく、自分の途方もない目論みに震え上がった哀れな少女にすぎない。鏡台の脇に掛かっていたいつものきれいなタオルを手にすると、彼女は石鹸を取り上げて水の上に身を屈め、顔を洗おうとした。

「よしなさい……」

原住民に話しかけられたのかと思って、カシルダは振り向いて暗闇に目を凝らしたが、それは原住民の声ではなかった。大人たちが「良心の声」と呼ぶ、あの存在するはずのない声でないことも確かだった。声は続けた。

「金を落とすのはよしなさい……」

原住民の声ではなく、一族の娘に特有の滑らかな声だった。すぐに正体がわかったカシルダは訊いた。

「ここで何してるの、マルビナ?」

暗闇から進み出てきたマルビナは、蝋燭の光に照らされて、同じ空間のなかでカシルダと一体化した。マルビナは小指を近づけ、一粒たりとも金粉を落とすまいとでもするようにそっとカシルダの眉に触れた。すべてを見透かしたマルビナが彼女を密告するつもりなのだと勘繰ったカシルダは、相手の手首を捕えて叫んだ。

「こっそり覗いていたのね」

彼女は相手の腕を捻り上げて膝をつかせ、そのまま腕に爪を立てて泣き声を上げさせた。自分が誰からも好かれていないと思い込んでどんな説明も寄せつけないマルビナは、普段から泣き虫だったから、今回もやはりすぐに泣き出した。自分が敬遠されるのはいとこのなかで自分一人が「文無し」だからだと彼女は思い込んでいたが、その反面、マルランダでいつも周りから優しく話しかけられていたせいで、そこに自分が「罪の産物」であるという事実、つまり、愛に身を捧げて自殺したある放蕩者と母エウラリアの不倫から生まれた子供であるという事実が関わっているとは思いもよらなかった。実は、妬み深い子供たちが羨望の眼差しで見ていたのは、まさに彼女が不義の娘であるというその事実だったのだ。

「私も連れていって」床からマルビナは泣きついた。

カシルダは彼女の腕を離したが、マルビナは相変わらず床に跪いたまま、ダスターコートの襞にすがっていた。何を見たのかしら？　ただでさえうまくいっていない計画をここで台無しにされてなるものかと思って、カシルダは従妹を立ち上がらせ、蝋燭の明かりでその顔をじっくりと眺めた。マルビナの肌はくすんだ浅黒で、大きな優しい目をいつも曇らせて涙を溜め、視線も皮膚もいつも濁りがちだった。セレステによれば、性格に釣り合わない体形も含め、この娘のすべてがビロード《ヴルテー》のようだという。そう――怒りを込めてカシルダは思った――、ビロード《ヴルテー》のよう、でも、いつもこそこそして、卑劣で、嘘つきで、しかも間違いなく裏切り者。こんなところでマルビナが一体何をしていたのだろう？　私も連れていってなどと頼むのは、すべてを見透かしているからにちがいない。どっと疲れを感じたカシルダは、時計もカレンダーも、水時計も日時計も、すべてを逆回しにして、あらゆる時系列を打ち壊してしまいたいと心から思った。そうすればまたコロンバと二人、瓜二つの一卵性双生児に戻って、いつまでも少女時代の秘密に籠ったまま、元の自分に戻れるのに。だが、ティア・セレステが言っていたとおり、マルビナの肌はビロード《ヴルテー》のように滑らかで、思わず手を触れてみたくなる。カシルダは、すぐ脇で砕けた従妹の腰を期せずして自分の腕がしっかりと抱き寄せるのを感じた。マルビナがあまりに強くしがみついてきたせいで、カシルダは苦しくなって彼女を押しのけた。

「私も連れていって……」マルビナが耳元に囁きかけてきた。

「どこへ？」

「ファビオとイヒニオとどこかへ行くんでしょう？」

カシルダは従妹を突き離し、タオルで顔を擦り始めた。

「こっそり見ていたの」マルビナは続けた。「ここでも庭でも。隠れて話を聞いていたの。連れていって、カシルダ、お願い。五人の馬鹿な姉妹にも、アンセルモにも、お母さんにも、私を避けるいとこたちにも、もう耐えられないわ」

「そんなことないわ。みんなあなたのことを愛しているけど、物には限度があるからわかりにくいだけよ」

絶壁を目の前にして前進を拒む心のように、マルビナがまったくその言葉を信じていないのがわかった。今は何を話しても無駄だと悟ったカシルダは、時間もないことだし、話題を変えたほうがいいと考えた。

「それじゃ、こっちへ来なさい……」

どうせ知っているのなら仲間に入れたほうがいい。ファビオやイヒニオとくっつけておくことができれば、一緒に鞭打って、馬車牽きを手伝わせればいい。マルビナは彼女の手を握り、キスの雨を降らせながら、今すぐ身も心も捧げたいとでもいわんばかり、慌ただしく話し出した。

「心配しなくていいのよ、カシルダ、私にはちゃんとわかっているけど、絶対に喋ったりはしないから、きっと力になれると思うの、あなただけが救い、私をかまってくれるのはあなただけ」

「五人の姉妹がいるじゃない」

「あの雌豚たちは人目がなくなると私を無視するのよ。他に誰もいないと、私のことを「お嬢さん」なんて呼んだりするの。そう、そうよ、怠惰な長女コルデリアから、知恵遅れの末娘ソエまで、みんな同じ、歪んだ目をして、いつも両手を組んで、服もみんな灰色だから、アンセルモに手を引かれた玩具のアヒル部隊みたい。あの怪物ソエは、頭がおかしいくせに、言葉巧みにアンセルモを言いくるめるものだから、そのせいでいつも私が召使に罰を受けるのよ。あなたのお母さんのティア・リディアは、毎年召使を全員集合させて訓戒の言葉を述べる段になると、「文無しの」この私にだけは気遣いなどまったくいらない、とか必ず言うらしいの。文無しの私は地獄行き、こう確信しているみたい」

マルランダへバカンスに訪れると、都会ではいつも地獄行きの罰を恐れて生活しているのに、子供も大人もその存在すらすっかり忘れてしまう。ここは宗教の空白地帯であり、慈善活動の必要もなければ、説教を垂れる修道士や修道女もおらず、告解を強要されることもないうえ、近くに教会の一つもなかったから、神のことなどすっかり忘れて日々を過ごす彼らに地獄などありえなかったのだ。だが、アンセルモとエウラリア——彼女には奇妙な適応力があって、いつも深く物を考えることなく重大事をこなしていた——だけは、午後六時、モリバトのように群れてくる娘たちの手を引いて父の寝室へ導くと、人目につかぬよう隠してあった聖女像の前にまず父が跪いた後、その耳元で娘たちがお祈りの言葉と罪の告白を呟き始めるのだった。いつも鼻声で、仕草に神学生時代の名残を多分に留めていたアンセルモは、家族の目には異常と映るほど質素慎ましい生活に固執するあまり、錬金の十字架以外何の装飾もない、全面に白漆喰を塗った大きな寝室で、固く狭いベッドに絹のシーツを敷いて寝ていたのだった。神学校とは、神——絶対に男、絶対に自分と同じ階級出身——以外との繋がりを完全に断った男子たちの排他的クラブにほかならない。だが、神はいつまで経っても彼の願いを叶えてはくれず、エウラリアとて意図的に邪魔しているはずもないのだが、夢や妄想のなかですら、男の子を授かることができなかった。この夢を叶えるためには——アンセルモは自分に言い聞かせていた——、孫まで待つしかあるまい、娘たちは皆美しく、躾も行き届いているし、装身具をたくさん持っているばかりか、ベントゥーラ一族の遺産の大部分を相続することになっているのだから、若くして結婚することだろう。ただし、マルビナは別だ。半世紀にもわたって国の貴族階級を牛耳ってきた女ボスたる祖母の遺言状が公開されてみると、その内容は七人の子供たちに遺産を平等に分け与えるということだったが、不思議なことに、アンセルモの分に関しては、その用益権のみを与えるものとされ、財産そのものを相続する権利は、アンセルモとエウラリア夫婦の間に生まれた孫娘たちに帰するものとされていたのだ。しかも、そこには恐ろしい補足条項があり、財産は娘六人にしかるべく均等に分配するのではなく、マルビナを完全に排除して五人で分けること、と記されていた。

「なぜそんなことをしたのかしら?」バルビナはぼんやりと言った。

目に影を落とす三角帽子の羽の下でエウラリアは微笑み、他方、義姉妹たちは顔を赤らめないよう気をつけたが、長女で寡婦のアデライダは、占い師のようにこう宣告した。

「その秘密はお母様とともにお墓の下よ」

不幸にして、アデライダがこの言葉とともに封印したのは、すでに誰もが知っていた邪な秘密ではなく、その問題について触れる機会そのものだった。

母の死後、当然ながらベントゥーラ一族は厳粛な喪に服した。

だが、陰険な風に煽られた棕櫚の並木道に誰もいなくなる時間帯を見計らって、アデライダはしばしばクーペに馬を繋いで散歩に出掛けていた。一人でぶらぶらしていると、母の思い出ばかりか、今や首のところで衣装を締めつける宝石――相次いで喪に見舞われていた彼女は清貧の誓いを立てており、地味な宝石ばかりだった――の間で古ぼけた写真となっていた亡きセサレオンの思い出にまで襲われて悲しくなってくるから、本当は出歩くのはあまり好きではなかった。母が不吉な指で墓場からマルビナを指差してきたのはなぜか、それを考えると胸の痛む思いがした。エウラリアの私生活についてこれ以上詮索するつもりはない。妹たちの口から聞いた噂、イサベル・デ・トラモンタナと連れ立って、幌を外した軽薄な馬車からその姿を人目に晒している、という話だけですべてがわかった。エウラリアと一緒にいると、単に罪深い女と袖触れ合っているという理由だけでは割り切れない、恐ろしい眩暈のようなものを感じずにはいられなかった。エウラリアはあらゆる規則を頭に叩き込んでいたが、そのどれ一つとして守る気はない。レース飾りも艶のいい絹リボンも、喪とは何の関係もない。黒服に身を包んでいても、それは哀悼とまったく異なる意味を持っていた。世故に長けた人々が「浮世」と呼ぶ分野におけるアデライダの経験は乏しく、これまではそうした無知を洗練の証しとして誇っていたものだったが、エウラリアの姿を見ていると、激しい不安を覚えずにはいられなかった。バジェ・イ・ガラス家という、彼らとはいとこも同然の家に生まれながら、エウラリアのひけらかす美しさはあまりに派手で、ベントゥーラ家の長女から見れば、確かに賞賛のようなものを感じる瞬間もないではなかったが、やはり不快感を催させるものだった。もしエウラリアが、修道士たちの言う「堕落女」以外の何者でもないとすれば、あのビロード《ヴルテー》のような声やくすんだ上品な肌、あんな落ち着きのある物腰をどうやって身につけたのだろう？　家族の女たちは皆人目を引く美しさを備えていたが、アデライダだけはどうにも地味だった。鼻のてっぺんから平面的に広がっていくようなざらついた皮膚の表面に、ボタンのように縫い付けられた小さな両目が開いていたが、その瞳は見ると決めたものをしっかり捉えるだけだった。雨のなか、走る告解室となったクーペの内側に小さくなっていたアデライダには、隣にいたエウラリアが、マルビナに下された罰のことを正面から説明しようとしているのがわかった。回りくどい話しかできない自分には義妹に立ち向かうすべなどないと始めからわかっていたアデライダは、そんな状況にだけはならぬよう祈っていたのだが、エウラリアはお構いなしに話し始めた。

「マルビナがあなたの弟アンセルモとの子供ではなく、ファン・アバルスアとの子供だということは知っているでしょう?」

アデライダは次の台詞を待ち構えた。

「そうよね、いくら分厚いベールが掛かっていてもわからないはずがないわ。マルビナはビロード《ヴルテー》のようで私にそっくりなんてよく言われるけど、実はファンもそうだった。私は自分のことが大好きだから、自分とよく似たファンに恋をしたのよ。いろいろ愛人はいたけど――念のため言っておくと、噂ほどの数じゃないわよ――、マルビナとそっくりのファンほど心から愛した男は誰もいないわ。お義母さんは、あのとおりいつも身勝手だから、あの人のことを毛嫌いしていたけどね。しかもお義母さんは、人間的な感情で好き嫌いを決めるのではなくて、いつも歴史や政治や家柄の問題を持ち込んでいた。ファンの祖父母は「青党」で、私たちの一族は「黒党」、今やその違いなんて学者にしか説明できないけれど、かつて両派は宿敵だった。しかも、お義母さんの話では、ファンの祖父があなたの祖父から造船所を取り上げたものだから、ベントゥーラ一族は、地平線を染める青い山並みの向こう側で、大河に沿って何千キロも広がる肥沃な土地への政治的影響力を失ったんだって。そんな話ばかり吹き込まれていたものだから、お義母さんはファンとその先祖を憎んで、マルビナの遺産をゼロにしたのよ。これはまさしく歴史的怨恨、だから私はお義母さんを恨んだりはしないわ」

祖母が遺言に付記した忌まわしき追加条項について知らぬ者は誰もいなかった――おそらく首都の誰もが知っていたことだろう――し、また、そこに込められた暗黙の軽蔑を忘れる者もいなかった。だが、この事実を知っていた子供たちだけは、マルビナが不義の娘、罪の産物であるという点を過大評価し、単に自分たちと血統が違うのみならず、紛れもない両親がいるせいで——たとえ貧困と罪という二重に陰気な王冠ではあれ——王冠を取り逃した自分たちと違って、自由に自分の未来を決めることのできる彼女に羨望の念を抱かずにはいられなかったのだ。

2

ベントゥーラ一族の目を一時的にエウラリアの振舞に引きつけることになった喪が明けると、彼女に恥の痕跡はまったく残らなかった。他の義姉妹と同じく、「問題」があるとはいえそれなりの女であり、そして、子供たちにとっては美しく優しい叔母、子供たちを頭ごなしに叱りつけることもなければ滅多に手を上げたりもしない叔母なのだった。しかも、アデライダの格式ばった日常生活に、彼女はなくてはならない存在となった。すなわち、エウラリアほどベジーグの相手としてふさわしい女は他におらず、取るに足らない宝石を賭けて行われる二人の対戦は、笑いあり緊迫感あり、一家の長女にとって愉悦の瞬間だったから、罪深き女という抽象的イメージは、バカンスの実際的必要によって葬り去られたのだった。

他方、マルビナは、自らの意志で片隅へ引っ込み、拒絶と秘密と悪巧みと言い訳ばかり身につけた無愛想な子供に育っていった。互いに相手こそマルビナと仲良く過ごしているのだろうと思っていた二人のいとこが彼女のことを話題にすると、実はどちらともまったく仲良くなかったのだと気づいて、意外な思いに打たれることがあった。なぜそんな思わせぶりなことをするのだろう？　彼女は一体どこで誰と過ごしているのだろう？　一体何を隠しているのだろう？　しかも、すぐにわかったとおり、彼女には盗癖があるのだが、いとこたちはこれを一つの特徴として容認し、一族によって強いられた文無し女という身分に対する反抗の一形態と割り切って、咎めることすらしなかった。子供たちは、彼女の手の届くところに大切な物を置かないよう気をつけていたが、実際にマルビナが盗むのは現金であって物ではなかった。トレーからオンス金貨やコロナ金貨が無くなることもあれば、募金袋に貯めていた硬貨が減っている事実にアンセルモが気づくこともあった。なぜマルビナは盗みを働くのだろう？　他の子供たちと同じように、服もプレゼントもお菓子もふんだんに貰っているではないか。

実のところマルビナにとって、合法・非合法の概念は、それを決める特権を持つ人たちに都合のいいよう作られた因襲にすぎなかったから、合法的にお金が貰えないのであれば、非合法的にそれを取るのは当然のことだった。そして、他の姉妹と彼女が決定的に違っていたのは、言葉の上だけではなく、本当に心から母エウラリアに愛されていたことだった。だが、その愛が向けられていた相手は彼女ではなく、ファン・アバルスアであり、そのくすんだ色の肌であり、彼女と同じ美しい手であることがわかっていたマルビナは、母の愛を高飛車に撥ねつけていた。そのうえ、母の愛は、個人を越えて守るべきしきたりとして生まれてくるものではなく、個人的感情の産物だったから、それがマルビナの目には、家族のなかで自分だけを孤立させる残忍な感情としか映らなかった。

遺産相続権を剥奪されたことで良きにつけ悪しきにつけ特別扱いされ、祖母の付した追加条項だけでそんな暴挙を是とする一連の原則によってそれに基づく社会への入り口を閉ざされた彼女にとって、一族に認められていた暗黙の了解などまったく気にする必要はなかった。やがてマルビナには、一家の隅でこそこそ生きていくのが当たり前となった。偽装や覗きの腕を磨き、音も立てず、足跡も残さず、床板を軋ませることもなく家中を歩き回ることができたばかりか、空気を揺り動かすこともなくドアの陰や茂みに紛れて人の話を盗み聞きできるようにまでなった。察しのいい読者にはすでにおわかりだろうが、ウェンセスラオが原住民と父の間に立ってどんなメッセージをやりとりしていたのかも、彼女は熟知していた。また、これまで話題にしてきたピクニックの計画が次第に膨れ上がっていくのを前にしても、出所も動機も意図も不確かなこの話を、特に心を悩ませることもなく受け入れていった。マウロと弟たちが何をしているのかもよく知っていたし、原住民たちの動静にも通じていた。こうして別荘内で様々な陰謀が同時並行で蠢くのを眺めているうちに、救世主のごとく立ち現れてきたのがカシルダの計画だった。大きな貢献をすれば、計画内で重要な地位を勝ち取ることができるにちがいない。カシルダは醜かったが、彼女の体には有無を言わせぬ力が漲っており、そのせいか、廊下の鏡脇でこうして優しくされていても不快ではなかった。カシルダの腕に抱かれたまま、その体を覆う違法な金粉が伝播して完全に自分のものとなる様子を見ながらマルビナは、自分のほうがウェンセスラオやティオ・アドリアノよりはるかに大きな貢献ができると確信していた。彼らが密通している原住民たちは、民族としての運命と権利に目覚め、正面から戦ってこれを回復しようとしている。結局のところ彼らは、祖先に人食い人種などいなかったことがよくわかっている。それに引き換え、マルビナと接触していた少数派の原住民たちは、不満と疎外感を抱えていたばかりか、自分たちを邪悪な神話に貫かれた人食い人種の子孫と見なし、犯罪以外に生きる道はないと考えているような連中だった。

マルビナはカシルダの腕を逃れて訊いた。

「誰かわかった？」

カシルダは誰のことを言っているのかわからなかった。マルビナは彼女の肩に両手を置いて後ろへ下がらせ、アクアマリン色の二つの瞳の真ん中で揺れる蝋燭の火を見つめた。カシルダは、すぐ何か行動を起こさなければ、自分より深い怨恨と実行力を備えたマルビナに計画の主導権を奪われてしまうと直感した。そしてマルビナの手に爪を立てて肩から引き離し、平手打ちを喰らわせた。呻き声の間からマルビナは辛うじて呟いた。

「みんな話してあげるわ……」

「……言いなさい……　言いなさい……」

「……一緒に連れていってくれるわね……」

「誰か言いなさい」

「わかっているでしょう」

「でも自分の口から言いなさい」

「ペドロ・クリソロゴよ」

マルビナは言葉を続ける前に従姉の顔を見た。

「名前に聞き覚えはない？」

カシルダには本当のことを言うしかなかった。

「ええ、あるわ。傷物の包みを持ってきた男だわ、今被っている金粉はそこから飛び散ったものよ」

従姉に向かってマルビナは、小さい頃からいつも、檻に閉じ込められた動物が柵の近くをうろうろするように夜あちこち歩き回りながら、どうやってここを逃げ出そうか思いを巡らせていたことを話した。そんな折に、槍の根元を掘り返す二人の男を見かけたことがあった。それよりさらに数年前、今のクレメンテかアマデオより少し年上だった頃のこと、祖母による遺産の剥奪についてすでに知らされていた彼女は、少しずつ小銭をくすね始めていたが、頭で構想を練り始めていた逃亡計画を実行に移す日まで、それをどこに隠したものかわからずにいた。二人の原住民は、鶴嘴とシャベルの扱いに熟練しているようだったので、彼らに穴を掘ってもらえば自分の秘宝が隠せるとマルビナは思いついた。柵の外で作業をしていた彼らは、槍を数本引き抜いて敷地内へ入り、彼女の指示に従って穴を掘った。彼女よりわずかばかり年長の男たちだったが、自分以外の子供は誰でも皆素直に人の言うことに耳を傾けるとわかっていたマルビナにとって、いかにも子供らしい身振り手振りだけで彼らと意思疎通を図るのは容易だった。それどころか三人はすぐに意気投合し、やがて二人の男子が他の子供たちを連れてやってくると、それからは、いつも同じ場所にみんなで穴を掘って盗んだお金を隠すようになった。彼らの生きる世界ではすべてが万人のものだったから、盗みなどという概念はそもそも存在しなかった。だが、一緒に遊びながら成長を重ねるうちに次第に深くお互いのことを理解するようになった彼らは、マルビナの言う爪弾きにされた者たちにとって盗みを働くのは当然の権利であり、犯罪とそうでないことの境界は大人たちが勝手に決めているにすぎない、という説明に共感するようになった。そして、後にペドロ・クリソロゴを唆して傷物の金の包みを売らせ、爪弾きにされた人間の辛さを味わうよう仕向けたのも、実はマルビナだった。エルモヘネスは彼とその家族から金の買い取りを停止し、また、この行為によって自分たちの経済が危機に晒されたばかりか、ベントゥーラ一族の報復すら受けかねなくなったことを知った原住民たちは、ペドロのことを白い目で見るようになり、彼はその後完全な除け者となった。さらにマルビナは、フダス・タデオやフアン・ボスコ、そしてフランシスコ・デ・パウラにまで、辛くとも有益な罪の味を叩き込み、そのついでに権力やお金の意味まで教え諭した。原住民の友人たちが槍を抜いて隙間を作ってくれると、そこから夜の荒野へ駆けだした彼女は、月光に照らされた白い景色を思う存分眺めていることができた。草に覆われた月の表面のように見える大地を子分たちとともに駆け回っていると、あまりに広大で、しかも、まるで突然変異でも起こしたように異質なこの荒野が夜全体を支配しているように見えてくる。裸の体で、甲冑のように鍛えられた筋肉を見せつけていた子供たちは、小さな犯罪行為を重ねて共同体から爪弾きにされ、疎外者の苦汁を舐めさせられた後、マルビナを自分たちの指導者に祀り上げていた。だが、ベントゥーラ一族に仕掛けられた犯罪行為は、こうした一部の疎外者たちにとってのみならず、共同体全体にまで波及効果をもたらした。すなわち、原住民の誰もが金の価値とその機能を理解したため、労働への対価としてベントゥーラ一族から支払われる額があまりに少ないことに気づき始めたのだ。首都でマルビナは、取引用の中庭で金の包みと引き換えに渡される物品の流通価格を調べ上げ、さらに、外国人商人がどれほどの価格で金を買っているのか、おおよその見当をつけた。コロンバと仲良くしていた一時期、マルビナは彼女から取引にまつわるあらゆるペテン操作を聞き出し、これまでコロンバ自身がいくらくすねてきたかも正確に突き止めた。

「コロンバが?」カシルダは驚いて訊ねた。

そう、コロンバも盗みを働いていたのだ。エルモヘネスやリディアも、それぞれ独自のやり方で金を自分の懐に入れている。それなら自分が盗みを働いて何が悪い?　マルビナとカシルダ、二人で盗みを企てて何が悪いというのだ?

すぐにファビオとイヒニオは、何をしてもまったく無駄で、車はどうやっても動かないことを痛感した。五体満足でないという理由で大人たちに始末された動物の死骸が泥の中で異臭を放ち始め、傷口に黒い星のような蠅が殺到していた。午後の薄闇が広がり、影のほうが物自体よりはっきりと輪郭を刻むなか、糞、腐った干し草、打ち捨てられた馬具の古革、材木、泥の入り混じった臭いが辺り一面にたちこめ、空気を外へ追いやるようにして屋内に居座っていた。どれほど力を込めてもまったく馬車を動かすことのできなかったファビオとイヒニオにとって、この挫折は決定的であり、最初からこの計画には微塵の希望もなかった事実を嫌というほど思い知らされた。

南側のテラスで時折歓声を上げていたいとこたちは、身の丈に合わない計画に巻き込まれることもなく、このまま気楽に遊びを続けることだろう。だが、再び鍵に鑢をかけでもするように干し草の上に脚を組んで座ったファビオの姿を見ていると、現実の壁に突き当たった後でもなお、彼が当初の確信を失っていないことがイヒニオにわかった。大声を上げて、お前のせいだと言ってやりたいような気持ちに囚われたが、何事にも動じぬファビオの姿を見ていると、そんな思いもすぐに失せた。

「ちょっと南側のテラスへ顔を出してくる」その代わりイヒニオはこう呟いた。

彼は踵を返して厩舎の入り口を開けて出ていこうとしたが、敷居のところに立ちつくして言った。

「見ろよ……」

ファビオが一飛びに彼の脇に立った。

「一緒にいるのは誰だ?」イヒニオが訊いた。

「隠れよう」ファビオが急かした。「こんな時にカシルダとやってくる奴なんてきっと裏切り者にちがいない」

二人は扉の裏に隠れ、隙間から従姉妹二人の様子を窺った。特に気兼ねすることもなく二人は堂々と歩いてきたが、少しずつ長くなり始めた影に紛れて、もう一人の少女が誰なのか確認できなかった。すぐにイヒニオにわかったとおり、主導権を握っているのはカシルダではなく、もう一人のほうだった。ひそひそ話をしながら中庭で二人が立ち止まると、突如見知らぬ女——といっても、読者にはすでに誰かおわかりだろうが——のほうが指を口に入れ、高低と長短を使い分けながら様々な音で十回指笛を鳴らした。最後の音が止むと、女は顔を持ち上げて光を浴び、中庭全体を眺め回すようだった。

「マルビナだ」二人は同時に呟いた。

「これはまずいことになったな」ファビオが言った。

だが彼はすぐに口をつぐんだ。すでに男二人で調べ尽くしたと思っていた厩舎のあちこちから、裸体を晒した十人の男が次々と現れ、手にした槍の先を黄昏時の光に黄色く光らせながらマルビナとカシルダに近寄っていった。全員の頬にキスした後、マルビナはカシルダの腰に腕を回した。あいつを引き渡すつもりか、と考えてファビオは驚愕した。そうだ、あいつは人食い人種に引き渡されて、我が家の槍、汚らわしい原住民どもが午後のどさくさに盗んだベントゥーラ家の槍で串刺しにされるのだ。どうやってカシルダを助けよう？　マルビナは声を出して何か説明しているらしく、原住民たちはじっと彼女の話に耳を傾けている。やがてマルビナはカシルダの耳元に何か囁いた。するとカシルダは、まだ不安な様子ながらも原住民たちに向かって話しかけ、マルビナが同じ内容を彼らの言葉で繰り返すと、彼らは首を振って頷き始めた。二人の話し声と原住民たちの頷きが続くうちに、カシルダは不安を振り払っていつもの力を取り戻したらしく、腕を伸ばして、中庭の隅に打ち捨てられていたティオ・アドリアノの馬車を指差した。すると全員が同じ方向を眺めた。計画の主導権を取り返すようにしてマルビナはカシルダの腰に腕を回し、馬車のほうへ導いた。五人ずつ二列に並んだ原住民が後に続いていた。

「カシルダを馬車に閉じ込めて殺す気だ」イヒニオが囁いたが、ファビオはじっと目を凝らしていた。

整列して進んだ原住民は、五人ずつ左右に分かれて両側の轅を手に取り、カシルダとマルビナが乗り込んだのを見るや、軽々と馬車を牽き始めた。その時になってようやく事態を飲み込んだファビオとイヒニオは、特に目配せを交わすわけでもなく、ただ自分たち抜きで計画が遂行されるのを恐れて駆け出し、叫び声を上げた。

「カシルダ……　カシルダ……」

ゆっくりと柵のほうへ進む馬車に向かって二人は走っていった。格子の付いた頑丈な扉に手を掛けると、マルランダへ来る道中にはティオ・アドリアノの金髪頭と白いものの混じった髭がちらちら見えたあの同じ隙間から、今度は勝利に顔を輝かせたマルビナとカシルダの姿が見えた。

「乗っちゃだめよ」カシルダが言った。

「なぜ？」二人の従兄弟が訊いた。

「先回りして」マルビナが言った。「厩舎と中庭の端を閉ざしている槍を抜いておいて、馬車が外へ出られるように……」

二人は指示に従った。近寄ってくる馬車を横目に見ながら、彼らは瞬く間に三十本の槍を引き抜き、馬車を牽いていた原住民たちは、そのまま境界を超えると、敷地を出たところで歩みを止めた。ファビオとイヒニオは再び馬車に乗り込もうとしたが、マルビナがこれを制した。

「一人一本槍を持てるように、四本持ってきて。道中危険があったときのためよ」

それでは計画が実現したのだ！　槍を拾いながら二人は思った。計画は頓挫していないどころか、少し前まで不可能と思われていたことが、今こうして可能になりつつあるのだ。二人の従姉妹は内側から扉を開け、彼らは中へ乗り込んだ。少しずつ原住民たちは力を込めてスピードを上げ、数分後には、重いはずの馬車がかなりのスピードでグラミネアの荒野を疾走していた。横棒だけで閉ざされた六面体の側面から、午後最後の陽光を受けて輝きながら揺れるグラミネアを眺めていた四人のいとこは、羽根布団のように自分たちを迎えてくれた荒野に酔いしれ、速く、もっと速く、と叫んでいた。

すでに暗くなった頃、敷地の外側から取引用の中庭へ近づいていくと、最初ぽつんと一つだけ、その真ん中で星のように光り輝く金色の物体が目についた。午後からずっとその場を離れなかったペドロ・クリソロゴの槍だ。半回転して中庭の外へ顔を向け、彼らを迎え入れるために微笑を浮かべていた。マルビナが原住民たちに声を掛けて、執務室の窓のところで馬車を止めるよう指示すると、中にいる四人に衝撃を与えないよう、彼らはゆっくり轅を置いた。ペドロ・クリソロゴが扉を開けた途端、イヒニオとファビオが地面へ飛び降りたが、まるでこれまで盗み見してきたベントゥーラ家の流儀をここで真似てやろうと待ち構えてでもいたかのように颯爽と身構えたペドロは、ペチコートの裾に巻き込まれて転ぶことのないよう、まずマルビナに手を差し出し、続いてカシルダにも手を貸した。彼の手に触れて、鍛えられた裸の肉体を肌に感じたカシルダは、彼のおかげで初めて金に、今も全身を覆うこの金属に初めて触れることができたのだと思って、その顔をしげしげと見つめた。そしてこの感覚を、別人種に属するこの男に自分が犯されたらどうなるのだろうと、熱望交じりに抱いたかつての恐怖心と較べてみた。人食い人種、食人習慣と野蛮に染まった、人類の進化からすれば遅れた段階にあるこの男は、一度欲望にとりつかれたらとどまるところを知らず、やがては愛の対象を食い尽くしてしまうのかもしれない。

すでにほとんど光は射していなかった。取引用の中庭では暗闇と沈黙のなかで人影が動き、真空のような空気のなかで短い声が響いていた。鉤のように折り曲げた針金でペドロ・クリソロゴが苦もなく執務室の南京錠を開けた。つまり、いつも……？　狭い窓によじ登っていたカシルダは、心の中でこの恐ろしい問いを最後まで発することができなかった。中へ入るとカシルダは石油ランプを灯し、ファビオとイヒニオが鍵を取り出して鉄扉を開けた。父の事務机に座って帳簿を開いた彼女は、庇を被り、ペンをインクに浸した。そして合図を出すと、窓から続々と入ってきたマルビナの部下たちが、いったん倉庫へ入っては、おそらく自分たちが持ってきたのと同じ金箔の包みを次々と運び出していった。彼らは執務室を出る前に事務机の前で立ち止まり、カシルダが包みの番号と照合して帳簿に印をつけるのを確認した後、窓から中庭へ出て、マルビナとペドロ・クリソロゴが中に控える馬車に包みを積み込んでいる。秩序と沈黙のうちに作業は数時間にわたって続き、空は完全に真っ暗になった。帳簿に記載された包みの番号がすべてチェックされ、倉庫が空になる代わりに馬車が荷物満載になると、その時初めてカシルダは帳簿を閉じて庇を外した。

「いい？」マルビナが馬車から叫んだ。

カシルダは答えなかった。何かが足らない。帳簿を再び開けてみると、48779／TA64にチェックが入っていないのがわかった。すでに外では、原住民たちが五人ずつ轅の両側に整列し始めていたが、彼女はマルビナに声を掛けて少しだけ待ってほしいと伝えた後、原住民の一人とファビオに後からついてくるよう指示し、カンテラを高く掲げながら倉庫の中へ入っていった。程なく、ほとんど壊れてはいるものの、まだ理想の形を保っていた包みを探しあて、それに手を触れると、反対の手でカンテラが揺れた。そして原住民を呼び寄せ、注意深くこれを運び出して、馬車の内部ではなく、その下へ置くよう指示した。カシルダはカンテラだけ消して石油ランプの火は残し、イヒニオとファビオの後に続いて執務室の窓から外へ出た。中庭では、地面に置かれた包みに石油ランプの光が降り注いでいる。同じ光に照らされて暗闇のなかに何人かの顔が浮かび上がった。内側から格子にしがみついたまま、マルビナとペドロ・クリソロゴは呆然とした表情でこれを見つめている。

カシルダが包みに強烈なひと蹴りを与えると、舞い上がった金粉が閃光のように辺りを照らした。イヒニオが幼稚な勝利の高笑いを上げて包みの上に身を投げ、両手、顔、そして服に金粉を塗りたくる姿を見ると、ファビオとカシルダもこれに倣って同じことを始め、自分の糞の上でのたうちまわる狂犬のように、次から次へと金粉を掘り返しては体に塗りたくった結果、顔も服も完全に眩い金に覆い尽くされて、かつての少年少女の面影はまったくなくなった。辺りの空気も金色の霧を吸って膨らみ、偶像のようになった三人の上からさらに金色の光をかぶせた。ようやく満足して少し落ち着きを取り戻した三人は、内側から手を差し伸べるペドロ・クリソロゴに助けられて、まずイヒニオ、続いてファビオ、そして最後にカシルダという順番で馬車に乗り込んだ。ペドロ・クリソロゴが馬車から降りると、四人のいとこは、積み荷の残したわずかなスペースに身を寄せ合い、黙ったままカンテラを囲むようにして床に座った。他の三人は気づかなかったが、マルビナはこっそり彼らの服に触れては少しずつ金粉を奪い、自分の顔や手を金色に塗っていた。彼らはカンテラの火を消した。

ペドロ・クリソロゴが出した出発の合図に従って、原住民たちは最初ゆっくりと馬車を牽き始めた。

積み荷が増えたせいで前の出発の時ほどではなかったが、すぐに馬車は勢いを増し、グラミネアに覆われた荒野を疾走し始めた。次第に遠ざかっていく別荘は、最初こそ執務室に一つ残った光に照らされて黒い塊のように見えていたが、やがて小さくなって暗闇のなかに消えた。

第七章　ティオ

1

「アンフォラを温め直す竈の内側で轟音が容赦なく荒れ狂い、丸みのある優しさと怨念に満ちた四肢を何本もの垂直の河に変えたかと思えば、その相矛盾する河が互いを打ち消し合って、折り重なる三角形のようにすべてが意味を失う今この時、我らは記念碑となろうではないか。聖なるアガベの棘よろしく毒針を逆立てたその全体が、果てしない宇宙をあてもなくさまよう惑星のように我らの目を動かす間、ナナフシが錯乱し、どんな些細な振動も、ムクドリが空に描く落書きですらも、噛むと破裂する血の袋のごとく爆発寸前の叫び声となって……」

普段は笑窪とともに浮かべる微笑だけですべてを語り、俯きがちな目でかろうじてはいといいえだけを答える模範的な少女メラニアが、一体どこでこんな意味不明の長台詞を覚えたのだろう？「侯爵夫人は五時に出発した」の遊びになると途端に雄弁になる彼女を前に、フベナルは賞賛の思いを新たにした。魔法のように現れたメラニアの格調高い言葉を耳にしてすっかり静まりかえったいとこたちとともに、彼は感動の面持ちで聞き惚れた。とりあえず。そう、とりあえずこれでいい、修辞のネタが尽きてしまったときに何が起こるかよくわかっていたフベナルはこう考えた。

恍惚の表情を浮かべたいとこたちを掻き分けて、フベナルはマウロのもとへ向かった。口をぽかんと開けて少しアデノイドのように息をしながら、日焼けした剥き出しの両肩の雀斑と琥珀色の肌を掻いていたマウロは、メラニア以外のものはまるで眼中にないらしく、槍もピクニックも危険も両親も罰もティオ・アドリアノも、すべて完全に頭から消し去ったようだった。フベナルは、呆けたような彼の腕を取っていとこたちの間を掻き分け、獣のようにバルコニーを貪りそうな勢いで繁茂する藤棚の下の大きな切り株まで引っ張っていった。

「上がれよ」フベナルは命じた。

美術学校の教科書にでも使われそうな背中の筋肉を見せつけるようにして、マウロは切り株によじ登った。無謀な伯爵、魔法にかかった王子、淫乱な誘惑者……一体何者なんだ、誰の役なんだ？　いとこたちは訝しがっていた。メラニアの声が小さくなり、次第に囁きのようになった言葉が沈黙に溶け込もうとしていたが、それでも聴衆——そして、手摺の両端から舞台を仕切るようにして左右対称に構えた二羽の孔雀——がぴくりとも動かなかったのは、木の幹からバルコニーへ、若き伯爵が大胆にもよじ登ってきたことで、そちらに注意が逸れたからだった。観客の視線は、薄紫の花粉を振り落としながら揺れる花の房に撫でられた男の肌にいったん集中した後、再びヒロインのほうへ舞い戻ったが、すでにその三つ編みは解け、乱れた霧色ガーゼのケープから胸と背中が露出しすぎていた。マウロが舞台に上がると、驚嘆した観客が狂ったような拍手と叫び声で彼を迎えた。すべてが変わる今日この日こそ

――いかにも芝居がかってメラニアを抱きしめながらマウロは考えた――、従姉のメラニアの内側に槍のメラニアの卓越した肉感を掻き立て、凸壁の形に切り揃えたキンバイカに隠れた小川脇の草地に二人仲良く寝そべることができるのだろうか？　メラニアの首に顔を埋めていたマウロの目は、項の襟足から皮膚を伝って熱い花びらのように流れる汗を捉え、わずか一瞬でこの滴がケープと背中に挟まれた温もりに包まれて消えてしまうことを察知した。今すぐこの滴、他でもないこの滴、汗なのか涙なのかリンパ液なのか露なのか、何であってもかまわないから、とにかくこの滴を飲んでしまえば、自分自身を焼き尽くし、メラニアとともに究極の闇へと落ちていくことができるかもしれない。耳元で従姉の囁き声が聞こえた。

「何か言いなさいよ、馬鹿ね、客が退屈するわよ……」

ようやく彼は自分の役に目覚めた。

「……お前を連れ出すため私は、沸き立つ精液に魔法をかけられた藤の待ち伏せをかわし、この口に、破れた蕾のように開いた全知全能のヒメツルニチニチソウの口づけをたたえてやってきた……」

悪くない《パ・マル》、フベナルは思った。どうせこの遊びでマウロが力を見せつけるのは、台詞回しによってではなく、お得意の無鉄砲な振舞によってなのだし、これでも普段より随分ましだろう。いずれにせよ、どうでもいい話だ。それより気になるのは、観客に徹しきれぬいとこたちが下でざわつき始めていることだ。端役すら貰えないのなら、せめてエキストラとして出してもらうぐらいは当然だと誰もが思っている。とにかくフベナルには、マウロの言葉とともに展開しつつある話――寓話、伝説、物語、どう呼ぼうとも登場人物は皆ベントゥーラ一族なのだから実体は明らかだったし、この一家の常で、現実の下僕たる芸術には喜び以外の何も求めてはいない——の成行きが気に入らず、しかも、どうやらマウロの退屈な長広舌に誰もがうんざりし始めているようだ。せっかくこの見事な挿話で現実世界から切り離されたのだから、また彼らが同じ所へ戻っていかぬよう、何か手を打たねばなるまい。いとこたちの気を引くため、すぐに彼は役の割り振りに取り掛かった。お前は善人、お前は悪女、お前は自筆の遺言を隠した好色の公証人、お前は永遠の愛人の私生児を自分の子として育てる忠実な女友達……　やがてアラベラが小さな声で的確なことを言った。

「早く終わらせましょう……　ティオ・アドリアノが下りてきたら、こんなことを続けるわけにはいかないわ……」

事実を受け入れることができず、いとこたちは再びその場に固まった。それまでおそらく意図的に忘れていたが、ウェンセスラオどころか、すでにバカンスの恐怖伝説となっていた叔父のアドリアノが、今にも姿を現して彼らを抑えつけることになるのだ。メラニアがためらいがちな声でバルコニーから訊ねた。

「本当に……?」

「間違いないわ」アラベラが答えた。「ずっと前から決まっていたのよ」

事態を飲み込んだメラニアは叫び声を上げ、恐怖に平常心を失って毒虫のようにマウロのほうへ手を伸ばすと、その胸を、腕を、顔を引っ掻いた……　馬鹿ね、娘を二人も死なせたあの悪魔、ティオ・アドリアノがやってきて、今にも私たちまで殺されるというのに、一体何のつもりでまだここで私の体に触っているの、その手も唇も気持ち悪いったらありゃしない、私が耐えられるのはティオ・オレガリオの手と唇だけ、放してよ、この大間抜け、もうこの屋敷に柵はないし、あなたたちは私を晒し者にして楽しむばかり、一家の罪人と人食い人種が手を組んだらどれほど危険なことになるかわからないの？……

フベナルはメラニアの言葉を一言たりとも聞き逃さなかった。予想以上に、母の打ち明け話で聞かされていたよりはるかに多くの秘密が父とメラニアの間にはあるらしい。だがそんなことはどうでもいい。重要なのは、いいタイミングでうまくメラニアを利用し、母セレステの心に繋がる糸口を掴むことだ。南側のテラスに集まったいとこたちが大騒ぎを始めるなか、彼はこれを静めようと、目前のバルコニーで繰り広げられる「侯爵夫人は五時に出発した」の新展開について熱を込めて語り、特にその驚くべき暴力の噴出に聴衆の目を向けさせようとした。これまでの展開――彼は解説した――、これからの展開、マウロの台詞、彼自身の台詞、二人の間に流れる不安、これこそ、他の何にもましてリアルに仕上げるべき別世界の一部なんだ、そう、そうだ、勘違いをしてはいけない、冷酷な心を修道院に預けていた妬み深い女が結婚式を阻止しようとして飛び出し、そこからすべてが始まる、誰がこの女の役をやりたい？君か、コロンバ？　君は、コルデリア？……　この憎まれ役にぴったりのカシルダはどこへ行った？……　ロサムンダは……　ロサムンダはどこだ？……　なぜこれほどたくさんのいとこの姿が見えないんだ？……　これが結婚式前の最後の揉め事になるはずさ、この僕、邪悪な侯爵夫人はとうとう情にほだされてすべてを受け入れ、最愛の娘が従兄の若き伯爵と今夜中に結婚することを許した、そう、今夜中にさ――何とかいとこたちを惹きつけ、魅了し、説得し、盛り上げておかなければ、今すぐにでも恐怖が炸裂しそうな気がして必死にもがくあまり、フベナルはヒステリックに囃し立てていた――、そう、今夜披露宴が行われ、侯爵夫人は家をひっくり返すようなパーティーを主催する、さあ、君は御者、君は修道院長、きれいなモアレの僧服と糊の利いた縁なし帽を準備するんだ、君は侍女となって、レース編みの長いベールにアイロンをかけるんだ、何かそこに小さな呪詛を縫い込んでもいい、そして君は侯爵夫人のかつての求婚者、自分の息子たちにすべてを相続させるため、ありとあらゆる手をつくして永遠の愛人が誰とも結婚できないよう画策した張本人、先週の遊びで違う役をやっていたって、そんなことかまいはしない、君は何の役だったっけ？　小姓だっけ、侍女だっけ？　遊びだから役が入れ替わってもいいんだよ、これから出来上がる話に合ってさえいれば、別の役になってもかまわない、男でも女でも、若者でも老人でも、優しい人でも意地悪な人でもいい、話の展開は自由なんだ、変身だって自由自在、何といっても僕らはベントゥーラ一家の子供なんだ、普段なら大人の命令で衣装箪笥に近づくことすら許してはもらえないけど、今日は大人たちがいないから、クローゼットでもタンスでも自由に開けていい、僕たちみんなで作り上げる夢物語を盛り上げるためなら、どんな服を着て、どんな変装をしてもいいんだ。

ここで作者はいったん立ち止まり、読者に説明しておいたほうがいいだろう。フベナルに唆され、互いに盛り上げ合っていた子供たちは、両親に置き去りにされたこの別荘で、取り返しのつかない乱痴気騒ぎを始めてしまったのだ。私が取り上げたこの日、ベントゥーラ一族の子供たちは、恐怖を振り払うために既定の生活様式を破壊し、奔放な想像力に安らぎの場を求めて日常生活の限界と規則を打破する必要を感じていた。そして、「侯爵夫人は五時に出発した」の最終エピソードが展開している間に起こった様々な事件を契機に、ベントゥーラ家の子供たちは恐怖の事態に巻き込まれ、最終的に彼らすべて、そしてマルランダの生活全体に大変化をもたらすことになる。この最後の仮面舞踏会の様子をこれから描き出すことになる私は、手が震え出すのを感じている。

いずれにせよ、私の物語に戻る前にこれだけは言っておこう。バルコニーで繰り広げられる魅惑的だが暴力的な場面、グラミネアの荒野でウェンセスラオから明かされた話、そしてとりわけ、もうすぐ気の狂った伯父が南側のテラスへ下りてくるという不安感、このすべてが、すでに正気を失いかけていた子供たちに分捕りの欲求を掻き立て、普段の服では飽き足らなくなっていた彼らを、両親のクローゼットへ、その豪華な衣装へと急き立てていた。セダン製のウール胴着、少し紫がかったセーム革の靴、浮き出し刺繍のベールと薄絹のマフラーを満載した引出しから立ち昇るビャクダンの香水、もつれ合う絹のスカートの下で入り乱れる深緑、青、半透明の裾広外套、インバネスコート、フープ、薄絹のスカート、ブロケード織のラシャのチョッキ、つば広帽子、メロン帽、修道女か乳母が使いそうな頭巾、痛々しく見せるため人工的に紫色を塗った目の周り、ベラドンナで光らせて情熱を込めた瞼、一発で仕留めようと密かに待ち構える秘密の愛人がオペラ座の階段を上りながら揺らすジェノア製杏子色《アルビコッカ》ビロードの長裾、ティアア・エウラリアの羽飾り付き三角帽子、羽飾り付きボンネット、秘密のメッセージを携えて壁沿いに移動するためのフード、四角帽子、ショール、焼いたコルクで染めた付け髭、貴族的病による真っ青な顔色を再現するために飲む酢、熱を出すための塩水、心を痛めた寡婦のガウン、スターシュとブランデンブルク門をあしらったティア・アデライダのガウン、身分を示す豪華な宝石、誰もが自分の役こそ一番偉いと言い張り、邪悪な人物か、よほど美しい人物でもないかぎり、ただの平民の役などやりたがらなかった、ルダンゴットのバラ飾りや肩マントがあっても僕は馬丁の役は嫌だ、僕は新婦の従弟がいい、それがダメなら従弟の息子、アンティル諸島在住で、オープンシャツにパナマ帽を被って、海賊とラム酒を飲みながら奴隷を鞭打つんだ……それで……それで、ボンテとかフェリシテとかそんな名前のベル・クレオールと結婚するんだけど、彼はムラートの情婦との間にすでに子供がいるのに男の子が欲しいと言って香ばかり炊いているから、相手の女はいつも密かに苦しむんだ、誰かベル・クレオールの役をやりたくないいか、永遠の愛人とどう繋がるのか知らないいし、重要な役回りなのか、そうでもないのか、物語のなかでどんな位置を占めることになるのか、まったくわからないけどね、衣装をきちんと着こなせるか、説得力のある演技ができるか、話を作り変えるほどの演技力があるか、それによってどんな役回りになるか決まるのさ、話の方向性を変えるチャンスは誰にでも平等にある、でも、誰もが想像力を備えているわけではないし、登場人物に力を吹き込むことができるわけでもない、そう、そうさ、演技力さえあれば、舞台を熱帯に移してしまうことだってできる、そしたらみんなベル・クレオールか、コーヒー農園や砂糖農園のオーナーにでもなって、ムラート娘の扇ぐ椰子の枝に風を浴びながらハンモックに寝そべることになるかもしれない。

2

普段より活気づいていたグラミネアは、薄闇の広がりに乗じてかつて柵があったあたりへ攻め込んでいた。楡や柳の間に柔らかい穂先をそっと差し込みながら敷地を次第に侵食し、夜闇と夢が溶け合った瞬間に、その外観すべてを――あくまでフベナルの印象だが――消し去ってしまいそうに思われた。確かに美しい光景と言わざるをえなかった。黄昏時にこのささやかな高みから眺めていると、金脈を孕む大地のごとく一面に広がる穂先が優しい風に心地よく揺られているのがわかる。グラミネアが迫ってくるなんて――フベナルは思った――、単なる空想だが、そこから想像力をはためかせれば、地平線を染める青い山並みまで広がる一面の荒野を、いや、それどころか、宇宙全体を「侯爵夫人は五時に出発した」に取り込むことができるかもしれない。それも実は単なる妄想だろうか？　そうだといいが。こうして妄想に耽っていれば、遊びに情熱を吹き込むには好都合だろうし、そうなれば、まったくの偽物であるがゆえに不変不動となったこの物語の内側にすべてを閉じ込めることができるかもしれない。いずれにせよ、この仮面劇を提案した時点ですでに目論見は達成した。緊張も解けたし、別人物になり変わるための衣装を探して子供たちが家中に散らばっていれば、恐怖の中心は消えて、爆発を起こそうにも火花を仕掛ける場所すら見つかるまい。自分にとって、この邪悪な侯爵夫人にとって、これは勝利にほかならなかった。もうすぐ――フスティニアノとアベラルドが二体のモーロ像を引き出し、婚約セレモニーの舞台となるはずのテラスへ向けて開いたガラス窓の両脇に並べ終わればすぐに――母の寝室から立派なリボンだけ選りすぐって身を飾り、女王のように着飾って邪悪な侯爵夫人の役を演じることになるのだ。すでに準備を終えて下りてきたいとこもいる。シャム双生児に扮装したアグラエーとエスメラルダはどんなドラマの脇役にも似つかわしくなく、アラミロはモノクルをかけたごろつきになりきっている。イポリトとオリンピアの纏う中途半端な衣装は後で直してやらねばなるまい。

どうせ直すのならさっさと直しておかないと、動きを止めた子供たちが、花壇へ、バラ園へ、ラゲットへ――南側のテラスから見ると、異常に広がる羽毛のような穂先に少し隠れて、ちょうど飾り付け用の銀箔のようだった――、あちこちから押し寄せる無鉄砲なグラミネアに目を奪われてしまうかもしれない。フベナルは、オリンピアの額に星を描き、モルガナの髪をカールさせながらイポリトのもとへ導いた後、彼にクピドの役を与えると、一人ひとりの名前を呼んで物語の造物主たる自分のほうへ関心を引きつけ、単調な音を立てて迫りくるグラミネアのほうへ誰も目を向けることがないよう細心の注意を払った。

いや、違う、これは事実ではない。グラミネアのささめきは単調な音などではない。音楽と恐怖を交錯させた最年長の従兄の耳は、その音に抑揚を聞きつけたように感じて、擦れ合う葉音のようないつものささめきがリズムやテンポを変えていくばかりか、メロディーのようなものすら生み出し始めているような印象に囚われた。コルデリアとテオドラには、マンドリンで何か披露宴のための曲、お祭り騒ぎにふさわしい曲を奏でるよう指示し、泣き役の者たちには、予期せぬ知らせ――精神病院に幽閉される直前、正気の残っていた最後の瞬間に永遠の愛人が若き伯爵と結婚したいと願う――を受けて卒倒する善良な天使を想像しながらもっと激しく泣き喚くよう言った。読者にはこっそりお伝えしておくが、実はフベナルがこんな特別なことをしたのは、屋敷の食料庫の鍵を餌にコロンバが密かに彼を買収していたからだった。化粧と夜の闇で原形を失った顔は区別がつかず、もはや誰が誰かもわからない状態だった。もうすぐ、手を触れてみなければ誰かわからなくなるだろう。その間、ほぼ完全な暗闇のなか、鉄のグラミネアは、穂先の揺れを止める代わりに、すでに誰も視線を向けなくなっていた手摺や石段の麓で息巻いて脅しをかけていた。いや、違う、足元に迫っているのはグラミネアではなく、再びそそり立った、あるいは、そそり立ったように見える槍なのだ。槍の姿をした多くのグラミネアが大挙して押し寄せてくるせいで、いつもならこの広く落ち着いた屋敷に閉じ籠っていれば誰もが安らかな気分でいられたはずなのに、何とも息苦しく刺々しい不吉な幽閉生活を強いられているような雰囲気になっていた。だが、フベナルはこうした変化を受け入れようとはしなかった。この不快な空気に息が詰まっていた彼には、得体の知れぬ寒い夜の到来を前に、食事と服を求めて母を呼び始めた子供たちを騙し続ける気力など残っておらず、小さな王子や妖精、姦女や高級娼婦、色男や絶倫男などを筆頭に、揃いも揃って悪趣味な衣装と無様な化粧で変装したこのやかましい烏合の衆に袖を引っ張られ、ねえ、メラニアはどこ、ファビオはどこ、今日は朝から姿が見えないよ、など様々な質問や要求をぶつけられても、もはやまったく無力だった……　マルビナとカシルダは？　イヒニオはまるで大地に飲み込まれたようではないか。

ウェンセスラオが来て、嘘でもいいから何か言ってこの場を取り繕ってくれればいいのに。若き伯爵役のマウロがいなければ結婚式は成立しない、彼のためだけに考案されたあの悲劇的運命を演じることができるのは彼だけだ、アラベラは図書室へ戻ってしまったのだろうか、食べてしまいたいほどかわいいアマデオは、皆お腹を空かせ始めた今この時、一体どこへ行ったのだろう、あの子はかわいすぎるけれど、まだ暗闇を一人で散歩するような歳ではない、しかも、もはや柵はないのだから、もし荒野で迷子にでもなったら……　探さなければ、幼いアマデオだけでも探さなければ、もはやここに残っているいとこは少ないのだから、何人いて、何人いないんだ、知らないほうがいいのだろうか、でも、灯りを点けなければそのうちにわかってしまう、金色装束のモーロ像に高く掲げられた百本の蝋燭にもうすぐ火が灯る、そうしたら、なぜ庭が荒野のほうへ開いているのか見てみよう……

ここで読者にはお伝えしておくが、すでにウェンセスラオは、フベナルの目論見が、まやかしでしかない夢物語を口実にいとこたちの気を逸らすことにあると見抜いていた。まず吟遊詩人、続いて瘻、さらに侍従、そしてインディオと、次々に姿を変えながら夜闇に紛れることでいつも目立ちすぎる姿をくらませたウェンセスラオは、答えられるわけもない質問を避けるために気配を消したまま、アマデオとマウロが見張りを任されていた塔へ上って父と言葉を交わした後、いったんアラベラのもとへ下りて二人一緒に再び塔へ戻り、父がじっくり考えをまとめることができるよう必要な情報を伝えた。

愛情のこもった言葉を息子に向けた後、アドリアノ・ゴマラが語り始めた行動計画とは、即座にマルランダ全体を支配下に置いたうえですべてを抜本的に改革し、「侯爵夫人は五時に出発した」に参加する者は、たとえ不当の誹りを受けようとも容赦なく排除する、というものであり、息子の目から見てもあまりに拙劣なこの提案を前に、ウェンセスラオは話を聞きながらうなだれるばかりだった。特に問題なのは、メラニアとその取り巻きであり、すでに父子とも気づいていたとおり、幼い頃からフベナルは巧妙な策士だったし、何世代にもわたって積み上げられた女性の知恵を備えていたメラニアは、とりわけ人を欺く術に長けている。チェス以外に能のない一団は、人畜無害な中立派だ。いずれにせよ、チェス集団からも、敵方についている連中からも――こう宣告しながらアドリアノ・ゴマラは、シーツを纏った偉人といった風情で立ち上がり、屋根裏の空間はもちろん、居合わせた子供たちすべての心を掌握していたが、唯一痛々しい思いで父に賛同しかねていたのが息子のウェンセスラオだった――、見せしめとして即刻あらゆる権限を取り上げてしまう必要がある。一体なぜ――父の訓告にこもった容赦ない調子に耳を傾けながらウェンセスラオは考えていた――こうも脳天気に激高できるのだろう？　これまでの隔離生活、迫りくる夜への恐怖、もつれ合う感情の糸が生み出す無定形の、それゆえに簡単には打ち崩すことのできない同盟関係、一人ひとりの能力を引き出す方法、そんな危急の問題が山積しているというのに。自ら報告したとおり、今食料庫の鍵を握っているのはフベナルであり、少なくとも食料自給という壮大な計画が実行に移されるまでは、その食料でなんとか食いつないでいくしかないというのに、こんな無謀な攻撃計画を父に許していいものだろうか？　そのうえ、善良な天使コロンバ、長い間家計を支える役回りに徹してきたせいで食料管理の問題に精通し、子供たちへの食糧配給を効率的にこなす能力を備えた唯一の従姉コロンバまで敵に回そうというのか？　時間はどうなる？　すべてを瓦解させ、あらゆる人間と計画を破壊して怪物に変えることのできる曖昧さを備えた時間、この絶望的問題はどうなるのだ？

楕円形の玄関ホールの壁へ繋がる大きな螺旋階段の降り口で、ウェンセスラオはマウロとともに立ち止まり、銅の手摺が滑り台のように下へ降りていく先端部に据えられたランプの下で、従兄に向かって当惑の気持ちを打ち明けた。だがマウロは、汗と気力を滲ませたティオ・アドリアノとの出会いから、爪磨きなどにまったく無関心な驚異的親戚の発見にすっかり魅了されていたせいで、怒りを込めてこの言葉に答え、ティオ・アドリアノに反対する者があれば自分がこの手で捕まえてやる、必要なら、主人に逆らった使用人を罰するために作られた黴臭い地下牢へ放り込んでやる、と息巻いた。二人の議論に耳を傾けていたアラベラは、間を取り持つような調子で、事の初めに極端な防御反応を示すのはむしろ当然で、やがて経験を積んで気持ちが落ち着けば、文明人らしい対話路線に収斂していくことだろう、と見解を述べた。だが、この時マウロの内側には、刺青のように消えることのないウェンセスラオへの不信感が刻み込まれたばかりか、ティオ・アドリアノの息子たるもの――シルベストレを父親と感じたことが一度もなかった彼は、すでに自分をティオ・アドリアノの息子と見なし始めていた――、身も心もすべて無条件に親に捧げるのが当然であり、何を命令されようとも、絶対服従の忠誠心でそれに従うべきだという思いを強めていた。ティオ・アドリアノの計画は、槍の柵をめぐる彼ら兄弟の仕事を必要な作業として後押ししていたし、このままマルランダの生活に急激な変化がもたらされれば、愛に偽装された父の権威に代わって、自分たち自身が主人公となるのは明らかなのだ。ティオ・アドリアノを批判する者は裏切り者であり、ウェンセスラオの態度にはすでに背信の兆候が見えている。ティオ・アドリアノには、当面これまでの規則を破るようなことはしないよう言い聞かされていたにもかかわらず、ウェンセスラオとアラベラは銅の手摺によじ登り始めた。甘やかされて育ってきたせいで規律の概念とまったく無縁なうえ、不幸にして、その美しい容姿のおかげでいつも何もかも思いどおりにしてきたウェンセスラオは、アラベラを引き連れて滑り台のように手摺を降り始めた。

3

仮面劇の熱狂に乗じて誰にも気づかれることなく南側のテラスで他のいとこたちに混ざったマウロとウェンセスラオとアラベラがすぐに気づいたとおり、意識もそぞろになっているのか、あるいは敢えてそうしているのか、それとも単に何もわかってないのか、ともかく、いとこの誰一人として、事態の急展開が孕む危険を察知している者はいなかった。だが、まさにその瞬間、誰よりも先に南側のテラスから敷地のほうを眺めやったウェンセスラオは、神の集いなのか、あるいはただの亡霊なのか、はたまた聖職者の影なのか、木立の深みに紛れて見事な衣装を纏った集団が潜んでいることに気づき、まさに御公現のように訪れた一瞬のひらめきとともに、数年前のあの忌まわしき日――すでに書いたあの日――、地下道を歩きながら父に聞かされた説明が真実だったことに思い至った。父の命令で記憶の堰を閉ざし、あの眩い映像のすべてを夢として片付けていたが、今突如目の前に再び同じ光景が広がり、これを現実のものとして受け入れると、記憶の滝が一気に溢れ出してきた。

すべてを吸収する知覚過敏の状態でウェンセスラオは、遊びにかけるいとこたちの熱気が次第に失われ始めているのを見て取った。不穏な夜が少しずつ居座るにつれて、中華サロンに閉じ籠っているのにも飽きたのか、すでに階下へ降りていたメラニアは、隅でフベナルとひそひそ言葉を交わし、花嫁としての自分の役回りがなければ話の筋がわからないから、もっと永遠の愛人の出番を増やしてくれ、などと言っているらしい。だが、鍵を握っているのはフベナルだ。鍵を持っているかぎりメラニアの要求に屈するつもりなどないフベナルは、今まさに始まるこの挿話には花嫁衣裳が必要なのに格好が違うではないかと難癖をつけた。いずれにせよ、ウェンセスラオの見るところフベナルは、神経を張り詰めた状態でかしましい仮面劇に飲まれたいとこたちの話すこと、見ることを探っており、おそらくそこに自分とまったく同じことを嗅ぎ取っていながら、まったく別の意味しか見出せなかったのだ。そしてフベナルは、モーロ像に支えられた百本の蝋燭束に火を灯すよう命じた。フスティニアノとアベラルドが指示に従うのを見て、メラニアは金切り声を上げた。

「やめて、だめよ、明かりなんか要らないわ、別に暗くなんかないじゃない、まだ夜になってもいないし、大人たちは暗くなる前に帰ってくると言っていたんだから、まだ戻っていないということは、暗くなっているはずなんかないじゃない、やめて、だめよ、そんなことをしたら、大人たちが約束を守らなかったことを認めるようなものじゃない、大丈夫、ちゃんと彼らは約束を守るんだから……」

　だが、明かりは灯され、照明を浴びた前舞台のような雰囲気にすべてが包まれた。孔雀はじっと動かず、藤は姿がぼやけ、いずれも垂れ幕と飾り幕の二次元に飲まれて存在感を失う一方、大げさすぎる化粧のせいで仕草と動作まで派手に見える子供たちが、大騒ぎでメラニアを黙らせながら、この笑劇を「侯爵夫人は五時に出発した」の一幕に変えていった。子供たちは、本物の泣き声をいとも簡単に劇用の泣き声に変えてみせた。だが、そのさらに向こう側へ耳を澄ませていたフベナルは、周囲に子供たちの声が響き渡っていたばかりか、誰も肌に感じこそしないが、グラミネアの大波を着実にテラスのほうへ打ち寄せる風が庭の草木に当たっていたせいで、辺りには呻き声のような音まで立ちこめていたにもかかわらず、それを越えて、クロタロかカラムスかトライアングルか、ともかく打楽器の調べがはっきりと聞こえてくるのを感じ取っていた。子供たちは、変装によって作り上げた束の間の人格も忘れ、庭の薄闇のほうへ目を向けながら、突然の沈黙を通じて問いを投げかけた。

　本当に羽毛の侵略が始まったのはその時だった。本当に草木は動いていたのだ。動いているどころか前進し、行進し、綿毛、羽毛、槍、草、グラミネア、すべてがゆっくりセルバとなって暗闇から彼らのほうへ、活人画《タブロー・ヴィヴァン》の人工的光に捕えられた「侯爵夫人は五時に出発した」のキャストのほうへ近づいていたのだ。仰天した子供たちは、この恐ろしい侵略を前に無力な塊となって退却し、たとえ叫んだとしても無駄な抵抗にすぎなかっただろうが、声を上げて恐怖を表明することすらできなかった。だが、すでに我を忘れて恐怖の感情をなくしていたメラニアが再び甲高い声を上げると、子供たちはようやく忘我の状態を脱け出した。永遠の愛人が指差していたのは、長い僧衣を纏った白髭と金髪の男であり、まるで光源のように眩いその姿がモーロ像の間に浮かび上がっていた。

「誰?」メラニアは金切り声を上げた。「この笑劇にわざわざ全知全能の神の衣装で現れるなんて、悪趣味の極みだわ」

「ヒュブリス……」アラベラは呟いたが、誰にもこの知的な言葉の意味がわからなかった。

父なる神は、両脇にいたマウロとアラベラに小さな合図を送り、これから執り行う厳粛な儀式の妨げとなるので、ヒステリーに囚われたメラニアを拘束するよう命じた。ウェンセスラオは、無関係を装ってマウロの行く手を阻もうとしたが、脇に留まっているよう眩い姿の男に言われ、黙って従うより術はなかった。いつまでもしつこくあがき続けるメラニアを抑えつけながらマウロは、この降臨を喝采で迎えるよういとこたちに呼びかけた。するとほとんどの子供たちは、自分たちの遊びがいかなる新展開を迎えているのかも知らぬまま、とにかく要請に従った。

暗闇の地平線まで無限に広がる同族たちを頼みにグラミネアは石段へ押し寄せ、誰もがその光景に目を奪われていた。次第に戦士や司祭の形を取り始めた人間たちに先導されるようにして、槍の先端に結いつけられたグラミネアの大群が、金の兜の前当てを揺らし、女性や楽隊の頭を飾りながら、ゆっくり庭を這い上ってきた。午後中じわじわと前進を続けてきた驚異の穂先は、自分のものでもない奇抜な服と化粧で大人の格好をした子供たちを尻目に、今やすっかりテラスを占拠していた。子供たちの愚かしい姿に較べ、今や絶滅した動物の斑模様の毛皮、耳や手首からぶら下がって揺れる宝石、派手な色使いの手編みマント、軽やかな音を立てる鎖やお守り、首輪、ペプロス、カザック、金のマスク、すべてが原住民たちの板についていた。

行列の先頭に立っていたのは、颯爽とした若き戦士であり、翼のように肩に掛けたガーネット色の飾りから足元へ優しくマントをなびかせ、頭に被った兜には青いグラミネアの鶏冠をあしらっていた。後ろには同じような外見の男たちが付き従っていたが、そのあまりに見事な姿に、全員の視線が彼に、そして、光の下で彼を待ち受けるもう一人の男——対を成してはいるが別人だった——と彼を隔てる空間に釘付けになっていた。随分前から決まっていた約束の場所へやってきたような雰囲気を漂わせながらその闖入者は、何とも不思議なことに、微笑の形に浮き彫り細工を施した金の仮面を被り、そのわずかな切れ目から瞳に湛えた感情だけを光らせていた。今や男は、同じように豪華な衣装を纏った女性と戦士の一団とともにテラスへなだれ込み、突飛な変装をした子供たちや、普段はお茶やカードゲームに使われる籐細工の白塗り椅子やテーブルの間へ割り込んできた。光の下で待ち受ける神官のもとへ戦士が到達すると、グラミネアも含めたあらゆるものが沈黙してこの儀式に厳粛な雰囲気を与えるなか、挨拶の言葉もかけることなく神官はそっと相手の金の仮面を剥ぎ取った。これを受け取りながらウェンセスラオは、有無を言わさぬこの展開に抵抗もできぬまま引きずり込まれ、先ほどまで父の計画に浴びせていた批判を期せずしてすっかり忘れてしまったほどだった。この希望の瞬間に彼の心はみんなの心と一つになり、とりわけ、威厳を漂わせながらも偉ぶるところのないこの巨人の心とぴったり重なり合っていた。よく見るとその男は、姉二人を失ったあの遠い忌まわしき日、白豚の乗ったテーブル脇からその頸動脈に錐を打ち込み、豚がもがき苦しまぬよう気を配りながら、女たちの支える温かいどんぶりに血がうまく流れるよう見張っていたあの同じ若者だった。

巨人戦士が両腕を広げて目の前の男としっかり抱き合うと、暗闇に控えていた無数の原住民部隊から喜びの唸りが上がり、大半の子供たちから一斉に賛同の拍手が沸き起こった。

第二部　帰還

第八章　騎馬行進

1

時間はたっぷりあったから、慌てる必要などなかった。のんびりした馬の歩み、そして静かに牽かれていく馬車は、心地よい黄昏の雰囲気にぴったりだった。マルランダの夏の夕暮れは毎日同じだったが、ここで私が取り上げる日の夕暮れにおいてだけは、太陽がゆっくりと血のシャワーに染まり、荒野の白い球体の上に空の白い球体を残していくにつれて、称賛の歓声を引き起こしていた。蛇行する隊列は一瞬だけ後に航跡を残していったが、石を投げ込まれた水面が瞬く間に元へ戻っていくように、すぐにグラミネアが身を寄せ合ってその跡を掻き消した。

最後尾の馬車で使用人たちが何か歌っていた。料理人の下働きたちだろう——主人たちは推察した——、あるいは庭師の助手か、若い馬丁か、美しい夕焼けを愛でる感受性に欠けているのだろう、俗な歌で暇潰しをしているらしい。随分距離が離れているから、主人たちの馬車には、時折そよ風に乗ってメロディーが届いてくるぐらいだ。ここまで使用人たちの働きぶりは完璧だったし、とやかく言う必要はあるまい。特に執事はハイキングの道中ずっと見事な手腕で隊列を統率し、確かにこうした特別な任務も契約書に謳われた義務の一部とはいえ、その働きぶりは特別報酬に値するという点でベントゥーラ一家全員の意見が一致していた。勤務中に鼻歌などけしからん？　かまいはしないさ。そんな些細なことで目くじらを立てたりすれば、ハイキングの最後を飾るせっかくの美しい夕焼けが台無しになってしまう。いつものとおり、分厚いベールを掛けておこう……

ハイキングは期待をはるかに上回る、まさに夢のような体験だった。召使たちは、滝のアリアが耳に心地よい場所を選んで、池のほとりにゴブラン織りの仮テントを張った。そこで旅行用の正装からもっと楽なチュニックに着替えた女性たちは、さながら、絹のクッションを敷いて横たわる天女か、青いシダの間で蝶を追いかける空気の精とでもいったところだろうか。いつも少し宙に浮いているようなルドミラは睡蓮の葉の上で踊り、滝にかかる虹を掴もうと手を伸ばしては、後光を受けたような指を開いて見せた。男たちは誇らしげに狩りの成果を並べたてた。不思議な角をした大人しい動物や、派手な尻尾に身動きが取れなくなったような小鳥のほか、恐ろしく強力な羽を備えた大きな甲虫が一匹いて、死に瀕したこの生物が羽を揺り動かすと、清々しい空気がさらに涼しくなるほどで、焼き肉の煙すらまったく寄せつけなかった。食事を終えて、旅の疲れがどっと押し寄せてくると、我らがベントゥーラ一族は何度も転寝を繰り返し、その間、長くも短くもある時間は跡も残さぬまま静かに流れていった。一日の締めくくりに男たちは川へ入り、川辺に生える木々があちこちへ伸ばす根の間からうようよと現れてくる紫色の甲殻類に向けて、筏から矢を放った。帰途に着く前に、砂地に掘った天然の鍋で彼らはこの巨大な甲殻類の鋏を煮込み、使用人の一団――最も若い者たちは女装していた――が民族舞踊を踊るなか、上品を気取る女たちも含め、一族の誰もがこの御馳走の相伴に与った。果てしない荒野を横切るのんびりした帰路は、それまで高ぶっていた感情を静めるには願ってもない休息となり、いつもと何一つ変わらぬ夕暮れであったにもかかわらず、それがえもいわれぬありがたいご褒美のように思われた。

「何だか不思議な気分だわ、子供たちは……」馬車が急に揺れたせいで目を覚ましたルドミラが呟き、そこでようやく自分の言葉に気づいて口を噤んだ。

「フベナルはどうしているかしら?」目を開けながらセレステが溜め息をついた。

「フベナルがどうしたかって?」馬車の横で鹿毛の馬に跨って進むテレンシオが訊いた。「馬鹿な話はよしな、ルドミラ、不思議な気分なんて思い過ごしだよ、寝ているといい……」

腹立たしいテーマを嫌がったテレンシオは、先頭の馬車の後方へ下がったが、二台目の馬車でも似たような会話が交わされているのに気がついた。

「妙な気分だわ……　何だか変……　変な気分……」食べ過ぎで体の重くなったアデライダは、道中ほとんどずっと眠っていたが、夢から覚めるたびに頻りにこう繰り返していた。

「もうすぐ日が暮れるというので、みんな意味もなく不吉な予感に囚われているんだ!」テレンシオが叫んで馬車を前へ進ませている間に、三角帽子に羽をつけ、アマゾネス風の衣装の裾を風にはためかせたエウラリアの颯爽としたシルエットが彼に追いついてきた。

「どうしようもなく私を愛していると誓ってくれる?」彼女がこんなことを訊いたのは、ハイキングの間ずっと彼を誘惑して楽しんでいたからだ。「ねえ、私、妙な気分がするの……」

相手がルドミラであれ、エウラリアであれ、同じことを聞かされるのはもううんざりだったので、テレンシオは何も答えずに後退し、エルモヘネスを乗せたランドー馬車を待ち受けた。彼は眉間に皺を寄せていた。

「どうかしたのか?」テレンシオが訊いた。

「断じて何でもない」エルモヘネスが答えた。「だが、どうやら誰もが妙な気分に囚われているようだ……子供たちのことで……」

「子供のせいにしないで。あの子たちはみんな天使よ!」リディアが叫んだ。

「すべてが完璧なこの平和をくだらない歌で掻き乱すあの馬鹿のせいだ」テレンシオは決めつけた。

別の馬車からは、虹の光を浴びた手のせいで道中ずっと催眠術にでもかかったようになっていたルドミラが、ますます甲高い声で「不思議な気分」と繰り返しているのが聞こえてきた。召使の歌が家族の不安の原因だったことを突き止めて、怒りに駆られたテレンシオは、馬を反転させ、身分に従って整然と並ぶ使用人部隊の長い列をやり過ごした後、隊列の最後尾へ向かった。

籠と猟銃と畳んだテント、そして草木の間で笑っていた若者たちを乗せた最後尾の馬車へテレンシオが到着する前に、歌声は止んでいた。料理人の下働きが二人、それにアドリアノの見張り番を務めていた二人、そして庭師の助手が一人。彼らがなぜこんなところにいるのか、ハイキングの終わりにそんなことを訊いても無駄だろうし、それどころか危険を招くことになるかもしれない。

「おい、お前……!」誰か特定の使用人を直視して屈辱的な気分を味わうことになるのを恐れて、彼は一座の全員に怒りを向けた。

「はい、ご主人様?」料理人の下働きでも見張り番でもない男が、自分のことを言われていると思ったらしく、間髪を入れず返答した。

「何者だ?」

「ファン・ペレスです、ご主人様」

「名前などどうでもいい、職務は?」

「ラゲットの清掃担当でございます、ご主人様」

「お前という人間自体はどうでもいいと言っているだろう。名札を見れば庭師の助手だということはわかる。それで十分だ。馬車から降りろ」

馬車はまだ動いているのに、ファン・ペレス——名前など聞かないほうがよかったが、知ってしまったからにはこのありふれた卑俗な名前で呼ぶしかあるまい——は、理由を訊くこともなく素早く地面へ飛び降り、テレンシオの跨る駿馬の前に起立した。ファン・ペレスは軽くだが長々と頭を下げ、一家のしきたりに則って服従の気持ちを表した。よし、この人畜無害な男が相手なら、大衆歌のせいでハイキングの夢を邪魔されたベントゥーラ一族全体の怒りを思う存分ぶつけても大丈夫だろう。

「歌を歌っていたな?」

「いえ、ご主人様」

「それでは歌っていたのは誰だ?」

「存じ上げません、ご主人様」

テレンシオはしばらく高みから男をじっと見下ろしていた。このファン・ペレスとやらは本当に人畜無害なのか？　敬意はあるが卑しい微笑を顔に浮かべてすべてを受け入れながら、角膜の黄色い目だけはすべてを拒否している。誰がいくらで買収に応じるか一目で見分ける能力を持つテレンシオは、剛毛を逆立てたこの細身の男に言った。

「誰が歌っていたか話せば一コロナやろう」

ファン・ペレスは手を差し出して言った。

「私でございます」

テレンシオは掌に鞭を打ちつけた。金貨でも掴むようにファン・ペレスは瞬時に手を閉じたが、瞬きもしなければ、微笑を崩すこともなかった。テレンシオにはすぐわかったが、ファン・ペレスの微笑は嘘の一部であり、こんな蛙のような声では歌など歌えるはずもないし、主人の目を引こうにも他に手立てなどなかった彼は、自分で罪を引き受けることにしたのだ。得体の知れない人物——実は別の人物があと二人関わっていたが、ハイキングの終わりには忘れたほうが身のためだろう——に邪魔されて不快な気分になったが、テレンシオはファン・ペレスのことを記憶から抹殺することにした。使用人の抹殺に一番いい方法は金をくれてやることだ。そして硬貨を一枚投げてやると、男は四つん這いのままグラミネアを掻き分け始めたが、テレンシオはそんなことに目もくれず、ギャロップで茎や穂先を薙ぎ倒しながら隊列の先頭へ向かって駆けていった。

2

夕闇の迫る荒野で馬車の列はゆっくりと前進を続け、小高く盛り上がった台地へ差し掛かると、首都からマルランダへの道中、旅程の最終段階へ乗り出す前にいつも小休止する礼拝堂の廃墟が見えてきた。一番高い地点で先頭の馬車が停まり、隊列全体が歩みを止めた。礼拝堂の暗い塊から鐘楼が突き出し、消えかかった空の下、その周りにコウノトリが集まっているのがわかる。黒銀のような背景のなかで、玄関前に焚かれた篝火が赤く輝いている。先頭の馬車に乗っていたアデライダは、日傘の先で御者の背中をつつき、車を止めるよう指示した。

「人がいるわ」彼女は言った。

「誰が？」テレンシオが訊いた。

「人なんかいるはずはない」エルモヘネスが言った。「この辺りはすべて一家の領地なのだから、許可なしには誰も入れないはずだ……」

「礼拝堂で夕食にしてもいいわね、脇のスペースで食事をする分には、神の住処を汚すことにはならないでしょう」リディアが口を挟んだ。

「その自由な発想、とても素敵だわ！」セレステが囁いた。「草上の昼食《デジュネ・シュル・レルブ》、あの怪しい絵では残念ながら守られていないけれど、私たちはきちんと行儀よく食事しましょう」

テレンシオが二人の召使を呼び出し、三人で丘を駆け下りていった。馬車からは、焔に怯えた駿馬の大きな影が壁の上で揺れているのが見える。テレンシオが礼拝堂へ踏み込む一方、二人の使用人は松明を掲げたまま周囲を見回った。数分経っても弟が礼拝堂から出てこないのを見てアデライダが再び御者の背中を突くと、蛇のような隊列を後に引き連れたランドー馬車が坂を下り始めた。

「テレンシオ！」礼拝堂へ着くと誰もが口々に叫んだが、誰も馬車から降りる者はおらず、また、馬が篝火に怯えると危険なのであまり接近することもできなかった。

「妙な……」バルビナが呟いた。

妹が言葉を言い終わらないうちにエルモヘネスが遮った。

「お前の気分の話など聞きたくはない。みんなよくわかっているし、そんなことばかり言っていると、そのうちひどい目に遭うぞ」

地獄の入り口に立つ銅像のように玄関の両側に控えた二人の召使は、金ボタンの制服を着込み、レースの胸飾りに南京製のズボン、白い靴下という出で立ちで、火のついた松明を掲げたまま、礼拝堂へ入場するベントゥーラ一家を照らしていた。内部の暗闇から怒り狂ったテレンシオの声が聞こえてきたが、そのあまりに大きな反響に何と言っているのかはまったくわからなかった。女たちはスカートの裾を持ち上げ、男たちは鞭とステッキを構えながら、一行は慎重に奥へ入っていった。内陣にいたテレンシオは、床の敷石の上に体を丸めた身なりの悪い男を蹴飛ばしており、少し離れたところに、両腕に赤ん坊を抱いたまま、祭壇の残骸にすがるようにして泣く女が見えた。アデライダとともに列の先頭に立っていたリディアは、反射的に義姉を制して声を上げた。

「明かりをちょうだい！」松明を手にした二人の召使が内陣へ駆けつけた。

祭壇にすがっていたみすぼらしい女が振り向くと、一同がそこに認めたのは、飢えと恐怖にアクアマリンの目を血走らせ、年齢と衰弱ですっかり変わり果てたカシルダの顔だった。テレンシオが悪者を蹴飛ばし続ける間、最初の驚きから立ち直ったリディアは顔に笑みを浮かべて娘に近づいた。

「なんて格好をしているの？」彼女は言った。「ここで何をしているのよ？　ちょっと目を離すと、すぐに悪さを始めるんだから。この衣装は何よ？　もう人形遊びなんかする歳じゃないでしょう。恥ずかしいわよ、さあ、寄こしなさい」

カシルダはぼろ服の間に隠そうとした。

「人形じゃないわ。私の息子よ」

「はい、はい」宥めるようにリディアは言った。「大事な息子なのね。「侯爵夫人は五時に出発した」の遊びすぎでそんなぼろ人形が本物の赤ん坊に見えるのよ。あなたはもうそんな歳じゃないでしょう」

そして無理やり赤ん坊を奪い取ると、それをエルモヘネスに渡した。何の意味もあるはずはない、そして、事実無意味なこの出来事など目撃する必要すらないと思っていた一同は、エルモヘネスのほうへわざわざ目を向けたりはしなかったが、彼はそのまま中庭へ出て、マルランダでも指折りの純粋な水として知られる豊かな井戸に、眠った人形を放り込んだ。馬車から動かぬよう厳命されていた使用人たちは、一族から給料を貰う者として、見て見ぬふりをすべき時があることをよく心得ていたから、この時もじっと何も見まいとしていた。ただ、松明を持った二人の召使だけは、「侯爵夫人は五時に出発した」の夢物語と現実を完全に混同した娘が錯乱状態で演じた醜態をやむなく目撃してしまった。手ぶらで再び礼拝堂へ入り、家族の最前列まで乗り出したエルモヘネスは、母の温かい腕に抱かれて泣くカシルダの姿を見つめた。感動的な光景、そうだろう。そしてルドミラは、虹の光を浴びた手を見せながらファビオへ近寄り、父の鞭に傷めつけられて内陣の石段に座ったまま泣いていた息子を慰めようとしていた。ベントゥーラ一族の他の者たちは、松明の光の下でじっと息を飲み、もう少し事態が進展すれば、この興味深い事件において取るべき態度も明らかになるだろうと考えて静観していた。父が戻ってきたのを見てカシルダは叫んだ。

「私の息子をどうしたの?」

「息子?」エルモヘネスが訊き返した。

「私とファビオの子供よ、今、私から取り上げて殺そうとしたでしょう……」

今やカシルダの気が狂っていることは明らかだったが、この意外な言葉にどう反応したものかわからず、誰もが助けを求めるようにアデライダのほうを見た。アデライダが軽く笑ったのを見て、皆同じことをした。そしてアデライダはカシルダに向かって言った。

「子供だなんておかしなことを言う子ね。子供はパリから送られてくるわけではなくて、生まれるのに一日どころか九か月もかかるのよ」

「カシルダと僕は、ここでもう一年も飢えと恐怖を凌いできたんだ」ファビオが口を出した。

劇で見事な冗談でも聞いたように大人たちは一斉に笑い声を上げ、拍手喝采まで浴びせそうだった。

そして、皆アデライダに倣って礼拝堂の最前列に腰を下ろし、螺旋型円柱と金の刳り形の残骸でオペラ劇場のように飾られたこの内陣で進行しつつある事態を見守ることにした。エルモヘネスがファビオに言った。

「お腹が空いているのなら、食事を準備させよう。ベントゥーラ一族は飢えとは無縁なのだ。何が欲しい？　パインを乗せたハムか？　この前も料理長が腕によりをかけて作ってくれたが、辛口の白ワインにこれほどよく合うものはない。何でも好きなものを頼みなさい。だが、我々は今朝出発したばかりだというのに、一年もここにいたとは大した冗談を言う奴だな。十二時間ぐらいは留守にしたかもしれないが、十二か月も留守にすることはない」

「素敵な一日だったのよ」セレステが付け加えた。「ずっとあそこにいたいところだったけれど、私たちは子供の面倒を見なければいけないし、男たちには仕事があるし。私たちの階級にはそれなりの犠牲が付き物だから、文句は言えないわね」

「あのね」ベレニセが大人たちに向かって説明した。「私はモダンなほうだし、子供たちも私には友達のように何でも話してくれるからわかるけれど、「侯爵夫人は五時に出発した」では、一時間を一年と計算することがよくあるのよ、偽の楽しい時間のほうが、現実世界の退屈な時間より速く過ぎていくのよね」

「あんたたちのハイキングの時間こそ偽の時間だったのよ！」裸足の足にぼさぼさの髪、しかも変わり果てた顔で薄汚い姿を晒していたカシルダは甲高い声を上げ、内陣の欄干に寄り掛かって体を支えながら、着席した大人たちに呪いをかけた。

「大人に向かってあんたたちとは何事だ！」エルモヘネスがたしなめた。

「放っておきなさいよ」リディアが言った。「これもたわいない遊びの一部なのよ、別荘へ戻ったらすぐに止めさせましょう。不幸にして、カシルダは作り事をすべて真に受けてしまったのよ」

「見事な演技だったわよ、かわいいカシルダ」リディアが続けた。「拍手してもいいくらい」

リディアとベントゥーラ家の大人たちはカシルダに拍手した。

「さて」拍手がやむとリディアは言った。「髪を梳かしなさい、ほら」

そして櫛を渡したが、カシルダは礼拝堂の隅へこれを叩きつけ、ゆっくりと言った。

「私の子供を返して」

ここで突如親の手を逃れたファビオは、カシルダの横に並びながら同じことを言った。

「僕の子供を返して」

「一体何の子供だ？」何人もの声が上がった。

「頭がおかしくなったのか」

「リディア」アデライダは言った。「もう大きな娘たちに、生命誕生の秘密とか、子供が生まれるのに何か月かかるかとか、出産という屈辱的な苦痛とか、そういう話を隠していたのはいけなかったんじゃないかしら」

「そのとおりだわ、お義姉さん」リディアが答えた。「私のせい《メア・クルパ》！　でも、家ではすることが多すぎるし、わかるでしょう！　カシルダは鐘楼にコウノトリが止まっているのを見たのもだから、それで人形が運ばれてきたと思い込んだようね」

「この地域にコウノトリがいるなんて信じてるのはお母さんたちだけだわ、私たちに作り話を吹き込もうとしても無駄よ」カシルダは呟いた。「それに、もう一年も遊んでなんかいないわ、すべては変わったんだから……」

高らかに宣告するエルモヘネスの声が礼拝堂全体に響き渡った。

「何も変わってなどいない。何かが変わったとすれば、それは邪悪な人食い人種の仕業だ」

「人食い人種なんていないわ」カシルダが言い放った。「悪徳と暴力を正当化するためにあんたたちがそんな話をでっち上げただけよ！」

エルモヘネスが彼女を捕え、リディアが手でその口を塞いだ。オレガリオのブーツで床に押しつけられたファビオは呻き声を上げ、テレンシオがその腕を捩り上げる横で、膝をついて祈るアンセルモは、別荘内が平穏無事であるよう願った。

「たとえ拷問で逆を言うよう強制されたとしても、すべては変わったのよ。屋敷には原住民が住みつき……　ティオ・アドリアノが全知全能の神になって……　いとこ同士、それにいとこと原住民が同棲状態で暮らし……　コルデリアには双子が生まれ……　槍の柵はもう存在しない……　槍を手にした原住民たちは、再び武装して防備にあたっている……　マウロがティオ・アドリアノの代理人になって……」

疑り深い微笑がベントゥーラ一族の唇にはっきりと浮かび上がり、今にも高笑いが響き渡りそうだった。やがて、自分の言葉をよく噛みしめるようにしてカシルダは堂々と言い放った。

「そして私たちは倉庫から金を盗んだの」

すでに家族全員が、いつまでも「侯爵夫人は五時に出発した」の遊びに固執する子供二人にうんざりし始めており、崩れかけた座席で欠伸をしていたが、ここで誰もが立ち上がって叫んだ。

「一体何を言っているんだ？」

ファビオは笑った。

「金の話になるとみんな真顔になるね」

テレンシオは再び息子を鞭打ち、その周りに集まったオレガリオとシルベストレとアンセルモが、蹴りを入れたり腕を振り上げたりしながらその頭を床へ押しつけた。ファビオはすがるように泣き声で言った。

「やめて、お父さん……　もう暴力はやめて、すべて話すから」

「さあ、話せ！」

「嘘をついたらただじゃすまさないぞ」

「一年前……」ファビオは話し始めた。

「十二時間前のことね」セレステが口を挟んだ。「あの遊びのルールはよくわかっているわ。さあ、続けて、ファビオ、私が翻訳してあげるから」

ファビオは何とか話を続けた。

「……マルビナとイヒニオとカシルダと僕が、何人かの原住民と一緒に、ティオ・アドリアノの馬車に金の包みを積み込んで脱走したんだ……」

「それなら今すぐその金を返しなさい」エルモヘネスが命じた。

「持っていかれたんだ。ここまで辿り着いた後、カシルダと僕が疲れて眠りこんで、目が覚めたら原住民も馬車もイヒニオもマルビナもいなくなっていた……」

女たちはカシルダを捕まえ、つねったり帽子のピンでつついたりしながら、きちんとファビオの話を補足するよう促した。荒野の真っただ中の礼拝堂に置いてきぼりにされた二人は、秋の訪れとともに、白い霧のように辺りの空気を覆い尽くす綿毛の嵐に窒息しそうになりながらもなんとか耐え忍び、やがて寒波の到来によって綿毛が吹き払われると、今度は霜に枯れたグラミネアの茎に囲まれて冬を迎えた。少し後で戻ってきた二人の原住民は、ティオ・アドリアノの馬車に商品を満載し、これを他の部族に売って一儲けするつもりだという。二人とも随分とめかし込んでおり、真紅のネクタイが目立つばかりか、歯には金を、耳にはダイヤモンドを光らせていた。マルビナとイヒニオは首都で豪勢な生活を送っている、こう彼らは話してくれたが、カシルダとファビオを別荘まで送り届けることは断固として拒否した。今や強力なギャング集団のボスとして、地平線を染める青い山並みにある鉱山も含め、国中のありとあらゆる地点に支部を構えるマルビナとイヒニオの耳にそんな話が伝われば、ただでは済まされないからだという。他にも、険しい表情で失望に打ちのめされたまま海岸部へ向かう原住民が礼拝堂に立ち寄ることが何度かあったが、ファビオとカシルダは彼らと旅路を共にすることを拒んだ。首都へ出ればマルビナとイヒニオに捕まる恐れがあったのみならず、今や明らかなとおり、取り残された二人の命運は別荘で繰り広げられている闘争にかかっていたからだった。近頃では原住民の往来も一層頻繁になり、彼らが伝える知らせによれば、別荘では混乱と不満、飢えと貧窮が蔓延しているという。食料庫の備蓄は最初の熱狂に目が眩んで無計画にばら撒かれ、迫りくる長い孤立生活に備える必要などまったく考慮されなかった。青い山並みの集落で金箔を手作りしていた原住民は、買い手を失って生産を中止した。飢えと疫病で死ななかった原住民は、山を下りて別荘に住みついた。さらにひどいことに、不安と恐怖が支配する無秩序状態のなか、子供たちや原住民は徒党を組んで激しい衝突を繰り返し、問題解決の糸口はまったく見えていないという。それでも子供たちは別荘を離れようとはせず、かけがえのない自分たちだけの財産、一家の歴史、一家への忠誠心にしがみついて、何とかこの混乱を乗り切った暁には、自らの理想に従って一家を立て直すことを望んでいる。今、カシルダとファビオが望むことはただ一つ、別荘へ戻って、どんな形でもいいからこの闘争に参加することだった。冬の間、子供と――いえ、ぼろでできた人形のことね、セレステが口を挟んだ――寒さに耐えながら、いや、その前に綿毛の嵐で窒息しそうになっていたときから、何度も死にそうになったが、通りすがりの原住民に食料を乞い、扱い方もわからぬ槍で兎や鳥を捕まえながら、なんとかここまで生き延びてきたのだ。

「何の槍だ?」シルベストレが訊ねた。

「別荘の柵に使われていた槍だよ。そこにある」ファビオが指差すと、ファン・ペレスが――テレンシオから貰った硬貨を担保に、アマラント色に金をあしらった制服を別の召使から借りて着ていた――松明を手に取って、礼拝堂の柱にもたせ掛けてあった槍に光を当てた。誰の目にも明らかだった。先端に金をつけた黒い槍。テレンシオは息子の顔を鞭打った。

「白状しろ!」

「一体何を?」

「最も大事な話だ」エルモヘネスが切り返した。

「我々皆が知りたがっていることだ」ベントゥーラ一族が声を揃えた。

「一体何を白状しろと言うの? もう我慢できないわ」カシルダが涙声になった。

「人食い人種だったのか?」

「そんなものは存在しない」

「よくもそんな大それたことが言えたものだな」

「人食い人種が別荘を占拠したんだな?」

「お前たちにも食人の習慣を教えたのか?」

「我々を攻撃する気はあるのか?」

ようやくファビオとカシルダにすべて白状させ、人食い人種が攻撃の準備を進めていること、別荘の子供たちも人肉を食べていること、無知な大衆が無計画な反乱を起こしていることを突き止めると、一族の者たちは、何でも言うことを聞くから自分たちを引き離すのだけはやめてくれと泣いてすがりつく二人の叫び声にもかまわず、猿轡を噛ませてファビオとカシルダを縛り上げた。

セレステが言った。

「カシルダは首都へ帰したほうがいいわね。ぼろきれ人形のことを、いとこ同士の間違った関係でできた子供だと言い張るなんて、ヒステリーに囚われている証拠だわ。私が知るかぎり、ヒステリーに囚われた女に対する最も一般的な処方はクリトリスを除去することらしいから、そうしてもらうしかないでしょうね。治療が終わったら修道院にでも閉じ込めて、この世のことは忘れてすべての情熱を神に注がせることにしましょう」

二人の子供の処遇をどうするか、それを決めるにはまだ今しばらく時間が必要だということになったが、いずれにしても、これはまだこの後に続く大惨事の序曲にすぎないかもしれない。一族の五人の男が二人の子供を箱馬車へ押し込み、カーテンを閉めた。

この場で読者にはお伝えしておくが、この後の二人の消息を知る者は誰もいない。

ベントゥーラ一族は再び椅子に腰掛けた。松明の灯りが、ブーツに、眼窩の奥の暗い目に、夏用ベストの螺鈿のボタンに、スカートのモアレに、控え目な鎖に反射していた。彼らの物腰は裁判官のようによそよそしく、誰もが人の話を聞くふりだけして軽く眉を持ち上げ、すでに心は決まっているのにまだ何も決めていないふりを装っていた。

最初から順を追って細部を積み重ね、そのうえで彼らは、ファビオとカシルダの問題をじっくり考えてみることにした。離れ離れになりたくないという二人の叫び声に苛立たしい不安のようなものを感じながらも、二分後に彼らは、二人の処遇について一致した見解に到達した。首都へ戻った後、直ちに手続きに入ることにして、詮索好きな人に何も嗅ぎつけられることのないよう慎重に事を運ぶ。二人は猥らすぎる関係を築き上げてしまったばかりか、有害な感傷主義に毒されており、これは健全な現実主義を旨とするベントゥーラ一族の行動方針とは相容れない。

残る問題は、ファビオとカシルダがマルランダについて語ったことが果たして真実かどうかだった。子供たちが混乱を引き起こしているとか、原住民たちが食人習慣を復活させているとか、そういったことは、誇張はあるにせよ、ある程度まで覚悟しておかねばなるまい。もちろんすべてが単なる妄想にすぎない可能性もある。それならば、礼拝堂の脇で屋外夜食《アンビギュ・アラベルト》をしたためた後、何事もなかったかのごとく出発すれば、夜の間に荒野を横切り、夜明け頃には別荘へ到着できるだろう。馬車のスプリングに揺られながら夜眠るのも悪くはない。松明を掲げて話に聞き入っていたファン・ペレスは、空いたほうの手で突如槍を掴み、内陣の石段を降りながら、ベントゥーラ一族の前でこれを振り降ろしてみせた。

「これが証拠か……！」オレガリオが呟いた。

金モールに彩られた赤い制服姿で松明と槍を持った召使は、地獄から出た姿のまま祭壇画を飾る豪華なバロック風肖像画そのものだった。皆一様に、手を静かに膝の上に置いて同じ場所に座ったまま、不動の微笑で相変わらず同じ仮面を崩さなかったものの、ベントゥーラ一族の顔には明らかな動揺が窺えた。槍。この事実を無視するわけにはいかない。敷地を囲む一万数千本のうちたった一本、それはそうだが、ありえないはずのことが起こっているのかもしれないと思わせるにはこれで十分だった。人食い人種たちがこれを抜いたのだとすれば、槍はもはや防護柵ではなく、殺人の武器だった。先端で光る金色に一瞬目を奪われた彼らは、恐怖のあまり、成長とは忘れると決めたことを忘れられるようになること、この常套句がぐらつくのを感じた。少年時代の彼らも、口うるさい大人たちの抑圧から逃れる唯一の手段として、たわいもない犯罪に手を染めたものだった。大人たちがいなくなればいいのにと夢想したこともあれば、大人の世界すべてを壊してやりたいと思ったこともある。ファビオとカシルダの口から出てきた恥ずべき話と同じことを、敷地の死角や人目の届かない屋根裏で、彼らもかつては行っていたのだし、——同じことだが——思い描くこともあったが、それでも、この二人のように悩ましい結びつきに陥ったことはない。ファビオとカシルダを馬車へ押し込むことで大人たちは、彼らを地平線の彼方へ押しやろうとしたのだった。強欲、盗み、復讐、卑屈、禁じられた添い寝や愛撫、このすべてを大人たちは体験していたのだが、文明人としての暗黙の了解でこのすべてを忘れることにしていたのだ。同じように、外ではグラミネアのささめきが人食い人種の意味不明な言葉を発し、いつ起こるかもわからぬ彼らの反乱を予告するなかで、彼らもまた、臆病風、大人たちの無関心、就寝時間の独断的規律を取り仕切る暴力的執事への恐怖といったものを体験してきた。だが、子供たちがあれこれ空想するのは当然としても、過去にも未来にも変わることのないはずのこの世界にそれが溢れ出し、しかも破壊的な力で押し寄せてくるとは、一体どういう時代の変化なのだろう？　まだ右も左もわからぬファビオとカシルダのような者たちが、子供の分際で愛し合うとは、そう、大人たちとて、話に聞いたことはあるが、淫らなことでもあり、しかも、常に行き着く先は悲劇でしかないというので、これまでずっと避けてきた愛の深みにのめり込むとは、何たることなのだ？　一体どこから、どういう風の吹き回しで、すべてを変えずにはおかぬこんな邪悪な力が子供たちに及んだのだ？

「思うに」エルモヘネスは宣言した。「まだ別荘へは戻らないほうがいいだろう。何か重大なことが起こっているにちがいないから、そういう場合には、距離を置いて、仲介者を立てたほうがうまく対処できる。すべてを鵜呑みにはできないにせよ、この槍を見るかぎり、ファビオとカシルダの言ったことのすべてが嘘というわけではないようだ。繰り返すが、今別荘へ戻るのは賢明ではない」

「首都では当然あれこれ訊かれるだろうが、その時には、伝染性の病気を患っているとでも言っておけば、嘘にはならないし、二人を隔離しておくこともできるだろう」アンセルモが示唆した。

「そうね、それに他の子供たちも、みんな我儘で、責任感とは無縁だし」アデライダは言った。「きっとあの馬鹿げた「侯爵夫人は五時に出発した」の遊びに耽っているせいで、時が経つのも忘れて、私たちが戻っても気づきもしないのじゃないかしら」

「私の……　私のぼろ人形はどんな顔だったかしら？」ルドミラが訊いた。「バラ色の肌、太め、金髪じゃなかった？」

「なぜそんなことが気になる？」テレンシオが怒鳴った。

「ぼろ人形の孫を一目見て、この腕に抱いてみたかったわ」ルドミラが呟いた。

「ルドミラ」テレンシオが脅すような調子で言った。「馬鹿なことを言っていると、お前もあの二人と一緒に縛り上げるぞ」

「そうね」我に帰ったルドミラが言った。「実は次の年の夏まで私たちがいなかったことなんか気にもならないくらい楽しんでいるのかもね」

するとエルモヘネスは一族に向かって語りかけ、子供たちの粗野な振舞なら厳しい躾によって簡単に矯正できるが、それよりはるかに憂慮に値するのは、第一に、原住民たちが金山を放棄して仕事を忘れ、武装したり、首都へ移住したりといった暴挙に乗り出す事態であり、そして第二に——これが最も深刻だが、召使の手に握られた槍を見ればその可能性を否定できない——、武装した食人種が、集落に住む平和な原住民まで邪悪な思想に巻き込み、太古の昔からベントゥーラ一族の領地となっているこの地区の再征服を目論むことだ。そんなことになれば一巻の終わりだ、エルモヘネスは断言した。金箔の生産が——すでに無限の時間のように思われ始めてきたたった一日の間にまだ停止していなければの話だが——永久に停止し、一族の経済が深刻な打撃を受ければ、これまでと同じ生活、自分たちにとって唯一の文明的生活を続けることはできなくなるだろう。万が一、この地区にかつての食人種が復活したというニュースが何らかの形で首都に伝わるようなこと——そんな事態は何としても防がねばならないが——があれば、領地や鉱山の価格は暴落し、やむなく売却せねばならない状況に陥ったとしても、買い手などつきようがなくなるだろう。そしてエルモヘネスは締めくくった。

「我々が第一になすべきは、即座に首都へ戻ってそんな噂を封じることだ。子供たちの世話と保護は召使に任せよう。とかく子供たちは親の振舞を恨みがちだが、こうしておけば、親に見捨てられたなどと言って嘆くこともあるまい。もう一つ早急に行うべきは、イヒニオとマルビナに金の売却を止めさせることだ。今年の生産量云々の問題ではなく、もしあの金が流通してしまえば、紅毛の外国人たちは、別の生産者が現れたと思い込んで値引きを求めてくるだろうし、我々の独占が崩れてしまうことになる」

「でも、金が盗まれたのはもう一年も前なのよ！」疲れと倦怠感にバルビナは溜め息をついた。「もう智天使の恥部を隠す金箔一枚も残っていないでしょう」

「一年？」リディアが叫んだ。「あなたまで、十二時間親に放っておかれただけで頭のおかしくなった二人の子供の戯言を真に受けているわけ？　そんな馬鹿なことを言っていると本気で怒るわよ、だって、もし本当に一年間私たちが出掛けていたのだとしたら、子供ができるぐらいの時間はあったことになるのよ。ありえない話だわ、カシルダは、他の娘たちと同じく純粋で清らか、あの年頃の私たちだってそうだったじゃない」

怒るのはもっともだと言って一同はリディアを宥めたが、同時に、バルビナの知能程度を思い出せ、あの狂人アドリアノ・ゴマラと結婚したほどなんだ、と耳打ちした。重要な決断を下さねばならぬ今この時、そんな些末な感情問題に煩わされている暇はなかった。例えば、一族の財産を守るべく、彼らが首都へ駆けつける間、別荘をどうするか即座に決めねばならなかった。どう考えても一族の面汚しにしかならない事態について、おかしな噂が広まるのをどうすれば食い止められるだろう？　自分たちの打ち立てた規則をどう守っていけばいいだろう？　秩序の擁護者という立場を維持するにはどうすればいいだろう？　答えは一つしかなかった。暴力に訴えること。一見純粋に見えて実はそうでもない子供たち、そして、原住民たちの手で行われたこの恐ろしい犯罪行為を目の当たりにしては、いかなる暴力行為も正当化されるはずだ。だが彼らは、文明の体現者としてアイロニーと平和の芸術を育み、法と制度を遵守してきたベントゥーラ一族であり、生まれつき暴力を憎む彼らには、平和主義の信念と伝統が重すぎて、自らの手を汚してまで暴力行為に及ぶ決意はつきかねた。

進み出たファン・ペレスは、エルモヘネスに槍を、オレガリオに松明を渡した。呆然とした目で見つめるベントゥーラ一族の前で、両掌を開いて見せながら彼は言った。

「私の手はすでに汚れております」

「洗ってくれれば？」リディアが訊いた。「手はいつもきれいにしておきなさいと、執事を通じて私の指令が伝わっているはずでしょう」

ファン・ペレスの手は小さく、骨格も弱々しかったが、力強く目の前に開かれたその手を前に、一同は彼に何の命令も下すことができなかった。傷跡に歪んだその手は、暴力の象徴のように彼らの脳裏に焼きつけられた。

「この汚れは決して消えません、ご主人様」ファン・ペレスは言った。「幼い頃、隣の小屋に住んでいた友人からねずみ花火を盗んだというので、父に鞭打たれたことがありました。私は花火を背中に隠して嫌疑を否定し、そのまま手の中で握り続けていました。すると手の中で花火が破裂し、そのまま回り始めたのです。何かのお祝いに地区のどこかで花火を打ち上げているのだろうと私が説明すると、随分酔っていた父は納得しました。私は痛みに耐えながらそのまま手を後ろに回していましたが、もちろん大火傷を負いました。そのまま瘡蓋になりましたが、火薬の色が掌に染みついて、以来何をどうしても落ちません」

「お前の個人的な話に興味はないし、大して感動的な話でもないな」テレンシオは言った。

「わかっています」ファン・ペレスは言った。「私の手は汚れていますが、鋼のようです。鞭打たれても何も感じません」

エルモヘネスは彼に近寄り、この召使もどきから受け取った槍で、相変わらず胸の前に掲げられたままの掌を突いたが、彼はぴくりとも動かなかった。

「なんて奴だ！」エルモヘネスは言った。「名前は？」

「ファン・ペレスです、ご主人様」

「毎年一人はファン・ペレスがいるわね」リディアが言った。「もう名前ですらなくなって、誰の顔も思い浮かばないわ」

エルモヘネスは彼に槍を返した。片方の手をズボンのポケットに突っ込み、もう一方で鎖を弄びながら、ベントゥーラ家の長男は黙って物思いに沈んだまま歩き回り、しばらくしてから再びファン・ペレスのほうへ向き直った。

「何か提案があるようだな」

「ご主人様方が手を汚すようなことがあれば、模範的立場が崩れ、秩序を保つことはできません。手を汚すべきは我々使用人です。我々は、執事の命令に絶対服従し、規律と実行力を重んじる集団です。我々使用人部隊が別荘へ戻り、子供たちを保護するのみならず、人食い人種を蹴散らして彼らの影響力を一網打尽にすべきと考えます」

「それで、具体的には?」

「武器をお渡しください」

「お前にか?」

「そういうわけではありません。私にそのような権限はありません。使用人部隊の長である執事がすべての責任を負います」

「それで、お前の役割は?」

ファン・ペレスが爪先立ちになってエルモへネスの耳元に何か囁きかけると、召使の持つ槍に寄り掛かりながら彼はその話に聞き入った。そして少し考えた後、もう一人の召使に松明を持たせて、女性たちを馬車まで送り届けるよう命じ、皆疲れていることでもあり、首都への道中ゆっくり休んだほうがいいだろうから、遅くとも一時間後には出発すると言い渡した。オレガリオの掲げる松明に照らされた礼拝堂に、一族の男五人だけが残ると、エルモへネスは話し出した。

「お前の言うとおりだ。家族に災厄をもたらしたのはアドリアノであり、カシルダも言ったとおり、人食い人種の反乱を先導しているのもあの男なのだ。あの狂気の毒牙から子供たちを救い出さねばならない。だが、なぜお前なのだ？」

ファン・ペレスは、僭越ながらリディア夫人の誤りを訂正したい、と申し出た。毎年違ったファン・ペレスがいるわけではなく、マルランダのバカンスに備えて首都で恒例の使用人募集が行われると、目立たぬ容姿とありふれた名前の隠れ蓑を頼みに彼自身が求職に参上し、前の年のファン・ペレスと同一人物だと誰にも気づかれることなく毎年採用されたのだという。料理人の下働きや馬丁助手の見習いを数年間こなした後、現在は庭師となっているが、この平凡な体つきと目立たぬ顔のせいで、ずっと喉から手が出るほど欲しかった金モール付きのアマラント色の制服に決してありつくことができなかった。厩舎で働いていた時代には、毎朝原住民の集落を訪ねていくアドリアノ・ゴマラの栗毛の馬に鞍をつけていたが、いつも気前よくチップをくれる彼ですら、毎年同じファン・ペレスが馬に鞍をつけていたことにまったく気づかなかった。毎年繰り返し夏になるとマルランダへ来たのは、アドリアノに自分を人間と認めてもらいたかったからで、彼に無視されたことで人格はおろか、人間である権利すら否定されたような気になっていたが、何とかそこから立ち直るきっかけが欲しかった。こんな平凡な名前でも、ファン・ペレスにだって人格がある、世のファン・ペレスが皆、幼少時代の火傷で火薬色に汚れた手をしているわけではないし、無視された恨みで頑なになっているわけでもない。塔に幽閉されて見張りまで付けられてしまってからというもの、アドリアノは自分の手の届かないところへ行ってしまったが、あの男を排除しないかぎり、自分が自分になることはできない。

「我々は二年前からアドリアノを死んだものとして扱っているし、彼を排除すると言っても、それは修辞の問題でしかない」こう答えながらエルモヘネスは内陣を歩き回り、一族の他の男たちもまた、頷き、言葉を挟みながら、同じように歩いていたが、ゆったりと椅子に腰を下ろしたファン・ペレスは、じっとメロドラマの始まりを眺めてでもいるようだった。「重要なのは、もう一度我々の、つまり本物の秩序をマルランダに回復することだ。これは道徳的問題だ。我々の一族は常に、食人習慣の撲滅を家訓として行動してきた。奴らが我々に暴力を振るってきたとすれば、たとえ辛くとも、暴力をもって一家の理想、体制、子供たちの未来、そして財産を守るのが我々の使命だ。家族の一員たる者がわけもわからぬままあのおぞましい集団の血なまぐさい習慣に手を染めてしまったのかと思うと、身も凍る思いだが、たとえ相手が誰であれ、悪習は根こそぎ絶やさねばならない！」

一族の者たちが、議論し、興奮し、頷き合う様子をファン・ペレスは黙ったまま眺めていた。オレガリオが高く掲げる松明の光に照らされた内陣で、彼らの姿は唾棄すべきほど現実味を失っていた。なんとか自分自身を欺いて汚れなき倫理の代弁者を自認することができれば、暴力を正面から見つめることもなく、ましてや、その本来の姿、つまり、憎念と怨念と恐怖と盗みと野蛮の帰結という正体に目を向けることもなく、暴力の行使を正当化することができるのだ。いや、自分たちが憎しみを引き受けるわけにはいかない。金銭欲も傲慢も臆病も引き受けるわけにはいかない。生き延びるために必要なのは、型にはまったいつも変わらぬ理想の人間像を保ち続けることだ。人格を欠いているのは、ファン・ペレスではなく自分たちなのだ。そんなものは必要ない。チョッキの浮き出し彫りさえ完璧なら万事うまくいく、そんな生活のほうがいいのかもしれない。

だが、時は刻々と過ぎていた。早く出発の合図を出して、必要な作業に取り掛かったほうがよさそうだ。

ファン・ペレスは、議論を一気に切り上げ、主人たちのためらいを振り払うために立ち上がって言った。

「あとは、一族の家訓を使用人たちにしっかりと叩き込むだけです」

ベントゥーラ家の男たちは、まるで一家を支える体系が壊れでもしたように、硬直して内陣に立ちつくしていた。

「つまりまだ十分に浸透していないということか？」

「そんなことはないだろう」アンセルモが言った。「リディアが最初に説教をぶつのも我が一族の家訓を使用人全員に浸透させるためだし、そもそもこれが機能しなければ、我々の生活はまったく意味を失ってしまう。この家訓のおかげで、世間には無為な人生を送る者も多いなか、我々は意義ある人生を享受できるのだ」

「これが徹底されていなければすべては失敗に終わる」テレンシオが続けた。「毎週行ってきた武器訓練を見るかぎり、問題はないだろう……」

「失敗などありえません」椅子の脇に立ったままファン・ペレスは言った。「ただ、今まさに行動を起こそうというこの時、ご主人様方が演説によって士気を鼓舞なされば、英雄扱いされることの他に報酬など望まぬ執事のように単純な者たちには効果絶大でしょう。使用人の大半は、望みうるすべてを持っているという理由だけでベントゥーラ一族を尊敬しているほど卑屈な連中ですから、別荘を自由にしていいと言われれば、それだけで大満足のはずです」

「お前の考えでは」少しむっとしたような表情でシルベストレが訊いた。「どういう理由で我々は尊敬に値するのだ？」

ファン・ペレスは微塵のためらいも見せなかった。

「揺るぎない確信に支えられていることです」

召使の隠れ蓑を着た若造がこんな答えをしたせいで、それまで理解したこと以上の理解など必要もなかった問題がこじれ始め、ベントゥーラ一族の男たちには失望の沈黙が広がった。やがて抗議の声が上がり始め、マルランダに置いてきたすべてを失うわけにはいかない、一家に代々伝わる宝石もあるし、高価な家具もある、壁掛けも絵も、アーミン毛皮のコートもある……それに屋敷自体も、珍しい動植物を取りそろえた庭も……

「愚痴を言っているときではありません、ご主人様方」けち臭い主人たちに痺れを切らしてファン・ペレスは言った。「聖戦を戦い抜くためには、多少の犠牲はやむを得ません。長い間ベントゥーラ家にお仕えしてきた私には、マルランダに残してきたものなど、一族全体の財産に較べれば取るに足らないほどのものでしかないことがよくわかっています。今の別荘の代わりに、もっと快適な場所に別の別荘を建てればそれでいいではありませんか……例えば本日ハイキングにいらした場所に」

この提案は賛同を得た。あそこに別荘を建てるとなれば、特に女性たちは喜んで新しい家の装飾に乗り出すだろう。そういえば、午後誰かがそんなことを言っていたような気がする。そう、この地域に平和が戻れば――小競り合いはあるだろうが、火器を持つ使用人部隊が、槍以外に武器を持たぬ人食い人種に負けるはずはない――、その時新しい別荘を建てればいい、快適な午後を過ごしたあの魔法の滝のほとりに、夢のような豪邸を建てようではないか。マルランダ地区は危険だとか、領地の価値が下がったとか、そんな噂を立てる者がいたとしても、新たな別荘の建設に着手すれば、それが根も葉もないデマとして片付けられることだろう。

3

「人食い人種なんぞ……　私が蹴散らしてみせますよ」エルモヘネスの果てしない長広舌に心を動かされた使用人たちが忠誠の誓いを声高にし、続いて短い沈黙の時が流れると、間髪を入れず執事が叫んだ。「蹴散らしてやりますとも」興奮してこう叫びながら彼は、バックルの付いた靴の踵を地面に荒々しく突き立てた。執事の強い口調を聞いた使用人たちは、この残忍だがわかりやすい発言にすぐさま共鳴して黙ったまま賛同の意を表し、夕暮れの荒野を支配していた沈黙が一面の拍手喝采に取って代わられた。

首都への出発準備を終えて馬車に乗り込んだベントゥーラ一族は、半円に整列した使用人部隊の中心に立って意気揚々とした執事の姿を、まるでその時初めて見るかのようにじっと眺めていた。中国人や黒人と同じく、使用人といえば、役職や地位のいかんにかかわらず皆同じ顔に見える彼らにとって、一族への絶対的服従及び使用人部隊の全権掌握と引き換えに与えられる制服を目印に誰が執事なのか辛うじて区別できるだけで、他の者など誰が誰なのか見分けようしても無駄な努力だった。すでに述べたとおり、金の浮き出し刺繍やバッジ、ワッペンに飾られ、金モール、袖章、星飾り、飾りボタンなどで重くなったこの堅苦しい制服は唯一無二の逸品であり、他の使用人たちが身に着けるアマラント色のベルベットの制服――位が下がるにつれて縫製が単純になっていった――とは比較にならぬほど立派なものだった。今さら取り立てて言うほどのことでもないが、執事の顔と声は当然ながら毎年変わることになる。執事と契約を交わすにあたっては、事務能力その他、一流の執事たるに必要とされる資質はもちろん、この最上の制服を立派に着こなす体格も求められるのであり、贅沢の極みをつくしたこの制服に袖を通した途端、執事は野蛮を体現する偶像として、主人が眉を顰めるとき以外何事にも動じることのない、肝の据わった男に変身せねばならない。逆に言えば、この制服を身に纏う者は、執事たるに必要な才覚すべてを備えた優秀な使用人なのだ。ベントゥーラ一族にとっては、自分たちに忠実に仕えてさえいれば、使用人一人ひとりの人格などどうでもよかったし、年ごとに執事が別の男に代わるとはいっても、それが誰なのかという問題よりはるかに重要だったのは、立派な制服それ自体、そしてそれが意味する機能のほうだった。

馬車の出発準備は整っていた。一連の動静にまったく無関心なまま、何か物でも探すようにして井戸に身を乗り出していたルドミラは、何をしているのか訊かれると、涙ぐんだ顔で、決まっているじゃないの、虹の光を落とすために手を洗っていたのよ、と答えたが、その彼女も馬車に乗せられ、他の母たちも、愛する子供たちの悪戯に手荒なことはやめてくれと使用人たちに十分言って聞かせたうえで、馬車へ乗り込んだ。にもかかわらず、馬丁の代わりを務めるべく、御者台に乗り込んで手綱を握っていたベントゥーラ家の男たちは、出発の号令をかけることができぬまま、マルランダの開かれた夜空の下、自分たちが作り上げたその眩い男の姿に、いや、これまで一族に仕えたどの執事より大きく、力強く、荒々しいその姿と、今や完全に記憶に刻みつけられたその顔を前に、まるで催眠術にでもかかったように呆然と佇むばかりだった。野蛮人のように四角いこの顎、そして、芋のようなこの鼻に、なぜこれまで一度も目を留めたことがなかったのだろう？　汗まみれで血色の悪い肌や、狭い額になぜ気づかなかったのだろう？　まるで宝石商人のように、絶対的な安心感と完全な無鉄砲、そして揺らぐことのない愚かしさを白目に湛え、何物をも恐れぬ実行力を漂わせた栄光の目に誰も注目しなかったのはなぜなのだ？　年齢不詳の顔、そのきつく結ばれた口から発される言葉は、一家の家訓を冷徹なイデオロギーに変えるというのに、彼の硬い唇を見ても「はい、ご主人様」という言葉しか思い出せないのはなぜなのだろう？　猿のような腕、白手袋はしていても本職の剣闘士のようにごつい手、普段は命令に従うため前屈みになっているが、今や自分が命令する側となってしっかり持ち上げられた首、この男は一体これからどんなことをしでかすのだろう？　実はこの男は単なる執事ではなく、一族にこの物々しい制服を着せられたことで、邪悪な力を凝縮して恐ろしい人間になったのではないだろうか？

もはやあれこれ考えても無駄だった。礼拝堂の鐘楼から鳥が飛び立っていく下に集結し、執事に士気を鼓舞された使用人部隊は、すでに主人たちのことなど眼中にもないようだった。彼らは最高級の馬車をせしめたばかりでなく、最高級の馬、最高級の食料、最高級の馬具、そしてすべての武器を要求した。猟銃、火縄銃、マスケット銃、拳銃の音が夜空に響き、鐙や狩猟用のラッパの金属音が鳴り渡るとともに、火薬や汗、即席に準備された食事の匂いが辺り一帯に立ち込めた。叫び声や馬の嘶き、歌声で騒々しくなってきた集団の真ん中に途轍もない大きさの篝火が焚かれ、このままでは辺り一帯に生い茂るグラミネアを焼き尽くしてしまうばかりか、自分たち、主人たち、人食い人種、その他あらゆる生物が、ありとあらゆる邪悪な力を合わせた協奏曲の大虐殺に飲み込まれてしまうのではないかと思われてきたほどだった。

今や自立した集団となったこの不穏な部隊が虐殺に手をつけぬうちに、さっさと海岸部へ向けて退散すべきだろう。御者台から見つめるベントゥーラ一族の目に映っていたのは、もはや眩い執事の制服ではなく、忘れがたき特徴によって個人となった男の顔だった。今はまだ辛うじてその害が一族に及んではいないが、この先ベントゥーラ家は使用人たちの食い物にされてしまうのかもしれなかった。出発だ、出発、逃げるんだ。だが、エルモヘネスだけは、いつもの彼に何とも似つかわしからぬ滑稽な姿で家族に一言告げて、いったん礼拝堂へ引き返すと、首都へ向かう部隊と別荘へ向かう部隊、双方の成功を願って神に祈りを捧げたのだった。少し経って、一同に会した者たちの志気がみるみるうちに高まり、天に向かって炸裂しそうになっていたところで、すっかり落ち着きを取り戻したエルモヘネスは、身分の低い庭師を後ろに従えて礼拝堂から出てきた。痩せこけて身なりの悪い庭師は、主人が御者台に乗るのを助けると、来るべき戦闘、あるいは防衛戦に備えて歌声を張り上げながら食事を取る使用人たちに紛れ、瞬く間に他と区別がつかなくなった。今やすべては執事の手中にあり、これから何が起こるのか、ベントゥーラ一族にもはや知る由はなかった。

だが、同じ日の夜、もう少し後で、ベントゥーラ一族の短い隊列が荒涼とした平原の向こうに見える集落を指して進み、そこで休息を取るのみならず、新たな使用人を雇い入れようと考え始めていた頃になって、馬丁に代わって御者台で目を覚ましたまま手綱を取っていたテレンシオとオレガリオとアンセルモとシルベストレは、先頭を行く馬車に乗り込むエルモヘネスを助けていたあの男の顔に、実は重要な意味があったことに気がついた。

第九章　襲撃

1

ベントゥーラ一族が、結婚したばかりのアドリアノ・ゴマラを初めて別荘へ招待し、エメラルド色の素晴らしい庭を得意げに案内していると、彼は、石段の麓にアマラント色の制服を着た男がじっと立っているのに目を留め、警備の担当だろうかと考えた。その後も、同じ場所で同じようにいつもじっと立ちつくす男を何度も見かけたアドリアノは、男が一体何をしているのか新妻の家族に訊ねてみることにした。

「わからないかしら」セレステが答えた。「コローの風景画みたいに、あそこに赤い点があると、色の対照で庭の緑が引き立つでしょう」

人間を飾り物の一つに変えるこのような人種を称賛したものか、あるいは、軽蔑したものか、アドリアノには判断がつかず、しばらくじっと黙っているよりほかなかった。彼の当惑に気づいたベントゥーラ一族は、その内面を察し、やがて彼に疑いの目を向け始めた。読者は、こんな些細な質問はすぐに忘れ去られるのが当然だと思われるかもしれないが、その後ベントゥーラ一族は何度となくこの話を引き合いに出し、使用人の務めが一見どうでもいい細部においてまで主人に尽くすことだとわからない階級の出身者が、いかに場違いな振舞をするものか、その例として使ったのだった。そして、これがアドリアノ・ゴマラに危険人物のレッテルを貼る契機となった事件の一つだった。夏のバカンスへ乗り出す前に、毎年使用人たちを集めて訓戒を垂れる段になると、リディアはまるで伝説でも語るように何度もこの話を繰り返し、義弟には特別の注意を払うよう全員に言い伝えたうえで、彼の前でそんな素振りを見せてはならないと厳命しつつも、この要注意人物から目を離すことのないよう指示した。

そしてとうとう、そのアドリアノが一家に大問題を引き起こしたのだ。花火を散らしたような夜明け、黒い銃身をあちこちに突き出した馬車の隊列が、喧騒と時折発される銃声で沈黙を破り、グラミネアを打ち倒しながらギャロップで荒野を進んでいた。ベントゥーラ一族と違って、生まれつき命令することに慣れていないアドリアノは、その「弱腰」のせいで、使用人たちから常に不審の目で見られていた。とはいえ、礼拝堂の屋根の下で、前日の夜主人たちに馬車と武器を引き渡されていた彼らは、その危険性についても十分検討していた。狂人ではあるが——ベントゥーラ家に入ってきたときからすでに狂人だったのだから、一家が原因で発狂したわけではない、一族はそう考えていた——、彼は人食い人種の代理人、いや、それどころかボスであり、伝統的権力を覆そうとしている。いずれにせよ、野蛮人に憎悪の念を植えつけ、ファビオやカシルダが語っていた激しい力で一家の安定を崩そうと試みたばかりか、無邪気な子供たちまで言葉巧みに騙して味方につけたのはあの男だ。だからこそ——主人たちは使用人部隊を諭した——、新たな建物、組織をすべて根こそぎ破壊し、悪習に染まっていない者がいれば早急に救い出す必要があるのだ。

料理長と第一馬丁と庭師主任が先頭の馬車に乗り込んで風を切っていた。御者台で馬丁の横に座って制服の黄色を光らせていた執事は、手袋をした手にライフルをしっかりと握り、引きつったような絹の目で地平線を見下ろしながら、顎と硬い唇で空気を切り裂いていた。仮にファビオとカシルダの話がヒステリーに囚われた子供の単なる戯言でないとすれば、子供たちの行動を一体どう理解すべきだろうか？　真っ白い制服を着込み、糊の利いた高いコック帽の下で赤みがかった頬を見せつけながら、肉厚の唇の上で弓形の髭をわずかに揺らしていた料理長は、隊長の内面を察したように語り始めた。

「何一つ不自由のない生活をしているうえに、しかるべき時が来れば、手作り金箔で築かれた大帝国のトップとして、土地も鉱山も人民も支配するはずの子供たちが、無秩序に自分たちの所有物を破壊し、あらゆる権力を失いかねないほどの危険を冒すとは、一体どういうことなのでしょうね？」

「しかも、女子は原住民と同棲しているというし……」第一馬丁が呟いた。

「我々ですら滅多に近づくことのできない屋敷に、まさか原住民が住みついているとは」庭師主任が調子を合わせた。

「飢えで頭のおかしくなった哀れな子供の妄想でしょう」馬車の座席に深く腰を下ろし、両手と首を撫で合わせながら料理長は言った。

彼らの言葉は疾駆する馬車から流れ出て散り散りになり、グラミネアの茂みが道を開けて折れていくときに立てる軋みと混ざり合った。だが、執事とともに御者台で手綱を握っていたファン・ペレスは、その痩せた体に似合わぬほど荒々しく馬を走らせながら、はっきりした声で言った。

「妄想などではありません」

使用人部隊の頂点に君臨する男たちが彼のほうを見やった。これほどきっぱり断言するとは、一体何様のつもりなのだ？　自分の言葉が正しいことを証明するため、ファン・ペレスはそれまで誰も知らなかった新事実を明かした。エルモヘネス・ベントゥーラが井戸に沈めたのは、人形などではなく本物の赤ん坊だったのだ。そう、そうです、とぼけるのはやめましょう、ベントゥーラ家の娘たちなんてみんな尻軽女で、所詮は娼婦もどきの娘たち、孫たちにすぎませんよ。とにかく、あれは紛れもなくカシルダの子供でした。馬車が激しい勢いで空気を切り裂いて走るなか、ボスたちは、即席の馬丁が発したこの不快な侮辱の言葉を単なる聞き違いとして片付け、これ以上詮索しないことにした。ですから本当に――ファン・ペレスは続けていた――一日ではなく一年の歳月が経過したのですよ、そりゃ使用人への支払いのことを考えれば、一日しか経っていないようなふりをしているほうが得ですからね、そりゃ使用人への給料をごまかされてはかないませんから、時が来たら、ちゃんと主人たちに一年分請求しましょう、それに、子供たちもきっと堕落していますよ。マルランダは収拾のつかない無法地帯と化し、アドリアノ・ゴマラに唆された人食い人種が屋敷やら庭やら鉱山やら農園やら家具やらを占拠して、新たな秩序の構築を旗印に野蛮な風習を広めていることでしょう。そう、人食い人種というのは単なるデマなどではありません、現実に活動を続ける危険な存在であり、マルランダに発して、世界全体へ広まりかねない疫病です。これまで何年にもわたって、使用人といえば、せいぜい庭に色彩を添える飾りにすぎず、いつの日か英雄的偉業に臨む日を夢見ながら平凡な日々を送るだけの存在でしたが、今こそ武器を手に取って、唯一真に価値ある大義のために戦うときが来たのです。そのために我々はリディア様に雇われ、テレンシオ様に訓練を受けてきたのですから。

ファン・ペレスのこの演説はボスたちの勇気を奮い立たせ、疑念をすべて振り払った。猛スピードで進む馬車で正面から風を浴びていた彼らはそのまま黙り込み、馬の蹄と馬車の車輪になぎ倒されたグラミネアが立てる鞭のような音に聞き入っていた。後に続く長い隊列でも、ファン・ペレスの熱弁が聞こえたかのように、皆意気揚々としている。平原を突っ切る馬車の音が嵐のごとく辺りに鳴り響くなか、執事万歳と叫んで彼への忠誠心を誓う声が上がり、人食い人種を長年の眠りから覚まさせた無責任な指導者アドリアノ・ゴマラへの呪詛の言葉が聞こえた。行動を目前に控えて興奮した三人のボスは、ランドー馬車の中で立ち上がって、派手な戦闘ポーズとともに銃を掲げ、執事のもとで死ぬまで戦い続けるぞと大声で叫んでいた。

ファン・ペレスは黙ったまま、じっと手綱を操っていた。急がねばならない。脚が折れても走れとでもいわんばかり、彼は容赦なく馬に鞭を入れた。後ろには同じように猛スピードで馬車が続いている。使用人たちのこの純粋な、それでいて獰猛な怨念が消える前に、冷静な心を取り戻す前に現地へ到達できるよう、急がねばならないのだ。

雲一つなくじっと固まった空の下、馬車の隊列は、単調な景色の続く荒野を疾駆していた。夜明けの光が地平線上に薄く見え始めた頃、荒野と同じ材質の顆粒が並んだような集落がようやく遠方に現れた。

少し勢いを落として馬車の列は前進を続けた。

かなり近づいて、集落の側から彼らの姿も見えなければ馬車の立てる騒音も聞こえない、そのぎりぎりの地点まで至ると、執事は停止の指示を出し、全員が馬車から降り立った。武器を構えてグラミネアに身を隠したまま、絶対に物音を立てることなく集落へ接近し、全方向から包囲せよ、と命令を下したうえで、銃の発射を厳重に禁止した。最大の獲物は別荘にいるのだから、それまで弾薬は大切に取っておかねばならない。集落に住んでいるのは取るに足らない自作農たちだから、この襲撃はあくまで予備行動にすぎない。銃声を合図に一斉突撃するが、それ以上の発砲は許さない。武装した使用人部隊による包囲が完了すると、ファン・ペレスとともに執事は、拳銃を手にグラミネアの間を匍匐前進し、集落の内部がどんな状況にあるのか偵察した。

沈黙。完全に寝静まっているらしい。襲撃があろうなど夢にも思っていないようだから、攻撃には打ってつけのタイミングであり、うまく全員を捕虜にできるだろう。だが、執事が突撃の合図を出そうとしていたまさにその瞬間、小屋の間から突如原住民の一団が現れ、執事の目には何とも奇妙な衣装を身に纏っていた彼らは、槍で武装しているばかりか、頭には赤く染めたグラミネアを飾りにあしらった金のヘルメットを被っていた。だが、執事がひるんだのは武装した蛮人集団が目に入ったからではなく、部隊の先頭に、同じく武装した少年と少女、しかも原住民ではなく、紛れもないベントゥーラ家の嫡出子二人の姿があったからだった。

「バレリオとテオドラですね」ファン・ペレスが囁いた。

「なぜわかる?」驚いて執事が訊いた。「一族の子供たちは、中国人か黒人のように、私の目にはみんな同じに見える。数人を除いてまったく区別がつかない」

「私は全員の顔と名前を覚えています。彼らの振舞や考え方はすべて調査済みです」

「後で教えてくれ」

「何なりとお申しつけください、執事様」

以上のような短いやり取りが行われている間、バレリオとテオドラは、二人とも全裸で、赤いグラミネア飾りの付いた兜で頭を守る原住民の戦士を従え、一番立派な小屋へ入っていった。残りの戦士は外で警備につき、集落に日常的活動がちらほらと見え始めた。火を起こしてどんぶりを温める女たち、乾燥したグラミネアを束ねて野菜籠を担ぐ男たち、埃まみれで遊ぶ子供たち。しばらくして小屋の内部から叫び声が聞こえてきた。その時執事とファン・ペレスの目に映ったのは、ぼさぼさの髪に服はぼろ切れ同然、痩せこけた汚らしい体で槍を手にして出てくる子供たちの姿だった。

「コロンバ……　メラニア……　シプリアノ……　アグラエー……　アベラルドにエスメラルダ……　オリンピア、ルペルト、そしてソエ」出てくる順番にファン・ペレスが名前を呼びあげた。

すぐに子供たちは原住民戦士に囲まれたが、それも無意味な行為で、彼らはすっかり意気消沈し、悲痛な嘆きの声を上げていた。さらに恐ろしい声が小屋の内部から聞こえ、四人の戦士とともに再び中へ入ったバレリオが、しばらくすると、フベナルを力ずくで引っ張り出してきた。紫色とオレンジ色の粗野な縞の入った仰々しいマントの下は裸も同然ながら、ペンダントやお守り、ブレスレットやネックレスをたくさん身に着けていたフベナルは、足をバタバタさせてもがき、泣き声で悪態をついていたが、メラニアに大声でたしなめられた。

「今さらじたばたしてどうするの？　多勢に無勢、彼らの言うことを聞くしかないのよ」

「黙ってなさい！」テオドラが槍で脅した。「あなたは集落の人たちと同じように働いていなさい。どうせ何もできやしないけど、まだそのほうがましだわ」

「何てことだ！」執事は呟いた。「あの体を見ろよ……まだ子供なのに、年上の従姉に向かってあんな口の利き方をするとは。これもドン・アドリアノと人食い人種の悪影響で、子供たちに道徳心がなくなってしまったせいだろう。このまま食われてしまうのか？」

「それはないでしょう」こう答えたファン・ペレスは、小さすぎるうえに中央に寄りすぎた目で子供たちの動きを追いながら、まるでここで繰り広げられている光景が日常茶飯事でもあるかのように平然と仕事を続ける原住民たちの動きにも注意していた。男が一人、小屋の屋根に登り、傷んだところをグラミネアで修理している……　地面に一列に並んだ子供たちに女たちが食事を与えている……　老人の集団が穀物を選別している……

「私は働かない」メラニアがテオドラに向かって言った。「私はお嬢様で、何も教わったことなんかないから、したくても何もできないの。あの狂人ティオ・アドリアノが何を言い出そうとも、私は仕事なんかしない」

「弓につがれた矢のように議論に乗り出す身構えでいたバレリオの表情が、そして、言葉よりも先に飛び出してやろうと身構えていた裸体、日焼けした体の筋肉全体が、怒りで爆発し、いとこたちに向かって叫び声を上げた。

「ティオ・アドリアノの最も愚かな狂気はあの弱腰だ！　役にも立たない昔ながらの自由の理念をまだ引きずっている」

「だから、君が弱腰と呼ぶその欠点の埋め合わせに」戦士たちの輪の真ん中からアベラルドが問いかけた。「君たちが大将と崇めるマウロにも、他の誰にも気づかれぬよう、僕たちをこうして捕虜にしたわけかい？」

金の面頬付き兜を被ってバレリオに付き従っていた裸の戦士が、ぼさぼさの長髪を振り乱し、向う見ずな熱狂に表情を荒げながら、他の原住民たちと同じ平和の印を刻み込んだお守りではなく、恐喝と死に満ちたお守りを盾に前へ進み出て叫んだ。

「流血なしに変化はありえない！　それがティオ・アドリアノにはわかっていない！　極端な話をすれば、君たちの血が必要になるような場合だってあるかもしれない！　僕らは常に外部の脅威に晒されている。思いもよらぬときに、君たちとこっそり手を組んで大人たちが戻ってくるかもしれない。君たちは僕らの敵なのに、それが彼にはわからない。ここの住民たちのように働いて、戦争に協力するのでなければ、君たちなど容赦なく始末してしまえばいいんだ……」

「ファン・ボスコですね」ファン・ペレスが囁いた。「危険人物です。覚えておいてください」

ファン・ボスコのあまりに甲高い声を聞きつけて、仕事をしていた原住民の多くが周りに集まってきた。彼は相変わらず熱弁を振るっていた。

「我々のように、この集落で、別荘の快適な生活を軽蔑して生きてきた者には、弱腰になったアドリアノ・ゴマラがいずれ妥協し、外部の人間、つまり大人たちとの話し合いに応じるであろうことがよくわかっている。そんな裏切り行為は断固阻止せねばならない……」

アドリアノ・ゴマラという呼び方を聞いて執事は怒りに震える声で叫んだ。

「アドリアノ・ゴマラだと！……　何たる侮辱だ！　卑しい人食い人種の分際で、ドン・アドリアノのドンを省略するとは！　それにしても、なぜ我々の言葉を話せるのだろう？」

「原住民は皆我々の言葉を話します、いつもわからないふりをしていますが」

「危険な兆候だな。合図を出そう……」

「少し待ったほうがいいと思います」フアン・ペレスが宥めた。「もう少し成り行きを見守っていたほうが、後で有利に戦いを進められるかもしれません」

執事は銃を下ろした。戦士の輪の中央から二人の男がフベナルを引っ張り出し、足をばたつかせて叫び声を上げる彼をフアン・ボスコの足元へ突き出した。フアン・ボスコは訊いた。

「一体何のつもりで我々の衣装を盗んだ？」

「何のつもり？」フベナルが叫んだ。「原住民の分際で、この僕がマルランダで自由にしていることにケチをつけるつもりか？　侯爵夫人の娘の仮装パーティーにしか役に立たないこのぼろ切れが「衣装」だと？」

「鍵をよこせ」

「鍵？」フベナルが問い返した。「何の話だ？」

バレリオが前へ進み出て槍で脅しをかけた。

「渡せ！　とぼけるな。確かに、最初倉庫にあった食料を分配したときには、事を急ぎすぎてすぐに底をついてしまったが、お前は別の食料庫の鍵を隠し持っているだろう、我々がいくら探しても見つからなかったが、あの入り組んだ地下道のどこかに、まだ食料満載の倉庫があるはずだ。それで今夜のダンスパーティーの御馳走を準備するつもりだったのだろう」

「鍵なんか持ってない」こう答えながらフベナルはファン・ボスコの前で反り返り、小競り合いの間に乱れた緑色の鶏冠を直した。「お前たちが盗んだ食料以外にはもう何も残っていない」

「よこしなさい！」メラニアが叫んだ。「この期に及んで何を隠すことがあるの？　今さら無駄な抵抗をするなんて、もうすぐ親たちが戻ってきてこの長い悪夢の午後を終わらせてくれる希望を捨てるようなものよ」

フベナルが言うことを聞かないのを見てメラニアは、戦士の輪を破って彼に飛び掛かり、相手の体を揺すって泣き声で、早く鍵を、持ち物すべてを渡すよう訴えた後、マウロはティオ・アドリアノに熱を上げて頭がおかしくなってしまった、もはや愛の言葉などすっかり忘れてしまったらしい、不思議な沈黙を貫くウェンセスラオは、いとこたちはおろか、マウロや父親にすら手を貸そうとはしない、自分たちはこんなに少数で完全に孤立している、なのに抵抗して何の意味がある、と言って諭した。メラニアのヒステリーが引き起こした混乱に乗じて、アベラルドとエスメラルダとソエが人垣を破り、フベナルから鍵を奪って引き渡すことで原住民と同じように働く苦役から逃れようとする一方、フベナルに味方するいとこたちは彼に声援を送った。その間ファン・ボスコとテオドラとバレリオは、子供たちが泣きながら殴り合い、言い争う光景をじっと見つめていた。集落の住民たちは仕事の手を止め、子供たち同士で争っているうちは自分に危害が及ぶことはないとわかっているのか、埃まみれになって争う彼らの姿を野次馬のように眺め始めた。

集落中の人間が喧嘩の見物に集まってきたのを見て、これが絶好のタイミングだと判断したファン・ペレス――執事ではなかった――は銃を発砲した。光り輝く制服を着た召使、青服の庭師たち、白服の料理人たち、黒服の馬丁たちが次々とグラミネアの間から姿を現し、地獄の使者のように集落へ突撃した。装備の違いを敵方に思い知らせて戦意を喪失させるため、空へ向けて空砲を打ち鳴らしながら攻め込んだ彼らは、驚くほど簡単に原住民たちを拘束した後、執事の命令に従って小屋のいくつかに全員を幽閉することで、襲撃に関する情報が一切別荘まで届かぬよう抜かりなく手配した。続いて執事は数人の使用人に見張りを命じ、逃げようとする者には容赦なく発砲するよう言い渡した。バレリオとテオドラにも同じく幽閉を命じ、人食い人種に追従した罪について後で時間をかけてしかるべき処罰を検討することにしたが、すっかり震え上がりながらも悪習に抵抗した哀れな犠牲者たちは、その場で解放することに決めた。

呆然自失の状態から最初に抜け出したのは一番幼いソエだった。まっしぐらに執事の腕へ飛び込んで抱き上げられた彼女は、相手の恐ろしい顔に感謝のキスを浴びせた。すると、瞬時の感情に流されなかったメラニアとフベナルを除いて、いとこたちが一斉に使用人たちの腕へ飛び込み、キスと抱擁の雨を降らせた。料理長やその下働き、執事や召使、庭師や馬丁、それに、いつもラゲットの水面を網で掃除していた鼠のような目の小男までもが、待ち詫びた両親の到着を知らせる使者に見えて、子供たちは幸福感に浸った。

他方、メラニアとフベナルだけはそのまま後ろに控えて、二人でひそひそ話をしていた。救世主の役割を担った使用人たちは、これからどんな特権を要求してくるのだろう？　ベントゥーラ家の嫡出子たる自分たちにはとうてい従うこともできないような命令を出してくるのだろうか？　これまで主人と下僕を区別していた因襲を壊しにかかるのだろうか？　お伽噺のような場所で十分な休息を取り終えた愛しき両親たちが、早く聞かせてほしい土産話を携えて戻ってくる——そう、今度こそ本当にもうすぐ戻ってくる——まで、馴れ馴れしい態度で好き勝手に接してくるのだろうか？

執事はソエを地面に下ろし、アベラルドとコロンバとアグラエーの抱擁から身を振りほどくと、他の子供たちと距離を取っていた二人の年長者に近づき、一家の礼節に従って軽く、それでいて長い時間頭を下げた後、次のような言葉を発した。

「ご主人様方、当座の護衛とお手伝いに参上いたしました。不穏な空気を一掃し、秩序を回復して、ご両親たちが一刻も早く皆様の元へお戻りになれるよう手配するのが我々の務めでございます。この祝福の土地に我々が戻ってきたことが伝わる前に、直ちに別荘へ向かうことにいたします。別荘に平和を取り戻さなければ、この地に平和は訪れません。時は一刻を争います。馬車へ向かうぞ！　全員馬車へ戻れ！　私と料理長、それから部隊長が先頭の馬車に乗り込む……」

ジャボの絹レース一つ傷めることもなく、曙光色の靴下にすら染み一つない眩い姿で陽光を浴びていた執事のほうへ、汚れたマントを引きずり、折れた鶏冠を揺らしながらフベナルが歩み寄り、言葉をかけた。

「執事、君と部下たちの働きぶりに、僕たちは大満足だ。愛しき両親たちが戻ってきた暁にはこのことを報告するし、そうなれば、全員にボーナスが支給されるかもしれない。しかし、一つだけ言わせてもらうと、いかなる位の者であれ、下僕が先頭の馬車に乗ることは許されない。先頭には僕たちが乗り込む」

「しかし、ご主人様、それでは……」

「説明の必要はないわ」メラニアが加勢した。「わかるでしょう、執事、先頭の馬車にはいつも母、侯爵夫人が乗っていたのよ……」

このやりとりを聞いていたファン・ペレスは、背伸びして執事の耳元に囁きかけた。体を傾けて部下の話を聞いているうちに、彼の表情は緩み、やがて頭を下げて頷いた。

「ご命令のとおりにいたします、ご主人様方、しかし、武器をご用意ください」

その知らせに活気づいた子供たちは、我先に手を伸ばして武器を掴んだ。メラニアは、握りに螺鈿をあしらった美しい銃を選び、フベナルは長すぎる火縄銃を手にして笑いこけていたが、ランドー馬車へ乗り込む前に言った。

「ああ、忘れていた。鍵だ」

彼は房飾りのついた腰布の下に手を入れて鍵を取り出し、執事に渡した。

「食料庫の鍵だ。食料はまだ十分ある。だが、あくまで我々専用だ。わかっているな？」

「承知いたしました、ご主人様」

そして使用人と子供たちが馬車に分乗した。執事は、まず永遠の愛人に、次に邪悪な侯爵夫人に手を貸して、ランドー馬車に乗せた。続く数台の馬車には、使用人たちと同じように完全武装した子供たちが乗り込み、ようやく執事が出発の合図を出すと、隊列は別荘へ向かって発進した。

私が詳細に記述したため、この一連の事件は随分長時間に及んだような印象を与えるかもしれないが、実際にはすべてが終わるのに三十分ほどしかかからなかった。いずれにせよ、予めお断りしておくが、使用人たちによるマルランダ襲撃という英雄的偉業の全体からすれば、ここまでの話は忘れても差し支えないほど些末な予備的挿話にすぎず、この物語を読む読者のために、いよいよこれから本格的に事の次第を書いていくことにする。

2

読者もご記憶のとおり、フベナルとメラニアがノスタルジーに満ちた声で語る「古き良き時代」には、柵のすぐ外にグラミネアの海原が広がっていたが、別荘の敷地内にはその一本として生えていたことはなかった。実はこれには理由があり、夏の初め、ベントゥーラ一族とその息子たちが別荘に到着して、荷解きをしながらバカンスの計画を練っている間、使用人部隊が敷地全体にくまなく散らばり、見事というほかない手際の良さで、たった一日のうちに、前年秋の綿毛の嵐によって、花壇、バラ園、芝生、石段の裂け目、壺、その他あらゆるところへ飛散した種から芽を出して成長していたグラミネアを一本残らず根こそぎ抜き去っていたのだった。この作業が終わると、グラミネアは跡形もなく敷地内から消えている。次の日から使用人たちはそれぞれ制服を着込み、屋敷の扉を開け放って、すっかりきれいになった庭へ主人たちが下りていけるようにする。これもまた職務の一環とはいえ、庭師たちは夏中ずっと黙って敷地全体に厳しい目を光らせ、グラミネアの芽でも見つけようものなら、即刻根こそぎ抜いてしまわねばならない。

だが、その別荘も今やまったく違った様相を呈していた。境界の柵はなくなって、残るは先祖伝来の鉄の門扉のみとなり、荒野を漂流しているような二本の石柱に挟まれて鎖と南京錠に閉ざされていたが、これだけでグラミネアの侵入から文明的な庭園を守れるはずもなく、敷地内の光景は一変していた。伸び放題になったグラミネアは、小道や芝生はもちろん、今や傷みの目立つ建物の庇や屋根の隙間から信じられないほどの活力で芽を出し、そのせいで、かつては荘厳な構えを見せていた屋敷は、ユベール・ロベールやサルヴァトーレ・ローザの絵に現れる、植物に侵食された廃墟も同然の姿を晒していた。だが、もう少し近くへ寄ってじっくり観察してみれば、自慢の庭がもはや原形をとどめていないのは、押し寄せるグラミネアのせいばかりではなく、以前は装飾用の池だったラゲットから流れくる小川が今や灌漑用水となり、かつての優雅な花壇の代わりに作られた野菜畑に水を供給しているせいもあったことがわかるだろう。そこでは、強い日差しの下に身を屈めた原住民と子供の一団が農作業に従事し、水門を開けて必要な場所へ水を流したり、レタスやラズベリー、ニンジンを収穫したりしている。

彼らは突如作業の手を止めて頭を上げた。地平線から聞こえてくる雷鳴のような音は一体何だろう？地面を揺り動かすほどの轟音に危険を察知した一団は、しばらく作業道具を手にしたままじっとしていたが、やがて南側のテラスへ駆けていくと、すでにそこには、緊急事態が生じたときのために想定されていたとおり、敷地全体から住人が集結し始めていた。前の章でアドリアノ・ゴマラに熱い抱擁を与えた巨人フランシスコ・デ・アシスは、ひしめき合う群衆にすでに武器を配っていたが、依然として怪しい音の正体は掴めていなかった。ただ、それが何であれ、敵であることには間違いなかった。この一年働き続ける間にアドリアノが彼らの頭に叩き込んできたのは、内部に不和や怨恨はあれ、また、飢えに苦しむことはあれ、決定的な危険は必ず外側から来るのであり、遅かれ早かれ一族の大人たちが、自分こそ正当な所有者だと思い込んでいるものを取り返しにやってくる、だからいつかは体を張って防衛戦に臨まざるをえない、ということだった。数分後には誰の目にも、ギャロップと叫び声、そして銃声の正体は明らかだった。テラスに集まって互いに見つめ合った子供たちと原住民は、わずか数分後には自分たちもこの屋敷も一変してしまうことだろうと直感した。武器は不足していたが、住民たちの戦闘態勢は整っていた。灰色がった顔とベントゥーラ一族の明るい色の目が塊のようになるなか、戦士の兜に掲げられた赤い鶏冠が揺れ動き、槍と体だけで屋敷を守り通す覚悟でテラスの縁まで前進した。アドリアノは、隊列の接近を陶器の塔の高みからじっと見つめ、自分と共同体の命運に不吉な影が差すのを感じながら、空気をつんざくような大声で叫んだ。

「ずっと待っていた者たちがとうとう我々を倒しにやってきた。馬と馬車と怒りで我々を打ちのめそうと勇み込む様子がここからよく見える。我々の部隊は強力だし、何よりも、自分たちの権利と主張への揺るがぬ信念に支えられているのだから、何も恐れることはない。火薬を使って攻めてくることだろうが、我々は鉄で守り抜くのだ。この虐殺と悪夢の果てには、私も含め多くの者が生きては残れないのかもしれないが、それも大した問題ではない。時が我々の正しさを証明し、我々の蒔いた種がいつの日か必ず芽を出すことになるのだから」

激しい音を立てながら全速力でラゲットに侵入してきた馬車の隊列がアドリアノの最後の言葉を掻き消した。車輪と馬の蹄が小道を駆け抜け、キャベツやスイカを踏みにじり、まだ残っていたシャクナゲとアジサイの植え込みやアマリリスの列を薙ぎ倒し、アーティチョークを満載した一輪車を跳ね飛ばし、さらには、なだらかな斜面を駆け上って灌漑を終えたばかりの耕地を荒らしたかと思えば、次にはバラ園へ踏み込んですべてを足蹴にした。稲妻のような馬車の行列に分乗した何百、いや、何千とすら思われる使用人たちが、武器を振り回すたびに物が壊れ、発砲するごとに無名の犠牲者が倒れていった。銃弾を浴びて屋敷のガラスは粉々に飛び散り、塔や屋根のモザイクはばらばらと崩れ落ちた。カーテンに火が点いたのか、屋敷内から焔が上がり、南側のテラスに集まっていた者たちには煙で何も見えなくなった。槍を握ったまま娘たちは泣いていた。双子を頭陀袋に入れておぶっていたコルデリアは、槍を構えたまま最前列の戦士に合流しようとしたが、フランシスコ・デ・アシスがキスとともに彼女を列から遠ざけた。アドリアノの専用警護隊十名を引き連れたマウロは、原住民や震え上がる子供たちを掻き分けて屋敷へ入り、数字も付されることなく破れて放り出されたままになっていた金箔の包みを蹴散らしてコンパスローズの玄関ホールへ踏み込むと、紡ぎ手と織り子が針金に吊るしていった羊毛の房から滴り落ちる染料には目もくれず、雌鶏を追い散らし、赤ん坊を跨ぎ越して、煙に包まれた階段の麓まで至った。ちょうどその時、槍を構えたまま、銅の手摺を伝ってウェンセスラオが下りてくるところだった。

「逃げろ、ウェンセスラオ！　隠れていろ！」

「いや、父さんとも君とも意見が合わなかったが、今は一緒に行動すべき時だ」足を止めることなく彼は答えた。

「お前まで一緒に殺されてしまうぞ。父から理想を受け継いだお前が生き残っていれば、未来への希望の象徴になるじゃないか」

「そんなに興奮しているのに相変わらず冷静だな。だが、君の言うことは間違っている。僕は父さんの理想なんか受け継いでいない。受け継いだものといえば、受け継ぐ理想が何もないという絶望だけだ」

立ち止まることもなくこう答えたウェンセスラオには、従兄と今さらここでいつものように激しく言い争っても意味などないことがよくわかっていた。喉の上にナイフを突きつけられたあの時以来、父とも荒々しい議論を重ねてきたし、彼をマルランダで最も危険な人物と見なして口も利こうとしなかったフベナルとメラニアの一派とも小競り合いを続けてきたが、もはやそんなことにこだわっている場合ではないのだ。いずれにしても、私の稚拙な筆ではうまく描き出すことができないが、二人が言葉を交わしたのは一瞬のことであり、すれ違いざまに少しスピードを緩めただけで、双方とも立ち止まることすらしなかった。

南側のテラスの欄干に守られた原住民部隊は、槍を構えて何列にもわたる防衛線を張り巡らせていた。アデライダ自慢のバラだった「アメリカン・ビューティー」の植え込みに馬車を踏み込ませていた執事は、今度は単なる脅しではなく、殺傷のために発砲するよう部下たちに命じた。唸り声を上げながら馬車から飛び降りた使用人たちは、死体を踏みつけ、負傷者にとどめをさし、原住民を次々と薙ぎ倒しながら前進した。倒れた者に代わって後から後から原住民が現れ、何とか南側のテラスへの進軍を食い止めようとしていたが、その装備はあまりに貧弱で、使用人部隊の敵ではなかった。戦闘不能に陥った守備隊は、銃の握りで殴られ、鞭打たれ、手足を縛られて捕虜となった。ルペルト、シリロ、コスメ、クラリサ、カシミロとアマデオ、フスティニアノ、アラミロとクレメンテ、モルガナ、イポリトとアベリノ、ロサムンダ、コルデリア、そして最後に、ウェンセスラオも捕えられ、テラスの隅へ連行された。その間、使用人部隊は幾つもの集団に分かれて原住民たちを連れ去り、煙を上げるがらくたや死体の向こうで彼らを始末した。捕虜となった者たちのなかにウェンセスラオの姿を認めたファン・ペレスは、このように呼び掛けた。

「ウェンセスラオ様……」

「何の用だ?」

「なぜお父上とご一緒でないのです?」

ウェンセスラオは黙ったまま相手を見つめた。父が危険人物として名指ししていたこのファン・ペレスについてはよく知っていた。アドリアノはこの男との接触を避けていたが、男のほうでは毎年繰り返ししゃしゃり出ては、何とか相手に自分の顔を覚えさせようとするのだった。彼は内側に裏切りへの誘いを秘めているようだったが、アドリアノはこれを意図的に無視し、陰謀の芽を摘んでいた。父の助言に従ってウェンセスラオは黙っていた。これを見たファン・ペレスが言った。

「アガピート、我が弟でもあり、信頼に足る男でもあるお前に、このお方、差別もすれば、頭を使うことも批判することもする最も危険な人物ウェンセスラオ様の見張りを任せることにする。戦闘の後で、ゆっくり個人的に話をつけることとしよう」

アガピート・ペレスは大柄な青年であり、火薬の臭いであれ、泣き声であれ、火事であれ、一斉射撃であれ、轟音であれ、何事にも動ずることなくいつも顔に微笑を浮かべ、こんな状況にあってもまだ、人生は捨てたものではないと信じ込んでいるようだった。ウェンセスラオを捕えた彼に向かって、ファン・ペレスが命じた。

「どこかへ閉じ込めて、しっかり見張っていろ。お前の責任だぞ」

アガピート・ペレスとウェンセスラオの姿が見えなくなると、集落で使用人たちに解放された子供たちが執事に付き添われてテラスへ上がった。執事は物々しい仮面舞踏会の細部を語るフベナルの話に耳を傾け、料理長は「侯爵夫人は五時に出発した」の最後を飾る逸話について話すメラニアに影響されて彼女のことを「永遠の愛人」と呼び始めた。庭師主任は「善良な天使」から細々とした指示を聞かされ、第一馬丁に肩車された肥満体のソエは、笑いすぎて消えてしまいそうな目を細めながら、いつもよりだらしなく涎を垂らしていた。他の子供たちは黙って後ろに付き従い、使用人たちに見張られたきょうだいやいとこに名前を呼ばれてもまったく耳に入らないようだった。確かにちょっとした事件はあったものの、結局のところ無事家へ帰ることができたのだ。悪戯っ子にお仕置きが与えられて万事解決し、また元の生活に戻るのだ……　そのうち使用人たちが槍の柵を元に戻してくれるだろうし、あとは、日帰りのピクニックから戻ってくる両親たちをお行儀よく待っていればいい。小競り合いで何人か原住民が犠牲になったようだが、それは自分たちのせいではなく、むしろ自業自得なのだ。それに、原住民にはいくらでも代わりがいるから、別に大した問題にもならない。冷静に考えれば、何にでもケチをつけてくる輩が騒ぎ立てるほど多くの被害者が出たわけでもないだろう。

　モーロ風リビングでは、人食い人種の毒牙から解放されたばかりの子供たちが、あまりの疲労に、まだ辛うじて残っていた傷だらけの汚い肘掛け椅子に倒れ込みそうになったが、その前に執事が彼らに声を掛け、上の階《ピアノ・ノビーレ》へ行ったほうが、長い幽閉生活の後でもあり、清潔な服に着替えてもっとくつろぐことができるでしょう、と示唆した。料理長は、彼自ら腕によりをかけて普段通りの御馳走を準備すると伝え――すでに料理人たちを地下倉庫へ送り出し、即座に食事の準備に取り掛かるよう命じていた――、上の階《ピアノ・ノビーレ》では、別荘内にいつもの秩序が回復されるまで、十分な数の召使が、子供たちに何一つ不自由をかけぬよう、常に細々と気を配る手筈になっていた。それを聞いた子供たちは、真新しい制服を着込んだ四十名の召使に付き添われて、モーロ風リビングを後にした。

指導部の命令が抜かりなく実行されるよう目を光らせながらファン・ペレスは、別荘内が無法地帯と化しているのみならず、純真な子供たちが恥ずべき悪習に染まり、すっかり道徳心を失っている事態を前に、ボスたちが露わにする怒りに自分の怨念を重ねていた。バレリオやテオドラ、そしてもう一人が素っ裸でふらふら歩いている……　ラゲットで原住民に混ざって子供たちが水浴びをしているとは。まだぼんやりとしか把握できていないが、そのうち彼らの間に結ばれた忌まわしい関係の実態も明らかになるだろうし、一家に仕える身として、平和と秩序を擁護する自分たちが、そうした悪習を根絶せねばなるまい。だが、復興計画について考える前に、まだ銃声と叫び声が続いているのだから、当面の敵を倒さねばならない。

「ファン・ペレス……！」執事が吠えるように言った。

「はい、旦那様……」

「今すぐ任務を実行せよ」

銃とライフルで武装し、銃弾満載の弾薬帯を見せつけた胸に自らの職務への誇りを湛えた三十名の兵士を従えてファン・ペレスは始動し、いつものとおり白手袋をした手で執事が開けた扉から廊下へ出ると、平和な生活を送っていた無邪気な子供たちを堕落させた張本人、子供たちを人食い人種に変えた極悪人の立てこもる塔へ部隊を向けた。

地下から塔まで、家全体が逃げ惑う原住民たちの足音で震撼していた。銃声と罵声が轟き、粉々になった絵や銅像が崩れ落ちたかと思えば、悲鳴とともに次々と広間から連れ去られていく原住民を庭で待ち構えているのは銃殺の爆音であり、人食い人種への秘教的怒りに我を失った使用人部隊は、自分たちと外見の異なる者なら誰彼かまわず手当たり次第に銃弾を浴びせかけた。屋敷全体に煙が立ち込め、火薬と血に染まった絨毯の上で、銃弾に傷ついたヤギが逃げ惑った。南側のテラスに小隊を配し、守ってやるというよりは睨みを利かせるようにして子供たちを一角に押し込んでおいた執事は、両手をメガホンにして喧騒をつんざくほどの大声で宣告した。

「こんな状態は放っておけない！　思い知るがいい、この地に槍の力で蛮習を広めようとした人食い人種め！　そして、こんな混乱を引き起こした張本人、ドン・アドリアノ・ゴマラに告ぐ、すぐに投降せよ！我々はこの地の正統な支配者たるベントゥーラ一族の代表であり、平和の使者だ！」

引き金に指をかけたまま部隊の先頭に立ったファン・ペレスは、脳裏にくっきりと焼き付けられたアドリアノの姿だけを標的に、楕円形の玄関ホールから優雅に上へ伸びていく大理石の階段に差し掛かった。たとえ自分の名前が救世主として歴史に刻まれることになっていたとしても、その時のファン・ペレスにそんなことはどうでもよかった。積もり積もった怨念が、毒を吐きながらボスたちの憎念に合流していたが、といって両者が混ざり合うことはなかった。事態をイデオロギー対立として片付けるなど、無くしたものを取り返すためにベントゥーラ一族が仕掛けた姑息な戦略にすぎない。そんな卑劣な手に乗るつもりは毛頭ない。今追い求めるのは、かつて屋根裏部屋のドアの鍵穴から垣間見た白髭の男だった。彼の握る銃の内側で銃弾が震え、標的の生きた心臓に飛び込んで息の根を止めようとうずうずしていたのに、あの時は何もしなかった。人食い人種の撲滅を目指す聖戦などただのまやかしにすぎないが、今この時、信念に燃えた心で何をしても許されるというのなら、それも悪くはないだろう。

階下からファン・ペレスは、マウロと警護隊を引き連れたアドリアノ・ゴマラが階段の高みに現れるのを見た。ぼろぼろになった白シャツを着て、似合いもしないのに原住民戦士と同じ兜を被ったこの男、役にも立たない槍を手に、使徒のような髭を晒したこの無様な男と心を通わせることなどまったく不可能だろう。先頭を切ってゆっくり階段を上がっていったファン・ペレスは、もっと、もっと近くへ寄るためにじっと我慢し、他でもない、この銃弾で相手を仕留めねばならないと自分自身に言い聞かせた。しかし、彼が階段を上って近づいていくにつれて、部下たちとともに槍を構えてひるむことなく前進してくるアドリアノ・ゴマラの表情を見ていると、人間的なものへの信頼と平和を求める心に貫かれた者だけが持つ凄まじい神秘がそこに浮かび上がっているのがわかった。アドリアノの目にはファン・ペレスなど映ってはおらず、つまり、彼は存在しないも同然なのだ。彼のことになど目もくれないアドリアノ・ゴマラはまさに道徳的正義の化身であり、イデオロギーを超えた力、体の芯から溢れ出る力で相手の仮面を剥ぎ取ろうとしているばかりか、欲しい物を譲ってくれるというなら自分の魂を売ってもかまわないという気持ちで召使の制服を手に入れた男のさもしさを告発し、拒否しているようだった。この銃弾を発射したのがこの自分だとアドリアノ・ゴマラが認識してくれれば、あるいは、倒れる間際に「ファン・ペレス、お前か」とだけでも叫んでくれれば、勝利の美酒に酔いしれることができるだろうが、そんなことは起こるはずもなかった。ファン・ペレスは大男に向かって銃を差し出し、発砲した。

庭でも屋敷の内部でも銃声は続いていた。結局のところ、ファン・ペレスの放った銃弾は、最初の一発でもアドリアノ・ゴマラを仕留めた一発でもなかったのかもしれない。今ここに描き出したような思いが頭の中で交錯し、やっとのことで彼が銃を持ち上げた瞬間、後に続く部下たちは一斉に銃を発射し、対するアドリアノ・ゴマラの警備隊はマウロの合図で一斉に槍を放った。いずれにせよ、アドリアノ・ゴマラの体は瞬時に蜂の巣にされ、白シャツ、白髭、そして光を失った白目が血を浴びて死体は階段を転げ落ちたが、それでもファン・ペレスは、もう二度と彼に目を向けることもない、つまり、永久に彼から個性を奪い取ってしまった宿敵の体に向けて、執拗に何度も銃弾を撃ち込まずにはいられなかった。その間部下たちはマウロと原住民戦士にとどめをさし、銅と大理石の荘厳な階段の麓に山と積まれたおぞましい死体から流れ出る血が、羊毛の束から床へ滴る染料とともに、コンパスローズの玄関ホールを真っ赤に染めていた。

3

アドリアノ・ゴマラの死は瞬く間に別荘全体に伝わった。子供たちと原住民の叫び声は泣き声に変わった。それでも彼らは無駄な、いや、自殺行為とすらいえる抵抗を止めず、それに対する報復、銃による殴打や鞭打ちも激しさを増していた。アドリアノ・ゴマラの死によって襲撃が終わりを迎えるどころか、さらなる憎念で勝利を確実なものにせねば危険だとでもいわんばかり、使用人部隊は、少しでも動いた者、声を上げた者に容赦なく銃を向けた。悲劇の結末を自分の目で見たいという思いから、南側のテラスで子供たちの見張りを任されていた使用人たちが持ち場をおろそかにし始めると、その隙をついて子供たちは、あちこちから出てくる使用人や原住民に紛れて玄関ホールへなだれ込み、四人の指揮官の視線の下、血と染料の赤い水溜りに塗れて折り重なる死体を見つめた。

もはや銃声はほとんど聞こえず、遠くのほう、敷地の外から、地平線を染める青い山並みを指して逃げる原住民を追跡しているのか、時折爆音が聞こえてくるだけだった。玄関ホールでは、事の重大さを十分認識できぬまま誰もが呆然として泣き声を上げることもできず、一瞬沈黙が広がったが、双子の赤ん坊を背負ったまま四人の指揮官のちょうど真後ろにいたコルデリアが、突如空気を引き裂くような呻き声を上げたかと思えば、すぐにぐったりと床へ倒れ込み、執事の開いた足の間に片手を伸ばして、血に染まったティオ・アドリアノの白髭に触れた。すると、コルデリアの泣き声に刺激されて、誰もが一斉に悲痛な嘆きの声を上げたが、執事の怒号がすぐにこれを制した。

「静粛に！　何でもありませんから！」

もしこの話が創作でなく事実ならば、この場面を目撃した者が事件後に残した証言に基づいて、この最初の驚愕が引き起こしたあまりに不吉な重苦しさに耐えかねた子供たちや原住民たちが泣き出したばかりか、無知な者か若者か、密かにアドリアノ・ゴマラを崇拝していた者か、マルランダで起こっていた衝突の意味がよくわかっていなかった者か、ともかく、使用人の中にもこの悲嘆に声を合わせた者がいた、と書いてもいいところだ。

それはともかく、再び沈黙が戻ると、料理長は震える頬に何とか微笑を浮かべ、身を屈めてコルデリアに手を差し出した。彼女を助け起こしながら、料理長は小さな赤い手でコルデリアの金髪の三つ編みを撫で、ボタンのような目で少女の長い視線を探った。落ち着いてください、彼はこう言って宥めた。何でもありませんから、すぐに事態は収束します。そして、その言葉に添えるようにして相手の手を軽く叩いた。

「やめて、気持ち悪い！」コルデリアは叫び、相手の顔に唾を吐いた。

結核病みに吐きかけられたような唾を拭いながら、料理長はコルデリアの顔を張り倒してやろうかと思ったが、手を振り上げようとした瞬間、突如、少女の乾いた緑色の両目が上を向いたのに気づいて、階段を仕切る銅製の手摺の最上部についたランプのほうを見やると、裸のまま手に槍を持ったウェンセスラオが、覚悟を決めた男の恐ろしい形相で下りてくるのがわかった。コルデリアは叫び声を上げて彼を制した。

「殺されたのよ！　早く隠れて、あなたも殺されるわ！」

まだ意識の残っていた子供たちと原住民の数名——繰り返すが、使用人の一部もそこに交じっていたかもしれない。私が使用人すべてを悪者にしようとしているわけではないことをご了解願いたい——も、早く逃げろと彼に呼びかけた。使用人部隊が行動を起こす前に、危険を察知したウェンセスラオは姿をくらませた。執事は、再び命令を下して態勢を整えると、追え、捕まえろ、何があっても逃がすな、ウェンセスラオを逃しては別荘に平和を取り戻す使命は終わらない、あいつはさっきまで生きていた父と同じ反乱者の血を受け継いでいるのだから、と息巻いた。

その一瞬の混乱に乗じてコルデリアはフランシスコ・デ・アシスの腕へ逃れた。あんな幼い子供が逃げおおせるはずはないと確信した執事は、ウェンセスラオの追跡を部下に任せて、使用人部隊の指揮官とともにコルデリアを取り囲んだ。そして執事は、ベントゥーラ家のしきたりに則って軽く、それでいて長く頭を下げながら、彼女に話しかけた。

「お嬢様、お願いでございますから、もっと慎み深い行動を取って、人食い人種の腕などさっさと振り払ってくださいませ。お嬢様は、聖者ドン・アンセルモ様と、非の打ちどころのない淑女ドニャ・エウラリア様の長女でございます。我々の意図は皆様をお助けすることであり、時に我々の側に行き過ぎた振舞があるとしても、それは皆様を思ってのことでございます。秩序回復のため、どうかご協力くださいませ、それがご主人様方の意向でもございます。このように重要な瞬間であればこそ、我々をお助けくださいませ、ウェンセスラオ様の居所にお心当たりはございませんか？　きっとドン・アドリアノとともに予め示し合せておいた隠れ場所がどこかにあって、ご主人様方が別荘を留守にしたたった一日の間ここにいらした方々は、皆それがどこなのかご存知なのでしょう。もしお嬢様の口からお伺いすることができないとなれば、ここにいるすべてのお子様方と原住民たちに訊いて回ることになります、あまりに悪戯のすぎるウェンセスラオ様をこのまま黙って放っておくわけにはまいりませぬ」

コルデリアは執事の顔にも唾を吐きかけたが、彼は石のように落ち着き払った表情をまったく崩しもしなければ、唾を拭き取ろうともせず、黙ってコルデリアの答えを待った。答えがないのを見て執事は、一呼吸置いた後で部下に命じた。

「この汚らわしい人食い人種の腕からお嬢様を奪い取れ！　料理長、彼女を任せたぞ。人食い人種をこちらへよこせ……」

男たちは数人がかりでやっと戦士フランシスコ・デ・アシスの体を動かし、彼を前へ突き出した。彼はすべてを知っている――じっと彼を睨みつけてくる完全に透明な黒い目を見ていると、そこにすべてが書いてあるような気がしてきた――、すべて、絶対にすべてを知っているにちがいない、目の前にいるこの大男、おそらく自分より大きくて力も強いこの男は、同じ境遇に置かれた男たちすべての代表であることを十分意識しているのだ、執事はこう思った。この堂々と落ち着いた男は、その謎めいた姿で何か抽象的な意味を醸し出し、歴史を体現しているのだ。一年かけて遂行されてきたこの試みは、この男や他の者たちが死んだところで終わりはすまい。ここで彼が自らを犠牲にしてウェンセスラオを生き延びさせることができれば、彼や原住民たちが太古の昔から正義として要求してきたものに、新しい形、これまでとまったく違う形を与えることになるのかもしれない。

召使たちは、大男から赤いグラミネアの鶏冠飾りをつけた兜と、胸の上でまだら模様のマントを支えるように交差した革ベルトを剥ぎ取り、筋肉質の黒い胸板を剥き出しにさせた。執事は彼に話しかけ、ウェンセスラオの居場所を訊ねた。コルデリアの目に微かな絶望の焔が揺らめいたのを執事は見逃さなかった。心も体も腐ったこんな少女に打ち負かされるわけにはいかない。誰にも負けてたまるものか。目撃者の証言でわかったとおり、エルモヘネス・ベントゥーラは、カシルダとファビオの子供／赤ん坊を始末するという単純な措置で二人の意志を挫き、しかもそれによって、実際の時間を退けて意図的に捏造した時間と置き換えたではないか。いつも手本にしている主人たちがしていることなら、自分がやって何が悪い？　執事は、コルデリアが原住民の女と同じように背中におぶっていた双子を取り上げ、両腕に抱いてあやしながら言った。

「何とかわいらしい人形でしょう、コルデリアお嬢様。しかし、もうお人形遊びをするようなお歳ではございません。いずれにせよ、別荘内ではこれがお嬢様とフランシスコ・デ・アシスの子供だという噂が流れているようでございますが、二つの点から、そのようなことは断じてありえないと申し上げざるをえません。第一に、ご両親が留守にしていたわずか一日の間に、身籠って出産するなどということはありえません……　コルデリアお嬢様、我々が別荘を開けていたのはわずか一日なのですよ。なぜ黙っておられるのです？　口が利けなくなったのですか？　それともご病気なのですか？　ご両親の言いつけを覚えておいででしょう」

執事は一瞬だけ間を置いたが、コルデリアが黙っているのを見て続けた。

「よろしい。第二に、愛という、一族の崇高な理想にして、道徳、私有財産、社会構造全体の支えとなる感情は、お嬢様のように躾の行き届いた慎ましい貴婦人と、身の毛もよだつような人食い人種との間には存在しえません……」

コルデリアが、返事をするどころか瞼の下にますます緑色の怨念の焔を募らせていくのを見て、執事はあやしていた双子を召使の手に押しつけ、目の届かないところへ追いやった。そして唸るように言った。

「ならず者のウェンセスラオがどこへ行ったのか言え！」

するとコルデリアはまたもや唾を吐きかけた。

周りにいた指揮官と使用人たちはコルデリアに向けて怒りを爆発させた。売女め、こう彼らは吐き捨て、病気持ちの自堕落女め、ウェンセスラオのような悪党を匿うのか、この人食い人種、お前が手放した子供たちなら、今頃他の死体と一緒にラゲットに浮いていることだろう、冷酷な母親め、アドリアノの悪影響を受けてどうやら娘たちは皆売女に成り下がったらしいな、一体どんな恐ろしい道徳観念を吹き込まれたことやら、肉体だってどれほど汚れているか、知れたものじゃない、おまけに男どもはみんな殺人鬼か、男色家か、愚かなお人好しか、白痴か、あるいは盗人だ……　原住民のことなど言うにも及ばない……

「ファン・ペレス！」ようやく執事が叫んだ。

「はい、ただ今、ご主人様！」こう叫びながらファン・ペレスは、悪事の神に加護を求めるような気持ちで参上し、今はコルデリアに向けられている怒りが、ウェンセスラオの逃亡の責任を押しつけるようにして自分のほうへ向けられることのないよう祈っていた。弟を昇進させようとするあまり、機が熟する前にウェンセスラオの見張りをアガピートに任せたのは大きな失敗だった。

「ギターを持ってこい！」執事は命じた。

料理長の震える腕のなかでじっとしていたコルデリアは、ますます身を固めながら後ずさったが、執事は続けていた。

「仲の良い夫婦は互いに色々なことを教え合うそうですね、コルデリアお嬢様。私の記憶に間違いがなければ、お嬢様は大変に歌がお上手でしたが、我々使用人はその歌声を遠くからしか聞くことができませんでした。少しはフランシスコ・デ・アシスにもお教えになったのでしょう？　ファン・ペレス、こいつにギターを渡せ！」

大男は、人の体でも受け取るように優しく、くびれた部分に手を掛けてギターを受け取った。弦が震えて音を立てた後、彼の胸の上で静まった。コンパスローズの玄関ホールと大理石の階段を満たす者の誰一人として動く者はなく、誰もが息を殺していた。聞こえるものといえば、時々水たまりに落ちる赤、黄、緑の染料だけだった。フランシスコ・デ・アシスは黙ったままギターを抱き続けていた。

「ファン・ペレス、早く歌わせろ！」

彼はギターを奪い取り、大きな階段の麓までフランシスコ・デ・アシスを連れていくと、そこで螺旋形の欄干の末端部を飾る銅製の松ぼっくりの表面に両手を広げさせた。

「歌うのか？」蛙のような声で執事の重々しい調子を真似ながらファン・ペレスは訊いた。

周りから視線が注がれるなか、フランシスコ・デ・アシスは相変わらず不遜な態度でだんまりを決め込み、お前の質問に答える必要などないとでもいわんばかりだった。高慢な軽蔑心を感じたファン・ペレスは、銃の床尾で一度、二度、何度も繰り返し相手の指を殴りつけ、骨が軋む音を聞きながら叫んだ。

「喰らえ、喰らえ、喰らえ、人食い人種め、盗人め、堕落したふしだら者め、喰らえ、喰らえ……体中の骨を折ってでもギターを弾かせてやる、いいか、勝者は俺たちだ……これでも喰らえ、喰らえ……コルデリアお嬢様の体を撫で回しやがって」

だが、憤慨した俺のこの不器用な手が決して撫で回すことのない体をお前が撫で回しやがって、とまでは言えなかった。痛みより恐怖心で真っ青になったフランシスコ・デ・アシスは、体中の筋肉を眩いばかりに緊張させ、いぶし銀の兜のような、頑丈な銅像のような体で、何とか肉体的苦痛に耐えていたが、そのせいでかえって他の苦痛が和らげられ、救われたような思いを味わっていたのも確かだった。痛みの後ろからコルデリアが話しかける声が聞こえてきた。

「死なないで……」

原住民も、そしておそらく子供たちも言った。

「歌うんだ、歌わないと殺されるぞ」

「お前が必要なんだ」

すると、あらゆる苦痛の残骸が起き上がってくるのを感じた彼は、すでにずたずたにされていた両手でなんとかギターを掴んだ。感覚の無くなった指はぽつりぽつりと弦を爪弾くばかりだったが、よく通る彼の声は高く清らかに響き渡り、何の歌なのかはまったくわからなかったものの、少し聞いているうちに、言いようのない暴力と反抗の調べをそこに感じ取った使用人たちは、これこそ、自分たちにも主人たちにも決して屈することのない抵抗の最初の一声なのだと、一瞬当惑を感じながらも思い至らざるをえなかった。

愛の喜びは
一瞬のこと
愛の悲しみは
一生のこと

その時、上の階《ピアノ・ノビーレ》の欄干に面していたドアの一つが開いた。歌に引き寄せられて顔を出したウェンセスラオかと誰もが思ったが、そこに現れたのは、少し髪を乱したままデザビエに身を包んだメラニアの優しい姿であり、オーデコロンで湿らせたハンカチをこめかみに押しつけながら手摺に寄り掛かった彼女は言った。

「コルデリア、お願いだからもう少し小さな声でその美しい歌を歌ってくれないかしら、侯爵夫人とここへ戻ってきてからというもの、頭が痛くて目も見えないほどなのよ……」

執事が小声で出した合図に従って部下たちがフランシスコ・デ・アシスを連れ去って処刑しようとし

ていると、それを聞きつけたメラニアは、少し咳き込んで体調が悪いことを強調しながら続けた。

「ねえ、コルデリア…… なぜ返事をしないの？」

そして、中華サロンのドアの向こうへ姿を消す前に、無関心に両肩を持ち上げながら、耳の繊細な侯爵夫人を起こさないようそっと付け加えた。

「黙っているなんて、失礼な態度ね！ 従姉妹たちのなかには、分厚いベールで隠したほうがいい者も交じっているようね……」

ドアの閉まる音が聞こえると、ようやくすべての嵐が到来したかのように、執事の怒号が玄関ホール全体に響き渡った。

「全員総出で、何としてもあの猛獣ウェンセスラオを捕えるんだ。逃がすな、ファン・ペレス、生きていようが死んでいようがかまわん、何としても居所を突き止めて連れてこい、失敗したらお前の首はないものと思え。誰に何を訊いてもいいし、いつものお前らしくどんな卑劣な手を使ってもかまわん、どうせ我々は全員卑しい身分なのだ、子供たちや原住民の誰が居所を知っているともかぎらん、徹底的に調べ上げろ……」

使用人たちに銃とライフルを突きつけられた子供と原住民の一団は、手を上げたままコンパスローズの玄関ホールから出ていった。一方、指揮官たちは、まだ生暖かい死体の山を飛び越えて階段を上りながら、今日一日のことを振り返っていた。眠っている侯爵夫人と頭痛《ミグレーヌ》に悩まされたメラニアを驚かさぬようそっとドアをノックした後、執事は小声で訊ねた。

「ご主人様方、少々お話しさせていただいてもよろしいでしょうか？　何点か確認したいことがございますので……」

第十章　執事

1

この章の幕開けにあたって読者にお願いしたいのは、破壊と死に満ちた場面、すなわち、火と泥の海と化した庭に叫び声や銃声、駆け足の音が響き渡り、ラゲットに原住民の死体がいくつも浮かんでいる、そんな場面を想像していただくことだ。殴られ、傷ついたベントゥーラ家の子供たちは、部屋から部屋へと逃げ回った挙げ句、最後は図書室に避難場所を求めたが、そんないとこたちを宥めようとしてアラベラは繰り返していた、大丈夫、最初のうちは激情に駆られて行き過ぎることもあるかもしれないけれど、私たちベントゥーラ一族に手出しできる者なんて誰もいないわ。アラベラにもわかっていたとおり、いとこたちは、命が惜しいとか、痣になった部分や骨折したところが痛いとか、そんな理由だけで悲嘆に暮れているのではなかった。図書室の大窓を通して、煙と涙で充血した目が捉えていたのは、次々と銃弾に薙ぎ倒されていく原住民たち、そして、アマラント色の制服に身を包んだ過激な男が、せわしなく駆け回りながら大声で部隊を指揮し、銃殺を命じ、そして抵抗する者を鞭打つ姿だった。最も危険な原住民たちを集落へ連れていくよう彼が命じると、荒々しい蛙の鳴き声に似たその声がガラスに反響した。ファン・ペレス。アラベラにはその正体がわかった。身分の低い他の使用人たちとまったく違う表情をしたこの男の顔を、いつか訪れる復讐の時に備えて記憶に刻みつけておかねばなるまい。アラベラはいとこたちに説明し始めた。

「残念ながら、私たちの多くがあの顔を近くで見ることになるでしょうし、たとえいつか事情が変わって、あの悪の権化のような謎めいた男が自ら内に秘めた破壊力の犠牲になったとしても、あの表情は一度見たら頭から離れないでしょうね」

報復への恐怖なのか、アラベラの文明人らしい言葉は小声でそっと囁かれただけだった。当面誰も自分自身でいる必要はなく、与えられた役割だけをこなしていればいい。恐怖と火薬の臭いに満ちた沈黙が廃墟同然の別荘を包み、使用人たちが「ドン・アドリアノの遺した廃墟」と呼ぶものにも、すぐ戻ってきた監視の目を気にして子供たちが小声で「執事の蛮行」と囁くものにも、何らかの秩序が戻ることなど期待できそうにはない。最初の轟音が静まると、執事は唸り声でこんなことを宣告した。

「まったく問題はありません。普段どおりの生活を続けましょう」

一年前手にした勝利とその後に続くあまりに愚かな失策の連続、そして使用人部隊の襲撃によってもたらされた苦痛と屈辱が、子供たちと原住民の心に等しく深い爪痕、怨念にも似た何かを残していったことを考えれば、別荘ではすべてが変わり果てていた、と私がここで断言したとしても、読者には容易に信じていただけることだろうし、執事のこの発言がいかに不条理なものだったかもご理解いただけるだろう。だが、少なくともこの瞬間、ベントゥーラ家の嫡出子たちが見せた反応は服従だけだった。子供たちは、屋敷内や庭で毎年繰り返してきたことを思い起こし、これまでの夏のバカンスとまったく同じように――幕開け直前に俳優たちがする仕草のように、まったく無意味な行為ばかりだったが――、詩集を読んだり、ジャスミンに囲まれた園亭で花飾りを編んだり、それぞれに時間を潰し始めたが、詩文が目に入ることもなければ、ジャスミンの香りが鼻に届くこともなかった。色とりどりの花が咲き乱れていたバラ園が焼け落ちて腐臭を放っていたばかりか、焼けた人肉の臭いまで何週間も残っていたというのに、普段通りの生活を送れる者などいるだろうか？　ひびの入ったガラスが煙で曇り、敷地のどこかで処刑の銃声が鳴り響くたびに窓枠が震え、肘掛け椅子からスプリングと詰め物が飛び出し、壺を乗せた欄干が崩れ落ち、かつては尊大なグラフィティに覆われていた壁の表面が剥げ、孔雀の死体が陽光で熱くなった石段の上で腐っていたというのに。子供たちは、こうしたことのどれ一つとして見ることを許されなかった、いや、見たところで誰かに咎められることはなかったのだが、見ないほうが、少なくとも見て見ぬふりをしているほうが身のためだった、と言ったほうがいいだろうか。俯いて刺繍の上に落としていた視線をうっかり上げでもすれば、使用人部隊に銃を突きつけられたまま進んでいく原住民集団のなかに、親友モルガナの情けにすがるルイス・ゴンサガやファナ・アルコの姿が目に入ってしまうかもしれない。当のモルガナとて、できることといえば、脚を折り曲げて裾を畳み、鞭打ちか処刑か追放へと連行される者たちが躓かないですむようにしてやることぐらいだった。

　ここで先に述べたことを一つ訂正しておかねばなるまい。というのも、使用人部隊の襲撃が、いとこたち全員の心に傷跡や怨念を残したわけではなかったし、また、彼らの誰もが敗北に打ちのめされた者たちに心を寄せていたわけではなかったからだ。少数派ではあったが、上の階《ピアノ・ノビーレ》に閉じ籠った一団は、階下へ降りていくことも、庭へ出ることもなく、ひたすらいつもの高慢な態度に磨きをかけていた。お察しのとおり、この輝かしい一団を構成していたのはメラニアとフベナルであり、いつも作り話のなかで生きてきた二人にとって、新たな虚構世界に適応するのにさしたる困難はなかった。最初の戦闘に勝利した指揮官たちが、前章で見たとおり、中華サロンのドアを優しくノックし、集落から解放されたばかりの子供たちに謁見を求めると、彼らは、夢の世界を掻き乱す地獄の使者のように白い目で迎えられた。頭痛《ミグレーヌ》に悩まされて長椅子に横たわっていたフベナルは、体を起こして腕をドアのほうへ向け、重々しく伸ばした指で敷居のところに使用人たちを釘づけにすると、次のような叱責の言葉を発した。

「この部屋に凡俗な人間の空気を持ち込むんじゃない！　ここから出ていけ！　持ち場へ戻れ！　両親たちがたった一日だけ留守にした間に人食い人種たちが引き起こした騒動の後始末が、二時間経った今もまだ終わらないとは一体どういうことだ？　何たる怠慢だ！　今すぐ屋敷の修繕に取り掛かり、侯爵夫人やその仲間たちのように、清い心と豊かな感受性で野蛮人とその誘惑に耐え抜いた英雄的文明人が快適に住むことのできる空間を確保しろ。我々のような人間だけに居住を許されたこの別荘から、邪魔者をさっさと消し去ってしまうんだ、いいな」

フベナルの言葉に込められた重々しい真実に打ちのめされた指揮官たちは、中華サロンへ入ることもできぬまますごすごと退散し、そのままドアを閉めた。彼らは階段の上から号令を掛けて、まだコンパスローズの玄関ホールにひしめきあっていた使用人部隊を再編し、まずは早急に上の階《ピアノ・ノビーレ》を元通りにすべく、ペンキ塗り、石膏塗り、壁飾りや縁飾りの修復を命じた後、上階での作業を終えると、分厚いベールを掛けるようにして、家全体にその作業範囲を拡大した。すると、一家族のためだけに作られた屋敷に何百という家族がつい数時間前まで住みついていた形跡は完全に消し去られ、作り話を再開するのにふさわしい雰囲気が回復した。

確かに、事を急ぐあまり、完全に元通りにはならなかった部分もある。壁飾りには明らかな繕いの跡が残り、コンソールを支える女人像の胸で屈託なく光る漆喰は、まだ湿ったまま不細工に歪み、肖像画を縁取る真珠の光沢は原物と似ても似つかなかったが、今さら誰がそんな細部に目を留めるというのだろう？　この状況でそんな些細なことを指摘するほど無粋な人間がいるだろうか？　全員――その「全員」も今ではかつてより随分少なくなっていた――の目に明らかなとおり、そんな枝葉末節にこだわるのは危険なのだ。膠、テレビン油、機械油、蝋、そんな鼻を突く不快な臭いが辺りに立ち込めてはいたが、遠い廊下のどこかで銃声が響くたびに押し寄せてくる火薬の臭いを掻き消してくれるのなら、それも悪くはあるまい。数時間集中的に作業が進められた後、上の階《ピアノ・ノビーレ》は、鷹狩を詳細に描き出した壁飾りの中心で目隠しのフードを外された鷹のように、再び鋭い睨みを屋敷全体に利かせ始め、やがてそこに落ち着いた善良な子供たちは、両親たちと同じく、異常事態、異常人物の存在など、容認するのはおろか、気に留めるにも値しないという確信を深めていった。

フベナルの命令で上の階《ピアノ・ノビーレ》から追い出された執事は、テレンシオの小さな執務室の様子を覗いてみた。

樫棚の上に並ぶ騎馬像の版画、そして、高級葉巻の匂いを漂わせた紳士がかつて愛用した肘掛け椅子、そんなものの存在を確認すると、彼はこの地味な部屋に総司令部を置くことにした。

「なかなか英国風だね」ベントゥーラ一族がこんな言葉でこの部屋を評するのを執事は聞いたことがあった。

自分の選択をもっともらしく見せるため、執事はファン・ペレスに同じことを繰り返した。

「なかなか英国風だ」

この執務室を何としても自分用にしたかったのは、屋敷の端に位置するため無傷で残っていたからというよりは、ベントゥーラ家の使用人として雇われて以来、テレンシオのことを上流階級の美徳を体現する模範的人物として崇拝していたからだった。それには、磨き上げられたブーツ、シガレットケースを差し出すときの優雅な物腰といった、一族の誰もが備える型通りのスタイルの影響もあったが、もっと決定的要因となったのは、一族の知的な者たちと違って、テレンシオの振舞が、単なる衒いではなく、自分と異なる者は誰でも災厄を呼び込む危険な人食い人種であることを確信した人間の一途な信念に貫かれていたからだった。彼にとっては、召使に武器の扱い方を教えることも、他の作業とまったく同じく、死と向き合うことにほかならず、彼の指示を仰ぎながら執事はそんな姿勢を頭に叩き込んでいた。

それに対し、どんな理念よりも怨念が勝っていたファン・ペレスにとって、相手が誰であれ、他人から学ぶものなど何もなかった。バルコニーの銅の手摺に身を屈め、臭い液体を含ませたバックスキンで汚れを落としながら彼は、開いた窓ガラスに照りつける夕日を背に、青年のように細い体をサーベルのように反り返らせたテレンシオと張り合ってでもいるように執務室を歩き回る執事、その紫色の塊を見つめていた。なれもしないものになろうとして背伸びをする者の例に違わず、その姿はあまりにグロテスクで、内に秘めた憎念の創造力を打ち消そうとでもしているようだった。白手袋に包まれた石のバラストのような両手が腕の先でしなっていたが、それでいて、絹の靴下にしっかりとはまっていない両脚に支えられた体は、うまくバランスを取れずにふらついていた。作業から目を上げることなくファン・ペレスは、乾いた泥と手入れ不足で灰色になっていた芝生を見つめた。執事は、元の緑を回復し、以前のとおり、ここを子供たちのクロッケー場に戻してやろうとしているが、ノスタルジー以外の何物でもないそんな計画がファン・ペレスには気に入らなかった。昔を懐かしがっても、所詮できることといえば、修繕、回復、真似事、同じことの繰り返しだけで、何か自律した新しい物を生み出す勇気などそこからは決して生まれてこない。屋敷や庭などを眺めていても、彼の触手はまったく動かなかった。そんなものは、情熱を焚き付けてさらなる行動へと乗り出すために必要な刺激物にすぎず、彼の究極的目標はその向こう側から立ち現れてくる真実にあった。孤独な者に特有の不遜な態度で彼は、屋敷も石段も銅像も、そして、庭も失われた境界も、何物もこの無快楽症を覆すことはできないし、自分の内側にある何かをはっきりさせてくれるわけでもない、こう独りごちていた。下では、庭師主任の指揮のもと、使用人たちが幾つかのグループに分かれて槍の隠し場所はないかと探し、死んだ戦士たちの残していった槍を集めていた。執事の指示どおり、柵を建て直し、敷地の境界を区切ろうというのだろう。手摺を磨き終えて窓を閉め、今度ははたきを手にして振り子時計の埃を払っていたファン・ペレスには、すべてがわかっていた。柵が再び完成するまでは恐怖を感じなくてすむが、柵が再び出来上がった途端、恐怖がまた舞い戻ってくるのだ。柵を建て直しても、事態は大して変わりはしない。一度崩れた秩序は、たとえ表面上元通りに戻ったように見えても、実のところ異質な秩序の模倣にすぎず、時間的なずれがあるせいで、必ずしも現在にうまくはまるわけではない。現在と過去、善と悪、お前と私の間に存在する境界は、えてして槍の鋼鉄より脆い材質でできているものだ。だが、そんなことを象のような巨体の執事に向かって言っても無駄だろう。本当に、執事の言葉どおり、「ご主人様方の出発前とまったく同じ状態に」柵を建て直したりすれば、権力の修辞を繰り返しでもするように使用人部隊が絶えず銃弾を撃ち続けてきたせいで、もうすぐ弾薬が底を尽くというのに、身を守る武器まですっかり失ってしまうことになるだろう。いずれにしてもファン・ペレスは、忠誠を誓った数人の部下と密約を交わし、こっそり槍を集めて小さな囲いを作ったうえで、残った槍を武器として隠しておくことに決めていた。一体何のために？　敵は誰なのだ？　そんなことはどうでもいい、ともかく戦いの準備を怠ってはならないのだ、ファン・ペレスはこう自分に言い聞かせていた。はたきを隠し、指の油汚れを拭いながら彼は、書き物机に座った執事の大きすぎる体が繊細な家具とまったく釣り合わず、そのバッジだらけの制服が上品な雰囲気を台無しにしているのに気がついた。敵は彼かもしれない。いや、違う、本人以外の誰もがわかっていたとおり、彼はいつでも取り換え可能な人物だ。邪な子供たちの反乱、ないとは言い切れない使用人たちの反乱、あらゆるものの内側に身を潜めて機を窺う人食い人種、主人たち、そう、早い話が自分以外はすべて敵なのだ、ひ弱で、しかもそのせいで怨念深く、おのれを破壊する脅威をあらゆるものに嗅ぎ付けるこの自分、このみすぼらしい汗まみれの熱いシャツに包まれた肌で、身に迫るあらゆる危険を察知するこの自分以外はすべて敵なのだ。だから、暴力をおいてほかに、自分の世界を築く方法はないのだ。現状にすっかり満足しきった執事と違って、危険の根源まで辿り着かなくては、いや、それどころか、自分自身が危険そのものにならなければ、助かる方法はないのだ。

確かに、屋敷や庭を部下たちに隈なく捜索させたが、危険の兆候は一切見つからなかった。ボスの机の上にランプを灯した後、閉め切った窓ガラス越しに、黄昏の光に染まったグラミネアの海原を眺めていると、その薄闇に紛れて、自分とまったく違う二人組、だからこそ最も恐ろしい脅威となるやもしれぬ二人組が逃げていく姿が見えたような気がした。本当に二人一緒に逃げたのだろうか、それとも、単なる妄想だろうか？　あるいは、襲撃の最初の段階で、闇雲な軽蔑心の犠牲となって、すでに死体の山に紛れているのだろうか？　二人の間には、同盟が、そして、初めて味わう忠誠心の喜びがあったのだろうか？　作業と理想を共有し、悪の伝道師のように、これからその毒を世界中に撒き散らそうとでもいうのだろうか？　そんな福音によって主人と下僕の区別が消えるというのだろうか？　夜明けとともに馬に跨り、グラミネアに火を放って世界を端から端まで焼き尽くしてもかまわないと覚悟を決めながらも、フアン・ペレスが恐怖に震えていたのは、そんな平等を実現する可能性が垣間見えたせいだった。完全武装した彼の忠実な手下たちは、同じく狂気にとりつかれたように、見渡すかぎり一面に広がるグラミネアの海原へと繰り出し、フアン・ペレスたる人物——彼をこのように呼ぶことを読者にお許し願う——の心が磁石となって、遅かれ早かれ必ずや、この果てしない荒野のどこかに隠れているはずのならず者二人組の居場所を指し示してくれるものと信じていた。

一面の荒野は成長の最高段階にあり、ふっくらした茎からそろそろ綿毛が飛散し始めそうだった。例年どおりのバカンスであれば、もうあと数日後には、夕刻のクロッケーを一時休止してテレンシオが、くすんだ色の絹ネクタイの細かく入り組んだ繊維の一つに挟まった綿毛を華奢な爪に挟んで摘み上げ、再び宙に戻しながらこんなことを叫ぶところだ。

「愛するルドミラ、見てごらん、綿毛だ。小さな星みたいだ、こんな繊細な脚を張りめぐらせて、何にでもくっついてしまう。こんな小さな粒が、もうあと一、二週間で何百万という数になって、辺り一面を曇らせてしまうんだから、母なる自然は何と偉大なのだろう！　我々の母なる自然、といっても万人の母というわけではないが、ともかく、我らが母はいつも我々だけを特別扱いしてくれる。この最初の綿毛は、荷物をまとめて首都へ帰るべき時が来たというお告げなのだ。いつも笑顔で務めを果たす、世の妻の鏡のようなルドミラ、お前に帰り支度を任せるぞ、妻の最も重要な務めとは、一家の些事をそつなくこなし、夫が安心して他のもっと崇高な仕事に専念できるよう気を配っていることだ。要するに、遅くとも二週間以内にここを離れなければ、我々は綿毛に埋もれて窒息死してしまう。今すぐ作業にかかってくれ！」

私の物語のこの時点では、まだ綿毛の飛散は始まっていなかったが、フアン・ペレスは一人で、あるいは部下を従えてグラミネアのなかへギャロップで駆け込み、その穂先を踏みにじった。彼らが通り過ぎた後から、プラチナ色の柱のような綿毛の雲が立ち昇り、遠くからでもこの不吉な騎士たちがどこにいるか一目でわかるほどだった。強制的に集落へ押し込まれ、別荘に食料を供給すべく、農作業への従事を命じられていた原住民たちも、立ち昇るグラミネアの綿毛でファン・ペレスとその部下たち、そして銃撃の到来を察知した。そして騎馬隊が集落の最初の数軒へなだれ込んでくると、彼らの罵声と鞭打ちの手を逃れることのできる者は少なかった。いつまで経ってもアガピートとウェンセスラオの居所を突き止められない屈辱に苛立った彼らは、集落から少し離れたところに建てられた数件の小屋に、原住民の捕虜のみならず、裏切り者と目された子供や使用人を集め、手当たり次第に怒りをぶちまけた。もちろん最も痛い目に遭っていたのは原住民たちであり、網のように陰謀をあちこち張り巡らせたこの人食い人種たちが、二人の罪人を匿い、さらにはその逃亡を助けていると目されていたのだった。手に鞭を持ち、腰にピストルを提げた姿でプラチナ色に広がる綿毛の雲に包まれたファン・ペレスは、次第に狭まる同心円に囚われたかのように一途なギャロップで襲い掛かってきたが、哀れな原住民たちは、立ち昇る雲に悪魔の到来を感じながらも、グラミネアの茂みの背後にしゃがんだまま運を天に任せるほか何もできず、剣のシャワーでも浴びたように鞭に傷つけられた背中を晒してじっと身を固めているばかりだった。唯一の救いとなったのは、先祖代々荒野に生きる大型動物の習性を綿密に調べてきた原住民たちが、大した飛び道具もなく動物を捕獲するために、複雑な仕組みであちこちに罠――編んだグラミネアの上に土を掛けた落とし穴であり、ダマジカやイノシシがよく掛かった――を張り巡らせ、奇声を発しながら動物を追い込む狩りの方法を確立していたことだった。この落とし穴が、別荘の縁から、晴れた日には地平線を染める青い山並みまで、広大な範囲に散らばっていたので、いつ罠に出くわすか皆目見当もつかなかったファン・ペレスと手下たちは捜索の細部に馬を使うことができず、ますます手間がかかることになったのだ。そうした落とし穴に隠れた逃亡者は、グラミネアの雲が遠ざかった頃合いを見計らっては、辛い空腹に耐えながら穴から穴へ逃亡を続けた。天体の移行を頼りに方角を見定めることに長け、数少ない水飲み場の位置を熟知していた少数者は、何とか山並みまで辿り着くことができた。辺りには金山の採掘を再開させるため使用人たちが見張りについていたが、夜闇に乗じて彼らの銃撃を避け、反対側の斜面へ出てしまえば、ベントゥーラ一族、あるいはその召使の力はもはやまったく及ばない。

午後、おぞましいセクトとの関わりを否定する人食い人種への尋問を終えると、ファン・ペレスは手と顔を洗ってさっぱりした。快適な別荘を軽蔑して寝泊まりしていた小屋で、絹のソックスを重ねて履き、マンキンの下着、レースのジャボ、そして、下級の召使に与えられる細い金モールに縁取られたアマラント色の地味な制服を着込んで、馬丁の操るランドー馬車に乗り込むと、掃除用のはたきを振り回しながら屋敷へ向かって荒野を横切った。勤勉な召使たちが、まるでマルランダに平和が戻ってきたような喜劇を演じていたが、彼らと混ざり合った途端、やはり底知れぬ不安感が漂っていることが察知された。そう、人食い人種撲滅を目指す十字軍の旗印を今一度徹底せねばなるまい。騙されるのではないかと恐れるあまり最初から信じていなかった戦いに巻き込まれでもしたように、腹の底から込み上げてくる懐疑の念に囚われて打ちのめされた使用人の姿が時折目につく。夜になると、見張り当番に当たっていない召使や料理人、庭師たちが、洞穴の入り口に垂れ下がったぼろ幕かと見まがうほど不気味なコケ類に覆われた地下で、蝋燭不足のためほとんど灯りを点けることもなく、不穏な物音を立てながらカードゲームに耽っている。かつて自分のものでもない銀食器を賭けて貴族気分を味わっていた彼らは、今や夢幻ではなく、盗みによって得た本物の食器を賭けの対象にしていた。極力目立つまいとしていたファン・ペレスは、直接注意することこそしなかったが、執事に報告し、賭けに耽る部下たちにしかるべき処分を下してもらうことにした。上の階《ピアノ・ノビーレ》の子供たちが食料不足に感づいて志気を下げてはいけないというので、たまに豪華な料理が準備されることがあると、ファン・ペレスはその後に出るおぞましい残飯を他の使用人たちと分け合った。だみ声で文句ばかり言う使用人たちの話を聞きながら彼は、ベントゥーラ一族が新たな使用人部隊、新たな執事とともにもうすぐ別荘へ戻ってくる、という随分前から流れていた噂が真実なのか考えてみた。もし本当ならば、それは、一年分の給料をしかるべく彼らに支払うのではなく、一日分の給料だけでごまかそうとしているわけだから、一族と一戦交えないわけにはいくまい。この邪悪な噂は日に日に広まって次第に信憑性を高め、それにつれて反抗の色を強めた一部の使用人たちが、ますます手に負えない行動を取るようになってきた。このあやふやな危険を誇張することで、ファン・ペレスはすでに庭師主任を自分の配下に置いていた。指揮官のなかで最年長であり、この辛い仕事からそろそろ引退しようとしていた彼は、リディアの登場で一年分の報酬がふいになるかもしれない、さらには、もし万が一ベントゥーラ家がこの失われた一年の存在を否定することにでもなれば、目前に控えていた引退を一年延期せねばならないことになる、そんな事態を恐れていたのだ。

執事が忠告を求めて繰り出す質問に対し、テレンシオの執務室のバルコニーの欄干を磨きながら、顔を上げることもなく端的に答えていたファン・ペレスは、要所要所に些細な情報や一見何の意味もない疑問を巧みに挟むことで、危険な噂の種を蒔いているのは、実は上の階《ピアノ・ノビーレ》に出入りする特権を奪われていた子供たちであり、彼らへの見張りと懲罰をもっと厳しくすべきである、という結論に独自の判断で至るよう執事を操作していた。そうすることでファン・ペレスは、この件と自分を切り離していたのだった。なぜそんな手の込んだことをするのか、読者は疑問に思うかもしれないが、その理由は簡単には説明できない。噂の源はウェンセスラオに間違いないし、彼が別荘へ持ち込んだ食人の習慣はまだそこら中にちらついている……　そう、そうなのだ、ファン・ペレスは、絨毯張りの廊下に彼の足音を聞きつけ、庭から聞こえてくるあけすけな笑い声に神経を尖らせていたばかりか、声こそ聞こえないものの、おそらくアガピートとともに彼の名前がいとこたちの唇に繰り返し現れるのを目撃していたのだった。妄想とはえてして謎から生まれるものであり、見るもの聞くものに二人の存在を嗅ぎつけずにはいられなくなっていたのだ。そうだ、まだ突き止められぬ通信手段によって、二人が別荘に不穏な噂を撒き散らしているにちがいない、これを突き止めて二人を捕えることができれば、ウェンセスラオの伝説に対抗して、顔も人柄も知られていないこの自分、誰もが下級使用人の一人としか見なしていないこの自分が、黒い伝説と化して恐怖の的になるのだ。

2

この目が――ファン・ペレスは自分に言い聞かせながら筆を淡い緑色に浸し、前脚でドアを開けて広間へ顔を出していたグレーハウンドの瞳に光を入れた――私の目になるのだ。私がいないときには、ここで子供たちの動きに目を光らせ、すべてを記録する。騙し絵《トロンプ・ルイユ》に描かれた人物の目に極秘事項を捉える能力がないわけではないが、壁という二次元の世界に縛られた彼らには、別荘の運営に伴う雑務以外は何も目に入らないから、下級使用人たる自分にできることといえば、宮廷人の眉間に退屈を示す皺を書き込み、その口元に倦怠の線を入れて口全体を強張らせることぐらいだ。だが、私は宮廷人などではなく、猫のようなこのグレーハウンドなのだ、こう自分に言い聞かせながら、脇腹に影を入れてその勇姿を一層引き立てた。この修復の筆にかかれば、あらゆるものが魔法に囚われて奇形児に姿を変えるようだ。壁画の前で、足場と滑車で様々な高さに宙吊りになっていた部下たちは、戯れの女神たちを怪物女に、赤く染まった雲を嵐に、こっそり塗り替えていた。広間に背を向けたまま、ペンキ缶の間で壁から少し鼻を突き出したこの犬は、獰猛な姿に貪欲さを漂わせ、自分がいない間も鋭い視線を光らせてくれることだろう。チェスボードのような床の上に置かれた四脚の赤いブロケード織の安楽椅子《ベルジェール》で指揮官たちが繰り広げる作戦会議の光景が、すべてこのグレーハウンドの目に入るわけだ。第一馬丁は脚を広げたまま自分の席で眠り、人生の重要な一年が丸ごと失われるという恐ろしい噂に震え上がった庭師主任は猟犬のように必死で槍の追跡調査を行っていたから、現在広間にいるのは執事と料理長だけだった。どれほど偉ぶってみせても所詮は肥満体の料理人にすぎない料理長は、美しき不毛という権力の本質を理解できず、その最も外面的で安易な部分、一度味をしめたらやめられない喜びにいつまでも浸っていようとするような男だったので、この誤解が後にどんな大問題を引き起こすことになるか知れたものではない。幸い執事は、ちやほやされることの喜びにすら引きずられることのない鈍感男だった。自分の人間像を誇示することに全精力を注ぐ彼を前に、ファン・ペレスとしては、何とかこの状態が続くよう協力するだけだった。数匹のグレーハウンドの背中に筆を滑らせながら、落ち着け、落ち着け、と声を掛けて彼らの意識を指揮官たちのほうへ集中させ、二次元の世界から飛び出していこうなどという気紛れを起こさせないよう気を配った。外では、まるでベントゥーラ家に命じられたかのようにくすんだ光を放ちながら高く上った太陽が、壁画の延長線上に広がる青い空の表面を照らしている。部屋の端にある細長い窓から白黒の床に光が降り注ぐなか、執事と料理長は腕を組んで歩き、オーケストラ用演壇の石膏細工が据えられた反対側の端まで達すると、再び踵を返した。

「子供たちの誰一人として」執事は断言した。「姿を消した者はいない。繰り返しになるが、料理長、ご主人様たちが今帰還されたとしても、特に心配なさるようなことはあるまい」

「当然です」料理長も賛同した。「ファビオとカシルダ、イヒニオとマルビナは自分の責任でいなくなったのですから。ウェンセスラオが行方をくらませたなどというのは根拠のないデマの域を出ません。マウロについては、私は何も存じません。いずれにせよ、この二人については、ご主人様たちが帰還する前に何か適当な言い訳を考えておかねばなりますまい」

光を浴びた床の真ん中に執事は立ち止まっていた。ベルベットの腕を料理長のリンネルの腕から離し、突如無邪気に両手を翼のように広げて見せながら、彼はもっともらしい言葉を述べた。

「しかし、料理長、当然ながら真実を伝えるだけだよ」

一瞬料理長は、権力の掌中にある様々な真実のうちどれを伝えるつもりなのか訊きそうになったが、黙ったまま、相手が思考の糸を解いていくのに任せた。

「すでに礼拝堂でファビオとカシルダの口から真実を聞いているのだから、それを繰り返すだけでいい。そう、たった一日――この点は誰の目にも明らかだ――ハイキングで留守にした間に、恐れていた人食い人種の攻撃があり、マウロとウェンセスラオは食べられた。年長のほうは蛮人部隊全体に振舞われ、肉の柔らかい年少のほうは、当然ながら指揮官たちが分け合った」

静寂に包まれたダンスホール――結核患者の耳なら、若者の首の肌に膿疱の染みを落とす筆の音や、コルセットをした女性の腰からしなやかさを奪う優しい筆遣いの微妙なタッチまで聞き分けたかもしれない――で、執事の提案に対してぶしつけな返答でもするように、料理長の腹が高らかに鳴り響いた。慌てて腹に手を持っていきながら生娘のように顔を赤らめた料理長は、ようやく言い訳の言葉を呟いた。

「誠に失礼をいたしました、執事様。職業病というやつです！　礼を失する行為、どうかお許しください」

「料理長」執事は言った。「それほど大きな音が鳴るとは、一体どんな食欲に囚われたのか、話してくれないか？」

たわいもない悪戯の罪を白状したがらない子供のように、料理長は口ごもった。

「それはどうかご勘弁を……」

「親愛なる料理長」相手の背中を叩きながら執事は話を遮った。「少しここに座って二人で腹を割って話そうじゃないか……」

「わかりました、執事様」自分の安楽椅子《ベルジエール》に腰を落ち着けながら料理長は答えた。「ですがその前に、ファン・ペレスに退席をご指示ください。私は少々潔癖症でございまして、幼稚な告白に顔を赤らめる私の姿を、あの金髪の女神が身を屈めて優雅に差し出す手鏡で、今まさにあの部分を修復しているファン・ペレスに見られているのかと思うと、耐えられないのです」

「それは無理な相談だ」手を上げながら執事は答えた。「尊敬する料理長、気持ちはわからないでもないが、私の立場を理解してもらいたい。この際だからはっきり言っておくが、私はファン・ペレスを一刻たりとも傍から遠ざけるつもりはない。彼こそ権力の闇の部分を担当する、まさに下水のような役回りだ。他の者ならいざ知らず、彼は私にとって欠かすことのできない人物なのだ」

ファン・ペレスは、筆の手を止めることなく、軽く眉を動かして部下たちに合図し、部屋から退出するよう指示した。曲芸師のように軽々と足場から飛び降りてペンキの壺とダスターコートを置いた彼らは、ベントゥーラ家の流儀に従って、頭を軽く、それでいて長く下げた後、部屋から出ていった。下水、ファン・ペレスはこう心の中で呟きながら、女神の鏡に神経を集中し、筆で角度を調節しながら、この場で起こることを寸分漏らさず目に焼き付けておこうと決意した。どんな場所にも下水は必要だし、これなしにきらびやかな街は成り立たない。そう、一介の使用人にすぎない自分を下水と評価してくれたわけだ、この力で今や自律した人間となり、個性やイデオロギーを超える不気味な破壊力を手にしたのだ。外側、つまり、ボスとともに確保した位置から喜びが込み上げ、以前からすでに先見の明があることはわかっていた執事が、自分についても彼本人についても思い違いなどしていなかった事実をファン・ペレスは噛みしめた。その時、まるで御公現のように彼の頭に閃いたのは、知性とは、自分の場合のように劣等感からのみ生まれてくるのではなく、自分のまったく及び知らぬ領域には直接的権力――単純だが崇高な権力――なるものがあり、これを操る者は盲目的な信念ですべてを完璧にこなすところから別種の知性に到達する、という事実だった。

「わかりました。そういう事情であれば、仕方がありません」料理長が小声になったのは、広間の端から戻ってきた彼と執事が第一馬丁の眠る安楽椅子《ベルジェール》に近づいていたからであり、余計な者を起こしてこの場面の目撃者を増やすことを避けようとしたのだ。「私が言いたかったのは次のようなことです。ご主人様たちの権威を否定するつもりなど毛頭ありませんが、私はこの国で、そしてもちろんこの家で一番の食通です。クルド料理、ブッシュマン料理、コプト料理、エスキモー料理、これほどあらゆる料理を味わい尽くしてきた人間はごくわずかです。あらゆるグルメ体験の可能性を網羅し尽くした百科事典の編纂をもう少しで終えるところまできているほどです。しかし、その私ですら一度も食べたことがないものが一つあり、それについては、今後も食べることはないと思いますが、好奇心だけはどうしても禁じ得ないのです。そう、人肉です。この欲望が体に染みついているせいで、人肉の話が出ただけで私の腹は郷愁に誘われて音を立ててしまうのです。執事様、もちろん食べたいなどと大それたことを言っているわけではありません」

ここで間を取ると、その沈黙を切り裂くように再び腹が大きな音を立て始めたせいで、鳴りやむまで話を続けることができなかった。

「しかし……あの野蛮人たちが料理した人肉の匂いぐらいは嗅いでみたいと思いますね。執事様、これも食人にあたるのでしょうか？　それに、レシピを聞いて、私のグルメ百科に加えたいとも思いますね。これが抜けていると、学術的すぎるといって辛辣な批判を浴びるかもしれませんし。蛮人たちが戦争に臨む際には、酋長たちが乙女の性器を分け合って美味しいスープ料理を作るのだそうです……きっと……きっと……」

ここで溜め息をつくと、腹がまたもや大きな音を立てた。

「……きっと、俗に言うボッカート・ディ・カルディナーレのようなものでしょう……」

ただでさえ妙な趣味を持っている料理長だが、ここまでくると行きすぎだ、執事は思った。内心この潜在的人食い人種をどうひねり潰せばいいか考えながらも、愛想のいい表情を崩さなかった執事は、軽い作り笑いを放った後、彼に起立を促し、身分の差をしかるべくわきまえさせる形でこの話を切り上げようとした。

「親愛なる料理長、あなたのように世間を知り尽くした方が、不確かな官能の喜びより科学的精神と結びついた欲望を抱くのはもっともなことかもしれない。私に言えるのは、我々上層部には、下層部には許されないちょっとした気紛れも許されるということだ。慌てなくていい。いずれファン・ペレスに指示を出して、原住民たちのシェフからレシピなりなんなり入手させることにしよう。そしてこの件に関しては、我らがご主人様たちからいつも教わってきたとおり、慎みという分厚いベールで覆いを掛けることにしよう」

べたついて腫れ上がった料理長の唇に待ちきれぬ涎が滲み、小さすぎるうえにきれいすぎる手が絡み合った。そしてその口から質問が零れた。

「ご理解いただきたいのですが、執事様、私の百科事典はほぼ完成し、もはや食人の章を待つばかりとなっておりますので、仰せのような機会が早急に訪れるようご配慮いただければ幸いと存じます。編集者に相当せっつかれておりますし。いつ頃の見込みでしょうか、一日、二日、一週間、あるいは一か月……？」

ここで執事は体の動きを止め、ベルベットと金でできた山並みのように視界を遮って聳え立つと、頂上から怒りで天変地異を起こそうとでもするように、絹の両目と権威を示す房飾りを光らせて、角張った顎に容赦ない力を込めたかと思えば、今やすっかり震え上がって小さくなった料理長に向かって、強烈な殴打でも喰らわせそうな勢いで腕を持ち上げた。雷鳴のように響く執事の声が、近くにあった演壇を飾るポンペイ風の浮き彫りに跳ね返って漆喰の粒を引き剥がし、安楽椅子《ベルジェール》で寝ていた第一馬丁は驚いて目を覚ましたものの、このまま寝たふりをして嵐の過ぎ去るのを待つのが賢明だと咄嗟に判断した。

「言語道断！　一か月、一週間、一日だと？　この愚か者め、ご主人様たちの命令どおり、現在にも過去にも未来にも、この別荘には時間の経過など存在しないのだ。ハイキングに出発して以来、時間は止まっている。ご主人様たちが帰還される前に時間が動き出すことなどありえない！　それが理解できないのならば、力ずくでわからせてやるよりほかあるまい！」

「仰せのとおりです、執事様」震え上がった料理長が声も出せずにいるのを見て取ってファン・ペレスが答えた。

「なぜわかりもしないお前がそのオタマジャクシのような声で答えるのだ？　これより先、一か月であれ、一週間、一日、数日であれ、一分一秒であれ、故意であれ、不意であれ、時の経過について話すことは反逆罪とする」

劇のような間を置いた後、執事は叫んだ。

「ファン・ペレス！」

「はい、執事様……」

「屋敷内にあるすべての時計、カレンダー、タイマー、振り子、水時計、メトロノーム、日時計、砂時計、年報、予定表、太陽暦、太陰暦を没収しろ！　以後これらの物は扇動用具と見なし、所有者は集落へ追放のうえ、厳罰に処すこととせよ！」

自らの言葉に引っ張られるようにして執事は演壇へ上がっていた。そして白手袋の大きな手を頻りに動かしながら、部下たちに向かってというより、壁画に向かって、つまり、そこに描かれた、使用人たちよりはるかに知的水準の高そうな紳士淑女に向かって演説をぶち、その言葉の美しい響きに酔っているようだった。

「昼と夜、その違いを消してしまえ！　たとえ単なる無駄話であれ、時の巡りなどということを口にする者は、犯罪者として厳重に処分する！　過去も未来も、発展も経過も、歴史も科学も、光も影もない、あるのは、作り話と薄闇だけだ！　我が卑しき部下ファン・ペレスよ、鎧戸をすべて閉め、窓ガラスをすべて黒く塗って、どの部屋でもいつも同じ明るさが保たれるようにしておけ！　そうすれば昼と夜の区別はなくなり、すべてが歴史から外れた沼に停滞する。ご主人様たちが戻ってくるまで、歴史を止めておくのだ」

相変わらず壁に顔を付けて筆を握ったまま、様々な色のペンキ壺の間に両足を置いていたファン・ペレスは、一瞬作業の手を止めて、女神の手鏡に映った執事の顔を見つめた。ここに軽いひと塗り、そして、あそこに少し緑色を差して、熱に浮かされたような執事の姿を変えてやれば、彼にもっと鋭い洞察力が備わって、最終目的は自分の作り上げる現実に子供たちを封じ込めることではなく、戻ってきたベントゥーラ一族全員をそのなかに幽閉することなのだと理解できるかもしれない。確かに困難な作業ではあるだろう。だが、結局のところ法が現実を作るのであって、その逆ではなく、また、権力の座にある者が法を作るのだから、権力さえ押さえていれば、すべてはどうにでもなるはずなのだ。執事に権力を濫用させてはなるまい！　いつも必ず最後には枯渇する権力が、最大の獲物の到着前に枯渇することのないよう気を配っていなければならない！　そのためにこそ、こうして壁画の前に立って、修復するふりをしながら、ゆっくり少しずつ、顔や雰囲気、空気、時間や無時間を描き直しているのだ。執事が息を継ぐために間を置くと、その隙をついて料理長が咳を連発し、白黒の床から忠実なる下僕のようにボスのほうへ向き直って話し出した。

「執事様、只今お示しになった計画、見事というよりほかありません、「侯爵夫人は五時に出発した」の最も優れた瞬間にも匹敵する、いや、本質的にあの遊びと変わるところのない、優れたご提案かと存じます。フランス人の言うとおり、大人物は考えが合う《レ・グラン・ゼスプリ・ス・ランコントラン》ということでございましょう。ただ、一つだけ懸念を申し上げたく存じます」

「言ってみろ……」

「子供たちは決まった時間に眠気を催し、また、決まった時間に食欲を感じます。動物ですら、そして、周知のとおり動物にも劣る人食い人種ですらも感じるこうした本能的現象にどう対応なさるおつもりでしょうか?」

ゆっくり演壇を下りながら、執事は時間をかけてこの質問について考えた。再び料理長の腕を取って、しばらく白黒の床をあちこち歩いた後、噛み砕いて説明を始めた。

「その点では、親愛なる料理長、あなたの仕事が重要になる。あなたの貴重な協力なしには、しかるべき地点に歴史を止めておくという私の計画は実行不可能と言っても過言ではないし、この無時間的世界の構築にはあなたの存在が不可欠となる。ご存知だろうが、実は人間たちの飢えを操るだけで、どんな組織でも思いのままに動かすことができる。ここが鍵だ。あなたの役目は、やがて区別のつかなくなる昼夜を問わず、大食堂に煌々と蝋燭を灯し、部下たちとともに、四六時中テーブルを御馳走満載の状態にしておくことだ。そうすれば、勝手気儘な子供たちは、いつでも食べ物がふんだんにあると思い込んで、好きな時に食事をしにくるようになるだろう。こうして体に染みついた規則的な生活習慣を断ち切ってしまえば、飢えた子犬のように常時食べ物を口にし続けた挙げ句、時間の感覚などまったく失ってしまうことだろう。さらに、動物と同じように、満腹してはすぐ横になる癖がつけば、一人ひとりの生活リズムが完全に崩れ、みんなばらばらに食べては寝るという混沌状態が出来上がることになる。これまで子供たちを繋ぎ止めていた共同生活は崩壊し、他者と共有されることのない時間はもはや時間とは呼べない以上、歴史の進行も止まることになる……」

苛立ちと軽蔑の入り混じったような気持ちで料理長は執事の腕を逃れ、目の前の男――彼は人肉を食べる気でいるのに、執事にはその気がない――がもはや自分の絶対的指導者ではなくなったように思い始めた。

「僭越ながら私見を述べさせていただきますと、まずは、必要ならば上の階《ピアノ・ノビーレ》にいる子供たちも交え、この件をよく検討してみる必要があるように思います。私の考えでは、いまだ明らかな反乱の兆候がまったく感じられぬ今、慌ててそのような計画に着手する必要があるとは思われません。それよりも、私の望むグルメ体験を優先させていただきたく存じます。これが単なる個人的、学問的、理性的興味でないことは、これからいたします説明でおわかりいただけるでしょう。すなわち、邪悪な原住民たちが動物たちの水飲み場に毒を仕込んでいる以上、間もなく別荘が肉不足に見舞われることは目に見えており、このまま何の策も講じなければ、我々は食糧危機に陥ることになります。その点に鑑みて私が知っておきたいのは、多様な人肉料理の仕方のみならず、万が一の事態に備えて、長期間肉を保存するための塩漬け法なのです……」

この言葉を聞いて、獲物に飛び掛かろうと身構えた猛獣のような唸り声を上げた執事は、じりじりと後ずさって、相変わらず冷静に筆を走らせていたファン・ペレスにぶつかった。ボスの逆鱗に触れて再びすっかり縮み上がった料理長は、恐ろしい怒号に耳を閉ざしながら部屋から逃げ出そうとした。

「この人食い人種め！　怪物め！」

執事が腕を伸ばして今にも拳を振り下ろす態勢にあるのを見て、ファン・ペレスはその手に赤ペンキの壺を乗せた。すると、閉じたばかりのドアまで壺はそのますすっ飛び、扉板に血しぶきのような模様を残した。続けざまにプロシア製の青ペンキ壺を手渡されたボスは、これも同じように放り投げ、それでも怒りが収まらず、相変わらず反逆の人食い人種に対して罵りの叫び声を上げながら、盲滅法手を振り回していたかと思えば、今度は、黄土色、リンドウ紫の壺を相次いで叩きつけ、ドアはおろか、偽の遠近法に貫かれた建物やアーチ、笑顔を浮かべたお洒落な女中、パヴァーヌを踊る舞台にふさわしい風景などを台無しにしてしまった。このけばけばしい惨事から逃れるため、第一馬丁は立ち上がってドアのところまで後ずさり、そこでファン・ペレスと出くわすことになった。怒りに囚われた執事が今や誰の助けも借りずあらゆるものに当たり散らし始めていたので、ファン・ペレスもこのまま黙って嵐が収まるまで待っていようと考えたのだ。第一馬丁は彼に訊いた。

「この騒ぎは一体……？」

質問を聞き終わる前にファン・ペレスは遮った。

「威厳、いや、生命に対する執事様の謀反です。ご覧のとおり、しかるべく報復に乗り出したわけですが、このままでは壁画を完全に破壊してしまうことでしょう。敵方は責任のすべてを我らがボスに押しつけようとするでしょうが、実際にこの災厄を引き起こしたのは奴らのほうです……」

3

そして、昔の小説によく現れる「不吉な時」がやってくる。

使用人たちが黒く塗りつぶした窓ガラス、封鎖されたドアと鎧戸、そして、堅固な壁の間に塞ぎ込まれた廊下によって、屋敷は外部との接触を完全に失い、ランプに照らされた薄闇のなか、子供たちは死にかけた魚のようにふらふらさまよいながら、この条件下で何とか生き抜くことこそ危険な反乱にほかならないと信じ込んで、黙ったままひたすら生き延びることだけに集中していた。すぐに——部屋一つに小さな蝋燭一つしかない人工的薄闇に閉ざされ、時間など計る術もなくなったこの屋敷で、「すぐに」という言葉がどのくらいの時間を意味するのか、読者も頭をひねることだろう——子供たちは、声、小さな足音、そしてもちろん感情、その他あらゆるものが「進展」の概念を失ったこの怪しげな現実世界に慣れていった。いつもあちこちの陰や隅に潜んでいた召使たちは、絶えず会話に聞き耳を立て、メモのやり取りが行われていないか神経を尖らせながら、事の推移や展望について子供たちが協議することのないよう目を光らせていたばかりか、友情、愛、無関心、恐怖、その他理由の如何を問わず、二人揃って同じベッドに潜りこんで情報交換などすることのないよう、四六時中寝室を監視していた。上層部の命令によって彼らは、食人習慣に染まった疑いのある者、それを望んだことのある者、その種の望みないしは意図に囚われる瞬間を経験したことのある者、厳重な監視の目をかいくぐっていまだにこっそり食人を実践している——その兆候はあちこちに存在した——者、さらには、別荘付近に相変わらず出没する人食い人種と密かに交信している者が一体誰なのか、特定する任務を負っていた。そう、間違いない、いまだに人食い人種は出没するのだ、腹の据わった使用人たちはこう繰り返していた。グラミネアの間で奇跡的に生き延びた彼らは、ウェンセスラオともう一人の命令に従って武装し、辺りに身を潜めている。自分たち使用人部隊は、英雄のように強靭な意志で、屋敷を支配していた混沌と戦い、秩序を回復した。これは自分たちだけが成し得た偉業であり、もはや自分たちの代わりを務められる者などいないのだ。他の使用人たちにこの地位を譲り渡してなるものか。子供たちは皆敵であり、いつ食人習慣に染まるかわからないのだから、今後も戦いを続けねばならない。子供たちを守るのが最重要課題だと主人たちにも言われているではないか。育ちざかりの年頃なのに、何年も前のぼろ服を着続けているせいでようやく恥部を隠しているだけのバレリオとテオドラなど、せっかく集落への襲撃であの野蛮状態から解放してやったというのに、いまだ密かに蛮人と交信し、隙あらばまた元の原始生活へ戻ろうとしている。あの二人は遠く離れた別々の部屋に隔離し、それぞれにかいがいしい召使を数人付けたうえで、水だろうがぼろ服の着替えだろうが、何一つ不自由のないにようさせ、どの部屋へ行くにも付き添いをつけて、他のいとこたちと交わす会話を堂々と立ち聞きさせるようにしているが、もちろん召使たちには、ベルベットと金モールの制服の下にピストルとナイフを常時隠し持っているよう命じてある。

襲撃の最初から、原住民の話を持ち出すのは危険だと察していた子供たちは、禁止されるまでもなくその話題には一切触れなかった。自分たちに求められているのは、時間の停止を妨げかねない危険分子としての原住民の存在をできるだけ速やかに忘れることだ、こう誰もがよくわかっていた。フベナルとメラニアが「古き良き時代」と呼ぶ日々が始まるなか、上の階《ピアノ・ノビーレ》で何一つ不自由なく過ごしていた者たちはもちろん、荒廃した屋敷のどこかの片隅でどうにかこうにか生きていくために知恵を絞っていた者たちでさえ、悲惨な運命に追いやられた原住民のことなど考えてみようともしなかった。確かに、相変わらず時折外から銃声が聞こえ、ドアの向こう側から正体不明の呻き声が耳に届くこともあれば、何かの拍子に飢餓と絶望の映像が頭に浮かんでくることもあったが、口に出すのも憚られるそうした事態の発生は次第にまばらとなり――あるいは、まばらになったように感じられ――、永遠の現在に閉ざされて沈みゆくうちに子供たちは、ベントゥーラ家の誰もが備える忘却の才能を発揮して、やがて原住民のことを完全に記憶から消し去ったのだ。

物語もここまでくれば読者もすでにお察しのとおり、邪悪な侯爵夫人は未亡人なのだが、ある時彼女は再婚したいと思い立った。四度目、五度目だろうか？　様々な経緯を経て死や狂気へと追いやられた男たち、あるいは、一山当てようとしてフィリピンのジャングルに姿を消した男たちが一体何人いたのか、すでにいとこたちにはわからなくなっていた。一人では寂しいの、娘であり、心からの友人であり、優しい話し相手でもある永遠の愛人に向かって侯爵夫人はこう打ち明けた。精神的、社会的パートナーになってくれるばかりでなく、この歳になって蝋燭の最後の灯火のように激しく燃え上がる欲求を満たしてくれるような男でなければならない。上の階《ピアノ・ノビーレ》で周りを見渡してみても、目に入るのはアベラルドだけで、単に弟であるのみならず、平たく言えば瘻――私はこんなあけすけな言い方をしているが、彼自身がそんな言葉を口にしたことは一度もない――のこの男には最初から興味などない。一時は、今や敵方に回っていたフスティニアノと縁りを戻すことも考えた。ああ、今やすでに衰えの見え始めたこの肉体にもまだ魅力は残っているはずだし、上の階《ピアノ・ノビーレ》に住めるようにしてやると言えば、ここから排除された者たちはそればかり熱望して暮らしているのだから、簡単になびいてくることだろう。だが、それにはメラニアが反対した。フスティニアノのように悪趣味な不良少年は、この快適な空間の汚点となるだけだわ。二人が、侯爵夫人のサロンの常連《アビチュエ》だった料理長に相談を持ちかけると、ソファー《ヴィザヴィ》に身を投げ出した貴婦人の手を取りながら彼は、相手の目をじっと見据えて、それは身分不相応《メザリアンス》というものでしょう、と言わずにはいられなかった。すると、侯爵夫人は反論した。

「だからなんだと言うの？　エルサレム最高の聖母マリア様だって、みすぼらしい大工の聖ヨセフと結婚したのに」

こんな理屈はメラニアにも料理長にも通じなかった。執事の忠告により、この問題については裏方に回っているほうがいいと判断した料理長は、やんわりと意見を述べた。コスメはどうです？　男前だし、体つきも逞しいでしょう。明るい灰色の目は大変美しく、まるでいつもチェスボードを四角く映し出すためだけに光彩が存在するかと思われるほどです。確かに上の階《ピアノ・ノビーレ》の一員ではありませんが、何が不満なのか相変わらず頑なにぼろ切れを着てヒステリックな行動ばかり取る連中とはわけがちがいます。どちらかのグループに属することもなく、いつもアベリノとロサムンダを相手にチェスをしているだけで、他のことには一切興味がないようです。この物語において読者はすでに何度もまったく同じ姿でコスメのことを見てきた――二人のモーロ人に挟まれてティオ・アドリアノが登場したあの劇的瞬間にも、メラニアと失意のマウロがバルコニーで栄光に包まれた場面を繰り広げていたあの時にも、南側のテラスの石段に腰掛けた彼はまったく動じることがなかった。もちろん他の多くの場面にも、いつも動じることのない三人のチェスプレーヤーは黙りこくったまままったく同じ姿勢で居合わせていたのだが、それについて私が言及しなかったのは、何も書かなくとも読者にわかってもらえると考えたからだ――わけだが、彼がいようがいまいが全体の構図に大きな変化を生ずることはなかった。メラニアは、せっかく苦労してこの穏やかな雰囲気を作り上げてきたのに、そこに明らかに敵対的な従兄弟――例えば、髪を乱して荒くれ者を気取っているせいでおそらく最も魅力的に見えるバレリオ――を連れてくるなんて狂気の沙汰、それこそ、両親たちから繰り返し叩き込まれてきた常識感覚に逆らう行為だ、と言い張った。それに引き換えコスメなら、再びガラスケースに片付けられた「博物館的逸品の中国将棋」を使わせてやるとさえ約束すれば、尻尾を振ってついてくるにちがいない。そこで、小太りの体をふらつかせたソエが、猿のような手にキャラメルを握らされて伝令を務め、鼻声ながらも的確に邪悪な侯爵夫人の提案をコスメに伝えた。だが、彼はチェスボードから目を上げることもなく答えた。

「あいつの要求に従うぐらいなら、「博物館的逸品の中国将棋」で遊ぶより、小石やボタンで遊んでいるほうがまだましだ、邪魔するな、こうあのクソ婆あに伝えてくれ」

コスメの返答を正確に一字一句伝え聞いた邪悪な侯爵夫人は、実は以前からコスメを愛していたことに気づいて悲しみの涙に暮れた。髪をアグラエーに任せてヘンナに染めながら、跪いたオリンピアの支え持つ鏡を覗き込んでいた侯爵夫人は、憂鬱な顔で鏡に質問を向けた。

「鏡よ、鏡、世界で一番美しい女は誰?」

「ベルベデレ・イ・アルビオン侯爵夫人にして、クレアール・アン・ライエ伯爵夫人……」

「鏡よ、忠実なる鏡よ、コスメの非礼に報いるにはどうすればよい?」

読者には内緒でお伝えしておくが、鏡の声の主は善良な天使であり、誰もが認めるまっとうな判断力を買われてこの役に選ばれていた彼女は、とかく妄想に陥りがちな邪悪な侯爵夫人の言葉をこうして常識的な方向へ引き戻していたのだ。とはいえ、この場面における鏡の声は、貴婦人に復讐への手立てを吹き込み、しかもそれが、料理人的知性に基づく冷酷な提案だったので、私としては、当面読者の好奇心を満たすことなく、いわゆる「宙ぶらり」の状態にしておこうと思う。話が進むにつれて、ここで鏡の声がどんなことを吹き込んだのか、ご理解いただけることだろう。その後、善良な天使はこっそり料理長に話をもちかけ、大きな懸念を示しはしたものの、結局彼もその案を受け入れた。

邪悪な侯爵夫人はコスメに恋文《ビエ・ドゥー》を送り、閨房《ブドワール》で二人きりの夕食に招待した。コスメには、この逢引《ランデヴー》――邪悪な侯爵夫人が屋敷内で絶対的権力を握っている以上、これは命令以外の何物でもなかった――に応じなければ、自分はおろか、ロサムンダやアベリノまで危険に晒されることがわかっていた。

仰々しくテーブルについたコスメは、上の階《ピアノ・ノビーレ》への出入りを禁じられていた者には望むべくもないほど豪華な料理を前にすると、若者らしい空腹を剥き出しにして勢いよくすべてを貪り食ったが、その間邪悪な侯爵夫人は、憂鬱な表情を浮かべたまま、心ここにあらずといった様子で、ザクロの実を一つ食べただけだった。そして、二人の運命を一つにしようと彼女が提案すると、いつになく相手を虜にしそうな美しい灰色の目を上げたコスメが答えた。

「だめだね」

「なぜ？」

「無理をしているからさ」

「何を言いたいの？　美貌も財産も地位もあって、国中の男がこの手を求めているというのに、私が一体何を無理しているというの？」

「僕は自由だ」

邪悪な侯爵夫人はテーブルから立ち上がり、レースのテーブルクロスの上に手袋をした手を置きながら、反対側の手で、象牙のように艶やかな両肩に落ちかかっていた真珠を直した。

「馬鹿ね！」侯爵夫人は叫んだ。

「自由でいたいのが馬鹿なことなのか？」

「自分が自由だなんて信じていることよ。あのね、この世に自由な人間なんていないの、もう大きくなったんだから、そのぐらい常識だわ……」こう答えながら彼女は、第二幕最終場面の高笑いを上げた。そして急に真顔になると、眉墨で重くなった目で相手を睨みつけながら言った。

「薄情者！　このアガペーの間、私は果物を少し食べただけだったでしょう？　なぜか教えてあげるわ。私につれなくした仕返しに、人肉、そう、人肉を準備させたのよ、人食い人種特製の料理を食べさせてあげたから、これであなたも人食い人種の仲間入りね、そう、そうよ、裏切り者として処刑されたどこかの気色悪い人食い人種の肉を貪り食ったあなたは、今日から人食い人種よ……　本当のことを教えてあげようか？　実はあなたたちはこれまでも毎日人肉を食べてきたのよ、だから、上の階《ピアノ・ノビーレ》の住人でない者は、皆人食い人種なのよ……」

　邪悪な侯爵夫人が胸元で引きつっていた手を持ち上げてあたりに真珠をばら撒き、もう一方の手でドレスの裾を持ち上げながら部屋を出ていく一方、引き裂くような恐怖の痙攣に見舞われて体を折り曲げたコスメは、テーブルクロスの上に嘔吐し、大声で使用人に助けを求めた。まず使用人たちが駆けつけ、続いて、恐ろしい叫び声に驚いたいとこたちがどうしたのか訊ねたが、使用人たちは声を揃えて「何でもありません」と答えるばかりだった。

　コスメはベッドに寝かされ、使用人に処方された薬で意識を失って眠りに落ちた。不穏な呻き声が家中に響き渡り、廊下を通るいとこたちが聞き耳を立てた。その後、まだ痙攣は収まっていなかったが、いとこたちにも使用人たちにも会わないようにして――壁にもドアにも部屋の隅にも目がついていた屋敷でこんなことが可能であればの話だが――彼は、魂の病に打ちのめされて震えたままなんとか部屋から這い出し、窓ガラスを黒く塗られた暗闇のなか、孔雀石のテーブルの並ぶ陳列室で、隅のほうから崩れ始めていた金箔の包みの山をうまくよけながら端から端へ何度も歩き回った。そうこうしているうちに、図書室へ繋がるドアが開いてアラベラが顔を出し、彼の姿を認めた。たった一つだけ灯ったランプの光が眼鏡のガラスに遠く反射するのを見て、コスメにはそれがアラベラだとわかった。いったん陳列室の端まで行った後、戻り際に一瞬だけ立ち止まったコスメは、彼女の耳元に囁きかけ、「侯爵夫人は五時に出発した」に参加していない子供は皆、長い抵抗の間に命を落とした原住民の人肉を食べさせられていたという事実を告げた。震え上がったアラベラが慌ててこの話を他の子供たちにも伝えると、それまでどうにかこうにか生き延びてきた彼らは、顔色一つ変えぬまま姿を消してこっそり嘔吐した。以後彼らは、病気、あるいは単に「忘れていた」と偽って食事を避けたり、食べたふりで済ませたりするようになったが、容赦ない召使たちは、四六時中しっかり全部食べるよう子供たちに強制した。パンや赤ワイン、牛乳にまで人肉が入っていると思い込んだ子供たちは、本当に吐き気や嘔吐に絶えず悩まされるようになり、誰もが体調不良に陥った。子供たちは、まるで棒切れか藁屑のように、見るも哀れに痩せ細り、狂気的な飢えにとりつかれた顔は、げっそりと中心へ向かって窪み始めた。すでに家中に溢れていた腐った金箔の包みが、異臭を放ちながら赤っぽい金粉で大部屋小部屋を満たし、子供たちは、血の猿轡のように空中を漂ってベタベタと顔に付着してくるこの物体が一体何なのかもわからぬまま、もはや包みの山の後ろに隠れる気力すら失っていった。すっかりみすぼらしい姿に成り果てた彼らは、いつも薄闇に包まれた屋敷内でじっと黙ったまま動かず——自分は人食い人種なのだろうか？　誰もがこの質問に悩まされ、こんな大罪を犯したことで、一体どんな罰を受けるのだろうか、知り合いの原住民の誰かを食べてしまったのだろうか、などと考えずにはいられなかった——、いつもどおり遊んでいるか、あるいは、ほとんどいつもしてきたように、読書や読書に耽るふりをしていたが、言葉を掛け合っても、何を話すわけでもなく、また、自分たちが何か反応すると、それがどれほど些細なことであれ、自分たちのみならず、時間の停止にまったく左右されることなく屋敷外でその帰結に晒され続けていた原住民にまで報復の手が伸びるように思われて、どんなやりとりもまともに交わすことができなくなった。

数日後、コスメが姿を消した。あるいは、彼の姿が見えなくなったことにいとこたちが気づいた、と言ったほうがいいだろうか。すっかりチェスを続ける気力をなくした彼は、しばらくはロサムンダとアベリノが対戦するチェスボードの脇に座って観戦していたが、見事なギャンビットとともにウィンクされても、気軽に手を撫でられても、最後の一手を指すべくクイーンを手渡されても、まったく何の反応も示すことなく、いつも駒を取り落してしまう有様だった。そしてついに、チェスボードの近くにも食堂にも、彼の部屋にも展示室にも、コスメの姿がまったく見えなくなった。共通の時間が消滅していたせいで子供たちには、いつからコスメを見ていないのか、本当にコスメの姿を見た者はいないのか、皆目見当もつかぬまままただ途方に暮れるばかりだった。時には、眉を吊り上げたりそっと手を動かしたりしてコスメのことを訊ね合う子供たちもいたが、言葉は決して口をついて出ることがなく、沈黙が深まっていくばかりだった。

そしてある時、図書室を出たアラベラがドアを閉めるとともに、大きな音が家中に響き渡り、決然とした態度で孔雀石のテーブルを並べた展示室を歩き去った後、幾つもの広間を通り抜けた彼女は、バリケードのようになった金箔の包みを乗り越えてモーロ風リビングへ出たかと思えば、今度は、欄干の銅の手摺を磨いていた召使たちが呆然と見守る視線には目もくれずコンパスローズの玄関ホールを横切り、自分と話した直後にコスメが行方をくらませるという到底受け入れられない、あるいは、何かの理由なしには受け入れられない事態を前に、まるで事の是非を自分自身と議論しているかのように大きな声で独り言を言いながら階段を上り終えると、灰色の鼠のように素早くダンスホールのドアに飛びついた。ぼろを纏ってやつれ果てた少女が入ってくるのを見て、指揮官たちは起立し、家のしきたりに従って軽く長く頭を下げることで、後で使用人たちが無礼を働いたなどと言われることのないよう振舞った。外見こそ醜かったが、しっかりとした姿勢でアラベラが背の高い執事の前へ進み出ると、周りを囲んでいた使用人たちの輪が狭まった。

「お前が執事かい？」彼女は訊いた。「この家では、執事に求められる必須条件は背が高いということだけだし、この中で一番背の高いお前がおそらく執事なのだろう。見てのとおり、この継ぎ接ぎだらけの破れた汚い服の縁でいつも眼鏡を拭いているからこんなことを訊くのよ」

「お嬢様、お子様たちの間に嘆かわしい習慣がはびこっているようでございますね……！」

「コスメの行方がわからないのよ」アラベラが遮った。

初めて知らせを聞く驚きが執事の顔に広がった。

「行方がわからない？」彼は訊ねた。「姿を消したということでございますか？　お嬢様、そんなはずはありません、人の姿を消すことのできる魔法使いなどこの屋敷にはおりません。お嬢様まで「侯爵夫人は五時に出発した」のお遊びに参加なさったのですか？　確かに、あの遊びでは時に信じられないようなことが起こるようですが」

「行方がわからない、というより」眼鏡を掛け直して背の高い執事の姿をじっくり見つめても、そこに人の体以外は何も見出せぬまま、彼女は言葉に力を込めた。「お前たちが捕まえてどこかへ連れ去った、と言うべきかもしれないわね」

クリスマスだからと無理して優しく振舞う極悪人のように顔に微笑を浮かべた執事は、アラベラの小さな頭を撫でながら穏やかな調子で語りかけた。

「大した問題ではありませんよ、ロサムンダ様とアベリノ様はすぐに遊び相手を見つけることでしょうし、いつも落ち着きと節度のあるコスメ様も、今にひょっこり姿を見せて、またいつもどおり遊びのお仲間に加わることでしょう。とはいえ、人食い人種の仕業という可能性も否定はできません、お嬢様もご存知のとおり、我々のたゆまぬ努力にもかかわらず、奴らはそこら中に潜んでいますから、こんなことは口にするだけでも身震いがしますが、さらわれて食用に供されてしまったという事態も考えられます。料理長殿のご意見はいかがですかな、食用という目的であれば、もっと柔らかそうな、つまり、若くて肉付きのいい、例えば、見ているだけで涎が出てきそうなシプリアノ様などをさらうほうがよいとは思われませんか？　いずれにせよ、使用人の諸君、無邪気な心で相談に訪れたこの麗しきお嬢様につきまとうのは、今後一切控えるように。わかったな」

同じ日の夜、黒い仮面をつけた四人の男が、図書室のコロマンデル衝立に隠れたベッドで寝ていたアラベラの手足を縛って猿轡を噛ませ、どこかへ連れ去った。少なくともそれが、アラベラが行方不明になった前後の状況について、いとこたちの間に流れた憶測だった。それでは、以下のようなことを考えていたアラベラの内面の声に耳を傾けることにしよう。

《いや、やめておくことにしよう。前の段落で約束した文章は伏せておいたほうがいい。深い傷跡を残す強烈な苦痛体験を空想で置き換えることはできないし、そんなことをすれば意味がぼやけて結果的に誠実さを欠いてしまう。本書のゲラの段階では、この部分は他でもないアラベラの内的独白に割かれていて、洗練された拷問技術を身に着けたファン・ペレスの部下たちに、ウェンセスラオとアガピートの居場所のみならず、食人習慣に染まった子供が誰なのか、真実を白状するよう強要された彼女が、処罰を受ける間何を考えていたのか詳細に書かれていた。この件についてアラベラがどれほどのことを知っていたのかはさておき、ともかく彼女は白状したが、その事実自体はここでは重要ではない。英雄的行為には様々な形があるし、一見臆病に見える極端な振舞にもそれなりの英雄心が隠れていることがある。どうせ直接体験していない人に向かって恐怖の出来事を再現してみせるのは不可能だし、いつも嘘ばかりついている子供たちのこと、単なるデマだったのかもしれないから、謙虚を旨とするならば、こうした事実には分厚いベールを掛けるほうがいいだろう。私に言えるのは次のようなことだけだろう。この後、変わり果てた姿となって、集落の小屋の丸太に縛られた状態で目を覚ました彼女は、この処罰を生き抜いたという事実——別荘でアラベラや他のいとこたちが強いられていたのは、生き抜くというあまりにささやかな務めだけではなかったが——だけでも称賛に値する英雄的行為にちがいないと確信し、また、他のいとこたちもこれと同じ、あるいはもっとひどい状況を生き抜くことになるのだから、この痛みは自分一人のものではなく、みんなと分かち合うものだ、そんな思いを深めていった。目覚めた後、どれほどの時間が経ってから背中に感覚が戻ってきたのか定かではないが、丸太のごつごつした感触によって、処罰の儀式が始まる前に連れてこられた小屋の同じ丸太に縛られているのだと気づいた彼女は、安堵にも似た気分を味わった。一体彼女の哀れな体は何をされたのだろう？　細部を思い出したりすればようやく抜け出した失神状態へまた真っ逆さまに落ちてしまいそうな感覚に囚われたのか、彼女の記憶は事件の再現を拒んだ。足元の地面を這い回っていた蟻が、傷口から流れる汁の味を求めて彼女の体へ押し寄せ、あまりの痒み——これは不快だが温もりのある感触であり、痛みで粉砕されていた体に輪郭を取り戻してくれたばかりか、痛みとは違う感覚への反応を可能にしてくれた——に気も狂わんばかりになったが、それでもようやく、まだ完全には目を覚まそうとしない意識を包むひ弱な体に感覚が甦ってきた。待つ。何を待つのだ？　執事に支配されていた頭はまだ無時間的時間に浸ったままであり、時間の区切りを失った状態では、待つという行為自体が矛盾でしかなかった。だが、すぐにアラベラの内側で、痛みのように確かな何かが固まって形となり、はっきりした輪郭に区切られて立ち現れてきた。体のどこか重要な一部分が剥ぎ取られていたのだ……　そう、小さな眼鏡が奪われたせいで、鼻の上の重みがなくなっている。処罰を受けている間のいつのことだったかまではわからないが、何かの質問に答えようとしなかったか、あるいは、答えを知らなかったせいで答えられなかったか、そんな時に、怒りに震える手が眼鏡を剥ぎ取り、荒々しいブーツがそれを踏み潰したのだ。これによって眼鏡ではなく目が潰されたように感じたアラベラは、以後視覚を完全に失ってしまった。だが、そうではなかった。その後も続いた暴力に感覚はすっかり鈍っていたが、蟻に這い回られているおかげで体の感触が甦ってきた今、無くなった眼鏡の周りに光のようなものが定着しているのが彼女にはわかった。だが、それでもアラベラにはわかっていたとおり、この後彼女は、まるで暗闇でも歩くように手探りで、他人の助けを借りながらしか――脚が元通りになればの話だが――世界を歩けなくなっていたのだ。だが、その直後、啓示のようにもう一つ決定的事実が頭に閃いて、さらに強く彼女を打ちのめした。もはや二度と本も読めないのだ。この事実を前に、アラベラの怨念は一人だけ難を逃れた人間のようにむっくりと起き上がり、激しい憎念に包まれた彼女は、自分がこのまま生き続けられると確信したのだった。》

第十一章　荒野

1

元来「薄闇」という言葉は、光と影から生じる状態、光と影の入り混じった状態、少なくとも両者の関係性から生じる以上、常に過渡的、相対的性格を備えている。それに較べ「暗闇」といえば、微妙な差異のない永続的状態であり、時間から独立した永遠、しかも、否定的永遠と結びつく。地下で寝泊まりする下級使用人たちが、罪の報いのように押し込められていたこの陰鬱な地獄を嫌うのもそのせいだった。時にランプが渡されることもあったとはいえ、その光は消えるというより周りの闇に飲み込まれるような感じであり、それは、一日の終わりにどっと押し寄せてくる疲労を前に、夢が消し去られて暗闇の一部と化してしまうのと同じことだった。そのため、翌日目を覚ましても、地上へ向かって少しずつ地下室を抜け出し、真っ暗闇が次第に晴れてくるまでは、起きている実感などまったく湧かず、ようやく階段を上りきって、執事の指示で子供たちに強制されていた薄闇に接して初めて、驚きの気持ちとともに覚醒を意識するのだった。生存活動、そして、ベントゥーラ一族が飢えを掻き立てるために振りかざす家訓に関わる活動以外何一つ行うことのできない使用人たちは、いつも自分たちを縛りつけていた地下室を運命として甘受していたから、そこに今のみすぼらしい生活に先立つ歴史があろうとは考えてもみなかったし、これが実は自分たちの寝泊まり以外の目的で作られたということも、自制という境界を超えた膨大な面積を備えていることも、まったく知らぬまま日々を過ごしていた。

だが、実は別荘の地下には、彼らに――そして主人たちに――想像しうる時間と空間の限界をはるかに凌駕する歴史と広がりがあった。全知の語り手たる私には許されることなのかもしれないが、この地下の話が私の意志を越えたレベルにあるとか、このページには収まりきらないとか、そういった趣旨のことをこの語りに匂わせるつもりはない。私は地形学者でも洞窟学者でもなければ、坑夫でも技術者でもないから、岩塩坑《ヴィエリチカ》でも描くようにこの広く古い地下の見取り図を記録するようなことはしないが、自分の話の舞台となる場所については、もちろん節度を保ちながらではあれ、正面の垂れ幕や仕掛けのみならず、舞台裏や飾り幕、道具や衣装も細かすぎるほど彩り豊かに描くぐらいのことはしようと思っているし、それによって、この単なる独り言――勘違いはすまい、この物語はそれ以上のものではないのだ――が、私の思いもよらぬような輝きを放つことになれば幸いだ。

読者もご存知のことだろうが、太古の昔から広く世界に散らばる様々な民族において塩は、忠誠心、善意、情愛、寛容といった本能的感情を象徴する神聖な物質と見なされ、「塩で通じ合う」といった表現もあるほか、「この世の塩」といえば傑出した人物のことを指すのだが、ベントゥーラ家の遠い祖先が、多くの戦争と虐殺を経た後、塩山の上に一族最初の屋敷――城、あるいは、要塞と言ったほうがいいかもしれない。だが、そうしたものに由来するといっても、宮殿のようなものを思い浮かべないでいただきたい——を建てることにしたのは、塩にまつわるこうした崇高な理想を称えてのことではなく、そこには別の二つの目論見が関係していた。第一に、「塩の上に居を定める」という昔からある表現が、多くの文化において卓越性、支配力を意味するところから、それにあやかろうとしたということ。そして第二に、まだ地価の安かったこの地を押さえることで、当時通貨の役割を果たしていた唯一の物質として、土着民たちの原初的交易に供していた塩の流通を一手に握ろうとしたこと。塩山の上に屋敷を建て、槍の柵を張り巡らすことで一家の安らぎの場を確保すると、ベントゥーラ一族は塩山への出入りをすべて管理下に置き、地下への入り口等、重要な場所には離れを置くことにした。一代のうちに塩のすべてを支配下に収めた後、今度は狙いを薄い金箔に切り換えたが、何が起こっているのかまったくわからなかった原住民たちは、塩を止められたまま物々交換に頼るほかなす術は何もなく、次第にベントゥーラ家に物資の流通を完全に握られてしまった。やがて塩は原住民の独立を保証する物質ではなくなり、危険な品と見なされることもなくなった。そこで、ベントゥーラ一家は塩山を封鎖し、屋敷の地下都市にポリプのように広がっていたトンネルや洞穴のことを意図的に忘れるよう心掛けているうちに、よく使われる部分や、曖昧で便利な「そのもう少し向こう」という言葉で示される地帯以外は、やがてまったく痕跡もなく一家の記憶から消えた。少し時間が経つと、誰が何のためにこんな荒涼とした場所に屋敷を建てたのかさえ覚えている者がいなくなり、毎年同じように退屈な夏のバカンスを過ごしにやってくる者たちは、クロッケーやカードゲーム、お茶で時間を潰しながら、一体なぜご先祖様はこんなところに別荘を建てたのだろうと訝るようになった。

しかし、襲撃をきっかけに地下は、そこに住まう使用人たちの想像力を俄かに掻き立てたらしく、その存在がかつてなく危険なものとして浮かび上がってくるようになった。全員というわけではなかったが、勇気のある者は次第に地下での寝泊まりを拒むようになり、水滴と黴で湿った廊下の交錯する不気味な迷宮では、もぐらや、人間の舌ほどもある大きな粘ついたミミズに体を撫で回されて眠りを妨害される、逆に末端の小部屋では、空気があまりに薄いため体を丸めて休もうとしても窒息しそうで眠れない、などと苦情を並べた。屋敷には使用人全員を収容するだけの広さがあり、留守にしている主人たちがいつ帰ってくるかもわからないというのに、なぜ相変わらず地下で寝泊まりを続けねばならないのだ？　不満は指揮官たちの耳にも伝わり、真っぷたつに柱が折れて建物全体が崩れ落ちる前触れのような怪しい不協和音が感じられるようになった。そしてこれ以上良からぬ噂が流れることのないよう、指揮官たちはデマを流して使用人たちに希望を吹き込むことにした。これからも使用人たちは地下に寝泊まりすることになるが、働きぶりによってはそこから抜け出すチャンスが与えられるかもしれない。この噂を裏付けるようにして、地下からは一人、二人、四人、十人——使用人の数が莫大な数に膨れ上がっていたことを考えれば、確かに取るに足らない数ではあったが、始まりはいつもこんなものだろう——と使用人の姿が消え始め、玩具類、不揃いな算盤、マンドリン、壊れた人形、梟、誰も使い方を知らないタロットカードなどを残したまま、通路や大部屋、小部屋を共有していた仲間たちがいなくなっていくにつれて、残された者たちは、偽の期待感のせいでますます膨らみゆく孤独に沈んでいった。勤務時間中——例えば、ガラスケースに飾られた雉の剥製の埃をはたきで落としているときなど——には、そのようにして地下を去った者たちと出くわすことがあり、話を聞いてみると、図書館でアラベラの身柄を拘束した、コスメの罪を密告した、フスティニアノ、バレリオ、テオドラに目を光らせて逮捕寸前まで追い込んだ、などの理由で昇進を認められた彼らは、狭いとはいえ庭付きの敷地に手作りの小屋を建てて住むことを許され、毎日荒野で太陽を浴びながら楽しく暮らしている、あるいは、無邪気な空気の精と見まがうほど魅惑的なアマデオ——上の階《ピアノ・ノビーレ》に住む他の子供たちと同じく、意味のない作業にばかり精を出しているように見せかけて、実はウェンセスラオの居所を突き止めようと、執事の手下に協力している——と力を合わせて生活しているという。そう、使用人の誰もが、努力次第で地下から抜け出すことができるのだ。

一同に会した使用人たちを前に、執事はこの点を力説した。続けて彼は、敵方の主張する根拠のないデマを反駁し、自分たちが昼夜部下たちに気を配っていることを示すため、職人部隊の活動を声高に称揚し、漆喰、下げ振り糸、こて、物差し、削り具、そして水準器を操る部隊が、居住区の最も奥に位置するドアや、小部屋の向こうに繋がる地下通路の入り口すべてを瞬く間に塞いでしまったことを告げた。つまり、完全な暗闇、かつての暗黒地獄は、塗りたての漆喰の向こうへすっかり追いやられてしまったわけだ。ところどころ歯の抜けた口のように恐ろしい姿をした洞窟も、揺れるランプの光を受けて地下貯蔵庫の塩の壁に猫の目を散らしていた陥没も、すでに失われた特殊技術で加工した石通路の上に山積みとなって腐っていた昔の家具類も、太古の昔から誰の顔を映したこともないと思われる不動の水たまりも、今や執事の指示で築かれた新しい壁の向こうに葬り去られたのだ。

トンネルを塞ぐにあたって最も厄介な問題の一つは、打ち捨てられた隠花植物園を料理人のため内側に残しておくか、あるいは、完全に暗闇に押し込めてしまうか、その判断であり、手入れ不足で繁殖しすぎたこの植物群は、まるで絶えず即興で形を変えてでもいるように並々ならぬ大きさと形態で溢れかえり、盲目の怪物と化したまま、幾つもの通路を塞いでいたのだった。植物と動物の中間にあるような茎が、絡まり合い、撥ねつけ合いながら、目の前で淫らに膨らみ、成長していくようだったが、そこにうっかり指でも押しつけようものなら、老人の体のようにぐにゃぐにゃしたその軟体は、二度と同じ形には戻らない。使用人のほとんどがこうした隠花植物すべてを新しい壁の向こう側へ追いやってしまうよう主張したにもかかわらず、執事の演説に怯んでたまるものかと決意を固めていた料理長は、こっそり使用人たちを集めて自説を説き伏せた。

「確かに隠花植物は、見かけこそ気色悪いが、我々の目的に適う存在であり、しかも、私の考えでは美味しく食べることすら可能なのだ。我々が反抗的な子供たちに人肉を食べさせていると勘繰っている者がいるようだが、実際にはそんなことは行われていないし、そんなおぞましい犯罪に手を染める勇気を備えた者など誰もいないだろう。今日食人とは、科学に身を捧げる一部特権階級だけに許された特別な贅沢であり、特権階級が行うからこそそれが罪にならないだけなのだ。実は、我々が子供たちに与えているのは隠花植物であり、そのなかの硬い種類を調理すると、人肉の味のように偽装することができる。というのも、吐き気を催すような得体の知れない臭みがあって、これが人肉料理の味だと子供たちに吹き込んでやれば、簡単に信じ込んで吐き気を催さずにはいられないのだ。だから、隠花植物園をすべて塞いだりすれば、子供たちに罰を与える術がなくなって、我々に与えられた最大の使命たる秩序の維持が困難になってしまうことだろう」

《暗闇が絶対的状態だなどと言っているのは一体誰だ？　僕はそんな意見に賛成できない。今僕が置かれているこの暗闇ほど完全な闇が他に存在するとは思えないが、それでも僕は、この腹に頭を乗せて眠るアガピートの制服の袖口を飾る金枝の光を見ている、覚えている、いや、想像している、あるいは勝手にそう思い込んでいるだけなのだろうか。レースを引き裂いて包帯代わりにしてしまったから、見るも無残な状態になってはいたが、あのジャボの輝きは今でも頭に残っている。すっかり暗闇に慣れた僕の目は、何種類もの闇を区別することができるのだ。

アガピートと僕がここで生活を始めてもう何週間になるだろう。この希望のない待ち時間、この状態から何が僕を解放してくれるのかもわからぬまま、そして、万が一希望が現実味を帯びてきたときどうすればいいのかもわからぬまま、ひたすらこうして待ち続けるこの状態も生活と言えるのだろうか。傷を負った哀れなアガピートが動けないのでこのままじっとしているということも確かにあるが、それ以上に、僕がここを動けないのは、これまでの出来事、これから起こるかもしれない出来事を前に、すっかり頭が混乱しているからだ。僕は今日を覚ましたばかり。洞窟はまったく見えないが、サーカスのテントのように大きく広いはずだし、真ん中には庭があり、壁は壁龕その他の穴だらけ、かつては、松明を掲げた百もの銅の体が水面を照らしていたことも覚えている。いや、夢などではないが、それでも、まだ完全に目覚めたわけでもない。ここに閉じ込められて以来、目を覚ますといつもしてきたとおり、我が友の胸へ手を伸ばし、まだ包帯が湿っていないか探ってみる。僕たち二人の運命は一つ、このままここに留まって面倒を見てやらなければ、わずかに残った人生の意味はすべて失われてしまう。譫言のようにアガピートは僕に呼び掛け、自分を置いて逃げてくれ、君だけでも助かれば御の字だ、と叫んだ後、何年も経った頃すべてを振り返れば、今の状態など歴史の一点を曇らせた悪夢にしか見えなくなるだろう、僕たちの友情だって数ある敗北のシンボルの一つとして残るだけだろう、偶然ここを通りかかる者があれば、制服を飾った金の残骸にまみれて苔むした骨の存在に気づいてくれるかもしれない、そしてどんな死体なのか、いつの時代のものか、どんな人種だったのか、それぐらいは調べてくれるかもしれないが、跡形もなく消え去るこの感情については何もわかるまい、こんな話を何度も繰り返す。さらに言葉を続けるアガピートは、それまでに僕らのあらゆる履歴は、死という些細な事件に左右されることもなく、遅かれ早かれやがて訪れる冷酷無比な顚末へ突き進んでいくことだろう、こんなことまで言い出す。僕がずっと彼に付き添っていてやれば、どんな死も些細な事件ではないことがきっとわかってくれるだろう。

こんな状態が一体いつまで続くのだろう？　アマデオなら、今の時間の数え方に則って、パン六個、パン十二個などと言うのだろうが、僕にはそんな時間が現実の時間とどう繋がっているのか、いまだによくわからない。いずれにせよ、時の経過を示す指標がなくなった今、ここで手に入る唯一の食料の隠花植物に較べれば、アマデオの届けてくれるパンにケチをつけることはできまい。隠花植物が吐き気を催すのは、まずいからではなく――心優しいアマデオがパンと時間を差し伸べてくれたおかげで、ようやくその必要はなくなったが――、毎日茸ばかり食べていると誰でも気が狂いそうになるからだ。アマデオによれば、屋敷の出入り口はすべて封鎖され、窓ガラスはすべて黒く塗られたというが、彼は時間との絆を保つ方法を編み出したらしい。モーロ風リビングには、隅の部分にひびが入った窓ガラスが一つあり、黒く塗りつぶされていても、そこから髪の毛一本分だけ昼間の光が入るので、それが光と闇、外側と内側、真実とまやかしを繋ぐ指標になるという。髪の毛一本分の光が消えると、アマデオは夜の到来を察知し、一日、いや、パン四個分の時間が経過したと考える。パン四個が、アガピートと僕、二人の食欲を満たすのに最低限必要な食料なのだ。日頃からアマデオには、もし僕が姿をくらますようなことがあれば、太い柱の間に据えつけた竈でミニョンがアイーダを丸焼きにしたあの暗黒のキッチン、その後ろのドアに隠れたトンネルを探してくれと言いつけておいた。アマデオがトンネルの奥へ少し踏み込み、食堂からくすねた銀のナイフを放り投げて石の床に金属音を立てると、その反響がトンネルからトンネルへと伝わって、奥にある僕らの静かな隠れ場所まで聞こえてくる。呼び掛けに応じて駆けつけた僕にパンの袋――空腹を和らげるこの限られたパンが時間経過と似た現象を生み出し、パンとパンの間に虚構、いや、あらゆる虚構の本質をなす決まり事らしきものが出来上がるおかげで、僕たちは何とか自分を支えていることができる――を渡した後、アマデオは地上での動静を話し、アガピートの熱を静めるためのキニーネを差し出す。こらえきれずに僕が、今この瞬間が何時何分なのか訊ねると、アマデオの答えは、例えば、ここへ下りてくる数分前には、ひび割れの色が夕日に染まる髪のような色になっていた、というような言葉になる。アマデオによって、つまり、髪の毛一本分の光によって、僕は外の世界との繋がりを回復し、歴史に参加する権利を取り戻す。最後の接触で聞いた情報が本当ならば、今日――アマデオは「パン八個分後」と言っていたから、今日にちがいない――地下の封鎖が始まるはずだ。執事によればこれは、別荘の再建に重要な貢献を果たした使用人たちが、穏やかな調子で寝泊場所の環境改善を求めてきたのに対する措置だというが、アマデオの説明によればこれは事実ではない。実際には、顔の半分と片方の目を硫酸で焼かれ、直視できぬほどみじめな姿で戻ってきたコスメを見て、使用人たちの間に恐怖が広がったからだという。コスメは、相変わらずチェスボードの上に身を屈めてはいるが、もはやチェスの対戦を追うことはまったくできない。コスメがチェスを奪われ、僕がこの地下に閉じ込められているという事実を見ていると、敗北に伴う真の苦悩とは、屈辱のような生易しいものではなく、生きる意味すべてを取り上げられてしまうところにあるのだと痛感せざるをえない。

だが、少なくとも僕にはこれが残っている。すなわち、アガピートの頭を持ち上げて静かに床へ下ろし、マッチに火を点けて塩まみれの壁と天井に光を当てる。かつて見ていたそんなものも、アガピートの顔を見ることに集中する今では、もう何も目に入らない。静かに眠っているようだ。失神することもなくなったようだ。そう、胸に巻かれた包帯の上で赤い星が勲章のように輝いている。もし父のナイフが本当に振り降ろされていたとすれば、僕の勲章は厳密にはどこに残ることになったのだろう？　右へ一歩、二歩、三歩、四歩進むと池がある。父のおぞましい捧げ物を受けようとしなかった原住民の掲げる松明の照り返しに混ざって、血の儀式で流した僕の血がそこに混ざっているはずだ。僕が横たえられていた同じ岸辺――そこで僕は永遠へと踏み込み、数秒間だけ時間は停止した――から、昨日の手当てに使ったレースを取り上げ、治療に有効なミネラルを多く含むかもしれないその水で洗っておいたその布切れが、今またきれいに乾いていることを確かめる。今度は左へ四歩進んでまたアガピートのもとへ戻り、彼の体を探る。寝ている間にこのすべてを済ませてしまったほうが、彼も痛みを感じなくてすむし、いつもの絶望した声で、逃げろ、逃げるんだ、ウェンセスラオ、捕まるなよ、逃げのびるんだ、お前さえ生きていればみんなの希望が残る、などと言われることもない。なぜ僕だけにすべての責任を押しつけようとするのだろう？　原住民に助けられて父のナイフから逃れるや否や、ヒュブリスという言葉を浴びせて父に立ち向かったあの時以来、父への信頼を完全に失って、個人的信条、かつて分かち合った感情を追い求める本能、そして、わずかにランプに照らされた良心以外の支えをすべて失った僕に、責任の重みに耐えられるはずがない。アガピートは眠っている。僕はこっそり包帯を代えてやる。少し体を動かしているが、そのまま一枚、また一枚とレースを剥いでいく。傷口を拭いながらその輪郭に注目すると、硬貨のようなはっきりした形になっているのがわかり、そこで僕は完治を確信する。とにかく待ち続けることだ。親たちが帰ってくれば――金の生産地がある以上、必ず戻ってくる――、僕らは地上へ飛び出し、何の手出しもできなくなった使用人たちに、思う存分仕返ししてやることができるだろう。巻き毛にスカート、糊の利いたペチコートという出で立ちで小悪魔《プペ・ディアボリク》の姿に戻れば、僕は全知全能なのだ。母に頼んでアガピートを僕の身の周りの世話役につけてもらえば、彼の命を救ってやることができる。腐ったもの以外は落ちることのないようすべてを破壊すれば、すべてが想像も及ばぬまったく新しいものに姿を変えるだろう。かつては確信を抱いていたが、不幸にしてそれが完全に崩れ落ちた今、何を再建するにしても、危険な確信になどすがる気にはなれまい。

アマデオが投げてくれた銀のナイフでジャボのレースを切り、それを包帯にしてまたアガピートの胸にあてた後、脇に腰掛けて最後のパンを食べる。食べ終わると、通路を伝って扉の近くまで出向いていく時間が再びやってくる。僕がそばにいないときアガピートが目を覚ましてもいいように、彼の手元にパンの袋を置いておく。どっちへ歩いていくべきか、僕にはよくわかっている。壁伝いに左へ八歩進めばトンネルの入り口に到達し、その不規則な広がりのなかで、鉱物が瞬いていることが暗闇のなかでもはっきりわかる。三十分か、それ以上、それ以下、ともかく歩き続けて、隠花植物の生い茂る洞窟へ至れば、それは道を間違えなかった証拠であり、パン十四個前に同じ場所を通り抜けたとき以来、再び伸びてきた草の先端部をナイフで切り裂いて道を開けながら、勇敢な探検家のように中へ踏み込んでいくと、やがて別の通路が開けるので、眩暈がするほど急な階段にぶち当たるまでそのまま前進する。階段を上りきったところにある待合室のような空間には、石畳のトンネルが五本も集中している。手探りで真ん中のトンネルを探し当て、夢遊病者のように両手を前に差し出しながらひたすら歩き続けると、やがては木の扉の裏側に手が触れることになるのだが、そうならないうちに僕は、まだそこから随分遠い地点で立ち止まる……　そう……　異常事態だ。鶴嘴で掘る音が響き渡り、誰かの歌声、そして笑い声が聞こえる。姿を見られぬよう僕は地面に伏せ、奥のほうに見える光に向かって静かに這い進んでいく。近づくにつれて光の点は大きくなり、むろん危険は承知だが、そんなことは言っていられない。とにかくこの目で確かめてみたい。通路の出口を照らす光はどんどん大きくなっている。それはカンテラの灯りであり、二人の男が、談笑しながら何列にもわたって石を積み上げ、通路を塞いでいるのだ。男たちの膝あたりに光がある。いつからこの作業をしているのだろう？　あとどのくらいでアガピートと僕は完全にここに閉じ込められることになるのだろう？　石がまた積み上げられていく。今度は男たちの上半身しか見えない。もう二度と地上へは戻れないのだろうか？　このナイフで今すぐ不意打ちをしかけ、竜巻のように屋敷の上の階《ピアノ・ノビーレ》へ駆け上がって執事を挑発したらどうだろう？　自殺行為かもしれない。自分の子供を嫌っていた父が一人ひとり始末し、最後に僕を殺した、とでも言えば大人たちへの申し開きは立つ。すべての罪を父にかぶせるなど造作もないことだろう。真実に近いこととはいえ、これがなんと大きな間違いになることか！　いや、だめだ、コルデリアも言っていたじゃないか、僕の役目は殺されることではない。古い塩山の内側に閉じ込められて死ぬのも、自分たち原住民のためにあらゆる犠牲を払う覚悟があるのならその証拠に息子を生贄として捧げよと迫られた父にナイフで殺されるのも、結局は同じことかもしれないし、実は僕の役割とは、このまま閉じ込められて野垂れ死にすることなのかもしれない。あそこで父が僕を殺していれば、原住民は命を懸けて彼に従っていたことだろう。僕に相談もせぬまま父は、息子の小さな命と引き換えに彼らの忠誠心を取りつけることができるのなら、それでもかまわないと思っていた。おそらく僕もそれを受け入れていたことだろうが、結局そんな事態にはならなかった。ナイフは振り降ろされなかったが、父と僕を繋ぐ絆は完全に崩れ落ちた。考えてみれば、池のあるあの大きな洞穴で、宝石や鶏冠や槍に身を固めた原住民たちが、今まさにナイフが僕の首に突き刺さろうとしていたその瞬間、一斉に野蛮な唸り声を上げてそれをやめさせたという事実は、未来への明るい兆しだったのかもしれない。もういい、それだけで十分だ、こう彼らは叫んで水の中へ松明を放り込み、軋むような短い音とともに突如すべてが闇に包まれて辺りに煙が立ち込めてくると、僕は自分が本当に死んだのだと思い込んだ。確かにあの時僕の一部は死んだ。少なくとも大きな傷跡が残った。今すべきことは、アガピートとともに体を張って死んだ僕の一部を救い出し、復活させることだ。そうすれば生まれ変わることができる。

今見えるのは二人の頭と、小さな傘の下でどんぶりをひっくり返したような形の光だけだ。話し声、口笛が聞こえ、作業は続いている。もうあと数分もすればアガピートと僕は生き埋めにされるというのに、他のことなど何も考えられはしない。地下への他の入り口もすでに断たれていることだろう。いずれにせよ、これほど落胆した状態で、しかも真っ暗闇のなかで、他の出口など見つけることはできないだろうから、もはや二人、この迷宮で朽ち果てる運命なのだろう。今や男たちの頭も見えず、見えるものといえば、天井に沿って撓んだ光の線だけであり、おかげで辛うじて向こう側が存在することがわかる。

だが、突如僕の内側に閃光が走り、まだすべてが失われたわけではない、ともかく前を向いていれば、やがては屋敷の内側で何かが起こり、救いの手が差し伸べられるかもしれない、そんな気がしてくる。前方の光が消え、前進する可能性は断たれたが、言ってみれば僕の存在の反対側、集落のほうで、遠く小さな光が灯る。突如めらめらと輝き始めた希望に僕の目は開き、光の出所が頭に浮かんでくるような気がする。そうだ、かつて父と二人の姉と母と一緒に、今塞がれたばかりの入り口からこのトンネルへ入ったことがあったではないか。今やすっかり知り尽くしたこの通路を進んだ後、果てしない階段を下り、別のトンネルを伝って、父が僕を殺そうとして原住民たちに止められたあの池まで行ったではないか。記憶を振り絞って、僕を苦しめ続けるあの犯罪行為の向こうへ遡ってみよう。こうしてうつ伏せに横たわっていると、僕の想像力は活性化して猛烈な勢いで跳び上がり、トラウマを越えて過去へと戻っていく。衣服や斑点模様の毛皮、そして、乳白色の陶器の壺が置かれたあの部屋で、そうだ、父が一瞬だけ灯りを点けて、きらびやかな品々で僕たちの目を虜にし、そのさらに向こうには、松明を掲げた裸の原住民の姿が見える。長い通路をそのまま歩いていけば、集落まで到達できる。光が、ここの希薄な空気とは似ても似つかぬ新鮮な空気が頬を舐め、岩の麓に白い砂地が広がり、幾つもの小屋、平原が見えたかと思えば、犠牲に捧げられた豚の姿が脳裏に浮かぶ。僕を生贄にするよりずっと人道的な儀式だ。死にかけた獣をじっと眺めていたあの時から、父はすでに頭の中で豚を僕と置き換え、僕の命と引き換えに自分の目論みを達成しようと計画を練っていたのだろうか？　這って進んでみる。両腕をいっぱいに広げ、通路全体を抱きかかえるようにして、出来たばかりの壁まで進む。様々なイメージで頭が溢れ返り、すっかり弛緩して失神したような状態で僕は体の動きを止め、指を広げて両腕を伸ばしたまま、頬を地面につけてじっとしている。何だ、これは？　何に触れたのだろう？　袋か？　そうだ、時間とパンの袋だ。これを探しにきたんだ。アマデオが約束を守ってくれた。僕は目を覚ますが、指が紙袋に触れ、それを掴んでしまったせいで、弛緩した状態に身を任せていることができない。おそらく最後のパンになるだろう。今食べたばかりのパンのおかげで、僕にはもうすぐアマデオがやってくることがわかり、最後のパン、十四個目のパンのあと、僕は今この袋を手にしている。危険を顧みず、彼は約束を守ったのだ。善良な、役立たずのアマデオよ！　紙の感触に仰天して、僕は袋を手にしたまま立ち上がる。もはや、どのトンネルを辿れば屋敷へ着くのか、どちらへ向かえばアガピートのところへ戻れるのか、まったくわからない。マッチを擦ってみる。あっちだ。火が消える前に、紙にメッセージが書かれていることに気づく。「十二パン後に集落で」署名はない。あいつだ。そして僕は、アガピート、アガピートと叫びながら通路を駆けていく……》

2

原住民たちや大人たちはもちろんだが、何世代も前から受け継がれた本能の働きなのか、子供たちですら、夏の間は穏やかなマルランダの自然がいつ牙を剥き始めるのか、そして、成熟したグラミネアが秋の北風に穂先を突き出し、綿毛の嵐という、世界でも類を見ない不思議な気象現象でこの地区全体を打ちのめし始めるのがいつのことなのか、正確に予測することができた。すでに見てきたとおり、すべてはテレンシオの黒いシルクのネクタイに絡みつく小さな綿毛から始まる。この最初の予告から、さっさと荷物をまとめて出発しないと災厄に巻き込まれてしまうことを誰もが意識するまでの数日間は、バカンス最後の休息であり、暑さを凌ぐために胸元の広く開いた服を着た女たちが、緑の裏地を張った日傘を差しながら欄干で肘を突き合わせて外へ顔を向ける一方、ピケのチョッキのボタンを外してパナマ帽を目深にかぶった男たちは、バルコニーに置いた揺り椅子に腰掛けて美しい荒野を眺め、白く軽い綿毛の冠を被ったグラミネアが見渡すかぎり広がる雄大な景色を誇りに思いながら――彼ら、ベントゥーラ一族がこの美しい景色の所有者であり、同時に創造主でもあるのだ――、心地よいそよ風に揺られたこのマルランダ全体が、束の間の栄光に永遠を保証する約束の地へ向かって、真っ白い雲海へと漕ぎ出していく船にでもなったような気分を味わっていた。

それにひきかえ、使用人たちはこの美しい景色を愛でる感受性も備えていなければ、そこに潜む危険を察知することもできなかった。この地でひと夏を過ごした後、首都へ戻った途端に全員が一回かぎりの契約を解除され、この点については、主人たちのほうで説明する必要を感じたこともなければ、使用人たちの側にも詮索する者など誰もいなかったから、いつも彼らとマルランダの関係は一時的状態の域を出なかったのだ。

私の物語の第二部が展開していた夏、使用人たちはマルランダへ到着してすぐに得体の知れない息苦しさを感じるようになり、そのせいで仕事においてしばしばヘマをやらかしたのみならず、無気力や一時の熱気にたやすく振り回されることになったが、実はそれこそ、この後に続いて起こる災厄の前触れにほかならなかった。耐えられないほどの暑さが続くなか、アマラント色のベルベットの制服は汗で重くなり、彼らには正体不明の白い毛がいつも体に付着してきた。光も空気も入ってこない封鎖された屋敷の内側で、子供たちと同じく、召使たちも次第に脱力状態に陥っていった。距離感のなくなった荒野には日に日にプラチナ色の雲が広がり、綿に包まれたような穂先を薙ぎ倒しながら疾駆するファン・ペレスとその部下たちは、もはや何のために、何を追いかけているのかもわからなくなっていた。相変わらず遠慮がちな態度の執事に業を煮やしていたファン・ペレスは、このまま時間を無駄にし続けるのは危険だと見てとり、指揮官に相談することもなく庭師主任を呼び寄せると、何としてでも二日以内に、残った槍で可能なかぎり柵を再建するよう命じた。出来上がったのは、バラ園の真ん中から始まって、石段の麓、屋敷から数歩のところまでを囲うだけの何とも貧弱な柵であり、刑務所の塀にも及ばぬ代物だった。怒り狂った執事は、ファン・ペレスを怒鳴りつけた。

「……これほどの犠牲を払ってきたのに、こんな刑務所のような場所に住めというのか！」

「このほうが効果的な防御策を講じることができます」こう言ってファン・ペレスは指揮官を宥めた。防御といっても、ファン・ペレスにも誰にも、もはや何に備えて身を守るのかまったくわからなくなっていたし、実は敵など存在しないのかもしれなければ、あちこちに潜んでいるのかもしれなかった。人食い人種が襲ってくるなどと騒ぎ立てても無駄な話で、迫害と殺戮によって散り散りにされた挙げ句、多くが逃亡か投獄の憂き目に遭っていた彼らの残党なども はや物の数ではなく、子供たちを震え上がらせるデマのネタになるぐらいがせいぜいのところだった。また、父の邪悪な教えをすべて受け継いでいたとはいえ、ウェンセスラオというたった一人の子供——敗北と失望が事態を一転させていた今、仮に襲撃と呼べるものが計画されるとすれば、単に反対側から行われるのみならず、一日では襲撃とわからない形で実行されることになると彼らは気づいていなかった――に、人食い人種の助けもなしに大きなことができるはずはないし、そんなちっぽけな存在が屋敷全体を浮き足立たせることなどありえない。

ご主人様たちはどうだろう？　指揮官たちは考えていた。そう、ご主人様たち。ここが金の産地である以上――この点では、指揮官たちの見解はウェンセスラオのそれと一致していた――、遅かれ早かれ彼らは必ずマルランダへ戻ってくる。最も危険なのは彼らだろう。意気揚々とした新たな使用人部隊が、玩具のような新品の武器、そして、お菓子のようにぎっしり詰まった弾薬帯――屋敷の弾薬は底を尽きかけていた――を身に着けて護衛についているだろうから、抵抗しても無駄なことだ。むしろ彼らと手を組んで、取れるものを取るのが、不可避とは言わぬまでも賢明な態度だろう……　まだ十分に勝利を味わわぬうちから敗北に浸るような暗い展望だが、取れるものを取るためにはやむを得まい。もちろん、主人たちが様々な問題に分厚いベールを掛けてくれるという条件での話だが……　使用人たちは、文言こそ違え、主人たちと同じ道徳的規範を守ってきたのだから、その意味では危惧する必要などないはずだった。こんな惨憺たる状況の責任をすべて亡きアドリアノ・ゴマラに押しつけ、あの狂人が年の功を盾に子供たちとマルランダのすべてを支配下に置いたあの忌まわしき一日の間にすべては混沌と化した、と言ってしまえばそれですむだろう。

だが、屋敷内の動揺を察していた子供たちには、使用人たちが何を恐れて悪あがきしているのかよくわかっていた。ちょうど一年前、綿毛の襲来を経験していた彼らには、鉄の柵を築いたところで大した効果は期待できないことがわかっていた。幸い前年は、この地を知り尽くした原住民たちが助けてくれた。必要に迫られて長年培ってきた生存術を備えた彼らは、子供たちに窒息を避ける方法を伝授したばかりか、恐怖心を植え付けないよう、最初はほとんど何も変わったことは起こらないと予め教えておいた。彼らの説明によれば、その後次第に視界が悪くなり、すべての輪郭がぼやけた後、ついには人と世界の間にベールが掛かる。そして、邪な北風が荒野へ吹きつけると、熟し切った穂先から綿毛が一つ残らず舞い上がり、その後の数週間は、濃密な空気が凍った砂のような感触で全身にまとわりついて呼吸すら困難になる。だが、ちゃんと呼吸はできる、と原住民たちは言って聞かせた。目を傷めることもなければ、肌が荒れることもない……要は生存活動を最小限まで抑え込めばいいのだ。綿毛の密度は下へいくほど薄くなるから、できるだけ地面に近いところで、できることなら地面に横たわって生活するのが望ましい……呼吸の量や回数を抑え、できるだけ静かに息をすること、そして、植物と同じようにじっとして、活動を完全に停止すること。やがて風が収まって、嵐でどす黒くなっていた空が晴れ渡ると、冬の到来に大地は再び凍りつき、空気も平穏を取り戻す。

アドリアノ・ゴマラは、原住民の支配階級を呼び寄せ、家族や取り巻き連中とともに屋敷で秋を過ごすよう持ちかけた。ところが、なぜ支配階級だけにそんな特権を認めるのか、しかも何の権利があってアドリアノがそれを決めるのか、とバレリオが楯突いた。当初の計画どおり、初めから屋敷を開放し、望む者全員を受け入れるべきでしょう。彼の信頼を失いたくなかったアドリアノはこの提案を受け入れ、別荘とその付属部分は何百という家族で溢れ返ったが、ガラスや窓の機能などまったく理解していなかった原住民たちは、入り口を閉める以外の対策を怠っていたため、屋敷内も綿毛の侵略に見舞われた。常に監視の目を光らせていたウェンセスラオは、ガラスを閉めるよう諭し、懸命に懇願して回ったが、まったく効果はなく、ついには、大窓だらけの屋敷より過ごしやすいというので、集落の小屋へ移り住むことにした。ウェンセスラオは父にその意向を伝えるために叫び声を上げたが、忠実なマウロと槍部隊を従えた父の耳にはその言葉も届かなかったらしく、すでに指揮官たちが集まり始めていたダンスホールへ急ぎ足で向かっていたアドリアノは、逆境下にあっても、生存に関わる危急の問題だけはなんとか解決すべく、オーケストラ用の演壇で自ら取り仕切る会議のことで頭がいっぱいだった。だが、いざ会議に臨んでも、話すことなど何もなかった。外れた大窓から竜巻のように押し寄せ、唸りを上げながらダンスホールを旋回する綿毛を前に、アドリアノと警護隊の喉は詰まって声を出すこともできず、他方、目を閉じてずっと厳かな表情を保ったまま、色鮮やかなマントにくるまっていた原住民の指導者たちは、ほとんど口を開けることなく何か話していたが、いずれにせよ何も聞こえはしなかった。騙し絵《トロンプ・ルイユ》に描かれたルネサンス時代の人間たちは、豪華なバーヌース風の衣装で慌てて体をしっかりと包み、紙吹雪でもやりすごすようににこやかに、仮面と頭巾でその美しい顔を守っていた。

そして今、また同じサイクルが始まろうとしていた。幸いまだ風は吹いていなかったが、その分息が詰まりそうなほど暑かった。それでも、少しでも風が吹けば一斉に綿毛が飛び立つほどすでに穂先は熟し切っていたから、暑さのほうがまだましなのだ。それがよくわかっていたウェンセスラオ、アガピート、アラベラ、そして幼いアマデオの四人は、グラミネアの茎と、剣のように上から降りかかる葉をそっと掻き分けながらゆっくり進んでいたが、それは、すでにぼろぼろの体にそれ以上傷を負いたくなかったからだけではなく、せっかくこれまで奇跡的に青空が保たれ、綿毛の飛散が抑えられてきたのに、強引に道を開くことでその魔法が解けてしまってはいけないと思ったからだった。残りわずかな静寂の日々、逃亡のためにはこの時を逃してはならないのだ。

荒野へ踏み込んだ逃亡者四人の姿は何ともみすぼらしかった。受難と幽閉生活の果てに衰弱して青ざめた顔をした彼らは、一歩ごとに躓きながらも、次から次へと果てしなく更新されていく悪夢のような困難に立ち向かい、どうにかこうにか前進していった。背が高くて体も頑丈なアガピートを連れて歩くのがなんと困難なことか！　傷口の痛みに体を折り曲げ、相変わらず熱にうなされていた彼は、ほとんど立っていることもできなかった。ずたずたの白靴下、ぼろ同然のジャボ、血に染まったシャツという格好でアガピートは、ウェンセスラオに寄り掛かりながら、彼の切り開く道を辿りながらよろよろと歩いていたが、本当にこの先に救いがあるのかもわからなかったし、いつ荒野の害獣に貪り食われることになるかも知れたものではなかった。ウェンセスラオの腰にすがって歩いていたアラベラは、近視の人が眼鏡なしでものを見るときのように目を大きく見開き、自らの排泄物で体のあちこちにへばりついた服の切れ端を剥ぎ取った後、アガピートの制服で辛うじて体を包んでいたが、確かにグラミネアの鋭い茎から身を守ってくれるとはいえ、金色に縁取られた裾に絶えず足を取られるこの仰々しい衣装は、大平原の真っただ中では邪魔にしかならなかった。アマデオは、拷問を受けて身も心もぼろぼろになっていたアラベラを小屋から助け出したとき以来、強く頼もしい兄にでもなったつもりなのか、かいがいしく彼女に気を配っていた。実際のところ、彼らを救い出したのは、もはや「かわいい子」でも「食べてしまいたいくらいの子」でもなく、今やすっかり時代の寵児となったアマデオだった。英雄という役回りに固執するあまり、彼は何度も同じ質問を繰り返す――アラベラやアガピートには答える気力すら残っておらず、ウェンセスラオは他の心配事で頭がいっぱいだった――のみならず、倦むことなく自分への賛辞を求め、よくやった、本当に偉い、そう言ってくれとしつこく頼むので、ただでさえ英雄になる素養など備えていない彼の姿がなおさらみすぼらしく見えてくるのだった。

だが、確かにアマデオは見事に、しかも、知力と勇気を発揮して自らの役割を果たしたのだ。襲撃の最初の瞬間から彼は、策略を巡らせて上の階《ピアノ・ノビーレ》の住民に同調し、そのせいでいとこたちから邪悪な《マルヴァジオ・》裏切り者《トラディトーレ》――普段こう呼ばれるのは年ごとに代わる執事だった――と呼ばれて忌み嫌われたほどだった。無難な常套句ばかりで頭の固くなったメラニアとアグラエーにキスの雨を浴びせられ、「このまま食べちゃいたい」と繰り返し言われてもなんとか恐怖心を抑えていたアマデオは、こうやって油断させておけば、かつてはウェンセスラオの代理を務めていた自分に疑いや監視の目が向けられることもなくなるだろうと考えていた。屋敷内を自由に動き回れるようになれば、ファン・ペレスが考えているように荒野のどこかではなく、調理場の奥に広がるトンネルに隠れているはずのウェンセスラオに会いに行ける。広い地下の迷宮を前に尻込みして嘘をついていた使用人たちの言葉を真に受けたファン・ペレスは、さっさと地下の捜索を打ち切っていた。自分のパンとウェンセスラオに届けるパンの数を綿密に計算していたアマデオは、自ら集落へ出向いていけば危険な反逆児アラベラもすべてを白状するだろうと主張し、地下から出てくるはずのウェンセスラオとアガピートをそこで待ち受けようと目論んだ。子供たちが家から出ることは許されていなかったが、当日の午後、執事の部下たちに付き添われてアマデオは小屋へ出発することになった。道中、馬車の中で彼を膝にのせてあやしていた部下たちは、知恵遅れのようなその言葉遣いを馬鹿にしたが、アマデオはそのまま彼らに笑わせておくことで、この単細胞の男たちが、子供たちの隠語はもちろん、自分たちの話す言葉以外はまったく理解できないことを突き止めた。最近の執事はどうもおかしいな、こう彼らは話していた、こんな意味もない尋問に躍起になるなんて、ファン・ペレスからその役目を取り上げようとでもいうのか！　体も頭も未成熟のこんな坊やを、尋問で気の狂ったアラベラのもとへ連れていったところで、大した成果は期待できまい。小屋へ入った男たちは、アラベラとアマデオが白痴のような言葉で話し始めるのを見て、二人から目を離していても大丈夫だと思い込んだ。アマデオはこんなふうだし、辛い仕打ちを受けたアラベラが幼児へ退行したのも無理はない、もはや二人はこんな意味不明な音でしか会話もできないのだろう。

「あぺいぽにきぷたぱよ……」アマデオが言うと、彼女は答えた。

「かぱらぺだぷがうぱごかぴなぺいぷわ」

「ぐぱあぺいぷがわぺるぴいぷの？」

「えぺ、とぺてぷも……」

「こぽいぺつぷらをたぱいぴくぷつぺさぺせてはぱやぱくぷおぴいぱはぷらぽおう……」

「えぺ……」

従兄の名を口にする前にアマデオは一瞬間を置いた。

「うぇぺんせぷすぷらぽおがぱまっぺてぴぃぷる……」

アラベラは深い溜め息を漏らし、干しグラミネアを編んだ小屋に敷かれた臭い布団の上で体を揺らした。

本当なら袋に入っていたパンを従姉に差し出し、彼女の体に触れて少しでも活力を分けてやりたいところだったが、アマデオはベッドの足元の地面にあぐらをかいたままじっとしていた。緊張と苛立ちでじれてきた部下たちは、またもやからかうような調子で何か大事なことがわかったか訊いてきた。尊大に構えたアマデオは、お前たちも知っているとおり、この秘密の任務は執事の全面的な信頼を受けた自分だけに任されているのであり、身分の卑しい召使にすぎないお前たちに関わる問題ではない、どうやら長くなりそうだから、適当に暇を潰していてくれ、と言いつけた。こう言われて男たちは、当然のように友人を探して酒を酌み交わし始め、そもそも目立たない子供、その場にいてもあまり人目を惹かない子供だったアマデオのことなどすっかり忘れてしまった。私がこんなことを言うのも、作家の特権を活かすべく、ある種のことはすでに語られたものとして話を先へ進めたいからであり、あえて詳細に立ち入ることはしないが、この後相次いで起こった些細な出来事について、疑いを挟むことなどないよう読者にはお願いしておきたい。ベルトに隠し持っていた銀のナイフでアマデオがグラミネアの壁に穴を開け、自ら小屋の外へ出た後、従姉を助け出したこと、集落の縁からグラミネアの茂みに紛れて二人で逃げ出したこと、岩の窪みに身を隠したところでアガピートとウェンセスラオと鉢合わせしたこと……、言葉の必要もなく、黙ったまま、ともかく一刻も早く、あてがあるわけでもないのに出発したこと。

体力を消耗しきっていた四人の足取りは重く、地平線を青く染める山並みまで、最初の風が吹いて綿毛のマフラーに首を絞められて息絶える前に到達できるほどの幸運に恵まれるような気はまったくしなかった。それどころか、集落からわずか数歩のところで、食料を調達する術もないまま、飢えと喉の渇きで死ぬのではないか、あるいは、子供たちよりもはるかに怯えきった召使の発射する銃の流れ弾に当たって死ぬのではないか、そんなことまで頭をよぎった。だが、とにかく生き延びること、それだけだ。そして、できることなら傷を癒すこと、アガピートとアラベラの苦しみを和らげること。水、食料を調達すること。彼らと同じく、北風が吹き始める前に事態を打開しようとして、あてもなくこの地から出ていく者たちに合流すること。襲撃の瞬間から茂みに身を潜ませていた原住民逃亡者や、こんな災厄や失望を味わおうとは夢にも思っていなかった人々、呆然として命をどうしたものかわからなくなった人々と行動を共にすることもあったかもしれないし、あらゆる因果関係の喪失とともに行動、その規範が崩壊したこの状況で、何ら指針など打ち出すこともできなければ、その場凌ぎの解決策以外ありえないと諦めて困惑と絶望に打ちのめされていた人々と交信することもあったかもしれないが、ともかく、彼らは自分たちの力を頼りに必死で逃げた。

事態がどうあれ、今や私の物語の主人公も同然となったウェンセスラオが、少なくとも結末に至る前に死ぬはずはないから、当面読者には安心してもらって差し支えはない。確かに、ここまで読んできた読者のなかには、すでに物語と呼ぶには長くなりすぎたこの物語の幾つかの段階において、ウェンセスラオの人間像がぼやけ、消失してしまいそうにすら思われる局面を見出した方もおられるかもしれないが、それは大した問題ではない。究極的にこの物語は、ウェンセスラオを主人公にしているわけでもなければ、現実離れした言動を繰り返す現実離れした子供たちの誰か一人に焦点を当てているわけでもない。また、四人の子供たちが互いに助け合って、すでに何度も描写した広大なマルランダの荒野へ逃亡者として乗り出そうとしているこの段階に至っても、この物語を通して子供たち同士の関係を観察、分析するつもりなど私にはまったくない。ただ、他の子供たちと同じく、ウェンセスラオが象徴性を帯びた人物であることは間違いないし、おそらく、子供たちのなかで最も記憶に残る存在かもしれない。プッサンの絵なら、前景で戯れる子供たちは、肖像画に描かれているわけでもなければ、形式的な感情以外の感情や個性の枠に縛られているわけでもないから、現実に存在するいかなるモデルにも対応することがないし、彼ら自身、そして、彼らの興じる昔ながらの遊びとて、構図全体のピントとしてそのタイトルに使われてはいても、絵画の全体的表現においてはむしろ副次的な役割しか果たしてはいない。芸術家にとってより重要なのは、むしろ子供たちと周囲の相互作用であり、岩と谷と木々に始まって地平線まで続く光景が、金色を帯びながら、美しく、感動的に、そっと空から離れていくにつれ、そこに心地よい非現実的空間が出来上がって、最終的に絵の主人公となる。同じように、小説においても、実は純粋な語りこそが主人公なのであり、最終的には迸るこの一連の言葉の波が、登場人物、時間、空間、心理学、社会学を打ち砕いていく。

ベントゥーラ家の子供たちの際立った特徴の一つとして、自分一人ではまったく何もできないという点をここで指摘しておこう。権力を振りかざす者たるにふさわしい所作を叩き込まれた彼らは、日常生活の些事にまったく無頓着であり、親たちも、壊れた物を直さねばならない、散らかったり汚れたりしたものを元通りにせねばならない、そんな事態を前にしてもただ手をこまねいて見ているだけの息子たちを見て、その行き届いた躾に満足しているほどだった。自分たちの食事が銀食器に饗されるまでに人知れず多様な人々の手を経ていること、自分たちの身に着けているベルベットの生地や糊の利いた絹、アイロンのかかったフロックコートが、知性と労力の粋を結集して製造されていることなど、彼らには思いもよらぬことであり、むしろ、召使たちと一線を画して、生きていくという崇高な目的と何の関係もないそうした舞台裏の雑事で手を汚さぬことこそ彼らの果たすべき役割なのだった。その結果子供たちは、組織力も計画性も予見能力も準備力も欠いた無能な人間に育っていく。

こうした状況を考えれば、苦労して荒野を進む我らがか弱い子供たちの誰一人として、確かに火器の前ではあまりに無力な武器ではあれ、狩猟には欠かすことのできない槍を身に着けていなかったという事態を目の当たりにしても、不思議に思われる読者はおられまい。ようやく彼らがその失敗を痛感したのは、荒野に点在する茂みの切れ目を辿るようにして歩く鹿の姿を目に留めたときであり、その時まで彼らは自分たちのどうしようもない疲労感が空腹と繋がっていることにすら気づかなかった。そして、彼らのなかで最も用意周到なウェンセスラオでさえ、この状況ではいずれにせよ役に立ちはしなかっただろうが、地下室の奥底に銀のナイフを置き忘れてきたのだった。

「僕は小屋の壁に穴を開けるのに使ったナイフを持っている」アマデオは叫んだ。「これでみんな救われるはずだ」

今さら懐疑論を述べ立てても何の意味もない。アラベラはすでに気を失いかけており、できるだけ陽を遮ってくれる茂みの下で休まねばならなかった。すでにかなり集落から遠ざかっていたため、人の声は聞こえなかったが、それでも、鳥の鳴き声や馬の嘶きは耳に届いた。日陰にアラベラを横たえると、莢のように制服が二つに割れ、痣だらけのうえ、血の臭いに誘われた無数の小さな虫にたかられた体がその下から覗いた。体から荒々しく削ぎ落とされたようなアラベラの声が、何か食べたい、と囁いた。

アガピートは、逃走用の食料として何を持ってきたのか訊ねた。

「パンだ」アマデオは答えた。

「どれ」アガピートは言った。「こんなかけらしかないじゃないか」

アラベラがこの最後の食料を頬張る脇で、落胆と憔悴を露わにしたアガピートが体を横たえながら独り言のように言った。

「食料がなければこれ以上は進めない……」

だが進むよりほかに選択肢はなかった。集落ではどうやらアマデオとアラベラがいなくなっているのに気づいたらしく、召使たちが戦闘態勢に入る物音が俄かに響いてきた。馬に跨った男たちが、大声を上げながら集落の周りの茂みを踏み荒らし、逃げ道になりやすそうな小川沿いを隈なく捜索し始めた。子供たちが逃げたことが執事に知られでもすればただではすまされないとわかっている男たちは、彼らの足跡を探して馬を激しく罵倒し、四人の隠れているすぐそばで、危険な蹄の音が荒々しく駆け抜けた。偶然というものの狡猾さを信じ込んだ四人の子供たちは、隠れることもなければ追跡者の動向を気にすることもなく、グラミネアの間を這うようにして進み、地平線の一部を青く染める山並みだけを頼りに時折進路を修正すること、そして、危険な小川と垂直方向に荒野の奥へ入り込んでいくこと、それ以外は何も考えることができなかった。鋭い葉に顔や手、体全体を傷つけられ、すでにぼろぼろだった服はさらにずたずたに切り裂かれたが、それでも、視線を上げて綿毛で膨らんだ穂先に目をやると、このまぐずぐずしていればどういう運命が待ち構えているか、考えてみずにはいられなかった。少し休んではまた立ち上がり、目に映る景色がまったく変わらぬなか、一向に進んでいないような錯覚に囚われながらも歩き続けているうちに、時折岩肌が現れるので、そのたびに高みへ登って地平線を眺め渡し、青い山並みの位置を確かめたうえで逃亡の方向を修正する。怒り狂った追跡者たちに較べてあまりに卑小な存在だった四人は、しばらくすると、広大な荒野がか弱い自分たちを守ってくれているような感覚に囚われ始めた。やがて子供たちは、追跡者の気配を感じることもなければ、その接近を恐れることもなくなり、自分たちの巻き込まれた無謀で無意味な企てについてくよくよ思い悩むこともなくなった。彼らの感じるものといえば、狂気的な飢え、喉の渇き、迫りくる滅亡の運命、それだけだった。乾ききっていないような手触りの茎を食べようと試み、葉を齧ったりもしてみたが、すぐに喉が詰まり、吐き気と涙が込み上げていっそう疲労感が募るばかりで、他の植物をまったく寄せつけることなくこの地に君臨するお馴染みのグラミネアが今さらながら呪わしく思えてくる。夕暮れとともに荒野は水っぽい薄紫色に染まり始めたが、平穏の時が訪れたわけではなく、罵声とせわしない蹄の音が辺りに響き、追跡者たちが包囲網を狭めているように感じられた。茂みの切れ目まで到達すると彼らは歩みを止め、網膜の裏まで焼きついた執拗なグラミネアの連続からようやく一時解放された。多少なりとも目の前に空間が開けていれば、追跡者たちが近づいてきても、すぐにその気配を察知できるかもしれない。夕暮れの涼しい風が吹き抜けると、べた凪ぎのような地下を逃れて帆を広げるようにアガピートが活気づき、もはや傷のことも顧みず、何かしたくて体がうずうずするのを感じ始めた。その場に立ったまま、彼は地形を調べた。

「罠が仕掛けてあるな」彼は呟いた。

ウェンセスラオが体を起こし、アガピートの指差す場所を見つめた。

「しかも崩れている」アガピートは続けた。「何か動物がかかっているかもしれない。ナイフをくれ、アマデオ」

「これは僕のナイフだ」ナイフを背中に隠しながらアマデオは言った。「ティオ・アドリアノがいた頃のように、誰でも好き勝手に物を取っていい時代は終わったんだ。それに僕は、メラニアやフベナルのように、執事が秩序を回復してくれるとは思わない。いずれにせよ、ちゃんとした言葉でナイフを貸してほしいと頼むのでなければ、僕には何とも答えられない」

「アマデオ様」所有権の問題はいったん忘れることにしてアガピートは言った。「ここにいる皆様のために使いたいので、ナイフを貸していただけますか？」

「皆様のためとか、そんなわかりきったことを言う必要はないよ。ああ、喜んで貸すとも。でも、ちゃんと返してくれよ、ナイフを忘れずに持ってきたのが僕だけである以上、これは僕のものなんだ」

「ああ、ちゃんときれいな状態で返すとも」

「当然だね」

刀でも握るように銀のナイフを握って身を屈めたアガピートは、開けた空間へ踏み込んでいった。うまい具合に風下になっていたので耳を澄ませてみると、近くを駆ける人の声が聞こえてきた。危険を前に一瞬空腹のことを忘れた彼は、落とし穴に獲物がかかっていなければそこに隠れられる、と咄嗟に思いついた。果たして中は空だった。穴の縁から彼は仲間たちに手招きし、同じように近くに人の声を聞きつけて瞬時に事態を飲み込んだ彼らは、アラベラを担いで駆け寄った後、穴の中に身を隠した。そこから何とか穴に覆いをかけたアガピートは、夕闇の不確かな光が自分たちを守ってくれるよう祈った。

　穴に隠れた者たちがこの後に続く場面を目撃したわけではないが、ほんの一瞬の出来事でもあり、一段落で読者にそのあらましをお伝えすることにしよう。このぐらいの時間になると、広場の棚から垂れ下がる藤のような形に雲が折り重なる下で、荒野の空き地は開演を待つ前舞台のように見えてくる。まばゆい制服と真っ白いジャボを身に纏った三人の召使がそこへ入場し、穂先の束を手に持った二人が、年少の若者に何かの通過儀礼を施しているようだった。二人とも厳粛な面持ちで、三人舞踏《パ・ド・トロア》でも始めようとするように身構えながら、手ぶらで顔に笑みを浮かべて付き従う若者を導いていた。落とし穴のすぐそばまで来ると、グラミネアを握っていた二人が、呆然と佇む若者を尻目に正面から向き合い、穂先をフルーレに見立てて前へ突き出したかと思ったのも束の間、縦横無尽にステップを踏んで次第に激しく鍔迫り合いを交わし始めた。最初こそ若者は拍手を送っていたが、やがて戦いの真似事が残忍さを増し、穂先から綿毛が霧のように飛び散り始めたのを見ると、予想もしていなかったこの植物性の煙幕に怖れをなしてその場を逃れた。しばらくの間二人は、激しく偽物の剣を突き交わしながら高らかに笑い声を上げていたが、ついにぼろぼろになった穂先を投げ捨て、頭上から降り注ぐ綿毛の雨にも怯まず、子供たちの隠れていた落とし穴のすぐ脇の地面に腰掛けて大きな声で話を始めたので、話者の姿こそ見えなかったものの、話し声は穴の奥まで届いてきた。

「怖気づいたようだな！」

「普段は俺と一緒に上の階《ピアノ・ノビーレ》で働いていて、荒野へ出るのはこれが初めてだからな。大抵の奴らはいつも屋敷に籠りきりだし」

「こんなたわいもない遊びに怖れをなすとは無様な話だな」

召使の一人が制服の裾の裏地からワインの入った小瓶を取り出し、言葉を交わし合いながら二人で飲み始めた。二人は一見豪華な衣装を身に着けていたが、近づいてよく観察してみれば、薄闇のなかでさえ、二人の爪は汚れ、髭は一週間も伸び放題になっていたことがわかっただろうし、そこから、元来厳格な立居振舞が求められる屋敷の生活にはすでに綻びが生じ始め、メラニアやフベナルの言う「古き良き時代」にはとうてい許されなかったこうした規律の弛みとともに、屋敷内には退廃の不穏な空気が立ち込めていることまで察せられたことだろう。二人のうち、笑い声も飲みっぷりも豪快なほうが突如黙り込んだ。

「どうした？」もう一人が訊ねた。

「もうこんな緊張感には耐えられない！　もうあと二、三日で息もできなくなると予測する者もいるし、あともう二、三週間は大丈夫と言う者もいる。執事が地下への出入り口をすべて塞いでしまった今、どこか別の避難場所を早く見つけないと、いずれにせよ大変なことになるぞ、ちくしょうめ、逃げるわけにもいかないし……」

「誰が二、三日なんて言ってるんだ？」もう一人が訊いた。

「子供たちだよ」

「俺のいる上の階《ピアノ・ノビーレ》の子供たちはそんなこと言ってなかったな。それより、あの歳で侯爵夫人が子供を生むというので、随分心配していた。馬丁の誰かが父親らしい……」

「馬丁だと！　なんてこった！　いや、まあいい、あいつらなら、相変わらずの生活を送っているし、別に問題を起こすわけでもない。厄介なことを口に出して俺たちを悩ませるのは、人食い人種の真似事にはまった悪ガキどもだ。俺たちが近づいて奴らの会話に聞き耳を立てようとすると、決まって去年の綿毛の嵐のことに話題を変えて、息苦しくて死にそうだったとか、最初は本当に苦しかったとか、アドリアノ・ゴマラが原住民とともに地下へ避難させてくれなかったら一人残らず死ぬところだったとか、そんな話を始めるんだ。地下はものすごく広くて、使用人と子供たち、それに原住民を全員収容してもまだ余るらしい。一年中日の目を見ることもないまま地下の暗闇に籠って、茸みたいに青白いぶよぶよの体で石にへばりついたまま過ごす部族までいるという話だ……　寝泊まりする小部屋の近くで、夜そういう奴らが動き回ったり、言葉を交わしたりするのを聞きつけた召使もいるほどだ。屋敷内は迫りくる綿毛の嵐の話題でもちきりだよ。いつも子供たちの話に耳を傾けているが、奴らも最近じゃその話しかしないし、掃除の時にゴミ箱を空にしたりすると、わけのわからない絵がたくさん出てくる。それも俺たちの任務だから、一体何が描かれているのか調べてみると、一見何が何だかわからない絵が、実は綿毛の嵐の到来や、容赦なく押し寄せる綿毛の大群に恐ろしく顔を歪めて苦しむ人の姿をスケッチしたものだとわかるんだ……　子供たちの話すことや書くことなんかいちいち気にしたくはないが、それも職務の一環だから仕方がない。地下が閉ざされた今、俺たちはどうすればいいんだ？　一体どこへ避難するんだ？　荒野へ駆け出して、グラミネアのないところを目指したほうがいいんじゃないか？　このままファン・ペレスや執事、それに気の狂った子供たちとともに屋敷に残っていたって、あのかわいらしいアマデオやアラベラ、それにウェンセスラオやマウロまでいなくなったんだから、主人たちが戻ってくれれば、俺たちはご褒美どころか厳罰を与えられるだけさ。地平線を染める青い山並みを指して逃げたほうがいいんじゃないか？」

酔っぱらった二人の話し声を聞きながら、一瞬の稲妻を浴びたように立ち上がったウェンセスラオとアガピートが真っ先に思いついたのは、今すぐ叫び声を上げて穴の外へ飛び出し、そのまま二人と手を組めば、敵とはいえ同じ血の通った人間同士、意味は違えども同じ苦悩を分かち合う道連れとして助け合うことができるという期待だったが、すぐに叫び声が聞こえて二人の幻想は打ち砕かれた。

「執事万歳！」

「ベントゥーラ家万歳！」

「くたばれ、人食い人種ども！」

「使用人部隊万歳！」

一瞬にして空き地は喧騒で満たされ、我らが四人の子供たちが隠れていた落とし穴のすぐ近くで、猛り狂った馬が危険な蹄の音を響かせた。歌声、銃声、質問、返答、笑い声、叫び声が入り乱れた後、酒を飲んでいた二人組は連行された。瞬く間に空き地から人影が消え、沈黙が荒野の隅々まで浸透していくように思われた。落とし穴の奥でぼろ布の塊のようになって丸まっていたアラベラが呻き声を上げ、普通の言葉を忘れたアマデオが泣き声を上げながら幼児言葉でパンを求めた。暗闇で互いの目を探っていたウェンセスラオとアガピートは、どうやって飢えを凌ぐか知恵を絞った。しかも喉はカラカラだった。とりあえず、すでに上から土埃が降り始めているこの穴から抜け出さなければ窒息してしまうかもしれないし、動物がかかって押し潰されてしまうかもしれない。いい時間だ、アガピートは子供たちに向かって説明し、昼と夜の境目で神秘的沈黙に包まれるこの青白い時間になると、動物たちが荒野のあちこちで水場を求めてうごめき始める、この罠もそうした水場の近くに原住民が作ったものにちがいない、と言った。アガピートは、土を支えるグラミネアの脆い屋根を崩してしまわないよう注意しながら外へ這い出し、落とし穴の縁から、ウェンセスラオと協力して、まず衰弱したアラベラを、次に脱力状態に陥っていたアマデオを助け出した。そして最後にウェンセスラオも、アガピートの手を借りて穴から出てきた。

空き地の端では、まるで大地の皮層が口を開け、地表よりさらに下の層からせり出してきた蹄のような形に岩が盛り上がり、グラミネアよりわずかに高い台地のようになっていた。子供たちは、自分の影を石の輪郭で隠そうとでもするようにそこへ近づいていった。アガピートの手を借りて岩の麓にアラベラとアマデオを休ませたウェンセスラオは、下からの指示に耳を傾けながら、人目につくことなく周囲を見渡せるよう、腹這いで岩をよじ登っていった。遠方に集落の光が輝き、かすみかけた地平線上に、別荘、そして黒いエメラルドのようにその周りを囲む庭が見えていた。

「青い山並みは見えないな……」ウェンセスラオが呟いた。

「屋敷があっちで、集落がそっちなら、山並みはこっちだ」岩の麓からアガピートが答え、その方向を指差した。「とにかく、また山が見えるようになるまで移動しよう。そうすれば道を間違えることもない」

一体どこへ向かうというのだ？　ウェンセスラオは考えた。まったく見当がつかない！　何のあてもなく、ただ衝動で飛び出してきただけだというのに！　頭上で星が輝き始めても、彼の頭の中と同様、そしてこの耐えがたい現在と同様、残酷な抽象性に貫かれた天空の下で、もはや生きていくのに最小限必要な力すら自分たちには残っていないのだ。それなのに、岩の麓でアガピートは鼻歌を歌っていた。そのほうがいい、ウェンセスラオは思った。このまま屋外で眠ることになっても、それはそれでかまわないし、すべてを肯定的に受け止めていればそれでいいのかもしれない。地下に閉じ籠っていたときとちがって、今ではこうして堂々とアガピートと言葉を交わすこともできるのだ。

「アガピート」

「何だ？」

「二人は寝ているのか?」

「まったく動かないが、息はしている」

「なぜわかる?」

示し合せたように二人とも問いと答えを省略した。

「罠の話は?」

「辛抱強くて、逆境にあってもいつも優しく笑顔を浮かべていた僕の母は、このあたりの生まれで、いろいろ話を聞かせてくれた」

ウェンセスラオは一瞬黙ったが、敢えてアマデオのように童心に帰ることにして言った。

「僕もいろいろ知っているよ」

「何か教えてくれよ」

「いいとも」

そして岩の上に横たわったまま、ウェンセスラオはアガピートに次のような話を始めた。落とし穴の脇で二人の酔っ払いが話していた内容はすべて、いとこたちが使用人たちを震え上がらせるために流したデマであり、実際には、彼らも原住民たちも地下へ避難したことなど一度もなかった。それどころか、前の年綿毛が飛散し始めたとき、父は最も合理的な判断として、原住民たちを塩山跡へ無理やり避難させようとしたのだが、これに対して、別の合理性に貫かれた彼らは、そんな冒涜は受け入れられないと反論し、かつてベントゥーラ一族に打ちのめされた罪の贖いをしていたあの神聖な場所を、綿毛の襲来から身を守るための避難場所にするわけにはいかないと述べ立てた。父は、この差し迫った状況下でそんな迷信にこだわっている場合ではない、と論じて説得しようとしたものの、原住民たちにとって、これは差し迫った事態などではなく、現に彼らは、すでに何代にもわたって、自分たちなりに的確な仕方で、毎年訪れる綿毛の襲来を生き抜いてきたのだった。緊急事態だと叫ぶ者さえいなければ、緊急事態など始めから存在しない。綿毛の飛散が始まり、北風に煽られて喉や目をくすぐり始めると、父は意を決してマウロ、そして槍で武装した忠実な部下たちを招集し、原住民の一部族を取り囲んで強制的に地下へ避難させたが、これが「救う側」と「救われる側」の決定的対立を引き起こした。首長たちは伝令を送ってこの侮辱に抗議し、このような状況が続くのであれば彼らは、アドリアノ・ゴマラと子供たちだけを残して全員撤退し、これまでどおり彼をベントゥーラ家の一員、つまり敵と見なす、と通告してきた。綿毛の襲来が続くなか、危機的状況に浮き足立ったアドリアノは、首長たちをダンスホールに呼んで事態を協議した。彼らは、絶対的忠誠心の証として、神聖なる地下において、一堂に会した原住民たちを前に、息子ウェンセスラオを生贄に捧げることを要求した。ベントゥーラ一族がこの地にやってくる三十代も前から彼らはすでに人食い人種ではなくなっていたのだが、地下の池のほとりでウェンセスラオを貪ることで、食人習慣を取り戻すという。

ウェンセスラオは話をやめて一瞬黙り込んだ。アガピートが呟いた。

「おそらく……」

「君も僕と同じことを考えているね」

「口に出して言ってもいいか?」

「いや、まだやめてくれ。時が来るまで待とう。いずれにせよ、父によってあの不吉な象徴的殺人が行われたのはその時だ。原住民たちが、単なる象徴ではなく、本当の許しを与えて父を止めていなければ、そのまま暗殺が行われるところだったが、とにかく、僕はおかげで生まれ変わった」

そして君と僕は今ここにいて、得体の知れない冒険に乗り出そうとしている、と付け加えてもよかったところだ。二人の目は暗闇を切り裂き、姿の見えぬ青い山並みを追い求めていた。アガピートは、いつか訪ねてみようと心に決めていた灼熱の南部に伝わる民謡をしばらく低い声で口ずさんでいたが、やがて二人とも疲労に屈し、友達同士がよくするように、星の下で体を寄せ合って眠りに落ちた。

3

夜明けの光とともに最初に目に映ったのは、銀色に輝くアマデオのナイフの刃と、水辺の泥地で神秘的な輝きのなかに優雅な刻印をとどめたその柄だった。片腕で抱えられるほどの大きさの穴が地表に開いていて、そこから黄色っぽい液体が染み出していたが、信じられないことに、それが水だと彼らにはわかった。アラベラを手早く地面に下ろすと、ナイフの出自は瞬時に察せられたものの、かまうことなくアガピートとウェンセスラオは水場へ駆け寄り、泥の上にうつ伏せになったまま、塩気のある液体を存分に飲んだ後、顔、体、両腕、そして乾いた服に水をかけた。そしてアラベラのことを思い出すと、痣だらけの体でボロ人形のようになった彼女に余計な苦痛を与えぬよう、その場に寝かせたまま、両手で掬ってその体に水をかけ、喉を潤す前に全身を冷やしてやった。生き返ったアラベラは、ほとんど聞こえないほど小さな声で訊ねた。

「アマデオはどうしたの？」

まるで獣たちの水飲み場に寝泊まりしていたせいで体も服も臭くなった人が閉じ籠って眠っていた部屋のような、生暖かい異臭に満ちた奇妙な空間に包まれていた彼らは、その声を聞いて初めてグラミネアの影での休息を打ち破られ、地面の上に光っていたナイフに視線を注いだ。そう、朝目を覚まして、前の晩に寝かせたところからアマデオが姿を消しているのに気づいた二人は、必死で彼を探し回ったのだが、おそらくナイフがその答えを知っているのだ。大声で彼を呼び、四方に目を凝らしたものの、この空き地で敵の目に触れるのを恐れ、また、アラベラを一人残しておくわけにもいかず、岩の周囲から離れる気にはなれなかった。だが、茂みの内側を覗いてみないわけにはいかなかった。飢えと渇きで死にそうになっていたアマデオのことだから、水を求めてふらふら歩き回ったにちがいない、こう考えたアガピートは、ウェンセスラオにアラベラのもとで見張っているよう言い残し、捜索に乗り出したが、うっかり茂みのなかへ踏み込んでしまえば、五分と経たないうちに出られなくなってしまうことは目に見えている。

岩から降りて従姉のもとに立ったウェンセスラオは、茂みに踏み入ることなく辺りを調べて回るアガピートの姿を観察した。一体アマデオの身に何が起こったのか、どこへ歩いていったのか、誘拐者がいたとすれば、どこへ連れ去られたのか、皆目見当がつかなかった。かわいらしい子供――アガピートの様子を見ながらウェンセスラオは考えていた――、幼少期から繰り返し母たちに聞かされてきた恐ろしい寓話に出てくる人食い人種にとっては、願ってもない獲物だろう。きびきびと迅速に動くアガピートは、母方から人食い人種の血を受け継いだ自分にはすべてがお見通しだとでもいわんばかり、どこをどう探せばいいのか熟知しているようだった。あれほど血を流した後で、一体どこからあんな力が湧いてくるのだろう？　地下室の塩気が傷を癒してくれたせいだろうか、あるいは、荒野の朝の空気がまだ俯き加減の体を帆のように引き伸ばしているのだろうか？　それにひきかえ、ウェンセスラオはもはやほとんど動くこともできなかった。腹の中で焼けつくような飢えを感じ続けていることさえ一苦労という有様だったのだ。

突如アガピートは、空き地で何か見つけでもしたようにいきなり立ち止まったかと思うと、慌ただしく駆け戻ってきた。そしてアラベラを抱き上げ、ついてくるようウェンセスラオに言った。どうなるかはわからないが――歩きながらアガピートは説明を始めた――、見渡すかぎり単調な荒野が広がるこんな心もとない場所にあっては、一つでも手掛りがあればそれを頼りにするしかあるまい、空き地を横切るような形で、水場へ向かう獣たちが残していった足跡が道になっているから、それを辿ってみよう。そしてなんとか水場へ辿り着くと、子供たちはその場に崩れ落ち、真上から降り注ぐ灼熱の太陽に息も絶え絶えの状態になったが、その時泥の上に光る物が見えて、それがアマデオの残していった銀のナイフだとわかった。二人はナイフに手を触れぬまま、じっとその光を眺めていた。アマデオが近くにいるはずだったが、大声で呼び掛ける力など残ってはいなかったし、その場を動くこともなく、声を出すこともなく、ただじっとしていれば、すぐに彼が現れて、約束通りナイフを手に自分たちを助けてくれるはずだった。眠っていたのか、眠ったとすれば何時間、何分眠ったのかまったくわからなかったが、夢か疲労か仮眠か幻想か悪夢か、ともかく、頻繁に往来する動物たちによって空中に切り取られた奇妙な空間の奥から、臭い、熱、血、汚物、性液が漂い、呻き声が聞こえてきた。鳥、鹿、それとも、猫だろうか？　いや、アマデオだ。よろよろと三人は立ち上がり、アマデオ、アマデオ、アマデオと必死に何度も叫ぶヒステリックな声が、断続的に聞こえていた呻き声にかぶさった。

泉のほとりの空き地に下ろされていたアラベラは、反対側の茂みで倒れているアマデオの姿を認めたが、声一つ上げなかった。血だらけの体を見つめて黙りこくっていた彼女は、もはやなす術はないと見て取ったのか、すぐ脇に横たわり、彼の目の周りにまだ残っていた生命のオーラを自分の視線で蘇らせようとでもするように、じっとその顔を眺めた。相変わらず叫び続けていた二人は、アラベラがなぜか黙り込んでしまったことに気づいて彼女のもとへ駆けつけ、横たわった二人の体の脇に膝をついた。ウェンセスラオがアマデオの胸に手を触れると、まだ心臓は動いており、あばら骨越しに従兄の手を感じた彼は微かな笑みを浮かべた。アガピートは何度も水場へ行って彼に水を飲ませ、体を冷やしてやった。アマデオは両目を開け、すぐ前にアラベラの目があるのに気づいて呟いた。

「アラベラ」

「うん」

そして力を振り絞って訊いた。

「僕がかわいいって本当?」

「本当、本当よ……」

するとアマデオは言った。

「こんなことにしつこくこだわってごめん。でも、聞いて。もう大きな声は出せないから、もっと近くへ来て。ちょっと妙なことを提案させてほしいんだ」

三つの頭が集まって彼の話に耳を傾けた。

「僕はもうすぐ死ぬ」彼は言った。「雌の猪は子供を盗られると怒るんだけど、僕は食糧にと思ってナイフで一匹殺そうとしたんだ。だって、お腹が空いているだろう?」

三人は頷いた。彼は続けた。

「僕は食べてしまいたいほどかわいいのだろう? ずっとそう言われてきたもの」

「そうだよ」

「空腹で胃が痛むほどになって、山並みへ辿り着くまでどう生き延びたらいいのかもわからないのなら、僕を食べればいいよ。馬鹿だなあ、泣くことなんかないさ、別に気が狂ったわけじゃないし、何も尻込みすることはない。僕が食べてしまいたいほどかわいいのなら、誰かに食べてもらうことが僕の運命じゃないか。仲間に食べられるのなら本望さ。もっと君たちと冒険を続けたかったけど、もう無理だ、だったら、食べてもらうほうが冒険の続きができる。残った肉は、腐らないように泉の塩水に漬けて持ち運べば、長い道のりを行くための食料になるだろう。そうすれば僕も同行できることになる。泣かないでよ……　死を目前にすると、やがては体も何もかも失われることが痛感されて、それでこんな無慈悲なリアリズムに走ることになるんだ……」

しばらく仲間たちをそのまま泣かせておいた後、アマデオは自分の言葉の効果を計算しながら、軽蔑を込めて問い質した。

「それとも、親たちと同じように、君たちも人食い人種になるのが恐いのかい？」

気分を害した三人は、そんなことはないと言い張った。

「思考の習慣を身に着けた者なら誰でも」アマデオは続けた。「何を考えていても、いつかは必ず死というテーマへ行き着く。生まれた瞬間に双子の兄弟に死なれた僕は、いつも自分の一部がすでに死んでいるような感覚で生きていたから、ずっと死のことばかり考えてきた。だから僕は恐くない。だからお願いだ、僕は君たちと一緒にいたいんだ、だから願いを叶えてくれ、こぱわぽがぱらぴなぺいぴで、たぱのぷむぺかぱらぷ、ぽぽくぷをたぱぺぺてぱくぷれぽ……」

直後に息を引き取ったのが子供たちにわかった。髪も睫毛も眉毛も明るい色で、唇から血の気の失せた彼の姿は、水辺の植物的な光を浴びて透明なほど青白く見え、そのまま生から死へ移ると、顔が澄みわたってきたばかりか、肌までまるで胎児のように透き通って柔らか味を帯び始めた。しばらく子供たちは泣いていたが、時は一刻を争う状況で、やがて彼らは泣きやみ、アガピートがウェンセスラオに訊いた。

「昨日岩で眠りに落ちる前に、食人習慣について何か言いたそうだったじゃないか」

「わかっているだろう」

「ちゃんと言って」アラベラが要求した。「私も知りたい」

「つまりね、原住民たちが、象徴的な意味ではなく、本当に人食い人種になる決意を固めれば、下僕という運命を逃れることができる、ということさ」

するとアガピートは言った。

「僕たちの行為だって象徴なんかじゃない。みんなで食べられるだけ食べようじゃないか、すでに当人の許しを得ているんだ」

すでに上空では禿鷹が旋回し始めていた。奴らが死体の首、内臓、顔を少しずつ持っていくことだろう、ウェンセスラオは思った。親たちが流していた恐ろしい伝説によれば、人食い人種たちは、死者を食べることでその勇気と知恵を授かるものと考えていたという。それでは禿鷹たちも、荒野の水辺に白く輝く骨だけを残していった後には、赤ちゃん言葉風の隠語を話せるようになるのだろうか？　これを聞いて高らかに笑いながらアガピートは、洗ったばかりのナイフをアラベラに渡した。

「まず君だ。たっぷり時間をかけていい」

彼女を一人残して二人の少年は、泉を越えて小さな空き地の反対側に陣取り、来るべき厳粛な儀式を前に心を静めて悲しみを抑えた。アマデオの気高い勇気、今からそれを自分のものにするのだ。南部の歌をそっと口ずさみ始めたアガピートは、泉の反対側の茂みでうろうろするアラベラのほうを眺めやった。グラミネアの茎を切ったり、その茎で何かを突き刺したりするたびに、こちらへ向けた彼女の背中が屈伸運動を繰り返していたが、やがて火が起こると、撓んだ背中はそのままじっと動かなくなり、顔は制服の襟にすっぽりと覆われた。ウェンセスラオには微かに覚えのある甘く恐ろしい臭いが辺りに立ち込めるなか、彼の頭では、アイーダ、ミニョン、アマデオ、ほとんど顔もない原住民たち——理性に訴えても静めることができないほどの極限的狂気と残虐性の犠牲者たち——、彼らのか弱い命が一瞬だけ光を受けてすぐにまた闇へと沈み、心臓が引き裂かれるような感覚を引き起こした。アマデオの肉を食べなければ、彼らと同じように、自分も死んでしまう。死にたくはない。狂気と残虐性が今この瞬間には相補関係にある——双方とも究極的には親たちの歪んだ偽りの感情に支えられていたのだろう——ように思われたが、今さらそんなことを引き合いに出して、幻滅に打ちのめされた自分の行為を正当化するつもりはない。

アラベラが立ち上がってナイフを泉で洗った後、これをアガピートに渡すと、彼はまったく同じ順序で同じ動作を繰り返した。アラベラが満足して眠りに落ちる一方、すべてを終えたアガピートは、同じようにナイフを洗ってウェンセスラオに渡した。

しんがりを務めたウェンセスラオは、他の二人よりたっぷり時間をかけた。しばらくは、次第に高度を下げて頭上を旋回する禿鷹の様子を眺めながら、生き返ることのない肉体について考えていたが、やがて彼も腹をくくった。もちろん容易ではなかった。アマデオが双子の兄弟を失って以来、二人は一心同体だった。彼には何でも教えてやった。ただ、赤ちゃん言葉の隠語だけは別で、あれだけはウェンセスラオにも真似できなかった。もうすぐそれができるようになるかもしれない。

この小説の草稿の段階では、ウェンセスラオとアガピート、そしてアラベラは、アマデオの体を貪った後、地平線を染める青い山並みへと歩みを進めて忽然と荒野に姿を消し、以後二度と物語に戻ってこないことになっていた。

当然ながら――というか、それが当然だという事実に今初めて気づいたわけだが――、こんな設定は不可能であり、しかも不適切だと言わざるをえない。第一に、善かれ悪しかれウェンセスラオ――あるいは、他者の口の端に登る彼の存在感、その影響力――は、これまでずっと物語の中枢に居すわっていたし、英雄的特徴を備えていることも間違いない。時に彼が後方に退くことがあっても、それはあくまで一時的なことであり、他の人物に舞台を明け渡したり、場合によっては、端役やエキストラに登場の機会を与えたりするためにそうしていただけだ。いずれにせよ、何度かこの小説を書き直すうち、再び私はこの登場人物、ウェンセスラオに惚れ直し、残り三章における彼の未来に今や大きな期待を寄せるほどになっているから、当初の予定どおりここで彼と手を切ってしまうのでは、あまりに尻すぼみとなってしまうだろう。そして第二に、この物語――失礼、小説と言おう。自然に口をついて出てくる物語という言葉を捨てきれずにいるが、叙述の体裁を考えれば、これを小説と呼ぶのが普通だろう――の最初の草稿を書き終えた後に、予期せぬ事件が起こった。私の生涯にも関わるこの事件のせいで、ウェンセスラオを再登場させて彼に中心的役割を負わせ、人食い人種となった後に直面した事態を最後まで生き抜いてもらわざるをえなくなったのだ。

そこで、創作ノートにも最初の草稿にもなかった第十一章のコーダを始めるにあたって、まずはここで、不吉な御馳走にありついて満腹し、活力を取り戻した子供たちが、泉の水で体を清め、綿毛の嵐が巻き起こる前に辿り着けるかどうか、残された時間を計算しながら、地平線を染める青い山並みをさして荒野へ踏み込んでいく姿を提示しておこう。草稿の段階ではここで第十一章は終わっていたのだが。

望みどおりの変更を実現するため、ここで私は、実はそうではないのに一見しただけでは急場凌《デウス・エクス・マキナ》ぎに見えてしまうかもしれない要素、ある一つの事件——もっとも、小細工に見えない文学上の小細工と何ら変わるところのないこうした小細工に頼ったところで、私にはまったく気にならないのだが——を導入し、子供たちの歩む道筋を変えてしまうことにする。そして、どうせ方向転換をするのなら、それにふさわしい魔術的威光を授けることにしよう。

最初に子供たちの目に入ったのは、遥かかなたにあるプラチナ色の雲だった。

「兄の騎馬隊だ」アガピートは言った。

ウェンセスラオは立ち止まって他の二人を制した。今や雲はあまりに大きく広がり、世界の半分を覆うようにすら見えるほど急速に膨張したその影が、天変地異の前触れといった様相を醸し出していた。

「綿毛の嵐が始まったのよ」平然とした顔でアラベラが言った。

だが、雲の形に注目していたウェンセスラオには、その説明が正しいとは思われなかった。昨日、軽く空気に揺られただけで自然に穂先が割れる様子を目にしたときには、単なる例外ということもありえるし、それがすでに数週間も遅れている災厄の始まりかもしれないとは言わずにおいた。だが、今アラベラの発言に対して何も答えなかったのは、雲が次第に膨張して巨大化していくのみならず、まるで頬を膨らませた意地悪なケルビムが、地図を頼りに広大な荒野のどこに彼らがいるのか正確に突き止めたうえで、彼らはもちろん、背後の集落や、その向こうにある別荘もろとも踏みにじろうとして雲をけしかけてきたのではないかと思われるほど、まっしぐらに彼らのほうへ迫っていたからだった。そのあまりのスピードにウェンセスラオは、歩き続けることや逃げることはもちろん、動くことさえ無駄だと判断したが、咄嗟にアガピートに肩車してくれと頼み、もうほとんど癒えたはずの傷に触れぬよう注意しながら彼の両肩に乗った。

どんどん近づいてくる雲を前に逃げ出したくなる気持ちを抑えながら、彼はそのまましばらくじっとしていたが、恐怖に高鳴る胸が、次第に大太鼓のように大きく重い音を頻りに鳴らし始め、やがてその間隔が狭まってほとんど耳も聞こえないほどになってくると、血流が体を、そして頭を駆け巡った。辺りの景色全体が切れ目のない雷鳴のようになっていたが、それは雷鳴などではなく、近づくにつれて、蹄の蹴る音や車輪の轟音、ラッパや角笛による合図、嘶きや吠え声、歓声、奇声、銃声へと次第に姿を変えていった。

呆然とした顔でアガピートの肩に乗っていたウェンセスラオは、息を詰まらせることなくすべてを弛緩させる綿毛の靄に包まれたまま、ワニスを塗って金色に輝くランドー馬車、幌付きの四輪馬車、二輪馬車、クーペが次々と通り過ぎていくのを目にした。馬丁たちは馬勒飾りを落とさぬよう気を遣いながら容赦なく鞭を振り降ろし、淑女たちが幌や帽子や日傘の下で笑みを浮かべる一方、腹の出た男たちのなかには、馬車の内部で煙草を吸っている者もいれば、緋色に身を固めた小姓の吹く角笛で統率された犬の群れを後ろに従えて栗毛馬をギャロップで走らせている者もいる。さらに後方には、荷車、幌なし馬車、おんぼろ馬車と、次第に格を下げながら車の隊列が果てしなく続いていたが、その内部には、アマラント色と金色の目立つ下ろしたての制服を身に纏った召使、白服を着込んだ料理人たち、黒ずくめの馬丁たち、庭師たちがぎっしりと乗り込み、別荘生活の必需品としてベントゥーラ家の者たちが積み込んだ多種多様な大量の道具類に囲まれて、夢の靄に包まれたような状態で別荘のほうへひたすら走り続けていた。

隊列が通り過ぎる前に、私が先ほど英雄として提示した人物であればこの状況で考えるべきことなどまったく思いつく間もなく、ウェンセスラオはひと跳びにアガピートの肩から下りて、地平線を染める山並みに背を向けたまま、アガピートとアラベラとともに駆け出し、大声で叫び始めたのだった。

「お母さん！　お母さん！」

第十二章　外国人たち

1

次のような会見が行われた――かもしれない――と仮定しよう。
ある朝私は、ようやく完成した『別荘』の決定稿を小脇に抱えて、エージェントの事務所へ向かって港町の通りをかなり速足で歩いていた。こういう瞬間になると私は、疑念や不安、そしてもっとたちの悪いことに、期待感に囚われるのが常だ。この時も期待に胸を膨らませていた私は、歩道の反対側から顔見知りの紳士がよろよろと近づいてくるのに気がついた。肥満した体に似合わず――あるいは、肥満しているからこそだろうか――シルベストレ・ベントゥーラの足取りは危険なほど重みに欠け、まるであまりに楽しく長時間バーの薄闇で過ごした後に出てきたか、あるいは、すぐ息の切れる巨体を支えきれなくなってひ弱な脚が痛み出したか、そんな印象だった。それでも、若づくりながらも嫌味のない色のネクタイや、胸ポケットから一センチ余計にはみ出て水夫風に揺れる白ハンカチを見ていると、まだ多少の感性《フレール》、お洒落感覚が残っていることは確からしい。そう、私は角を曲がってくる彼の姿に目を留めたのだ。こんなことが、この小説のちょうどこの地点で起こった、あるいは、起こりえたということにしておこう。別次元の出来事が挟み込まれたような印象を受ける読者もいるかもしれないが、どうかもう数ページ我慢して最後まで読んでいただきたい。

「やあ、じいさん！」私の背中を叩きながらシルベストレ・ベントゥーラが叫び声を上げる。「随分久しぶりだね、会えて嬉しいよ！　どこへ行ってたんだい、まったく姿を見せなかったじゃないか？」

「……」

「元気だったかい？　奥さんは……？　結婚相手は誰だったっけ？……　ああ、そうだ、知ってるよ、ベレニセの親戚か何かだね。それじゃ、万事順調なわけだ？　よかったね！　さあ、ちょっとつきあってくれ、滅多にない出会いだもの、祝杯を上げないと。エルモヘネス兄さんから電話があって、今訪ねていくところだったんだ、こんな朝早くから一体何だろうね。どうしたい、じいさん、どうせやることなんてないんだろう、ぐずぐず言ってないで行こうぜ、いいじゃねえか、ちょっとぐらい……」

「……」

「急ぎで原稿を届けたい？　何をそんなに急ぐことがあるんだい？　いいじゃねえか、原稿ぐらい何だい、ほら、そこにバーがあんだよ……」

シルベストレがなぜこれほどしつこく誘ってくるのか、私にはわからない。ここまでの我々の関係は、創造する側とされる側という、純粋に仕事上の付き合いだけであり、周知のとおり、いつも前者は後者の尻に敷かれているから、私は彼に友情など微塵も感じたことがない。だが彼は強引にこの腕を掴み――ベントゥーラ一族の者たちは、自分たちの都合と楽しみのためなら、遠洋を航海する客船の方向まで変えてしまいかねない――、高らかな笑い声とともに私を店へ導いた。朝のこんな時間だというのに、シルベストレ・ベントゥーラの息は酒臭く、二日酔いの濃い腐臭をあたりに撒き散らしている。一応お洒落にしているつもりなのかもしれないが、近くからじっくり見ると、実はそれほど大した服でもなく、まるで着替えもせずに寝ていたかのように、上着が皺だらけでシャツも薄汚れている。私の視線に気づいたらしく、彼はこんな説明をする。

「昨夜のどんちゃん騒ぎのせいさ……！　あのスケベな外国人どもは底無しだよ……！　もうこの歳じゃついていけない。長男のマウロに会ったことはあったっけ？　一体いつになったら俺の仕事を継いでくれることやら。これが妙な息子でね、工学部へ行きたいとか言い出して、俺たち大人を見下したようにいつも不機嫌なんだ。洟垂れ小僧のくせに偉そうに、あの猫かぶりのメラニアに惚れてるらしいが、あの女は淫売と変わらんよ、わかるだろう、そこまでいかなくとも雌ヤギみたいなスケベ女さ」

まだおが屑を床に撒いたばかりのバーに我々二人は入った。店には人気がなく、ウェイターすらまだ仕事を始めていなかったせいもあり、アンゴラの血統をどこかで引いているような薄汚い白猫が、カウンターの紙ナプキンの間でうとうとしている。胸の大きな体を花柄の絹ドレスに包み、それと完全にちぐはぐな花柄のエプロンを上に掛けた女主人は、ウェイターの到着を待ちながらビエルスタックの後ろで一人塞ぎ込み、蛸用のチョッキでも作っているのか、腕が幾つもある得体の知れない編み物に怒りをぶちまけている。グラスビールを二杯頼み、拭いたばかりの木テーブルまで自分たちで運んで腰を下ろす。体のため、と断って長々とビールをあおるシルベストレは、まるで原稿をしっかり胸に押しあてた私の姿を飲み干そうとでもしているようだ。やがて手の甲で口を拭い、手が濡れてしまったことに気づくと、ハンカチでそれを拭き取る。二人じっと見つめ合ったまま、シルベストレ・ベントゥーラも私も、一体何を話せばいいのか見当もつかない。なぜこれほどしつこく誘ってきたのか、私には見当もつかない。安宿のマットレスのように染みだらけのぶよぶよした顔で、菱形のボタンのような黄色っぽい目に不安の色が浮かぶのを見ていると、彼も何も言うことがなくて当惑していることがわかる。しつこく誘ってきたのは、持ち前の社交的性格に引きずられてのことで、親愛の情や何か関心があってのことではないし、言ってみれば、誰でもいいから相手を見つけて、味気ない話でも何でも、とにかく言葉を交わして無への恐怖《ホロール・ヴァクイ》を埋めようとしただけのことだろう。ようやく私に関わる話題を見つけることができたかのように、彼は切り出す。

「なあ、本はどうなんだい？」

「……」

「嬉しいよ、爺さん、さすがだな！　それで、儲かるのかい？」

「……」

「そうだろうな！　あんたたちの書くつまんねえ夢物語は、俺のように忙しくて、新聞か、せいぜい娯楽物ぐらいしか読む時間のない人間には理解不能さ……」

　何を娯楽と見なすかは人によって違う、と反論しそうになるが、そんなことをしてもシルベストレは聞く耳を持っていないだろう。彼は昨夜のパーティーで聞いたらしい歌を口ずさみながら、ビールの残りを飲み干す。もう出ていきたいようだ。今度は私が引き止める。まだ出ていってほしくはない。彼ら、ベントゥーラ一族について六百ページも書き連ねたのだから、少しは私にも権利というものがあるだろう。今持っている原稿が彼ら一族にまつわる物語だと打ち明けると、シルベストレは興味を惹かれたような、というよりは、楽しそうな顔になる。そしてまだ訝しげな調子で私に訊いてくる。

「家系図の問題に首を突っ込んじゃいないだろうな？　そんな話に興味を示すのは気取り屋かオカマぐらいのもんだぞ」

私は否定し、ベントゥーラ一族に見られる幾つかの側面を小説化しただけだと答える。シルベストレは笑う。あんた気でも狂ったのか、ベントゥーラ家のようにごく普通の家庭が小説の題材になるはずがないだろう、こう彼は私に言う。例えば俺は、人並みに酒を飲むただの紳士で、商売に関しては抜け目がないが、といって破廉恥というわけでもなく、エルモヘネス兄さんの大がかりな仕事を手伝うこともある……　確かにリディアは強欲でけち臭い女だから、お望みなら本にそう書けばいいさ、リディアは極端だから、小説のネタになるかもしれない、そう、そうだな、でもそんなこと書いても誰も信じてくれないぜ。ここで私は彼の話を止める。このまま続けさせても意味はない。自分の話すことは真実かもしれないし、そうではないかもしれない、シルベストレはこんなことばかり繰り返している。試しに何ページか読んでみせようと持ちかけると、彼は飛び上がり、言い訳めいたことを口にする。時計を見て、今日はもう疲れたから、また日を改めてにしよう、やることがあるし、エルモヘネスを待たせている、一週間後には二人でマルランダへ出発しなければならない、別荘と土地、それに鉱山をまとめて買いたいという外国人がいるので、一家としては、すべて売り払って外国に投資したほうがいいという意見に傾いている、と言う。だめだ、私はきっぱり言ってのける。どうせ私の手中にある彼の未来について、シルベストレ・ベントゥーラが何を言い出すか、別に知りたくはないが、自分の書いた文章に対する彼の反応ぐらいは見てみたい。時間がなかろうが、興味のない話だろうが、とにかく聞いてもらう。ファイルから原稿を取り出し、どの部分を読むか考えている間に、シルベストレはビールをもう一杯注文し、ようやく覚悟を決めて言う。

「さっさとしてくれよ、時間がないんだから」

読んで聞かせてやる。一ページ、二ページ、三ページ、四ページ。最初の数行で彼は眠気を催し、うとうとし始める。私が続けていくと、彼は目を覚まし、一端両目を開けた後、また閉じたかと思えば、また開いて時計を見やりながら私を遮る。

「なあ、もう行かないと、いいか……」

立ち上がろうとする彼に、どうだったか感想を訊く。彼は答える。

「さっぱりわからなかった……」

私はバツの悪い思いで笑う。別に珍しいことが書いてあるわけではないし、頭をひねって考える必要のあるほど凝った理念や構造に貫かれているわけでもない、文学的見地から言っても難しい作品ではないから、純粋に物語として受け入れてくれればそれでいいんだ、こう私は反論する。いらいらと溜め息をつきながら、シルベストレは椅子の背もたれに重い体をもたせかけ、ビールの残りを飲む。そして言う。

「何も信じられねえよ、じいさん……」

何が信じられないのか訊いてみる。

「それに、俺たちのことをよく知っているくせに、その書き方はないだろう」その声に棘はない。「今読んでくれた部分はすべて……　何と言うかな、あまりにロマンチックで、俺たちとは何の関係もない。俺たち一族は今も昔もそんな大金持ちじゃない……　それにマルランダは州幾つか分に跨るほど大きくはないし、そんな大量の使用人を雇ったことは一度もない……　屋敷だってありきたりの建物なのに、あんたの書き方じゃ、まるで贅沢と洗練の極みじゃないか。確かに、そんな栄華を夢見たことはあるし、気取り屋の反感を買うようなことぐらいはあったかもしれないが、みんなそんなことは鼻で笑ってきた。俺たちはそんな罪人でも悪人でもないし……　このとおり、愚か者でもない……」

ここで一呼吸置いて、次の質問をするために力を振り絞る。

「俺たちのことを描いていながら、俺たちの誰一人として自分のこととは思わない、そんなものを書いて一体どうするつもりだ?」

君たちに認めてもらうため、読んでもらうために書いているのではない、と私は答える。それに、登場人物やその置かれた状況を実物に似せるために自分の文学理念を犠牲にするつもりはない、究極的には、君のような人間が、そこに自分の姿を見出せない、見出したがらない、そして、理解できないほうが私には好都合だ、「写実的」たれという意図に貫かれた作品は、たとえ不快なものを描いていても、最終的に何かの役に立つ、つまり、何かを見せ、示し、断罪することに繋がるという理由によって許容されるのであり、そのおかげで、私のこれまでの作品に見られたような極端な悪趣味が、ベントゥーラ一族のような人々にまで受け入れられたのだろう、だが、この物語において私は——シルベストレは興味ありげに説明を聞いている——、自分の創作パターンを変える欲望に抗えず、これまでの悪趣味の逆説的帰結として、極端に洗練された文体を持ち込み、それによってこれまでにない驚異的世界を築き上げれば、今まで禁じ手とされた別の方向から読者の心の琴線に触れることができるのではないかと考えたのだ、写実主義の本質は道徳性にあり、極端な、そして無意味な洗練に走ることは不道徳な行為にほかならない。シルベストレはしっかり私の言葉を聞いているが、こんな詭弁が彼にわかるはずはない。ベントゥーラ一家の人間は何でも理解できるのが当然とされているから、私が黙ると彼は間髪を入れず言葉を挟む。

「カリカチャーか。そう、それは俺にもわかる。今に始まったことじゃない。だがあんたのは違う……例えばセレステだ。あいつは盲じゃない。確かに牛乳瓶の底みたいな眼鏡をかけるほどの近眼だし、教師のように話す癖もある。そのあたりをグロテスクに誇張したほうが滑稽でわかりやすかったはずなのに、なぜあんたの小説のセレステはあんな真面目くさった、おぞましい人物になってるんだい? ああ、確かにエウラリアは、鼻につくほど信心深いアンセルモのせいで浮気心を起こしたりもしたが、気立てがいいからみんなに好かれているし、セサレオンだって同じさ、オカマの気はあるが、あんな楽しい男を前にしてそんなことを問題にする奴はいない。金持ち喧嘩せずで、誰もそんなことをとやかく言ったりはしないのさ。金があって愛嬌があればそれでいい、いや、いいかい、それどころか、金より気立てのほうが大事かもしれん。気さくで、気が利いて、出しゃばりすぎることもなく、そのうえ酒が飲めるとくれば……　それですべての扉は開かれるし、飢えて死ぬこともない。あの哀れなセサレオンを見ろ。なぜあんなに楽しいセサレオンの話をもっと書かないんだ?」

言いくるめられそうになっている自分に少々腹を立てながら私は、そんな話は知らないし、人の噂話をそのまま書けばいいというものではない、と答える。だが、義兄のことを思い出して笑っているシルベストレには何も聞こえていない。

「セサレオンの滑稽なこと!　貧乏で怠け者だったあいつを見かねた友人たちが、恋人候補にと紹介したのがアデライダなんだけど、セサレオンの性悪の妹は、あんな醜い女と本気で結婚するつもり、とか訊いてきたらしい。そうしたらあいつ、何と答えたと思う?　いいか、お前は胸に石でも当てて黙ってろ、これで金輪際お前は食うに困ることがなくなるんだからな、顔のことなんか気にしてる場合じゃない、なんて言ったんだぜ……」

シルベストレに声を合わせて笑いながら、私は彼にどう説明したものかと考えるが……　やめておくことにする。彼にとって世界、そして文学とは、馴染みの理念、亡霊、作り話、登場人物、そして暗黙の了解なのであり、そうしたものの絡まり合う密林のなかに迷い込んでしまった彼を助け出そうとしても無駄な努力だ。ベントゥーラ家について私が書いた小説とは随分違う――しかも、時に矛盾する――彼の家族談義はなかなか面白いし、このまま話させておいたほうがいいだろう。彼は続けている。

「俺の母さんはな、あんたも覚えてるだろうけど、まったくの田舎者でさ、アデライダに嫁に行かれるのが嫌で泣き出したんだ。醜い行き遅れの娘がそばにいてくれれば自分を最期まで看取ってくれるとか、そんな理由よりも、セサレオン・デ・ラ・リバがオカマだという噂を聞きつけて怒り心頭だったのさ。泣きながら母さんはその忌まわしい言葉を何度も何度も繰り返して周りをうんざりさせていたんだけど、ある朝、目を覚ましてふと気づいたんだよ、何もそんなに泣くことはなかったってね、だってその言葉の意味を知らなかったんだから。それで司祭に説明してくれと頼むと、じっとその話に耳を傾けていた司祭は最後に言ったんだ、なんだ、馬鹿馬鹿しい、そんなくだらないことですか、自分の恥部なんて人それぞれ好きにすればいいことじゃありませんか、ってね」

この最後の言葉を言い終わったときシルベストレが上げた高笑いがあまりに強烈で、ビールの滴が皺だらけの浮き出し彫りチョッキにかかったが、彼は気にする様子もない。それどころか、話を続けながら彼は、汚物にでも触れるようにして、木テーブルに飛び散ったビールの染みを指で弄んでいる。

「母さんは、その夜早速セサレオンを夕食に呼んで、以来ずっとあいつが一番のお気に入りの娘婿さ。噂話に通じているし、親戚関係とか財政状態とか浮気話とかを知り尽くしているから、母さんのいい話し相手になって、カードゲームなんかを一緒にやりながら、よく大声で笑っていたよ。みんなセサレオンのことが気に入っていたから、あいつが死んだときは悲しかった。母さんが死んで、あの有名な補足付き遺言状が公開されて、マルビナの相続分が取り上げられたことがわかると、エウラリアは怒り狂って叫び散らし、あのカマ野郎、あの町一番の噂好きのせいだと言って、アデライダに食ってかかったんだ。真っ青になったアデライダが、カマということは前から知っていたけど、その言葉の意味がわからない、と答えたものだから、エウラリアは大声で笑って、たっぷり怨念を込めて詳細にその意味を説明してやったわけさ、口の悪い女だからね、楽しそうに話すんだよ。するとアデライダは、トマトのように顔を赤らめてはいたが、すぐ笑顔になって、家族みんなの前で言い放った、あらそう、じゃあ私が男なのかしら、だってあの人いつも私を満足させてくれたわ、ってね。みんな笑いながら彼女にキスして、冗談としてすべてを片づけることで、それ以上のいさかいを避けることにした。だから、あの大間抜けのセサレオンは、本当はこの近くにある港でも悪名高いバーの一つで、酔っぱらった水夫たちと乱交パーティーをしていて命を落としたんだけど、アデライダには誰も本当のことが言えなくて、彼の名誉を守るために友人たちがでっちあげたとおり、気の狂った馬丁のせいで馬車に轢かれて死んだという話しか伝えてないいんだよ」

この前の数ページを見ればおわかりかもしれないが、私は期せずして写実主義に頼ることがあり、刺々しく見えることはあってもいつも心地よいこの調子に甘えたりする。観察眼は鋭いつもりだし、併せて会話を捉える耳と十分な文学的洞察力を備えた私には、多様な文体を組み合わせるこのような文章にあっても、アイロニーだけは許容されることがわかっている。確かに、もっと実物に近く、本物らしいシルベストレ・ベントゥーラを登場させていれば、描写上の効果は大きかったかもしれない。バーで私と交わしたやもしれぬ対話を読んだ読者にはすでにおわかりだろうが、シルベストレの人となりを決定づけるのはその話しぶりにほかならない。だが、この期に及んで本当らしさの誘惑——時にこれが力強く迫ってくる——に屈したりすれば、この本全体の調子を変えねばならなくなるだろうから、そんなことをするつもりはない。この本の基調、この物語に独特の動力を与えているのは、内面の心理を備えた登場人物ではなく、私の意図を達成するための道具にしかなりえない登場人物なのだ。私は読者に、登場人物を現実に存在するものとして受け入れてもらおうとは思っていない。それどころか私は、言葉の作り出す世界のみに存在可能な象徴的存在――何度も同じ言葉を繰り返すが、生身の人間としてではなく、あくまで登場人物――として受け入れてもらったうえで、その必要最小限だけを提示し、最も濃密な部分は影に隠してしまおうと思っている。

もしかするとこのすべては、我々が慣習上「現実」と呼ぶ文学的題材――これに頼れば文学作品は書きやすい――に対し、それを何と呼ぶかはともかく、「現実」の対極に位置する眩惑を選んだ者が抱くノスタルジーの産物にすぎないのかもしれない。いずれにせよ、ここで私はこのノスタルジーを振り払い、これまでの物語の基調を取り戻そうと思う。特に厄介な困難を伴うわけではなく、単に、この小説の原稿を小脇に抱えた私の存在を消し、先ほど描き出した港に近い通りに、もう少し痩せた――といっても太めのままにしておきたい――シルベストレ・ベントゥーラを置き直したうえで、目の黄疸を消し、染みだらけのチョッキの代わりに、螺鈿のボタンを輝かせた小ぎれいなチョッキを着せれば、あとは読者に酒臭い息のことは忘れてくれと頼むだけで十分だろう。誤解のないようお断りしておくが、酒臭い息のつきまとう話とそうでない話は、結果的に同じような紆余曲折を辿ることがあったとしても、決して同一のものではない。

家族の用事でそのあまりに狭い道を通らざるをえなかったシルベストレ・ベントゥーラは、頭上のバルコニーからの不意の落し物によって不快な思いを味わうことを避けるため、通りの真ん中を歩いていた。夏の腐臭を吹き散らした秋の空気の到来とともに、ごみごみした港町の庶民は垂直方向へ近所づきあいを伸ばしたらしく、舞台の幕のように一次元的に広がる外壁から突き出たバルコニーに体をもたせかけ、通り越しに毛糸の玉を投げ合う若い女もいれば、籠に入ったオオハシやハチドリの世話をする者、腐り始めた軟体動物のように肉付き豊かなべゴニアの上に身を屈める者、さらには、この垂直の近所づきあいが一体いつになったら寒風に揺れる洗濯物だけになることかと思いを巡らせる者もいる。港へ向かって開けた広場へ出ると、四方の角に聳える四本の棕櫚の柱に支えられたような黒雲のテントの下、そこは行商人の掛け声と雑踏がひしめく舞台となっていたが、世慣れたシルベストレはさっさとやり過ごし、海沿いの棕櫚の並木道を左へ入ってしばらく進んだ後、嵐の予感に発狂しかかった船に目を奪われることもなく、エルモヘネスの事務所へ入っていった。リディアと声を揃えて挨拶の言葉を述べた後、エルモヘネスは彼に質問を向けた。

「見つかったか?」

「いや」

落胆して全員が肘掛け椅子に腰を下ろした。シルベストレには兄夫婦の顔を見る勇気がなかったが、双子ばかり生む残忍な女、使用人部隊の指揮を務める義姉に対してとりわけ申し訳なく思ったのは、今日の案件については彼に全面的責任があったからだった。とはいえ、もう随分前から彼女が不快感を示すときの表情はよく知っていたから、その顔を見るまでもなく、ボンネットのベールの向こうには、彼をなじるためだけに軽蔑でめくれ上がった唇があることがわかっていた。エルモヘネスは弟を睨みつけ、葉巻に火を点けようとすると、その焔が予想以上に高く上がって、濃い口髭や、同じく濃い眉毛を燃やしてしまいそうに見えた。シルベストレは言い訳がましく口ごもり、気の触れたベレニセに責任の一端を押し付けようとして、気晴らし以外の何物にも興味を示さないばかりか、その気晴らしすら極めようとしない妻の悪口を並べることでリディアの怒りを宥めようとした。前の晩オペラ劇場で催された仮面舞踏会に、色気たっぷりのインド女性に変装して出席したベレニセは、前もって取り決めておいたようにグレーモアレの黒マントの男に言い寄るのではなく、間違えて、ふくらはぎこそ美しいが何の取柄もない地味な闘牛士に取り入ったという。明後日に迫ったマルランダへの出発に向けて早急に執事を雇わねばならなかったのだが、その候補者となっていた男の主人は、闘牛士ではなく黒マントの男だった。

「色気の《アリュムーズ》ある女……!」リディアは叫び、愚弄の色に満ちた目の上にベールを下ろした。

今その男の住むむさくるしい部屋へ行ってきたところだが――シルベストレは説明を続けていた――、両膝に一人ずつ子供をあやしながら腰掛けた男は、時季外れの出発に懸念を示し、遠慮会釈もなくマルランダ行きを拒んだ。普段ベントゥーラ家はこんな時期に使用人を募集したりしないのに、なぜ今頃執事が必要なのか、彼はそれを知りたがった。何か異常事態、制御できないような出来事が起こっているのですか？　私の膝の上で飛び跳ねるこの無邪気な子供たちでさえ――彼の疑念は続いた――、もう二週間もすれば、大地を侵食し続けるグラミネア――話によると、国が対策に乗り出して一網打尽に焼き払ってしまわねば、国全体がグラミネアに覆われて、綿毛の穂先だらけの不毛の地と化してしまう危険があるそうじゃありませんか――によるあの悪名高い綿毛の嵐が始まって、人間の生活など不可能になることを知っているというのに、なぜ明後日に出発なのですか？　彼のような身分の男が、喉から手が出るほど欲しい執事の地位を得られる機会は未来永劫ないかもしれないが、それでも彼は同行をきっぱりと拒んだ。もちろん――使用人はいらいらと付け加えた――、今後バカンスがあれば、ということですがね、マルランダで最近起こった事件については、ただならぬ噂が私の耳にも届いていますから。

「決めておいた報酬を提示したのか？」エルモヘネスは訊いた。

「外国人への鉱山売却が成立し、お二人と私だけがこっそり株主として残った暁には、その収益の〇・〇〇五パーセントを与える、そう伝えたよ」

「それでは取り決め以上だな。それでもだめだったわけか」

「そういうことだね」

小柄な女特有の勢いで突然リディアが立ち上がった。やや静脈の目立つ肌に締めつけられた短い首と皺の目立つ赤っぽい頬が、怒りで爆発寸前のダイナマイトに見えた。湖の表面を映したような両目は、カシルダとコロンバの目にそっくりだったが、数字以外は何も受け入れないため緊張感に欠けるうえ、変化の兆しも影もまったく欠落しており、子供が青チョークで描いた湖とでも言ったほうがいいかもしれない。

「最悪のニュースね」書類で溢れ返った寒い部屋をあちこち歩き回りながら彼女はこんな宣告を下した。「執事なしで出発するしかないようね。向こうに残った執事が妙な英雄心でも起こせば危険な事態になりかねないから、新執事を連れていくことで、そんな目論見を根絶やしにしてやろうと思っていたけど……　でも、仕方ないわ、これ以上候補者と面接を繰り返しても時間の無駄ね。外国人たちはひっきりなしに使者を寄越して、いつ出発するのかと訊いてくるわ。セレステが一日中ご夫人方の相手をして、別荘の近くにある滝が美しいとか、いつもきれいに虹が見えるとか、そんな話を繰り返しているばかりか、衣装選びまで手伝ってやっているけど、あんな哀れなつまらない人たちが相手じゃ、ほとんど意味はないようね。でも、シルベストレ、あなたがカフェ・デ・ラ・パロキアで得た情報によれば、あの外国人たちは、家や荒野や滝や鉱山、すべてひっくるめて買うのに大いに乗り気で、出発を待ちあぐねているというのでしょう」

「まさにそこがこの商売の要だね」エルモヘネスは言った。「恐ろしい綿毛の到来が目前に迫りつつあることが明らかな今、常識的には嵐が過ぎ去るまで待つのが当然なのに、奴らはすぐ出発したいと言って聞かない。理由は一つ、マルランダに関して首都の社交界に流れている黒い噂のせいで、今早急に商談を成立させれば、我々が値引きに応じざるを得ないと踏んでいるからだ。だが、あの外国人たちと違って、我々はそれほど単純じゃない。いざ交渉に臨めば、かなり金額を吊り上げることができると思う」

「わかった」兄の慧眼に称賛の念を覚えながらシルベストレが答えた。「マルビナが待っているから、トルコ風コーヒーと煙草で一服しながら事態を説明してやることにするよ。新居には、コーヒーと煙草用の部屋をわざわざあつらえたんだ。それじゃ、また明日同じ時間にここへ来ればいいな?」

階段を下りて遠ざかっていくシルベストレの足音が聞こえるや否や、残された二人は笑い声を上げ、今やまた夫婦水入らずとなって、額に眼鏡を乗せた太鼓腹の夫と小太りの妻は、しっかりと抱き合いながら長々と唇を合わせたが、格調高い事務室にあって、普段は因襲に縛られたこの二人が取った行為は、知らぬ人の目には妙に猥雑なものと映ったにちがいない。ソファーに腰掛けたエルモヘネスは、クリノリンとペチコートを慣れた手つきでまさぐりながら、スカート姿のリディアを横に座らせ、しばらくあやしたり愛撫を与えたりしていたかと思えば、やがて軽騎兵時代に覚えた戦争歌を口ずさみ始めた。ダーリンの口から出てくる歌詞が淫らになってくればくるほど刺激されて、妻がボンネットを取ると、夫はすかさずその胸ボタンを外し、ブーツを脱がせた。そして、革ソファーの上でエルモヘネス・ベントゥーラとその妻リディアは性交に及んだ。日頃から頻繁にセックスを重ね、ごく普通に満足感を得ていた二人だったが、かなり前から周囲には肉体的快楽の儀式を許さぬ雰囲気が出来上がっており、マルランダの売却がまとまる方向に動き出したこの日になって、ようやく愛の喜びを取り戻したのだった。愛の儀式を終えると、エルモヘネスは妻を助けて服を着せながら、シルベストレについて、これまでベントゥーラ家を切り盛りしてきた自分たち二人が、これほど非の打ちどころのない完璧な取引にまともな形で彼を参加させてやるとでも思っているのなら、なんとおめでたい奴だろう、と繰り返した。

リディアはいつもより顔を赤らめて満足げにダーリンと別れ、彼は妻を見送ってドアを閉めた。書き物机の脇に置かれた金の痰壺から、古代ローマの遺跡に寄り掛かった父の肖像の下にある金の痰壺まで歩く間彼は、これからすることの大部分はリディアに内緒にしておいたほうがいいと考えていた。例えば、荒野の礼拝堂を出るときファン・ペレスに割譲の約束をした土地の名義変更のため、公証人を呼ばねばならない。あの使用人は、「支払いの一部」としてこれを受け入れ、また、自分とて、マルランダに着いて彼が立派に使命を果たしていたことがわかれば、喜んで報酬を与えるつもりだが、状況次第ではケチをつけて値切ってやることも可能だろう。だが、勘違いされては困る。一家の財産が屍のように荒野に打ち捨てられ、カラスの啄むところとなった暁には、ファン・ペレスはもちろん、マルビナも含め、最後の分配には誰も参加させてやるものか。リディアにしたって、妻らしいしたたかな計算で、ついさっきの儀式によって自分の分け前をしっかりと確保し、いつものとおり夫から最後の一滴まで搾り取ってやる腹づもりのようだし、内面生活の奥深くへ入り込んでしまえば相手を思いのままにできると思っているのだろうが、そうはいかない。だから、だからこそ、いつも強欲で残忍な妻の犠牲になってきたからこそ――エルモヘネスはいつもこう考えて自分を正当化してきた――、偽装と隠蔽と詐欺でこの難局を乗り切る必要があるのだ。

2

まるで選り好みの激しい虐殺者が地上から黄褐色の体、そして、俯いて眉を顰めたかつてのインディオ顔をこの地上からすべて消し去ってしまったかのようだった。確かに、まだ時折呪われた原住民集団

――すべてが万人のものとなったので、主人たちの屋敷の周りに広がる肥沃な土地に移り住んでよい、という噂が流れた時代に集まってきた者たちの残党――がライフルを突きつけられたまま荒野の奥へと導かれ、地平線を染める青い山並みへの道すがら、途中にぽつぽつと死体を残していくことはあった。山中では、一瞬たりとも労働者が仕事の手を緩めぬよう、使用人たちが常に目を光らせていた。金を叩いて薄く伸ばす作業が続くみすぼらしい小屋で見張りを続ける者たちは、原住民が口を開いた瞬間発砲するよう厳命されていた。意思疎通を図ることはあまりに危険な行為となり、口を開くのをやめた彼らは、やがて言葉を完全に忘れてしまった。それでも、金を叩き続けるうちに原住民たちは、木槌を打つ間、リズム、連打の仕方で一種の唱法を編み出し、会話に飢えた彼らの耳は程なくこの解読法を習得した。

時には、別荘の子供たちが、武装集団に導かれて哀れな姿で梯子を下りてくる原住民の集団に目を留める――そして目を逸らす――こともあった。一体彼らは屋敷のどこに隠れていたのだろう？　自分たちの知らない深みで一体何が起こっているのだろう？　一体どこへ……？　視界の外へ連れ去られていく原住民集団を見ないですますため、彼らの姿をぼんやりとだけ眺めていた子供たちは、彼らが誰なのか考えてみることすらしなかった。個別化するには多すぎる数の原住民がいたのに対し、子供たちの数はあまりに少なく、この途方もない規模の悲劇に正面から向き合おうとするなど無駄な努力だった。だが、こんな光景があまりに頻繁に繰り返されるうちに、それでもまだ原住民は生き続けているという意識は最も聡明な子供たちの心の内側においてすら次第に薄れ始め、ついには、この地を席巻した自然現象が、苦痛を伴うことなくすべての原住民を消し去った後、生き続けるという怪しげな特権を自分たちと使用人たちだけのために残してくれたのだ、と誰もが確信するに至った。

荒野の片隅に押しやられたような別荘は、崩れて威厳を失った贅沢品のようになり、花壇やバラ園は見る影もなく、庭の木々は薪を求める原住民の斧に切り倒されて灰となっていた。当然ながらかつての庭はすでにその面影すらなく、せっかく新たに着工された灌漑設備も、すべてがその場凌ぎに手探りで進められていた時代のこと、失敗や散財があってもお咎めを受けることもなければ、修正されることもないまま、完全に頓挫して放置されていた。屋敷へ目をやっても、崩れ落ちた欄干、傷んだ銅像、ところどころモザイクの剥がれ落ちた屋根、その他あらゆる隙間からグラミネアが芽を出し、すくすくと伸びて建物を侵食してはやがて枯れていたから、家全体が風に大人しく揺れる奇妙な冠毛を被ってでもいるようだった。

それでも、まるでまだ別荘の古き良き時代は終わっていないとでもいわんばかり、ファン・ペレスは、腋の下にはたきを挟んだまま、前面のバルコニーを囲む銅の手摺をいつまでも磨き続けていたが、そんな仕事に執着していたのも、実は屋敷の外へ出ずにすませるための虚しい口実にすぎず、彼のしていることといえば、手摺の内側で周りの荒野をぼんやりと見張っていることだけだった。ここ数日すっかり倦怠感に囚われていた彼は、ただひたすら手摺磨きに精を出しながら、地平線という断絶にのみ区切られた広大な荒野で起こる出来事をさりげなく観察していた。逃亡した原住民が行き倒れにでもなれば、その周りには禿鷹の群れが旋回し、空に大きな円を描いた。使用人が犠牲になることもあるが、それは所詮名簿から名前が一つ消えるだけのことだ。ウェンセスラオは死んでいるのだろうか。だが、死肉を啄む猛禽類を見ていると、ファン・ペレスは、今や衰弱で外へ出ることもできぬままこの家に幽閉された自分の骨が禿鷹に齧られているような感覚に襲われ、自ら進んで引き受けた罪の重みに打ちひしがれながら、これ以上意味のない綿毛の竜巻で地平線を汚すなと言って部下たちに当たり散らすことになった。だめだ。外へ出ることはできない。自分の惨めさを部屋から部屋へぶちまけつつも、不穏な視線を地平線に釘づけにしていたファン・ペレスは、決して戻ってこないかもしれない主人たちが万が一別荘へ戻ってくることがあれば、いまだ失われざる文明の証しとして、せめて鮮やかな欄干の光だけは目につくようにと、ひたすらその金属を磨き続けていた。

公式の壁面とでも言うのか、最も豪華な壁面の真ん中からは、垂直にまっすぐ通用路が伸び、その両側に広がる花壇は、かつてはオベリスクと球形の飾りによって整然と仕切られていたが、不幸にして現在では見るも哀れに荒れ果て、ファン・ペレスがすっかり見飽きたあの忌々しい草によってほとんど完全に占拠されていた。通用路の先にあるのは昔ながらの門扉であり、すでに他の部分で描写したことと思うが、その両側を支える石柱の上には、同じ石で掘られた果物籠が乗っていた。槍の柵はかつてあったところからすっかり抜き去られていた――今や屋敷から数歩のところに張り巡らされ、その隙間から召使たちが交代で見張り番をしていた――のに対して、門扉だけは、虚しく、ほとんどわざとらしく同じ位置にとどまって、草だらけの平原で難破した船のような姿を晒していたが、相変わらずしっかりと鎖で閉ざされていたのは、この物語の発端となったピクニックに一族が出掛けた折、エルモヘネスが南京錠を閉めてその鍵をフロックコートのポケットにしまっていったからだった。少し考えればわかるとおり、今やこの門扉は意味のない修辞的記号に成り果てており、屋敷へ向かう者は誰でも、格式ばって聳え立つ門になど目もくれることなく、通行目的で開けられた柵の隙間へ直接赴き、見張り番に合言葉を言って中へ通してもらうのだった。バルコニーからファン・ペレスは、今やただ一つの希望となったこの門扉を飽くことなく眺め続けていた。というのも、門扉について自分と賭けをしており、もし彼が勝てば……　そうなれば、これまでの骨折りも報われることになるだろう。だが、これはあくまで秘密の賭けであり、今のところまだ読者にはその中身を明かさないでおこう。ファン・ペレスは溜め息をつきながら門扉を見やり、視線を上げて――といっても、はたきで汚れを落として金属を輝かせていたバルコニーから目を離すことはなかったが――、容赦なく周りを取り囲む地平線を眺めた。

日和見の黒い神が彼の願いを聞き入れたのか、今回ようやく彼の当惑に一つの指針が与えられた。大地の終わりと空の始まりを示す線上、ちょうど門扉の真上、しかも、計ったように二本の石柱の中間点にあたる位置に小さな染みが現れたのだ。やがてその染みは大きくなって、地面を這う蟻のようになり、さらに大きくなってゴキブリのようになったかと思えば、次にはネズミのように、さらにはもっと大きく長い動物のようになった。ファン・ペレスの顔に合点の焔が灯って輝き、地平線を這い回るあの長い蛇が意味するのは、実は敗北という名の自由にほかならない、こう悟った彼は、今の職務が他人の手に渡って自分はその苦悩から解放され、間もなく、巨大な虫眼鏡の下に置かれた藁屑のように黒焦げにされて一掴みの灰となることだろう、そして、ウェンセスラオを捕えて罰することができず、食人習慣の蔓延も止めることができなかった自分には、それが当然の報いなのだ、と思い至った。要はこれで終わりなのだ。出発点へ戻ったのだ。再び進み出した時間は、今や他人の手に渡り、ひっそりした片隅へ追いやられた彼がいくら恨みを募らせても、その影響は誰にも及ばないのだ。

別荘の住人の誰一人として、迫りくる騎馬隊の姿を認めた者はいなかったし、犬の遠吠えや、角笛の音が耳に届くこともなかった。誰かに知らせたところで意味はない、ファン・ペレスは思った。それぞれの仕方で驚愕を受け止めるよりほかあるまい。バルコニーにいる自分だけが、ゆとりを持って事態を受け入れ、尻尾を地平線に残したまま屋敷へ頭を近づけて迫り来る大蜥蜴のような主人たちの一行に立ち向かうことができるのだろう。ファン・ペレスの心臓は高鳴った。主人たちが到着する今こそ、すべてを賭けて勝負すべき時なのだ。両手を銅の手摺に乗せたまま、最終宣告でも待ち受けるように彼が一団の到着を眺める一方、角笛を鳴らしながら馬車、騎手、馬、犬、主人たち、新たな使用人たちが次第に近づいてくると、屋敷の住人たちも、いつもと違う黄昏を前に警戒心を強め始めた。

自分との賭けに勝ったのを確かめたファン・ペレスは、喉まで出てきた勝利の雄叫びをぐっと飲み込まねばならなかった。そう、一団は、現在の柵の隙間などには目もくれず、また、数多の変化にまったく動じる様子もなく、まっしぐらに門扉へ向かってきたのだ。そして先頭の馬車が止まり、それとともに、長い死喘鳴のような音が蜥蜴の巨体を伝わって、まだ見えぬ尻尾のほうまで伝わると、果てしない隊列が停止して世界を二つに、しかも、正確に二つに分けた。先頭の馬車からエルモヘネスが降り立ち、南京錠を開けて鍵をポケットにしまった後、再びランドー馬車へ乗り込んだ。出発の合図が出されると、新しい庭師たちが両側から開け放った門扉の左の石柱と右の石柱の間——屋敷から見るか、荒野から見るかによって、右と左が入れ替わる――をベントゥーラ一家の馬車が駆け抜け、単なる荒れ果てた土地でしかないのに、まるで神聖な庭へでも入っていくように厳粛な通過儀礼を終えた後、召使たちが交代で見張り番をする柵の隙間へとようやく向かった。合言葉の必要もなく、召使たちにはすぐにそれが主人たちの一行であることがわかった。そう、確かにご主人様たちなのだが、見張り番もファン・ペレスも――そして、到着の様子を観察しようと慌ててバルコニーへ駆けつけてきた執事も――気づいたとおり、一家を乗せた馬車のなかに見知らぬ顔がちらほらと混ざっており、彼らの色鮮やかな帽子を飾るあまりに奇妙な花は、一家特有の優雅な髪には似合いそうもなかった。

「誰だろう?」独り言のように執事は言った。

「誰だろうですって?」軽蔑の調子でファン・ペレスは答えたが、すぐに、あの最後の時、荒野の礼拝堂でエルモヘネスの口から発せられた約束を執事は聞いていなかったことを思い出した。「外国人ですね……」

「なぜわかる?」

「あのどぎつい肌の色と、下卑た服装を見れば一目瞭然でしょう……」

「外国人でなくても同じ欠点を備えた者はいるが」執事は言った。「ともかく、出迎えの準備を手伝ってくれ……」

開け放たれた大窓に、夕暮れの光を背景に迫り来る馬車の隊列が映る一方、執事は一団に背中を向けてガラスに自分の顔を映しながらレースの胸飾りを直し、その間、はたきを口にくわえたまま背後に跪いていたファン・ペレスは、少しくたびれた制服の裾のベルベットを整えてやった。廃墟同然の門扉から主人たちの一行が入ってきたということは――ファン・ペレスは考えていた――、世界の均衡が回復されたということであり、エルモヘネスに打ち明けられたとおり、外国人の助けを得て、彼らは再び別荘に秩序を打ち立てようとしているのだ。わざわざエルモヘネスが馬車から下りて南京錠を開け、無意味ではあっても輝かしい象徴性に溢れたこの儀式を終えて初めて、一行は門扉を抜けて中へ入ってきた、この事実を見るかぎり、ベントゥーラ家の人々は、すべてに馴染みの分厚いベールを掛けて見て見ぬふりの態度を貫き、過ぎ去った時間、その間に起こった出来事など意に介することもなく、昔から伝わる一家の掟――彼、ファン・ペレスもこれを遵守している――に従ってすべてを取り仕切っていくことだろう。

「どうかな？」コンパスローズの玄関ホールへご主人様たちの出迎えに向かう前に執事は訊いた。

「いつもどおり、まことにお上品です」ファン・ペレスは答えた。

「私がご主人様たちを出迎える間に、上の階《ピアノ・ノビーレ》の子供も、他の者も含め、子供たち全員を集めて、地下にある太い柱の台所へ閉じ込めておけ。私が合図するまで出してはならん。最初の夜から親たちにぶしつけな質問をされてはかなわんからな……」

「私の考えでは」ファン・ペレスは答えた。「今日も今後も、ぶしつけな質問などしたりはしないでしょう……」

「そう思うか？」

「ええ……」

「とにかく閉じ込めておけ……　新しい執事と対面せねばならないのが不安だ……」

「食人習慣を根絶したのは我々です」ファン・ペレスは力を込めた。「新しい執事、新しい使用人、彼らはそれだけの存在でしかありませんが、我々はそれ以上の存在です。単に立派に務めを果たしてきたのみならず、ご主人様たち自らの手から共犯者のマントを着せられ、困難すぎる使命を授けられたのですから、しかるべく特別待遇を受けて当然です……」

「そのとおりだ、ファン・ペレス。だが、あれこれ考えるのは別の機会にして、当面の問題に集中しよう。私がご主人様たちを出迎える間、子供たちを閉じ込めるのはやめにしよう。むしろ全員を正面の芝生に放り出しておくほうが効果的かもしれない。テラスへ上らないよう言いつけてそのまま遊ばせておいたうえで、テラスに軽食を用意しておけば、どうせ長旅で疲れ切った大人たちのことだから、遠くから手を振る子供たちの姿だけで満足することだろう。夕暮れの薄闇で遊ぶ子供たちの麗しい姿を見ていれば、外国人もご主人様たちも、庭やテラスの荒れ果てた様子には気づくまい……　ましてやウェンセスラオのことなど……」


外国人をもてなすために軽食を準備するのが自分の務めだと感じたリディアは、旅で汚れた服を着替えもせぬうちからすぐに台所へ降り立とうと勇み立ったが、エルモヘネスは眉間に皺を寄せてそれをやめさせた。一家の女性で、最も有力な外国人の妻の相手ができるのはリディアだけであり、どうしようもなくプライドだけ高いアデライダも、間抜けなバルビナも、中身のないルドミラも、気取り屋のセレステも、自堕落なエウラリアも、自堕落な女のふりをするベレニセも、その代わりを務めることなどできなかったからだった。与えられた役割をこなしながらリディアは、世間離れした自分の能力に満足を覚えた。周りの者たちが物質的喜びを一層享受できるよう心を配ることに長けていながら、そんな喜びにまったく無頓着な自分を誇りに思うことすらあった。シルベストレの尽力で新しい執事を確保し、自らの手で別荘の取り仕切り方をしっかりと叩き込むことができていれば、今頃もっと気楽にいられたはずなのに！　今やリディアの心はキッチンから離れず、本来なら使用人に命令を下す喜びに浸っていたいところだが、別荘への到着とともに垣間見えた混沌状態が、堅固な現実の裏に隠れて入り乱れる微かなシルエットのように重くのしかかっていた。だが、喜びがどうのこうと言っている場合ではなく、なすべきことをしっかりこなさねばならない。外国人のうちの最年長者が、名高いキッチンに自分の妻を助手として提供しようと言い出した。取り立てて特徴はないが肝が据わり、臆病でありながらも野蛮なほど決断力があったこの女は、思わせぶりな笑顔や、長旅の後でもすべて抜かりなく整った雰囲気にすっかり飲まれていたのか、他の外国人たちと同じ赤毛の下にはっきりと困惑の色を見せ、何の魅力もないのに自分の夫に色目を使う軽薄なベレニセにどう対応したものかわからずにいるようだった。とはいえ、善良な女性にはちがいなく、状況が違えばリディアも、いかに使用人たちの仕事ぶりがだらしないか、天からの授かった宝石とはいえ、子供たちの世話がいかに大変で毎日気も狂いそうになることか、その他、まっとうな女性たちにとって絶好の時間潰しとなる家事、余計なことを何も考えずにすむようにしてくれる雑用について、彼女とあれこれ話し合ってみたいところだった。

男三人と女一人から成る外国人グループのリーダー格は、太鼓腹をした五十代の紳士であり、頭が禿げている割に、頬はムガール高官のような逞しい髭《ファヴォリ》に覆われ、無邪気なほど突き出た鼻と、密生した睫毛の間で潤む両目が際立つその顔には雀斑が浮かんでいた。身に着けた衣装には、意図的に上品さを軽蔑している様子が窺え、規範を無視することで、ベントゥーラ一族の価値観全体に反抗しているようだった。耳には補聴器を付け、幾つも眼鏡を持っていて、頻繁にこれを取り換えるたびに黒いケースを光らせるばかりか、紙幣を扱うための鉗子、磁石の付いた鎖、いがみ合うような二つの時計といった品々を意味もなく取り出してベレニセを魅了しては、便利な旅行用ジャケットについた無数のポケットに再びしまっていた。まるで自分の能力の延長となった珍品の数々によって全知全能にでもなったように、その姿は人間離れして見え、ほとんど機械と紙一重だった。エルモヘネスは片時もその横を離れず、ポケットから手帳や紙を取り出しては難しい顔で何か考え、相手を難しい議論に巻き込むことで、女性陣も含め、他の人々の存在を無作法に黙殺していた。この紳士が最重要人物にちがいない、テラスへ出る前にモーロ風リビングで冷たい飲み物を給仕していた執事には容易に見当がついた。そう、すべてはこの紳士次第というわけだ。事態がどう転ぶかまだわからないが、いずれにせよ、ベントゥーラ一族はこの男の意向を無視することができまい。荒れ果ててはいても、細部に目をつぶりさえすればまだなんとか主人たちの豪華な生活の名残を偲ばせるこのモーロ風リビングで、こともあろうにベントゥーラ一族の者たちが身を粉にして「働いている」、そんな恐ろしい考えに執事は身の凍る思いがした。エルモヘネスは最年長の外国人と格闘し、ベレニセは彼を誘惑し、気怠そうな姿を見せながらもいつも抜け目ないエウラリアは――執事の目には明らかだった――熱を上げる義姉がどれほどの成果を上げることかと目を光らせ、リディアは外国人の妻の気を惹いて余計な勘繰りをされないよう気を配り、テレンシオとアンセルモとオレガリオは、どこにでもいる屈強の白人という感じの若い外国人にささやかな笑い話を提供し、俄かにそれぞれが自分の特技を披露している。一家の張り巡らす策略を寸分たりとも見逃すまいと思った執事は、このままじっと成り行きを見守っていようと心に決めた。

だが、南部産の果実にラム酒を数滴垂らした血の色の飲み物をガラスのチューリップに注いでいたファン・ペレスには、礼拝堂でエルモヘネスに計画を打ち明けられたあの日以来、すべてがわかっていたから、特にこの場面をじろじろ見ている必要はなかった。何かをお願いする側に回ったベントゥーラ家の者たちには、彼が一家に対して抱くのと同じ無様な欲深さ、すなわち、使用人という忌まわしい身分に自分を繋ぎ止める卑屈な感情が垣間見えていた。そう、強情に客人たちに背を向けたまま自分の作業に没頭したアデライダですら、軽蔑心とは裏腹に、自分の利害にもかなうはずの企みに無関心ではいられないようだった。いや、というより、ファン・ペレスの目には明らかだったとおり、まだ話がまとまっていないから、誰も落ち着いていられないのだろう。だからこそ誰もが妙に陽気になり、これほど頻繁に笑い声が上がり、扇子がはためき、他人の背中を叩いているのだ。性、政治、宗教、芸術、家事、それぞれ得意分野をひけらかしながら、一族の誰もが、外国人の前に出れば実は自分たち自身には何の価値もない、価値があるのは自分たちの財産にすぎない――二つが別物であることを彼らは思い知った――、この屈辱的事実を受け入れざるをえなかった。そして、必死の思いでベントゥーラ家に加わりたいと望んできたファン・ペレスとまったく同じように、彼らもまた、この粗野な赤ら顔の外国人、思わせぶりな弁明ばかり繰り出し、家族のユーモアとアイロニー――何とか状況を打開しようと試みるほどの余力を残している者は誰もいなかった――を一切理解しないこんな連中と同じようになりたいと願っている。果物だらけの不格好な帽子を被った外国人女性と、どうやら若者の叔父と思しき第三の外国人は、半ば眠ったような状態でほとんど会話には加わらず、ベントゥーラ一族の言葉を外国訛りでなぞったような調子――わざわざここに再現するような退屈な作業は省略させていただく――で時折質問を発するぐらいだった。

「何とおっしゃいましたか、シルベストレさん?」

「わかりやすく説明していただけますか?」

「棕櫚並木のイタリア人の店で買ったとさっきおっしゃったばかりなのに、なぜそのブーツが「儲け物」なのですか? 矛盾しているようですが、そこのところを説明していただけませんか、オレガリオさん?」

そしてオレガリオは辛抱強く説明するのだった。

「ベレニセさん、お歳を召しているような口ぶりですが、私より五歳年下なのですよね?」幼い外見や期待感とは裏腹に、明らかにそれほど初心ではない若者の耳元にベレニセが何か囁きかけているのを聞きつけて、外国人女性が声を張り上げた。

「言葉の綾ですよ、奥様」自分の振舞があまりに見え透いたものだったことに気づいてどぎまぎしながらベレニセは答えた。

「働け、淫売め、働け！」空になったチューリップを片づけながらファン・ペレスは心の中で思った。

「お子様は何人いらっしゃるの？　おいくつですの？」息子を完全に自分のもとへ引き戻そうとして外国人の女はベレニセに訊ねた。

「子供？　誰のですか？　私ですか？　四人、すべて男です。私の宝ですわ！　もちろん扱いは大変ですけどね。今すぐにでも会って、この胸に抱きしめてやりたいですわ！　今日は長旅でへとへとですから、会うのは明日にしますが、幸い、ちゃんと子守がいるものですから……」

「何ですって？」驚いた様子で外国人の女は叫んだ。「自分の子供の面倒を自分で見ないのですか？　母親の深い愛情ほど美しいものはこの世にないというのに！」

浅黒の魅力的な顔でオレガリオが助け船を出しに歩み寄り、てかてかの髭を撫でつけながら外国人の女に話しかけた。

「庭で遊ぶ我々の息子たちをご覧になりませんか？」

すると、テレンシオも、

「そう、南側のテラスへ出てみましょう……」

アンセルモは、

「今頃の時間は景色もきれいです」

オレガリオが指を鳴らすと、執事とファン・ペレスが南側のテラスに面した大窓を開け広げて主人たちを外へ通し、崩れかけた欄干から離れたところに使用人たちが準備した籐椅子に彼らは腰を下ろしたが、その位置からであれば、黄昏の薄闇のおかげで庭の傷んだ部分が目に留まらずにすんだ。この時期庭にめぼしいものは何一つなかったが、主人たちと心を一つにして、その広さに外国人たちが圧倒されてくれればいいのにと心から願わずにはいられなかったファン・ペレスと執事は、この時いつにもまして「下僕」となっていた。

「黄昏のオークルは」詩でも朗読するようにセレステが言った。「ダナエに降り注ぐ金の雨のように溶けゆくもの……」

「あのご婦人は女優なのですか?」セレステの奇抜な感性に驚いた外国人の女がエルモヘネスの耳元に囁いた。

「いえ」妹の恍惚を邪魔しないよう彼は小声で答えたが、いつもリディアに向かって繰り返していた「いや、ただの馬鹿さ」という言葉は飲み込んだ。「セレステの感受性は病的なほど研ぎ澄まされていて、美しいものを見ると何にでも感動するのです。この時間にここから眺める庭は素敵でしょう?」

「こんな人里離れた場所にしては」ムガール髭の男が答えた。「悪くありませんね。残念ながら少々狭いようですが!」

「狭いですって!」結婚相手の豊かな財力にいつも驚かされていたルドミラは憤慨して甲高い声を上げた。

「わが国で最も広い人口庭園の一つですよ」傷ついたプライドを隠そうともせずにシルベストレが口を挟んだ。

ムガール髭の男は眼鏡を外して黒いケースにしまい、別の眼鏡をかけた後、パイプに火をつけて椅子に深く腰掛けながら敷地を眺めやった。芝生、というよりかつて芝生であったが今はその外観しか残っていないところで子供たちが戯れ、絡まり合っては離れる彼らの体が織りなす気紛れな花輪が、子供らしい喜びを奏でる歌声ともあいまって、庭を美しく飾っていた。すぐ近くには、テンニンカの茂みに完全に隠れきっていない使用人たちの制服が潜み、銃弾の入ったピストルこそ縁飾りのついたベルベットの下に隠してはいたものの、子供たちがしっかりと大人たちの目を虜にするよう監視の目を鋭く光らせていた。

「それはそうでしょうね」ムガール髭の男が答えた。「ですが、我が国でとりたてて広いというわけでもない我々の家の庭でも、地平線までは広がっていますから……」

「ここでも地平線までは一族の所有地です」ルドミラが応じた。

「わかっています、ルドミラさん、わかっています」外国人の女が彼女を宥めた。「そんなに興奮なさることはないでしょう。このお菓子で気を落ち着けてください。ご家族の領地がどれほど広いものか前もって正確にわかっていなければ、こんな廃墟同然の家に泊まるためだけにわざわざ窮屈な長旅を忍んだりはしませんよ、おわかりでしょう」

「残念ながら、この家は廃墟といっても古くて傷んでいるだけですね」金髪の青年が口を挟んだ。「父が我が家の領地にギリシアの廃墟を模して作らせたモダンな廃墟とはまったく別物です。紀元前五世紀のイオニア様式で、アルテミスの神殿そのものですよ」

聞いていたのはベレニセだけだった。

「まあ、ものすごい！　素晴らしいわ！」金髪青年の発言に動揺して、意味不明の言葉を前にどうしたらいいかわからなくなったかのように、ベレニセはひたすら同じ台詞を繰り返していた。「素晴らしいわ！　まあ、すごい！」

外国人の女は彼女を睨みつけた。

「すごいですって？　すごいとはどういうことです？　蛇や悪魔スヴェンガリがすごむのならわかりますが、実際に居住可能な廃墟がなぜすごむのです？　すごむには目が必要ですよ、ベレニセさん、目のない廃墟にすごむことなんかできません……」

「敷地の向こうの荒野に」ムガール髭の男に似てはいるものの、歴史的建造物のミニチュア版のごとく、彼よりはるかに印象の薄い第三の外国人——数合わせのために連れてこられたとしか思えなかった——が口を出した。「集落のようなものが見えますね。あれが何なのか、正確な情報をお伝え願えますか？」

「あそこには」テレンシオが説明した。「原住民が住んでいて、我々が夏の三か月をここで過ごすときには……」

「三か月も！」恐れ戦いた外国人の女が叫んだ。「なんと勇敢な方々ですこと！」

「……三か月など」外国人の女の言葉に対する不快感を露わにしないよう気をつけつつも、いつか何の快楽もなくただ見せしめのためだけにこの女を犯し、跪いて謝るまで痛めつけてやろうと心に誓いながら、オレガリオは言葉を続けた。「あっという間に過ぎますが、ともかくその間、原住民たちが田畑を耕し、動物を飼育し、猟に出てくれるおかげで、我々の食卓に彩りが添えられるのです……」

いてもいなくても同じだと思われていた外国人が俄かに会話の中心へ乗り出し、同じくパイプに火を点けながら訊いてきた。

「人食い人種でしょうね?」

驚愕した女たちが立ち上がり、出てもいない涙を拭うために指で目の下に悲痛なハンカチを押しつけた。

「なんという質問をなさるのですか」

「貴婦人の前で口に出していいことと悪いことがありますよ……」

「それでは事実なのですね?」

「ご婦人方」ムガール髭の男が公式見解でも述べるような調子で切り出した。「皆様を脅かすつもりなど毛頭ありません。いずれ劣らぬ魅力的な女性ばかりですし、勇敢な兵士、あるいは、忠実な下僕と同じく、美しいご婦人はそれだけで敬意に値します。そうした目の保養なくして、豊かな文明はありえません」

「そろそろ」いてもいなくても同じはずだった外国人が他の二人を抑え、威厳を込めて宣告した。「ベントゥーラ家の皆様も辛い事実に正面から向き合ってはいかがですかな。原住民は誰しも潜在的な人食い人種である以上、民族ごと根絶してしまうほか解決策はない、どうです?」

エルモヘネスは咳払いして発言を求めた。

「私の考えでは、今こうして彼らを隔離して養っているという事実だけで、根絶と呼ぶには十分です……」

「あなたの考えには十分な根拠がありません。この別荘で起こったことを見ればそれは明らかでしょう」

「しかし、ここではまったく何も起こってはいませんよ！」セレステが甲高い声で言った。「これまでとまったく同じように、この庭で育った色とりどりの花が屋敷を飾り、羽を広げた孔雀がたくさんの目で庭を見張っているではありませんか……」

いてもいなくても同じ外国人は、セレステを完全に無視して立ち上がった。そして、ファン・ペレスと執事がまめまめしく飲み物と菓子を給仕していたテーブルへ近寄ると、貴婦人たちの取り仕切る集まりの場で決して仕事の話を持ち出してはならないという良家の基本原則など気にする様子もなく、周りに座った男たちに向かって言い放った。

「明日訪れる鉱山が我々の考えるほど豊かなものであれば、それを買い取った後、あなたたちのように名目上だけではなく、実際に人食い人種を一人残らず排除してお見せしましょう。すべてを機械化すれば、彼らの労働力は必要なくなります。この地に忌まわしい慣習を復活させないため、まず彼らを穏便に大都市へ移住させて、煙の立ちこめる工場に職を与えることにしましょう。とはいえ、生まれた土地にしがみつきたがる輩にはいつでも事欠きませんから、そういう奴らには……」

「続けてください、叔父さん」こう唆した甥は、本来なら私が「不吉な」と形容する高笑いを上げるべきところだった。「最後まで続けてください……」

だが、いてもいなくても同じ外国人は、何かに気を取られたのか、ここで話をやめ、視線を荒野のほ

う へ向けた。すると彼の表情は穏やかになり、口調も変わった。

「あの名高いグラミネアの」彼の声から叱責の調子は消えていた。「綿毛が飛び始めるまであとどのくらいあるのですか？」

植物に関しては一族の誰よりも詳しいアデライダが唇を強張らせ、そんなことも知らないのかと嘲るような調子で答えた。

「あと十日ほどで穂先が開いて、綿毛の嵐が始まるでしょう」

「それが期日ですね」外国人は言った。「そして、帰路に着いた後には、この地から永久に綿毛を消し去ることにしましょう」

「何ですって？」誰もが声を揃えて訊いた。

話を聞く者たちがこの発言を理解できないことを見透かしていたかのように、外国人は赤い焔でパイプに火を点けた。凝った軽食を神経質につまみながら立ち上がる者もいれば、時計に目をやる者もあり、庭に広がった子供たちの輪を見つめる者、囀るように声を上げる者、長旅の後でも優雅な姿を崩さぬ者、その他様々だったが、誰もがこっそり、最初はいてもいなくても同じだと思っていた外国人の動きを注視していた。籐椅子に腰掛けて腹を突き出すと、禿げ頭とブルドッグのように垂れた頬がますます目立つ彼は、しばらく拳の内側にパイプの先を握り締めていたが、いきなり手を開いて煙を吐き出した。逃げ出したい衝動を誰もがなんとかこらえたが、愚かなバルビナだけは、短い叫び声を上げて欄干のほうへ駆け出した。心優しい一族は元の席へ戻るよう呼びかけたが、バルビナのすることなどさして重要ではなかったし、すぐに誰も気にかけなくなった。執事が頭を動かして指示を出したのを見てファン・ペレスは、壊れた壺に頭をもたせかけるようにしていたバルビナに近寄り、ポンパドゥール風ケーキの特に美味しそうな一切れをすすめた。大人しくケーキを食べているかぎり、ヒステリックに庭を眺め回すこともないだろうし、すぐに招待客の周りへ戻って穏やかな親類たちの間に再び腰を下ろすことだろう。

「明日は何時に出発しますか?」金髪の若者が訊ねた。

「できるだけ早くだ」蓋を開けてみればただ一人欠かすことのできない存在だった外国人が答えた。

「ついでに」セレステが喉を震わせながら言った。「少し遠出して、睡蓮の咲き乱れる湖と滝へ寄ってはいかがかしら。まさに自然が生み出した芸術作品ですわ」

「バルビナ、こっちへおいで」エウラリアが呼んだ。

バルビナは動かなかった。ベルベットのように荒れ果てた芝生の上で子供たちの踊るバレーが、彼女の目には天啓のように映り、幻の連続のようなその光景に身を委ねていると、自分だか家族だかが巻き込まれていたいさかいを忘れることができた。すぐにエウラリアは別のことに気を取られて義妹のことを忘れてしまったが、バルビナは、少なくとも表面上は落ち着いたまま、下のほうで動き回る子供たちのシルエットを眺め続け、耳に届くその歓声のあまりに無邪気な響きに聞き入っているうちに、いかにも重苦しいテラスの雰囲気から逃げ出して彼らの遊戯に加わりたいと思い始めていた。だが、太めだったうえ、コルセットや宝石、羽飾りを身に着け、ペチコートにまで締めつけられて体が重くなっていた彼女には、軽快な子供たちの遊戯に加わるなどまったく無理だった。自分自身である以前に、彼女の、兄姉たちの、いとこたちの生まれ変わりとして存在していた子供たちは、夢のような光景のなかで、過去、現在の誰と入れ替わっても差し支えないほど均一な集団をなしている。だが、何かが足りない、そう、空から慰安と導きを差し出し、これまで何度も神秘的な言葉で彼女の霊感を刺激してきた声が聞こえてこないのだ。その声が何と言っていたのか、彼女には思い出せなかったが、バルビナ、バルビナ、私のバルビナという呼び掛けが、完璧な庭、完璧な世界には存在しない甘い温もりで彼女を包んでくれる。

存在しない？

いや、屋根裏ではなく、芝生から、子供たちの声に混ざって、「バルビナ、バルビナ」ではなく、「お母さん、お母さん」と呼び掛けてくる愛しい声が、スカートや拳、制服や足蹴の乱れ飛ぶなか、突如として庭に集合した子供たち、召使たちの間から聞こえてきた。生まれつき呑気な性格だったバルビナも、この時ばかりは身構えたが、一家の他の者たちは、これも子供たちの遊戯のささやかな一幕にすぎないと決めつけていたのか、小さな異変など気に留める素振りすら見せなかった。だが、フアン・ペレスは慌てて欄干へ駆け寄り、ぶしつけにコーヒーカップとケーキの皿をバルビナに手渡した。この意外な動作を不審に思う者は誰もいなかったし、縁飾りのついた制服の裾の下に隠れた彼の手がピストルの握りを確かめていようなど、まったく思いもよらぬことだった。

「失礼ながら、奥様」フアン・ペレスは言った。「心を落ち着かせて、ウェンセスラオ様がお戻りになっていることなど、どうかおくびにも出さぬようお願いいたします」

「でも、あのかわいい子がどこから戻ってくるというの？」こう答えた後、バルビナはすぐに叫び声を上げた。「ウェンセスラオ、ウェンセスラオ！　私の宝物、お母さんの腕に戻ってきて！」

3

ウェンセスラオは手足をばたつかせ、噛みつきながら抵抗し、荒々しい両脚や髪の毛、それに耳まで抑えつけて服を脱がせにかかる使用人たちの手を逃れようとしたが、彼らは彼らで、すでにぼろ布同然になっていたうえ、今や小さすぎる小悪魔《プペ・ディアボリク》の服を再び彼に着せようと必死だった。筋肉質の手で頭を挟みつけながら、ルドミラからこっそりくすねておいた金髪の巻き毛の鬘をやっとのことで頭から被せたが、ウェンセスラオは相変わらずファン・ペレス――はたきを手に肘掛け椅子に深々と座った彼は、手のかかる変装の様子を見ながら笑っていた――を罵り続け、アガピートの居所は絶対に教えない、自分と同じく彼も人食い人種になった、お前の弟は恐いぞ、今に腹を空かせた千人の部隊を引き連れて別荘へ攻めてくるぞ、今や憎しみがすっかり定着し、かつての残忍さに磨きがかかっているからな、などと叫び散らした。そのあまりの凄まじさに召使たちの手元が狂って口紅がうまくつかず、無様に顔を赤く塗りたくっただけだった。

「かまいはしないさ」ファン・ペレスが仲間たちを宥めた。「門扉をくぐるあの様子を見るかぎり、ご主人様たちは、たとえ不都合なことがあっても、それにいつもの分厚いベールを掛けて覆い隠してしまうことだろう。ウェンセスラオ様のひどい化粧を見ても同じことさ。行くぞ」

「待て」召使たちに部屋から追い立てられながらウェンセスラオが言った。「言っといてやるがな、僕にはあの愚かな母を動かす力があるんだ。この状況なら、僕が何か一言発するだけで、母が騒ぎ始めるだろう。そうなれば、お前たちはみんな一巻の終わりだ」

「嘆かわしいことだ」形だけはまだ主人として丁重に扱っていた子供と直接向き合うことなく、ファン・ペレスは召使たちに対して言った。「あらゆる悪影響に晒され続けてきた哀れな子供が、息子を愛するのみならず、聖母のように苦しみに耐えてきたお母上のことを、こんな失礼な言葉で話すとは……」

一行は廊下に差し掛かり、先頭にファン・ペレス、そして二人の召使、その後ろに、以前のようにスカートの房飾りの間に丸まったウェンセスラオが続き、制服の下にピストルを忍ばせた四人の召使がしんがりについた。武器なんか持っていても無駄さ——当面黙ってついていくことにしたが、ウェンセスラオは心の中で思っていた——、コンパスローズの玄関ホールを横切り、階段を上ってダンスホールへ入れば、寝室へ引き上げる前の大人たちが音楽に聞き入っていることだろうから、そこで声を張り上げてやれば、誰にも止めることなどできはしない。だが、落ち着き払って命令を下すファン・ペレスの様子を見ているうちに、ウェンセスラオは彼がすっかり別人になっていることを確信し、あの陽気な美しい声をした間抜け男アガピートなどどうなってもかまいはしない、そう思えるほど心強い後ろ盾——撥《ばち》のようにウェンセスラオにはそれが何なのか想像もつかなかった——を得ているのだと思いついた。

はたきを掲げて部隊の先頭に立った新生ファン・ペレスが、本当にアガピートを切り捨て、妬みが肉体化したような自分の弱点を振り払う覚悟を決めているのだとすれば、弟アガピートの隠れ場所――物語の登場人物の大半はそれがどこなのか知らないが、それとは無関係に、読者にはここでお伝えしておきたい。ウェンセスラオは、ラゲットの島にアラベラとともにアガピートを匿っていたのだ――などに興味すら示さないかもしれない。そうなれば、彼、ウェンセスラオが、当面自分を支配下に置くあのさもしい召使を屈服させるためには、何か新たな秘策を考えねばならない。

外国人の女は、ハープの前に腰掛けて「小さいゴンドラのブロンド娘」を奏で、自分の声にも歌唱力にもそぐわないこの曲を歌っていた。執事の指示で数を制限された蝋燭の光が微かに煌めくなか――セレステは「このほうが神秘的だわ……」と言って喜んだ――、金細工を施した椅子に腰を落ち着けたベントゥーラ家の面々と外国人たちは、丁寧な調子ながらもよそよそしい談話を続けていたが、容赦ない長旅の疲れに襲われてうとうとする者も多く、まだ目を開けている者も、溜まりに溜まった性欲にぼんやりしているか、あるいは、側面の壁画から周りを取り囲む人物たちが、今日にかぎって笑顔に悪巧みを滲ませ、ケープやレースの袖の下から、花や宝石や恋文《ビエ・ドゥー》ではなく、ピストルを突きつけてくるような気がして怯えているか、そのいずれかだった。外国人の女が発する、お世辞にも清らかとは言えない歌声はほとんど聞くに耐えなかったが、礼儀正しい彼らはそこに何か逆らいがたい空気を感じて、長い一日の果てにすっかり疲れ切っていたにもかかわらず、誰もその場を離れようとはしなかった。

部屋へ入ってきたウェンセスラオが直感的にすぐ悟ったのも、正体不明の力で親戚一同を釘付けにしていたその空気、誇らしげな広間の薄闇に紛れた臆病な体から発される軽い汚辱の腐臭だった。薄闇のなか、まばゆい金の玉座に野獣のように身を投げ出してうとうとバラ色の巨大な塊となっていたバルビナの姿を認め、小手調べにはまたとないチャンスだと見て取った彼は、叫び声を上げながら母親の腕に飛び込んでいこうとした。

「お母さん……！」

「シーッ……」

歌を歌っている粗野な女性は誰だろう？　薄闇のなかでもすぐに誰かわかる顔に交じった、見知らぬ面々は一体誰なのだろう？　だが、あれこれ考えている暇もなく、部屋を横切ってやってきた執事が、使用人らしくウェンセスラオの背後に立ち、主人たちが出していた音を控え目に真似た。

「シーッ……」

ウェンセスラオは背中にピストルの銃身が突きつけられるのを感じた。執事の意表をついてやるために彼は、さくらんぼの入った籠でも頭に乗せるようにゆっくりと両腕を持ち上げて両足を交差させると、体を歌声とハープの抑揚に合わせるように優雅な仕草で進み出てアラベスク模様を描いた後、今度は一歩、二歩踏み出してアラベスクからピルエットへ、さらにはブーレのステップへと移り、さらに、称賛の眼差しを送る人々の真ん中へ躍り出ていくことで背中のピストルを振り払ったが、邪悪な裏切り者《マルヴァジオ・トラディトーレ》は、嘲るように自分の手元を離れていく雲雀が、壁画に開かれた無限の空へ伸びるロッジアを指して逃げていくのを見ても、どうすることもできなかった。広間の中央でかわいらしい踊りを披露する愛嬌たっぷりの子供を前に、それまでうとうとしていた者たちまで、まるで魔法にでもかかったように目を開いた。

バルビナは誇らしげな笑みを浮かべて周りを見回し、事情を知らぬ者たちに、この妖精のような子供が自分の息子であること、この小悪魔《プペ・ディアボリク》は自分だけの、自分の楽しみのためだけに生まれてきた息子であることを知らせようと意気込んだ。セレステがまだウェンセスラオに気づいていないのを見て彼女は、肘をつついて耳元に囁いた。

「見て、息子の踊りのなんて素敵なこと！」

「ビスケットでできた人形みたい！」セレステは即座に頷いた。

チェスボードのような白黒の床でハープの調べに合わせて踊りながら時間を稼いでいたウェンセスラオは、視覚と触覚と思考を研ぎ澄ませ、恐怖の空気に囚われたまま、誰もが自分の殻にこもってそれまでの自分にしがみつくその光景に、唾棄すべき欺瞞を嗅ぎ取った。二本の蝋燭に照らされた楽譜台でページをめくるアンセルモの笑顔がなんとわざとらしいことか！　一途な心の裏側にセレステがなんと邪悪な毒蛇を隠していることか！　満足げな顔を見せる母がどれほど泥まみれの獣を内に秘めていることか！　オレガリオの黒いこめかみがどれほどの欺瞞を孕み、同じく黒い口髭がどれほどの偽善を隠していることか！　エウラリアが最も若い外国人に捧げる熱い眼差しがお洒落な三角帽にどれほど甘えていることか！　恐怖で一層醜さの際立つ仮面を被った彼らは、一見非の打ちどころのないほど完璧に仕える召使たちが、実は絹の裾の下に安全装置を外したピストルを潜ませていることに気づいてもいないのだろうか？

他の者たちとちがって、エルモヘネスだけは、ピストルの存在や、いきなり甥が現れるこの異常事態に恐れをなしてはいないようだった。外国人たちのなかで最も重要な人物の座る肘掛け椅子の後ろに立った彼は、一見何度も稽古してきたように見えるこの出し物が、実は一族きっての息子の他愛もない即興であり、すべては何かの陰謀、いや、もっと正確に言えば計略の一部なのだと説明した。家族から身を離して支配的立場に立った彼は、一族全員の服従心を一身に集め、ダンスホールの来賓席に座った同じ顔の外国人たちの耳元に優しく囁きかけながら、なんとか彼らに取り入ろうとしていた。エルモヘネスにとっても——そして外国人にとっても、さらには、アントルシャを踊っていたウェンセスラオが気づいたとおり、ファン・ペレスにとっても——、未来に不安などはなかったのだ。この序曲にすっかり満足したエルモヘネスは、ソプラノの最後の囀りが収まり、壁画に描かれた偽の通りで踊っていたウェンセスラオが最後のピルエットを終えるのを見ながら、これで自分たちも外国人たちも、ようやく旅の緊張から解放されて豪華なベッドに身を投げることができると考えて、その瞬間を心待ちにした。

ファン・ペレスは怪しげな計略によってしか権力に接近する術を知らなかったが、そのせいで彼は激情の前ではまったく無力な存在だった。彼が完全に見逃していたのは、重要な同盟関係はしばしば、イデオロギーや人格といったあやふやな側面への配慮——そうした配慮に囚われていては、盲目で一途な公的権力、つまり、唯一絶対の権力に到達することはできない——など介することなく、力と力の衝突によって有無を言わさず結ばれるという事実だった。

すべては、ファン・ペレスの及び知らぬところで、わずか五分の間に起こった。大騒ぎで「侯爵夫人は五時に出発した」の遊びに耽っていた子供たちが、仮装したままダンスホールへなだれ込むと、硫酸を浴びて顔の歪んだコスメが小悪魔《プベ・ディアボリク》のパートナーとなってパ・ドゥ・ドゥーを踊り、フベナルがチェンバロで伴奏した。すると、エルモヘネスでさえ、心配で老けた顔に厳粛さをとどめながらも、子供たちとの再会を喜ぶ父親に戻って表情を緩めたのだった。それまで外国人たちの代表格として契約の成否を一手に握っているように見えていた赤いムガール髭の外国人が、特に人目を憚ることもなく執事に声を掛けたのは、ちょうどこの感動的、言ってみれば、心と心の通じ合う瞬間《ゲミュートリッヒ》のことだった。奉仕と報酬の価値をよくわきまえ、揺るぎない確信こそ未来を切り開く鍵だと悟った男の直感で、執事は即座にその言葉を受け入れた。いずれにせよ、一堂に会した者たち——要件を伝えた後、ムガール髭の男も再び聴衆に加わった——は、揺り籠からさらわれた孫娘が、奇跡的に生家へ舞い戻ってきた後、すごろく遊びに興じ始める、そして、それを見た侯爵夫人が、久しぶりの再会を喜ぶとともに、恥じ入るような気持ちに囚われる、という設定の小劇を見て笑っていた。執事にとっては、長旅に疲れた大人たちに配慮して、その夜だけは——そして、事が目論見どおり運べば金輪際説明の必要はなくなるはずだった——親に話しかけないという命令を子供たちが守るよう目を光らせてさえいれば、自分の務めを果たしたことになる。所詮一日別荘を開けていただけのことなのだから、大げさな愛情表現など必要なはずはないし、挨拶のキスを済ませ、何か簡単な即興で笑いを取るぐらいならかまわないが、それ以上のことをすると面倒が起こる。何か余計なことでも口走った場合には、体に痕が残らないよう厳罰を下さねばなるまい。サラバンドの終わり頃には、他のカップル――なかでも特筆に値するのは、メラニアと最も若い外国人という興味深い取り合わせであり、これを見てアデライダは憤慨したものの、逆に喜んだエルモヘネスは、すぐさま姪をおとりに使うことを思いついた――も踊りの輪に加わったが、その最中にウェンセスラオはダンスホールの真ん中に立ち止まって従姉を問い質した。

「夜の深い青みに蕾がすぼむとき、多忙な密林が、我が血の尊き地形を破壊する目論見で容赦なく牙を剥く。美の頂点を極めた君の溜め息を我が腕の牢獄に捕え得たのみだというのに、なぜ……？」

メラニアには何のことだかさっぱりわからず、ウェンセスラオが脅しを込めたと思しき謎めいた言葉の意味が正確に理解できたか自信が持てなかった。侯爵夫人専用の言葉が大人たちに解読されてしまうのを恐れた彼女は、贅沢な修辞のかぎりをつくして慌ただしく返答した。

「悲しみに暮れた荒野の嫡出子よ、その風のガラスを引っ掻いて、犯された香水の一吹きのように絢爛たる我らの秘密をその甘い響きで葬り去ろうとするなど、陳腐な試みではないか……」

だめ、だめだ――ウェンセスラオは思った――、重傷を負っていた者も含め、すでにすべてのいとこが参加したこのサラバンドにも、怪しげな展開を繰り広げる笑劇にも、心を集中していることができない。従姉の修辞によって騙し絵《トロンプ・ルイユ》の描く二次元的世界に同化して姿をくらませた彼は、自分の登場が芝生上に引き起こした騒ぎに紛れて、アガピートが隠れ場所のロカイユ島からアラベラを連れ出し、うまく使用人たちの目を盗んで、予め取り決めておいたとおり、バルビナの寝室へ潜り込んでくれているよう祈った。間もなく閉幕の挨拶とともにサラバンドが終わるだろうから、そうなれば、すぐさま母を寝室まで引っ張っていって、盾になってもらうことにしよう。だが、金の玉座に腰掛けてメレンゲを貪る母のなんと太ったことか、ウェンセスラオは思った。まるで怪物だ！　別荘を留守にしている間に、大人たちは皆怪物になってしまった！　まるで聖ヴィトゥスの踊りにとりつかれでもしたように、でためにロザリオの真似事を呟きながら不満げに顔を引きつらせたアデライダは、いつもあのおぞましい鳥のような姿で説教臭い言葉を繰り返していたのだろうか？　真っ黒に見えるオレガリオの髪、髭、体毛、ブーツは、以前からポマードや染料を塗りたくって、仮面のようにいつも変わらぬ状態に保っていたのだろうか？　他の大人たちは……？　薄闇の羽毛を纏ったエウラリアが、痙攣した軟体動物のように、柔らかく白い腕を伸ばして首を絞めようと迫り、獲物を飲み下そうとして太い首を見せつけているのはなぜだろう？　太りすぎて螺旋型の脂肪の層に締めつけられたシルベストレは、息を荒げた召使のようにしか見えない。ぼろ布に身を包んでメヌエットを踊り始めた子供たちの周りに円を描くようにして座る大人たちの姿は滑稽で、間の悪い響きを残して消えるこだまのように、大げさに、あるいは、飄々と、これまでの自分を繰り返すことしかできないようだった。だが、コスメと腕を組んだままバルビナの玉座に近づいたウェンセスラオは、母がまるで醜悪な生き物でも見るような恐怖心を抱きながら子供たちを眺めているのに気がついた。すると今度は、大人たちではなく、恐怖を撥ねかえす子供たちのほうが滑稽に見えてくる。恐ろしい映像を振り払おうとでもするように、バルビナは背もたれに身を任せた。チェンバロの最後の調べに合わせて最後の愛嬌を振りまいたウェンセスラオは、両手を広げて母親の胸へ飛び込み、キスの雨を降らせたが、玉座で固まったバルビナは、息子の後ろで視界を遮る何かに目を奪われていたので、彼も思わず振り返った。そこにいたのは、膿んだ仮面の傷の間からわずかに微笑むコスメだった。

「その仮面を取ってちょうだい、「侯爵夫人は五時に出発した」の遊びは、私には恐ろしいわ。一度も理解できなかったような気がするもの」バルビナは小声で言ったが、その場に居合わせた誰もがこの言葉を聞いた。

「仮面じゃないよ、お母さん……」

「それじゃ、何なの?」

バルビナの目とコスメの顔の間に執事がメレンゲの盆を差し出したが、彼女はこれを振り払い、白黒模様の床に転がったお菓子が粉々になった。

「仮面を取りなさい!」バルビナが金切り声を上げた。

沈黙が流れた。兄らしくエルモヘネスが妹の背後へ回って宥めるように背中をさすったが、実際にはリディアの手から受け取った、オレンジの香水をしみこませたハンカチを握り締めており、ぬかりなく心を尽くして歓待すべき外国人、第一級の招待客の前で、耳汚しとなるようなことをバルビナが少しでも口走れば、すぐに猿轡を噛ませて黙らせるつもりだった。

バルビナは脅すように立ち上がってコスメと向き合った。

「言うことを聞きなさい」

「なぜ？」途方に暮れたように肩をすくめながらコスメが訊ねた。

するとバルビナは、軽い物すら持てないぶよぶよの小さな手を振りかざしながら、忌まわしい仮面を剥がそうとコスメに襲いかかり、子供の皮膚を引き裂かんばかりの形相で、言うことを聞きなさい、みんなこんなぼろ布を着て一体何のつもりなの、なぜみんな痩せこけて傷だらけなの、病気か栄養失調みたいじゃないの、しかも、屋敷まで廃墟同然になっているし、このメレンゲだって漆喰でできたみたいに甘くもなんともないまがい物じゃないの、ちゃんとした本物を出しなさい、一体何のつもりなの、こんな古ぼけて醜い見世物なんかごめんだわ、皺だらけの服なんて見たくもない、お人形とか、バラとか、トンボとか、そんな綺麗な物以外は何もいらない、一体どうなっているの、ちゃんと説明してちょうだい、何とか言いなさい、執事、どうなの、子供たち、それに、アドリアノはどこにいるの、と叫び声を上げた。

「アドリアノ……　アドリアノ……」

彼女を取り押さえようとする者たちから身を守ろうとして、息子とともに手足をばたつかせながらバルビナは叫び続けた。そして、わずかな時間にバルビナはあまりに多くのことを喋りすぎてしまった。大人たちは外国人への釈明に追われ、これは「侯爵夫人は五時に出発した」の一幕であり、子供たちはもちろんのこと、ご覧のとおり、子供同然の分別しか持ち合わせていないバルビナまで、この遊びに夢中になるあまり、時々妄想が行き過ぎてしまうのです、と弁明した。二度とこのようなことがないよう、しかるべき措置を取らせていただきます。エルモヘネスは狭窄衣を持ってこさせ、これもぼろ布と同じく、舞台衣装の一つです、と外国人に向かって説明を加えながら――どうやら彼らはどんな説明でも受け入れる気でいるらしかった――、泣き叫ぶバルビナと相変わらず足をばたつかせたウェンセスラオをそのなかに押し込めた後、一同の顔に爽やかな笑顔が戻るなか、長年哀れなアドリアノを幽閉していたあの同じ塔に二人を連行させた。二人の姿が見えなくなると、誰もが安堵の溜め息をつき、紳士たちは淑女たちの許しを得て再び葉巻に火を点けた。その間子供たちは、壁画に描かれた沈黙の人物たちに紛れてしばらく忘れ去られていたが、コルデリアが咳の発作を起こすと、再び大人たちは彼らの存在を思い出した。やがて挨拶のキスが交わされることだろう。大人たちは手で子供たちに合図してダンスホールから出るよう伝え、明日にでも愛情を込めてたっぷり彼らと話をすることにした。

「何か弾いて、フベナル……」セレステが言った。

「ああ、ああ……」

「何か弾いてってば……」

「口直しに」

「一体何の？」

「遊びの一幕に口直しなんかいらないだろう」

「とにかく、明るい曲にしよう」

「だめよ」セレステが言った。「メランコリーには、陽気な表現にない上品さがあると思うの」

「我々の大事なお客様方から、何かリクエストはありますか？」

第十三章　訪問

1

屋敷中に響き渡る最初の銅鑼の奇妙な音色を聞いた外国人の女は、驚きで失神してしまったほどだった。だが、リディアの用意した強壮剤で正気を取り戻すと――執事はこれ以上銅鑼を鳴らさぬよう指示を出し、子供たちには即刻寝室へ引き取らせた――、彼女はあの音は一体何だったのかと訊ねた。高飛車な態度でテレンシオの説明に耳を傾けた後、外国人の女は、母国の躾の行き届いた子供たちなら、共同生活のごく基本的なしきたりさえ教えておけば、鳴り物などなくとも定められた規則に必ず従うものだと言い放った。女性陣の好むテーマでもあり、子供の躾についての議論がひとしきり続いたが、疲労という現実を前に、これ以上不快な話題を蒸し返して感情を高ぶらせる気力など誰にも残ってはおらず、ベントゥーラ一族ともども、客人たちは、蝋燭台を手にコンパスローズの玄関ホールから大きな階段を上り、すでに召使たちが快眠のための支度を済ませていた寝室へと向かった。

しばらくは廊下や控えの間に少しわざとらしい笑い声が響き、大人たちが最後の最後まで陽気な雰囲気にしがみつこうとしているようだったが、夫婦水入らずになって寝室のドアが次々閉ざされていくと、手のつけようもないほど広大な大地に聳えるこの屋敷の重圧感が一気にのしかかってきた。この地で一連の事件に巻き込まれた子供たちは、犠牲者もしくは加害者になってしまったばかりでなく――この逼迫した状況下、そんな区別はどうでもよかった――、邪悪な力に晒され続けた挙げ句、十分に調べ尽くされていなかった過去の災厄を掘り起こし、その結果更なる惨事を招こうとしていたが、なんとしても事態の進行をここで食い止めねばならなかった。もはや残された時間は少ない。今晩中に必要な対策を講じねばならないが、とりわけ重要なのは、妻たちに、甘い怠惰の時を一日だけ犠牲にして救済活動の一部を担ってくれるよう、その差し迫った必要性を説き伏せる――エリート階級の高潔な女なら備えているはずの献身的精神に涙で訴えるしかなかった――ことだった。

一家の男たちは、出発の前に首都で集まり、ざっとこんな計画――田舎の平和な夜に乗じて愛する妻たちにこの計画を打ち明けた――を練っていた。黄昏時にマルランダへ到着し、一晩休んだ後、翌朝は南側のテラスで朝食を取る。女性陣は、使用人の半分を指揮して、高価な芸術品や残りの金をすべて馬車へ積み込む。他方、男性陣は、残りの使用人を連れて外国人たちとともに鉱山へ向かい、現場でもう一度売却の意志を伝えるとともに、執事とその部下たちによる掃討作戦によって人食い人種の反乱の危険がなくなったことを外国人たちに確かめさせ、値切られるのを防ぐ。午後別荘へ戻ってそのまま売買契約を交わし、夜休んだ後、早速正式な登記を済ませるため、翌朝には、使用人、子供、外国人とともに、武器、金、芸術品を積み込んだ馬車を率いて、最悪の事態、つまり、綿毛の嵐が始まる前に首都への帰路に着く。綿毛の嵐が外国人を襲うようなことがあれば、間違いなく彼らはその場で売買契約の書面を破り捨てることになるだろうし、彼らの領地が不幸にも開発に向かない土地だという風評が立ってしまえば、資産価値はすっかり失われてしまうだろう。その気になれば綿毛の嵐さえ思いのままに制御できるというこのがさつな外国人たちのような例外こそあれ、これまで地価の高い土地を所有していることで誰に対しても優位な立場を維持してこられたのに、今やそのプライドが踏みにじられることになってしまうかもしれない。

だが、ローマ貴族の墓碑銘にも値する妻の献身を引き出すという計画はついに実現しなかった。始めから夫のいないアデライダや、すでに読者もご覧になったとおり、塔に幽閉されたバルビナは最初から対象外だったうえ、リディアやベレニセはすでに話を聞いていて、計略の細部を詰める以外、その夜話すことは何もなかったし、盲目のセレステは、その「病的感受性」によっていつも家族会議で特別扱いされていたから、何か必要が生じないかぎり、すべての義務を免除されていた。そしてエウラリアは、その年流行していた懐疑論にかぶれて協力を拒否し、アンセルモに向かって、そんな馬鹿なことに巻き込まれたくない、何があってもこの秋自分はイサベル・デ・トラモンタナや上品な仲間たちとともにイタリアの湖を巡って過ごすのだ、と言い張った。ただ一人、髪を振り乱すほど熱狂してメロドラマ的な茶番を受け入れたのは哀れなルドミラだけで、夫に近づくこの絶好の機会に飛びついた彼女は、事が首尾よく運んだ暁には、何でも願いを叶えてもらうという約束までとりつけた。

女たちの誰もが理解を示して協力を約束したのは、事情のわからない外国人たちに、ベントゥーラ一家の領地の素晴らしさをさりげなく伝えて期待感を煽りつつ、本当は手放したくないものを仕方なくあの粗野な手に譲ってやるような顔をする、という点においてであった。マルランダでの滞在を引き伸ばしたかったのか、いや、というより、この地の買収など彼らにとって優先事項ではなかったというのが本当のところだろう、外国人たちは、翌朝遅く眠そうな顔をこすって起き出し、出発を急ぐ素振りなど微塵も見せなかった。彼らが下りてくる前に、庭師たちが刈り残したグラミネアがちらほらと残る南側のテラスで朝食のテーブルに着いたベントゥーラ一家は、本来ならこの場に子供たちを呼び寄せてその健康な姿、成長した姿を称えつつ、立派な振舞を見せた者には祝福のキスを与えるべきなのに、そういう成り行きになっていないことを誰かが言い出すのではないかと気が気でなかったらしく、気詰まりな沈黙に会話も沈みがちだった。親たちはほんの少し別荘を空けていただけだったが、子供の常で、たった一日見なかっただけでも、雑草のように成長を遂げているものだ。だが、強い義務感に貫かれた一家にとって、随分短くなった槍の柵の向こう、バラ園のすぐ先で今にも繰り広げられようとしている事態を前に、他の些事に心を奪われるなど不謹慎であり、やむを得ず子供たちと対面する喜びは後回しにせねばならない。夜明け前から出発準備を整えた長い馬車の列で、馬は落ち着きなく嘶き、下僕が銅製の馬具や幌を整え、御者台で馬丁がいらいらと鞭の具合を試す一方、果てしなく続く粗末な馬車や荷車に完全武装して乗り込んだ使用人部隊は、自律した動きで食べ物を消化する大腸のように、厩舎周辺をうろついていた。

朝も遅い時間になってやっと四人の外国人が朝食を取りに南側のテラスへ姿を見せると、彼らをもてなすベントゥーラ家の面々はようやく重々しい苦悩から解放され、まだしも手懐けやすい心配事のほうへ心を向けた。主人たちは訪問客に話しかけ、軽い朝食の後、出発前の余興として、テレンシオとアンセルモに屋敷を案内させていただきたい、季節外れの来訪ということで、多少手入れの行き届いていない部分はあるものの、敷地内には美しい場所も多い、と伝えたが、それを聞いても外国人たちは別段嬉しそうな顔も見せなかった。実際のところ、喜びの感情など彼らの内側では昏睡状態にあるようで、どんなことを提案してもそれを起こすのは難しそうだった。赤毛のムガール風もみあげに派手なチョッキの外国人の横に腰掛けたセレステは、こんな助言を彼に与えた。

「鉱山への道中には一休みするのにいい場所があります」

「いいえ」この返答にムガール髭の外国人が込めた軽蔑を前にしては、並大抵の女性なら震え上がっていたことだろう。

「ともかく最後までお聞きください。美しいせせらぎを奏でる滝のほとりに絶好の景勝地があって、私たちもしばしば午後気晴らしに訪れては、日々の苦悩を忘れて心を落ち着けるのです。まるで陶器の皿に描かれた風景のように、繊細な美しさを備えた場所です。眩いほどの美しい滝に接して、物も人も軽くみずみずしく、陽気な物思いへ誘われます。ああ、一体いつになったらまた、あの銀色の砂にマゼンダ色の蟹が残していった足跡の神秘的メッセージを読み解き、揺れ動く葉の影にひ弱な動物が描き出す愛くるしい動きを匿う羊歯の茂みを眺めることができるのでしょう？　ねえ、エウラリア、覚えているかしら、ある時あなたは、睡蓮と睡蓮の間に、逆さまのクリノリンみたいに掛かった橋を渡りながら、大きなジャスミンのような花を日傘代わりにして、欄干に寄り掛かっていたわよね？　ああ、あの優しい水の調べ、青い空洞、甘い花、一瞬だけ空中に優雅なアルファベットを描きながら花へと降りたっては飛び去ってゆく小鳥たち……」

顔に笑窪と微笑を浮かべたメラニアが石段の上に姿を現していたが、それ以上前へ進む勇気が出ないようだった。最も若い外国人が遠くから手を上げて挨拶したが、すぐに気がついたとおり、メラニアが話し掛けようとしていたのは彼ではなくオレガリオであり、それを察した叔父は、目を逸らしてセレステの大げさな言葉に意識を集中することにした。金髪の外国人は、セレステの言葉を理解できなかったこともあって、話の腰を折らぬよう注意しながらそっと席を立ってメラニアに近寄り、差し出された彼女の手に導かれるままに石段を下りた後、廃墟と化していた庭へ二人して姿を消した。この様子を見てほくそ笑んだエルモヘネスは、姪が自分の計画に有用であることを悟って、アデライダが何と言おうと、今日の遠征に彼女を連れていくことに決めた。そして、ムガール髭の外国人ともう一人、そして、どちらの妻なのかいまだにわからない女――誰もが夫だと思っていたほうの男と一緒の寝室で夜を過ごさなかった――が、熱のこもったセレステの言葉に惹きつけられ始めているのを見て、彼はさらに内心喜んだ。

「……誰もいない、静かな場所なんです……」盲目の女は続けていた。「我々以外誰も知らない楽園です……心苦しい話ですが、実は子供たちすら連れていったことがないのですよ、喧騒でせっかくの景色を台無しにされてはかないませんからね……私たちが恐れるのは、無神経な人たち、とりわけ、原住民の子孫のような輩が、当然現在では立ち入りを禁止されているものの、かつての神話の記憶を呼び覚まして滝のことを思い出し、静かな砂浜や森を我が物顔に荒らすばかりか、羨望からこの美と活力の地を破壊してしまうことです。ああ、アルカディア、キュテーラ、ヘレーン、我らの破壊を望む者たちの憎悪がどれほど邪悪な毒牙を潜ませていることか！　ひょっとすると、気に病んだ私たちの祖先が、一族と無縁な野蛮人たちの手や目からこの素晴らしい被造物を守るためだけに、どんな命も寄せつけぬグラミネアをこの広大な大地全体に撒き散らしたのかもしれませんわ。本当は手放したくないこの地にご関心があるという皆様には、この実り多き土地に隠れた最高の宝石を愛でる心を持っていただきたいものです。あの甘い景勝地は、たとえ領地をお譲りすることになっても、私たち自身の手で守り抜きます。私も行きたいわ、オレガリオ、こちらの善良な方々があの美しい砂浜を見てみたいとおっしゃる今日こそ、私も行きたい！　そう、そう、薄い色の目に熱望の光が見えるわ、金の布に飾られた微笑に貪欲な光が輝いているわ！　皆さんの手に渡った後でも出入りをお許しいただけるのかもしれませんが、それでも、あの地が自分たちのものであるというこの上ない安心感、あのなんとも繊細な心地よさだけはもう戻ってはこないでしょう！　私も連れていって、オレガリオ！　鉱山へ行く途中に、私だけ何人かの召使とともにあそこに置いていってくれれば、砂浜の上に茣蓙を敷いたテントの下で待っているから、午後また迎えにきてちょうだい」

「素晴らしい思いつきだわ、セレステ！」エウラリアが叫んだ。

「相変わらず想像力豊かね！」ベレニセも口を添えた。

「本当に！」思いもよらぬ女の情熱が爆発するのを見て、テレンシオと前夜交わした約束などすっかり忘れたルドミラも言った。「みんなであそこへ行って、虹の衣を体にしみつけることにしましょう……！」

「そうすれば、これまであそこで過ごした楽しい思い出がしっかりと記憶に刻みつけられることでしょう……」アデライダが言った。

「一緒にいらっしゃいませんか？」これまでの話に熱心に耳を傾けていた外国人の女に向かってリディアが訊ねた。「仕事の話に私たちまで巻き込もうとする男たちに抵抗して、女だけで少し楽しみませんか？」

少し勝ち誇ったように笑いながら外国人の女は答えた。

「そんなことなら、もう随分前から別の方法でいろいろやってきました」

姉妹、義姉妹たちがスカートとショールをはためかせながら立ち上がり、いかに即興のハイキングとはいえ、せめてバッグと手袋、日傘と麦わら帽子ぐらいは準備しようと意気込むなか、外国人の女はじっとその様子を眺めていた。夫に手を引かれてそそくさと衣装室へ姿を消したセレステ――彼女の複雑な身づくろい《トワレット》にはいつも時間がかかった――を見て、外国人の女は一家の女たちに手で合図し、こんな質問を投げかけた。

「お見受けしたところ、セレステ夫人は盲目のようですが、その彼女の言うことが作り話でなく真実であると、どうしたら受け入れられるのか、説明していただけますか？」

病的感受性にすぎないものに盲目のレッテルを貼る無理解な余所者に対し、ベントゥーラ一族の鷹揚な微笑が素早く分厚いベールを掛けた。一同は、気晴らしにもってこいの場所が存在するか否かという点に返事を限定し、その疑いようのない存在を請け合った。だが、外国人の女はさらに続けた。

「皆様には、家族に関わるものすべてを主観的な目で評価する癖がついているようですが、外部の人間が別の視点から見れば、それもまったく違って見えます。盲目の女性が言ったことを身内が請け合っているだけだというのに、そんな根拠のない話を頼りに、この多少は居心地のいい家を出て、どんな危険があるかもわからない場所へ一緒に行けと私に言うのですか？　そんな時間があるのなら、ご婦人方とこの屋敷の道具類の目録でも作るほうが有益です。この地と鉱山について言われていることが、セレステ夫人のお話と同じく根拠に乏しいのであれば、本当にこの土地を買い取るべきかどうか、疑問を呈さざるをえませんわね……」

この最後の部分はほとんど、ココアにパンを浸していた二人の外国人に向けられていた。男の問題に口を出すのはもちろん、それについて耳にすることすら悪趣味だと考えていたベントゥーラ家の女性にとって、こんなことを言い出すのは女らしさを欠く行為だった。いずれにせよ、疑り深い外国人に対してすでに怒り心頭だったエルモヘネスは、ばらばらになりかけていた一族を繋ぎ止め、いかに病的感受性を備えた女性とはいえ、ベントゥーラ家の一員を嘘つき呼ばわりするなど、一家の名誉に関わる問題だと訴えかけようとした。だが、慎重に考えた後、そのような血なまぐさい選択肢は放棄し、その代わり二回手を打って執事を呼ぶと、一家のしきたりに則って軽く長く頭を下げながら近づいてきた彼の耳元に身を屈めて、二言、三言、力のこもった言葉を囁いた。それを聞いて全速力で走り去った使用人を見届けると、エルモヘネスは咳払いを一つして会食者の注目を引き、席を立っていた者たちに再び着席するよう呼びかけた後、二言だけ聞いてほしいと言った。

「神が我々に授けてくださった天使ともいうべき娘たちのうち」エルモヘネスの説教はこのように始まった。「肉体的にも精神的にも抜きん出た美しさを備えた者が一人おります。我が一族が、政治、歴史、経済、その他公共の福祉に関わるあらゆる分野において公の場で磨いてきた伝統的な輝きを、我らが息子たちもすでに着実に育んではおりますが、我らがテレンシオと、ご存知のとおり、母親の鏡、献身的な妻の模範とも言うべきルドミラの間に生まれたこの知恵の天使は、特別な光に満ち溢れています。天の祝福を受けたこの娘は、まだ幼いにもかかわらず、この地域の歴史と地理を極めているばかりか、幼年期の他愛もない遊びの合間を縫って文書や地図、契約書や手紙の類を収集しており、現在我らが親愛なる外国人の方々が異議を挟んでおられる景勝地の存在とその美しさについて、皆さんの納得いくまで説明してくれるものと存じます。もちろん私が話題にしているのは、目に入れても痛くないほどかわいい天使アラベラのことですが、先程愚かな執事に命じて探しにやらせたものの、どうしたことか、少々時間がかかっているようです」

この言葉は大きな拍手喝采を受けた。母たちはルドミラの周りに集まって立派な娘を授かった幸運を称え、控え目な仕草で、少々手間取ったところで心配するほどのことはないと示唆した。女性たちにとってあの娘は希望の星だったが、たまたま幸運に恵まれたルドミラが母親となったのだ。すぐに会話が別の話題へ移っていくと、時の流れを感じさせないほど心地よい時間が流れ始め、疑念や無作法に分厚いベールを掛けるには最適の方法とも言うべきこの心地よい会話のおかげで、彼らの仕草も繊細な笑い声も、そして「教養溢れる」としか形容のしようがない彼らの話しぶり――権力者の話し方――も、穏やかな空から白雲が優しく微笑みかける下で楽しむ優雅な田舎風朝食、その永遠の時間をさまよっていた。

ようやく執事が戻ってくると、あらゆる不都合とともに再び世俗的時間が流れ始めた。執事が手を引いてきた青白い顔の小さな生物も、どうやらそうした不都合の一つらしかった。召使の制服が、元は優雅だったのだろうがすでにぼろぼろになった裾をテールのようにひきずり、その間から鳥のように細い脛と小さな裸足の足が覗いていた。緑がかった顔、ひ弱な骨、焦点の定まらぬ目、熱に震える体、どう見ても――読者にはすでにその正体がお分かりだろう――アラベラはまともに立ってすらいられない様子だった。二人の後ろには身分の低い召使が控え、書類の山を積んだ荷車を押していた。

「ようやく見つけました……！」喘ぎながら叫ぶ執事は、どうやら相当駆け回らねばならなかったようだ。

「見つけて当然だわ、執事さん！　何の不思議もないこの敷地内で息子たちがそれほど長く行方知れずになることなんてありえないもの！」リディアが力を込めて言った。

テーブルの反対側から、感動したルドミラが娘に両腕を差し出しながら叫んだ。

「なんてかわいい子！」

その間、外国人の女が誰よりも早く反応して立ち上がり、アラベラの脇へ駆け寄って彼女の体を支えた。そして腕を腰に回して生気のない手首を掴み、脈を取った。

「随分体の具合が悪いようね」彼女は言った。「かわいそうに、一体どうしたのかしら？」

「何でもありません」執事は説明した。「『侯爵夫人は五時に出発した』をして遊んでいただけです」

外国人の女がアラベラを連れて隣の広間に姿を消した後（今後この話に戻る予定はないので、ここで明かしておくが、アラベラはこの一時間後に外国人の腕に抱かれたまま息を引き取った）、ルドミラは、娘の弱り方が「侯爵夫人は五時に出発した」の遊びだけでは説明がつかないほど真に迫っていたことに思い至り、席を立って同じく救護に駆けつけようとしたが、豪華に整えられた食卓の後ろで何かの魔法にでもかかったように、その場に凍りついていた。テーブルクロスに両手を乗せたまま、武装した男たちの乗り込んだ馬車の列のさらに向こう、広大な空か、果てしない荒野へ視線を泳がせていた彼女の目は、幻覚に囚われていた。ルドミラは、五段に重ねて盛りつけられた果物とデザートがひっくり返るのにも気づくことなく、ゆっくり前へ踏み出したが、この奇妙な振舞にも冷静さを失うまいとして微笑んでいたベントゥーラ家の面々は、どうしたの、水でも飲んだら、お客様に失礼じゃないの、どうしたのか言ってごらんなさい……　こう彼女に迫った。

「だって」ゆっくりとルドミラは呟いた。「地平線からプラチナ色の大きな雲が膨張しながら迫ってくるのが見える……」

「あの愚かな女は」セレステが立ち上がっていたせいで、ムガール髭の外国人の隣が空いているのを見て、その席に腰掛けながらエウラリアが耳打ちした。「いつも不思議な光のことばかり考えているせいで、ありもしないプラチナ色の雲なんかを見るのです……」

「放っておけばいいのよ」ベレニセは笑った。「ああして欄干に寄り掛かって地平線に目を凝らしていてくれれば、つまらない主婦談義から解放されて、もっと楽しい話ができるわ。そうですわよね？」

だが、超自然的物体の降臨でも待ち受けるようにして欄干のところからルドミラがじっと見つめていた雲は、次第に大きさを増しながらどんどん接近し、猟に使う角笛の音が聞こえてくるばかりか、地上に馬の蹄の音が響き渡り始めると、ベレニセとエウラリアの押し付けてくる陽気な世間話に足止めされたままテーブルに残っていた者たちでさえ、もはや幻影などではなくなった地平線上の現象に目を向けずにはいられなかった。そして彼らは、日傘を開いてパナマ帽や鼻眼鏡で顔を守りながら、欄干に寄り掛かったルドミラの周りに集まってきた。

すでに読者はお察しのとおり、馬車の行列が近づきつつあるのだった。一体何者だ？　ベントゥーラ家の者たちは答えを求めて知恵を絞った。一家の隊列ほど長くはなかったが、極めて近代的な装備の馬車を見れば、身分の卑しい一団でないことは明らかだった。外国人たちもベントゥーラ家の者たちも、すっかり黙りこくったまま、上階のガラス窓に青白い顔をくっつけた子供たちの姿を見ても、誰も何も言わなかった。外国人たちを鉱山まで案内することになっていた日の朝に、見たこともなければ対応の仕方もわからない新たな座標軸を押しつけてくる馬車集団の到来を目の当たりにして、この予期せぬ事態に説明をつけようと試みる者など誰もいなかった。背の高い執事は、主人たちの列の後ろで、他の召使とともにテーブルを片づけるふりをしながら、迫りくる馬車の行列のほうへ、時折好奇心以上の何かに満ちた視線を向けていた。先頭をいく騎手たちは、銅の角笛を鳴らしながら、ベントゥーラ一族の隊列と違って、綿毛を湛えたグラミネアの間に辛うじて残る門扉をくぐることはせず、庭師たちに守られていた新しい柵の切れ目へ向かって一直線に進んできた。ベントゥーラ家の馬車が門扉をくぐり始めたときには、必要に応じてあらゆるものに分厚いベールを掛けるという昔ながらの流儀にしがみつく彼らの姿勢が即座に伝わってきたが、大胆不敵に直接屋敷へ迫りくるこの新たな隊列には、ベントゥーラ一族の対極とでも言うべき心意気が感じられ、不穏な空気が漂った。

蛙のような色のエナメル革に包まれたガラス張りの、この世のものとは思えぬ箱馬車が石段の麓まで迫り来る間、上の段に集まったベントゥーラ一家の面々はただただ呆気に取られるばかりだった。一族には馴染みの色に着飾った若者が御者台から降り立って昇降口を開け、極めて品のいい女性に手を差し出して降車を助ける一方、手袋をした手で四匹のボルゾアを従えた別の若者がすかさず彼女に近寄り、犬を繋いでいた鎖を手渡した。女に続いて下りてきたのは、派手すぎるほど立派な衣装に身を包んだ、一癖ありそうな人物であり、ベントゥーラ家の男たちの趣味からすれば高すぎる肩当て、絞めすぎたウェスト、そして、裾の短すぎるフロックコートとともに、藤色のスエードに包まれた荒々しい太腿の肉が目についた。彼らにとっては何とも恐ろしいことに、若者は生粋の原住民であり、それにしては端正な顔に不遜な表情を浮かべたまま、古風な旅行用ベールで顔を覆った女の腕を取っていた。女にあやされて犬たちが落ち着くと、二人は揃って石段を上り、壺と銅像の残骸の間に呆然と佇むベントゥーラ一族に近づいてきた。石段を上り終えると、ベールの女は付き添いの男に犬を任せ、そのまままずエウラリアの頬に、続いて一家の他の女性たちにキスをした。すぐに男たちにも手を差し出したが、アンセルモにだけは背中を向けた。すると彼は叫んだ。

「マルビナ！」

「私のことがわかるのはあなただけなのね？」嘲りを込めてこう言い放つと、彼女は外国人たちのほうへ近寄って言葉を継いだ。「相変わらず人を見下したような態度ですわね！　しかし、あなたたちに私のことがわからないとは言わせません、ただでさえ目ざとい方たちであるうえに、私の蛙色の箱馬車で棕櫚並木を一回りしたこともあるのですから」

そしてマルビナは、帽子からベールを外した。親たちの喉から称賛の叫び声が漏れた。それは単に彼女がもはや少女でなくなっていたからだけではなく、かつてはビロード《ヴルテー》のようだった目が、一体どんなモダンな仕掛けによってなのか、えもいわれぬ深みを湛えた井戸のようになっていたからであり、そのためマルビナは、単なる大きな黒い目ではなく、顔の上半分に暗色のシルク製の仮面でも着けているように見えていたからだった。唇の形や、均整の取れた首と胸を筆頭に、彼女の体全体が計算し尽くされた構成とデザインに従って隙なく造形されているかのようだった。相変わらず一歩も前に進むことができぬまま、ただじっとその優雅な姿を見つめていた女たちは、彼女の衣装に較べれば、どれほど贅沢の極みを尽くしたとしても、自分たちの服など所詮ありふれた安物にしか見えないことを痛感した。

すぐにマルビナは親たちとの話を切り上げ、外国人との会話に意識を集中したが、やがて女たちが気づいたとおり、ベレニセがいつも取り仕切っていたお喋りとは似ても似つかぬ彼らの議論は、単に込み入った文法の外国語で交わされているからという理由だけではなく、自分たちと縁もゆかりもない感情を巡って展開しているせいで、まったく理解が及ばないのだった。すでに述べたとおり、外国人たちの言葉に堪能で、一家の男としてあらゆる話題に通じていたシルベストレは、その一団に近寄って話に加わろうとしたが、マルビナに付き添っていた男――ベントゥーラ一族は分厚いベールを掛けてこの鼻持ちならぬ男の存在を意識から消していた――が、巧みに犬を操って一家を話の輪から遠ざけていた。この男は、場面が違っていればベントゥーラ一族を当惑させていたかもしれないほど外国人たちの言葉に長け、歌うような声で会話を導きながらムガール髭の男と向き合っていた。他方、外国人同士でも意見が合わず、温和な調子ではあれ言い争いになったりすると、マルビナがうまく口を挟んで話をまとめているようだった。彼らの周りを駆けずり回りながら執事は、その言いつけに従って頻りにあちこち往来し、ベントゥーラ家の存在など忘れてしまったようなエリート集団にまめまめしく仕えていた。少しでも近づくとすぐ吠えかかってくる犬たちの周りをうろうろするばかりだったエルモヘネスは、涎を垂らした牙や獰猛な背中越しになんとか外国人たちと直接言葉を交わそうとしたが、どうしても猛獣の障壁を打ち破ることができず、リディアやベレニセやシルベストレとひそひそ言葉を交わしては、執事にあれこれと言いつけていた。客人たちへの応対に手いっぱいだった執事は、それを低い身分の召使に任せ、滞りなくすべてをこなすよう厳命した。二つの集団のどちらからも爪弾きにされたベントゥーラ家の者たちは、いつものくだらないお喋りに没頭しながらも、近寄りがたいエリート集団に羨望の眼差しを向けずにはいられなかったが、何とかその気持ちを隠し通そうとこらえていた。金髪の外国人の若者の腕を取ってメラニアが庭から戻ってくると、マルビナは叫び声を上げた。

「あら、メラニア、懐かしい！」

まるでいつも仲良しだったかのように二人は駆け寄ってしっかりと抱き合った。その時からメラニアは、オレガリオのこと、そして、彼の姿が見えないことも含めて、すべてを忘れたようだった。他方、マルビナは、上の階からガラス越しに見つめていた子供たちには一瞥もくれることなく、ずっとメラニアの腕を取って放さなかった。

2

読者はご記憶だろうが、この小説の第一部でマルビナは、カシルダとファビオの逃亡を手助けして、束の間ではあったが主役級の役回りを演じていた。予めマルビナを登場させておいたのにはそれなりの理由があり、私は、単にあの場面で彼女を救いの神《デウス・エクス・マキナ》に仕立てて大事件を生み出すだけではなく、後に再登場させて、これから語ることになる新展開への橋渡し役を任そうと思っていたのだ。これも読者のご記憶のとおり、第二部の冒頭で私は、首都でマルビナが謎めいた生活を送り、安っぽい奇抜な衣装に身を包んでしばしば荒野の礼拝堂に姿を見せていた原住民たちが彼女の密使となっている、という噂話にも触れておいた。先へ進む前に今一度マルビナのことへ話を戻し、首都で彼女が辿った数奇な運命についてもう少し詳しく説明しておいたほうが、ベントゥーラ一族の男たちが鉱山への来訪を、そして、女たちが自分たちだけの特権として夢見ていた砂浜へのピクニックを企画していたあの日に起こった出来事をより正確に理解できるだろう。

ファビオとカシルダを荒野に置き去りにして悲惨な運命へと追いやった後、そのまま首都への道を急いだマルビナは、読者に語ることもできぬほど不可思議な事件に幾つも遭遇したが、イヒニオ、ペドロ・クリソロゴ、そして、ティオ・アドリアノの馬車を牽いていた十名の原住民のうち七名（三名は死んだか、あるいは逃亡していた）とともに、憔悴して痩せこけた姿ではあったが、気力だけは十分な状態で首都へ到着した。ペドロ・クリソロゴの鞭に支えられた権力の重みにやがて耐えられなくなったイヒニオは、当初は意気揚々と乗り込んだ砂漠にいざ飲まれてみると、すぐに持ち前の朗らかさを失い、身体的危険のみならず――これだけなら難なく耐えられたことだろう――、心の準備ができていない者には道徳的危険が追い打ちをかけてくるこの世界を前に、呆然自失の状態に陥ってしまった。さらに強烈な打撃を彼に与えたのは、行程を重ねるうちにすっかり変貌したマルビナであり、彼女は、かつてのビロードのような姿、陰気で憂鬱そうな雰囲気をすっかり拭い去ってしまったのだ。神秘の衣を脱ぎ捨てた彼女は、裏切って見捨てたカシルダの容赦ない性格を受け継いだかのように、次第に刺々しく辛辣な鉄の女と化し、だからこそ困難な旅路を乗り切ることができたのだった。

首都へ着くと彼女は、馬車を牽いてきた原住民たちに約束通り一人一包みの金を報酬として与え、それを持ってさっさとどこへでも消え失せるよう命じた。もちろんこれは計算済みの行為であり、彼女には、金など持っていてもどうせ二束三文で叩き売りすることしかできないとわかった彼らが、金もろとも自分たちのもとへ使用人として戻ってくることが始めからわかっていた。外国人たちは、ベントゥーラ家の娘と取引するのであれば同じものを盗品と呼びはしないだろうが、原住民の持ってきた明らかな盗品で自らの手を汚すような真似はしない。そしてマルビナは、男臭いカフェ・デ・ラ・パロキアのバーに姿を現して大騒動を引き起こし、外国人たちに窮状を訴えるとともに、すでに述べた盗品の包みを商売材料にするのみならず、将来的にもっと大規模な鉱山開発を共同で行ってさらに大きな利益を上げる計画までその場でぶちまけようとした。だが、マルビナがわずか数語を話しただけで事態を飲み込んだ外国人たちは、この少女の提案にどのような形で応えることになるのであれ、すべては、自分たちが関わっていることを微塵も勘繰られることのないよう、完全に秘密裏に遂行されねばならないことを理解し、酔いどれ商人のなかにうら若き乙女が入り込んできたために湧き起った喧騒から、仰々しく彼女を救い出した。マルビナの計画をすべて聞き終えた彼らは、エルモヘネスでは及びもつかぬほど高い価格で金の包みを買い取ったが、それは彼らが、この一種の裏取引によってマルビナの強欲を刺激しておけば、彼女は次から次へと金を掘り出そうして、そのうちに金の価格が下落し、最終的には、狙い通り、金の産地であるベントゥーラ一族の所有地も暴落することになるだろうと踏んでいたからだった。すぐに外国人たちの用意した家に迎え入れられたマルビナは、名前、人格、身分、生活様式、すべてを変えたうえで、奇抜な現代風成金娘として、原住民や、港のカフェでぶらぶらしていたかつての使用人たちを取り巻きにして、次第に頭角を現し始めた。

だが、外国人たちにとっては、事に着手する前に片付けておかねばならないデリケートな作業が一つ残っていた。それはイヒニオを始末することだった。マルビナとペドロが共有する紫のラシャ張り寝室から追い出され、すっかり爪弾きにされて憤懣やる方なかったイヒニオは、肥満して病弱になり、自分が誰かもわからぬまま怠惰と失意に沈み込んだ挙げ句、何か仕事か気晴らしを見つけて生きがいを取り戻そうとすらしない有様だった。他の男が相手なら人殺しも辞さなかったところだが、そこはなんといってもベントゥーラ家の一員であり、権力者の子供に手をかけることが賢明でないとよくわかっていた抜け目ない外国人たちに――確かに、誰かに唆されたイヒニオが裏切り行為を働く危険は常にちらついていたが――、そこまでの勇気はなかった。彼に旅をさせるという絶好の解決策を提案したのは、たとえごくわずかではあれ、従兄への愛情を残していたマルビナだった。そして彼女自身がイヒニオに、外国人たちの国へ行けばどれほど歓待されることか甘い言葉で語りかけ、本当はペドロ・クリソロゴが行きたいところなのに、原住民であるという理由で願いが叶わない、招待を受けてやればペドロをぎゃふんと言わせることができる、と言って説き伏せた。ブリガンティーンのブリッジで頬にキスしていとこ二人が別れると、イヒニオを乗せた船は遥か遠くへと出港し、これでマルビナは心置きなく自らの脱皮を成し遂げることができた。血族からとやかく言われることなく行動できるようになった彼女は、ようやく自分の命運、そして家族の命運を手中にしたのだった。

家族のお仕着せが肌に合わず、いつもどこか窮屈な思いをしていたマルビナにとって、変身を遂げた自分の姿は心地よかった。イヒニオの呪縛を逃れた彼女は、化粧その他特殊な技術を駆使して、すぐに出身階級や名前はもちろんのこと、年齢まで跡形もなく消し去ってしまった。そして彼女は、誰もが奇異な目で見つめる色鮮やかなガラス窓に囲まれた宮殿に居を構え、馬車に乗って棕櫚の並木道を散歩するようになったが、いつもその横についていたのはペドロ・クリソロゴであり、曲芸師のようにきつすぎるズボンを穿いて金の垂れ飾りの間から慎みもなく胸を曝け出した彼は、宝石を散りばめた鞭の柄を手に、いつも偉そうにふんぞり返っていた。街行く男女の誰もがペドロ・クリソロゴの黒い目を避けるようにしていたのは、そこから何か恥ずべきものが放たれていたからではなく、その火のような瞳を見ていると、視線に顔を焼かれるような気分に襲われるからだった。女のほうが、あまりに過度な、ほとんど神話的なお洒落をしていたせいでお洒落とはかけ離れていたのと同じように、男のほうもまったくお洒落ではなかったが、それでも、好奇心旺盛な人々は、一体何の満足を求めてなのか、過ぎ行く彼らの後姿をともかく振り返って見ずにはいられなかった。あれは一体何者なのだ？　どこから来たんだ？　見ているこっちが恥ずかしいじゃないか。何とも表現しようのない禁断のオーラに包まれているじゃないか。あまりに度を越した二人の振舞に町の人々は、彼らと唯一接点のある外国人たちと会うことがあっても、あの何とも目立つ淫らな二人組への興味を勘繰られることが屈辱でもあるかのように、何も訊く気にはなれなかった。

豪勢な衣装の下で別人物になりきったマルビナは、次々と新たな策に打って出た。ペドロ・クリソロゴを介して売春宿や賭博場を買い漁り、経営は冷酷な彼の手腕に任せて自分は金勘定に専念した。やがて金庫には、外国人から受け取った金の代金以上の大金が溢れるようになった。さらに、ティオ・アドリアノの馬車に布切れや安物の宝石を積み込んで二人の原住民をマルランダへ派遣し、別荘や鉱山や集落がどんな状況に置かれているか調べさせた。その後、何度も馬車がマルランダへ派遣されては、近況――いい知らせもあれば悪い知らせもあった――を携えて彼女のもとへ戻り、やがて、これから私が語ることになる奇妙な状況が作り出されることになった。

ベントゥーラ家の大人たちが出発して少し経ったある日の午後、アドリアノ・ゴマラは、南側のテラスのアランツォーネ色の壁に自分の髭面、しかも、何本もの槍に貫かれた自分の顔が描かれているのを見つけた。これはマウロの仕業にちがいないと思って探させたが、知らせによれば、すでに彼は、バレリオ、テオドラ、モルガナ、カシミロとともに集落へ発っており、同じ状況が続くかぎり、別荘に戻ることなくそこに住居を定めるつもりだという。

同じ日の夜、疲れ切った状態でウェンセスラオと共有していたベッドに横になったアドリアノは、集落から響いてくる戦士のクロタロを聞きつけ、燃え盛る篝火が寝室の窓から見えていたことを思い出した。彼は息子を起こした。マウロとその追従者が別荘を離れたのは、ベントゥーラ一族逃亡の知らせを聞いて青い山並みから下りてきた原住民集団を、当初演説で力説されていたとおり、無差別、無条件に別荘内へ迎え入れること――議論になるたびにマウロはこの点を繰り返し主張していた――にアドリアノが反対したため、それに対する抗議にちがいなかった。落書きの肖像に込められた脅しを黙って見逃すわけにはいかない。マウロは集落で群衆を扇動し、別荘へ襲撃をかけるつもりかもしれない。流血なくして変化なし、マウロはいつもこう繰り返していたが、いよいよ殺戮が始まるのかもしれない。それなら、原住民集団を受け入れることにしたらどうだろう？　コロンバを中心に、地下室を満たす備蓄食料の配給を管理する上の階《ピアノ・ノビーレ》の連中はどう反応するだろう？　コロンバは、原住民集団が別荘に居座るような事態になれば、地下室を水没させて、自分たちも含め、全員を飢え死にさせてやるとまで言っている。暗闇に呼吸音だけが聞こえる緊張した沈黙のなかで、ウェンセスラオはシーツに乗った父の手を撫でてみようかと思ったが、そんな衝動はすぐに消え失せた。父は知的思考や情熱で頭を悩ませているわけではなく、最上の処世術とも言うべき謙虚さをまったく欠いていたせいで自ら招いた問題にどう対処していいのかわからず、すっかり頭が混乱している様子だった。ウェンセスラオの目から見れば父は、善を望む気持ちとそれを達成するための手段との間に生じる矛盾に胸を痛めているのではなく、屋敷の壁に殴り書きされた中傷の肖像画によって自分のイメージが傷つけられたことをくよくよ思いつめているようだった。呪われた殉教者として幽閉され、狭窄衣を着せられていた間は、あらゆる問題への解決策を持ち合わせているように思われた彼も、いざ生身の現実に直面してみると、権威と臆病の狭間から繰り出される危険なほど極端な施策に翻弄され、常に支持と共感、称賛と連帯を求めながら、絶えず躊躇いの気持ちに苛まれるばかりだった。

「こんな厄介事に私たちを巻き込んだのはあなたです」マウロの離脱を前にして、上の階《ピアノ・ノビーレ》の者たちと会見したアドリアノは、メラニアにこのように言われた。「ですから、支持してほしいのなら、自分で解決策を見つけてください。あなたがボスなのでしょう？」

「私はボスなどではない。そんな気を起こしたことは一度もない。原住民たちが私を信じているのは、彼らと同じように、私もベントゥーラ家の殉教者だったからだ。だからこそ私だけが彼らを統率することができるのだ。倉庫の鍵をよこせ、コロンバ」

「勝手に持っていけばいいでしょう」

「何のために鍵が必要なのです？」フベナルも加勢した。「部下を何人か連れていけば倉庫の扉を蹴破ることぐらいわけもないでしょう。自分の目論みと権力が確かなものであれば、わざわざ人に頼む必要などないはずです」

「待って」メラニアがフベナルに言った。「そんな口の利き方はやめなさい。卑しい身分の出身で、振舞も野暮ではあれ、一応は私たちの叔父なのよ。原住民たちをぎりぎりのところで食い止めておくことはできますか？」

翌日、夜明けとともに起き出し、マウロとの会見に集落へ出掛けようとしていたアドリアノは、コンパスローズの玄関ホールの壁に「裏切り者に鍵は渡さない」と書かれているのを発見した。激怒した彼は、このあからさまな侮辱を前に、数名の原住民に命じて上の階《ピアノ・ノビーレ》に暮らす者たちを幽閉し、出入りの自由を奪った後、すぐさま地下の倉庫と食料庫へ赴くと、けたたましい音を響かせながら、山刀で扉を、斧で鎖や南京錠をぶち壊して、食料を——最初からこうしていればよかったのだ——必要な者たちに分け与えることにした。この作業を終えると彼は、もう一つの落書きに対抗するようにして、自らの手でコンパスローズの玄関ホールの壁にこう書きつけた。「すでに食料は手に入れた、鍵などいらない」その恐ろしい日、倉庫の扉はずっと開け放しにされていたため、原住民や子供たちが大挙して殺到し、必要のないマントや布切れ、お菓子まで奪い合った結果、ランプ用の貴重な油の壺がひっくり返ったばかりか、破れた袋から零れ落ちた小麦粉に、割れた壺から流れ出したワインが混ざったせいで、バラ色の粘着物が床一面に広がって裸足の足にへばりついた。誰もが吐くほど腹いっぱい食事を平らげ、酔いつぶれた。午後になってようやくこの惨事に気づいたアドリアノは、食料の備蓄が激減したのを知って、以後配給制を取ることを決定し、倉庫すべての入り口に裸の戦士——頭に羽飾りを乗せ、槍を握っていた——を配したうえで、許可された者以外の立ち入りを禁止することにした。だが、家族や仲間の立ち入りは無条件に許されたため、乱費こそなくなったものの、相変わらず食料は減り続けた。こうして屋敷内は兵営のようになり、まるで戦時下のように、武装した原住民集団が至る所を闊歩するようになった。これ以上事態が深刻化するのを恐れたコロンバは、アドリアノに会見を申し入れ、これに応じて上の階《ピアノ・ノビーレ》の贅沢な幽閉所を訪れた叔父にこう切り出した。

「原住民たちと生活を共にするのもある程度やむを得ないと思いますが、それならば、こういう問題に経験のある私に食料の管理を任せてください、そうすれば、十分な食料生産が始まるまで、全員が生き延びられるようしっかり任務をこなしてみせます」

アドリアノは——同じ日の夜ウェンセスラオに打ち明けたところでは、これはあくまで一時的措置であり、後に本当の改革に着手するということだった——概ねこの提案を受け入れ、やがて、新たな指揮体系のもと、再び台所は機能し始めた。原住民の女たちが畑から収穫された作物を注ぎ込んで大鍋を掻き回す一方、どんぶりを手に、取引用の中庭の地面や、すでに小屋の建っていた庭に列をなして腰掛けた人々が、コロンバ、ソエ、アグラエーの三人――汗まみれになりながらも、充実した仕事に満足していた――に給仕を受ける順番を待つ光景が見られるようになった。

上の階《ピアノ・ノビーレ》の者たちが、幽閉を解かれたばかりか、食料の管理までしているという知らせは、原住民の少女と集落で暮らしていたマウロの耳にも伝わった。これが彼の反逆精神に火を点けることになり、数名の武装集団とともに、鼻息の荒い群衆を従えた彼は、当面単に脅しをかける意図しかなかったとはいえ、別荘へ踏み込んで部屋や広間に居座った。灯りの下で、動物や落ち着きのない子供たちを連れた何百もの家族が、家具類の扱い方もわからぬまま臭い体でひしめき合い、板張り《パルケ》や大理石の床で料理を始めたため、壁が煙で汚れ、部屋の隅に煤が溜まったばかりか、庭まで薪を取りにいくより手っ取り早いという理由だけで、白檀の扉板を砕いて燃料に使い始めた。そして広間には彼らの生活用具が散乱した。

その間、大半のいとこたちは、原住民の襲来によって引き起こされた混乱にもかかわらず、普段と変わらぬ日々を過ごしていた。三人のチェスプレーヤーは、今や誰の目を気にすることもなく、かつてのように一日中チェスに興じ、このゲームに興味を持った原住民の少女にルールを教えて仲間に加えた。最も幼い娘たちは――強情な知恵遅れの怪物ソエを除いて――、原住民の子供たちとともに、それまで見たこともなかった不思議な玩具で遊ぶことを覚え、動物の骨や植物の茎で作った笛の吹き方を習ったほか、庭を果樹園に変えて食料を供給しようとする労働者たちにちょっかいを出したりもした。マウロは相変わらず混乱を引き起こし続けていたが、ウェンセスラオとフランシスコ・デ・アシス――コルデリアと同棲していた巨人——としか情報を共有せぬまま複数の計画に取り組んでいたアドリアノは、生産活動の細部になど気を留めることもなく、もっと上のレベルで問題を解決しようともがいていた。

　ここで私の物語は、先程まで語っていたマルビナの話、より正確に言えば、歯を金に染め、耳にダイヤモンド、首に真紅のネクタイという出で立ちで、商品満載の馬車に乗ってマルランダへ戻ってきた原住民たちの話と合流する。集落へ到着する前のある夜、この行商人たちは、フランシスコ率いる勇敢な警備隊に捕えられた。安物ばかりで価値のない積み荷を押収した後、アドリアノが一体何者なのかと問い質すと、彼らは耳元にマルビナの名前を囁いたので、彼はフランシスコ・デ・アシスとウェンセスラオとともに、上の階《ピアノ・ノビーレ》の連中はもちろん、マウロを囲む荒くれ者たちにも知られることのないようこっそり一行を取引用の中庭へと導き、極秘会談を行った。そうだ、アドリアノは頷いた。マルビナと連絡を取れば好都合だ。マルビナを経由して、世界市場を相手に商売できればそれに越したことはない。行商人たちは、アドリアノが、愛する姪マルビナに宛てたこんなメッセージを携えて首都へ戻った。マルランダでは耐えがたいほどの困窮生活が始まっており、何か手を打たなければ事態は悪化の一途を辿るだろう、ベントゥーラ一族の不在で金の取引が終わったことを知った労働者たちは、当然ながら仕事を投げ出して荒野へ逃れ、乏しい収穫物でなんとか飢えを凌いでいる、今のところ鉱山は放置されたままだが、金の包みと引き換えに、前もって必要なもの——ランプ用の油、蝋燭、小麦粉、砂糖、冬用のマント、布地——を入手することさえできれば、再び採掘を開始し、そこから得られた金で支払いをするのは難しくないだろう。この要請に対する返事を待つ間に、原住民たちが青い山並みへ戻って金箔作りを再開してくれれば、生産者の代理人として直接交渉にあたるマルビナを介して、自ら金の所有者となることができる。

しばらく時が経った後、アドリアノの注文した品々を積んだ馬車とともに行商人たちはマルランダへ戻り、無事を祈る住民たちの熱狂的な声に見送られながら、金の包みを馬車に積み込んで再び首都へ向けて出発した。自分たちの仕事の成果に首都で高い値がつくかもしれないという期待感に浮き足立つあまり、原住民たちは、どんな条件で金が引き渡されたのか訊ねてみることもなければ、どうすればその条件を変えることができるのか調べてみることもなかった。ただ、毎日のように「侯爵夫人は五時に出発した」に興じて悪知恵の才能ばかり磨いていた上の階《ピアノ・ノビーレ》の面々だけは、不穏な空気を嗅ぎ付けていた。自分たちの知らないこと、思うようにならないことは、何であれ彼らにとって不穏なのだ。スパイの役を果たしていたのはソエであり、その偏平足、ぶよぶよの体、しまりのない口を頼みに彼女は、人食い人種、すなわち、原住民やアドリアノを含めた、上の階《ピアノ・ノビーレ》以外の全員に対する憎しみを行動の糧にしていた。ある晩、二度目の旅を終えた行商人たちが、金を積むこともなく出発する準備を進めていたときのこと、彼女は、アドリアノ、ウェンセスラオ、それに、フランシスコ・デ・アシスが、真紅のネクタイの原住民二人と交わしていた会話をこっそり盗み聞きした。そこでわかったのは、今回金を積まずに首都へ戻るのは、ほとんどすべてアドリアノの要請を聞き入れたマルビナが、他の地域では技術革新によって同じものがもっと安く手に入るという理由で、提案された価格を受け入れなかったからだ、という事実だった。ソエは、どこからともなく集まってきた仲間たちにこの話を伝えた。間違いなく、アドリアノが価格を上げようと強気に出ているわけだ。自分の提案する価格で金が手に入らないとなれば、マルビナは不承不承妥協して値上げに応じるだろうし、そうなれば、アドリアノの目論むあのおぞましい平等化計画が実行に移されてしまうかもしれない。なんとしてもそんな事態は避けねばならない。アドリアノとマルビナの交渉を即刻断ってしまわねばならない。フベナルは突如顔を持ち上げ、メラニアとアグラエーを見つめた。

「成功の鍵を握るのは君たち二人だ。君たちがこの悲劇的一日のヒロインを務めるのだ」

「私たち二人？」

「そうだ」フベナルは続けた。「アドリアノとマルビナの共謀を何としても止めねばならない」

「でも、なぜ私たちなの？」

「そうよ、なぜ？」

「君たち二人があいつらに身を任せるんだ。周知のとおり……　いや、侯爵夫人である僕にはわからないよ……！　劣等人種特有の我々への憎念は、上流階級の女性に対する貪欲な欲望となって表出する。我々の階級に属する女性と愛を交わすという崇高な体験のためなら、どんな犠牲も惜しまないだろう！」

「なんて恐ろしいことを！」メラニアは叫び、テーブルの上で震える手に白く滑らかな額を落とした。

「私たちに何をさせるつもり！」アグラエーは絨毯の上に泣き崩れ、涙に濡れた顔を姉の膝に隠した。

それを見て怒り狂ったソエが熱弁をふるった。

「馬鹿な女たちね！　意気地なし！　すべては身元の怪しい盗人たちと叔父とあの恥知らずの私生児の

悪巧みだってことがまだわからないの？　意気地なし、私の千倍も意気地なしだわ！　私みたいな七歳児には、変態じゃあるまいし、あの粗野な野蛮人たちは見向きもしないでしょうけど、男に色目を使うことのできる年頃なら、みんなを守るために喜んで何千回でもこの体を捧げたことでしょう。ああ、メラニア、私にあなたのような胸とお尻があれば！　ああ、アグラエー、私にあなたみたいな素敵な腕と小鹿のようなその目があれば……！」

ソエによれば、すでに馬を繋いでいた行商人たちは、食事を済ませればすぐにでも出発する予定であり、時は一刻を争うのだった。

ティオ・エルモへネスの執務室へメラニアとアグラエーを送り届ける役を任された子供たちは、暗い廊下を進みながら、かつて乙女を人身御供に捧げる際に付き添いの者たちが口ずさんだという歌でも歌い出したいような気分だった。執務室からは、アドリアノ、ウェンセスラオ、フランシスコ・デ・アシス、三人の話し声が聞こえてきた。三人が出てくるのを待つ間、フベナルは一行を隣の部屋に隠れさせ、従妹二人に言い聞かせた。口約束、口約束だけを繰り返しながら、二人が決して離れることのないようにして、最後の瞬間を引き伸ばす、甘い言葉で原住民の奴らを上の階、ダンスホールへおびき寄せ、アグラエーがハープ、メラニアがマズルカで誘惑すれば、あいつらは興奮してくるだろう、そこでもう少し耐えて、何とか最後のご褒美を引き伸ばすんだ、ベントゥーラ家の女たちは何世代にもわたってそのための訓練を受けてきたんだ、メラニアが笑窪で、アグラエーがカールした睫毛であいつらを惹きつけていれば、やがて下の者たちが作戦を終えて助けにくる、そして、あの不埒な者たちに襲い掛かって、屋根裏部屋に閉じ込めてしまう。

　かつての執務室から声が途絶えた。アドリアノ、ウェンセスラオ、フランシスコ・デ・アシスの三人が通り過ぎ、その足音が遠ざかるのを待ってから、彼らは二人の娘を薄闇の中央へと押しやり、自分たちは隅に姿を隠したまま、窓枠越しに、マルビナの使用人だった二人の原住民が取引用の中庭で馬車の準備を済ませる様子を見つめた。メラニアとアグラエーは小窓まで進んで、門の下りていなかった窓枠を開いた。二人はキスと抱擁を交わし、生まれたままの自分たちで抱き合うのは間違いなくこれで最後だろうが、マルビナとティオ・アドリアノの忌まわしい計画を食い止めるためなら何でもしよう、こう言葉を掛け合った後、クリノリンを押さえつけながら順番に小窓をくぐり抜けて中庭へ出ると、腰を振りながら原住民の二人組へ近づいていった。娘たちの姿を見ると、二人は作業を投げ出した。

　執務室の暗闇からいとこたちが熱い視線を注ぐなか、メラニアとアグラエーは、行商人たちの馬の脇で体を揺らしながら笑っていた。四人が一塊になって小窓から再び中へ入ってくるのを見ると、いとこたちは姿を隠して彼らを通し、一団が上の階へ向かったのを確認した後、自分たちのすべき作業に取り掛かった。真っ先に行ったのは、馬を馬車から外して荒野へ追い立てることであり、馬の姿が完全に視界から消え去れば、これで再び別荘は、出発に際して親たちが残していった時のまま、周りから完全に隔離された理想の状態を取り戻したことになる。そして馬車を厩舎まで引きずり、馬車も家畜もいなくなっていたせいで誰も近寄らなくなっていたその場所で、大量の藁束ですべてを覆い隠して簡単には人目につかないようにしておいた。この困難な作業には予想以上の時間がかかり、明け方頃になってようやく、メラニアとアグラエーを救い出すべく、ダンスホールへ駆けつけてみると、二人はどうやら、行商人の姿をした人食い人種の攻勢に耐えきれなかったようだった。いとこたちは二人の原住民に襲い掛かり、手足を縛って猿轡を噛ませた。当初の計画どおり、人の声も届かぬ屋根裏部屋の一番奥に二人を幽閉し、馬車のみならず、行商人の姿も消し去ってしまえば、手作業で金箔作りに従事する職人たちが要求する高い値段に関するマルビナへの伝言を携えて、さっさと一行が出発したように見えるはずだった。

行商人たちが首都へ戻っていると思われていた間、再び彼らが贈り物とともに帰ってくるのを待ちながら、マルランダでは俄かに様々な作業が活発化した。鉱山へ戻った原住民たちは、再び取引が始まる期待感から、急速に金箔——その質については触れないでおこう——の生産を増大させた。これによって荒野の彼方が息を吹き返したように活気づき、裸のまま次から次へと金の包みを別荘へ運び込む原住民たちの唸り声が絶えず辺り一帯に響き渡るようになった。今や仕事場と化した南側のテラスの、壊れかけた白い籐細工の家具の間に据えられたティオ・エルモヘネスの秤では、助手とともにアドリアノが包みの重さを量っていたが、紫色のインクでその表面に記録されたのは、これまでのような番号ではなく、持ってきた者の名前であり、かつてカシルダが使っていたのと同じようでありながら、実は下ろしたての台帳に重さと名前が記録されると、秘密の倉庫ではなく、孔雀石のテーブルを配した陳列室や図書室に包みが積み上げられて、仕事の成果が誰の目にも留まるよう配慮された。子供たちも原住民も、戦士も料理婦も、音楽家も職人も、誰もがせわしなくあちこち行き来し、屋敷はまるで工場だった。

そして、彼らの姿に混ざって、誰からも親しまれた日常的存在ではあっても、その賢人のような風貌

——司祭、告解師、水先案内人、扇動家とでもいったところだろうか——によって一際異彩を放つアドリアノ・ゴマラが、いつもせわしなく動き回っていた。農夫たちは庭に新たな灌漑用水を掘り、さらに果樹園を整備すれば、マルランダの理想的な気候なら、すぐに果実が収穫できるはずだった。すぐに壁に落書きをする者などいなくなった。ある時期には、住民全員——例外は上の階《ピアノ・ノビーレ》の連中だけだったが、滅多に隠遁生活から出てくることのない彼らは次第に忘れ去られていった——が、ようやく万事軌道に乗り始めたのではないかと期待を持ち始めた。

父の下す命令に心から従うことができなくなっていた失意のウェンセスラオは、他にすることもなくなって、ひたすら事態の推移をじっと見守っていたが、行商人の不在期間が長引くにつれて、父が次第に足元から崩れ落ちていくのがわかってきた。ほとんどヒステリーにでも囚われたように一行の帰還を待ち焦がれる父の姿を見ていると、それまで抱いてきた信頼感は消え失せ、理性的に事態を打開する能力などこの男には備わっていないという確信が深まっていくのだった。行商人がどれほど助けになってくれたとしても、所詮それは一時凌ぎでしかないのであって、ベントゥーラ一族が馬車と使用人を引き連れて巨大な力を見せつけに戻ってきたときどう対処するのか、この根本的問題に対する解決策とはならない。そう、そうなのだ、父の計画、野心、希望は、いずれも場当たり的すぎるのだ。

不安を募らせているのはウェンセスラオだけではなかった。マウロにとっても、行商人たちの支援は過渡的なものでしかなく、彼の一味はこれに対する協力を拒んでいた。行商人たちの帰還を待つ間、部下たちとともに庭や屋敷に目を光らせていたマウロは、自分たちの計画と無関係な行為に対しては、臭い物にでも接するように不審の目を向け、一体いつ始まるのか、何に対して事を起こすのかもわからぬまま、来るべき決起の瞬間に向けて準備を進めていた。

　ある日の午後、到着したばかりの数家族を受け入れるため、まだ空いている場所があるか、屋根裏を調べていたマウロは、手足を縛られて猿轡を嚙まされた二人の行商人を発見し、話を聞いてみると、一定期間ごとに、上の階《ピアノ・ノビーレ》の誰かが食べ物を運んでいたということだった。上の階《ピアノ・ノビーレ》の連中の卑劣な手口を告発すれば、自分の発言権を強められると考えたマウロは、即座にアドリアノのもとへ駆けつけてこの事実を知らせた。誰の仕業か確かめる必要などあるだろうか？　何のため？　いかなる理由で？　これによって計画のすべてが狂ってしまったことは明らかではないか？　行商人が事態を打開してくれるなどという希望は始めから存在しなかったのであり、すべては屈辱的幻想にすぎなかったのではないか？　すぐに厩舎の片隅に打ち捨てられていた馬車も発見された。希望の鳥籠が単なる狂気の鳥籠にすぎなかった事実をアドリアノ・ゴマラに突きつけた後、マウロは正面から叔父に語りかけ、積極的な行動を起こすためには、行商人たちとともに自ら馬車に乗り込んで首都へ行くしかない、そこでマルビナと話をつけ、しかるべき援軍を派遣してもらうべきだ、と説き伏せた。だが、アドリアノの返答は次のとおりだった。

「行きたいところだがそうはいかない。私はお尋ね者なのだ。すでに私は犯罪者と見なされていて、ベントゥーラ一族が私に狂人のレッテルを貼って世間体を取り繕っているから、何とか逮捕されずにすんでいるだけだ。人食い人種と決めつけられた者たちと同様、私も危険人物と目されている。ここマルランダでこっそり職務を遂行することしか私にはできない」

ティオ・アドリアノの命に背き、ウェンセスラオの言うことには耳も貸さず、フランシスコ・デ・アシスの説得やコルデリア――ちょうど事態が混沌とし始めてきたときに出産を迎えた――の懇願を無視して、上の階《ピアノ・ノビーレ》の連中を全員拘束したマウロは、集落のもっともみすぼらしい小屋に彼らを幽閉して、朝から晩まで農園で強制労働に従事させた。やがて彼らの真っ白い額は原住民同様に日焼けし、手は傷だらけになってひび割れ、筋肉はぼろぼろになったが、それでも夜小屋に閉じ込められるまで働かされた。別荘に助けを求めて次々と殺到する原住民の家族を前に、アドリアノにはもはやなす術もなかった。ささやかな内容ではあるが膨大な数に上る嘆願にどう応えればいいのだろう？　すでに底を尽きかけていた食料を一体どう分配すればいいのだろう？　一途な情熱だけで原住民を焚き付け、こんな状況を許すな、今すぐもっと要求せよ、諸君の先祖こそこの豪邸の建築を可能にした金の本当の所有者なのだから、当然の権利なのだ、などと触れ回るマウロの勢いをどうすれば抑えられるのだろう？

マルビナはその後使者を送らなかった。別荘の不安定な状態についてはよくわかっていたし、事態がこのまま進めば窮地に追い込まれることは火を見るより明らかだった。彼女がいらいらと待ち続けていたのは、ベントゥーラ一族の別荘への帰還であり、そうなれば彼女は、かねてからの計画を実行に移して、出資者とともに大きな利益を上げることができるばかりか、一族の権力を他人の手に委ねて彼らのプライドをずたずたにしてやることで、これまで辛酸を嘗めさせられてきた家族への復讐を遂げることもできるはずだった。

3

いつもベントゥーラ家に味方する運命の女神が、わざわざ彼らを喜ばせるためだけに明るい光を投げかけていたような朝だった。季節が進んでいたわりにはそれほど暑くもなく、透明感のある静かな空気の下で、大人しく綿毛を包み込んだ穂先を湛えてプラチナ色から雪のような白へと色を変えていた荒野が地平線まで広がっていた。エルモヘネスは腕を伸ばして外国人の女に周辺の状況を説明していたが、彼女は、緑の裏地を張った日傘とチュールで身を守っていてもまだ眩しいらしく、目を細めて広大な荒野を見つめながら、このあたりの日差しは祖国の日差しよりはるかに目にこたえるとこぼしていた。

満面の笑みを浮かべた二人の後ろから、友人たちを囲むようにしてベントゥーラ一族の面々が続き、かつて行ったハイキングの時と同じように楽しい一日が待ち受けているという期待感に心を弾ませていた。彼らは文明人らしく穏やかに話をまとめ、セレステ――オレガリオ同様この場にはいなかったが、身づくろい《トワレット》が終わり次第一行に合流する予定だった――がいみじくもシテールと呼ぶ場所、螺鈿を散りばめたようなあの湖岸へのピクニックに繰り出すことになった。昼食を済ませ、おそらく少し午睡を取った後、男たちは鉱山へ向かい、日没前に妻たちを拾って、一緒に別荘への帰路に着く、このような手筈だった。

　柵の前に止められた馬車へ近づいていくと、彼らを待ち受けていたのは、朝から主人たちの到着を待っていた獣たちの不快な臭いではなく、馬具や座席の革から立ち昇るいかにもイギリス風の洗練された匂いだったが、それは、駿馬が用を足すたびに、手慣れた馬丁がすばやく後片付けを済ませていたからだった。疲れを知らぬ執事の指揮のもと、使用人たちは徹夜で万事ぬかりなく準備を整えていた。前日からリディアは、弁当もピクニック用具も夜明け前に仕分けして積み込んでおくよう使用人に言いつけ、また、出発前には、アンセルモとテレンシオが、厩舎の裏まで続く長い隊列を最後尾まで点検したうえで、全員を所定の配置につかせていたから、あとはエルモヘネスが指を鳴らして合図するだけで、全体が荒野へ踏み出せる状態にあった。馬たちが落ち着きなく前足で地面を蹴る一方、門が軋み、鞭の音が響き渡った。先頭の馬車脇で紳士淑女の集団が、出発前の最後の会話を楽しんでいた。広いランドー馬車が二台、マルビナ所有の蛙色の箱馬車、二頭立ての四輪馬車が二台、そして、この時期の気紛れな太陽を恐れたアデライダがガラス窓とカーテンで密閉させた重苦しい大型馬車が一台、いずれもまだ誰も乗ってはいなかったが、すでに馬丁とお付きの者たちが御者台に乗り込んで、いつでも出発できる準備を整えていた。その後ろには、様々な荷物、弾薬、食料、そして召使を積んだ果てしなく長い馬車の列が続いていたが、なかでもその先頭で一際目立っていたのは料理長の姿であり、小刻みに震える彼の口髭は、今はまだ執事や第一馬丁に較べて存在感が薄れているものの、もうすぐ食事の時間が来れば、我こそ主役の座を奪ってやるとでも言わんばかりだった。

先頭のランドー馬車の横で、優雅に着飾った旅人たちと言葉を交わしていたエルモヘネスは、指を鳴らすさりげない動作に権威を込め、先頭馬車の御者台へ乗り込むよう執事に命じた。すると執事は、浮き出し刺繍に飾られた胸当ての上に両腕を組んだ姿勢で乗り込み、じっとエルモヘネスに視線を注いだ。一家の流儀に従ってエルモヘネスは、外国人の女に先陣を切る栄誉を与えようとして振り向いたが、内気な性格のせいか、あるいは、礼儀作法をわきまえていなかったのか、彼を避けるようにして、ブロンドの息子とメラニアが乗り込んでいた二番目の馬車、すなわち、貝のように幌を広げた豪華な四輪馬車へ逃げ込んだ。想定外ではあったが、エルモヘネスは面倒な説明と席替えに時間を費やすのを嫌ってそのまま事態を受け入れ、空席のできた先頭馬車に誰を乗せようかと思案しながら振り向くと、すでにそこには、年配の外国人二人とマルビナが乗り込んでいた。来賓用の座席ということもあり、これはこれでいいことにして、座席の割り振りをやり直した後、ベレニセでも横に座らせて自分も先頭の馬車に乗り込めば、無駄話で旅の無聊を慰めることもできるだろうとエルモヘネスは考えた。だが、義理の妹を探して視線を走らせていると、先頭から三台目にあたる蛙色の箱馬車に目が止まり、すでにそこに乗り込んでいたマルビナの仲間――理解の及ばぬこの淫らな男、どうしてここにいるのかまったく説明のつかないこの男については、当面何も考えたくなかった――が、予期せぬ事態などまったく何も起こってはいないかのように眠りこけているのがわかった。すでに随分前から準備万端の状態にあった馬車は、エルモヘネスの合図を待つまでもなく、勝手に荒々しく出発へ向けて動き始め、御者台に飛び乗って執事の横に席を占めた御者が手綱を掴んで鹿毛の馬に鞭を入れると、ランドー馬車は全速力で駆け出した。

最初こそ少し驚いていたものの、ベントゥーラ一族は少し後ろへ下がって馬車を通し、ピクニック用の華やかな服が汚れないよう注意した。

おそらく、驚いたのはベントゥーラ家の者たちばかりではなく、同様に読者も、なぜここで、これまでこの物語に何度も登場してきたファン・ペレスではなく、見知らぬ御者が執事の横に乗っていたのかと訝っておられることだろう。ならず者のファン・ペレスにその役が務められなかったのは、この時彼が、弟アガピートの力強い腕に羽交い絞めにされていて、見苦しいほど必死に足をばたつかせたり、噛みついたりまでしてなんとか逃れようとしたものの、そのかいもなく、バルビナの寝室の窓から先頭馬車の出発を見送ることになったからだった。前の晩ファン・ペレスは、あてもなくぶらぶらと屋敷の部屋や廊下を歩き回り、アガピートに出くわしたら殺してやるという漠然とした思いを胸に、苦しい時間を過ごしていた。明け方、グラミネアに照り返す白い光が外から射し込み、大きな家具やドアの縁をスケッチのように浮かび上がらせる頃、二人の兄弟はバルビナの寝室で出くわした。屋敷への到着以来、アガピートはずっとそこに身を潜めていたのだ。不意をつかねばならない。ファン・ペレスの登場を待っていた彼は――といっても、まさか栄養不足ですっかり痩せこけた男になって一人でやってこようとは夢にも思わず、屈強な部下たちを引き連れて荒っぽく威風堂々と入ってくるだろうと予想していた――、飛び掛かって兄を取り押さえると、敗者や不遇な人々に代わって復讐し、主人たちのハイキングに同行させてやらないのはもちろん、永遠に別荘の地獄へ閉じ込めてやると息巻いた。片手でファン・ペレスを締め上げて窓に押しつけたアガピートは、空いたほうの手でカーテンを開け、外の様子を見せてやった。先頭の馬車が発車したのを見て事態を飲み込んだファン・ペレスは、心臓でもえぐり取られたように野蛮な叫び声を上げ、あまりの痛々しい光景に耐えられなくなったアガピートは、復讐心を忘れて兄を放してしまった。待ってくれ、置いていかないでくれ、と叫びながら階段を駆け下り、全速力で広間を横切ってテラスへ出たファン・ペレスは、相変わらず、待ってくれ、と喚きながら、欄干や孔雀、焼け焦げたニシキギや水路を飛び越え、七転八倒の末にようやく柵の外へ辿り着いたが、その時には、列の先頭に並んでいた豪華な馬車はすべてほとんど空っぽのまま出発した後であり、土埃と綿毛を巻き上げながら、すでに荒野に姿を消しつつあった。数分経つまで正体不明の何者かに裏切られたのだと気づかなかった主人たちは、服をずたずたにされ、帽子まで盗まれたひどい身なりのまま、金切り声を上げて馬車にしがみついたが、手には血が滲み、かつては軽蔑の対象だったみすぼらしい馬車から使用人たちが突き出すブーツに蹴飛ばされて顔は腫れ上がり、何とかしばらく踏ん張っていた者たちも、ライフルの銃尾に関節を狙われて弾き飛ばされ、人形のような姿をしていた者たちは土埃と痣で顔を歪め、巻き毛はぼさぼさとなり、普段は囁くような声で話すマネキンたちもこの時ばかりは荒々しい呪詛の叫びを上げ、エウラリアは泥の上を転がり、エルモヘネスは顔面を蹴られて血塗れになり、アデライダは馬糞の上に薙ぎ倒されながら最後のプライドを振り絞ってなんとか立ち上がろうと足掻き、ただでさえ埃と渇きで荒れ果てていたうえに綿毛まで詰め込まれた喉から、声にならない声でなんとか助けを求めようとしても、懇願の言葉は意味不明の嘆き声と泣き声にしかならず、しかも、けたたましい音を立てて彼らの脇を通り過ぎていく馬車からそれに応える召使たちは辛辣な返答を浴びせるばかり、ついに最後のおんぼろ馬車――そこにひしめきあった愚かしいほど若い見習い料理人たちは、主人たちを愚弄するつもりなのか、鼻歌を歌っていた――が通り過ぎると、シルベストレは息を切らし、エルモヘネスは血まみれ、テレンシオは足を引きずり、ベレニセとリディアは若き料理人たちを乗せたぼろ馬車に追いすがったが、彼らの及び知らぬことまで知っていた若者たちとて、金、物品、自由、様々な報酬を餌に、主人たちを除け者にして進められていた陰謀の一味であり、その時一族の面々はようやく気づいたものの、時すでに遅く、夏の埃に紛れて最後尾を行く馬車のみすぼらしいシルエットが荒野に消え、まもなく彼らを飲み込んでしまうはずの綿毛と土埃の渦を残して去っていったときには、すでに彼らの権威は完全に失墜していたのだ。

しばらく経った後、隊列を追いかけていた者たちも呆然とした顔で幽霊のように敷地へ戻り、薙ぎ倒されていた者たち、そして、地面に腰掛けていた者たちと合流したが、かつては何でも簡単に理解し、自分たちの価値基準でどんな状況でも瞬時に把握するのが当たり前だった彼らにも、もはや何が起こったのかまったく理解できなかった。だが、すぐに彼らが気づいたのは、もうもうと舞い上がったまま、独自の法則に従っていつまでも宙を舞い続けるように大きく広がった埃の際から、埃の仮面をつけたような一団が近づいてきたことだった。彼らはベントゥーラ一族を取り囲むようにしてゆっくりと確実な歩みで迫ってきたが、それでもしばらくは、それがいかなる集団なのか判別できなかった。これまでいつも味方してくれた運命の女神にもすっかり見放され、弱り切ったベントゥーラ家の面々は、いかなる罰を受けることになるのかもわからぬまま、本当ならどこかへ押し込めて容赦なく始末すべき猛獣に囲まれでもしたように、迫りくる亡霊たちを待ち受けた。

だが、すぐにわかったとおり、正体不明の集団はとりたてて獰猛というわけではなく、敵意を露わにしているわけでもなかった。なぜそうわかったのか正確に説明することはできないが、何よりもまず彼らは、どうやら少なくとも自分たちと同じくらい憔悴し切っている様子だった。やがて、黙ったままついにおずおずと近づいてきたのは、親たちの歓待の儀式など寄せつけぬ姿をしたマルランダの子供たちだった。立ちこめる埃のせいでまだ誰が誰なのかは区別できなかったが、靄のカーテンを通して最初に見えたのは、顔の上で一様に固まった視線であり、その目は見る者を当惑させた。親たちのもとへ近づいてきた子供たちは、戦いの後、どれも似たり寄ったりの死体の山から何とか愛する者を探し出そうとする者のように、地面に倒れた大人たちのなかから自分の親を見つけようとして目を凝らしていた。大人たちの上に身を屈めた子供たちは、巻き毛を持ち上げて顔を確かめたり、口元の汚れを払ってその表情を探ったり、血を拭って傷口を確かめたり、壊れた日傘を持ち主に返して淑女らしい姿を取り繕おうとしたり、香水か塩を含ませたハンカチでも入っているかもしれない破れたネットや、馬車に踏み潰されたステッキを拾ったりしていた。太陽は埃のフィルター越しに相変わらず激しく照りつけている。あまりにしっかり瞳を閉じていたせいで、広大な荒野も、幻のような邸宅も、槍の柵も、打ち捨てられた庭も、傷の痛みに足を引きずる者も、わずか数分の間に起こった惨事に打ちひしがれて涙ぐんだまま起き上がることすらできない者も、すべてが深みのない小さな枠内に閉じ込められたようだった。

ようやく子供たちは、大人たちに手を差し伸べて助け起こした。黙ったまま両親の体を支えた彼らは、恐ろしい埃の罠から抜け出して屋敷内で一息つくため、大人たちの重い体をなんとしてでも引っ張っていこうと気負い込んだ。

第十四章　綿毛

1

　隊列が後に残していった埃は、以後決して収まることがないだろう。しつこく立ちこめる霧は、物体を覆い隠しこそしないものの、その奥行きを消し、また、見る人の目障りにまではならないが、それでも、隣人、屋敷、柵、さらには宇宙全体を、まるであたりに立ちこめる白いベールと同じ材質の薄衣——埃と同じく、どうやってもこの膜を切り裂くことはできない——に包まれたような状態で浮かび上がらせる。もうおわかりだろうが、これは最終的に下へ落ちていくような種類の埃ではなく、いつまでも漂い続ける乳液、重力に逆らう力を見せつけようとする吐息のようなものなのだ。最初はあまりに大量に飛散するため埃にしか見えず、誰もその小さな粒が綿毛で出来ているとは思わないが、数分もすれば——少し注意して眺める時間さえあれば十分だろう——、宙に漂う重さのない球形が目についてその正体がわかる。最初に気づいたのは、屋敷へ引き下がっていく大人たちの後を追っていた一番小さな子供たちであり、去年の秋を思い出して楽しくなった彼らは、大はしゃぎで石段を上っていった。

「綿毛だ!」

「馬鹿な話ね！」石段を上りながらアデライダが言った。「マルランダに綿毛の嵐が襲い掛かるなんて、人食い人種が言い出したたちの悪いでたらめだわ、こんな話で私たちの素晴らしい領地の価値を貶めようと目論むばかりか、夏以外は私たちが近づけないようにして、残りの九か月間、自分たちの野蛮な風習に従って勝手気儘に暮らそうというわけね……」

その瞬間、容赦ない平手打ちでも飛んだように、ベントゥーラ一族めがけて——穂を膨らませて無限の荒野に広がるグラミネアの一部にもこの衝撃が伝わった——北風の第一波が吹きつけてきた。すごすご屋敷へ逃げ込もうとして石段を上っていた人々は、すでにぼろぼろになっていた体を引きずりながら、たった今目の前で起こった屈辱を十分に噛みしめる時間もないうちに、強い力で再び薙ぎ倒されそうになった。一瞬だけ空気を透明に戻してくれたような強風に力を得たのか、アデライダは壊れた日傘を高く掲げ、ドレスの裾を持ち上げながら、孔雀を従えるようにして、泰然自若とした姿勢で屋敷のほうへ歩いていった。そして、モーロ風リビングのドアを開け放ち、低い声で何か歌いながら、小さな頭で考えつくかぎり最も複雑なソリティアを緑色のシートに広げた。しばらく経つと、リビングの空気が綿毛で膨らんだようになったが、首も曲げずに一点を見据えていたアデライダのボタンのような両目と、垂直に背もたれのついた椅子によじ登ってカードゲームの行方を見守っていた孔雀の羽に散らばる幾つかの目以外、テーブルに散らばったカードに目を凝らす者など誰もいなかった。

石段の上に集まっていたベントゥーラ家の他の者たちは、互いに支え合い、息子たちに、そして、日傘やステッキに寄り掛かって、なんとか無様な姿で倒れぬようこらえていた。しかし、そんなことをしているうちに――疲れ果てた脚と挫けた意志で石段を上るのは大変な苦痛であり、アデライダのように無神経な人間にしかそんなことはできなかった――、分厚い霧を伴った北風の第二波が襲い掛かり、彼らは体を折り曲げたが、それは風の力に耐えるためというより、すでに精根尽き果てた体を最小限しか動かさなくてすむようにするためだった。風がやみ、透明な空気が戻ると、アンセルモがパニック状態からなんとか声を上げて叫んだ。

「厩舎へ行こう！　まだ望みが絶たれたわけじゃない！　馬車も、馬もまだ残っているかもしれない！　我々は子供たちの交通手段をすべて奪って出ていったが、奴らがそんな犯罪行為に手を染めるはずがない！　今から急いで出発すれば、嵐が激しくなって、風が綿毛を掻き回す前に、なんとか湖へ、あの安らぎの避難所へ辿り着けるかもしれない……」

「湖へ！　湖へ行こう！」

「馬車へ……！」

再び風が空気を清め、爽やかな期待感をもたらしたが、誰もがわかっていたとおり、これは束の間の安らぎでしかなかった。この瞬間を逃すまいとして大人たちが石段を駆け下り、荒れ果てたバラ園をあたふたと横切る一方、子供たちは後ろから声を掛け、自分たちの言うことを聞いて、屋敷の中でじっとしていれば大丈夫だから無駄な努力はやめるよう説得しようとした――ハイキングに出掛けた親たちに取り残された去年、綿毛の襲来を経験していた彼らにはどうすればいいのかよくわかっていた――が、聞く耳を持たない大人たちは、闇雲に厩舎のほうへ殺到した。もちろんそこはもぬけのからで、馬一頭、馬車一台、それどころか、ロバ一頭おらず、始末されたばかりの動物の死骸が転がっているだけだった。今や明らかになったとおり、すべてはマルビナと外国人たちと執事が計画的に仕組んだ罠だったのであり、ベントゥーラ一族を丸ごと別荘に置き去りにして、おそらく今頃もう青い山並みへ辿り着いた彼らは、すっかり綿毛の襲来から逃げおおせた安堵に胸を撫で下ろしながら、のんびり帰りの旅路の計画でも練っていることだろう。一族の領地も鉱山も、夢のような滝と睡蓮に彩られた秘密の湖も、すべてが彼らの手に渡ってしまうのだろう。

だが違った。すべての馬車が持ち去られたわけではなかった。読者の記憶にも残っているはずのあの時同様、厩舎には、ティオ・アドリアノの奇抜な馬車が残されていたのであり、再び突風が吹き寄せて綿毛のカーテンをこじ開けたまさにその瞬間、ラバを繋ごうとしていたファン・ペレスの脇に、誰もがそのぼろぼろの車体を認めたのだった。ベントゥーラ家の者たちはその方向へ殺到し、ずっと前に下された指示に従って作業をする召使でも見るようにファン・ペレスのことなど歯牙にもかけず、力まかせに馬車の格子ドアを開けると、サーカスの猛獣のように体を縮めながら、燕尾服やクリノリンが絡み、ゲートルやコルセットに締めつけられるのもかまわず、互いに体を寄せ合って強引に中へ乗り込んだ。

少し立ち止まって考える冷静さが彼らにあれば、これほど重くなった馬車をラバ一頭で牽けるはずがないことぐらい簡単にわかったはずだった。だが、それに気づいて、落ち着き払った大声を上げていたのは、前から作業に取り掛かっていたファン・ペレスだけだった。すぐに降りろ、この馬車は私のものだ、乗るんじゃない、こう呼び掛ける彼の顔はやつれて黄味がかり、必死で作業を続けようとするその手には、助かりたい、いや、助かりたいというより、裏切り者たちと早く合流したい、さらには、これまで常に騙す側にいたのに、突如として騙される側に置かれてしまった自分に我慢がならない、そんな気持ちが溢れていた。

朝の雑踏に紛れて大人たちは、子供たちのなかにウェンセスラオの姿があったことに気づかなかったが、それは混乱のせいばかりではなく、いつも鬘とスカートで小悪魔《プペ・ディアボリク》の格好をしていた彼が、男の衣装を着けて――兄を放した後、アガピートはすぐに塔から彼とバルビナを解放していた――、子供たちですら気づかない姿で登場したからだった。だが、親たちに続いて、子供たちまでぼろ馬車に乗り込もうとしているのを見ると、ウェンセスラオは次のようにたしなめた。

「馬鹿だなあ、君たちは。湖が救いになるなんてとんでもない、そもそも存在しないのだから。それに、もうあと数分もすれば、家から出るのはおろか、家の中にいるのだって危険になるというのに……ぼやぼやしていると、ますます濃くなる綿毛の突風に飲まれて命を落としてしまうよ」

「それでは一番いい解決策をご教示願えますか？」すでに馬車に繋がれていたラバの背に跨ったファン・ペレスが、恐怖以外のすべてを嘲るような調子で訊ねた。

「いいだろう」

「どうすればいいのです？」

「このマルランダで生き延びるために昔から取られてきた方法を、この地域について我々より詳しく知っている人々に教わればいい」

「一体何を教わるというのです？　食人習慣ですか？」

ウェンセスラオは一瞬黙った後、揺るぎない自信を込めて答えた。

「そう、お前や他の者たちが食人習慣と呼ぶものを実践すればいい。自分たちより強い権力を持つ者の道具になり下がった親たちのことは言うに及ばず、お前も執事も、そして、今明らかになったとおり、マルビナも外国人たちも、原住民たちよりずっと真正の人食い人種だとは思わないか？　野蛮の最大の特徴は、権力を盾に自分の無実を主張することだとは思わないか？　僕たちには、お前、というより、お前に代表される者たちが、何か釈明の言葉を述べること、さらには、しかるべき恐ろしい罰を受けることを要求する権利がある」

「私は私です、誰の代表でもありません」

「幼稚すぎるほど明らかな嘘だね」

「他の奴らの影になるぐらいなら、荒野の綿毛に窒息して死ぬほうがましだ！」

このような対話が繰り広げられている間、これとは別に、ぼろ馬車のドア付近で大騒ぎが持ち上がり、排斥、脅迫、優先順位、そうした理念が飛び交うなかで白黒をつけようとでもしているようだった。差し迫る危険を前に一刻の猶予も許されないと言い張る者たちに急かされ、去る者、残る者、双方の懇願を聞きながら、エルモヘネスはすでに失墜していた権威にすがりついた。親たちは、ここにはもう場所がないと声を張り上げながら、すでに乗り込んでいた子供たちを馬車から下ろさざるをえず、大人だけが中に残ったものの、脱出計画から除け者にされたソエが、怒りを爆発させてところかまわず当たり散らし、どうにも手の施しようがなかった。他方、熱狂的な集団的恐怖に囚われるあまり、セレステとオレガリオが別荘に残っていつもの愛の遊戯――愛している、愛していない――を極めようとしていたことすら忘れて逃げ出そうとしていた自分に気づいたフベナルは、敢えて荒野へ乗り出していくよりは、たとえ地獄ではあっても安全な屋敷に籠っていたほうがいいと判断し、ドアの周りに殺到していた子供たちを押しのけて、一飛びに地面へ降り立った。その間、唯一の救済と思える手段にしがみついて女らしさなどすっかり捨ててしまったエウラリアは、アンセルモを外に残したまま素早くドアを閉め、もう夫の顔など見たくもないからさっさと出発して、とファン・ペレスに大声で命令した。

「出発だ！」檻の中からエルモヘネスが叫んだ。

「人食い人種め！」ウェンセスラオに向かってこう叫んだファン・ペレスは、相手の顔を鞭で打ちつけた後、ラバにも鞭を入れた。

衝撃で頭蓋骨を砕かれたようにウェンセスラオは両手で顔を覆ったが、実際はその手を顔の上で震わせて隙間を開け、至極冷静な目ですべてを見届けようとしていた。次第にその両手が顔から離れると、ファン・ペレスの凶暴な鞭が残していった死肉の仮面が顔の表面から少しずつ剥がれ落ち、その下から本物の顔が現れてくるようだった。顔に痛みは残っていたが、再び綿毛によって膨らみ始めた空気のなかで、まだ未練がましく格子にしがみついた数名の子供を引きずりながら、ゆっくりと動き出す馬車の姿がはっきりと見えた。嵐を前に身を縮めたような悪党ファン・ペレスを乗せて辛そうに脚を引きずりながらラバが前進し、それとともに動き始めたぼろ馬車が、すぐに綿毛の嵐に飲まれて姿を消した。

2

数分後、馬車の格子にしがみついていられなくなった子供たちは、必死の懇願もむなしく親類たちの冷淡な心に撥ねかえされたアンセルモとともに別荘へ戻り、残っていた子供たちと合流した。恐怖に震えてはいたが、心を一つにして彼らは嵐を切り裂き、屋敷へ向かって歩みを進めた。南側のテラスの石段の麓では、狂ったグラミネアの間から現れた妙な行列が、ほとんど止まっているように見えるほどゆっくりと移動していた。普通とはまったく異なるリズムを自らに課したようなこの行列の面々は、誰もが縦縞のマントと金の兜を身に纏って決然と綿毛の嵐に立ち向かっていたので、すっかり腰を抜かして逃げ出してきた子供たちの集団はごく自然に彼らと合流し、即座にそのおかしなリズムを身に着けた。ゆっくりとした歩みであり、一段ごとに立ち止まって休んでは、一つひとつの動きをじっくり考えて準備してでもいるように、集団の誰かが鳴らす間延びしたトライアングルの音に合わせて、またおもむろに別の段へ上った。誰もが唇をきつく結び、胸の上で両手を合わせながら、睫毛の下で前を見るのに最小限必要な広さだけ瞼を開けて進んでいった。マントを頭から被って顔を隠した彼らは、皆同じマスクをつけて綿毛の攻撃に耐え忍んでいるようだった。ルドミラの顔も、さらには、アガピートに寄り掛かったバルビナの顔も、原住民の顔と大差がなくなっていた。トライアングルを持っていた男は、重力体操から一行を引き剥がそうとでもするように、吹き荒れる突風の合間を縫って一つ、また一つと音を鳴らし、不透明な空気のなかで透明に、柔らかく響くその音が、間延びしてこそいるものの、ともかくメロディーを奏でているおかげで、身を寄せ合った集団が一歩ずつ前進することができるのだった。ロサムンダとシプリアノとオリンピアがルドミラの手を引き、母の手を引いていたウェンセスラオが、口も開けずに一体どこにいたのか訊ねた。同じように口を閉じたままバルビナは、アガピートによればまだアラベラの死を知らされていないウェンセスラオに向かって、彼女の遺体を埋葬してきたところだと話した。

モーロ風リビングのドアは、恐れを知らぬアデライダが入ってきたときのまま、完全に開け放たれていた。吹き荒れる嵐がガラスを割り、綿毛が次々と殺到していた。だが、室内に入ると綿毛は、これまで見てきたような恐ろしい性格、つまり、雲を吸っては吐き、掻き回す恐ろしい気象現象という側面を失って、重さのない安定した靄のようになった。白い膜に包まれたような人や物が、部屋に置かれたモーロ像やその他の人物像と混ざり合い、不思議な産毛か羽毛でも纏ったような子供たちが中へ入ってきたときにも、どれがこの小説の登場人物で、どれが銅像なのか、まったく判別できなかった。

ゲームテーブルの脇で、先程まで孔雀がいた――賢明にもすでに屋敷の奥へ避難していた――席に着いたセレステは、薄いサーモンピンクの眩い衣装に身を包んで階下へ降りてきたはずなのだが、生えそろったばかりの羽毛の下からピンク色の肌をちらちら見せる白鳥の雛のように、すでに全身を冠毛の膜に覆われていた。陽気に言葉を交わすアデライダとセレステにとっては、まだ信じ続けていても大丈夫で、すべては取るに足らない一時の心配事にすぎず、先程から待ち焦がれているオレガリオが姿を現した瞬間にすべては首尾よく解決する、そんな希望にすがりついていれば何も問題はないのだった。子供たちと原住民の行列がゆっくり広間へ入ってきたときも、二人の姉妹は話をやめてちらりと一瞥しただけで、意志の力の及ばぬ、すなわち、指をくわえて見ているほかない自然現象にでも遭遇したように、まったく何の反応も示さなかった。南側のテラスに面した入り口を通って、一行がゆっくりとコンパスローズの玄関ホールへ入り終えても、頭をすっぽり覆った者たちに自分たちの姿など見えまいと考えたのか、セレステは、密集した一団のなかにルドミラとバルビナの姿が混ざっているという不可思議な事態を無視し、代わりにこんなことをアデライダに言った。

「少し風が吹いているようだけど、石段の右側のバラ園でいつも今頃になると咲き始めるアメリカン・ビューティーがどうなったか、ちょっと見てくるわ。オレガリオが下りてきたら、バラ園にいるから、一緒に散歩したいと伝えてくれる?」

「何か、ショールでも羽織ったほうがいいんじゃない……?」

「このままで大丈夫。よかったら、お父さんの好きだったバラを一緒に見てみない? まさか、秋の爽やかな風が苦手なんてことはないでしょう?」

「秋風が? とんでもない……」

二人は立ち上がった。アデライダは、杖や風よけ代わりに日傘を持って出たほうがいいかとも思ったが、どうせ何かをするならちゃんとするほうがいいと思い直し、誰にもとやかく言われることのないよう、手ぶらで出掛けることにした。そして妹の腕を取ると、晩夏の爽快な日でもあるかのように、二人揃ってテラスへ繰り出した。

だが、ちょうどその時、恐ろしい心臓肥大のように空気が綿毛で膨らみ、突風どころか、沸き立つ黒い乳液のようなものが溢れ出して辺り一面を染め、期せずしてこの光景を見てしまったアデライダはすっかり震え上がった。普段は気丈な彼女も、この時ばかりは恐怖に耐えられず、外にセレステを置き去りにしたままその場から逃げ出した。

小説も最終局面に差し掛かり、この部分を書き始めるにあたって私は、しばしば「逆らいがたい」と表現される衝動に囚われ、フィナーレの幕が降りた後にそれぞれの登場人物がいかなる運命を辿ることになるのか、残らず読者に話してしまいたいような思いに駆られている。すべてを知り尽くし、説明し尽くしたい、全知全能を駆使してこの先に起こるあらゆる事態を書き尽くしたい、そして、私がこの物語を捧げる読者はもちろんのこと、何人にも勝手に物語の続きを想像させたりはしまい、そんな野心に貫かれた私のとめどない空想世界では、答えのある問いも答えのない問いも含め、今も様々な疑問が飛び交っており、そのせいで私は、登場人物たちを簡単に投げ出すことができないのだ。ファン・ペレスとベントゥーラ一族の者たちが荒野で窒息死したのは明らかだが、彼らが最期にどんな表情を浮かべ、どんなふうに手を痙攣させ、目にどんな恐怖を浮かべ、助かろうとしてどれほど必死で足掻いたことだろう？　魅力溢れるメラニアは若い外国人と結ばれ、滝と睡蓮に彩られた湖——これがアラベラによってセレステの頭に吹き込まれたただの幻ではなかったと仮定しての話だが——のほとりに、豪華な、そして、モダンな宮殿でも建てているのだろうか？　大人になった我らが友ウェンセスラオは、一体どうなっているだろうか？　無政府主義者か、下僕か、私としてはそんな可能性を示唆しておいたつもりだが、それとはまったく違った運命を辿っているのだろうか？　フベナルに辛い思いをさせてまで隠遁生活を選んだファビオとカシルダはどうなったのだろう？　卑屈に人に仕えることだけを生きがいとする執事は、外国人たちの組織に首尾よく入り込んでキャリアの頂点を極め、彼らに勝るとも劣らぬ——とはいえ、いつも劣った——地位を手にした後、共犯者の協力を得て、かつては召使の制服に身を包んでいたという事実を隠蔽するために、分厚いベールを掛けようとでもするだろうか？　赤いもみあげと水っぽい目の外国人たちは、別荘、鉱山、そして、見渡すかぎり広がるグラミネアの荒野を買収したのだろうか？　そう、そして、原住民、原住民はどうなったのだろう？　新しい主人によって文明化され、先祖伝来の食人習慣を忌み嫌うようになった挙げ句、異国のしきたりに従うようになったのだろうか？

　私とて、貪欲な好奇心に駆られて、このすべて、それどころか、もっと色々なことを知りたいと思う——だが、そのためには最低でももう一冊ぐらい小説を書かねばならないだろうし、さもなければ、前世紀の小説にしばしば見られたように、登場人物一人ひとりの命運を簡単にスケッチするエピローグでも付けるしかないだろう——が、断腸の思いでそうした無限の可能性を振り払い、すべてを黙殺するほかあるまい。頃合いを見計らって撤退しなければ芸術は成立しない以上、こうした矛盾に満ちた苦悩を避けて通ることはできないが、少しでも痛みを和らげるために私は、実生活とて実は、完結することのない挿話、説明しがたいほど曖昧で捉えどころのない人物、そして、移行期間も因果関係もなければ、始まりも終わりも、それどころか意味すらない物語の連続で成り立っているではないか、と自分に言い聞かせてみる。だが、うっかりそんな議論を持ち出して自分を正当化しようものなら、これまでの目論見と何の関係もない模倣芸術論にはまり込むだけで、そもそも最初からそんな規範に則ってこの物語を書いていたのであれば、まったく違った小説が出来上がっていたはずではないか、といった指摘を突きつけられることになるだろう。そこで、不本意ながら、現実と文学を混同しないというこの箍を外してみると、自分の文章のみならず、ありとあらゆる文章を取り込んでみたい、そんなどうしようもない欲求が沸き起こってくる。

だが、興味深いことに——この点を強調しておきたかったのだ——、ここまで私は、心理的厚みを欠いた、現実味のない人工物として登場人物全員を提示してきたにもかかわらず、彼らとの、そして、彼らの生きる世界との感情的繋がりを断ち切ることができず、また、ウッチェロの狩人と彼が駆け回る草原を分断することができないのと同じように、登場人物をその舞台から完全に切り離すこともできなかった。言い換えれば、現実と芸術を混同しないと心に決めていたにもかかわらず、登場人物との別れが私には非常に辛く、本来なら、今は理由こそうまく説明できないがどう考えても「私の物語」である「この物語」をここで終わらせてしまうべきなのに、「彼らの物語」を締めくくることなく——実際には私が書く以外の物語など彼らにはありえないのだが——幕を閉じる気にもなれないため、こうしてその心の葛藤まで作品のなかに取り込んでしまった。

今こそ幕を下ろし、照明を落とすべき時だろう。すぐに登場人物は仮面を脱ぎ捨て、私は舞台を解体して、道具類の片付けを始めることになるだろう。だが、これほど長い付き合いの後、さよならとともに彼ら、そして、その舞台に永久に別れを告げるのかと思うと、その展望はあまりに恐ろしく、不安を禁じ得ない。このすべてが本当に価値のある、美しいものだったのか、どうしても確信が持てず、私の想像力が生み出したこの断片にこのままましがみついて彼らの生命を引き伸ばし、永遠の存在を与えてやりたいような気がしてくる。だが、そんなわけにはいかない。すべての装置に生命が宿るとすれば、同じように死ぬ瞬間もあるのであり、そうでなければ怪物のように作者を貪り殺してしまうことになるのだから、ここで終わりにせねばならないのだ。いかなる姿を取っていようとも、彼らは理性の産物であり、常に節度を旨としている。だから、幕が降りて照明が落ちた瞬間に残るものといえば、読者が拾い集めることのできたもの、つまり、自分の経験に照らし合わせる必要もなく「信じる」ことができたものだけだろう。読者の皆様は、ここに描き出した想像空間——名残惜しいこの空間——や登場人物と、私が感じるのと似たような感情的絆を結ぶことができただろうか。

まだ終わりにはしない。読者の皆様、もう数ページの辛抱だ。この想像空間の惰性になす術もなく押し流されていく私——私たち——としては、この渇望を静めるべく、もう少しだけ歩みを進めて、沈黙とともに永遠に葬り去られることになる幾多の仕草のうち、少なくとも一つくらいは救い出してもいいだろう。

　ゆっくり進む行列の核となってトライアングルを鳴らしていた原住民は、威厳に満ちた最年長者であり、自分の命を通じて全員の命を預かってでもいるようだった。後に続いた一行はゆっくりとダンスホールを横切り、まるでそこがムジカンティの席だとわかってでもいたかのように演壇に上ってそこに陣取る彼の姿を見つめていた。数人の原住民はチェスボードのような白黒の床に寝そべってくつろいだが、残りの集団は、やはり浮世のことを完全には忘れられず、窓ガラスの近くにひしめきあって、ダンスホールの比較的透明な空気から外のどす黒い嵐、すでに失われた光の亡霊を混ぜ返すどろどろの液体と化していた嵐を見つめた。だが、髪を振り乱したまま頑強に南側のテラスにとどまっていたセレステは、相変わらず風に向かって立ちつくし、たとえ命を失うことになっても、この悪条件に立ち向かうことでしか証明できない何かを証明しようとでもしているようだった。扇子も日傘も持っていなかったのはもちろん、すでに帽子は風に飛ばされ、綿毛に表面を覆われたバラ色の絹ドレスもぼろ布同然になっていたが、嵐を前にすくみ上った鳥のようなその表情は、意図的に作り上げた執拗な気品をいまだに漂わせ、疑いようのない事実、すなわち、ここでは何も起こってはいない、当面自分がすべきことといえば、オレガリオが下りてくるのを待って、傷んだバラ園を一緒に見回ること以外何もない、この事実を再確認していたのだった。他方、アデライダは、広げた両手と低い鼻を子供のようにガラスに押しつけ、怒りと無気力の涙でガラスを濡らしていた。

ムクドリたちが羽を広げ、
この寒空に……

こんな台詞をひとりごちたのは、窓から母を見つめる集団に混ざって、自分の横で父オレガリオが同じようにガラスに顔をつけて妻の様子を見守っているのを感じていたフベナルだった。そう、淫乱な二人は夫婦であり、罪深い愛なき愛に溺れ、修辞で体裁を繕って、この自分までその遊びに巻き込んでいた。トライアングルの音が鳴ったが、それを聞いた二人は、一行の動きに逆らって窓脇から離れなかった。原住民たち、そしてウェンセスラオとアガピートは、ダンスホールの真ん中へ集まった後、クッションに身を投げるスルタンよろしく、寝椅子でもない白黒の大理石の床にゆったり身を投げると、ビバークの形になって、互いに頭を胸や足の上に乗せ合って休み始めた。そしてしばらく息を止めていた後、トライアングルの音を合図に、わずかに吸い込んだ酸素を分子一つ残らず活かし、通常の半分ぐらいの状態で体を機能させるために必要十分な空気量を無駄なく取り込むにはどうすればいいか、これを頭のなかで計算でもするようにして、深すぎも長すぎもしないよう軽く息を吸い始めた。ダンスホールの綿毛の密度は、当然ながら外の密度よりは薄かったが、それでも、隙間や鍵穴を通して外からかかる邪悪な圧力に左右されてでもいるように、突如として部屋の空気に変化が起こることがあった。一同の手から手へ水の入った椀が回り、ゆっくり、ごく少量ずつ飲むことで彼らは喉の痛みを和らげた。そして、別の椀が回り始めると、今度は各自必要に応じて指を濡らし、瞼、鼻、唇に溜まった綿毛を拭っては、トライアングルの音とともに、隣の者に椀を渡した。ダンスホールの静かな空気のなか、すっかり塞がれたような顔の近くで、綿毛の塊が呼吸を浴びるたびに脆く崩れ落ち、それが口の周りや瞼の縁に積もって薄化粧のようになっていたが、それもすぐ椀に浸した指で拭い去られていった。

だが、ベントゥーラ家の子供たちやルドミラ、バルビナ、オレガリオ、アンセルモ、そしてアデライダは、青白い顔を窓ガラスにつけたまま、外ではすっかり獰猛な亡霊と化していた空気と必死に格闘するセレステをじっと見守っていた。呼び掛けたほうがいいのだろうか？　だが、窓を開ければすぐに窒息してしまいそうだ。それに、危険の存在を認めたりすれば、セレステはそれこそ無残な死を迎えることになるのではないだろうか？　ガラスを叩いてみるか？　だが、そんなエネルギーは誰にも残っていなかった。ウェンセスラオの呼び掛ける声がバルビナの耳に届いた。

「お母さん……」

そこで初めてバルビナは自分が窒息しそうになっていることに気がついた。振り返った彼女は、ぼんやり目を閉じて体を投げ出した連中が身を寄せ合って、アヘン常用者の溜まり場にも似た空間が出来上がっていたあたりに息子の姿を探した。すると彼は、指で唇を動かし、口を静止させたまま声を出していた。

「こっちへ来て横になって。ゆっくり……　ゆっくり……　そうしないと窒息するよ……」

数人の子供たち、そして、ルドミラ、アンセルモ、アデライダとともに、バルビナは曇った窓ガラスのそばを離れ、トライアングルの音が鳴り響くと、全員一塊になって綿毛だらけの体を大理石の上にゆったりと横たえた。薄暗くなったダンスホールで、騙し絵《トロンプ・ルイユ》の壁画に描かれた人間たちだけが、想像力のみに縛られた者の特権とでもいわんばかり、自然現象などまったく意に介することもなく、もっと心地よく休めるようクッションを差し出したり、果物の皿やワインか水の入った瓶を届けたり、そんなことをしながらかいがいしく働いているように見えた。そんななか、フベナルとオレガリオだけは、血の気の失せた顔を相変わらず窓ガラスに近づけたまま、もはやヒステリーを起こしたようにしか見えないセレステの様子を眺め続けていた。てかてかの髭も眉も、そして、両手を覆う体毛も、綿毛を被ってすでに老人のように白くなっていた父親を見て、挑発するように微笑みかけながらフベナルは言った。

「お父さんを待っているんでしょう」

オレガリオは返事をしなかった。

「お父さんが行かないのなら、僕が行きます」フベナルは言った。

ダンスホールを横切ってドアのほうへ歩き出そうとするフベナルを見て、いとこたちは窒息する危険も顧みずに立ち上がり、駆け寄って羽交い絞めにしたが、行く手を遮られた彼は必死にもがき、綿毛が詰まって声も出せない喉を振り絞って何か叫ぼうとした。ようやく絞り出した——あるいは絞り出したと感じられただけだったのかもしれないが、とにかくオレガリオにだけは聞こえた——その荒々しい声は、肺の十分な活動を妨げる自然現象のせいですっかり棘を失っていた。

「意気地なし！」

オレガリオは息子に強烈な平手打ちをお見舞いした後、ダンスホールを横切ってセレステとの約束に駆けつけようとしたが、息を潜めて横たわっていた者たちは、ズボンやフロックコートの裾を掴んで引き止めようとした。伸びてくる腕をすべて振り払い、何とかオレガリオは外へ出た。

数名が立ち上がり、雲を掻き分けるようにして窓ガラスへすがりついた。ウェンセスラオの横で、アデライダ、アンセルモ、そしてルドミラが、子供のように泣きじゃくったまま顔を窓につけた。奥行きを失った辺りの光景は遮るものの何もない完全な無であり、荒野よりも、そして空よりも果てしなく広がる地獄のような空間のなかで、檻に閉じ込められて怒り狂った小さな獣のような綿毛の嵐が暴れているのだった。せわしなく鳴り響くトライアングルが、知恵ある者の指示に従え、助かりたければ昔からの習慣に倣って再び床に伏せよ、と呼び掛けていたが、息が詰まりそうになりながらも彼らは窓ガラスを離れなかった。突風がひとしきり吹き荒れて、束の間の猶予期間でも与えられたように一瞬だけ辺りの景色が奥行きと距離感を取り戻した後、セレステは、ダンスホールからでは判別できない風、空想の産物ではないかと思えるような力に逆らってもがきながら、地面に崩れ落ちた。彼女には見えるはずもなかったが、白一色になった庭と柵の残骸が満足そうに微笑みかけていた。いや、見えているのだろうか——フベナルは思った——、実は愛も盲目も、すべてはでたらめだったのだろうか？　何とか彼女を立ち上がらせて家へ導こうとオレガリオが駆け寄っていったとき、セレステはこらえきれなくなって手で口を、そして喉を押さえていた。セレステは立ち上がったが、屋内へ戻る素振りも見せず、荒れ果てた庭と荒野に突如えもいわれぬ美しさを見出したとでもいうように、うっとりと微笑を浮かべて腕を伸ばし、あべこべに夫を嵐の中心へと引っ張っていった。上から嵐の到来を見守っていたフベナルが、喉元まで込み上げていた叫び声をなんとか押さえつける一方、腕を組んだセレステとオレガリオは、意味を欠いた謎と化して、濃密な空気のなかへ姿を消した。
だが、自分たちは生きていかねばならない。縦縞のマントを被った男が演壇から生存のリズムを奏で続け、その鈍い響きが彼らの耳まで届いてきた。他に選択肢などなく、むしろ当然のことと受け止めていた彼らは、黙ってその指示に従った。すぐにダンスホールには、原住民の女たちが編んだ縦縞のマントに身を包んだ大人、子供、原住民が入り混じって横たわり、クッションの間で互いに支え合うような格好で彼らが息を潜め、目を閉じ、口を固く閉ざし、ほとんど生命活動を停止させる一方、騙し絵《トロンプ・ルイユ》の壁画に描かれた人間たちは、優雅な姿できぱきと働き、綿毛で重くなった空気に人々が窒息してしまわぬよう気を配っていた。

カラセイテ―シッチェス―カラセイテ
一九七三年九月一八日―一九七八年六月一九日

訳者あとがき

寺尾隆吉

とうとうホセ・ドノソ『別荘』の邦訳がここに完成した。この傑作に余計な解説など不要ではあろうが、ドノソの生涯や作品については日本ではまだよく知られていないこともあり、『別荘』執筆の背景を中心に、一九七〇年代における彼の足取りを追ってみることにしよう。一九六四年にチリを出国して以来、メキシコシティ、アイオワ、リスボン、ポレンサ（スペイン）、バルセロナと、目まぐるしく住まいを変えていたドノソは、一九七一年、『夜のみだらな鳥』（一九七〇）のフランス語訳を担当した翻訳者と会見するために訪れたテルエル州の小村カラセイテの美しい景色に魅了され、「ジプシー生活」にピリオドを打ってこの地に居を定めることを決意する。「廃墟同然」の家を六百ドルで購入した彼は、石造りの屋敷と広い庭を整備し、心地よい住環境を整えた。養女ピラール・ドノソの証言によれば、『別荘』に描かれるグラミネアのモデルとなった植物が生い茂っていたのもこの家の庭だった。七五年に一時プリンストン大学に滞在した後、七六年にはバルセロナに近い町シッチェスに居を構えたものの、ドノソは七八年までカラセイテの家を手放さず、この広い屋敷が『別荘』の執筆にも重要な役割を果たすことになる。この間ドノソは、七四年にイタリアのルッカでバカンスを過ごし、七六年の夏にはパリで盟友カルロス・フエンテスとの再会を果たした後、メキシコの画家ホセ・ルイス・クエバスとも親交したほか、七七年のクリスマスを軍事政権下のチリで迎えるなど、それなりに旅行を楽しむこともあったようだ。こうした体験は『別荘』の執筆にも盛り込まれたようで、特にルッカの豪邸のダンスホールで目にした騙し絵は、象徴体系の重要な構成要素として作品内に取り込まれることになった。

『ラテンアメリカ文学のブーム』(一九七二)においてドノソ自身が回想しているとおり、カラセイテに彼が移り住んだ一九七一年は、有名な「パディージャ事件」を機に、それまで一枚岩で結束していたブームの作家たちの絆が綻び始めた年だった。ガブリエル・ガルシア・マルケスやフリオ・コルタサルとの関係が疎遠になっていくなか、ドノソが家族ぐるみの付き合いを続けていたのが、当時バルセロナに住んでいたマリオ・バルガス・ジョサであり、彼の息子たちがカラセイテの家に訪ねてくることも多かったようだ。ドノソ自身の言葉によれば、『別荘』の着想を得たのは、ミケランジェロ・アントニオーニに頼まれて映画の脚本を書いていた時期、バルガス・ジョサの息子たちがカラセイテの家に数日間滞在し、当時七歳だった養女ピラールと賑やかに遊ぶ光景を目にしたときだったという。「昼寝時にいとこたちが繰り広げる不思議な遊び」という「最初のスパーク」が、具体的に小説の形を取り始めるのは、チリの「九・一一」、すなわち一九七三年九月一一日、アウグスト・ピノチェト将軍の指揮するクーデターがサルバドール・アジェンデ左翼政権を崩壊に追いやった直後のことだった。当時偶然ポーランドに滞在していたドノソは、慌ててスペインに戻って情報収集を始めたが、チリの政治情勢への憂慮が、無邪気に遊ぶ子供たちの姿と結びついて、『別荘』の母体が出来上がったようだ。作品の末尾に記されているとおり、『別荘』の執筆が始まったのは、クーデターのわずか一週間後、一九七三年九月一八日のことである。『別荘』が、アジェンデ政権成立からクーデター後の軍事独裁政権成立に至るチリの政治情勢を色濃く反映していることは、すでに多くの批評家によって指摘されているが、作者本人もこの作品が強い政治性を孕んでいることを示唆している。作品の主要テーマの一つが権力と自由を巡る闘争であるとドノソ自ら語っているほか、アドリアノ・ゴマラにアジェンデ大統領や抵抗の歌手ビクトル・ハラの人間像が投影されていることも、あるインタビューで彼自身が認めている。

五年近い歳月を要したことからもわかるとおり、『別荘』の執筆は困難を極めたようで、度重なる書き直しに頭を悩ませる様子がドノソの残した日記からも伝わってくる。冒頭の「登場人物表」（これはドノソ自身が付けたものであり、底本でも冒頭に置かれている）に名前が挙がっているだけで四十九人、召使や原住民も含めれば夥しい数に上る登場人物を統括して一つのドラマに仕上げるだけでも大変な作業であろうことは容易に想像できるが、特に小説全体の鍵となる第十一章「荒野」については、なかなか納得のいく形に仕上げることができず、膨大な時間を費やすことになったようだ。また、この時期のドノソは私生活でも難題を抱えていた。一つは、強迫観念のように常にドノソの頭から離れなかった一家の財政問題であり、大作家の名声を手にしながらも、決して生活にゆとりを感じることのできなかった彼は、代理人カルメン・バルセルスの回す仕事に助けられて辛うじて『別荘』の執筆を続ける最中、妻と養女を今後いかに養っていけばいいのか、くよくよ思い悩むことがよくあったらしい。これと関連するもう一つの悩みの種は妻マリア・ピラールであり、創作に没頭する夫から疎んじられて鬱病の気がひどくなった彼女は、次第に朝から酒浸りの破滅的生活にはまり込んでいった。養女の証言によれば、一九七五年の時点で夫婦関係は崩壊寸前の状態にあり、七六年に一家がシッチェスに移り住んだ後もドノソは、妻を避けるように一人カラセイテへ逃れて『別荘』の執筆に打ち込む日々を長期間続けたという。

いつ終わるとも知れぬ自作への期待と不安、自信と疑念を繰り返す執筆の日々は、脱稿の直前まで続いたようだが、執筆の最終局面でこうしたドノソの心理状態に少なからぬ影響を与えたのが、同じチリの作家ホルヘ・エドワーズが一九七八年に発表した小説『石の招客』だった。同じくチリのブルジョア家庭を舞台に、一九七三年のクーデターを背景として展開するこの物語に対しドノソは、その周到な構成に敬意を表しつつも、「所詮チリレベルでの傑作にすぎず」、「大した価値もなければ」「深い小説でもない」と評しているが、同時に、こんな言葉で自らの心情を吐露している。

『別荘』はどうなるのだろう？　ホルヘ（・エドワーズ）の小説が出た今、自分の書いているものに不安を禁じ得ない。これが意味あるものなのか、そうでないのか、あらゆる疑念が込み上げてくる。

現在客観的な目で二作を較べてみると、『石の招客』は『別荘』に比肩すべくもない凡庸なリアリズム小説だが、そのような作品に対して大作家ドノソがこれほどの不安を感じていたところからも、当時彼が置かれていた心理状態を窺い知ることができるだろう。『別荘』の結末近くにも、この小説の作者とされる人物の抱く不安感が描き出されているが、これもドノソの心情を如実に反映したものと言えるだろう。

最終的に『別荘』は一九七八年六月一九日に書き上げられ、セイス・バラル社から出版された後、同年一二月二日、マドリッドのホテルで五百人の招待客を集めて盛大な発表会が催された。ガルシア・マルケスもバルガス・ジョサもすでにスペインを離れており、「ブーム」の作家たちの姿はそこになかったものの、ガルシア・オルテラーノやカバジェロ・ボナルドといったスペインの有名作家が出席し、大々的にマスコミにも取り上げられたこのイベントは大成功を収めた。敏腕代理人バルセルスの活躍もあって、ドノソはこの前後にテレビ、ラジオ、新聞、雑誌から繰り返しインタビューを受けて宣伝活動に協力し、マドリッド中の書店が彼の本とポスターで溢れ返る事態になったという。売れ行きもまずまずだったほか、フランスの有力出版社が即座に翻訳権取得を申し込んできたということで、ドノソもしばらくはご満悦だったようだ。この少し前、長期間に及ぶ執筆の苦悩から解放されたドノソは、家族関係の修復を模索してカラセイテとシッチェスの家を引き払うことを決意し、マドリッドに拠点を移していた。幸い夫婦仲はこの後著しく改善し、私生活がようやく落ち着きを取り戻すとともに、ドノソはまさに順風満帆の状態で新たな創作へと乗り出していくことになった。

日本のみならず、スペイン語圏でもドノソの作品は現在までロングセラーを続けているが、そのなかでも『別荘』は、『夜のみだらな鳥』と並んで、作家や批評家に高い評価を受け続けている。私と親交のある作家のなかでも、普段は辛口のオラシオ・カステジャーノス・モヤはこの作品を「大傑作」と手放しで絶賛し、ファン・ビジョーロやファン・ガブリエル・バスケスも惜しみない賛辞を送っている。また、文学研究の場においても、『別荘』について書かれた論文はすでに膨大な数に上る。チリ、そしてラテンアメリカの歴史を象徴的に描き出した寓話、軍事独裁政権への抵抗の物語、リアリズム文学の因襲を無視して「作者」が物語に口を挟むポストモダン的語り、不気味な場面と不条理な展開を前面に打ち出したグロテスク・リアリズム、批評家たちは様々な側面を指摘しているが、そういった専門的なことはあまり考えることなく、素直にこの物語を味わうのが実は最も作者ドノソの意思に適った読み方であろう。小説内に作者として登場する人物はこの作品について、「別に珍しいことが書いてあるわけではないし、頭をひねって考える必要のあるほど凝った理念や構造に貫かれているわけでもない、文学的見地から言っても難しい作品ではないから、純粋に物語として受け入れてくれればそれでいいんだ」と語っているが、この言葉は案外『別荘』の本質を言い当てているように思う。いずれにしても、『夜のみだらな鳥』ほど難解な小説ではないし、ドノソ文学を堪能するために最適の作品であることは間違いないだろう。

一九七九年、『別荘』の発表直後に答えたインタビューにおいてドノソは、スペイン語圏以外で自分の作品の翻訳がよく売れている国として、ポーランドと日本を挙げていたが、それから三十年以上経った現在でも日本におけるドノソ人気は根強いようで、昨年水声社から拙訳『境界なき土地』を出版した際には、その「意外な」反響の大きさと好調な売れ行きに驚かされた。現在絶版となっている『夜のみだらな鳥』の邦訳が、同じ水声社「フィクションのエル・ドラード」から近日復刊されることになっており、ますますドノソ文学への期待が高まるなかで、傑作『別荘』の初邦訳を日本の読者にお届けできることになった。死後も長く読まれ続ける作家になりたいと生前よく口にしていたドノソも、祖国から遠く離れた日本の地で、これほど熱狂的に自分の作品が迎え入れられているという事態を見れば、天国(地獄?)でさぞかしご満悦のことだろう。

『別荘』は、発表直後にスペイン批評賞を受賞するなど、読者・批評家の受けがよかったこともあり、日本のラテンアメリカ文学研究者も早くからこの作品に目をつけていたようで、すでに一九八〇年代初頭には、『夜のみだらな鳥』の翻訳を担当した鼓直氏の進言を受けて、某大手出版社が翻訳出版のための版権契約を成立させていた。ところが、日本の翻訳界においてしばしば起こるとおり、肝心の翻訳が進まぬまま時だけが流れ、結局訳者も出版社も匙を投げてしまったため、企画は完全に頓挫した。二〇一二年一一月、池袋のジュンク堂本店で鼓氏と対談した折にもこの話題が出て、『別荘』の翻訳を終えられなかったことが今でも心残りになっているという話を氏から聞いたが、その直後から、様々な幸運が重なって、私がこの翻訳を担当することになった。今こうして出版の運びとなり、鼓氏からも祝福の言葉を頂戴することになった。

翻訳に際して底本として使用したのは、現在最も一般的に流通しているアルファグアラ社版（一九九八）だが、セイス・バラル社の初版（一九七八）も併せて参照し、誤植の確認等を行った。ギジェルモ・カブレラ・インファンテの『ＴＴＴ』に続き、今回も大変に困難な翻訳だったが、ほぼ予定通り作業を終えて、現代企画室の新たなシリーズ「ロス・クラシコス」の第一巻として本書を出すことができて大変嬉しく思っている。利益などほとんど出ないスペイン語圏の文学を出版し続けてくれる現代企画室の編集者の方々、日本におけるチリ文学の普及に心を配るチリ大使館のパトリシオ・ベッカー氏、いつも難解なスペイン語の読解に協力してくれる東京大学准教授グレゴリー・サンブラーノ氏、今回も訳文の朗読を担当してくれた浜田和範君、その他この翻訳を支えてくださったすべての方々にこの場を借りてお礼を申し上げる。

二〇一四年二月二八日

【翻訳者紹介】

寺尾隆吉（てらお・りゅうきち）

1971年名古屋生まれ。東京大学大学院総合文化研究科博士課程修了（学術博士）。メキシコのコレヒオ・デ・メヒコ大学院大学、コロンビアのカロ・イ・クエルボ研究所とアンデス大学、ベネズエラのロス・アンデス大学メリダ校など6年間にわたって、ラテンアメリカ各地で文学研究に従事。政治過程と文学創作の関係が中心テーマ。現在、早稲田大学社会科学総合学術院教授。
主な著書に『フィクションと証言の間で——現代ラテンアメリカにおける政治・社会動乱と小説創作』（松籟社、2007年）、『魔術的リアリズム——20世紀のラテンアメリカ小説』（水声社、2012年）、主な訳書にエルネスト・サバト『作家とその亡霊たち』（現代企画室、2009年）、オラシオ・カステジャーノス・モヤ『崩壊』（同、2009年）、マリオ・バルガス・ジョサ『嘘から出たまこと』（同、2010年）、フアン・ヘルマン『価値ある痛み』（同、2010年）、フアン・カルロス・オネッティ『屍集めのフンタ』（同、2011年）、カルロス・フエンテス『澄みわたる大地』（同、2012年）、ギジェルモ・カブレラ・インファンテ『TTT　トラのトリオのトラウマトロジー』（同、2014年）がある。

【著者紹介】

ホセ・ドノソ José Donoso（1924–1996）

1924年、チリのサンティアゴのブルジョア家庭に生まれる。1945年から46年までパタゴニアを放浪した後、1949年からプリンストン大学で英米文学を研究。帰国後、教鞭を取る傍ら創作に従事し、1958年、長編小説『戴冠』で成功を収める。1964年にチリを出国した後、約17年にわたって、メキシコ、アメリカ合衆国、ポルトガル、スペインの各地を転々としながら小説を書き続けた。1981年、ピノチェト軍事政権下のチリに帰国、1990年に国民文学賞を受けた。1996年、サンティアゴにて没。

代表作に本書『別荘』（1978年）のほか、『夜のみだらな鳥』（1970年、邦訳は水声社より近刊予定）、『絶望』（1986年）などがある。

邦訳書：『境界なき土地』（1966年、邦訳2013年、水声社）、『隣の庭』（1981年、邦訳1996年、現代企画室）

ロス・クラシコス 1

別荘

発　行　2014年8月10日初版第1刷
　　　　2020年4月30日初版第3刷500部
定　価　3600円＋税
著　者　ホセ・ドノソ
訳　者　寺尾隆吉
装　丁　本永惠子デザイン室
発行者　北川フラム
発行所　現代企画室
　　　　東京都渋谷区猿楽町29-18-A8
　　　　Tel. 03-3461-5082 Fax 03-3461-5083
　　　　e-mail: gendai@jca.apc.org
　　　　http://www.jca.apc.org/gendai/
印刷所　中央精版印刷株式会社

ISBN978-4-7738-1418-7 C0097 Y3600E

セルバンテス賞コレクション

①作家とその亡霊たち　エルネスト・サバト著　寺尾隆吉訳　二五〇〇円
②嘘から出たまこと　マリオ・バルガス・ジョサ著　寺尾隆吉訳　二八〇〇円
③メモリアス――ある幻想小説家の、リアルな肖像　アドルフォ・ビオイ＝カサーレス著　大西　亮訳　二五〇〇円
④価値ある痛み　ファン・ヘルマン著　寺尾隆吉訳　二〇〇〇円
⑤屍集めのフンタ　ファン・カルロス・オネッティ著　寺尾隆吉訳　二八〇〇円
⑥仔羊の頭　フランシスコ・アヤラ著　松本健二／丸田千花子訳　二五〇〇円
⑦愛のパレード　セルヒオ・ピトル著　大西　亮訳　二八〇〇円
⑧ロリータ・クラブでラヴソング　ファン・マルセー著　稲本健二訳　二八〇〇円
⑨澄みわたる大地　カルロス・フエンテス著　寺尾隆吉訳　三二〇〇円
⑩北西の祭典　アナ・マリア・マトゥテ著　大西　亮訳　二二〇〇円
⑪アントニオ・ガモネダ詩集（アンソロジー）　アントニオ・ガモネダ著　稲本健二訳　二八〇〇円
⑫ペルソナ・ノン・グラータ　ホルヘ・エドワーズ著　松本健二訳　三三〇〇円
⑬TTT　トラのトリオのトラウマトロジー　ギジェルモ・カブレラ・インファンテ著　寺尾隆吉訳　三六〇〇円

税抜表示　以下続刊（二〇一四年七月現在）